SACUDINDO O PÓ DA ESTRADA

Antonio Ernesto Martins

Sacudindo o pó da estrada

2ª Edição
POD

Petrópolis
KBR
2014

Edição de texto **Noga Sklar**
Editoração **KBR**
Capa **João Miranda**

ISBN: 978-85-8180-250-3

KBR Editora Digital Ltda.
www.kbrdigital.com.br
atendimento@kbrdigital.com.br
55|24|2222.3491

B869 - Literatura brasileira

 **Antonio Ernesto Martins** é escritor, roteirista e diretor de cinema e TV. Aos 16 anos escreveu sua primeira peça teatral, "A Causa dos Rebeldes". À frente da Cinemix Produções roteirizou e dirigiu programas de TV, vídeos publicitários, filmes institucionais e documentários como "Orquestra Tabajara", "Sacolão – Loucos por Futebol" e "Não Quero Falar da Chacina", todos exibidos pelo Canal Brasil – Globosat. *Sacudindo o pó da estrada* é seu primeiro romance.

E-mail: ernesto@cinemixproducoes.com.br

É fácil: é só dizer sim ou não. Difícil é conviver com essa decisão.

SUMÁRIO

NOTA DO AUTOR

Este livro fala de minhas experiências pessoais durante o período em que estive mergulhado na dependência química, e mostra meu processo de superação desse problema, abordando os meus primeiros contatos com as drogas e como elas foram entrando em minha rotina de maneira lenta e imperceptível.

Usando a terceira pessoa e criando o personagem Toninho, busquei me distanciar um pouco dos fatos e, nesse distanciamento, ser mais imparcial, ter mais liberdade e, sem remorsos, tocar em cicatrizes ainda não curadas, além de sugerir aquela mistura mágica entre ficção e realidade que toda boa história deve ter. Alguns nomes e pessoas foram mudados por motivos óbvios. Outras serão reconhecidas por muitos.

Não me parece ser possível deixar legados de fórmulas e lições infalíveis para um problema secular e tão profundo, mas sinto que esta história deve ser contada. Filho de imigrantes portugueses, Toninho é um garoto de origem humilde nascido no início dos anos 1960 no Rio de Janeiro, que chega aos 17 anos de idade no período de abertura democrática, anistia e luta por eleições diretas que coincidiu com o *boom* da cocaína no Brasil.

Após os primeiros contatos com a maconha, Toninho mergulha em um consumo abusivo de pó. Diferente do estereótipo do viciado, improdutivo e jogado na sarjeta, Toninho consegue durante esse período constituir família e se desenvolver profissionalmente, embora para isso tivesse que empreender um esforço físico e psicológico absurdo ao conciliar dois estilos de vida completamente antagônicos.

Com pouco menos de um ano de consumo de cocaína, Toninho percebe-se viciado e apartado de sua própria vontade. Luta contra si mesmo em conflitos internos torturantes e questionamentos existenciais severos, inconformado e ciente de sua situação de escravidão. Esse dilema é a linha central da narrativa, mas a história inclui diversos acontecimentos políticos, sociais, culturais e econômicos que marcaram o Brasil e o Rio de Janeiro durante a trajetória do personagem principal.

Assim, vemos a droga não apenas se expandindo gradativamente na vida de Toninho, mas também estendendo seus tentáculos nefastos sobre uma cidade que se tornou refém da violência provocada pelo poder do tráfico. A ditadura militar, os ventos de liberdade que começam a soprar no final dos anos 1970, o show do primeiro de maio no Riocentro, a Fluminense FM, o Circo Voador, o Noites Cariocas, os shows das bandas internacionais — escassos em território brasileiro até meados dos anos 1980 — e a redenção dos roqueiros tupiniquins no primeiro *Rock in Rio*; a popularização da cocaína aliada ao desenvolvimento e à articulação do crime organizado patrocinado pelos altos lucros do pó, o início do retalhamento da cidade pelas facções criminosas, a conquista do voto e a epidemia da AIDS são alguns dos coadjuvantes dessa história de luta contra o vício, travada em onze longos anos de consumo abusivo de cocaína e vinte e oito anos de uso diário de maconha.

Toninho não se revela apenas doente ou dependente, herói ou bandido, corajoso ou covarde. Acima de tudo, é um humano que viveu a experiência das drogas e não saiu impune dessa convivência, mas lutou e venceu o vício de maneira pouco comum, sem nenhuma ajuda terapêutica profissional.

Esta é uma história de sexo, drogas e *rock'n'roll*, mas também de fé, família e superação. É a história da procura de Toninho pelo equilíbrio, uma história verdadeira que pode servir de ferramenta reflexiva para o debate do processo humano de busca pela alteração da consciência, da dependência gerada pelo abuso de drogas e das possibilidades de superação desse problema.

Esta é a história de minha luta contra mim mesmo, luta que é inerente ao ser humano e mais antiga do que as próprias drogas.

Antônio Ernesto Martins
Rio de Janeiro, fevereiro de 2013

APRESENTAÇÃO

O texto de Antonio Ernesto está longe de ser um mar de lamúrias. Também não se enche de glórias por contar a história real de um homem que viciou-se em cocaína, abusou da maconha, flertou com outras drogas, mas nem por isso transformou-se num farrapo humano.

Apesar da droga, do brilho, a cada noite, a cada música, a cada palco, pelas esquinas e favelas de um Rio de Janeiro que já ficou no passado, ele conseguiu vencer a inércia, constituir família, fortalecer sua fé em Deus, vencer a cocaína e escrever este relato.

Ernesto é um caso raro? Sim. Em geral, os dependentes químicos acabam trocando a vida por uma "fileira", transformando o tempo, o cotidiano, o ir e vir exclusivamente numa busca incessante pela droga. Ernesto, e você saberá por que lendo este livro, conseguiu não se anular perante o poder comprovado do vício em cocaína, que dizimou e dizima celebridades em todo o mundo. Mas reduzir esta história a uma questão de dependência química seria uma grande injustiça com o livro e com seu autor. Embora as cores do vício estejam fortemente impressas durante toda a narrativa, e seja esse o conflito central do personagem Toninho, o autor vai além. Se aventura por paisagens e acontecimentos da vida social, cultural e política do Brasil, em particular do Rio de Janeiro, nos frenéticos anos 1970 e 80, chegando ao século XXI, o que torna a leitura agradável e nos faz entender através de um ponto de vista pouco explorado a evolução do flagelo das drogas que ameaçam cada vez mais nossa sociedade.

Outra característica que me chamou a atenção em *Sacudindo o pó da estrada* é que é um livro com "trilha sonora". As emoções de Toninho diante dos diversos acontecimentos importantes de sua trajetória, vitórias e derrotas, são eventualmente pontuadas pelo autor com "audições" de clássicos pouco ou mais conhecidos, como Rush, Eloy, Curved Air, O Terço, Johnny & Edgar Winter, Grand Funk, Stones, Deep Purple, Led Zeppelin, Raul Seixas, Pink Floyd, Chico Buarque e muitos outros, o que oferece ao leitor a tentação de tirar a poeira dos LPs e fazer esta leitura ao lado de um bom e velho toca-discos.

A palavra superação não consegue definir com exatidão o "caso Antonio Ernesto". Penso que ele foi mais longe, chamou por sua coragem, por sua coerência, por seus laços afetivos, e fez o corte, o rompimento; enfim, a libertação. Espero que sua narrativa possa estimular pessoas que estão nesse torpe estado de afogamento existencial a saírem dele, sobreviverem a ele. Sim, Ernesto é um caso raro. E que venham muitos outros, em nome da liberdade de viver.

Luiz Antônio Mello

Prefácio: sacudindo o pó do velho romance

O ficcionista Antonio Ernesto sentou-se dia desses diante do computador e compôs este excelente livro com as mais variadas histórias do personagem Toninho, um garoto que, desde muito cedo, vai aprender as doces e duras lições que o mundo tem a lhe ensinar. Como se seu destino fosse, movido pelo pó, deixar-se contagiar com as belezas e os horrores das perversões.

O autor põe Toninho a transitar por um mundo repleto de novidades, surpresas, satisfações e muita crueldade, coisa que o leva, por exemplo, a relembrar o que foi a monstruosidade da ditadura militar e a chacina de Vigário Geral, mas também o movimento de redemocratização e a explosão do rock nacional a partir dos anos 1980 — capítulos marcantes da recente história brasileira que são pano de fundo de sua luta contra o vício.

O leitor do trabalho de Ernesto embarcará numa grande viagem, conduzido pelo personagem Toninho, que, tendo se iniciado quase de brincadeira no lidar com as drogas, terminou dependente, capaz dos mesmos desmandos de seus parceiros e se igualando a eles num determinado momento no mergulho à degradação, porém se incomodando e se questionando severamente a respeito desse estado de perda da liberdade de decisão.

Seja como for, Toninho faz acontecer a boa e bem narrada história de Ernesto sem jamais pretender servir de exemplo a quem quer que seja e, muito menos, enfatizar com reprovações e lamentações a trajetória de seu bem desenhado personagem.

A narrativa de Ernesto começa, até, de maneira tímida, como se

Toninho apenas brincasse com o proibido, mas graças ao poder destruidor da droga, vai nos mostrando as mazelas físicas, psicológicas e espirituais em que o viciado se afunda.

Enquanto Antonio Ernesto nos mostra um ingênuo Toninho se mexendo no submundo das drogas com o propósito de um lunático, vamos tomando conhecimento de como se forma o viciado, o trágico destino que o ameaça e a luta que o espera para a reversão dessa trajetória, principalmente se decide formar família e ser pai.

A maneira sutil como o ficcionista Antonio Ernesto atua na composição de seu Toninho, vale dizer sem exagero, prova que ele conseguiu botar de pé um dos mais ricos personagens da literatura brasileira.

José Louzeiro

Capítulo 1

1984

A ânsia de Toninho em transformar e interferir na dita normalidade encontrou nas drogas um aliado artificial, mas extremamente recompensador ao nível do prazer imediato. Com a maconha, havia aprendido a levar à sua consciência novos parâmetros, se sentindo mais próximo de seus modelos de liberdade e rebeldia, livremente inspirados nas propostas da contracultura dos anos sessenta e na atitude *rock'n'roll*, além de se autoafirmar e ser aceito nos grupos de maconheiros pelos quais havia transitado.

Mas com a cocaína, a relação era mais intensa, e as exigências da droga mais severas. Não admitia se enquadrar no modelo degradado do dependente abusivo e descontrolado, mas percebia sua vida estacionar em torno de um único desejo recorrente e realmente motivador, capaz de levá-lo em direções indesejáveis em momentos inadequados. Isso o deixava inconformado e aflito, mas sua autocrítica se dissipava rapidamente diante da primeira oportunidade real e concreta de consumir um pouco mais de pó, fosse em companhia dos amigos, em festas e shows, ou, simplesmente, sozinho, durante o expediente do trabalho ou na jornada noturna da faculdade.

O desgaste físico dessa rotina aguçada já era mensurável, com sua tradicional magreza assumindo um aspecto doentio, agravado por olheiras monumentais. De todos os enigmas que a droga lhe propunha para que desvendasse na recuperação de seu autocontrole, um era especialmente instigante: não entendia o porquê de nunca estar satisfeito, fosse qual fosse a quantidade e a periodicidade com que cheirava.

Acostumado ao contentamento plenamente alcançado com um único baseado, que levava THC suficiente ao seu cérebro para habilitá--lo a se desligar da *cannabis* e se concentrar em outras atividades durante um longo período, não entendia sua ideia fixa na cocaína mesmo após um ou muitos tecos. Tentando racionalizar o que era irracional, começou a imaginar que deveria haver uma determinada quantidade, suficientemente grande, que lhe permitisse atingir a plenitude, a satisfação, libertando seu pensamento e o desconectando da obrigatoriedade de mais uma dose.

Buscava especificar esse montante que pudesse calibrar, definitivamente, a excitação de sua mente, emancipá-lo daquela rotina de necessidade que não se saciava nunca. Após quase um ano de uso frequente, sempre ficava com a impressão de que ao fim de uma rodada de pó faltara a última dose. E essa carência contínua começou a ser acompanhada invariavelmente de falta de apetite, insônia e uma disforia súbita que se aproximava cada vez mais da depressão.

O verão de 1984 chegou depois de Toninho vencer, aos trancos e barrancos, mais um período na faculdade, mas sem conseguir arrumar um novo emprego. Sem dinheiro para o pó, precisava de colaborações da mãe, do pai e das tias, que o ajudavam imaginando estarem contribuindo apenas com passagens e lanches. Toninho sempre dava um jeito de separar algum para um teco, mas a mixaria não o satisfazia e ele continuava buscando aquele montante "x" que o fizesse enjoar do hábito adquirido.

Os planos de parar com a cocaína a partir de sua mudança para o bairro da Abolição não duraram muito. Instalado no apartamento com sua mãe Aurélia e sua irmã Paula, sentia-se incomodado pela presença de uma amiga de Aurélia que dividia o apartamento com eles e que considerava uma estranha. Além disso, seu espaço ficara reduzido ao quarto de empregada, que dava para uma pequena área de serviço com uma varanda onde ficava o tanque de lavar roupas.

Só se sentia um pouco mais à vontade quando conseguia ficar sozinho em casa. Paula continuou estudando no Jardim América para terminar o segundo grau, Aurélia saía constantemente para defender uns trocados com suas vendas de porta em porta, e sua amiga passava grande parte do tempo com a filha e os netos que moravam no apartamento ao lado.

Toninho acordou um dia e verificou que estava sozinho em casa. Entediado e sem ter o que fazer, debruçou-se no parapeito da área de serviço e passeou o olhar pela paisagem totalmente disponível do ponto de vista privilegiado proporcionado pelo apartamento, localizado no quinto andar e no alto da Rua Macedo Braga.

Fazia três dias que havia se mudado e que não cheirava. A estranheza que toda aquela situação lhe causava era acompanhada pelo pensamento fixo de cheirar um pouco de cocaína. Até então, o anjo bom estava levando vantagem no controle de suas atitudes, mas sabia que a vitória sobre os apelos constantes de seu rival, mau conselheiro, só era possível devido à total penúria em que se encontrava. Os poucos trocados que restavam em seu bolso não compensariam uma ida ao Acari, ainda mais se computasse o pagamento das passagens de ônibus na ida e na volta.

O mau conselheiro procurava saídas para aquela situação, mas todas as sugestões envolviam atitudes indignas do caráter e da boa índole de Toninho. Lembrou-se de ter passado pela Rua Maria Freitas em Madureira, onde viu uma placa em um sobrado que dizia "Compra-se Ouro". A família de Aurélia sempre gostou de joias, e ela possuía algumas belas peças. Toninho mesmo havia acumulado anéis, cordões, medalhas e pulseiras, presentes da avó, madrinha, tias e da própria mãe, que demonstravam com esses mimos o grande amor pelo primeiro filho, neto e sobrinho.

Aurélia guardava com cuidado todos os objetos de valor, pois Toninho nunca havia demonstrado interesse em usar seus adornos. Pelo contrário, achava todos de mau gosto e fora de moda. Somente um grosso anel de ouro maciço, que já não lhe servia mais, havia ficado em seu poder, esquecido no meio de suas coisas. Um conflito se travava na mente do rapaz enquanto jogava seu olhar perdido pela paisagem desconhecida. Lembrou-se dos viciados que havia visto no Acari trocando objetos e joias na favela e sendo explorados pelos vapores. *Nunca iria fazer aquilo*, pensou. Mas talvez em Madureira conseguisse um bom dinheiro pelo anel... E se Aurélia desse falta da joia? Talvez ela nem se lembrasse mais de sua existência.

Enquanto sua consciência assistia à luta feroz entre o bem e o mal, seu olhar foi atraído para uma clareira elevada num morro bem na frente de sua varanda, a uma distância de pouco mais de mil metros. O entorno apinhado de barracos de madeira denunciava a existência de uma favelinha incrustada em uma área totalmente urbanizada. O acesso à clareira se dava por uma rua pouco movimentada e por uma escadaria estreita de cimento, pela qual subiam dois homens que, de longe, pareciam apressados.

Toninho aguardou que chegassem ao topo da escadaria e, enquanto os acompanhava com o olhar curioso, pressentiu o que estavam fazendo. Sua intuição se confirmou em menos de um minuto. Um outro homem foi ao encontro deles, pegou alguma coisa em suas mãos e, ressabiado e olhando para todos os lados, foi até uma lixeira onde se agachou por instantes, revirando alguma coisa que estava escondida em meio ao mato baixo. Voltou e entregou o que havia desentocado. Os dois desceram a escada acelerados, na direção da Rua da Abolição.

Toninho não teve dúvida. Diante de sua varanda funcionava uma boca de fumo que podia ser avistada sem muito esforço. Tinha pensado que mudando de bairro poderia se esconder da cocaína, mas a brizola tinha faro apurado e já se espalhava por todos os cantos do Rio de Janeiro. Ela o havia encontrado. Sentindo-se seguro devido à sua experiência em desbravar novas bocas, adquirida na primeira aventura solo na boca do Coroado, Toninho desceu no elevador do prédio contando o que tinha no bolso. Usando seu senso de direção, não foi difícil encontrar a escadaria. Chegou lá sem precisar gastar com passagens e conseguiu comprar um mísero papelote, que foi consumido na cozinha de seu novo apartamento antes mesmo do café da manhã. A droga era de péssima qualidade; só serviu para instigar mais ainda seu desejo refreado e para derrotar completamente os argumentos sensatos do anjo bom.

Com o leme de suas atitudes nas mãos do anjo mau, pegou o anel no fundo da gaveta de cuecas e partiu para Madureira. Subiu a escada que levava ao sobrado onde um cara forte, carrancudo e com um bigode avantajado o recebeu por detrás de uma mesa velha. Parecia estar escrito na testa do sujeito que ele era policial. Com atitude arrogante e olhar desconfiado, o bigodudo pegou o anel de Toninho e o examinou, ciente de que tinha nas mãos uma peça valiosa de ouro dezoito quilates, vinda de Portugal.

— Vamos ver se é ouro mesmo.

Colocou uma pedra retangular em cima da mesa e riscou-a com o anel, deixando uma marca que mudou de cor após ser banhada com o líquido que o sujeito despejou através de um conta-gotas. Toninho estava impaciente. Totalmente inexperiente nesse tipo de negociação, fez uma pergunta que escancarava uma porta para que o bigodudo o enganasse.

— E aí? É ouro?

O canalha não respondeu. Colocou o anel em uma pequena balança, aferiu o peso e depois rabiscou uma conta de multiplicar em um pedaço de papel velho, colocando o resultado diante de Toninho.

— Dá pra pagar isso.

Toninho olhou o valor escrito no papel e nem se importou que estivesse muito aquém do valor de uma joia daquele tipo. Só pensou que todos aqueles zeros antes da vírgula significavam muito mais do que ele poderia ganhar nos próximos meses de desemprego, e talvez fosse o suficiente para lhe proporcionar aquela volumosa e mágica quantidade de pó que, finalmente, o iria satisfazer por completo, liberá-lo daquela escravidão de pensamento: cocaína, cocaína, cocaína.

Pegou o bolo de notas e partiu para o Acari, chegando lá por volta das 11h00. Procurou pelo vapor das cinco gramas, mas foi informado que essa quantidade só estaria à venda depois das 16h00. Nem passava por sua cabeça esperar. Com parte do dinheiro obtido comprou quinze papelotes bem servidos, diante da cara de espanto e felicidade do vapor que o serviu.

— Vai ter festa hoje, né, magrinho!!

Antes de deixar a favela, cheirou o primeiro, e a cocaína de boa qualidade estabilizou sua ansiedade, deixando-o ativo e mais controlado. Pisava seguro em seu caminhar acelerado, sentindo-se pleno e senhor absoluto de seus caminhos. Todas as atribulações e fraquezas pareciam ter desaparecido, desintegradas pela farsa química promovida pela força da droga que corria em suas veias.

Novamente sentado dentro do ônibus, de posse do restante do dinheiro amealhado e com os quatorze papelotes na meia, conseguia vez por outra, sempre que os raios do sol permitiam, enxergar seu rosto esquálido e castigado refletido no vidro da janela. Já conhecia o mecanismo da droga o suficiente para saber que aquele estado de espírito acalentado por uma perfeição reconfortante rapidamente se acabaria, dando lugar a uma obrigação egocêntrica e autoritária de cheirar mais e mais. Mas estava decidido a desafiar a cocaína para um duelo final, que poria fim àquela servidão que assolava sua existência e embotava seus projetos. Quando o ônibus parou em um ponto em frente a uma loja de discos em Madureira, saía pelos alto falantes o hit "Revanche" de Lobão e Bernardo Vilhena, e a letra marcou fundo e para sempre sua memória: *O café, um cigarro, um trago/ Tudo isso não é vício/ São companheiros da solidão/ Mas isso só foi no início/ Hoje em dia somos todos escravos/ E quem é que vai pagar por isso?*

O cantor, que estourava nas paradas de sucesso e dominava as rádios, também acabaria revelando mais tarde seus problemas com o abuso de drogas. Toninho, naquele momento, com seu cérebro já pedindo um reforço de pó, teve uma completa compreensão do alerta que Lobão arremessava no ar, suspenso e morno, de um meio-dia suburbano. Não estava disposto a pagar essa conta, que tinha um preço muito maior do que ele podia imaginar. Continuou a viagem com a certeza de que aqueles quatorze papelotes seriam os últimos de sua curta porém já conflitante relação com o pó.

A ansiedade não deixou que esperasse pelo elevador. Subiu os cinco andares a pé e se sentiu realizado quando constatou que o apartamento ainda estava vazio. O território estava livre para seu duelo químico. Sem tomar café e sem almoçar, iniciou a maratona abrindo dois papelotes de uma vez e batendo seis trilhas simétricas em cima da mesa de fórmica azul da cozinha.

Após os primeiros tecos, buscou alguma coisa para fazer, mas não conseguia se deter em nenhuma tarefa por muito tempo. Como um leão na jaula, andava de um lado para outro no apartamento tentando encontrar alguma distração que pudesse absorver toda aquela excitação forçada pela coca. Retornava constantemente à mesa da cozinha e exterminava mais um papelote.

A estratégia de se afastar dos amigos, definitivamente, não tinha dado certo. Pelo contrário, Toninho iniciou naquele dia uma nova e muito mais cruel fase do vício: o consumo solitário. Nem tinha com quem conversar para ajudá-lo a desfazer as ondas que batiam impiedosamente contra os rochedos de seu cérebro. Seus sentidos alterados não encontravam no apartamento um sentido razoável para tudo aquilo.

Tentou ler. Impossível. Começou a varrer a casa. Desagradável. Experimentou ver televisão, mas não conseguia ficar parado. Pensou em descer para andar pelo bairro, que ainda conhecia pouco. Talvez um fliperama perto de seu prédio pudesse ajudá-lo naquele momento. Ficou quase uma hora espiando pelo olho mágico da porta, certificando-se de que não havia nenhum morador no corredor. Queria descer sem encontrar ninguém que pudesse vê-lo naquele estado.

Vencendo a paranoia, conseguiu finalmente chegar até o fliperama. Comprou algumas fichas do *pinball* Cavaleiro Negro e do videogame Pacman. Seus olhos pareciam querer saltar para dentro das máquinas. Suava em bicas. Sentia que todos na pequena loja o estavam observando e percebiam sua situação alterada. Começou a achar que o rapaz do caixa iria chamar a polícia. Olhava um segundo para o bonequinho do Pacman e outro para o possível delator que, em sua imaginação entorpecida, estava prestes a denunciá-lo aos homens da lei.

O manete que acionava os movimentos do Pacman pelo labirinto repleto de pastilhas e fantasmas era revestido de um plástico rígido que estava quebrado, deixando à mostra o ferro pontiagudo que sustentava o comando da engenhoca. Toninho jogava com uma vontade tão desproporcional que, quando se deu conta, sua mão estava sangrando, cortada pela haste afiada e pela pressão descabida que exercia para dominar o jogo.

Resolveu que era hora de voltar para o apartamento. Ainda tinha mais cinco papelotes e não se sentia totalmente satisfeito a ponto de descartá-los e dar por encerrada aquela peleja, pelo contrário. Subiu as escadas novamente e bateu mais dois sobre a mesa. Resolveu ouvir música, mas nenhum de seus LPs conseguia completar uma única faixa sem incomodá-lo. Logo colocava outro disco na vitrola, numa sucessão de canções que não mexiam com suas emoções nem proporcionavam qualquer esboço de relaxamento. Estava com a sensibilidade musical engessada.

Resolveu que talvez um solo de vassoura-guitarra pudesse cair bem, ajudá-lo a esquecer os derradeiros três papelotes que não saíam de seu pensamento, sua última esperança de conseguir enjoar definitivamente daquela droga. Bateu mais um. Esse era mais servido que os outros e gerou duas carreiras da largura de lagartas bem nutridas. Cheirou a primeira e seu nariz reclamou, ardeu, uma lágrima desceu pelo canto de seu olho esquerdo, desprovida de qualquer tipo de sentimento. Colocou no volume máximo o primeiro disco do Rush, um de seus favoritos da banda canadense, e começou a solar na vassoura a faixa "Finding My Way". Em pouco tempo sentiu-se um tolo, achou que o barulho iria atrair os vizinhos e, naturalmente, a polícia. Guardou a vassoura e abaixou o volume da vitrola.

Eram mais de 15h00, ainda havia pó e nada de Toninho se sentir completamente satisfeito. Queria acabar com aquilo, queria poder voltar o relógio para a hora em que tinha acordado, não se levantar da cama e pular aquele dia de sua vida. Mas a cada vez que seu frenesi mental ameaçava diminuir, só pensava no pó. Sentou-se diante da lagarta de pó esticada sobre a mesa e aspirou metade. Encostou-se na cadeira para se preparar para o segundo ato daquela trilha, já pensando nos dois papelotes que ainda restavam.

De repente, sua vista escureceu de uma maneira estranhamente nova e inesperada. Sentiu um zunir nos ouvidos, agudo e fantasmagórico. Percebeu que estava perdendo os sentidos. Enquanto lutava para recuperar a visão, o zunido ficava mais forte e ecoava em sua alma. Levou as mãos suadas aos olhos, esfregando-os, como se tentasse que pegassem no tranco. Teve muito medo, e o medo trouxe a imagem de Jesus, seu velho amigo, que nunca o havia deixado na mão e o socorria nas horas mais difíceis.

Aquela, sem dúvida, era a hora mais difícil de seus 21 anos. Começou a rezar, pedindo a Deus que o salvasse daquilo tudo e prometendo nunca mais cheirar se saísse daquela situação de impotência, diante de um fenômeno que ele desconhecia. Foram poucos segundos, mas pareceu uma eternidade até que sua vista clareou e ele pôde enxergar a rapa pela metade em cima da mesa, ao lado de um canudo um pouco sujo do sangue de seu nariz castigado. O zumbido de mil abelhas foi sumindo aos poucos e, milagrosamente, ele voltou ao mundo.

Só alguns anos mais tarde Toninho iria entender que esteve à beira de uma overdose naquela tarde. Com os dois pés na beira do precipício, a misericórdia de Deus o havia puxado de volta, talvez para poupar sua mãe de encontrar seu corpo naquele apartamento vazio, onde iria morrer sozinho, sem a mínima possibilidade de ser socorrido. Certamente Ele tinha outros planos para aquele jovem que desafiava o diabo, materializado na vil cocaína — o demônio que, entrando pelo nariz, apertava suas garras e cravava suas unhas envenenadas na alma de Toninho.

Recolheu o resto do pó que jazia sobre a mesa e o embrulhou em um pedaço de papel. Bebeu um copo d'água e o líquido desceu enjoando, batendo como uma bomba em seu estômago ardente e vazio. Quase vomitou. Quando voltou ao normal esqueceu imediatamente a promessa que havia feito no auge de seu desespero. Só pensava que ainda havia mais dois papelotes e meio, que sua mãe e sua irmã estavam para chegar e que tinha aula na faculdade. Tudo que ele não queria era que Aurélia o encontrasse naquele estado.

Logo o anjo mau de sua consciência se recuperou do baque e prontamente apresentou justificativas para o que havia acontecido. Havia cheirado muito, e sozinho. Precisava de um companheiro que pudesse dividir com ele a inquietação exagerada que a cocaína provocava, e que ele confundia com alegria. No apartamento havia um telefone, um luxo para a época. Ligou para Dimas. O velho amigo atendeu, alegre e solícito. Toninho o convidou para se encontrarem na UERJ, e Dimas aceitou.

Tomou um banho. A água parecia arranhar sua pele sensível e desossar seus músculos retesados, causando mórbidos calafrios. Botou o restante do dinheiro no bolso e para retomar a disposição, que havia sido abrandada pelo banho, cheirou mais um papelote. Antes de sair, olhou o relógio: eram cinco da tarde. Lembrou que a essa hora o vapor das cinco gramas já estaria em seu posto no Acari. O único papelote que sobrara certamente não seria suficiente para sustentar seu entusiasmo no reencontro com Dimas.

Antes que pudesse se dar conta, lembrar a escuridão da vista ou o zumbido do ouvido, estava entrando na favela novamente e comprando um tubinho de cinco gramas de pó, quase sem mistura, com o dinheiro de seu anel.

Dimas entrou pelo estacionamento da UERJ, atrasado como sempre. Logo avistou Toninho, que o esperava no hall principal e sem muitos rodeios revelou ao amigo o conteúdo de sua meia. Dimas não recusava nenhuma viagem, nenhuma loucura. Embora ainda não tivesse alcançado o estágio avançado de fissura de seu amigo, a cocaína também já o acompanhava com frequência nas noitadas e orgias.

Subiram até o banheiro das Ciências Sociais no nono andar e deram o primeiro teco daquela que seria uma noite longa e inútil. Haviam se conhecido na adolescência e elaborado juntos planos e projetos, mas tudo o que fizeram naquela noite foi vagar de bar em bar, movidos pela dama de branco que os aliciara e sugava suas energias.

Começaram num boteco em frente à universidade. Depois foram de táxi para a Lapa, onde perambularam a esmo. Muitas cervejas e caipirinhas mais tarde, foram para o apartamento no Jardim Botânico de uma atriz amiga de Dimas, que havia posado nua para uma revista masculina recentemente. Lá as cinco gramas acabaram, e os planos dos dois ficarem com a mulher até amanhecer foram alterados pela chegada do namorado dela, que, de cara feia, mandou que se livrasse daqueles dois sujeitos de olhos arregalados e bocas tortas.

Às quatro da madrugada chegaram ao Baixo Gávea e ocuparam uma mesa no Bar Braseiro. Toninho estava há mais de vinte e quatro horas sem comer e se sentia muito próximo de um estado de inanição física e mental. Pediu um suco de laranja. Enquanto o suco descia parecendo queimar sua garganta, o sol despontava por trás do Jóquei Clube. Dimas ainda conseguiu comer algumas fatias de pizza. Os pedaços que Toninho levava à boca se embolavam em sua língua seca e pareciam se agarrar a seu esôfago, resistindo o quanto podiam antes de cair em seu estômago arruinado.

Enquanto escutava sem processar a tagarelice de Dimas, calculou que devia ter cheirado perto de sete gramas de pó naquelas últimas vinte e quatro horas, descontando o que cedera ao companheiro. Não estava bem certo de haver atingido o objetivo de abolir definitivamente seu desejo, mas a fraqueza e o cansaço absurdo que sentia não permitiam que sequer pensasse em conseguir mais cocaína. Só pensava em chegar em casa e jogar seu corpo debilitado na cama, mesmo sabendo da luta que ainda teria que travar antes de algumas horas de sono reparador.

Pegaram um ônibus para Vila Isabel. De lá, depois de se despedir do amigo, que ficou parado ao lado dos trabalhadores e estudantes que esperavam a condução que os levaria a seus afazeres, Dimas seguiu para sua casa no Grajaú. Quando Toninho entrou no apartamento, Aurélia e sua amiga tomavam café na mesma mesa onde ele havia consumido os quinze papelotes de cocaína no dia anterior. Paula já havia saído para a escola. Disse que havia dormido na casa de um amigo, e finalmente conseguiu comer um pedaço de pão com manteiga acompanhado de um pouco de café. Retirou-se rapidamente para seu quarto e desabou na pequena cama, com a certeza de que naquele momento se encerrava a sua última aventura no consumo daquele pó enervado. Os argumentos ponderados do anjo bom nem precisaram insistir muito. A situação depauperada de seu corpo e mente e suas últimas atitudes falavam por si, depondo a favor de uma interrupção imediata daquele ciclo torturante. Ao anjo mau só restou um murmúrio antes do desfalecimento completo de Toninho: *Quem sabe um dia desses, em uma ocasião especial!*

Dormiu o dia todo e acordou atrasado para a faculdade. Finalmente conseguiu comer um bom prato de comida e partiu para a UERJ. Chegando lá, a decepção de encontrar a faculdade envolvida em mais uma greve foi seguida de uma nostalgia estranha, relacionada aos fatos do dia anterior. Lembrando o início do segundo tempo de sua epopeia psicotrópica com Dimas naquele mesmo banheiro onde estava urinando, desejou ter um pouco de cocaína. Apavorou-se com seu desejo, mas tentou acomodá-lo na mente com raciocínios autoilusórios: *Só um pouquinho não vai fazer mal, é só de vez em quando. Posso controlar isso.* Na viagem de volta para casa trabalhou para se convencer disso, enquanto o inconsciente buscava uma maneira de viabilizar algum pó para o dia seguinte, que prometia ser tão monótono e sem perspectivas como os últimos de sua vida: sem trabalho, sem projetos, e agora também sem aula na faculdade.

Aurélia estava sentada na sala fazendo suas belas peças de crochê e recebeu o beijo do filho, que se sentou aos seus pés. Conversaram e assistiram a novela. Relembraram os velhos tempos e reviveram os fatos marcantes, os personagens saudosos de sua família que tinham ficado em Portugal. Antes de ir se deitar, Toninho revelou à mãe uma vontade de manter sob sua guarda as joias que eram suas, pois se tratavam de lembranças de família, pelas quais nunca havia demonstrado o menor apreço ou interesse.

Aurélia ficou satisfeita com a súbita atitude do filho, valorizando os objetos de estimação que lhe pertenciam desde o seu nascimento. Foi até seu quarto e voltou com um porta-joias em forma de baú revestido de couro marrom, forrado de cetim vermelho e repleto de peças de ouro. Separou as que ela mesma e outros familiares tinham dado a Toninho, que beijou a mãe, deu boa-noite e foi para o quarto levando alguns anéis, cordões, medalhas e outras peças. Guardou-as em uma caixa junto com seu jogo de botões, convencido de que somente em uma ocasião muito especial talvez pudesse lançar mão de uma ou duas para conseguir algum dinheiro.

O ouro não ficaria ali por muito tempo. Seu pequeno tesouro seria dilapidado paulatinamente em frequentes visitas ao bigodudo de Madureira, para financiar o hábito maldito que Toninho, em raros momentos de sobriedade e humildade, já admitia chamar de vício. A cada anel ou medalha vendido, sua consciência doía e o atormentava, mas o desejo de voltar a experimentar as sensações da droga falava mais alto na voz do anjo mau conselheiro, que a essa altura parecia ter assumido completamente o leme da mente de Toninho.

Inevitavelmente, os pensamentos de incentivo e as sensações de prazer o abandonavam ao final de cada rodada de pó, agora quase sempre solitárias, deixando Toninho mergulhado num poço profundo de remorso, depressão e derrota. Só com a próxima dose afetando os seus neurônios conseguia esquecer temporariamente a situação.

Capítulo 2

33 anos antes

Na manhã do dia 08 de junho de 1951 a vida transcorria calmamente no Conselho de Arouca, interior de um Portugal castigado pela crise econômica e pela falta de opções de trabalho. O governo ditatorial de Salazar, que havia chegado ao poder em 1932, tinha conseguido a proeza de não se envolver diretamente nos conflitos da Segunda Grande Guerra, que arrasaram a Europa, deixando um rastro macabro de morte e destruição. Essa neutralidade, no entanto, teria um preço. Do alto de seu palanque, o déspota simpatizante dos movimentos fascistas proferiu a sentença ao povo português: "Livrem-vos da fome que eu vos livro da guerra."

Assim como Hitler e Mussolini, Salazar vinha do povo, tinha um discurso populista, mas, ao contrário deles, tinha diploma universitário — havia lecionado na Universidade de Coimbra e seu projeto de um regime estável para Portugal não trazia em seu bojo nenhuma ideologia revolucionária. Era um católico convicto, que almejava um estado forte e fiel aos dogmas da igreja católica. Antes de tudo, repudiava o socialismo, as lutas de classe, o sistema de partidos e o sufrágio universal. Apoiado no exército instaurou um estado nacional cristão em Portugal, calcado na família e nos valores católicos. Extremamente conservador, teve o mérito de manter a paz social em um país atrasado e com uma economia incapaz de prover às novas gerações a esperança de ascensão social e de dias melhores.

Nesse cenário, o Brasil acenava como o sonhado Eldorado, como a terra promissora, celeiro de oportunidades de enriquecimento e receptivo à chegada de mão de obra estrangeira. Nos anos 1950 houve um grande aquecimento nesse fluxo migratório, com os navios deixando o Porto e Lisboa apinhados de emigrantes que, incentivados pelo próprio governo, desembarcavam aos milhares em terras brasileiras para a aventura no Novo Mundo.

Geralmente, viajava primeiro o chefe da família. O pai ia à frente para sondar o terreno e plantar as bases econômicas que permitiriam a ida do resto da família. Mas também partiam primeiro os mais jovens e os solteiros, detentores da energia necessária para o trabalho pesado. Para poderem ser liberados pelo governo português e aceitos pelo governo brasileiro, precisavam ter alguém no Brasil que se responsabilizasse por eles através de uma Carta de Chamada, e que teria a tutela do imigrante em seus primeiros anos na antiga colônia portuguesa. Caso algo de funesto acontecesse, como doença grave, falta de adaptação à nova terra ou impossibilidade de autossustento, essa pessoa teria que se encarregar das custas para a repatriação do cidadão português.

Naquele 8 de junho, quase ninguém reparou em Antonio quando deixava o prédio da Secretaria Notarial de Arouca, no edifício dos Paços Municipais. Ao seu lado estava seu filho varão mais velho, nessa época com 16 anos, também Antônio: como todo bom primogênito, carregava o primeiro nome do pai. Nas mãos de Antonio, o filho, estava um papel datilografado com algumas assinaturas e com o polegar de seu pai aposto no verso. Nele, podia-se ler:

"(...) compareceu o Senhor Antonio de Oliveira Martins, casado, alfaiate, morador do lugar de Soutêlo, freguesia de Chave, deste concelho, pessoa cuja identidade reconheço pela abonação das testemunhas deste acto, minhas conhecidas. E por ele foi dito: Que, pelo presente instrumento, dá autorização e pleno consentimento ao seu filho Antonio Gomes Martins, solteiro, menor, de dezasseis anos de idade, sapateiro, convivente com ele outorgante no dito lugar de Soutêlo, para se auzentar do Continente da República, para a cidade do Rio de Janeiro, República dos Estados Unidos do Brasil, indo recomendado a pessoa de sua inteira confiança e que se obrigou a prestar-lhe alimentos e a promover a sua custa a sua repatriação, no caso de esta, por qualquer motivo, se tornar necessária..."

Antonio, o pai, era casado com Margarida, e tinham mais quatro filhos: Adélia, a mais velha, que havia entrado para o convento; Abílio, que mais tarde também embarcaria para o Brasil; Manoel e Sofia.

A vida não era fácil na aldeia. Para ajudar no orçamento familiar, Margarida criava algumas galinhas e vendia ovos, enquanto o marido, embora alfaiate, também trabalhava na pequena quinta da família plantado e colhendo alguns legumes e verduras para sua própria subsistência. Sob a aparência frágil de Margarida havia um enorme coração. A tudo se calava e nada parecia abalar sua fé em Deus e sua paciência com as dificuldades da vida.

Era uma mulher doce, agradável e resignada com sua sorte, e se dispunha a cuidar dos pequeninos da aldeia quando os pais iam para o trabalho no campo. No início dos anos 1980, quando o Pai Eterno a chamou para o Paraíso, uma cena emocionou a todos: aquelas pessoas de quem ela tinha cuidado quando crianças rodearam seu caixão, tomadas pela dor, pela saudade e pela gratidão.

O velho Antonio era um homem rude e de poucas palavras. Fumava muito, e também era adepto dos prazeres do vinho, mas reconhecidamente honesto e de boa índole. O pequeno Antonio cresceu vendo as dificuldades da família e sonhando com uma oportunidade de reverter aquele cenário. Aos 14 anos chegou a trabalhar como ajudante do sapateiro local que lhe ensinou o ofício, mas não era o suficiente. O espírito desbravador português gritava em seu peito e o oceano o desafiava.

Ouvia as histórias de conhecidos que haviam embarcado para o Brasil e lá feito fortuna. Vez por outra, um desses "brasileiros" — como eram chamados os retornados —, chegava à aldeia ostentando sinais de prosperidade e opulência muito distantes da realidade da pequena Soutêlo. Não tardou o dia do pedido. Chegando perto do pai, revelou seu desejo de migrar para o Brasil. No Rio de Janeiro estava um tio seu que poderia lhe enviar a carta de chamada e acolhê-lo nos primeiros tempos.

O velho Antonio nada disse de imediato. Pensou em como iria arranjar o dinheiro para a passagem do filho. Já havia estado no Brasil e sabia que a vida nas Américas para um imigrante não era fácil, conhecia as ciladas e armadilhas que a vida fora da pátria natal apresentava. Por outro lado, sabia que pouco poderia fazer pelo filho em sua própria terra. Sem demonstrar nenhuma emoção, apenas perguntou:

— É isso mesmo que tu queres?

A resposta afirmativa veio como uma flecha. Com a mãe — que ele levaria mais de 30 anos para rever — chorando na porta de sua casa, Antonio se despediu dos irmãos e entrou com o pai em uma carrinha que o levou para a cidade do Porto, onde embarcaria no navio Salta.

Ainda no cais, o pai lhe fez as últimas recomendações. O coração do pequeno Antonio batia cada vez mais forte a cada passo que dava na ponte que levava a bordo. No alto do convés, deu uma última olhada para o seu Portugal antes de ser conduzido ao porão onde ficavam os alojamentos de terceira classe. O garoto de 16 anos agora estava sozinho em sua aventura.

O Salta era resultado de uma conversão feita em um porta-aviões britânico que havia sido utilizado na Segunda Guerra. Com o fim do conflito, o navio havia sido devolvido pela Marinha Real Britânica aos EUA, ficando inativo até 1949, quando foi comprado e adaptado para o transporte de imigrantes pela companhia argentina Dodero Line. Tinha capacidade para 1.320 pessoas em instalações bastante modestas e compactas, cobrindo a linha Gênova-Buenos Aires, com escalas no Porto, Lisboa, Rio de Janeiro e Santos.

Durante os 16 dias da longa viagem, o jovem Antonio andava pelo convés mirando a imensidão do mar; tentava controlar sua ansiedade, que o fazia conferir o horizonte de hora em hora à procura de um sinal da terra prometida. Lembrava que o Tio Manuel, que o esperava no Rio de Janeiro, havia mandado o dinheiro para a passagem; estava extremamente grato, e ávido para cumprir a obrigação de ressarcir essa despesa a custo de muito trabalho.

Era um jovem bonito e forte, e suportou bem as agruras da viagem. Não podia sequer imaginar a possibilidade de ficar doente. Na manhã do 16º dia, pulou da pequena cama de sua cabine e correu para a proa do navio, onde, finalmente, quando o Salta adentrou a Baía de Guanabara, pôde avistar os contornos do famoso relevo do Rio de Janeiro. Pela primeira vez sentiu medo e saudades, mas a curiosidade afastou temporariamente esses sentimentos. Rapidamente, reuniu seus parcos pertences na pequena mala e, com a documentação em mãos, se preparou para o desembarque no cais da Praça Mauá. Pisaria pela primeira vez em solo brasileiro, um solo onde ele plantaria suas raízes, constituiria família e escreveria sua história a custo de muito suor, dissabores e alegrias, vitórias e derrotas.

Antonio estava encostado na murada da embarcação aguardando o fim da manobra de atracação quando um companheiro de viagem se aproximou, também tomado pela euforia e pelo alívio do fim da jornada. Enquanto conversavam animadamente, o homem puxou do bolso um maço de cigarros. Acendeu um e ofereceu outro a Antonio. O jovem português aceitou a oferta e acendeu seu primeiro cigarro. Enquanto baforava a fumaça resultante da combustão do tabaco, sentiu-se um homem absoluto, adulto para fumar e livre para buscar seu sustento naquele país que lhe acenava com um mar de possibilidades. Lembrou-se da mãe, que certamente ralharia se o visse fumando, mas não se sentiu culpado. Estava longe demais para poder magoar aquele coração materno com qualquer atitude que fosse. Não sabia, mas estava iniciando um hábito que o acompanharia por mais de 40 anos.

Em terra, seu tio Manuel o esperava com um abraço de boas--vindas. Era um bom homem, mas de saúde frágil. Tomaram um táxi e partiram para a primeira habitação de Antonio no Brasil. O tio morava na Rua Barão de São Félix, em um dos vários sobrados de arquitetura portuguesa que formavam um corredor movimentado: armazéns, garagens, restaurantes, frigoríficos, muitas pensões e algumas vilas serviam de cenário para um ambiente que, às vezes, parecia ser um pedaço de Portugal no Rio de Janeiro, tamanha era a população de imigrantes lusos naquela região. A Barão de São Félix ficava atrás do famoso prédio do relógio da Central do Brasil, ao pé do Morro da Providência e paralela à Avenida Presidente Vargas. Era também uma região boêmia de grande agitação noturna. Alimentados pelo tráfego dos passageiros na gare da estação ferroviária Pedro II, os cabarés e gafieiras fervilhavam, formando um eixo de pecado que rivalizava com a Lapa e a Praça Mauá.

O jovem Antonio logo faria o reconhecimento desse novo habitat e se adaptaria com maestria à malandragem carioca, o que lhe renderia o apelido de Malandrote. A alcunha lhe foi atribuída por um amigo também imigrante, em substituição ao Arrebita que havia trazido da infância na pequena aldeia portuguesa.

Começou trabalhando como ajudante de sapateiro, mas logo passou para atendente de balcão em um restaurante na mesma rua em que morava. Em todo trabalho se destacava por sua determinação, seriedade, responsabilidade e disposição para a labuta. Acabou atraindo a admiração e amizade do português dono do estabelecimento, que o promoveu a garçom. O cigarro já era companheiro constante e logo recebeu o reforço da cerveja, da bagaceira e do vinho nas tarefas de suportar as saudades de casa e transitar pela face mundana do Rio. Assim conseguiu pagar a passagem ao tio, que morreria dois anos após sua chegada.

O álcool o acompanharia até o último de seus dias. Tampouco recusava uma boa briga, em uma época em que se brigava na mão ou, no máximo, com uma navalha. Chegou a ser salvo por uma carteira de motorista no bolso da camisa, quando uma chave de fenda inimiga já tomara o caminho de seu coração, e mostrava com orgulho a carteira de capa grossa, perfurada pelo artefato pontudo.

Numa terra distante e estranha, em meio a alguma xenofobia e hostilidades dos brasileiros, estava se saindo bem. Andava bem arrumado, com suas calças de boca fina e relógio de ouro no bolso, coisas que em sua pequena aldeia jamais poderia imaginar possuir.

Depois de cinco anos de muito trabalho e agitação, podia dizer que já estava adaptado à nova pátria. Mas na hora em que entregava seu corpo cansado à cama da pensão onde morava, a solidão vinha perturbá-lo. A saudade, tão facilmente afastada pela primeira vez no convés do Salta, teimava agora em não querer ir embora. Na noite daquele verão de 1956, fechou os olhos pensando no vinho com ovos e açúcar que a mãe lhe dava quando ficava doente e adormeceu.

CAPÍTULO 3

A tarde fria caminhava para seu final enquanto o sol se acomodava por trás do Pinhal do Camarido, uma faixa fértil que parecia espremer a pequena Cristelo contra o monte e a separava da foz do Rio Minho. De origem medieval, Cristelo pertencia ao Conselho de Caminha, Distrito de Viana do Castelo, e estava incrustada em um monte que serviu de fortificação na resistência a várias invasões ao atual território português, incluindo a do Império Romano.

A jovem Aurélia e sua irmã Alda, escondidas entre os pinheiros, observavam uma família de ricos fidalgos que terminavam um piquenique. Suas bocas estavam cheias d'água e as barrigas roncando. Não era a primeira vez que espreitavam aquele lugar, frequentemente utilizado por pessoas de maiores posses para esse tipo de diversão.

Assim que a família abandonou o lugar, as raparigas saíram de seu esconderijo para revirar as sobras do banquete. As cascas de queijo eram uma iguaria sem igual. Os restos de pães e frutas eram um manjar digno dos deuses. Com sorte, até alguns biscoitos e doces poderiam ser amealhados. A estratégia era, em parte, por necessidade, pois a dieta familiar não incluía essas guloseimas. Mas era também por diversão e traquinagem, porque, apesar de toda a carência de suas vidas pobres, eram felizes e livres nos seus 15 e 14 anos de vida, num tempo onde podiam não ter um sapato para ir à missa, mas tinham a natureza para lhes proporcionar muitos figos para serem colhidos no pé e saboreados à beira da praia.

Com a noite chegando, se apressaram em retornar para casa e no caminho encontraram a irmã mais velha, Libertária, então com 20 anos, que voltava do campo com uma saca de favas, matéria prima para a sopa habitual feita por sua mãe Maria.

Maria era viúva e estava em seu segundo casamento. O primeiro marido se encantara por ela quando, ainda casado e sessentão, recebeu aquela jovem de 22 anos para trabalhar em sua casa nos serviços domésticos. Chamava-se Francisco Maria Ernesto e era um homem à frente de seu tempo. Após abandonar a marinha, tornou-se caixeiro viajante e não parava em Portugal. Viajava constantemente para as Áfricas, Canadá, Brasil e, principalmente, para os EUA, onde também se casou e teve três filhos. De lá trazia as roupas e perucas que serviam de figurino para as peças que apresentava na aldeia portuguesa.

Tinha o espírito inquieto de todo artista. Amava o teatro e odiava Salazar. Pode-se imaginar o escândalo que se abateu sobre o vilarejo quando Francisco, com a esposa muito doente e às portas da morte, resolveu assumir a jovem Maria como esposa. Mas isso pouco lhe importava. Tinha um coração livre, impregnado pelos ideais anarquistas que vivenciava em suas viagens, e há muito que seu primeiro casamento era só de fachada. Não deu ouvidos àquela gente mesquinha e maledicente.

Apesar da idade avançada, era o que se poderia chamar de um belo reprodutor. A primeira filha logo veio, e no dia do registro civil deu-se a pendenga: o nome "Libertária" era muito incomum, e agressivo ao estado cristão salazarista.

— A filha é minha e nela ponho o nome que quiser.

O escrivão coçou a cabeça e chamou o juiz, que tentou sem sucesso dissuadir Francisco de nomear a filha com aquela graça tão revolucionária e perigosa. Ameaçou chamar a PIT — a polícia de Salazar —, mas Francisco não arredava o pé. Chamaram então a autoridade maior da região: o padre. Em uma negociação tensa entre a liberdade e a clausura, entre o santo e o profano, veio a solução e o acordo nas palavras do sacerdote:

— Está bem Francisco. Mas põe então Libertária de Jesus. Assim não fica tão mal.

E assim foi feito. Cinco anos depois, nascia Aurélia e um ano após Alda viria ao mundo. Francisco deixaria esse mundo pouco tempo após o nascimento da última filha, sem ter conseguido o filho homem tão desejado por Maria, a quem deixou viúva com três filhas pequenas para cuidar.

Nas redondezas de Cristelo havia um moinho aonde o povo leva os grãos colhidos para serem moídos e transformados em farinha. Lá trabalhava um moleiro chamado Manuel, que não se cansava de deitar os olhos de cobiça sobre a jovem viúva que vez por outra utilizava os seus serviços. Enamoraram-se e se casaram. Dessa união vieram mais dois filhos, Maria Alice e, finalmente, o filho homem, Júlio.

Aurélia cuidava dos dois como se fossem filhos, mas como suas irmãs, embora não tivesse muitas lembranças do pai, achava um bocado estranho ter que conviver com outro homem no quarto de sua mãe.

Alimentar sete bocas era um trabalho hercúleo e um desafio diário, e a solução encontrada não tinha nada de original para aqueles tempos: Manuel embarcou para o Brasil para tentar levantar dinheiro e chamar a família. Era habilidoso nos trabalhos elétricos e hidráulicos e com isso foi se defendendo, mandando dinheiro para Maria e dividindo o aluguel com um amigo em um sobrado no número 218 da já mencionada Barão de São Félix.

Subindo a Rua do Castanheiro, as três irmãs entraram em casa com muita algazarra e debaixo de alguns sopapos com os quais a mais velha, quando contrariada, sempre agraciava as mais novas. Encontraram Maria sentada na cozinha com uma carta nas mãos e um semblante que misturava alegria e preocupação. Quiseram saber do que tratavam as poucas letras e ouviram a resposta: era uma carta de Manuel, que, finalmente, mandava o sinal verde para que toda a família iniciasse os preparativos da viagem para o Brasil. Já estava em condições de receber a mulher, filhos e enteadas.

A notícia, embora tão esperada, causou surpresa e um grande arrepio nas três irmãs. Alice e Júlio eram muito pequenos para entender o que estava acontecendo, mas as mais velhas sabiam que aquilo significava deixar sua aldeia, os passeios no Bosque do Camarido, os mergulhos na praia de Moledo, as festas com a concertina animando o vira, as vindimas na época da colheita das uvas e a inocência de uma vida livre e segura. Naquela noite, Aurélia custou a adormecer, pensando no que estava por vir e o que a esperava naquela terra distante e desconhecida. O vento frio uivava por entre as frestas do postigo do quarto e uma nesga de lua iluminava as irmãs, que ressonavam ao seu lado.

No dia 28 de abril de 1956, toda a família estava no cais da cidade do Porto com suas malas de porão, prontos para embarcar no North King, vapor que os levaria na travessia do Atlântico. O North King havia sido concebido para ser um navio de carga. Construído no início do século XX, só começou a navegar para o Brasil a partir de 1947, administrado pela Sociedade de Navegação Luso-Panamense; transportou milhares de emigrantes na rota Leixões/ Funchal/ Santos, com escalas no Porto e no Rio de Janeiro. Era um pouco mais confortável que o Salta e melhor adaptado para o transporte de passageiros.

A viagem transcorreu sem muitos imprevistos, apenas com Maria e Libertária quase sem saírem de suas cabines assoladas por acessos de vômito e pelo enjoo, e Aurélia e Alda se divertindo nos inúmeros bailes promovidos a bordo, para alegrar a longa travessia. Aurélia completou seus 16 anos a bordo, e no dia 14 de maio de 1956 desembarcaram no Rio de Janeiro.

Logo na chegada, o primeiro susto: Aurélia viu pela primeira vez um homem de pele negra. Correu assustada para perto da mãe e teve que aguentar as gozações das irmãs. O sobrado onde iriam morar ficava próximo à esquina da Rua da América, quase ao pé do imponente relógio da Central do Brasil. Em baixo havia uma loja comercial, e ao lado uma porta de madeira dava acesso a uma longa escada, também de madeira, que levava a uma ampla sala. O quarto maior, da frente, ficou para o casal. No cômodo ao lado ficariam as irmãs. O sobrado tinha mais dois quartos grandes de fundos e um corredor comprido, que dava na minúscula cozinha e no único banheiro. Numa pequena área dos fundos havia outra escada que levava a um terraço, onde Maria estendia as roupas e cultivava suas plantas em um pequeno canteiro. Tudo muito simples, mas muito mais luxuoso do que a pequena casa de Cristelo.

Maria abriu pensão e começou a receber fregueses para almoçar em sua sala, alugando também os quartos que sobravam. As cachopas mais velhas foram trabalhar, Libertária como ajudante de costura em Copacabana, Aurélia e Alda como domésticas em casas de família. Ficavam sem vir em casa por semanas, e no pequeno quarto de empregada Aurélia chorava com aquele sentimento que habita eterno no peito do imigrante: a saudade. Sentia saudades da mãe, das irmãs e de sua terra, enquanto se esquivava das investidas do patrão, que se dizia apaixonado por ela.

Numa dessas vindas do trabalho para casa, Aurélia passou pelo movimentado restaurante que ficava em sua rua, na esquina com a Rua Bento Ribeiro, e sentiu um objeto atingir levemente suas costas. Olhou para o chão e viu que era uma bolinha feita de miolo de pão. Ao procurar de onde havia partido o petardo, encontrou o sorriso cínico de Antonio na porta do estabelecimento. Não deu confiança e seguiu seu caminho. No entanto, muitas outras bolinhas viriam nos dias posteriores, até que a artilharia apaixonada conseguisse baixar a guarda da jovem portuguesa.

Começaram a namorar, com o consentimento e a severa vigilância de Maria. Antonio comprou um táxi, um Chevrolet 48, e iniciaram os preparativos para o casamento. Em 3 de dezembro de 1960 se casaram na Igreja Santo Antonio dos Pobres e foram morar em um casebre na Ladeira do Barroso, no Morro da Providência, que, naquela época, não lembrava nem de longe as zonas de guerra em que se transformariam os morros e comunidades carentes do Rio de Janeiro. Estavam apaixonados, Aurélia cheia de sonhos, Antonio tendo herdado do pai o jeito rude e a afinidade com a bebida.

No dia 2 de abril de 1962 o casal foi presenteado por Deus com um rebento do sexo masculino: unidas pelo matrimônio de Antonio e Aurélia, as duas famílias portuguesas teriam em sua genealogia o primeiro ramo a florescer em terras brasileiras, que rapidamente tomaria para si o trono de príncipe herdeiro de todo tipo de mimo e cuidado por parte das tias e dos pais. E, como todo bom primogênito, também recebeu o primeiro nome do pai: Antonio. Mas esse Antonio logo seria transmutado em Toninho, um diminutivo que combinava bem mais com seu tamanho e com o jeito carioca que insiste em apelidar a tudo e a todos com o carinhoso sufixo "inho".

Capítulo 4

É interessante tentar entender e esmiuçar a lógica e o *ethos* do imigrante português. Ao deixarem sua pátria em busca de progresso e conquistas, passavam a ter seus corações rachados ao meio. Depois de 30 ou 40 anos de vida no Brasil é comum encontrar imigrantes que não sabem bem definir sua nacionalidade, ou pelo menos resumi-la em uma só. Os próprios tratados bilaterais entre as nações irmãs asseguram a essas pessoas a dupla nacionalidade, mas em suas consciências essa equação não se resolve tão facilmente como em um papel assinado e com a chancela do consulado. Passam a ser brasileiros, que escolheram este país para criar os filhos e consolidar seu patrimônio, mas como disse Carlos Lessa em *Os Lusíadas na Aventura do Mundo Moderno*, citando Gilberto Freyre, terão sempre "a alma fielmente devota à Nossa Senhora de sua aldeia".

Ao chegarem ao Brasil, além das dificuldades normais de adaptação a uma nova cultura, a uma nova terra, a uma nova vida, enfrentam a discriminação pelo sotaque e pelos costumes, e se abrigam em um associativismo típico do povo luso emigrado que fez florescer em todo Brasil diversas casas regionais, hospitais, entidades culturais e filantrópicas.

Um fantasma assustador ronda suas cabeças desde que pisam em solo tupiniquim: a possibilidade de saírem derrotados dessa batalha e terem que voltar a Portugal sem conseguir o que vieram buscar, retornando às suas origens do mesmo jeito que saíram — algo inconcebível, e, para muitos, uma grande vergonha. Diante disso, grande parte dos emigrados se entregou de corpo e alma ao trabalho pesado e constante.

São obstinados em ganhar dinheiro para sobreviver dignamente e progredir na escala social, livrando definitivamente a si mesmos e às suas famílias das necessidades que passaram na infância e juventude. Não há espaço para o erro, para a hesitação. Nesse imaginário, o trabalho em si é a maior conquista pessoal, um tesouro precioso; para consegui-lo, precisaram viajar por semanas em alto mar, e normalmente se agarram a ele com unhas e dentes. Algumas necessidades, que para qualquer trabalhador hoje em dia parecem básicas, passam a ser transgressões inúteis e demeritórias. A diversão, as pequenas alegrias, o ócio, o lazer, os pequenos luxos e até mesmo o descanso podem ser encarados como desvios de conduta e fraqueza de caráter, lacunas por onde o fracasso pode penetrar. Facilmente essas recompensas serão preteridas em favor de uma mesa farta, conseguida à custa de muito suor e, talvez, algumas lágrimas, durante a longa jornada de trabalho diário.

Foi com esse nível de cobrança e responsabilidade que o casal Antonio e Aurélia se mudou com o filho Toninho, de um ano de idade, para o bairro de Vigário Geral, subúrbio carioca onde iriam abrir o sonhado botequim. O irmão de Antonio, Abílio, já estava no Brasil e nesse mesmo bairro havia aberto um estabelecimento semelhante, com relativo sucesso. O trabalho no comércio se enquadrava perfeitamente ao perfil migratório — jornadas de trabalho longas e sem horário para terminar — além de se coadunar com a tradição mercantil do povo português. Alugaram uma meia-água nos fundos de um casarão na Praça Catolé do Rocha, que ficava atrás do bar, aliás, bar e restaurante, pois Antonio logo começaria a exercitar os dotes culinários acumulados durante sua estada como empregado no restaurante do centro da cidade. Seus salgados e minutas ficariam famosos, principalmente a sopa de legumes que aos sábados fazia sucesso junto aos trabalhadores da feira livre, às 4h00 da madrugada já fervilhando na rua do bar.

Vigário Geral, nessa época, era um bairro pacato, tranquilo, construído à beira da estação de trem do ramal da Leopoldina. O comércio principal se estabelecia principalmente no entorno da praça, onde havia um coreto cercado por um jardim com canteiros decorados com espinheiros, pequenos gramados e o clube social União Cívica e Progresso de Vigário Geral. Mais acima, no alto da Rua Alvarenga Peixoto, ficava a pequena Igreja de Santa Bárbara e Santa Cecília, erguida por iniciativa dos portugueses que desde os primórdios do povoamento foram grande maioria entre a população. Naquele tempo, não se poderia prever que o bairro ficaria internacionalmente conhecido por uma chacina que viria a vitimar, covardemente, 21 inocentes nos anos 1990.

Estava no limite do antigo Estado da Guanabara, extinto através de emenda constitucional do Governo Geisel em 1974 e unificado ao Estado do Rio de Janeiro. Fazia fronteira com Duque de Caxias, do qual era separado por uma ponte sobre o Rio Meriti, na Rua Bulhões Marcial — antiga Estrada Rio-Petrópolis —, que no passado era usada como caminho principal para os veraneios do Imperador na serra.

Antonio e Aurélia se dedicaram de corpo e alma ao progresso de seu estabelecimento comercial. Aurélia ficava mais no balcão, enquanto o marido se dividia entre a cozinha e o salão; vez por outra, preparava um berço improvisado para aconchegar o filho adormecido na prateleira das garrafas, ou na grande gaveta de madeira que sustentava a caixa registradora. A distância entre ela e a família tinha aumentado consideravelmente, e o sentimento de solidão crescido proporcionalmente. Mas não sobrava muito tempo para choramingar.

Assim foram progredindo. Antonio comprou um apartamento ainda em construção no loteamento vizinho, que recebeu o nome de Jardim América. Era um bairro projetado para ser um reduto da classe média alta, com ruas bem desenhadas e construções inspiradas pela arquitetura de Brasília. Quando o novo lar ficou pronto, se mudaram e continuaram na lida. Toninho ia crescendo, sob as asas da mãe, que já manifestava os primeiros sinais de superproteção, e sob a predileção e paparicos das tias, que ainda não tinham filhos nem nenhum outro sobrinho. Libertária, sua madrinha de batismo, preparava as mais belas fantasias para que o pequeno se destacasse nas animadas matinês de carnaval do Clube União; Alda, sempre que podia, chegava com um carrinho ou outro brinquedo que dava um brilho especial à infância pobre do menino luso-descendente.

Quando Toninho completou seis anos, ganhou uma irmã de presente, Ana Paula, uma bela menina que pouco tempo depois de seu nascimento revelaria uma saúde debilitada, obrigando Aurélia a peregrinar pelos hospitais públicos da cidade em busca de atendimento. Algumas convulsões e duas operações fizeram a pequena Paulinha merecedora de cuidados especiais por parte dos pais e de muito ciúme por parte do irmão.

Um pouco antes dessa época Toninho aderiu ao seu primeiro vício, dando os primeiros sinais de seu temperamento compulsivo e ansioso, embora na época ninguém entendesse bem o que isso significava: começou a roer unhas, mas não de forma amadora; era um roedor profissional e contumaz, roía até o sabugo do dedo e não raro fazia o sangue pingar pelos cantos castigados das falangetas. Era inconsciente do que fazia, mas a verdade é que, apesar dos gritos e tapas do pai e da mãe e de alguma pimenta pingada nos dedos, estava sempre com a mão na boca em busca de uma lasquinha, uma protuberância que pudesse servir de apoio para os incisivos. Extraída a farpa da unha, a mesma era moída meticulosamente entre os dentes até virar pó e sumir na saliva. Quando as mãos sofridas já não podiam ofertar o estoque necessário para sua distração, recorria à elasticidade das tenras articulações de criança e roía as unhas do pé — mais grossas e encorpadas, um verdadeiro banquete — em posições que lembravam um perfeito mestre de yoga.

Foi roendo as unhas que Toninho aliviou sua apreensão no primeiro dia de aula na casa de Dona Jaci, uma senhora negra que ensinava a cartilha e as contas às crianças do bairro. A sala de aula era na sala de sua casa e sua assistente era a irmã, Ruth, que andava sempre de lenço na cabeça, pois uma queda devastadora de cabelos a tinha deixado precoce e quase totalmente careca. Com Dona Jaci Toninho aprendeu a ler e a fazer as quatro operações matemáticas, demonstrando logo muita inteligência e perspicácia.

Os métodos da professora não eram lá nem muito modernos nem didáticos, mas a verdade é que ela alfabetizou uma quantidade enorme de crianças do bairro. Toninho tirava boas notas, mas era um pouco agitado e bagunceiro. Sua hora preferida era a da merenda, é claro. Da merendeira de plástico saía uma garrafa com Grapette e um pacotinho de biscoito Mirabel, seus favoritos. Um desses biscoitos ia sempre para Bob, o cachorro de Dona Jaci, um vira-lata malhado que, talvez por esses subornos diários, desenvolveu uma grande amizade por Toninho.

Dona Jaci havia abandonado a palmatória e a ajoelhação forçada sobre grãos de milho, mas para delitos leves adotava o castigo de manter o aluno em pé com a cara virada para a parede. Para as crianças que extrapolassem a conduta considerada normal ou deixassem de fazer a lição, tinha um recurso muito mais cruel, medieval e assustador:

o quarto escuro — um quarto nos fundos da casa onde nenhuma luz entrava. A janela com certeza devia ser lacrada com algo que apagava toda e qualquer influência do astro-rei e transformava o pequeno cômodo no pavor daquelas crianças assustadas. Dona Jaci não se cansava de ameaçá-las com um período de reclusão naquele breu total que poderia variar entre 10 e 20 minutos, de acordo com o aborrecimento causado e com o humor da professora. Toninho nunca mais esqueceria os gritos de um amigo que foi levado à força para aquela espécie de masmorra.

Um dia, chegou a sua vez. Após ser pego em flagrante correndo pelo quintal, quando deveria estar sentado quieto na varanda, foi dada a sentença: quarto escuro. Dona Jaci o pegou pelo braço e tentou levá-lo para a carceragem sob os olhares atônitos dos colegas. Toninho lutou bravamente, esperneou, gritou, corcoveou, a ponto de Dona Jaci solicitar a ajuda da irmã, Ruth. Assim já era covardia, duas mulheres adultas contra o pequeno Toninho... e a porta do quarto foi aberta, revelando o seu nada.

Nessa época Toninho que já frequentava com a mãe as missas da Paróquia de Santa Bárbara e Santa Cecília, tinha aprendido algumas orações básicas; e fez a única coisa que nos resta diante do perigo iminente, quando todas as alternativas parecem ter se exaurido: apelou para Deus com todas as forças do seu pequeno coração inocente. Em silêncio teceu um rosário de pedidos de clemência e socorro que, com certeza, chegaram aos ouvidos sagrados do Criador. Afinal, é das crianças o reino dos céus e somente eles têm uma alma realmente pura, e um canal direto com o Pai Eterno.

Não era um pedido qualquer. Com um pé escorado no alisar da porta e o outro chutando as canelas de seus algozes, viu suas preces serem atendidas por intermédio de Bob, o vira-lata. Enlouquecido pelo sofrimento e pelos gritos do amigo do Mirabel, o cachorro avançou sobre as próprias donas, mordendo a mão *de Ruth* e mostrando os dentes para Dona Jaci. Aquilo assustou as irmãs. Bob nunca havia feito isso. Olharam-se atônitas, e enquanto Ruth ia lavar a mordida na cozinha, Dona Jaci desistiu da sentença e fechou a porta do maldito quarto.

Foi como se o sangue voltasse a circular pelo corpo do pequeno Toninho. No silêncio absoluto que se seguiu ao combate, não se ouvia um mosquito. Dona Jaci, bastante constrangida, sentou Toninho em uma cadeira e foi socorrer a irmã na cozinha.

Toninho sentia seu coração ainda pulando dentro do peito, como se quisesse sair de lá. Olhou para Bob e teve vontade de chorar, tamanha a gratidão que sentia por aquele canino fiel. Mas sua gratidão maior era pelo Papai do Céu, que ouvira seus clamores e enviara aquele anjo em figura de cão para salvá-lo das garras do dragão. Toninho vivenciara a força da oração e de um pedido feito ao Pai no meio da tribulação e do desespero, e a partir daquele dia soube que sempre que precisasse poderia recorrer ao Todo-Poderoso e com ele dividir suas angústias, medos e anseios. Embora não entendesse bem os dogmas cristãos, nem nunca tivesse lido as escrituras sagradas, havia sentido na pele a força e a presença de Deus, um Deus que sempre chamaria nos momentos de aflição e que, tinha certeza, jamais o deixaria na mão.

Estava ainda nos seus agradecimentos mentais quando Dona Jaci adentrou novamente a sala, com o semblante contrariado. Trazia nas mãos um papel, onde estava impressa uma gravura. Como prêmio de consolação, após ver sua tortura ter sido frustrada por seu próprio cachorro, se aproximou de Toninho e lhe mostrou a figura. Nela, havia um homem velho e em farrapos sentado sobre uma nuvem, com os cotovelos apoiados nos joelhos e as palmas das mãos cobrindo seu rosto. Presos aos seus pés estavam vários grilhões de onde saíam correntes grossas, com grandes bolas de ferro nas pontas. Em cada uma das bolas estava escrito o nome das diversas mazelas que haviam feito o personagem atingir aquele ponto de degradação humana, aquela sentença de cativeiro que o desenho buscava transmitir.

— Você está vendo isso aqui? É assim que você quer ficar? É assim que fica quem não estuda e não respeita os pais e a professora: desgraçado para sempre. É isso que você quer? — perguntou Dona Jaci.

Toninho levantou os olhos e fitou a gravura rapidamente. Poucos segundos seriam suficientes para gravar a imagem de modo indelével em sua mente. O tempo iria apagar de sua memória a maioria das palavras escritas nas bolas de ferro, mas a figura do homem derrotado, impresso em um pedaço de papel, aprisionado por causa de seus defeitos e fraquezas, ficaria com ele para sempre. Apenas de uma das bolas ele guardaria a lembrança, e estava no pé esquerdo do idoso, pendendo para frente, muito negra e grande. Nela estava escrito: "vício".

Todas as vezes que Toninho se lembrava do homem fictício, lembrava também que o vício o tinha deixado daquele jeito. Se a intenção de Dona Jaci era assustar o menino, tinha conseguido, bem menos do que o quarto escuro, é claro, mas o suficiente para marcá-lo pelo resto da vida, durante a qual identificaria diferentes situações que o remeteriam àquela imagem. A partir dessa metáfora punitiva aplicada por Dona Jaci, ele pôde mais tarde entender melhor o drama de diversos fregueses do botequim, aos quais ele mesmo, a partir dos 12 anos, iria servir vários copos de cachaça. Iria vê-los saindo para o trabalho pela manhã, bem arrumados e limpos, para reencontrá-los à noite na porta do botequim, caídos pelo chão, sujos de urina e com os cachorros lambendo seus rostos. A mesma bola de ferro estava presa aos seus pés e que, com certeza, era pesada demais para que eles pudessem se libertar. A cada cena dessas que presenciava, crescia em seu interior o pavor por aquela bola do vício e sua repulsa ao álcool.

Aquele foi um dia e tanto, quarto escuro, Deus, Bob, bolas de ferro e correntes. E a aula continuou tranquilamente, até a hora da saída. Mas como nada é tão ruim que não possa piorar, justamente nesse dia, o pai de Toninho, e não a mãe, foi buscá-lo na escola improvisada. Depois de ouvir as queixas da professora, Antonio e Toninho, caminharam os 200 metros que separavam a casa de Dona Jaci do botequim onde Aurélia aguardava o filho. Uma meia dúzia de sopapos na nuca com mão pesada tornou o trajeto interminável para o pequeno Toninho, mas ele não chorou. Não gostava de chorar na frente do pai. Deixou para desabar em lágrimas quando chegou ao colo da mãe.

Depois se sentou num canto atrás do balcão e choramingando baixinho dividiu suas amarguras com aquele que tinha se revelado seu maior amigo, salvador e confidente: o Deus que está no céu, que tudo ouve e tudo vê, o Deus de quem ouvia falar sempre, em casa e na casa de sua avó, o justo juiz que era capaz de ouvir e entender as aflições de seu coração de criança.

Durante sua infância, muitos seriam os pedidos e as conversas que teriam. Toninho também faria a primeira comunhão e a crisma como manda a tradição católica, mas não seria isso que iria sedimentar aquela parceria entre o céu e a terra. O que fez o menino afinar o contato com o Pai Celestial foi uma certeza incontestável que tinha em sua alma de que Deus existia, estava presente e, assim como o tinha salvado do quarto escuro, estava disponível para protegê-lo de muitos outros perigos.

Capítulo 5

Toninho ingressou na escola pública aos sete anos, e devido aos ensinamentos de Dona Jaci pulou a primeira série, pois na avaliação da professora primária estava muito adiantado para sua idade. Até os doze ainda pôde dispor de algum tempo para as brincadeiras de criança nas ruas do Jardim América, principalmente depois que a família trocou o apartamento por uma modesta, mas bela casa no mesmo bairro, presente surpresa de Antonio a Aurélia por ocasião de um Dia das Mães.

Nesse novo endereço, no nível da rua e separado dela por um pequeno muro, era bem mais fácil para Toninho ludibriar a vigilância de Aurélia nas raras ocasiões em que não estavam no botequim, para, descalço, se dedicar às bolas de gude, aos piques-bandeiras, aos piões e às peladas na rua sem asfalto, que quase sempre terminavam com a cabeça do seu dedão do pé dilacerada por inevitáveis topadas.

A partir dos 12 anos, com as constantes visitas aos médicos que a irmã Ana Paula tinha que fazer acompanhada da mãe, Toninho começou a ficar mais tempo no botequim junto do pai, o que começou a lhe revelar o maior martírio humano que seu precário entendimento poderia conceber. A jornada começava às 4h30 da manhã, com Antonio, em sua "delicadeza" peculiar, sacudindo os pés do filho na cama. Muitas vezes o garoto fingia continuar dormindo, mas o segundo sacolejo era mais forte, acompanhado de um brado grotesco:

— Tá na hora. Levanta.

Essas seriam, provavelmente, as únicas palavras que aquele homem dirigiria a seu filho durante toda a jornada de trabalho, que acabaria lá pela meia-noite, com um intervalo das 15 às 18h00 quando os dois vinham tirar um sono em casa enquanto Aurélia olhava o botequim. Nessa sesta vespertina, Antonio dormia por gosto e por cansaço, e Toninho obrigado, pois apesar de estar cansado, gostaria mesmo é de aproveitar esse tempo brincando. Às vezes, esperava Antonio adormecer, e quando os roncos paternos atingiam o volume máximo saía do quarto na ponta dos pés e ia para a sala brincar com seu jogo de botões ou seus carrinhos.

Havia outra possibilidade de Antonio dispensar ao filho algumas palavras, mas essas, com certeza, seriam de baixo calão e carregadas de ira, e por isso Toninho preferia ter ficado apenas com as do amanhecer. Isso acontecia sempre que o menino, durante o atendimento a algum freguês, deixava um copo ou garrafa de bebida cair no chão e se quebrar, e não eram poucas as vezes em que isso acontecia. Um frio na espinha fazia o garoto se arrepiar e aguardar a bronca que viria, independente de quem ou quantos estivessem no recinto.

— Puta que pariu! Presta atenção no que estás fazendo!

Às vezes sobrava pra cabeleira do menino, que aos 12 anos — por gosto de Aurélia, fã do cantor cabeludo Roberto Carlos — já chegava aos ombros.

— É essa merda desse cabelo que não te deixa ver. Vais cortar isso.

Nessas horas, Toninho se sentia fracassado e humilhado. Tinha vergonha de que lhe chamassem a atenção na frente dos outros, e esperava ansiosamente por um elogio ou palavra de incentivo em troca de alguma tarefa bem executada, uma espera que seria em vão por toda vida. Antonio tinha se tornado um homem ignorante e obcecado pelo trabalho. A dura estrada que tinha singrado pela sobrevivência, no ambiente inóspito que o Rio de Janeiro revelou para aquele imigrante português, havia feito seu coração endurecer.

Tinha recebido pouco carinho de mãe e menos ainda afeto do pai. Tivera pouco tempo de ser criança e, aos dezesseis anos, precisou se tornar um homem adulto. Não era adepto de demonstrações de amor ou amizade, e palavras doces passavam longe de seus lábios. Não que não sentisse amor por sua família, o que também não era verdade, mas tinha absoluta incapacidade de demonstrá-lo com atos ou palavras mais ternas. Entendia que o melhor que podia fazer pelo filho era não deixá-lo passar fome, lhe dar estudo e ensiná-lo a não falhar e a se defender em ambientes hostis — e se defender significava não deixar cair um copo no chão e não fazer nada menos do que o melhor, no que dissesse respeito ao trabalho. Para tanto, sua obrigação era ser o mais severo possível com o filho, assim como o mundo havia sido com ele. Ensinando o que havia aprendido, estava cumprindo seu papel.

E o trabalho era o botequim. Era de lá que vinham os recursos para a família se sustentar. Era lá que os homens se separavam dos meninos. Antonio não era capaz de entender ou tolerar qualquer infantilidade ou fraqueza que pudesse pôr em risco os seus objetivos ou ameaçasse os resultados de seu comércio. Sabia quanto havia custado ter chegado até ali e faria tudo para não retroceder. Era, acima de tudo, um sobrevivente. Não passava a mão na cabeça de ninguém, nem dos filhos nem da mulher.

Por outro lado, contraditória como é a natureza humana, era uma pessoa muito engraçada, e quando estava de bom humor chegava a ser muito divertido. Suas gaiatices e sua maneira espontânea de ver a vida e tratar as pessoas, quando não eram tomadas por ofensa, acabavam alegrando as pessoas e provocando risadas. Às vezes, o bom humor vinha à custa de alguns conhaques, mas mesmo assim era bom de ver aquele português gozando os fregueses e contando suas histórias.

O jeito de valentão da Zona Portuária continuava com ele, e não poucas vezes teve que "sair na mão" com um ou outro cliente que se tornava inconveniente e abusado. No bairro, era adorado por uns e odiado por outros, que não passavam nem na porta de seu bar.

Toninho foi aos poucos aprendendo a trabalhar sob as diretrizes do pai. Não era permitido se sentar durante o serviço. Precisava ficar sempre atento para prontamente atender a qualquer um que entrasse na loja. Tinha que buscar, com presteza e disponibilidade, convencer o cliente em potencial a consumir qualquer coisa, satisfazendo a necessidade do freguês e engordando a féria do dia — fosse uma cerveja, um maço de cigarros, um ovo colorido ou um pedaço de torresmo de porco, que os mais incautos saboreavam acreditando que se tratava de carne de capivara, mais uma gozação do português.

Toninho morria de medo do pai. Conhecia o peso de sua mão. Mas o que mais doía eram as broncas, que não mediam palavras e feriam fundo a autoestima do garoto, para quem a permanência diária no botequim era uma tortura, digna dos mais cruéis carrascos da inquisição. Além disso, tinha muita vergonha de estar ali, pois era chamado pelos meninos do bairro de "portuga" a "galeguinho", e sempre preterido nas poucas brincadeiras em que conseguia estar presente, no seu escasso tempo livre. Nas minguadas vezes em que conseguia se enturmar com algumas crianças de sua idade, era obrigado a aguentar os codinomes que, junto à sua silhueta esquelética, eram motivo de gozações vis. Chegava a se esconder atrás do balcão quando alguma menina bonita, que o conhecia da igreja ou da escola, passava em frente ao botequim.

O pai tinha convicção de que estava fazendo o melhor para o filho, e quando às vezes era contestado por um ou outro frequentador do bar com ideias mais progressistas, justificava-se prontamente:

— É melhor ele estar aqui do que na rua fazendo o que não presta, soltando pipa ou dando trabalho aos outros.

Para tornar sua pena mais branda, e fazer o relógio caminhar mais rapidamente naquilo que imaginava ser o pior presídio do mundo, Toninho começou a desenvolver mecanismos de defesa. Passou a sonhar acordado; sua cabeça passou a ter poderes de se desligar da realidade à sua volta e mergulhar em um mundo imaginário onde seus sonhos se realizavam e ele podia se tornar o que quisesse. Podia estar fazendo uma caipirinha ou um sanduíche de presunto, mas seus pensamentos estavam vagando por terras desconhecidas, por aventuras emocionantes e até mesmo por situações sensuais, pois já começava a despertar para os apelos do sexo.

Seus sonhos não eram esquetes soltos e mal amarrados, tinham começo, meio e fim e uma estrutura elaborada: recomeçava a história imaginada várias vezes, até que seu formato estivesse satisfatório e gratificante, com Toninho saindo como herói, obviamente. Em uma das viagens mais recorrentes, revestido de uma autoridade que não tinha e munido de um grande machado, entrava no botequim do pai e, com golpes certeiros e vigorosos, ia destruindo tudo à sua volta: começava pelas prateleiras de garrafas e pelas próprias garrafas, as mesas e cadeiras, o balcão, a máquina de café, as vitrines de vidro, as lâmpadas de neon, os espelhos — era tudo reduzido a cacos. Podia sentir a liberdade correndo em suas veias a cada pedaço de madeira ou vidro que, em sua imaginação, desabava pelo chão de cerâmica vermelha. Estava sendo selado ali um grande amor platônico entre o pequeno Toninho e essa tal liberdade, tão almejada por todos e tão difícil de se definir, uma liberdade que, naquele momento, só em sonhos poderia fazer parte de sua existência.

Em outras ocasiões, seus delírios conscientes abordavam as três coisas que a partir dos 10 anos tinham passado a ser suas principais paixões: futebol, música e mulher, não necessariamente nessa ordem. Durante seus voos mentais, podia estar em pleno Maracanã lotado, com a camisa do seu Flamengo, fazendo uma jogada que deixaria Zico e Geraldo de boca aberta; ou à beira de uma praia com sua prancha de surf, cercado de belas meninas que lutavam por uma migalha de sua atenção. Os devaneios musicais eram ainda mais surpreendentes. Por influência de um freguês chamado Vadinho, com quem Toninho gostava muito de conversar, acabou desenvolvendo uma cultura musical fora do seu tempo e pouco convencional, se comparada à dos garotos de sua idade. Vadinho era fã ardoroso de Frank Sinatra e vivia contando histórias dos grandes musicais americanos e da música brasileira dos anos 1940 e 50. Emprestava ao garoto vinis de Ray Conniff, Glenn Miller, Nelson Riddle, Tommy Dorsey, The Platters, Nat King Cole, Johnny Mathis, Agostinho dos Santos, Nelson Gonçalves e Orquestra Tabajara. Embora os Beatles já tivessem há muito tempo revolucionado todo o cenário musical do sistema solar e, no Brasil, a tropicália continuasse a dar seus frutos, Toninho acabou cooptado por aquele homem que tinha o estranho hábito de dormir em pé, com a cabeça apoiada no balcão e a mão direita dentro da cueca, após cantarolar "All The Way" e derrubar pra dentro do bucho umas cinco ou seis doses de Bacardi com limão. Vez por outra, lá estava Toninho navegando em seus sonhos ao lado de Sinatra ou regendo uma *big band* para uma plateia entusiasmada, que explodia em aplausos após o seu desempenho. Os aplausos só eram interrompidos pelo grito do pai devido a alguma coisa malfeita que tantos sonhos inevitavelmente acabavam provocando.

— Esse caralho parece que vive dormindo. Tira o pé do chão! Põe sentido no que estás fazendo!

Podiam-se extrair também alguns bons momentos daquela rotina, e um deles era a infinita tolerância que Antonio demonstrava com o apetite do filho. Talvez por vê-lo muito magro, e certamente por se lembrar das inúmeras vezes em que não teve o que comer na sua aldeia portuguesa, Antonio não se incomodava com nada que Toninho consumisse. Refrigerantes eram liberados, e dos pratos de salgados que saíam fumegando da cozinha os primeiros e melhores pedaços eram sempre para o garoto. Antonio queria dar ao filho aquilo que mais tinha lhe feito falta na infância, e aí vinham os chicletes, biscoitos, bolos e tudo o mais que fosse comercializado no bar e não tivesse álcool. Havia também um pequeno rádio valvulado que necessitava de um tempo para esquentar e poder emitir som.

Após abrir o comércio com o pai e tomar seu café da manhã, Toninho rumava para a escola e de lá voltava para o botequim. Foi na escola que percebeu que seu gosto musical infundido por Vadinho estava muito defasado e, certamente, seria mais um motivo para chacotas. Tratou logo de se atualizar. Quando retornava ao bar, sem que Antonio percebesse, ligava o velho rádio baixinho e sintonizava a Mundial AM. Quando ouvia a famosa saudação *"Hello, Crazy People!"*, se aproximava do aparelho para ouvir o programa Show dos Bairros, comandado por um gordinho muito louco chamado Big Boy.

Big Boy foi o que se pode chamar de precursor dos DJs atuais. Marcou época com seus bailes, que reuniam milhares de jovens, e com a linguagem inovadora e despojada utilizada em suas locuções radiofônicas. Chorou no ar quando anunciou a morte de Jimi Hendrix, enquanto a maioria dos meios de comunicação tratava o acontecimento como o fim merecido e inevitável de um negro viciado. Tinha uma preferência pela música negra americana, pela *soul music*, pelas baladas românticas e também pelo *rock'n'roll*. Aliás, seu profundo conhecimento sobre o rock iria proporcionar-lhe a criação, nos primórdios das emissoras FM, da Rádio EldoPop, com uma programação recheada de pérolas do rock clássico e progressivo.

Agora os sonhos de Toninho tinham outra trilha sonora, e ele se adaptou bem a ela. Aquele rádio era seu grande aliado na arte de sonhar, e já eram íntimos desde a época em que, junto de Aurélia, se aproximava do invento creditado a Guglielmo Marconi para ouvir as histórias dramatizadas e sonorizadas do programa "Incrível, Fantástico, Extraordinário" — criação de Almirante que apavorava o pequeno Toninho levando ao ar relatos sobrenaturais de fantasmas e almas penadas.

O menino já não regia nenhuma *big band*, nem cantava com voz melosa os sucessos de Cole Porter ou Pat Boone. Ao invés disso, ficava nos bastidores de um teatro da Georgia aguardando o chamado do grande James Brown para entrar em cena — onde dividia com Mr. Soul, em passos deslizantes, os vocais de Sex Machine, enquanto as meninas histéricas lutavam contra os seguranças para poderem tocar seus pés.

Toninho foi desenvolvendo mais uma paixão: ouvir histórias. E não eram só as do rádio, mas, principalmente, as dos fregueses do botequim com suas várias tribos, que formavam um riquíssimo mosaico humano de vivências e experiências — causos generosamente derramados no balcão ou nas mesas, amolecidos pelo efeito inebriante do álcool e avidamente absorvidos pelos ouvidos atentos do garoto. Eram pequenos dramas humanos, que revelavam à personalidade em formação de Toninho todas as nuances das diferentes estradas existenciais e seus respectivos viajantes. Aprendeu a ler os subtextos, as entrelinhas, a captar as mentiras, frustrações, tristezas e alegrias, as vitórias e derrotas, a ironia e o sarcasmo; e a destilar o real significado de certos discursos, muitas vezes travestidos em bravatas ou lamúrias.

Outra válvula de escape ficava fora do estabelecimento, na esquina da rua do bar, em frente à padaria do Sr. Alberto que, naturalmente, também era português. Era a banca de jornal do Sr. Pasquale, imigrante italiano que havia fugido para o Brasil para não lutar na guerra. Sempre que precisava ir à padaria para comprar pão ou qualquer outro insumo para o pai, Toninho parava na banca e com a tolerância do velho italiano folheava as revistas e publicações. Começou com as histórias em quadrinhos, todas dos personagens de Walt Disney, mais a turma de Bolota, Luluzinha e Riquinho. Adorou quando foi lançada uma revista mais moderna chamada *Mortadelo & Salaminho*, personagens criados em 1958 pelo espanhol Francisco Ibáñez Talavera. Depois passou por uma fase de *Bolsilivros de Faroeste* — pequenos livretos medindo 10x15 cm que ganharam esse nome por caberem no bolso traseiro das calças, por sua praticidade e por distraírem trabalhadores e estudantes nos trens e conduções. Seu autor preferido era M. L. Estefania.

Como não tinha tempo para ficar na banca lendo tudo que queria, nem dinheiro para comprar todas essas publicações, fez um acordo com o jovem rapaz que substituía Pasquale durante a tarde, quando o velho ia descansar. Em troca de alguns chicletes o ajudante de jornaleiro deixava que levasse o que quisesse para o bar, tendo apenas que devolver antes do retorno do italiano no dia seguinte. Assim, Toninho se tornou um leitor voraz: era como se quisesse abastecer seu reservatório de sonhos para poder exercitá-los em outras dimensões.

Antonio, é claro, não gostava muito da ideia. A cabeça baixa e a atenção focada numa revista ou livro não era o que se esperava de um balconista eficiente. Mas Toninho desenvolveu uma técnica: por dentro do balcão havia cavidades onde eram acondicionados os copos, os potes de manteiga, a tábua para o corte dos queijos e salaminhos e outros apetrechos do bar. Na extremidade do balcão, bem próximo do posto de observação onde Toninho devia ficar atento, havia uma dessas, onde ficava uma caixa de papelão com os pães que seriam servidos com manteiga e café ou usados nos sanduíches — um esconderijo perfeito para suas leituras. As revistas, livros e jornais ficavam embaixo da caixa e saíam sempre que lhe fosse possível sorver seu conteúdo com tranquilidade, e poderiam voltar para lá com grande rapidez e agilidade caso o pai ou um freguês se aproximasse.

Um dia, numa de suas rotineiras visitas à banca do velho Pasquale, viu um livro grosso, com capa dura de um roxo vivo e uma gravura colorida onde um pirata e um garoto se preparavam para deixar um escaler e subir a bordo de um grande navio à vela. O livro, de Robert L. Stevenson, chamava-se *A Ilha do Tesouro*, e era o primeiro da coleção Clássicos da Literatura Juvenil que a Abril Cultural estava lançando. Os olhos castanhos de Toninho brilharam, primeiro, pela beleza da encadernação, depois, pensando nas aventuras — poderia se imaginar lutando contra piratas, abalroando navios inimigos e resgatando tesouros fantásticos em ilhas desconhecidas.

Mas havia alguns problemas, três, para ser mais exato: primeiro, o livro era muito grande para ser lido de uma só vez enquanto Pasquale estivesse ausente da banca; segundo, vinha lacrado por um plástico transparente que, se fosse rompido, revelaria a violação e impediria sua venda; e terceiro, era bem mais caro do que os gibis e livretos que costumava comprar, muito além do poder aquisitivo das poucas moedas que ganhava do pai e da mãe. Só havia uma saída: pedir ao pai que lhe comprasse o romance. E já que teria que fazer tão grande sacrifício, melhor seria pedir a coleção inteira, que teria um volume publicado toda semana.

Todos os dias, Toninho namorava os três exemplares que Pasquale havia encomendado, sem ter coragem de chegar a Antonio. Afinal, certamente o pai não iria aceitar que ele ficasse dividido entre as obrigações do bar e os deleites da literatura universal. Quando o suprimento da banca se reduziu a um único exemplar, e o segundo volume já estava para ser lançado, reuniu toda a coragem dos piratas e corsários, invadiu a cozinha onde o pai fritava algumas postas de peixe e lançou o pedido:

— Pai, você pode me dar um livro que tem lá na banca do Sr. Pasquale?

— O quê?

Toninho tremeu, pois sabia que o pai havia escutado e talvez estivesse apenas testando sua ousadia.

— É uma coleção. Toda semana vai sair um livro diferente.

O português olhou para o filho e, surpreendentemente, deu a resposta que Toninho queria ouvir.

— Podes pegar lá com o Pasquale e diz a ele que depois eu pago.

Toninho se virou, e já se preparava para correr até a banca, quando do o pai acrescentou algo:

— E vê se não vais ficar de cabeça baixa com o livro escondido embaixo da caixa de pães. Deixa para ler em casa quando fores dormir.

Toninho acenou com a cabeça positivamente e correu como um foguete para pegar o livro tão desejado, antes que alguém mais o fizesse. No caminho, percebeu que tinha se esquecido de agradecer ao pai. E entendeu que ele conhecia bem suas artimanhas para ler durante o expediente, apenas fazia vista grossa. Não tinha decifrado bem a atitude do pai, mas tampouco tinha tempo para pensar muito nisso. Foi um prazer inenarrável o que sentiu quando deflorou aquele livro, rasgando o filme plástico que o envolvia e sentindo o cheiro forte de cola e tinta.

Antonio cumpriu a promessa. Toda semana Toninho pegava seu novo exemplar, cada um numa cor diferente, que iam enfeitando a pequena estante na cabeceira de sua cama e alimentando o intelecto e a imaginação daquele pré-adolescente. Foi assim que o garoto mergulhou no que havia de melhor entre os escritores mundiais de temáticas infantojuvenis: de Daniel Defoe a Lewis Carroll, de Homero a Mark Twain, de Júlio Verne a Alexandre Dumas, Toninho consolidou uma cultura muito acima da média dos meninos de sua geração — não pelo fato de ser um superdotado ou um intelectual nato, mas por simples instinto de defesa e para tornar mais branda sua estadia forçada no meio de susten-to de sua família, pelo simples desejo de liberdade e pela grande capaci-dade de adaptação que iria demonstrar durante toda a vida.

Capítulo 6

Sem perceber, alimentado pelos estímulos que recebia dos livros, das músicas e até mesmo dos fregueses mais chegados, Toninho foi estruturando sua personalidade apaixonada pela liberdade. Embora estivesse crescendo em um país comandado por uma ditadura militar — que se esforçava em desestimular qualquer iniciativa ou manifestação de críticas à sociedade, principalmente entre a juventude —, passou a construir conceitos sólidos contra as injustiças, os preconceitos, as covardias. Principalmente, desenvolveu acentuada simpatia pela loucura, não pela loucura psíquica ou patológica, mas pela que se destaca do normal, questiona as regras, quebra as normas e acena com o novo — a loucura marginal que se põe à margem de tudo que é marasmo e mesmice, a loucura que ameaça a ordem social imposta e preestabelecida, a loucura que só é loucura por ser assim denominada pelos que cultivam percepções enraizadas, estereótipos ultrapassados considerados normais pelas maiorias.

Começou a se interessar pela política e seus desmandos, e foi com muita estranheza e revolta que se deparou com uma sociedade desigual, perversa para aqueles que, como ele, ousavam sonhar ou idealizar uma realidade alternativa. Vivendo a contradição de abrigar uma alma sedenta de liberdade aprisionada atrás de um balcão de botequim, tais sentimentos foram ganhando força no coração do jovem Toninho. Coerente com suas convicções, que acreditava serem especialmente alternativas e inovadoras, passou a buscar tudo aquilo que agregasse valores às suas ideias e marchasse contra as convenções.

Gostava de ouvir as conversas dos malandros que frequentavam o botequim, malandros à moda antiga, bons malandros propriamente ditos. Muitas vezes chegavam bem cedo, quando o bar abria, vindos dos ensaios das escolas de samba ou dos bailes, depois de se apropriarem de alguns litros de leite que, na época, eram deixados nas portas das casas pelos padeiros em embalagens de vidro, antes de o sol nascer.

Toninho nunca havia visto ninguém fumando, nem ao menos sentido o cheiro da maconha, mas sabia que alguns daqueles amantes do sereno a usavam. Tinha medo até de pronunciar a palavra — "maconheiro" era o impropério mais difamante que poderia ser usado nas rodas de conversa conservadoras para definir uma pessoa desqualificada. Alguns usavam também as chamadas "bolinhas", comprimidos de barbitúricos que combinados com o álcool estimulavam os transgressores em suas noitadas. No carnaval crescia o consumo de lança-perfume e do cheirinho da loló. A cocaína quase não era citada, parecia uma coisa muito distante daquela realidade.

Toninho, disfarçadamente, botava sentido nos diálogos daqueles boêmios quando a prosa enveredava pelas experiências com essas substâncias, e percebia o tom de desfaçatez que assumiam nessas horas. Em Vigário Geral havia a boca de fumo do Ferrinho, famosa pelo bandido do mesmo nome e pelas batidas da Invernada de Olaria, uma equipe da polícia carioca temida por toda a bandidagem da época. Ouvindo as histórias dessa tribo, Toninho ia pegando algumas gírias e entendendo a lógica da ilegalidade, embora estivesse muito longe de participar daquele mundo de alguma forma.

Acabou se destacando na escola, entre os garotos, pela desenvoltura que copiava dos malandros, e que o fazia parecer bem mais independente e vivido do que realmente era — conseguia esconder através de um disfarce o menino inseguro e cheio de dúvidas. Já estava com 14 anos, terminando o curso ginasial. A escola era o único espaço onde podia transitar longe dos olhos de censura do pai, e lá ele extravasava toda a revolta contida. Quase não passava um dia sequer sem brigar ou ser chamado à secretaria, e sua caderneta não tinha mais espaço para advertências. Mas, para frustração de algumas professoras que gostariam de tomar atitudes mais drásticas, tirava boas notas e sempre que solicitado revelava uma índole doce e boa educação.

Vivia nessa dualidade, transitando entre mundos diferentes como um camaleão. Nas observações feitas de dentro do balcão, havia aprendido a se mimetizar com maestria nos diferentes *habitats* em que circulava. Integrava um grupo de amigos, seus companheiros de pesquisas e trabalhos escolares, constituído de meninos com famílias estruturadas e comportamentos aceitáveis. Mas sempre que podia se juntava a Babalú e Eduardo, dois capetas que, entre outras coisas, cheiravam éter e fumavam maconha. Toninho viria a reencontrar Eduardo nos anos 1990, traficando cocaína em um condomínio da Barra da Tijuca.

Apesar da convivência com os dois "maus elementos", nunca se sentiu tentado a experimentar qualquer tipo de droga; se satisfazia com as transgressões orquestradas por Eduardo, como roubar os carimbos de presença da escola ou colocar chicletes nas cadeiras dos professores. Nesse ambiente, não tardaria muito a ser capturado por uma nova paixão, talvez a mais avassaladora que vivenciou na adolescência: foi definitivamente atropelado e alçado aos céus pelo tal *rock'n'roll*.

Já ouvia algumas coisas nos programas de Big Boy e gostava da batida, do ritmo, dos *riffs* de guitarra. Numa festa na casa de Babalú, se encontrou com um vinil de capa vermelha e preta chamado "Slade Alive", do grupo americano Slade, um soco no estômago que o deixou sem ar por alguns minutos. As guitarras secas, o rock primitivo e os vocais esganiçados de Noddy Holder e Dave Hill pareciam traduzir tudo aquilo que Toninho queria gritar para o mundo. Aquela música não era apenas um amontoado de notas executadas por alguns jovens cabeludos. Era muito mais. Era uma atitude e um comportamento que se encaixavam perfeitamente nos espaços vazios do projeto de vida de Toninho.

Aquela bolacha de vinil de rock básico, sujo e gutural, despertou sua curiosidade, e ele passou a buscar mais conhecimento sobre o tema. Ganhou da mãe um pequeno rádio de pilha que sintonizava FM — ainda uma raridade na época — e passou a dormir com ele no ouvido, acompanhando a programação da EldoPop. O golpe de misericórdia veio quando juntou dinheiro para comprar o primeiro LP de sua vasta coleção, The Dark Side Of The Moon do Pink Floyd. Com a cabeça literalmente dentro da sua pequena vitrola portátil Telefunken, Toninho foi a nocaute. A partir daí, dificilmente alguém o veria sem algum disco embaixo do braço, e seu assunto principal seriam as curiosidades e peripécias dos astros de rock, sorvidas das páginas da *Revista Pop* e do *Jornal da Música*, de Tárik de Souza, Ezequiel Neves e Ana Maria Bahiana.

O sonho do machado destruindo o botequim foi posto de lado em favor de outro muito mais gratificante: sua participação no festival de Woodstock. Em sua mente não importava que tivesse apenas sete anos em 1969, quando meio milhão de pessoas se reuniu na fazenda de Max Yasgur para festejar a paz, o amor, o sexo livre, as drogas e a música. Com sua portentosa imaginação, que tinha o poder de manipular tempo e espaço, lá estava ele, escorregando na lama, comendo em companhia da galera da Hog Farm e dançando pra valer ao som do Ten Years After.

Toninho passava por períodos de imersão em alguns trabalhos musicais e chegava a se dedicar por meses a escutar determinado grupo ou artista, dissecando suas diversas gravações. Nessa rotina, atravessou os três Js que saíram de cena muito cedo: Jimi Hendrix, Janis Joplin e Jim Morrison. Sentiu uma identificação alucinante com Morrison; chegou a ter uma crise de identidade, achando que era o próprio líder do The Doors reencarnado. Nas poucas vezes em que conseguia ficar sozinho em casa, sacava a vassoura de piaçava, estrategicamente escondida atrás da porta da sala, e a transformava numa Fender Stratocaster ou numa Gibson Les Paul. Com a pequena vitrola esgoelando, o som distorcido no último volume, tirava tudo que a escala musical imaginária daquela vassoura podia dar, indo até as últimas consequências dos solos do Grand Funk, Rolling Stones, Deep Purple, Rush, Peter Frampton e, é claro, o definitivo Led Zeppelin.

Em todos esses contatos com o mundo do rock e suas biografias, a droga estava sempre rondando a paisagem, mas Toninho não a enxergava como um malefício inerente ao estilo musical da época, e sim como uma contravenção a mais entre as muitas necessárias para que o mundo ao seu redor se moldasse em uma grande festa, passível de ser vivida e saboreada de acordo com seus projetos de rebeldia, fraternidade e liberdade — apenas mais um tempero no processo criativo daqueles gênios da música moderna. Mesmo que se esforçasse, não conseguiria ver aquela bola de ferro de Dona Jaci presa por uma grossa corrente aos pés dos astros de rock que mais tarde morreriam aos montes de overdose, ou sairiam de combate para se internarem em clínicas de recuperação.

O som das guitarras falava mais alto, e as luzes do palco iluminavam o que parecia ser um caminho único para a plenitude de uma paz verdadeira e duradoura, repleta da loucura que ele tanto admirava.

Mesmo assim, uma tácita curiosidade sobre as drogas se desenvolvia em seu inconsciente, sem que nem ele mesmo percebesse.

Enquanto isso, Antonio progredia em seu negócio lentamente. Havia comprado seu primeiro Fusca, um modelo 1969 de segunda mão, número um de uma série de muitos que seriam trocados todo ano e se tornaram objetos de todos os cuidados e preocupações do português. Continuava fumando, quase dois maços de Minister por dia. E a bebida foi progressivamente ocupando mais espaço em sua rotina, fato que desagradava Aurélia, cansada da rotina de trabalho, das ignorâncias do marido e carente de momentos de lazer e descontração.

A cabeça de Aurélia ia evoluindo, enquanto a de Antonio parecia se atrofiar em uma espiral de trabalho, compromissos, obrigações e dívidas, dívidas que começavam a consumir seu juízo na medida em que o bairro de Vigário Geral adentrava um processo de degradação, acompanhado pelos bairros vizinhos e seus estabelecimentos comerciais. Havia chegado a hora de se desprender do botequim, alçar voo, empreender outros negócios. Mas Antonio era muito teimoso, e apegado ao que havia conquistado, pensamento totalmente antagônico ao de Aurélia, que amava as mudanças e ansiava por novidades. Era de se esperar que o casal começasse a ter cisões.

E as brigas se tornaram rotineiras, muitas vezes chegando a agressões verbais veementes, geralmente quando Antonio abusava dos Camparis e das Bagaceiras. Se, por um lado, essas brigas deixaram marcas profundas e doídas na memória de Toninho, por outro serviram de deixa para que ele pudesse se libertar um pouco daquele campo de concentração em que o botequim havia se transformado. Com sua autoridade frequentemente contestada por Aurélia, Antonio já não tinha tempo nem energia para exigir do filho a disciplina com os horários e as obrigações do comércio.

Toninho já conseguia escapar algumas vezes de sua clausura e conquistara o direito a alguns passeios com os amigos, uma ou outra incursão nos bailes do Clube União e até alguns flertes com as garotas que conseguia levar para a escuridão do Campo do Sete de Setembro no Jardim América, verdadeiro templo noturno da bolinação juvenil da época, usado durante o dia para a prática do futebol. Não conseguiu se livrar do sábado e do movimento pesado provocado pela feira livre em frente ao bar, mas ganhou os domingos, e com os domingos, descobriu um Paraíso: o bairro de Madureira e suas inúmeras salas de cinema.

Lá estava Toninho, apaixonado novamente, dessa vez pela sétima arte. Madureira era um centro comercial de grande movimento, na época a maior arrecadação de ICMS da cidade. Tinha várias salas de cinema, entre as quais se destacavam os Madureiras 1 e 2, que ficavam ao lado da Galeria São Luiz, na Rua Dagmar da Fonseca — duas salas enormes com capacidade para quase mil pessoas, contando as que ficavam em pé nos corredores e sentadas nas escadas. As filas se estendiam pela Edgar Romero. Havia também o Astor, em frente ao Mercadão de Madureira, e o Bristol, em frente ao Colégio Carmela Dutra. Do outro lado da via férrea havia os dois Arts Madureira, perto do Restaurante Tem Tudo, de um grande Fliperama e da Confeitaria Gerbô. Em frente à estação funcionava um poeirinha chamado Beija-Flor. No caminho entre o Jardim América e Madureira, Toninho passava por vários outros poeirinhas — nome que se dava aos cinemas de baixa categoria —, onde podia driblar a censura e assistir aos filmes impróprios para 18 anos sem ter que comprovar a idade na entrada. Dependendo do efeito que os letreiros provocavam em seus hormônios, podia descer do ônibus em Vista Alegre, Irajá, Vaz Lobo ou Braz de Pina, todos com salas de cinema que invariavelmente teriam uma programação dupla — um filme de caratê ou bangue-bangue e uma pornochanchada nacional—, e esse passou a ser seu programa favorito.

Para poder ver os filmes impróprios nos cinemas de maior categoria, Toninho falsificou sua caderneta escolar, alterando a data de nascimento. A falsificação nem sempre era bem-sucedida, mas quando conseguia ludibriar o bilheteiro e o porteiro, e se via sentado na sala confortável do Madureira 1, podendo visualizar um seio ou algumas bundas na grande tela, sentia-se um verdadeiro gângster, um contraventor dos mais astutos, quase um bandido perigoso — mais ainda quando se aproveitava da distração do vigia e passava por baixo da corda que separava os saguões contíguos das duas salas de exibição, indo para o Madureira 2 para ver o outro filme da programação, sem pagar outra entrada por isso.

Nessa época, quis começar a fumar. Influenciado pelos comerciais de cigarros na TV e pelas revistas que mostravam belas mulheres, carros possantes, sucessos do *hit parade* e até voos de asa delta associados ao vício, pegou um maço escondido no botequim do pai e partiu para mais uma sessão de cinema dominical. Foi um desastre. Além de engasgar durante todo o filme, ainda queimou sua camisa preferida. Na saída do cinema jogou fora o que restava do maço de Du Maurier, convencido de que aquilo não era pra ele.

Suas escapadas do botequim passaram a ser mais frequentes, e já era possível inventar alguma desculpa durante a semana para ir a Madureira. Lá, passava horas nas lojas de discos admirando as capas e, naquelas em que era permitido, escutando alguns trechos dos principais lançamentos em vitrolas munidas de fones de ouvido, como quem degusta um vinho nobre de safra especial. Depois ia para a galeria São Luiz e se plantava em frente à vitrine da Pier para admirar as camisas Hang Ten, as calças *cocota* de cintura baixa e quatro botões de metal na braguilha, skates e pranchas de surf. Aquele cheiro de parafina misturado ao incenso de patchouli ficaria para sempre em sua memória — janelas que revelavam àquele jovem solitário mundos tão distantes de sua realidade quanto presentes em sua imaginação, em seus sonhos e em sua alma.

Sentia falta de uma turma. Um grupo. Como todo jovem, queria fazer parte de uma galera que pudesse acompanhá-lo em suas aventuras, mas os horários do botequim não combinavam com a maioria dos programas de seus colegas de escola. As patotas foram se formando, e ele só participava eventualmente, sempre de maneira superficial. Além do botequim, outro obstáculo se revelaria cruel na conquista de sua independência e aceitação nos diversos grupos de que tentava se aproximar: a superproteção de Aurélia, que se revelou uma progenitora digna de ter inspirado Ziraldo na criação do personagem Super Mãe.

Com todos os descaminhos de seu casamento e com o distanciamento de sua família, era natural que aquela mulher desenvolvesse por sua cria uma paixão exacerbada, se apegasse aos filhos como quem se apega à própria vida, mais até do que isso. Difícil medir o amor de uma mãe, e Aurélia levaria esse amor até as últimas consequências. Mais difícil era Toninho entender toda aquela preocupação: soltar pipa? "Muito perigoso." Andar de skate? "Deus o livre. Pode partir um osso."

Ele sempre dava um jeito de driblar a marcação cerrada, e assim ia levando sua vida como um típico garoto suburbano carioca, filho de imigrantes, que aprendera que uma ou mais bolas de ferro podem arruinar a vida de um homem, que um copo não deve cair no chão, que não se pode falhar nem ficar de cabeça baixa, e que sonhar é a parte mais gostosa da vida.

Estava na oitava série, último ano do antigo ginasial, mas ainda não tinha se dado conta disso. Foi somente ao se aproximar de um grupo de garotas de sua turma, que conversava freneticamente durante um intervalo, que Toninho percebeu que uma grande mudança estava por vir. Inteirando-se do assunto, foi informado de que não havia colégios públicos de segundo grau nem no Jardim América nem nas redondezas. O mais próximo ficava na Penha, mas já estava com as vagas praticamente preenchidas. Correu à secretaria e recebeu uma lista com o nome e endereço das escolas para as quais poderia se transferir. Mas precisava andar rápido. O ano letivo estava quase no final. Entregou o papel para a mãe, que peregrinou por algumas opções da lista. Foi parar no Colégio Estadual Antonio Prado Júnior, que ficava na Rua Mariz e Barros, ao lado do Instituto de Educação, na Tijuca.

A Tijuca, além de distante geograficamente do Jardim América, era também muito distante do estilo de vida pacato e interiorano ao qual Toninho havia se acostumado enquanto crescia. A Tijuca era um subúrbio com complexo de Zona Sul, próxima do centro da cidade, do Alto da Boavista e das praias, uma região totalmente desconhecida daquele jovem acostumado a ir a pé da escola para casa e a conhecer pelo nome todos os moradores do caminho.

No primeiro dia de aula, o pai o acordou com o sol ainda escondido, como fazia para as jornadas no bar. Mas dessa vez, antes de ir suspender as portas de aço de seu comércio, Antonio levou o filho para o ponto de ônibus em frente à estação ferroviária de Vigário Geral. Deu-lhe alguns trocados, advertiu que voltasse direto para casa assim que a aula acabasse e esperou que ele entrasse no coletivo que o levaria para a Praça da Bandeira. Pela janela do ônibus, embaçada pelo sereno da manhã úmida, Toninho viu Antonio acompanhar com o olhar a condução que o levaria para o lugar mais distante em que havia estudado até aquele dia.

Percebeu no semblante gelado do pai um vestígio de preocupação. Sentiu uma grande ternura por aquele homem rude com quem convivia diariamente, e quase entendeu a incapacidade de dar e receber carinho que Antonio havia adquirido na longa estrada da vida. Mas ainda não tinha os requisitos necessários para tanto discernimento e compreensão, o que aconteceria só muito tempo depois, ouvindo Elis Regina cantar "Como Nossos Pais", de Belchior, e depois de sua própria vida ter lhe aprontado inúmeras ciladas e armadilhas, dessas que nos fazem repensar tudo e todos. Só depois de se ver alçado à mesma posição de pai e ser enredado em situações onde o único sentimento possível é a complacência com aqueles que passaram por nossas vidas é que conseguiria decodificar plenamente seu pai. Ainda era cedo para isso.

Na medida em que o ônibus se afastava por ruas que ele não conhecia, só sentia um frio na barriga, uma grande ansiedade que acabaria com o resto de suas unhas e uma sensação gostosa de liberdade.

Capítulo 7

O Colégio Prado Júnior ficava em uma região com grande concentração de escolas. Ocupava a ponta de um quarteirão que, além de ter o Instituto de Educação ao lado, com suas normalistas em uniformes sensuais, também abrigava o Instituto Isabel, escola particular para filhos de famílias de classe média alta. Na esquina da Rua Ibituruna havia a Padaria Regina, apinhada durante o dia de estudantes das mais diferentes origens que, não satisfeitos em lotar os bancos ao lado do balcão, se espalhavam pelas calçadas naquela espontaneidade típica da juventude que não se acanha em sentar-se no chão e se aglomerar onde bem entender. Seguindo a Ibituruna havia também o Colégio GPI e mais à frente a Escola Técnica Federal, inimiga mortal da turma do Prado Júnior — rivalidade que provocava diversas brigas sempre que uma turma encontrava a outra, ou quando a mesma normalista era disputada por dois ou mais integrantes dos grupos rivais. Passando a Padaria Regina pela Mariz e Barros havia também um colégio administrado por freiras que locava algumas salas para o funcionamento de um curso preparatório para quem desejasse ingressar nas forças armadas.

Este era o sonho de Aurélia: ver o filho dentro de um uniforme da aeronáutica. Corria o ano de 1977, e os 13 anos de governo militar haviam concedido aos militares um prestígio, uma estabilidade e um respeito que Aurélia não conseguia enxergar em nenhuma outra profissão que o filho pudesse escolher. A carreira militar acenava, principalmente para os mais humildes, como garantia de sucesso e de um futuro promissor. A cabeça do jovem Toninho, no entanto, estava muito longe da caserna. Com a consciência política e os conceitos democráticos de coloração socialista que havia acumulado em seus 15 anos de existência através das leituras, das experiências no botequim e até mesmo dos ideais hippies e contraculturais absorvidos do universo *rock'n'roll*, sentia verdadeiro asco pelos militares. Não conseguia se imaginar dentro de uma disciplina rígida, recebendo ordens de um superior bitolado, tendo que cumpri-las sem ter o direito de questioná-las e sendo castigado em caso de insucesso ou desobediência. Esta leitura limitada e radical das forças armadas era reforçada pela crescente insatisfação de diversos segmentos da sociedade civil que, revoltados com o estado de exceção, conseguiam vez por outra furar o bloqueio da censura e protestar. Agora que começava a se libertar do botequim, não iria cair em outra "penitenciária".

Para dificultar mais ainda os propósitos de Aurélia, no Prado Júnior havia uma turma altamente politizada que, naturalmente, conquistou logo a admiração do jovem estudante. Toninho tentava insistentemente estar junto dos colegas mais velhos, que sempre carregavam um exemplar do *Pasquim* ou da *Tribuna de Imprensa* e discutiam horas a fio sobre os desmandos e covardias que a repressão militar impunha à sociedade. Eram papos-cabeça que misturavam Karl Marx com Chico Buarque, Fernando Gabeira com Lamarca, Henfil com Jango, numa enxurrada de informações que a jovem cabeça não conseguia processar em sua totalidade, mas que nem por isso deixava de lhe parecer interessante. Contra a sua aceitação nesse grupo pesava uma característica física que só após os 40 anos iria se revelar positiva: sempre aparentou ser mais novo do que sua real idade cronológica, e era difícil ser levado a sério por aqueles aspirantes a "guerrilheiros" com sua aparência frágil e púbere. Mas Toninho se alimentava bem dos fragmentos conceituais que os malucos deixavam escapar, e assim ia equacionando em seu íntimo o cenário político que se desenhara no Brasil desde o golpe de 1964, conhecendo e se indignando com as torturas, perseguições e, principalmente, com a censura às artes e aos meios de comunicação. Definitivamente, não queria participar disso.

Mas Aurélia era teimosa. Depois de muita pressão e alguma chantagem emocional, o filho acabou aceitando ser matriculado no curso pré-militar que o prepararia para a disputadíssima prova de seleção da Escola Preparatória de Cadetes do Ar em Barbacena, Minas Gerais. Afinal, amava a mãe e não conseguia contrariá-la a ponto de vê-la sofrer.

Toninho conseguiu enxergar nisso uma vantagem: para poder frequentar as aulas do curso preparatório, durante três dias na semana ficaria longe do botequim também no turno da tarde. Era liberdade demais, mais do que o garoto podia esperar e administrar. Como o engajamento no grupo dos protótipos de subversivos estava difícil, usou sua malandragem suburbana e sua personalidade multifacetada para se agregar ao de baderneiros alienados, que praticavam habitualmente a modalidade "esportiva" de matar aula. Eram festas quase diárias em casas alternadas, regadas a muita bebida alcoólica. Essa turma tinha uma grande vantagem em relação à dos projetos de comunistas: incluía muitas garotas, enquanto na galera politizada só havia homens. Pois junte-se festa, bebida, música, meninas e um garoto reprimido, e já se pode imaginar no que isso iria dar. No meio do ano Toninho já estava reprovado por faltas, mas escondeu esse pequeno detalhe dos pais e continuou em sua rotina.

Descobriu a Praça Saens Peña, com seus inúmeros cinemas, e a Quinta da Boavista, onde gazeteava pelos vastos jardins que no passado haviam sido percorridos por D. João VI e sua corte. Até tentou beber nas festinhas, mas seu paladar estava mais para Coca-Cola do que para Martini. Não gostava do gosto amargo da cerveja, muito menos das bebidas destiladas que rodavam de mão em mão. Às vezes dava uma bicada para não ficar tão destacado do comportamento geral, mas com muito sacrifício.

Era um garoto bonito, inteligente e divertido, e isso atraía as garotas. Sempre havia alguma disponível para um beijo e um bom amasso — um piço ou um sarro, como se dizia na época. Mas nada além disso.

Em uma dessas festas conheceu Marreco, que finalmente estava cursando a segunda série depois de já ter repetido duas vezes a primeira. Ele estava com um disco de capa de papelão pardo, que parecia ser um trabalho artesanal. O nome mal impresso corroborava mais ainda esse julgamento: "Feito em Casa" de Antonio Adolfo. Tratava-se da primeira iniciativa de produção independente da música instrumental brasileira. Em uma época em que o mercado fonográfico estava nas mãos de empresas grandes e poderosas, gravar e fabricar um disco requeria inúmeros recursos e uma parafernália tecnológica inatingível para a maioria dos artistas mortais, sem contrato com essas *majors* — cenário que ainda levaria uns 20 anos para mudar, com a disseminação do computador e da tecnologia digital.

A festa estava bem animada lá pelo meio-dia, pois essas *happy hours* geralmente começavam às oito da manhã para poderem contar com o álibi do horário escolar, utilizado pela maioria de seus frequentadores. De dentro da capa do LP Marreco sacou um baseado já devidamente apertado, sob o olhar assustado e curioso de Toninho. No que ameaçou acender o cigarro de maconha, foi impedido e censurado por Leca, a dona da casa, não por ser uma defensora dos bons costumes, mas por estar preocupada com o cheiro, que poderia lhe trazer problemas com a vizinhança e, posteriormente, com os pais, que estavam trabalhando.

Marreco, um pouco contrariado, resolveu incinerar o baseado na rua e fez o chamado àqueles que estivessem dispostos a embarcar no seu trem da fumaça. Toninho ficou tentado, não a experimentar a droga, pois se sentia muito distante dessa possibilidade e cheio de medo e dúvidas quanto a encarar esse desafio, mas somente para acompanhar a turma que se levantou e saiu, com ar de superioridade e valentia. Lembrou-se de já ter visto o mesmo Marreco engolir uma "peteca" de maconha em frente ao colégio, quando se apavorou com a passagem de uma patrulha policial que acabou seguindo seu caminho sem importuná-lo.

Mas o medo falou mais alto, e Toninho preferiu ficar e se distrair com a coleção de vinis de Leca, fã incondicional da banda britânica Uriah Heep. Daí pra frente a maconha não pararia de rondar sua porta em diversas situações.

No primeiro dia de aula no curso pré-militar, Toninho procurou, como sempre fazia, as cadeiras que ficavam no final da sala, onde, para sua surpresa, em meio a uma turma em boa parte constituída de meninos com cara de *nerd*, óculos fundo de garrafa e rostos devastados pela acne, encontrou uma dupla de surfistas de cabelos longos e tingidos de louro na parafina. Sentou-se ao lado deles. Um era atarracado e baixo, sua pele ressecada de um dourado fustigado pelo sol. O outro era magro, de nariz adunco e olhos claros.

O que esses caras estão fazendo aqui? — pensou Toninho. *Será que a mãe deles também os obrigou a serem militares?* A hipótese não parecia provável. Além de aparentarem ser bem mais velhos do que a maioria da turma, não pareciam ser do tipo de filho que dá ouvidos à mãe, muito pelo contrário. Tinham aquela aparência irreverente natural dos surfistas, o que, naturalmente, aguçou a sua curiosidade. Na segunda aula já havia se enturmado com a dupla.

No intervalo, acompanhou os dois até o outro lado da rua, onde ficava a matriz da rede de confeitarias Gerbô. Achou que eles iam fazer um lanche. Não estava totalmente errado, mas antes de entrarem na confeitaria, saíram pela tangente para uma rua ao lado e buscaram um recuo, que dava para os fundos de uma loja fechada. Lá, um pouco escondidos da vista dos transeuntes, tiraram do bolso uma trouxinha de maconha. Enquanto o mais baixo desberlotava a erva, desfazendo os pedaços maiores, o mais comprido retirava o forro de papel de um maço de cigarros achado no chão e o cortava na tira simétrica que iria envolver o conteúdo que estava na mão do companheiro — tudo bem acondicionado, enrolado e selado pela goma de sua saliva. Para concluir a obra precisavam de um palito de fósforo, que serviria como pilão para socar as extremidades do baseado. Mal externaram sua necessidade, e antes mesmo que seus olhos vasculhassem o chão, Toninho localizou o palito desejado em um canto da calçada e o ofereceu aos "escultores canábicos". Sentiu-se útil e enturmado.

Pela primeira vez havia presenciado e, de certa forma, participado de todo o ritual que precede o consumo da maconha, ritual que seria repetido pelos surfistas e acompanhado por Toninho em todos os intervalos de aula. Os dois nunca ofereceram a droga a ele, e embora estive sempre próximo, nunca fizeram menção de passar o cigarro para suas mãos. Parecia que aguardavam eticamente uma manifestação voluntária do garoto revelando o desejo de fumar, manifestação que nunca aconteceu.

No princípio, Toninho ficava observando, esperando que o efeito da droga provocasse alguma reação esdrúxula. Talvez começassem a babar, talvez perdessem a coordenação motora, quem sabe roubariam alguma coisa da confeitaria, poderiam ficar violentos, ou desmaiar. Mas nada disso acontecia. Apenas a conversa fluía solta, histórias de grandes ondas e aventuras em Saquarema e no Arpoador, enquanto o cigarro ia sumindo entre os dedos amarelados até se transformar em uma ponta quase invisível, consumida até a última brasa passível de ser sustentada pela derradeira fibra do papel. Às vezes o riso corria frouxo e incontrolável, e nessas horas contagiava Toninho, que parecia entrar na onda através das gargalhadas. O cheiro da maconha lembrava a ele o de patchouli com parafina que aspirava parado em frente à vitrine da Pier de Madureira. Gostou daquele cheiro.

As pranchas, os skates, os cabelos de parafina, a carreira militar, o botequim, as camisas Hang Ten, as calças de boca fina, as festas do Prado Júnior, tudo girava alucinadamente na cabeça de Toninho, que gostava cada vez mais do convívio com aquelas duas figuras e da sensação de perigo que era estar ali ao lado deles em plena luz do dia. Terminado o baseado, e aproximando-se a hora de voltar para a sala de aula, os três atacavam inexoravelmente os doces da Gerbô, Toninho, por pura gula; os outros dois para aplacar a "larica" — sempre tratando os balconistas com muito respeito e educação, o que na cabeça de Toninho era uma enorme contradição a respeito de tudo que havia ouvido de pejorativo sobre a droga nas conversas pescadas no botequim.

Quando Toninho lhes perguntou o propósito de estarem no curso, responderam que queriam prestar concurso para a Academia Militar das Agulhas Negras, mas, sem saber bem por que, Toninho nunca engoliu essa história, que se tornou ainda mais duvidosa quando mais tarde os dois simplesmente sumiram. Foi pela boca deles que ficou sabendo que o grupo inglês de rock progressivo Genesis viria ao Brasil e faria um concerto no Maracanãzinho, no dia 15 de maio.

O Genesis não estava entre os preferidos de Toninho, mas a oportunidade de assistir pela primeira vez a um grande show de rock de uma banda internacional, e em companhia daqueles dois maconheiros de bom astral, era uma oportunidade imperdível para o jovem roqueiro, sua ascensão a um patamar muito mais elevado do que a rotina de pequenas infrações, que começava a ficar monótona. Era a realização de um de seus sonhos de adolescente, resumindo: não sabia como iria conseguir, mas tinha certeza de que estaria lá. Firmou compromisso com os dois, mas eles desapareceram antes do dia do show e de acertar os detalhes para o encontro.

Toninho não desistiu. Iria, mesmo que fosse sozinho. Torpedeou a mãe com súplicas insistentes e programou-se para dormir na casa da madrinha Libertária, que nessa época morava na Rua São Francisco Xavier, bem próximo ao local do show. Juntou o dinheiro que o pai lhe dava todos os sábados depois da jornada de trabalho e comprou o ingresso. Peter Gabriel havia deixado o Genesis recentemente e Phil Collins tinha deixado a bateria para assumir os vocais da banda. Curiosamente, a sonoridade do grupo permanecera quase intacta, pois o timbre de voz dos dois era muito parecido, e só os fãs mais apaixonados percebiam a diferença. Na percussão entrou Chester Thompson, que, em certa altura do show, fez um duelo de baterias memorável com o próprio Collins, ostentando uma barba espessa e inédita e levando o Maracanãzinho lotado à loucura. Canhões de raio laser riscavam a abóbada do estádio num efeito inovador e alucinante, que ficava ainda mais visível devido à espessa bruma de maconha que dominava o lugar. Sentado na arquibancada, Toninho parecia não acreditar que estava lá. Finalmente havia chegado a Woodstock, oito anos depois do fim do festival.

A partir dessa experiência, não mediria esforços para estar em outro show de rock, e muitos viriam. Naquela mesma arena, no mês de julho do mesmo ano de 1977, ainda iria assistir ao lendário Joe Cocker e banda em uma turnê pelo Brasil marcada pelo ostracismo, pouca divulgação, plateias vazias, que terminou com a internação urgente do cantor de voz rascante e gestual anômalo em uma clínica de recuperação para dependentes de drogas e álcool assim que retornou aos EUA. Nesse dia, novamente sozinho, Toninho pulou das arquibancadas para a pista e assistiu ao show a dois metros do palco. O show começou com três horas de atraso e para uma plateia de quatro mil pessoas, num espaço em que cabiam mais de 20 mil. Quase dava pra sentir o bafo etílico de Cocker quando ele se contorcia todo para vomitar "With a Little Help From My Friends". Ouvindo aquele hino woodstockiano, Toninho não teve como segurar a emoção, e as lágrimas desceram de seus olhos.

Talvez por isso, também nesse dia, não conseguiu enxergar no vocalista que havia feito história no rock o homem debilitado e destruído pelo uso de drogas em que ele havia se transformado — drogas que até então só conhecia pelo cheiro, pelo ritual e pelo convívio com poucos usuários, mesmo assim somente as consideradas mais leves, como a maconha, o tabaco e o álcool. Enxergava apenas a ponta de um grande iceberg onde via somente alegria, liberdade, irreverência, sonhos e boa música, deixando oculta uma base imensa e submersa que lhe seria revelada com extremo sofrimento em um futuro não muito distante. Mesmo estando perto do palco, não conseguiu ver uma enorme bola de ferro presa por uma grossa corrente ao pé de Joe Cocker.

Capítulo 8

Do consumo cotidiano da palavra escrita, Toninho passou à produção literária. No início eram pequenos fragmentos, pensamentos soltos. Depois descobriu a poesia. Aos poucos foi substituindo os livros, jornais e revistas que escondia no balcão do botequim para leituras fugidias por pedaços do papel que envolvia os pacotes de cigarro, preenchidos disfarçadamente com sua literatura prematura e fugaz.

O *Vestido de Noiva* de Nelson Rodrigues veio dar em suas mãos, e ele gostou dos diálogos do dramaturgo maldito. Depois leu *Barrela*, de Plínio Marcos. Seu interesse pelo teatro foi aumentando. Até então, seu contato mais próximo com a dramaturgia tinha sido através das novelas das TVs Tupi e Globo. A televisão tinha entrado em sua vida muito cedo por obra de Libertária, sua madrinha, ou fada-madrinha, pode-se dizer. A irmã mais velha de Aurélia tinha passado uma temporada nos EUA em companhia das meias-irmãs, filhas do outro casamento do velho Francisco Maria Ernesto. Lá trabalhou um tempo como auxiliar de enfermagem e decidiu voltar para o Brasil. Toninho tinha seis anos quando foi esperá-la no aeroporto, não se lembrava muito bem da tia e perguntou a Aurélia como deveria chamá-la.

— Você pode chamá-la de madrinha. Pois foi ela quem te batizou.

A madrinha chegou com muitos presentes para o pequeno e único sobrinho e afilhado, novidades até para as crianças mais abastadas daquele Brasil dos anos 1960, que dirá para um menino pobre como Toninho. Ganhou carrinhos de corda, brinquedos de pilha, robôs que andavam sozinhos, emitiam sons e acendiam luzes, um Forte Apache e um saco enorme com dezenas de miniaturas plásticas representando índios, caubóis, soldados e animais selvagens — tecnologia de ponta direto da terra do Tio Sam. Mas a compulsividade nata de Toninho não se contentaria em destruir suas próprias unhas dos membros superiores e inferiores. Seu ímpeto roedor também mutilaria os bonecos americanos, em ações inconscientes e incontroláveis. A maioria dos soldados ficaria sem a ponta de suas Winchesters, os índios sem as flechas e os animais sem os rabos.

A surpresa maior e mais valiosa veio protegida por grossos cobertores em uma grande mala. Uma pequena TV de gabinete plástico, com imagem em preto e branco, marca General Electric. Toninho só tinha visto uma TV na casa de sua avó e na casa de Dona Joaquina — dona do casebre alugado em que sua família morou nos fundos do bar —, que o deixava assistir em sua grande TV de madeira ao seu seriado preferido: "O Agente da U.N.C.L.E.", com o personagem americano Napoleon Solo, que pretendia ser uma resposta ao James Bond britânico.

Embora tivesse sido inaugurada por Assis Chateaubriand em 1951, a TV continuaria por bastante tempo sendo um luxo para a maioria das famílias brasileiras, e certamente levaria muito tempo até Toninho ter uma delas em sua casa, se Libertária não tivesse interferido em seu destino como faria tantas outras vezes.

A partir daí, Toninho saía correndo da escola primária, entrava em casa como um foguete, jogava em qualquer canto a pasta de plástico preto e arrancava pela cabeça a blusa branca de gola em "V" que trazia no bolso as iniciais "EP" — de Escola Pública, ou "estuda palhaço", como os moleques sacanas costumavam traduzir. Sentava-se diante do minúsculo tubo de imagem e, enquanto batia um prato de arroz, feijão e ovo, assistia a mais um repetido episódio de "National Kid", o herói japonês, produzido pela Toei Company.

O personagem de máscara e capa havia sido encomendado inicialmente como propaganda para a fábrica de eletrodomésticos National Electronics Inc., atual Panasonic, antes de se tornar uma série de sucesso junto à criançada brasileira. Mesmo já tendo assistido a todos os episódios da série, e sabendo de antemão o desenlace de todos os enredos em que o herói nipônico se metia, não perdia um só capítulo da saga contra os Incas Venusianos ou Seres Abissais. Mesmo depois dos 12 anos, quando foi convocado para o botequim, sempre dava um jeito de escapar das sonecas obrigatórias da tarde para assistir aos desenhos e seriados da época: "Jim das Selvas", "Viagem ao Fundo do Mar", "Johnny Quest", "Shazam", "Bonanza" e todos os demais, além dos desenhos da Disney e do "Batman", é claro.

Era tamanha sua simbiose com a TV que com oito anos de idade padeceu de uma paixão avassaladora e cruel, na medida em que não era correspondida, pela Mulher-Gato do seriado "Batman". A personagem, interpretada pela atriz Eartha Kitt — falecida aos 81 anos em 2009 —, mexeu de tal maneira com o coração do menino que ele ficou taciturno pelos cantos por umas duas ou três semanas, em meio a suspiros que já previam sua tendência para as paixões repentinas, para a dor de cotovelo e as angústias. Com a mãe, à noite, acompanhava "Beto Rockfeller", novela da Tupi onde Plínio Marcos interpretava Vitório na criação de Cassiano Gabus Mendes, dirigida por Braúlio Pedroso.

Voltando do Prado Junior para o botequim, num dia em que não havia aula no curso pré-militar, saltou do ônibus perto da banca de jornal e pegou emprestado com seu amigo a edição do *Jornal do Brasil*. Este seria o último favor que seu provedor movido a chicletes lhe faria. Foi informado por ele de que o velho Pasquale, com saúde duvidosa, havia vendido a banca. O novo proprietário assumiria no dia seguinte e já havia dispensado os serviços do ajudante do italiano.

Toninho entrou no balcão do bar tão aturdido que quase se esqueceu de beijar a face do pai como sempre fazia. E agora? Como faria pra se atualizar e se distrair de seu trabalho maçante? Antonio saiu para comprar algumas coisas para o almoço do dia seguinte e Toninho começou a folhear o jornal. Estava com o olhar distante e indeciso quando viu o pai atravessando a rua de volta, com várias sacolas de legumes e carnes. O lusitano parecia cansado, o cigarro no canto da boca, o blusão entreaberto, o rosto suado com a barba por fazer.

Antonio já tinha mais de quarenta anos. Havia recebido notícias de Portugal dando conta de que sua mãe, a Vó Margarida que Toninho nunca conheceria, estava muito doente. O casamento com Aurélia ia de mal a pior e os negócios estagnados. Aurélia insistia para que ele viajasse para ver a mãe moribunda, por solidariedade com a sogra e para poder se ver um pouco livre das brigas e ofensas recíprocas. Ele hesitava. Era um homem honesto e trabalhador, enraizado em seus costumes e sua rotina disciplinada, um cabeça-dura castigado pelas amarguras da vida e por seu próprio temperamento.

Antonio entrou direto para a cozinha apertada do bar e começou a dar marteladas em alguns pedaços de contrafilé, que apanhavam sem dizer nada. Assim como ele, aquela carne morta era incapaz de reclamar ou acusar qualquer sofrimento. Por um momento, Toninho se viu com a mesma idade do pai naquela cozinha quente e desconfortável, espancando um pedaço de carne que se recusava a amolecer. *Não, isso nunca* — decidiu. No dia seguinte, após a aula no Prado Júnior, não iria para o curso preparatório: iria escrever uma peça de teatro. Aliás, já havia decidido também que não faria a prova para a Aeronáutica, só ainda não tinha tido coragem de comunicar à mãe.

Naquele mesmo dia, atrás do balcão começou a rascunhar no papel de cigarros o texto de sua primeira peça, que se chamaria "A Causa dos Rebeldes" e teria importância fundamental em seu destino.

Capítulo 9

As transgressões atraíam Toninho cada vez mais: ludibriar o porteiro do cinema com uma caderneta escolar falsificada, usufruir das publicações da banca de jornal sem pagar ou pular das arquibancadas do Maracanãzinho para assistir ao show de Joe Cocker ao pé do palco eram uma espécie de evolução natural das campainhas que tocava ou das latas de lixo que chutava nas calçadas voltando da escola primária — pequenas descargas de adrenalina que faziam o garoto se sentir um pouco mais próximo de materializar aquela rebeldia absorvida de seus *bandleaders* preferidos e contida à força em seu íntimo. Eram peraltices inocentes de adolescente, mas davam a Toninho uma sensação momentânea e frágil de libertação e autossuficiência.

Em uma tarde ensolarada de primavera, foi a Madureira para trocar um disco do Status Quo que havia comprado na véspera, mas que o tinha decepcionado. Havia se decidido pela compra baseado na beleza da capa, o que acontecia com frequência, e quando o som não correspondia ao visual, ele sempre voltava à loja, onde já era conhecido, para trocar o LP por outro que lhe agradasse mais. A loja da Rua Carvalho de Souza, tinha grande movimento. Era pequena, mas vivia cheia de clientes que muitas vezes lotavam os dois corredores, separados por um conjunto de bancadas de madeira onde os discos eram expostos verticalmente e enfileirados um atrás do outro, separados em seções de acordo com os mais variados estilos musicais.

Nas paredes laterais havia mais bancadas com discos, além de fitas K-7 e compactos simples e duplos — pequenas bolachas de vinil com uma ou duas faixas de cada lado, que serviram muitas vezes de consolo para Toninho quando a grana não era suficiente para comprar o long-play original. A seção de rock ficava bem próxima da porta de saída e era onde Toninho passava horas escolhendo, ou simplesmente admirando os lançamentos internacionais, que muitas vezes levavam mais de um ano para chegar às lojas brasileiras. Nesse dia, além do disco do Status Quo, ele trazia mais dois LPs dentro de um envelope de papel quadrado usado normalmente como embalagem nas lojas de discos.

Deixou o vinil rejeitado com o balconista e foi autorizado a escolher outro para a troca. Encostando-se à bancada, apoiou nela o envelope com os outros discos de sua propriedade e passou a folhear o estoque. Logo nas primeiras passadas seus olhos brilharam com a capa de "Truth" do Jeff Beck Group. Era um trabalho antológico de um dos maiores magos da guitarra de todos os tempos, que, entre outras coisas, havia participado do Yardbirds juntamente com Eric Clapton e Jimmy Page. Como se já não bastasse, o petardo de 1967 ainda trazia na banda um jovem vocalista chamado Rod Stewart, um baixista que viraria guitarrista dos Stones chamado Ron Wood e um virtuoso pianista chamado Nicky Hopkins, que acompanhava a nata do rock e blues em diversas incursões. De quebra, uma participação mais do que especial de certo John Paul Jones no órgão Hammond, na faixa "Ol' Man River". Não havia dúvidas. Essa raridade iria para a coleção de Toninho.

Por desencargo de consciência, continuava a verificação somente para terminar a fila que havia começado, quando surgiu no meio daquela enxurrada de bandas e trabalhos magníficos uma coisa que ele nunca havia visto, e que, certamente, estava muito além do que o dinheiro que o pai lhe dava aos sábados no botequim podia pagar. Com um casal hippie abraçado e enrolado em um cobertor, em meio a um mar de jovens cabeludos, surgiu a capa do disco triplo que havia sido gravado durante o Festival de Woodstock. O tempo parou para Toninho abrir e ler todas as informações daquela obra de arte, que ocultava três vinis.

Estava com duas raridades na alça de mira, mas seu poder de fogo só permitia abater o Jeff Beck Group, que estava na mesma faixa de preço do disco que seria devolvido. Foi então que sua ousadia passou dos limites e a transgressão deixou para trás as simples brincadeiras de criança: dissimuladamente, escorregou para dentro do pacote com seus discos o álbum triplo e continuou encenando a difícil escolha que tinha que fazer. Com a cabeça baixa, os olhos fixados nos discos que deslizavam sob o comando de seus dedos, aguardou por alguns instantes que alguém viesse pegá-lo pelo braço e levá-lo para a delegacia mais próxima. A adrenalina eletrificou suas sinapses e ele se arrependeu imediatamente do que tinha feito. Pensou em retirar o LP do invólucro e colocá-lo de volta no lugar, mas essa emenda poderia sair pior que o soneto se o movimento fosse percebido pelos lojistas. As pernas tremiam. Lembrou-se de seu pai e de todos os valores de honestidade inculcados pela família.

Seu pensamento o surpreendeu e foi buscar numa caverna distante do seu inconsciente um desenho animado de Walt Disney que havia visto há muito tempo, na pequena TV americana que a madrinha lhe dera. Na história, o Pato Donald, atormentado pelas traquinagens de seus sobrinhos Huguinho, Zezinho e Luizinho, pensava em castigar os pequenos patinhos com crueldade e violência. Dentro da cabeça de Donald havia dois anjos, à sua imagem e semelhança: um do bem, com asinhas, e outro do mal, com chifres, lutavam entre si para se apoderar de um volante que ficava bem atrás dos olhos do pato. Entre socos e pontapés, se alternavam no controle do volante, que determinava a direção e a atitude que Donald deveria tomar, e enquanto isso defendiam verbalmente seus argumentos, o de chifres o aconselhando a ferver os três pestinhas em óleo quente e o de asas o convocando ao perdão e à compreensão das peraltices dos sobrinhos.

Na loja de discos, Toninho se sentia como Donald no desenho animado: era como se dois anjinhos lutassem dentro de sua cabeça pelo controle de seus próximos passos. Enquanto um dizia "Larga isso aí. Devolve esse disco. Isso não é teu. Isso não é certo. Você pode se dar mal", o outro sussurrava, com voz maquiavélica "Ninguém viu. Não vai fazer falta pra eles. Veja quantos discos eles têm. É um álbum triplo do Woodstock". Se no desenho animado a situação pareceu engraçada, na loja em Madureira o dilema assumia traços de tortura psicológica.

Num movimento rápido e traiçoeiro, o anjo mau assumiu o controle do volante cerebral de Toninho. Pegou o disco de Jeff Beck e entregou ao balconista, que o embalou e lhe devolveu com um sorriso. Toninho agradeceu, saiu da loja com o disco que havia trocado e com o álbum triplo dentro da embalagem que havia trazido de casa. Caminhou alguns metros sem olhar para trás, esperando que o dono da loja ou o próprio balconista corressem ao seu encontro aos gritos de "Pega ladrão", mas nada aconteceu.

A adrenalina havia colocado um gosto estranho em sua boca, e o coração aos poucos ia retomando o ritmo normal. Já dentro do ônibus conseguiu sorrir, e um frio percorreu sua espinha quando ele retirou o produto do roubo de dentro da embalagem. Isso sim, era transgressão. Isso sim, era quebrar as regras. Isso sim, era um álbum triplo! Um leve remorso tentou entrar pela janela aberta do ônibus, mas foi logo afastado e esquecido — talvez pela ação do anjo chifrudo que ainda estava no comando, rindo do anjo bom que estava amarrado e amordaçado no fundo de sua cabeça, como no desenho animado.

Naquele dia, sem saber, Toninho havia dado um passo ousado e discutível em direção à maturidade. Por um caminho infrator e com uma sensação inefável, vivenciara a dualidade intrínseca ao elemento humano: a luta entre o bem e o mal que existe dentro de todos nós constitui o livre arbítrio e é o que nos faz verdadeiramente humanos, uma pequena batalha da grande guerra que ele iria travar por toda a sua existência, com vitórias e derrotas de ambos os lados.

Entrou em casa apressado, torcendo para que não houvesse ninguém e ele pudesse, munido de sua vassoura-guitarra, usufruir livremente daquelas duas pérolas que se somariam à sua coleção. Ao entrar na sala, porém, percebeu que suas intenções seriam frustradas. Prostrada no sofá e com cara de enterro, Aurélia parecia estar arrasada com algum acontecimento. Os olhos estavam vermelhos como se tivesse chorado. Paula, sua filha, tentava acalmá-la com um copo de água com açúcar.

Alguém morreu — pensou Toninho. Ou talvez fosse mais uma briga com Antonio. Ainda com os discos embaixo do braço, perguntou à mãe o que havia acontecido. A resposta foi a mais inesperada e indesejada: Aurélia havia visitado o curso pré-militar e lá tinha sido informada de que seu filho não havia entregado a documentação nem feito os procedimentos necessários para a inscrição na prova da Aeronáutica, e perdera o prazo de habilitação. Também fazia algum tempo que não aparecia por lá. E como desgraça pouca é bobagem, Aurélia decidiu passar no Prado Júnior, e lá as notícias foram ainda piores: Toninho estava irremediavelmente reprovado, só tinha passado em educação física, pois não perdia uma aula dessa matéria nem a oportunidade de praticar algum esporte. Em sala de aula, era um turista que muitos professores nem conheciam.

Aurélia disse que iria morrer de desgosto e levou a mão ao coração como se estivesse à beira de um enfarte. Toninho tentou explicar o inexplicável. A mãe apelou para todos os santos para que ele voltasse atrás e prestasse concurso para a Aeronáutica. Ameaçou deixá-lo por conta do pai. Disse que se fosse preciso iria até Barbacena e pediria ao diretor da escola militar que abrisse uma exceção e aceitasse sua inscrição fora do prazo.

Toninho tomou cuidado para esconder em algum lugar os discos recém adquiridos, para evitar que fossem alvo da ira de Aurélia. Depois, achando impossível que a mãe cumprisse a proposta de viajar até Barbacena, e mais improvável ainda que conseguisse mudar as rígidas normas militares, aceitou fazer a bendita prova, pelo menos para ganhar tempo. Foi o que fez a mãe se levantar do sofá. Ela, no entanto, o advertiu: seria sua última oportunidade. Se não passasse para a Aeronáutica, não iria mais estudar.

Naquele momento Toninho não pôde avaliar direito o que isso significava. Sua cabeça estava nos discos novos, que ainda não havia escutado, mas ainda não seria naquele dia que ele duelaria com Santana, The Who e Jeff Beck. Sua mãe, subitamente refeita do quase estado de coma em que estava, disse que iria a uma festa na casa de uns portugueses amigos, em Irajá. E Toninho deveria acompanhá-la. *É castigo de Deus pelo que eu fiz na loja de discos. Nunca mais repito isso, meu Jesus* — pensou.

Essa seria a primeira promessa feita ao Senhor que ele não iria cumprir. Depois da bem-sucedida "Operação Woodstock", vez por outra acrescentaria alguns títulos à sua coleção de maneira ilícita. Tentou retrucar dizendo que queria ficar em casa, mas o clima não estava nada favorável. Ou era a festa dos portugueses ou o botequim. Toninho foi tomar seu banho, sabedor de que a barra iria pesar muito para o seu lado. Não estudar significava voltar ao botequim em tempo integral. Enquanto a água do chuveiro escorria pelo seu corpo, tentava colocar as ideias em ordem. Começou a rever suas atitudes desde a ida para o Prado Júnior, e alguma coisa lhe dizia que havia vacilado. Não soubera lidar com a liberdade súbita que a distância dos olhos de permanente censura de seus pais lhe proporcionara.

Nem passava por sua cabeça que Aurélia não só iria cumprir a promessa de viajar até Barbacena junto com a pequena Paula, como também conseguiria convencer o diretor da Escola Preparatória de Cadetes do Ar a aceitar a inscrição de Toninho para a prova. No dia do esperado exame, o corpo de Toninho estaria junto dos outros candidatos no Maracanã apenas por obrigação, mas sua cabeça não iria comparecer. E sem a cabeça presente, é fácil adivinhar o resultado da prova. A Aeronáutica ficaria fora de sua vida para sempre, e o sonho de Aurélia seria despedaçado diante da firme decisão de Toninho de dar outro rumo à sua vida.

Quando saiu de casa com a mãe e a irmã para ir à casa dos patrícios em Irajá, também achava que aquele dia cheio já tinha lhe apresentado todas as emoções possíveis de serem vividas num período de vinte e quatro horas. No entanto, naquela festa careta a que iria contra a vontade, conheceria Márcia, uma menina de 13 anos que viria a ser o primeiro grande amor de sua vida. Depois da Mulher-Gato, é claro.

Capítulo 10

A casa dos *patrícios* amigos de Aurélia era ampla e espaçosa, no meio de um grande terreno e com uma varanda na frente — uma típica casa de subúrbio carioca. Logo que passou o portão de entrada, o rosto contrariado de Toninho deu lugar a um interesse mal disfarçado com um olhar que tentava esconder, sem sucesso, a sua cobiça. Sentada na mureta da varanda, estava uma linda menina de 13 anos, mas que aparentava ter um pouco mais. Seus cabelos negros, longos e muito lisos emolduravam um rosto muito branco e delicado, com olhos vivos de um castanho claro encantador que transmitiam uma instigante timidez. A calça jeans apertada e a blusa sem decote não conseguiam ocultar os traços de maturidade que o corpo da jovem menina precocemente exibiam. Toninho esqueceu imediatamente o Álbum Triplo do Woodstock e, após os cumprimentos de praxe para os anfitriões, tratou de se aproximar daquela ninfeta indefesa. Vencendo a timidez, entabulou a primeira conversa e conseguiu arrancar um sorriso da menina, ao descobrirem que ambos estavam ali contra a vontade e obrigados pelos pais. Daí pra frente, foi só identificação.

Ela também era filha de imigrantes, pai espanhol e mãe portuguesa. Era a mais velha da prole do casal, que contava com mais dois meninos. O pai era industrial, dono de uma metalúrgica. Ambos gostavam de cinema, e Toninho não perdeu tempo: marcou uma sessão. Como Márcia morava no bairro do Riachuelo, se encontrariam no Cine Paratodos, no Méier, mais próximo da casa dela. Após o primeiro beijo no escurinho do cinema, Toninho já estava perdidamente apaixonado. E parecia que dessa vez seu amor era retribuído, ao contrário da experiência com a inatingível Mulher Gato.

Sua rotina de final de semana mudou radicalmente. Com a mediação de Aurélia, negociou com o pai um expediente no botequim que terminava ao meio-dia de sábado, quando o movimento da feira livre ficava mais fraco, e só recomeçava na segunda. Ganhara definitivamente o domingo. No sábado, trabalhava a manhã inteira de olho no relógio. Quando o pai o liberava meio contra a vontade por volta das 13h00, dando-lhe o pagamento da semana, voava para casa, para tomar banho e vestir seu obrigatório tênis Rainha Iate azul-claro, sua calça Lee e uma das duas T-shirts que havia comprado na Newsplan de Madureira. Não que não tivesse outras roupas, mas essas representavam seu gosto e estavam mais próximas da moda usada pelos garotos de sua idade, enquanto as outras que enchiam o guarda-roupa haviam sido dadas por Aurélia com a melhor das intenções, mas incluíam, entre outras aberrações, calças de tergal quadriculadas ou amarelas, blusas de gola rulê e sandálias franciscanas.

Arrumado e perfumado, pegava um ônibus até Madureira e depois o trem até a estação do Riachuelo. De lá andava uns dois quilômetros até a Rua Cadete Polônia, onde tocava a campainha da bela casa, que para ele parecia uma mansão. Passava a tarde com Márcia até umas 19h00, quando se despedia da amada no portão e fazia o mesmo trajeto de volta. Só então é que sentia o latejar das pernas cansadas pela jornada de trabalho e pela longa viagem de ida e volta. Estava namorando sério, e o convívio e os carinhos trocados com Márcia anestesiavam qualquer dor física ou cansaço possíveis para um garoto de 15 anos.

Era um namoro ingênuo e casto, embora Toninho, sempre que podia escapar das vistas da sogra, levasse Márcia para a garagem e tentasse avançar pelos caminhos do prazer. Nessas ocasiões, era sempre brecado pelo pudor da jovem virgem, que ainda não estava pronta para maiores intimidades. Assim, passavam a maior parte do tempo sentados no sofá, ouvindo música e dividindo seus sonhos e opiniões de adolescentes, Márcia assumindo sua virgindade e Toninho disfarçando a dele.

Às vezes, aos domingos, o pai de Márcia os deixava na porta da Boate Papagaio, na Lagoa, onde havia matinê a partir das 16h00. Lá, Toninho dançava os sucessos da onda Disco que começava a chegar com força no Brasil. Se sentia um pouco envergonhado, com suas roupas simples e os olhares gulosos que os garotões da Zona Sul lançavam sobre sua bela namorada, e sempre que podia evitava esse programa. Mas Márcia adorava a discoteca, onde encontrava algumas amigas da escola, e ele acabava tendo que acompanhá-la em um mundo onde se sentia inferior e despreparado. Naquele oceano de alienação, era um peixe fora d'água, mas estava disposto a qualquer sacrifício para ficar perto de Márcia e manter o namoro que, para ele, era uma chance de afirmação e a possibilidade de viver um grande amor.

Antonio ficou uma fera quando soube que Toninho havia perdido o ano, mas nem teve muito tempo para castigar o filho. Sua mãe havia piorado e ele já estava de viagem marcada para Portugal, onde iria assistir aos últimos suspiros de Margarida em seu leito de morte. Aurélia assumiria totalmente o botequim durante a ausência do marido, com a ajuda de um empregado e a companhia de sua inseparável filha Paula. O ano letivo de 1978 estava prestes a começar e Toninho não tinha nenhuma ideia do que iria fazer. A possibilidade de ficar sem estudar começou a apavorá-lo. Havia sido necessário perder o ano para que pudesse entender o verdadeiro valor da escola. Gostava de estudar e do convívio com os colegas e mestres, não conseguia imaginar a vida sem a rotina de aulas e brincadeiras. Teria que recomeçar o segundo grau, repetindo a primeira série, mas não queria continuar no Prado Júnior. O colégio já sofria o desgaste que iria sucatear o ensino público nas décadas seguintes.

Toninho estava exatamente como fica a maioria dos jovens de quinze anos quando precisam tomar decisões que envolvam diretamente seu futuro: totalmente perdido e confuso. Não sabia exatamente o que queria ser ou fazer de sua vida, mas pelo menos sabia o que não queria. Não queria a carreira militar. Não queria ter os mesmos meios de sobrevivência que a sociedade capitalista e decadente impunha aos seus membros. Queria plantar seu futuro alicerçado em outros valores que não fossem a competição, a propriedade e o dinheiro. Acreditava nos ideais da nação Woodstock e nas práticas de fraternidade e colaboração que o *establishment* ironizava e depreciava.

Alguém até poderia comentar que, em 1978, isso era como comer um prato que já havia esfriado e exalava certo cheiro de azedo, mas ele não se importava. Como certeza absoluta, devido aos diversos conflitos que presenciara entre seus pais, Toninho carregava a determinação de não se casar nunca. Queria morar sozinho, talvez em uma comunidade hippie, ignorando a razão e sendo inspirado pelos instintos, impulsos e idealizações de liberdade, paz e amor. Ou num pequeno apartamento, perto do mar, com um cachorro, uma rede e uma vitrola. Como profissão, não tinha ainda nada plenamente definido. Mas, certamente, seria algo relacionado às artes e à criatividade, de preferência algo que envolvesse a escrita e as histórias. Se houvesse em alguma empresa uma função de sonhador, essa vaga com certeza seria dele.

Outra convicção inegociável era a de que nunca usaria uma gravata. Para ele, esse era o símbolo máximo de tudo que renegava e que estava levando o mundo a uma situação insustentável, com guerras, ódio, miséria e perseguições. Talvez montasse uma banda de rock ou um grupo de teatro. Não tinha pretensões de encontrar o significado da vida, mas sim de buscar o máximo possível de experiências que o fizessem sentir o verdadeiro êxtase de estar vivo. Não compactuaria com preconceitos, violência, injustiça, ditaduras ou censura, nem faria parte de uma sociedade bipolarizada onde um simples apertar de um botão poderia fazer o mundo todo virar poeira.

Começava a nutrir uma crescente simpatia pelo socialismo e suas utopias, embora ainda não entendesse completamente as particularidades desse caminho para o comunismo. Aliás, todos os seus projetos de vida estavam calcados em belas e apaixonantes utopias. Achava tudo mal dividido, desequilibrado e desigual. Iria aprender a nadar, comprar uma prancha de surf e viajar pelo mundo. Assim se sentiria bem. Assim seria feliz. Tudo isso regado a muito *rock'n'roll*. Tudo isso em perfeita harmonia e equilíbrio com a natureza e com o próximo. Não sabia como, mas tinha certeza de que daria a sua colaboração para mudar o mundo. Mas ao mesmo tempo em que mantinha sua cabeça nas mais altas esferas do que ele considerava ser a verdadeira evolução humana, sabia que precisaria pisar no chão por um bom tempo, para alcançar a maior parte de seus sonhos. E sem estudar, tudo ficaria mais difícil.

O resultado da prova para a Aeronáutica foi divulgado e a frustração tomou conta de Aurélia definitivamente. Mas mesmo combalida com o desmoronamento dos castelos que havia construído para o filho, a portuguesa ouviu com atenção suas explicações, promessas de mudança e o pedido de uma nova chance. Dessa vez, queria estudar em uma escola particular. O Grupo Perspectiva Integral (GPI) havia inaugurado uma nova unidade em Madureira, na Rua Padre Manso, que ele via todo final de semana de dentro do trem a caminho da casa de Márcia, um belo e moderno prédio de três andares com uma proposta de ensino inovadora, utilizando apostilas no lugar dos livros e com um programa que prometia preparar os alunos para o tão temido vestibular unificado organizado pela Fundação Cesgranrio, que dava àqueles que estivessem mais preparados acesso às faculdades e aos cursos superiores. O amor de mãe falou mais alto e, novamente, a ajuda da madrinha Libertária tornou possível a matrícula de Toninho nesse colégio com suas salas cheirando a tinta. Agora mais maduro, calejado pelos erros cometidos no ano anterior, Toninho iniciava novamente o segundo grau e a melhor fase de sua juventude.

Capítulo 11

Estudar em Madureira poderia se tornar uma nova cilada para Toninho. Afinal de contas, lá estavam vários estímulos e motivos para desviar sua atenção dos estudos: as lojas de discos, a Pier e os cinemas, só pra citar alguns. Mas Toninho não estava disposto a pôr em risco novamente seu futuro com atitudes irresponsáveis e improdutivas. Não que tivesse se tornado um poço de virtudes, ou atingido o nível máximo da maturidade. Mas havia entendido que, com certo jogo de cintura e alguma perspicácia, poderia curtir os bons momentos da vida sem abrir mão das obrigações mínimas inerentes ao seu desenvolvimento intelectual e escolar. E jogo de cintura e perspicácia eram duas coisas que ele havia adquirido, com certeza. Além disso, o ambiente no GPI era muito diferente do Prado Júnior ou de qualquer outra escola em que havia estudado. Não só as instalações modernas, limpas e bem cuidadas estimulavam a permanência na escola, como a qualidade dos professores e atividades extracurriculares incentivavam o aprendizado. Além disso, o fato de seus pais estarem pagando para que estivesse ali, era uma responsabilidade a mais.

No seu primeiro dia de aula, no turno da tarde, procurou o fundo da sala como sempre fazia, e lá acabou formando o primeiro grupo de amizades. Na sua fileira de cadeiras se sentavam: Caco, um cara que além do cabelo bem mais comprido do que o de Toninho, conseguia também a proeza de ser mais magro do que ele; Renato, um mulato alto, de um metro e oitenta, porte elegante; e Edmar, um sarará baixinho de cabelo curto e olhos verdes. Na fileira ao lado três figuras impagáveis, que logo ficariam conhecidas em toda a escola como "os doidões", por seu consumo assumido e diário de maconha. Eram Oswaldo, dono de

uma cabeleira vasta e um nariz desproporcional, Rubens, também cabeludo e sempre de óculos escuros, e Élder, muito magro, alto e com o rosto tomado de espinhas.

Se é verdade que rir desopila o fígado, os fígados daquelas últimas fileiras da sala 201 eram os mais saudáveis da cidade. Tudo era motivo para gozações, apelidos e brincadeiras. Na primeira fila sentava Rita, uma bela menina de cabelos louros e olhos azuis, que seria cobiçada por todo o colégio, incluindo os professores. Apesar de muito bonita, não tinha nada de arrogância ou soberba, era uma pessoa doce, simples e prestativa. Umas duas fileiras atrás de Rita sentava Dimas, um mulato de traços levemente indígenas, voz grave e trejeitos afeminados. Ao seu lado ficava Ricardo, um cara de caminhar meio preguiçoso que vivia tocando violão nos intervalos das aulas e filando cigarros de todos. Toninho iria se relacionar muito bem com toda a turma, mas esses personagens teriam uma importância especial, não só em sua vida de secundarista, mas muito além. Principalmente Rita, Renato, Ricardo e Dimas.

Era o primeiro ano de funcionamento do colégio e tudo ainda estava sendo estruturado, dimensionado e experimentado. Havia aquele frescor que permitia várias possibilidades. Na presidência do Brasil estava o General Ernesto Geisel, que se preparava para passar o posto no ano seguinte para o General João Batista Figueiredo, o último presidente militar do período da ditadura. Figueiredo teria seu mandato marcado pelo incentivo a um processo de abertura democrática "lenta, gradual e irrestrita" iniciado por Geisel.

A luta pela anistia dos exilados políticos, iniciada timidamente em 1968 pelos estudantes, jornalistas e alguns políticos, vinha recebendo fortes adesões das camadas populares e da classe artística, dentro e fora do país, levando à criação no Rio de Janeiro do Comitê Brasileiro pela Anistia. A censura aos meios de comunicação e às artes, assim como outras máquinas repressoras estavam aos poucos perdendo força, e já podia se sentir uma leve brisa de liberdade, prenunciando tempos de mudanças. Peças, músicas e filmes proibidos durante anos começavam a ser liberados, e opiniões contrárias ao governo militar, embora cautelosas, já podiam ser encontradas na mídia, nas escolas, no congresso e nas esquinas. O engajamento político estudantil, fortemente reprimido pelos atos institucionais arbitrários da ditadura — como o AI-5, que proibiu todas as manifestações de natureza política —, já começava a dar sinais de vitalidade novamente. Os sindicatos se articulavam em torno de greves e a ditadura militar se ressentia da perda da legitimidade e do desgaste político e econômico.

Vez por outra, uma ameaça de algum retrocesso político, promovido pela radicalização de alguns setores das Forças Armadas, pairava sobre o sonho de liberdade brasileiro. Mas o país caminhava como podia, a passos lentos, em direção a um estado democrático e à restituição dos direitos civis. Tudo isso proporcionava à geração de Toninho um espaço para realizações até então impossíveis de serem imaginadas, principalmente no âmbito das classes sociais mais desinformadas e menos organizadas. Era como se um passarinho nascido na gaiola de repente pudesse voar. Os jovens que haviam nascido sob a mão de ferro da ditadura agora podiam se manifestar, mas não tinham conteúdo nem sabiam direito como participar ativamente daquele momento, devido ao plano de desmobilização e alienação implementado pelos militares durante os anos de chumbo— sobretudo os jovens das periferias e das camadas sociais mais pobres.

Toninho já havia terminado o texto de sua peça teatral e tomara gosto pela escrita. Em uma máquina de escrever Remington semiportátil que ganhara de seu Tio Diniz, marido de Alice, irmã mais nova de Aurélia, transcreveu dos papéis de cigarro rascunhados a mão para folhas de papel ofício as cenas e diálogos que havia elaborado para "A Causa dos Rebeldes". Olhando para aquele material bem diagramado e esteticamente atraente que a tecnologia da máquina de escrever lhe havia proporcionado, teve a ideia de criar um jornal na escola. Animado com a possibilidade de extravasar sua criatividade, procurou o diretor da escola, o professor Joás, um homem baixo e forte dono de uma barba negra, cerrada e bem aparada que acabou lhe conferindo o codinome de Falcon — um boneco da época que fez muito sucesso entre as crianças.

Joás, de imediato, cedeu ao ímpeto criativo de Toninho e lhe deu carta branca para elaborar e preparar o jornal. Ofereceu a gráfica do colégio, onde eram produzidas as apostilas. Toninho só precisaria apresentar uma matriz da edição, datilografada e ilustrada, para que fossem feitas as cópias que seriam vendidas aos alunos por um valor simbólico.

Toninho saiu da sala da diretoria pisando nas nuvens. Sua cabeça não parava de trabalhar. Finalmente, poderia realizar algo concreto que lhe daria visibilidade, afirmação, respeito e um enorme prazer. Precisava de um nome. E o primeiro que lhe veio à cabeça foi o que ele mais gostou: *Pappus*. O *Pappus* foi a segunda empreitada intelectual daquele garoto que completava 16 anos, cheio de energia e vitalidade. Foi também através do *Pappus* que Toninho descobriu uma qualidade inerte até então, escondida em sua personalidade tímida e cheia de insegurança. Era um líder nato, e um grande articulador. A observação e a convivência com o homem em seus estados mais variados e brutos durante o período no botequim, aliadas aos seus tropeços e percalços durante o ano perdido na Tijuca, haviam ampliado seu poder de negociação e sua capacidade de convencimento e compreensão dos diferentes estilos que constituíam o tecido humano à sua volta.

Sabia que precisava de uma equipe e partiu para a arregimentação do corpo editorial necessário para a publicação do primeiro número do *Pappus*. Os primeiros convites foram feitos em sua sala. Muitos aceitaram o convite por empolgação, mas nunca compareceram às reuniões nem entregaram suas matérias. Entre esses estavam, é claro, "os doidões". Mas, Rita, Ricardo, Renato e Dimas embarcaram na empreitada com grande entusiasmo, esse último demonstrando uma grande inteligência, consciência política e capacidade de comunicação, o que aos poucos fez com que Toninho se aproximasse dele. Conversavam muito sobre que tipo de abordagem deveriam dar a cada tema, e nas reuniões, quase sempre, prevalecia a opinião dos dois sobre as colunas e assuntos que deveriam ser publicados.

O jornal inicialmente teria uma sessão sobre Meio Ambiente, um assunto de vanguarda para a época, e outra chamada "Toque", que informaria as atividades da escola e cobraria da direção ações de melhoria contínua. Haveria também a "Falou, Tá Falado" para onde os alunos poderiam enviar recados, poesias e textos. Colunas de cinema, teatro, shows e uma entrevista por edição completavam a estrutura do jornal. Com o formato definido, todos precisavam botar a mão na massa. Saíram daquela reunião ansiosos e animados, cada qual com sua matéria na cabeça. A única coisa que ainda não estava definida era quem iriam entrevistar. Alguns professores foram sugeridos, mas não houve consenso.

Quando se despediram na porta da escola, Rita caminhou ao lado de Toninho por alguns metros e chegando ao local onde os caminhos dos dois se separariam, a loura fitou seu redator-chefe e, com aqueles olhos azuis e cintilantes, o convidou a acompanhá-la até seu ponto de ônibus. Toninho aceitou com presteza. Em sua humildade de jovem tímido, não poderia imaginar que aquela garota, objeto do desejo de todo o GPI, pudesse destinar àquele magrelo qualquer sentimento além de amizade e companheirismo jornalístico.

Enquanto caminhavam, Toninho tentava afastar qualquer esperança de um relacionamento mais profundo, por não acreditar em seu próprio potencial sedutor e para não alimentar falsas expectativas que, com certeza, iriam decepcioná-lo. Certamente, Rita era muita areia para seu pequeno caminhão.

Ledo engano. Quando chegaram ao ponto de ônibus na Rua Ernani Cardoso, onde Rita pegaria a sua condução para a casa da avó na Rua Uruguai, Tijuca, todas as possíveis dúvidas sobre as intenções da jovem haviam sido dirimidas e um interesse claro podia ser percebido em cada palavra ou olhar que a loura derramava sobre Toninho. Sem ter como recuar, e já com o ônibus aparecendo ao longe, ele a tomou nos braços e a beijou longamente na boca. Toninho e seu coração ficaram ambos parados naquele ponto, vendo Rita subir no ônibus e acenar, enquanto o coletivo se perdia no emaranhado de veículos no início de noite.

Toninho caminhou até seu ponto se sentindo o mais importante dos mortais. Era como se, definitivamente, tivesse saído de trás do balcão para ingressar em uma nova era. Um novo tempo. Tempo de descobertas, de realizações, de conquistas. Tempo de ser feliz.

Antonio voltaria de Portugal nesse mesmo ano, mas ficaria pouco tempo no Brasil. Com o casamento e seu comércio em crescente agonia, voltaria à sua terra natal para tentar a vida por lá, após vender o botequim, o apartamento e o fusca. Tudo havia ido por água abaixo para aquele português batalhador. Mas a cabeça de Toninho estava tão congestionada por projetos e novos sonhos que ele não teve discernimento suficiente para se entristecer com a separação. Estava cansado de tantas brigas e desentendimentos entre os pais. Não chorou no dia da despedida de Antonio.

Estava se libertando definitivamente do fantasma do botequim e da figura repressora do pai. Não havia tempo para refletir sobre a falta que ele iria fazer ou sobre o drama de um casamento desfeito. Aurélia já revendia roupas compradas na cidade de Petrópolis e se virava com seus trabalhos de crochê, sustentando a casa, que ficou com o clima mais suave sem o semblante carrancudo de Antonio.

O GPI passou a ser a segunda casa de Toninho. Naquele microcosmo, aos poucos, ele ia realizando em pequenas dimensões todos os sonhos e projetos armazenados desde sua infância. Embora estudasse no turno da tarde, chegava à escola pela manhã e só saía à noite, travando conhecimentos e amizades com alunos dos três turnos. Quando não estava em sala de aula, estava na quadra de esportes ou envolvido em alguma atividade cultural.

Formou com os colegas um time de futebol de salão que se revelou imbatível. Exultava com a bola rolando de pé em pé, até o êxtase do gol na quadra da escola, que ficava cercada de torcedores quando o jogo era contra algum time visitante. Acompanhado pelo violão de Ricardo, passava horas no pátio da escola passeando pelos grandes clássicos da MPB, expandindo seu gosto musical até então restrito ao rock. Era afinado, tinha boa memória e conhecia várias letras. Fagner, Belchior, Chico Buarque, Milton Nascimento, Bethânia, Gal, Gilberto Gil, Caetano Veloso, Mutantes, Rita Lee e, seu preferido, Raul Seixas, recebiam homenagens diárias na voz limitada de Toninho.

Sua fama como intérprete cresceu, principalmente depois que conheceu Alberto, aluno do turno da noite. Nascido em Itabuna, na Bahia, e dono de um grande talento musical, Alberto era um violonista muito habilidoso, tinha ouvido absoluto e um repertório muito mais vasto que o de Ricardo. Os três formaram uma amizade de onde nasceriam várias composições, com colaborações de Toninho nas letras. Era muita coisa acontecendo ao mesmo tempo.

Com tudo isso, a peregrinação de finais de semanas até a casa de Márcia começou a se tornar maçante e pouco recompensadora. Nem para Rita, que a essa altura já havia confessado sua paixão pelo magrelo cabeludo, sobrava muito tempo. Até as costumeiras conversas com Deus, que eram rotina desde sua infância, haviam sido postas de lado. Tudo era muito intenso. Muito criativo. Tudo exalava vida e liberdade.

Márcia foi a primeira a sair da lista de prioridades. As ausências foram se repetindo e a paixão esfriando, até o namoro se extinguir sem maiores formalidades deixando para sempre no passado a lembrança daquele primeiro amor.

Toninho gostava também de passar algum tempo em companhia dos Doidões. Com eles podia externar seu amplo conhecimento sobre a cultura hippie e o cenário do *rock'n'roll* brasileiro e internacional. Muitas vezes colaborava com o rateio para a compra da maconha diária daquelas figuras, mas quando era chamado para o consumo, estava sempre ocupado com alguma coisa que considerava mais importante, e nunca os acompanhava até o terreno grande e arborizado localizado em Cascadura, que eles chamavam de "Paraíso", e onde fumavam seus baseados antes e depois das aulas.

A data para o fechamento do jornal estava se aproximando e Toninho ainda não tinha definido a entrevista da primeira edição. Estava quase cedendo à ala editorial feminina, que queria entrevistar um professor de Geografia jovem e bonitão, chamado Lino. Toninho admirava o professor, não por seus dotes físicos, mas por suas opiniões contundentes e críticas que frequentemente eram expostas em suas aulas, mas achava simplista a ideia de entrevistar uma pessoa de dentro do colégio. No entanto, na falta de uma opção melhor, teve que ceder e autorizou a matéria.

Com seu crescente engajamento político, seu interesse musical se voltou para os compositores e intérpretes brasileiros que militavam contra a censura e o governo militar. A obra de Chico Buarque o deslumbrou. Como fazia com as bandas de rock, passou por um período de imersão no trabalho do poeta, principalmente nas músicas que haviam tido problemas com a censura e que, gradativamente, iam sendo liberadas. Havia ganhado de Aurélia um gravador portátil Aiko Atp 704, uma espécie de "tijolo" retangular com alto-falante embutido, compartimento ejetável para fitas na face superior, botões de comando e uma alça em uma das extremidades. Extraiu de vários LPs emprestados o melhor do cancioneiro de Chico, transportando-o para uma fita K-7 que foi devorada até a exaustão por seus ouvidos famintos. A inteligência, os duplos sentidos, a beleza das figuras poéticas e as melodias de Chico Buarque soavam para Toninho como hinos de uma grande revolução que se aproximava. E revolução era uma palavra mágica para aquele garoto.

Em uma manhã fria de inverno, Toninho estava cumprindo o seu ritual de ler o *Jornal do Brasil* no ônibus a caminho do GPI, quando se deparou com uma matéria de capa no caderno de cultura que anunciava, finalmente, a estreia da "Ópera do Malandro", peça escrita por Chico Buarque de Holanda. Após longo período censurado e proibido de ser montado, o texto de Chico iria ser encenado no Teatro Ginástico, com estreia prevista para a semana seguinte. Inspirada na "Ópera do Mendigo", de John Gray (1918) e na "Ópera dos Três Vinténs", de Bertolt Brecht e Kurt Weill (1928), a peça de Chico seria um superprodução musical, com grande elenco e músicas do mesmo autor. Otávio Augusto, Ary Fontoura, Marieta Severo e Emiliano Queiroz encabeçavam a trupe, que trazia também, entre outros talentosos atores, as ainda pouco conhecidas Elba Ramalho, Neuza Borges e Cláudia Rodrigues — que ficaria famosa posteriormente por seu trabalho em novelas e programas humorísticos, com o nome artístico de Cláudia Gimenez.

Toninho nem se deu ao trabalho de ler a matéria até o final. Talvez por isso mesmo, ficou com a impressão errada de que o próprio Chico iria apresentar suas músicas durante o espetáculo. Simplesmente anotou local e data da estreia e passou a contar os dias que o separavam de seu encontro mais íntimo com a poética e a dramaturgia daquele ícone de sua geração.

No grande dia, ao aproximar-se do teatro, pode prever que esse tão esperado encontro não seria nada fácil. A aglomeração na porta da casa antecipava a frustração, confirmada a Toninho na voz do bilheteiro:

— Lotação esgotada. Não tem mais ingresso.

Mas Toninho não só conseguiu convencer o gerente do teatro a liberar sua entrada, como também ficou amigo do sonoplasta chileno, chamado Aníbal, que o apresentou a todo o elenco. Desse primeiro contato nasceu a oportunidade de entrevistar o diretor Luis Antonio Martinez Correa e o próprio Chico Buarque. Toninho não deixou escapar e a entrevista foi matéria de capa da primeira edição do *Pappus*.

Capítulo 12

Pode-se dizer que a estreia do *Pappus* foi um sucesso "avassalador", com quase 50 exemplares vendidos a Cr$0,30. Mais do que a venda, a repercussão da entrevista com Chico foi o que realmente alçou Toninho e o *Pappus* à "galeria da fama" daquele colégio de subúrbio carioca. Muitos duvidaram da legitimidade da entrevista, chegaram a insinuar que havia sido forjada. Para esses, Toninho tinha sempre consigo o pequeno gravador Aiko onde reproduzia o conteúdo da fita K-7, com aquele olhar triunfal de quem consegue provar sua inocência em grande estilo.

A popularidade de Toninho cresceu de forma definitiva nos três turnos da escola, tanto entre os alunos como entre os professores. Passou a ser respeitado e visto como uma espécie de intelectual em formação, referência para as ações culturais que eram desenvolvidas no ambiente escolar. O assédio das meninas também aumentou consideravelmente, o que deixava a bela Rita com um misto de orgulho e ciúme.

Toninho continuava dispensando pouca atenção a ela. Instintivamente, procurava manter seus relacionamentos com o sexo oposto em níveis superficiais, uma estratégia que impedia que sua virgindade e insegurança em relação à prática sexual pudessem ser confrontadas com o crescente poder e autossuficiência que vinha adquirindo em outras esferas sociais. Dessa forma, quando algum namoro ameaçava passar dos beijos e carícias, direcionava sua energia e atenção para alguma atividade criativa onde pudesse ser o dono da situação. Não encarnava o estereótipo do intelectual tradicional: era brincalhão e bagunceiro. Suas notas ficavam na média, o suficiente para passar sem o sofrimento das provas finais nem aulas de reforço. Colava descaradamente nas ciências exatas, das quais era ferrenho inimigo, mas se destacava nas áreas humanas.

As férias se aproximavam, deixando Toninho aflito pela iminente ausência da escola e pela temporária interrupção de seu contato com os amigos. Começou então a planejar festas e encontros com os mais chegados para preencher esse período, tão esperado pela maioria e por ele tão indesejado. Num desses planejamentos, consultando o calendário escolar do ano seguinte, verificou que as aulas só começariam após o Carnaval. Iniciou então as articulações entre a turma para um grande acampamento na cidade de Parati durante a festa de Momo.

Quanto mais discutiam os preparativos, mais Toninho se apaixonava pela ideia de colocar uma mochila nas costas e partir com um bando de malucos para uma praia longínqua. Seria a continuação do seu Woodstock, que havia começado no show do Genesis. Aurélia resistiu ao máximo, mas no final acabou colaborando com algumas panelas e uns pacotes de macarrão.

Mãe e filho se despediram no portão de casa e Aurélia esperou Toninho sumir na esquina em direção ao primeiro de muitos acampamentos, com as costas franzinas arqueadas sob o peso da grande mochila de lona verde, com panelas e um cobertor de flanela pendurados. O dinheiro no bolso era pouco, mas a animação e a alegria eram enormes, invadiam a alma do jovem e faziam sua mochila pesada levitar de tanta liberdade. Como nas palavras do poeta, tudo era divino, tudo era maravilhoso.

Passou com dificuldade com toda sua tralha pela roleta do ônibus que o levaria ao encontro dos amigos em Madureira. De lá, pegariam um trem para Itaguaí, depois outro até Mangaratiba, aonde iriam para a estrada pedir carona até a cidade histórica de Parati. Era um tempo em que ainda se podia pedir e dar carona, enquanto a década de 1970 ia se aproximando do fim.

Do alto da escada que descia até a plataforma da estação de Madureira, Toninho pôde avistar sua turma. Finalmente, fazia parte de um grupo, e se identificava plenamente com ele. Sentados no chão e pelos bancos de madeira, em meio a um amontoado de bolsas, mochilas, fogareiros, pequenos bujões de gás, lampiões, grandes sacolas com as barracas e com os suprimentos, estavam onze cabeças. Era esse o número de aventureiros na expedição, que completou uma dúzia com a chegada de Toninho.

O trem para Santa Cruz parou na estação e o grupo embarcou, entulhando o último vagão com as pesadas bagagens e sua grande algazarra. Toninho sentou-se no assoalho próximo a uma das portas, que permaneceu aberta durante toda a viagem. Enquanto a paisagem ia lentamente passando de um quadro completamente urbano para esboços de um Rio de Janeiro rural e suavemente bucólico, imaginava como seriam aqueles dias de diversão e aventura.

Após uma baldeação em Santa Cruz seguiram em outra composição para a estação de Itaguaí. O grupo era composto de dez homens e duas mulheres — Cristina, acompanhando seu namorado Oswaldo, e Ana, irmã de Caco, compunham a pequena ala feminina. Entre os homens, além dos dois já citados, estavam Rubens e Helder — completando com Oswaldo o Trio dos Doidões —, um primo de Caco chamado Fernando, que não estudava no GPI, Renato, Edmar, Luís e Celso, esses últimos da turma 201 de Toninho. Caco era metido a saber de tudo e conhecer todos os caminhos que levavam às soluções dos mais diversos problemas. Vangloriava-se de já ter acampado várias vezes e dizia conhecer bem o trajeto que iriam percorrer.

— Quando chegarmos em Itaguaí, vamos pegar o "Macaquinho" para Mangaratiba. É um trem todo de madeira, estilo Maria-fumaça. Vocês vão se amarrar — dizia, cheio de uma arrogância fingida e engraçada.

Mas seus planos teriam que sofrer alterações. O ramal ferroviário de Mangaratiba, inaugurado em 1878, partindo da estação de Sapopemba (atual Deodoro) até o distante subúrbio de Santa Cruz, foi prolongado em 1911 até Itaguaí e em 1914 até Mangaratiba. Infelizmente, nunca chegou até Angra do Reis, como pretendia o projeto inicial, privando os possíveis passageiros de uma viajem agradável por paisagens monumentais à beira-mar. Ao chegarem a Itaguaí e caminharem em direção a plataforma de onde sairia o Macaquinho, avistaram de longe a composição de madeira com gente amontoada até no teto. Não havia a menor possibilidade de embarcar.

Na estação, dezenas de jovens até tentavam, mas para o grupo de Toninho não foi possível nem se aproximar. De dentro do trem, podia-se ouvir um som que reproduzia "Iron Man" do Black Sabbath. Um cheiro forte de maconha também podia ser sentido. Os afortunados que já haviam garantido seu lugar no "trem para as estrelas" sorriam e acenavam para os que estavam de fora, enquanto o Macaquinho ia lentamente iniciando seu movimento em direção a Mangaratiba, levando sua população de cabeludos coloridos.

Era uma cena belíssima aos olhos de Toninho, mas, ao mesmo tempo, frustrante para a maioria de seu grupo. Renato, como era de costume, iniciou uma acalorada discussão com Caco, colocando em dúvida suas qualidades de guia.

— Eu falei para esse idiota que a gente podia pegar esse trem em Santa Cruz. Lá a gente pegava mais vazio. Mas ele quer ser sempre o sabe-tudo — disse o negão, com cara ensaiada de poucos amigos.

Caco ainda tentou argumentar, mas foi derrotado pelo clamor do grupo, unânime em condená-lo e culpá-lo pela decepção. Sem Macaquinho, o jeito era ir até Mangaratiba de ônibus, o que certamente iria dilapidar mais ainda os parcos recursos que cada um tinha em seus bolsos surrados. Durante toda a viagem de ônibus, o duelo de ofensas entre Renato e Caco foi motivo para a maior parte dos risos e gozações, impedindo que um possível cansaço deixasse alguém calado ou dormindo.

Haviam saído de Madureira às 8 da manhã e chegaram a Mangaratiba por volta de 14h00, bem depois do planejado inicialmente e com a barriga reclamando comida. Alguns biscoitos satisfizeram temporariamente a fome do pequeno pelotão e eles seguiram andando para a Estrada Rio-Santos, onde iriam tentar uma carona até Parati. No caminho, mais um problema foi levantado. Como conseguiriam carona para doze pessoas? Somente num caminhão, o que diminuiria sensivelmente as probabilidades de sucesso. Mesmo assim, um volume tão grande de gente certamente iria desestimular a generosidade de qualquer bom samaritano disposto a colaborar.

Teriam que se dividir em grupos. Depois de nova leva de discussões, foram formados três, um com cinco integrantes, outro com quatro e o de Toninho, Caco e Renato. Com um espaço de uns dois quilômetros entre si, posicionaram-se no acostamento da estrada e enrijeceram os polegares, acenando esperançosos para cada veículo que se aproximava.

Podiam ver uns aos outros de longe. Contrariando todas as previsões, o grupo maior, que incluía Cristina, foi o primeiro a se dar bem em uma Kombi. O sol continuou fazendo o asfalto fumegar. Além disso, a água do grupo de Toninho já estava acabando. Por volta das 17h00 o grupo de quatro de que Ana fazia parte conseguiu um Opala.

— Eu disse que a gente tinha que ter ficado com uma menina. É mais fácil quando tem mulher — disse *Caco*, perdendo uma excelente oportunidade de ficar calado e de não desesperar mais ainda Renato, que, depois de xingá-lo, começou a cogitar a possibilidade de voltar para casa. Sob o manto negro da noite seria impossível que alguém parasse na estrada para embarcar três marmanjos, argumentou.

Toninho não aceitava a possibilidade de voltar. Tinha chegado até ali e não iria retroceder. Lembrou os engarrafamentos gigantescos que fizeram da chegada a Woodstock um verdadeiro inferno para os que tinham participado do lendário festival. E mesmo assim, não tinham desistido. Com o sol assumindo posição de descanso no horizonte, Toninho viu surgir na curva mais próxima uma Variant branca. Vinha em alta velocidade e seus pneus cantaram com o atrito no asfalto enquanto se alinhava para pegar a reta onde estavam os três remanescentes daquela já muito longa jornada. Toninho, que estava com o braço doendo de tanto acenar, atendeu a um impulso criativo e se ajoelhou no acostamento, levando as mãos unidas à boca como quem faz uma oração, um pedido desesperado. Fez aquilo como mais uma palhaçada para levantar o ânimo da tropa, até porque achava que naquela velocidade a Variant não iria parar nem se ele se jogasse na frente do carro.

O veículo passou ventando por eles, e quando Toninho se preparava para se levantar, ouviu um novo cantar de pneus, agora daqueles que acompanham uma grande freada. Virou-se para trás e ainda teve tempo de ver a Variant encostando a uns 200 metros. Correu até aquela salvação de metal, deixando para trás as mochilas e os dois companheiros com os olhos arregalados.

Debruçando-se na janela do carona, pode ver que um casal ocupava o carro. Ele, no volante, era ruivo, cheio de sardas, com uns 28 anos de idade. Ela devia ter uns 50 anos, tinha os cabelos grisalhos, era alemã e não falava bem o português. Toninho explicou rapidamente seu drama e de seus amigos e informou o seu destino. O motorista disse que estavam indo para Angra do Reis e somente até lá poderiam ajudar os andarilhos trapalhões. Ela trabalhava na usina nuclear e morava no condomínio de casas destinadas aos funcionários.

Naquele momento, qualquer coisa que tirasse Toninho, Renato e Caco daquele local ermo da estrada e os deixasse mais perto de Parati ou de alguma civilização, estava valendo. Toninho não precisou acenar duas vezes para os parceiros. Caco e Renato pegaram as bagagens, correram ao encontro do carro e se acomodaram junto de Toninho no banco traseiro da Variant.

No caminho continuaram as cantorias dos pneus promovidas pela alta velocidade e pela direção imprudente do ruivo, que fizeram aquele trajeto durar uma eternidade. Chegando a Angra sãos e salvos, agradeceram aos benfeitores pela carona e a Deus por estarem vivos. Caminharam na direção da cidade onde, segundo orientação do ruivo maluco, poderiam pegar um ônibus que os levaria até Parati.

Iluminados por um luar que descia cálido de um céu magnificamente estrelado, os três caminhavam por uma estrada vicinal, acreditando que os levaria ao centro da cidade, quando um ônibus castigado pelo tempo e pelos quilômetros rodados parou próximo a eles para embarcar um passageiro. No letreiro luminoso, uma luz fraca e amarelada resistia bravamente na missão de informar o destino daquele ferro-velho: Parati. Depois de uma breve consulta ao motorista, que confirmou a informação do letreiro, embarcaram no que seria o último estágio de sua longa viagem.

O veículo se arrastou com enorme lentidão, alternando trechos na asfaltada Rio-Santos com incursões em estradas alternativas de terra batida, onde a benevolência do motorista esperou muitas vezes seus fregueses habituais que, de dentro de suas casas, gritavam apelos sinceros como: "Estou acabando de tomar banho." O tempo se arrastava preguiçoso para os passageiros e seu motorista, que, com o motor desligado e a prosa animada, aguardavam pacientemente os preparativos tardios dos novos companheiros na viagem para Parati.

Os últimos quarenta quilômetros transcorreram sem imprevistos pelo asfalto da Rio-Santos até a entrada da cidade histórica de Parati. Faltando poucos metros para a parada oficial, o guerreiro movido a diesel deu seu último suspiro e enguiçou irremediavelmente. Como um mártir rodoviário, havia, literalmente, nadado para morrer na praia, ou bem próximo dela. Nada, no entanto, parecia abalar o bom humor daquela gente. Todos desembarcaram falantes e animados, enquanto

Toninho e seus companheiros ajustavam suas mochilas às costas para caminharem até a Igreja de Nossa Senhora dos Remédios, onde haviam combinado o ponto de encontro com o restante do grupo.

O relógio marcava meia-noite quando os três, após dezesseis horas de viagem e aventura, finalmente chegaram ao seu destino. Encontraram apenas Ricardo, que havia chegado uma semana antes, hospedando-se em um pequeno quarto de aluguel no centro da cidade. Munido de seu violão e de uma garrafa de vinho, se prontificou a conduzir os três retardatários, levando-os até a praia onde o restante dos amigos já havia instalado acampamento.

Enquanto pisava nas pedras seculares que calçam as ruas de Parati, Toninho esqueceu a fome e o cansaço, animado pelas descobertas e pela beleza do casario histórico. Com datas de fundação contraditórias, que oscilam entre 1540 e 1606, a posição estratégica e protegida do porto de Parati, foi de grande valia para a Coroa Portuguesa que, de lá, escoava para Portugal o ouro vindo por terra das Minas Gerais, criando uma das mais promissoras cidades da colônia. Ricardo frequentava Parati desde a infância, e tinha alguns parentes vivendo na cidade. Enquanto cortavam as vielas cuidadosamente traçadas pelos maçons, imigrados para a Parati colonial fugindo da perseguição da igreja católica, abastecia os amigos com informações e curiosidades sobre o local, que ficava lotado de turistas nessa época de carnaval.

Após alguns minutos de caminhada chegaram à praia, onde avistaram o imponente paraquedas sustentado por uma vara central que lhes iria servir de abrigo na estadia em Parati. Somente Oswaldo e Cristina ficariam de fora do aposento coletivo, ficando ao lado em uma pequena barraca para duas pessoas que proporcionava ao casal maior privacidade. Uma fogueira iluminava e aquecia o ambiente, onde foram recebidos com alegria pelo restante do grupo, que se apressou em perguntar os motivos de tamanha demora. Sentados em torno da fogueira, aquecidos por ela e por algumas garrafas de vinho, passaram a trocar informações sobre as peripécias de cada um dos três grupos de caroneiros, enquanto o violão de Ricardo soltava melodias que atraíam os habitantes de barracas vizinhas que, rapidamente, se integravam em perfeita harmonia.

Toninho entrou no paraquedas para acomodar seus apetrechos. Ao sair, caminhou sozinho até a beira d'água, afastando-se um pouco dos amigos para poder reconhecer o terreno de um ponto de vista mais privilegiado. A visão era encantadora para seus olhos deslumbrados. O barulho leve das pequenas ondas se misturava às vozes cantantes, acompanhadas pelos acordes do violão de Ricardo, enquanto um rastilho de pequenas luzes vindas de lampiões e fogueiras se estendia pela areia até onde a vista alcançava, como se disputasse com as estrelas o direito de iluminar aquele cenário de sonho e liberdade. Apenas o som de uma animada batucada que chegava fraco, vindo de um pequeno bar do outro lado da estrada de terra que margeava a praia, lembrava a cidade, o carnaval e a realidade.

Toninho sentiu uma ternura alegre em seu coração e teve vontade de fazer uma oração agradecendo a Deus por estar ali. No entanto, a pressa em juntar-se ao grupo acabou deixando a oração para outra ocasião. Ao voltar para perto da fogueira, notou que seu grupo havia aumentado. Foi apresentado a dois casais paulistas e a dois outros jovens cariocas que estavam em uma barraca bem ao lado do paraquedas. Um deles estava servindo o exército, o que podia ser comprovado pelo corte de cabelo estilo "reco" tradicional dos recrutas.

Toninho foi logo convocado para cantar algumas músicas, e sempre que a garrafa de vinho vinha parar em sua mão, fingia um grande gole sem consumar o ato, evitando o gosto do álcool que ainda lhe parecia amargo e desagradável. Enquanto a madrugada lúdica avançava, o cansaço ia sendo esquecido e a conversa entre o reco, Oswaldo, Rubens e Helder parecia mais animada a cada momento, com cochichos ao pé do ouvido e risos maliciosos.

Enquanto cantava, Toninho monitorava a movimentação dos quatro, adivinhando sem muita dificuldade o que prenunciava a agitação. Disfarçadamente, os quatro se destacaram do grupo e entraram no paraquedas. Dessa vez nem houve a tradicional luta interna entre o anjo bom e o anjo mau na mente de Toninho. Certamente, o anjo conservador e cauteloso havia sido vencido pelo cansaço e pelo sono, deixando o leme na mão de seu sócio transgressor. Toninho estava próximo de completar dezessete anos de vida e sentia-se pronto para expandir sua percepção para as mais diversas possibilidades de experimentação. Sentia-se um vencedor, um ser diferenciado e totalmente aceito em seu grupo. Suas convicções e sonhos eram compartilhados por seus iguais e isso lhe dava a sensação de um sucesso inevitável, de um bem-estar intrínseco. Estar ali, vivendo aquele momento, era tudo o que ele queria. Era tudo o que importava, tudo que valia a pena. Tudo era possível. Tudo era permitido. Nada podia ser censurado.

Toninho também disfarçou, se levantou e foi ao encontro dos quatro no interior do paraquedas, enquanto a cantoria do lado de fora corria alta e já um tanto desafinada pelos efeitos do vinho. Entrando na barraca improvisada, foi sentar-se no chão ao lado dos outros quatro, que formavam um semicírculo. Chegou a tempo de ver o forasteiro reco passar a língua na seda do baseado, engomando, pilando e o acendendo na chama do lampião que iluminava o interior. A fumaça levitou preguiçosa pelo ar e o cheiro da erva invadiu as narinas de Toninho, ativando receptores em seu cérebro que o remeteram a diversas ocasiões e personagens de seu passado recente: o Marreco do Prado Júnior, os surfistas do curso pré-militar, o show do Genesis, Joe Cocker, as fotos da capa de seu álbum triplo de Woodstock.

Não demorou muito para o baseado chegar a suas mãos. Toninho levou-o à boca e deu sua primeira e desajeitada puxada. Para parecer experiente, imitou os amigos tampando as narinas com os dedos e estufando as bochechas, criando uma pressão positiva que tentava potencializar o efeito da droga empurrando a fumaça na direção de seu cérebro. Ficou esperando o efeito de seu ato com alguma preocupação e muita ansiedade, enquanto os outros conversavam, riam e tossiam, elogiando a qualidade da maconha apresentada pelo soldado. O efeito da maconha na mente de Toninho foi quase imperceptível, deixando o maconheiro estreante um tanto desapontado. No máximo podia afirmar que tivera uma sensação similar à relatada por Gilberto Freyre em seu *Sobrados e Mucambos*, de 1936, onde o escritor explica que sua experiência com os cigarros de *liamba* produziram nele "um cansaço estranho, mas não desagradável", reconhecendo a maconha como um dos traços mais característicos da cultura africana no Brasil.

O raiar do dia se aproximava e os malucos não paravam de falar, relatando suas experiências com a erva e enumerando as diversas fontes da droga que conheciam. Apesar de não ter percebido nenhuma alteração relevante em seu estado de consciência, Toninho se sentiu finalmente iniciado na cultura das drogas. Através da maconha havia fincado em sua biografia mais uma coluna existencial no tripé revolucionário da contracultura que tanto o seduzia: já vivenciara a droga e o *rock'n'roll*; só faltava o sexo. Mas isso ninguém sabia, e o segredo o protegia.

Finalmente estava inserido em uma proposta alternativa de um mundo melhor, livre dos tabus, preconceitos e mesquinharias que o materialismo capitalista impunha como padrão de normalidade. Tecnicamente, se sentia um hippie autêntico, liberto dos medos e frustrações do passado, e foi com essa visão romântica, ingênua e idealista que encarou seu primeiro contato com a maconha, primeiro degrau de uma escalada que ele, naquele momento, nem de longe podia imaginar onde iria dar.

A mente de Toninho foi aos poucos se afastando de tudo o que acontecia ao seu redor e ele se deitou na areia fina, aconchegando a cabeça sobre sua mochila que ainda não havia sido desfeita. Finalmente, a fadiga de tantas aventuras venceu o bravo guerreiro. Caiu em sono profundo ali mesmo, sem nenhum acanhamento ou preparativo.

Acordou próximo ao meio-dia com o sol a pino atravessando a lona fina do paraquedas e invadindo com violência o seu interior. Seus amigos estavam espalhados pela areia, parecendo desmaiados e totalmente fora de combate — Rubens agarrado a um garrafão de vinho Sangue de Boi, Helder, Renato e Caco com as caras coladas na areia e Ana estrategicamente enrolada em um cobertor bem ao lado de Toninho, num claro sinal de interesse por parte da menina. Toninho já o havia notado desde o início da viagem em Madureira e teria que administrá-lo durante os dias seguintes.

Sem acordar ninguém, se levantou e deixou a proteção da grande lona, recebendo no meio da cara um soco de luz que o deixou atordoado por alguns segundos. Refeito da repentina cegueira, caminhou alguns metros pela areia lembrando tudo que acontecera na noite anterior. Somente com a luz do dia pôde ter uma noção mais exata da beleza da natureza ao seu redor e do espetáculo à parte que aquele mar de barracas coloridas e sua população proporcionavam. A praia estava lotada de acampados.

Nos dias que se seguiram a confraternização entre os vizinhos de barraca se tornou uma rotina, e a colaboração mútua, principalmente no preparo das refeições, fez Toninho acreditar que o mundo poderia ser salvo. A falta de um banho decente, de um local adequado para satisfação das necessidades fisiológicas e até mesmo a comida minguada que se tornava "crocante" — temperada pela areia que insistia em invadir as panelas e pratos — não eram suficientes para quebrar a magia daquele universo.

Toninho estava nas nuvens. Andava descalço e com o dorso nu durante o dia todo, agasalhando-se apenas à noite para se proteger da brisa marinha. Exercia a liberdade da maneira mais plena que podia imaginar. No entardecer de terça, véspera da quarta-feira de cinzas, percebeu que os tetos de algumas barracas murchavam e eram dobradas pelos que iniciavam os preparativos para retornar à rotina. Sentiu uma enorme melancolia. Achou que finalmente sentia na alma a dor da profecia contida na famosa frase de John Lennon que profetizava o fim do "sonho" de uma geração.

Aquele sonho estava chegando ao seu fim. No entanto, muitos outros ainda estavam por se realizar. Nessa tarde, com o sol alaranjado se deitando atrás das montanhas e com a fileira de nômades malucos se esvaindo em frente aos seus olhos, fumou maconha pela segunda vez. O derradeiro baseado de Oswaldo foi queimado à beira-mar. Sentiu um torpor suave e uma alegre descontração, nada que pudesse despertar algum interesse maior pela droga. Muitos meses se passariam até seu próximo encontro com a erva. A maconha havia sido apenas uma das inúmeras ousadias e sensações que acumulara naquele acampamento inesquecível.

Agora sua preocupação estava dirigida à viagem de volta e ao seu bolso, totalmente vazio. Voltou de carona na carroceria de um caminhão de transporte de gado ao lado do parceiro Caco, enquanto os outros do grupo seguiram de formas diferentes. Na estrada, com o vento batendo em seus cabelos longos, sentia que os sonhos podiam ser realizados e que a vida lhe acenava com uma imensidão de possibilidades. Finalmente estava feliz.

Capítulo 13

Em agosto de 1979 o General João Batista de Figueiredo sancionou a lei da Anistia, beneficiando 4.650 pessoas entre cassados, banidos, presos, exilados ou simplesmente destituídos de seus empregos por razões obscuras e arbitrárias. O pluripartidarismo seria restabelecido, e voltariam ao país nomes como os ex-governadores Leonel Brizola e Miguel Arraes, o ex-deputado Márcio Moreira Alves e o secretário geral do Partido Comunista Brasileiro, Luís Carlos Prestes. Os movimentos sociais e políticos sufocados pelos anos de chumbo começavam a se reorganizar em torno de reivindicações que tinham como apelo principal a restauração das eleições diretas, que só iriam se concretizar em 1982 com os primeiros pleitos para governadores, senadores, prefeitos, deputados federais e estaduais.

A censura dava sinais de cansaço. Músicas, espetáculos teatrais e filmes proibidos por vários anos chegavam ao povo com suas mensagens de inconformismo e engajamento esquerdista. A geração de Toninho atingia a maioridade nesse cenário de esperança de dias melhores.

Toninho havia desenvolvido uma forte consciência crítica. Mais do que políticos, sua personalidade tinha preceitos humanistas. Não admitia arbitrariedades nem covardias, sua curta história de vida o havia levado nessa direção. Tinha profunda cumplicidade e simpatia pelas minorias, principalmente as oprimidas, discriminadas e indefesas. Dessa forma, sempre que consultado, não se furtava a um posicionamento ao lado de negros, homossexuais, mulheres, crianças, maconheiros, pobres, operários ou qualquer outro grupo minoritário que pudesse ser alvo de perseguições, abusos e rotulagens pejorativas.

A vivência no botequim, os conflitos e complexos de sua infância,

as leituras e escritos e a crescente descoberta de si mesmo haviam amal-
gamado em sua alma vários conceitos que o impeliam a um constante
enfrentamento da realidade pré-estabelecida e um recorrente olhar de
estranhamento e discórdia para as injustiças e desigualdades do mundo à sua volta. Não era à toa que se aborrecia constantemente com os
comentários maliciosos de alguns amigos do GPI, que sugeriam a homossexualidade de Dimas. Não podia negar que o amigo tinha trejeitos
femininos e certo "sotaque" comprometedor, mas a amizade entre os
dois crescia a cada dia e, para Toninho, o que importava era a personalidade forte e contestadora do amigo, aliada à sua inteligência e humanidade — qualidades que permitiam que Toninho pudesse travar com ele
certos debates sobre assuntos impossíveis de desenvolver com a galera
do futebol, por exemplo.

Toninho acreditava que Dimas era mais uma vítima do preconceito, e que as desconfianças de toda a escola eram infundadas. No entanto, sempre havia um gaiato para dizer:

— E aí Toninho? Cadê seu namorado, aquele veadinho?

Toninho se continha, pois mostrar aborrecimento seria incentivar a gozação. No entanto, ficava muito incomodado com a fama do
amigo. Foi com grande alegria que soube que Dimas havia arrumado
uma namorada na escola e desfilava com ela aos beijos e abraços. Era
Gilse, irmã de Jorge. Jorge estudava na turma de Toninho e esse sim, era
gay assumido. Era louro, de olhos azuis, e com cabelos longos e armados
que acabaram lhe valendo o pseudônimo de Farrah Fawcett, atriz do
seriado americano de TV "As Panteras".

— E agora? Fala aí que o cara é veado! — Toninho cutucava a
rapaziada quando o casal passava. Mas os maledicentes não se conven-
ciam.

— Isso é só disfarce. Ele quer é o irmão dela.

O álibi de Dimas não durou muito tempo. Curiosamente, Gilse
se assumiria como lésbica logo em seguida ao fim do namoro. Pouco
depois, Dimas resolveu se abrir com o amigo, e também se declarou
"entendido" — adjetivo que denominava os gays daquela época — a um
Toninho atônito e estarrecido. Foi preciso buscar bem no fundo de seu
caráter os mais sólidos e magnânimos componentes para aceitar a declaração do amigo como algo normal, que em nada afetaria a amizade

dos dois. E a amizade saiu mais fortalecida ainda dessa confissão.

Com ambos respeitando a opção sexual um do outro, Toninho se sentiu orgulhoso de sua atitude e feliz por preservar o amigo, que já não precisava se esconder atrás de nenhum segredo ou fingimento. Só se sentiu um pouco ingênuo quando descobriu que todos de seu círculo de amizades mais chegadas já sabiam da verdadeira sexualidade de Dimas. Baiana, Renato, Rita e Ricardo riram na cara dele quando tentou lhes contar a "novidade", cheio de cuidados.

Dimas era um contestador nato, uma ameaça permanente aos tabus e mesmices. Não se conformava com o trivial e estava sempre instigando os amigos a uma ousadia ou outra. Se dependesse dele, um dia nunca seria como o outro e a banalidade estaria com seus dias contados. Sempre provocava em Toninho alguma reflexão que pudesse expandir os limites de sua atuação artística, intelectual e política. Acreditava no talento do amigo e o incentivava. Mas bebia e fumava muito. Quando estava sobre o efeito do álcool podia se tornar agressivo ou revelar suas fragilidades. Tinha crises existenciais terríveis, que revelavam sua própria dificuldade em aceitar a homossexualidade e seu passado de filho adotivo.

Dimas ampliou seus conhecimentos no mundo gay da época e passou a frequentar os redutos homossexuais mais badalados, como as boates Zig Zag, no Leblon, e Gaivota, na ainda erma Barra da Tijuca. As drogas rolavam soltas nesses ambientes, e ele usava maconha eventualmente. Era um ser livre, irreverente e desapegado. Certa vez, conheceu um turista em um bar da Zona Sul carioca. De lá, embarcou em um ônibus em companhia do desconhecido, indo apenas com a roupa do corpo para Juiz de Fora, onde ficou por onze meses. Nesse período, produziu um programa na rádio local e abriu um bar em sociedade com um namorado. Sem aviso prévio deixou tudo para trás e voltou ao Rio. Seu espírito aventureiro e sua coragem de enfrentar o desconhecido causavam admiração entre os amigos e muita preocupação entre seus familiares.

Dimas tinha uma prima chamada Sônia, que já contava uns trinta e poucos anos e morava sozinha em um espaçoso apartamento no Andaraí. Esse apartamento passou aos poucos a ser a base e local de encontro da turma mais chegada do GPI. A galera do jornal, do teatro e da música se reunia lá em "vinholadas" que varavam a madrugada, um ambiente alegre e criativo. Sônia gostava do astral da turma de Dimas e servia como uma espécie de mãe de todos, e um freio necessário para as loucuras propostas pelo primo. Aos poucos um grupo seleto foi se formando e se fechando.

Renato era presença constante. O negro alto de cabelo *black power*, com sua risada característica, emprestava alegria às reuniões e dividia com Toninho a tarefa de divertir os amigos com gozações e paródias das mais diversas, que não poupavam ninguém. Era o irmão do meio de três homens, filhos de mãe dona de casa e pai oficial da Marinha Mercante. Morava em Madureira na Rua Borborema e era um dançarino virtuoso. Com a invasão da onda Disco, a partir do sucesso do filme "Os Embalos de Sábado à Noite", estrelado por John Travolta, fazia sucesso nos bailes com seu porte elegante e passos cheios de suíngue e charme. Chegou a ganhar vários concursos de dança promovidos na região onde morava.

As provocações entre ele e Toninho eram frequentes e engraçadas. Ambos se esnobavam, reivindicando para si a maior beleza física, a maior nobreza, o maior poder aquisitivo, a maior inteligência, em caricaturas que satirizavam suas condições de jovens pobres da Zona Norte carioca. Renato chamava Toninho de "narigudo" e Toninho devolvia a homenagem dando ao amigo o codinome de "beiçola". Quando os dois estavam juntos, a diversão era garantida.

Ricardo também era alto e forte, tinha a tez branca, cabelos curtos, lisos e negros. Era o único filho homem de uma prole de três rebentos. Seu pai era músico da Marinha. Morava no bairro de Quintino Bocaiúva e era o que mais sofria com a falta de dinheiro. Sua fama de "barreira" se construiu com os cigarros e cervejas que filava constantemente. Era querido por todos, a ponto de a turma ficar bastante enciumada quando ele iniciou o namoro com Vânia, uma bela menina do turno da noite que se aproximou no pátio da escola para ouvi-lo tocar enquanto Toninho cantava. Ele se apaixonou perdidamente por aquela garota de corpo bem torneado, que viria a se tornar sua esposa e lhe daria duas filhas.

Vânia era possessiva. Dividido entre seu amor e o convívio com os amigos, Ricardo começou a se ausentar das reuniões e noitadas de sua galera, forçado pelo ciúme da namorada que insistia em que ele se afastasse dos antigos companheiros. Para apoiar o amigo no início do relacionamento, Toninho namorou uma amiga da moça, bem magrinha e bem menos atraente, somente para formarem dois casais e facilitar a liberação das duas pelos pais nas saídas noturnas. Num desses passeios, foram os quatro namorar no Recreio dos Bandeirantes. Deitados na areia, sobre o esplendor do luar, mais uma vez o nervosismo traiu Toninho e o ato sexual não foi consumado plenamente. O farol de um carro que passou desinteressado pelo deserto e longínquo Recreio, iluminando o casal despretensiosamente por alguns segundos, foi a desculpa esperada e necessária para que o rapaz desse por encerrada mais uma tentativa frustrada de se livrar da virgindade. Desconhecendo a situação do amigo, Ricardo se refestelava com Vânia a alguns metros de distância.

Enquanto isso, Rita, que havia se cansado da indiferença de Toninho, começou um namoro com o galã da escola, conhecido como Crid Crid, mas seu coração ainda balançava pelo magrelo cabeludo. Sempre que podia, se livrava do namorado e ia para as reuniões no apartamento de Sônia, onde sabia que encontraria sua verdadeira paixão. Toninho se divertia com isso, pois sabia que causava grande ciúme no bonitão alienado. Rita era uma pessoa doce e amiga, um pouco chegada a fantasias, invenções e mentiras inofensivas, mas de grande coração e muito afetuosa. Toninho nunca entenderia por que não se dedicou plenamente àquela garota que o havia escolhido para ser seu eleito. Nunca conseguiu corresponder à altura aquele amor incondicional.

Baiana completava o grupo de habitués; se horrorizava com as loucuras, os palavrões e as indecências nos debates daquela turma de malucos-belezas, mas sempre permanecia junto dos amigos que haviam aprendido a entender e respeitar o jeito interiorano da mulata. Era uma mulher lindíssima. Atraía os olhares masculinos por onde passava, mas afastava todos os interessados com firmeza. Sua mãe havia escolhido o Rio de Janeiro para ganhar a vida como cabeleireira junto da filha única. Seu padrasto bonachão era sargento da Aeronáutica. Morava na Praça Seca e seu apartamento acabou se tornando a segunda base de encontro e pernoite da galera.

Com essa turma que vez por outra era engrossada por outros companheiros menos assíduos, Toninho passava a maior parte de seus dias. Chegava a ficar uma semana sem ir em casa, dormindo alternadamente nas casas de Sônia, Baiana, Dimas e Ricardo, sempre com o cuidado de avisar Aurélia através do telefone de uma vizinha. Era difícil se despedir daquela gente. Sempre davam um jeitinho de prolongar seus programas e esticar seus encontros. Cultivavam uma adoração pela Zona Sul do Rio de Janeiro e elegeram o bar La Fiorentina, no Leme, como seu quartel-general na região, onde cruzavam frequentemente com artistas e personalidades famosas. Ocupavam as mesas da calçada e já eram conhecidos dos garçons, acostumados aos chopes e pizzas racionados e aos rateios da conta que enchiam as bandejas com moedas que posteriormente iriam fazer falta para a passagem de volta ao subúrbio, no ônibus ou no trem. Quase sempre eram os últimos a sair, quando o bar cerrava as portas, lá pelas 4 da manhã.

Toninho já aguentava tomar dois chopes, mas esse era o seu limite. A partir daí, voltava para a Coca-Cola, enquanto seus amigos superavam facilmente a sua marca. Quando Ricardo conseguia escapar de Vânia, ou quando conseguiam contar com a rara presença de Alberto, o violão e as canções promoviam a interação com os outros fregueses que, generosamente, ofereciam algumas rodadas de chope para aqueles jovens alegres e comunicativos, em troca do atendimento a algum pedido musical.

Viviam em um Rio de Janeiro boêmio, muito distante da violência gratuita que se espalharia pela cidade nos 30 anos seguintes. Madureira continuava sendo outra excepcional opção de diversão para aquela garotada. Se já não bastassem os cinemas, onde Toninho e seus amigos haviam se acostumado a interagir com a sétima arte nos sucessos do cinema nacional e estrangeiro, nesse final da década de 1970 foi inaugurada no bairro uma casa de shows chamada Cine Show Madureira. Com uma proposta de shows musicais comparável à programação do famoso Canecão, o Cine Show foi inaugurado com a cantora Beth Carvalho. A casa receberia ainda nomes como Zé Ramalho, Gilberto Gil, Moraes Moreira e Caetano Veloso.

Os cinemas de Madureira ofereciam tantas opções que era difícil não haver algo interessante que se encaixasse nos tempos vagos que surgiam na escola ou mesmo antes e depois do horário de aulas. Depois das sessões, retornavam à escola impregnados das questões tratadas no filme e entabulavam longas discussões sobre as interpretações de cada um. Assim foi com "Pixote – A Lei do Mais Fraco" de Hector Babenco, "Lúcio Flávio – O Passageiro da Agonia" de Roberto Farias, "O Iluminado" de Stanley Kubrick, "O Expresso da Meia-Noite" de Alan Parker e muitos outros.

Toninho agora estava na segunda série e sua turma já tinha *status* de veterana. Novas turmas de primeira série foram formadas, e Toninho desfilava altivo entre os novatos enquanto tentava identificar as beldades femininas merecedoras de uma investida. Tinha uma lábia afiada e certo charme que o fazia sair vitorioso dessas abordagens na grande maioria das vezes. Voltando do intervalo num desses dias de início de ano letivo, foi pego pelo braço por Renato, que o levou até o alto da escada de onde podiam ver o corredor do primeiro andar, onde ficavam as salas ocupadas pelos novos alunos.

— Você já viu a prima da Valéria?

— Que Valéria? A da 203?

— É. Entrou no colégio. É gatinha.

— Cadê? Me mostra ela.

Renato estava falando de Sílvia, que não era prima de Valéria de verdade, apenas de consideração, pois haviam se conhecido e se tornado amigas na infância durante os veraneios das famílias em Sepetiba. Valéria havia decidido apresentar a amiga como prima para aproximá-la de seu círculo de amizades. Renato apontou para um grupo de meninas paradas na entrada da sala que eles haviam ocupado no ano anterior.

— É aquela de cabelo mais comprido.

Toninho localizou a garota e a verificou dos pés à cabeça. Era uma linda menina, cabelos longos e soltos, quase na cintura. Seu rosto redondo lembrava a atriz Linda Blair, famosa por sua interpretação no filme "O Exorcista". Usava uma bata larga por cima de uma calça jeans desbotada, que terminava em um par de tamancos de madeira, muito usados pelas meninas da época, compondo um visual "anos sessenta" que agradou Toninho. No entanto, ele não perderia uma oportunidade de colocar em dúvida o bom gosto do amigo.

— Aquela ali? Muito feia. Vai à merda, negão.

Subiram para a sala de aula em ferrenha discussão sobre quem entendia mais de mulher. Antes de dobrar o último lance de escada,

Toninho deu uma última olhada para a jovem e seus olhares se encontraram rapidamente. Passariam a se cumprimentar esporadicamente dentro da escola, mas nem Toninho nem Sílvia chegaram a desenvolver um interesse maior um pelo outro nos primeiros contatos. Não podiam imaginar que o destino iria unir suas vidas para sempre em um futuro não muito distante.

Toninho resolveu investir em Beth, amiga de Sílvia, que junto com mais duas Cristinas — uma magra e uma mais gordinha — formavam um quarteto muito unido de meninas alegres, fogosas, fúteis e travessas. Beth era dona de seios fartos e generosos. Fora esse detalhe, se parecia fisicamente com Sílvia. Chegaram a pegar algumas sessões de cinema juntos, como quando foram ver "Alien – O Oitavo Passageiro" no Madureira 2 — Beth com Toninho e Sílvia com Saulo, seu namoradinho por algum tempo. O mais próximo que Toninho iria chegar de Sílvia no primeiro semestre daquele ano seria na galeria do Centro Comercial Tem Tudo, onde encontrou a menina já meio embriagada em companhia das três amigas, pedindo dinheiro aos passantes para as passagens de ônibus. Na verdade, o dinheiro arrecadado era trocado por algumas doses de cachaça em um pé sujo próximo, peraltice de adolescentes que, naquele dia, tinham decidido experimentar os efeitos do álcool. Sílvia se aproximou de Toninho e pediu a ele, com um bafo indisfarçável:

— Me paga uma Pitú.

Toninho achou engraçado o pedido e o estado da colega, mas não perdeu tempo.

— Só se você me der um beijo.

Sílvia riu e recusou, saindo ao encontro das amigas "biriteiras". Toninho seguiu seu caminho para o fliperama no mesmo Centro Comercial, lugar onde muitas aulas eram assassinadas nas mesas de totó e nas maquinas de *pinball* Cavaleiro Negro. Assim eram as meninas. Assim era a geração de Toninho, não muito diferente das que viriam depois nem das que existiram antes, ávida por novas descobertas e aventuras, atraída pelo desconhecido e sedenta de autoafirmação. De uma maneira geral, salvo alguns excessos, o astral daquela juventude do GPI era muito legal e sadio, principalmente se a compararmos a alguns comportamentos juvenis comuns no século XXI. Não se viam brigas e dificilmente ouvia-se falar de alguma violência praticada dentro ou fora dos limites da escola, apenas das loucuras e desafios triviais, próprios da juventude.

O *Pappus* havia conseguido, a duras penas e passado mais de um ano, chegar à terceira edição. Mas o sucesso do primeiro número e da entrevista com Chico Buarque não se repetiu, o que começava a deixar Toninho e Dimas inquietos e insatisfeitos. Toninho até tentou se aventurar em uma curta carreira musical num grupo chamado Raízes. Dividia os vocais com duas meninas, donas da aparelhagem, e se virava na percussão com alguma desenvoltura. Completando a formação, o amigo Alberto nos violões, um excelente guitarrista negro chamado Luís, João no contrabaixo e um baterista chamado Junior, dono de uma bateria Pinguim de madrepérola branca que deixava Toninho babando de inveja. No entanto, após alguns shows bem-sucedidos e outros nem tanto, as meninas brigaram e desfizeram o grupo.

Foi quando Dimas chegou metralhando o amigo com planos entusiasmados de organizar um grupo de teatro no GPI e Toninho se empolgou com a ideia. Precisariam de um texto, e Toninho se lembrou de sua peça, escrita no balcão do botequim e guardada na gaveta há dois anos. Dimas se interessou. No dia seguinte, Toninho entregou ao amigo uma cópia de "A Causa dos Rebeldes". Antes do fim das aulas naquele dia Dimas já tinha lido e ficado em êxtase. Com sua energia característica, começou a lançar dezenas de propostas e sugestões para a montagem da peça, que descreveu como um grande exemplo de dramaturgia moderna.

Toninho conhecia os exageros do amigo, mas resolveu embarcar naquela viagem e começaram os preparativos: formar o grupo, solicitar apoio da direção da escola, iniciar os ensaios, preparar figurinos e cenários e arrumar um teatro, só pra começar. Baiana, Renato, Rita e Ricardo seriam convocados, certamente. Mas precisariam de mais gente. No dia seguinte Toninho chegou cedo à escola com a intenção de conversar com Joás sobre sua ideia. O diretor barbudo, como sempre, apoiou: cedeu uma sala para os ensaios; não prometeu, mas disse que havia possibilidade de conseguir o Teatro do Sesc do Engenho de Dentro; e pediu a Toninho duas cópias do texto datilografado para que fosse submetido à censura federal.

Após a aula, Toninho voltou para casa naquele dia entusiasmado com a possibilidade de estrear como autor teatral. Estava particularmente excitado por ter um texto seu avaliado pela tão temida censura federal, e, com alguma "sorte", até proibido pelos censores. Se isso acontecesse, estaria se nivelando aos seus ídolos perseguidos e tolhidos em sua liberdade de expressão artística e literária. Já se sentia um Augusto Boal ou um Oduvaldo Vianna Filho, e preparava em sua mente os mais acalorados discursos de protesto contra o veto total ou contra os cortes parciais que sua peça certamente sofreria. Acreditava que o conteúdo de protesto e contestação iria instigar a fúria da repressão. Em sua mente sonhadora, acreditava que "A Causa dos Rebeldes" tinha um argumento sólido e original, que se aliaria a tantos outros trabalhos de brasileiros ilustres que lutavam pela volta da democracia. Chegou a sentir medo de ser preso e torturado, e nos meses seguintes, que precederam a estreia da peça, não seriam poucas as vezes em que iria se sentir seguido ou vigiado nos lugares que frequentava — infundada teoria da conspiração e devaneio insólito de um garoto idealista.

Seu texto era na verdade o folhetim ingênuo e panfletário de um autor estreante e inexperiente, mas se encaixava como mágica nos anseios de sua geração e, particularmente, do seu grupo de amizades. Toninho entregou as cópias a Joás que as encaminhou ao Professor Ivan que lecionava Física. Ivan era um baixinho grisalho e sombrio, com um bigode indefectível que o fazia merecer o apelido secreto de "Hitler" entre seus alunos. Curiosamente, aparecia pouco no colégio; sua influência no Departamento de Censura Federal, declarada por Joás, juntamente com seu cabelo corte "escovinha" e seu aspecto sisudo e misterioso logo fizeram Toninho acreditar que se tratava de um informante do governo militar, suspeita jamais confirmada, mas que alimentou ainda mais a sensação de perseguição anticomunista que Toninho pensava estar prestes a sofrer.

Em um elenco composto por seis personagens, apenas quatro integrantes do grupo de amigos estavam dispostos a subir no palco: Dimas, Baiana, Cláudia e o próprio Toninho. Ricardo, Renato, Alberto e Rita não se julgavam desinibidos o suficiente para encarar uma plateia, e decidiram atuar nos bastidores — Ricardo na iluminação, Renato no som, Rita e Alberto ajudando nos camarins no que fosse preciso. Finalmente, Joás informou que o Teatro do Sesc estava confirmado: iria abrigar a montagem do primeiro texto de Toninho. Havia um curto horário durante a semana em que o grupo poderia usar o palco para seus ensaios, mas não era o suficiente. Assim, alguns desses preparativos e reuniões acabavam transferidos para o apartamento de Sônia e se estendiam pela madrugada, sendo acompanhados dos necessários violões e das indispensáveis garrafas de vinho e cerveja.

Ainda faltavam três atores para completar o elenco da peça. Toninho chegou cedo ao colégio como sempre fazia e se dirigiu ao subsolo, onde um pequeno pátio abrigava a lanchonete da escola. Pediu uma Coca e avistou uma menina ruiva de cabelos longos, um pouco acima do peso. A cabeleira cor de fogo chamou sua atenção à primeira vista, mas foi o livro que trazia nas mãos que o fez fixar o olhar na garota. Era Cláudia, uma novata que havia entrado para o colégio naquele ano e estudava na mesma sala de Sílvia. Folheava avidamente *Stanislávski e o Teatro de Arte de Moscou"* de J. Guinsburg. A palavra "teatro" na capa do livro fez Toninho avaliar como provável a existência de uma atriz para sua peça por detrás da cabeleira vermelha, que encobria os olhos da leitora e se esparramava sobre as páginas do livro.

Sentou-se ao lado da menina e puxou conversa. Cláudia elevou seus olhos brilhantes e tímidos na direção de Toninho e em poucos minutos já estavam apresentados, divagando sobre os caminhos do teatro brasileiro e discorrendo sobre seus autores e textos preferidos. Cláudia revelou uma breve experiência como atriz em montagens mambembes, e um desejo ampliado de seguir a carreira teatral. Toninho não precisava ouvir mais nada para oficializar o convite.

Com um rápido histórico das atividades teatrais do colégio e uma sinopse superficial da "Causa" convocou a menina para o primeiro ensaio. Cláudia, ainda esbanjando timidez, aceitou e prometeu aparecer. Entrava para o grupo fechado dos artistas do GPI emprestando generosamente sua genuína vocação para o teatro e a perspicácia escondida atrás de uma personalidade carregada de alguns complexos em relação à sua aparência, que não se enquadrava no cruel e exigente padrão de beleza feminina da época.

Cláudia trouxe Marcos, um moreno alto e esguio, dono de uma barba espessa, algo raro naquela faixa de idade pós-puberdade em que todos se encontravam. Morador de Marechal Hermes, era um cara meio misterioso, que se relacionava melhor com as meninas do que com os garotos. Mentiroso contumaz, escamoteava sua rotina fora do colégio com visitas a casas de "tias" e outros "compromissos" que, para Toninho e Dimas, sempre soavam estranhos. Foi também Cláudia que sugeriu o nome de Sílvia para completar o elenco, que capengava nos ensaios e nas leituras com a falta de um dos personagens. Dimas e Toninho armaram o conclave. Já tinham meio que "engolido" Marcos por falta de melhor opção, mas Sílvia parecia muito alienada e desengajada para, de acordo com a arrogância dos dois, ser merecedora do convívio com os outros eleitos.

Estavam errados. Tanto Marcos como Sílvia, após a queda das primeiras defesas, iriam se enquadrar perfeitamente nos sonhos de todos, revelando várias qualidades e defeitos, como é natural da condição humana. Ambos iriam beber nas fontes inesgotáveis da contestação e novas informações que brotavam em todos os encontros daquela galera, o que viria a ampliar substancialmente seus universos de jovens suburbanos alienados.

Toninho resistiu mais à entrada de Marcos do que à de Sílvia. Como era de se esperar, a chegada da bela menina ao grupo aguçou seus sentidos e mexeu com seus hormônios represados. Assim, para permitir a entrada de Sílvia na montagem de "A Causa dos Rebeldes", o personagem Vagner se transformou em Talita. Imediatamente Toninho iniciou um jogo de sedução e indiretas que começaram a ser bem recebidas pela jovem de cabelos longos, sob o olhar de desagrado de Rita. Toninho e Sílvia principiaram um namoro que evoluía na mesma proporção em que os preparativos para a estreia da peça amadureciam, em uma proposta cênica que surpreendia e superava as expectativas do próprio grupo.

Era uma criação coletiva, no pleno sentido da expressão. Todos colaboravam com ideias, mas não se furtavam a apoiar e implementar uma opção escolhida pela maioria, mesmo em detrimento de uma convicção pessoal diferente. O cenário, o figurino, a movimentação dos atores, a trilha sonora, a iluminação, tudo era decidido em grupo, às vezes à custa de intermináveis discussões. Algumas brigas mais acaloradas eram frequentes, mas nada que pudesse rasgar o tecido de afeto e amizade que os unia, o idealismo que a turma cultivava e um instigante desejo comum de ver a peça estreando com casa cheia. Em algumas ocasiões, Toninho tomava as rédeas da direção, não por estar nessa função, mas por ter escrito o texto e ter pulsando vivas em suas células as respostas para questionamentos sobre o simbolismo de alguma fala ou de algum personagem. Isso acontecia sempre que era necessário pôr fim a alguma celeuma que desembocasse em bate-bocas mais ríspidos e inúteis. Toninho era coerente com sua conhecida disposição para a conciliação e a concórdia.

O grupo precisava de um nome, e ele veio na sugestão de Dimas, extraído de uma das faixas do LP "Muito" de Caetano Veloso, trilha sonora obrigatória nos encontros daquela tribo. A primeira faixa do disco se chamava "Terra", e assim nasceu o Grupo Terra de Teatro Estudantil. Os ensaios passaram a ser sempre no teatro, que havia expandido o horário para os encontros do Terra e disponibilizado para o grupo uma chave dos camarins onde os figurinos, cenários e demais materiais eram guardados, esperando a liberação da censura e o dia da estreia.

A chave ficava com Toninho, que, alegando a necessidade de molhar os vasos de plantas que seriam usados para decorar o apartamento do personagem Tuco, quase diariamente levava Sílvia consigo para cumprir a tarefa. Era um álibi perfeito para ultrapassar o zelador do teatro, que ficava na portaria. Após aguarem as plantas, regavam também seus desejos, trancados no camarim. Toninho ia aos poucos se envolvendo com Sílvia e aumentando a intimidade, num processo que ia dissolvendo a ansiedade e o nervosismo que tantas vezes o haviam traído no momento de consumar o ato sexual. Pela convivência e pela afinidade que o teatro, o grupo e todo o imaginário ao seu redor lhe proporcionavam, Toninho ia se sentindo capaz de vencer a barreira intransponível do sexo para atingir sua plena satisfação. Já buscava o ato mais determinado, e a cada recusa de Sílvia ficava mais sedento e confiante, avançando mais um pouco na escala das carícias preliminares e dos prazeres manuais. Já estava com dezessete anos, e não concebia a ideia de chegar virgem aos dezoito. Era uma carga pesada demais para um adorador da geração do sexo livre carregar.

Finalmente chegou a resposta da censura. Veio pelas mãos de Joás, que chamou Toninho na secretaria e lhe entregou um envelope.

Dentro estava um certificado com o brasão do Ministério da Justiça e do Departamento de Polícia Federal. No alto, em letras maiores, estava escrito "Censura Federal – Teatro". No canto direito superior havia uma tarja verde e amarela.

Toninho reconheceu o documento. Era o mesmo modelo que aparecia na TV, obrigatoriamente, antes da exibição de qualquer programa, acompanhado de uma locução que determinava a faixa etária para a qual havia sido liberado. Toninho passou os olhos pelo papel e se sentiu verdadeiramente importante. Além do número do certificado, 9675/79, estavam o nome da peça e seu nome completo. Seguia um carimbo "Impróprio para Menores de Dezesseis Anos" — não era a proibição total que seu inconsciente sonhara, mas já era alguma restrição reacionária, passível de algum protesto.

Mas antes que sua imaginação pudesse arquitetar qualquer passeata ou greve de fome, Joás alertou:

— Dá uma olhada no verso.

Toninho virou o papel. Além da repetição do título da peça, de seu nome e da assinatura do Sr. Eliel José de Souza, chefe do serviço de censura, havia uma observação: "Condicionada ao exame do ensaio geral".

— O que isso quer dizer? Não entendi.

— Quer dizer que vocês vão ter que apresentar a peça para um censor antes da autorização definitiva. Se ele aprovar, tudo bem. Se ele não aprovar, vocês não podem apresentar a peça — explicou Joás a um Toninho de olhos arregalados.

— É? E quando vai ser isso?

— Quando vocês quiserem. Vocês têm que marcar data e horário, eu passo pro Ivan e ele marca com o censor.

Toninho subiu as escadas como um foguete. Da porta da sala de aula fez sinal para Dimas. Os dois desceram para o pátio e, enquanto Toninho explicava a situação, Dimas olhava o certificado e soltava vários palavrões.

— Esses filhos da puta. Eles pensam o quê? Nós temos que sacanear eles. Vamos fazer o seguinte: marca uma reunião com todo mundo. Não pode faltar ninguém. Vamos mudar o texto pra apresentar pra eles. Temos que escolher o que vai ser cortado e substituir por outras falas.

Depois que ele aprovar a gente estreia com o texto certo.

A sofreguidão de Dimas deu o tom da conspiração para ludibriar a censura federal. Algumas expressões consideradas mais pesadas seriam retiradas. Palavras como "revolução", "manifestação" e "direitos" seriam suprimidas. Os palavrões também. O texto original, que tinha sido enviado para avaliação da censura, havia sido acrescido de várias colaborações coletivas que, na cabeça dos jovens atores, tinham uma carga subversiva e contestadora inadmissíveis para qualquer milico autoritário.

Redesenhar a peça, no entanto, não foi tarefa fácil. O texto já estava bem decorado e nos ensaios que se seguiram, recorrentemente os atores soltavam as falas originais em detrimento das falsidades montadas para a apreciação da censura. Marcaram a estreia da peça para o dia onze de outubro e a exibição para o censor para uma semana antes. Estavam decididos: mesmo com uma possível proibição levariam o espetáculo a frente, nem que para isso tivessem que encená-lo na rua.

Várias estratégias foram traçadas para a recepção do caudilho da censura. Em um mimeógrafo emprestado, reproduziram várias filipetas toscas escritas a mão, com as datas, horários e local das apresentações. Distribuíram nas escolas da redondeza e nos trens do ramal da Central do Brasil, driblando a repressão da Polícia Ferroviária que proibia esse tipo de divulgação dentro das composições e nas plataformas das estações. Achavam que com isso estariam trazendo a opinião pública para o seu lado.

Na verdade, estavam se achando mais importantes e perigosos do que realmente eram. A ameaça que "A Causa dos Rebeldes" oferecia à já combalida ditadura militar foi supervalorizada por aqueles jovens sonhadores. Depois de muita angústia e nervosismo, tudo estava preparado para receber o censor que, simplesmente, não apareceu. A frustração foi geral.

Toninho, que havia preparado um discurso de conciliação, ficou arrasado. Dimas, que estava pronto para um protesto mais violento, perdeu o rumo. Na verdade, naquele momento em que o governo militar mostrava sinais de cansaço e acenava com a tão sonhada abertura democrática, uma peça escolar de meia dúzia de garotos suburbanos era a última coisa com que iriam se preocupar. Os mecanismos de repressão

estavam enferrujando e a engrenagem das torturas, proibições e perseguições rangia agonizante. Após esperarem por mais de três horas,
telefonaram para Joás, que disse que na falta do censor a peça poderia
estrear sem maiores problemas na data e horários previstos.

Misturando alívio e desapontamento, foram para o apartamento de um novo caso de Dimas, que morava no Leblon, para digerir os
últimos acontecimentos. Dimas já era figura conhecida na cena gay da
Zona Sul carioca, chamando atenção por sua beleza física e por seu jeito
despojado e irreverente. Nas boates e nos bares frequentados por en-
tendidos travava novos conhecimentos com facilidade e não raro apresentava ao Terra um novo flerte ou namorado fugaz. Este se chamava
Rodrigo e morava sozinho em um amplo apartamento na Rua Ataulfo
de Paiva, próximo ao Jardim de Alah. Recebeu a todos com gentileza,
abrindo algumas garrafas de cerveja.

No meio gay, as drogas rolavam soltas. Quando Toninho contou
para Dimas sua experiência com a maconha no acampamento de Parati,
ouviu do amigo que ele também já usara a droga em várias ocasiões, em
festas e boates. Dimas disse também que era comum alguém aparecer
com cocaína, mas essa era uma droga muito cara e difícil de conseguir.

— Somente as bichas mais ricas podem sustentar essa curtição.

O frenesi que a espera pelo censor havia causado e a excitação da
confirmação da estreia da peça, que já se aproximava, os tinha deixado
especialmente elétricos naquela noite. Toninho estava sentado no sofá
se engalfinhando com Sílvia, quando resolveu ir até a cozinha pegar um
pouco de água ou algum refrigerante, já que a cerveja havia atingido a
boia de seu raso reservatório etílico. Lá encontrou Dimas e Rodrigo e
começou a conversar. A prosa mudou de rumo com uma pergunta repentina de Dimas:

— E aí Rodrigo? Não tem um baseado aí?

— Tô sem nada. O meu acabou ontem.

Dimas não era acostumado a se dar por vencido quando a decisão envolvia algo proibido e desafiador.

— Pô, Rodrigo. Onde é que a gente pode arrumar alguma coisa
a essa hora?

— Não sei, não. Posso ligar pra uns amigos. Mas certo, mesmo,
só na Cruzada.

— Onde fica isso?

— A Cruzada São Sebastião. Aquele pombal que fica aqui perto. Na rua do canal — disse, usando o termo que quando aplicado às moradias de pessoas de baixa renda denotava preconceito social.

Referia-se ao conjunto residencial inaugurado em 1955, por iniciativa do então Secretário Geral da Conferência Nacional dos Bispos do Brasil (CNBB), Dom Hélder Câmara. Incrustado em uma área nobre, entre a Lagoa Rodrigo de Freitas e as praias de Ipanema e do Leblon, foi o protótipo de um plano de Dom Hélder que pretendia dar aos moradores das favelas cariocas, ameaçados pelas remoções, condições de moradia dignas e saudáveis. Para esse conjunto, composto de dez prédios e mais de 900 apartamentos, foram transferidos os desabrigados da Favela da Praia do Pinto, também localizada no Leblon e que fora misteriosamente incendiada.

O idealista Dom Hélder, com motivações solidárias e pastorais, tentava atenuar os efeitos cruéis de um plano governamental promovido pelo então Governador Carlos Lacerda para "limpar" a Zona Sul, transferindo a população pobre que havia invadido vários terrenos próximos aos mais famosos cartões postais do Rio de Janeiro para áreas distantes e carentes de recursos básicos, principalmente na Zona Oeste. No bojo dessa limpeza étnica seriam erguidas a Cidade de Deus, em Jacarepaguá, a Vila Kennedy nas margens da Avenida Brasil, em Bangu, e a Vila Esperança, no limite entre os bairros de Vigário Geral e Jardim América, bem próximo à casa de Toninho.

O incêndio da Favela da Praia do Pinto nunca teve suas causas devidamente esclarecidas, mas revelou o estigma de vizinhança indesejável que iria acompanhar a Cruzada São Sebastião — indesejável para alguns, mas de grande serventia para outros, principalmente para os maconheiros da região que se abasteciam na boca de fumo do conjunto, quando as remessas vindas do exterior ou do nordeste para fornecedores do asfalto rareavam. Essa simbiose iria se reproduzir por toda a cidade e articular pobreza/ tráfico com riqueza/ consumo, resultando mais para o final do século XX em uma rotina de violentíssimos conflitos urbanos.

— E aí Rodrigo? Tu vai lá pegar um bagulho pra gente? — perguntou Dimas, demonstrando certa fissura que até então Toninho não havia detectado no amigo.

— Não vou, não, Dimas. Tô pra receber um telefonema da minha mãe que está no exterior. Tem uns amigos que já devem estar chegando. Não posso sair de casa — disse. A desculpa saiu esfarrapada.

— Mas não tem erro. É só você chegar lá e perguntar pelo "Da Jandira". Ele fica sempre por ali. Nas portarias dos blocos.

Começou então um jogo de convencimento e esquivas entre Rodrigo e Dimas que, na realidade, revelava no subtexto a vontade compartilhada de fumar um baseado e o medo de encarar um traficante desconhecido, com o risco de dar de frente com a polícia. Enquanto ouvia a conversa dos dois namorados, Toninho se deixava contaminar pelo desafio. Achava o momento propício para experimentar aquele relaxamento que a maconha lhe proporcionara em Parati, e o desafio de conseguir a droga também o atraiu, soando como mais uma autoafirmação, entre as muitas que alimentavam seu ego ultimamente.

Era um ser livre. Quase universal. O balcão do botequim havia ficado para trás há muito tempo. Agora era o palco, o teatro, a censura se rendendo ao seu poder, o respeito e a admiração de seu grupo. Além do mais, sabia muito bem transitar pelos diversos mundos e submundos de sua cidade. Fazia isso com a maestria dos malandros, sugada e absorvida pela observação cotidiana no botequim. Um misto de curiosidade e medo empurrava seu pensamento para aquela que parecia ser a única atitude possível e gratificante naquele momento.

— Eu vou. Me explica direito como é que eu chego lá.

As palavras de Toninho não só causaram espanto ao amigo Dimas, como detonaram uma descarga de adrenalina imediata em sua própria corrente sanguínea. Antes mesmo de saber se sua oferta seria aceita e ainda longe da fonte da droga ilegal, o suor já começava a gotejar em gotas cálidas e geladas por seus sovacos amedrontados e ansiosos. Rodrigo, é claro, se animou com a proposta, que o tiraria e a Dimas daquele impasse. E passou a dar a Toninho coordenadas detalhadas, mas Dimas interrompeu.

— Eu vou com você. Você não conhece bem a área e é sempre melhor irem dois do que um sozinho.

Toninho não achou boa ideia. Dimas dava muita pinta de veado e seria perigoso chegar com ele em um ambiente de malandragem. Poderiam ser hostilizados, talvez achassem que Toninho era bicha também.

Se sentissem alguma fraqueza, poderiam querer se aproveitar, tomando o dinheiro dos dois ou coisa pior. Enquanto as diversas possibilidades giravam em sua cabeça, Toninho tentou dissuadir o amigo sem revelar os verdadeiros motivos de sua preocupação. Disse que preferia ir sozinho, mas convencer Dimas a ficar de fora de uma loucura era tarefa impossível.

Voltaram para a sala e comunicaram a todos que iriam dar uma saída. A maioria conseguiu ler nos semblantes misteriosos e nas expressões vagas o real motivo daquela saída. E antes que os olhos arregalados de Baiana pudessem interrogá-los mais de perto, já estavam caminhando pelo Jardim de Alah em direção à Cruzada.

No caminho, com muito tato para não ofender o amigo, Toninho disse a Dimas que seria cauteloso e de bom senso que ele não extravasasse sua homossexualidade sob as vistas dos traficantes. Ao contrário de se ofender, Dimas achou engraçada a proposta de "fingir ser macho". Prometeu se travar ao máximo.

Era uma noite quente e, apesar da hora avançada, havia muitas pessoas transitando pelo pátio externo do conjunto habitacional. Algumas crianças corriam despreocupadas em suas brincadeiras infantis. O ambiente era escuro, com algumas lâmpadas fracas sobre as portarias de cada bloco que ficava suspenso sobre magros pilotis. Conforme avançavam no interior do território desconhecido, Toninho sentia seu corpo atravessado pelos olhares desconfiados dos moradores, que se reuniam em pequenos grupos espalhados a esmo, jogando conversa fora. Toninho sabia que teria que usar sua intuição para identificar no meio daquelas pessoas alguém que tivesse alguma relação com a droga. Uma abordagem à pessoa errada poderia ser rechaçada com grosseria e até levada como ofensa, abortando a missão.

Avistou um grupo de quatro rapazes negros que conversavam animadamente sentados em um banco de concreto. Sabia que eles já o monitoravam há algum tempo. Foi na direção deles procurando manter-se calmo e descontraído, sendo seguido por Dimas. Quando os dois se aproximaram a conversa cessou, e um silêncio inquisidor se estabeleceu aguardando as primeiras palavras de Toninho.

— Fala aí, sangue bom. Boa-noite — Toninho misturou a descontração da primeira frase com a formalidade da segunda, tentando atingir a fórmula verbal correta para conquistar a confiança dos desconhecidos. Depois resolveu adicionar um pouco de humildade e gentileza.

— Vocês não levem a mal, mas estamos procurando o "Da Jandira".

— Vocês são de onde? — perguntou o que parecia ser o mais velho.

O cheiro da erva proibida acompanhou suas palavras, saindo de sua boca de dentes amarelos, confirmando a intuição de Toninho e denunciando que alguma maconha havia sido queimada pelos caras fazia pouco. Toninho achou melhor ir direto ao assunto.

— Nós estamos na casa de um amigo aqui no Leblon, mesmo. Ele costuma vir aqui pegar um bagulho.

Um silêncio sepulcral encheu novamente o espaço entre eles. Toninho temeu ter errado na dose e entrado com muita força em tema tão delicado. Olharam-se entre si e olharam Toninho e Dimas dos pés à cabeça.

— Não sei de nada. Não conheço esse cara, não — respondeu novamente o mais velho que parecia ser o líder, com um sorriso enigmático no canto da boca.

Toninho sabia que ele estava mentindo. Podia sentir a presença da maconha em cada um de seus gestos, na sua fala mansa e arrastada, no seu olhar escrutinador e debochado. A maconha estava por perto. Mas sem a confiança daqueles caras, voltariam de mãos vazias para o apartamento de Rodrigo. Toninho ainda tentou amolecer o coração dos malandros falando generalidades e elogiando o ambiente calmo da Cruzada. Os caras não alimentaram muito o papo, parecendo dar pouca atenção às bobagens de Toninho.

Enquanto falava, vez por outra olhava ao redor tentando identificar algum movimento ou personagem mais suspeito que pudesse ser alvo de uma segunda abordagem. Mas lembrou que isso poderia se parecer com a atitude de um alcaguete e decidiu fixar a atenção em seus interlocutores. Tinha certeza de que eles sabiam como chegar até a maconha, mas não podia confrontá-los diretamente. Finalmente, dando-se por vencido, resolveu ir embora e deu meia-volta, se despedindo e sendo acompanhado por Dimas.

Ouviu um burburinho no grupo às suas costas. Pareciam discutir alguma coisa em sussurros. Quando haviam caminhado uns dez passos, Toninho ouviu um assovio agudo vindo do negrinho magro e baixo que estava ao lado do mais velho. Quando se virou, o negrinho lhe perguntou:

— Quantos você quer?

Toninho retornou na direção de seu interlocutor. Seus pés se aceleraram, sendo acompanhados pelos de Dimas. Parando novamente em frente ao grupo, respondeu:

— Dessa vez é só um mesmo.

— Só um?

A quantidade gerou certo desapontamento no quarteto. Se entreolharam com ar de desdém.

— Chega aí — convocou o rapaz, se levantando do banco e andando para uma área de serviço onde ficavam vários latões de lixo.

Toninho o seguiu. Dimas ficou com os outros três. Ao chegaram próximo aos latões, o rapaz pegou o dinheiro que já estava na mão de Toninho.

— Aguarda aí — e sumiu por trás dos latões.

Toninho olhou para Dimas, que parecia descontraído, conversando com os três que haviam permanecido no banco de concreto. De longe, não parecia estar dando pinta. Mas Toninho não queria abusar da sorte nem sacrificar demais o amigo, que devia estar se desdobrando para encarnar um comportamento de macho. Passado um minuto, o rapaz voltou com uma trouxa de maconha e a colocou nas mãos de Toninho, que agradeceu, se despediu e iniciou nova caminhada para fora do conjunto habitacional.

Dimas estava eufórico. Toninho, embora satisfeito, sabia que a parte mais perigosa estava por vir. Ao sair do conjunto e andar pelas ruas do Leblon, seriam alvos fáceis de uma abordagem policial. Com certeza, as redondezas da Cruzada já eram manjadas, e dois "playboys" andando por lá naquele horário poderiam chamar a atenção dos "homens". Tinha que decidir onde iria transportar a maconha durante o trajeto até o apartamento de Rodrigo.

Lembrou as conversas dos Doidões do GPI, que achavam que o mais seguro era sair com a droga na mão para poder dispensá-la no chão rapidamente no caso da chegada da polícia. Droga no chão, teoricamente, não tem dono, não configuraria um flagrante. Desde que, é claro, a manobra não fosse detectada pelos "samangos", como eram chamados os policiais militares pelos viciados da época.

Dimas não parava de falar sobre liberdade e a hipocrisia das leis que classificam algumas drogas como ilícitas, enquanto outras eram vendidas livremente e anunciadas na TV. Quando dobraram a esquina da Ataulfo de Paiva, a distância da Cruzada já era grande e Toninho quase relaxou. Foi quando avistou, a uns 500 metros, uma joaninha[1] da Polícia Militar.

O carro alemão criado durante a Segunda Guerra vinha ao seu encontro margeando o meio-fio, em uma velocidade baixa e ameaçadora. O coração de Toninho começou a querer subir pelo pescoço, quase dava para ouvir seus batuques amedrontados. Apertou com força a trouxinha na mão direita, olhando rapidamente ao redor enquanto tentava identificar um canto seguro onde pudesse jogar o flagrante. Resolveu avisar Dimas, que parecia ter engolido uma vitrola.

— Disfarça que os homens tão vindo lá na frente. Vou jogar fora o bagulho.

Dimas percebeu o perigo se aproximando e diminuiu um pouco a fluência verbal. A indecisão de Toninho consumiu segundos preciosos, e a joaninha já estava a menos de cinquenta metros quando Toninho avaliou essa distância como muito perigosa para um peteleco salvador que pudesse livrá-lo. Provavelmente, se estivessem observando a dupla, os policiais iriam perceber. Seriam parados, a droga seria recolhida do chão e a situação poderia ficar muito ruim para os dois. Dimas demonstrou mais sangue frio:

— Fica normal. Eles vão passar direto.

Continuaram conversando demonstrando descontração, e Dimas, dessa vez, até acentuou seu pisar macio e seus trejeitos afeminados. A patrulhinha passou por eles e Toninho pôde ver que os policiais conversavam entre si, nem perceberam a presença da dupla de amigos passando na calçada ao lado. O coração de Toninho voltou para o lugar e o samba-enredo que executava antes deu lugar a um suave samba-canção, mais compatível com as situações de calmaria cardiovascular.

Subiram o elevador do prédio rindo muito do susto e se sentindo

1 Nota do autor: fuscas azuis e brancos que a PM utilizava na época.

vitoriosos. Foram recebidos por Rodrigo na porta do apartamento e ao entrarem na sala, verificaram que os amigos do anfitrião já haviam chegado e se misturavam com a turma de Toninho, enchendo o ambiente com mais alguns veados e um casal de sapatões. Os olhares se fixaram na dupla de aventureiros, que transparecia um ar de decepção previamente combinado no elevador. A decepção contagiou Rodrigo e os recém chegados, que também esperavam ansiosamente pela maconha.

Rodrigo perguntou pelo desfecho da missão, e após um aceno negativo de cabeça que fez todos murmurarem vagas lamentações, Toninho abriu a mão e um sorriso, revelando a trouxa de maconha e o sucesso de sua primeira incursão em uma boca de fumo. Mais uma etapa de sua iniciação nas drogas havia sido cumprida.

O olhar de admiração e gratidão dos maconheiros fez com que se lembrasse do Marreco do Prado Júnior e de tantas outras situações em que havia se encantado com a "valentia" e o "poder" que parecia emanar daqueles que manipulavam a droga e, principalmente, daqueles que a conseguiam, burlando o limite da lei e do comportamento normal e careta. Estava encantado com o perigo e com o ar de transgressão que a maconha proporcionava a seu universo.

Do grupo de Toninho, apenas Renato e Dimas o acompanharam até o quarto, onde, junto de Rodrigo e alguns de seus amigos, um baseado foi apertado e queimado em uma roda de fumaça e de assuntos inspirados. Toninho ficou descontraído, soltou o verbo em argumentações polêmicas e exaltadas. Em alguns momentos, um riso frouxo e inconsequente contagiava a todos. Como citou Baudelaire, em seu livro *Paraísos Artificiais*, a maconha fumada no quarto foi pouco a pouco criando em Toninho um "exagero do indivíduo, das circunstâncias e do meio" em que estava inserido, levando o jovem escritor a um "estado excepcional do espírito e dos sentidos".

Toda a entusiástica bagagem emocional acumulada nos últimos meses de intensa atividade intelectual, acrescida de conquistas diárias de liberdade e confiança, foi amplificada artificialmente, explodindo em rompantes de uma felicidade infantil que preencheu a realidade com cores extravagantes tiradas do irreal. Os fenômenos mentais ampliados não tinham em sua composição nenhum sinal de problema existencial ou financeiro, nenhuma chaga de preocupação, de angústia familiar ou amorosa, nenhuma responsabilidade maior ou dever inadiável. Nada havia que pudesse desviar aquela fluência de raciocínio, aquela "benevolência mole e preguiçosa" para os territórios da inquietação ou da tristeza.

Embora se referindo aos chamados "estados de exaltação" alcançados pelo uso do haxixe e experimentados em 1861, o livro de Baudelaire descreve com extrema fidelidade várias das sensações percebidas por Toninho naquela noite no Leblon, muito pelo parentesco onírico e botânico entre o haxixe e a maconha, e também pela congruência circunstancial que move o ser humano em seus encontros com as drogas desde os tempos mais remotos.

Oito meses após o seu primeiro contato com a maconha em Parati, Toninho se encontrava mais uma vez com a erva. Dessa vez, entendia melhor seu cerimonial psíquico, mas era ainda apenas mais um acontecimento entre tantos que vinham no rastro de uma época de inúmeras descobertas que precediam o evento maior que se aproximava: a estreia de sua peça.

Por mais estranho que isso fosse, sentia-se mais realizado com a incursão bem-sucedida na boca de fumo do que propriamente com os efeitos do princípio ativo da *marijuana*. A maconha nem de longe lhe acenava como um hábito possível, que seria repetido regularmente. Era um encontro casual e despretensioso, mais uma brincadeira interessante e instigadora, uma curtição. Apenas um tijolo a mais, colocado no muro da vida de um menino sonhador e reprimido que, de repente, parecia ganhar o mundo, no máximo um atalho fugaz para aproximá-lo do estereótipo de seus ídolos do rock — loucos, drogados, simplesmente geniais em suas práticas artísticas.

Naquela noite, como de costume, pernoitaram no apartamento de Sônia, que meio contrariada e sonolenta abriu a porta em plena madrugada para o bando de malucos. Deitado no chão do quarto, com Sílvia e os amigos dormindo ao seu lado, Toninho pensava que estavam errados os que apregoavam os tantos malefícios da maconha para seus usuários. Certamente era um exagero o que havia escutado até então dos mais velhos; e a simpatia que sempre tivera pelos maconheiros que já conhecera ganhava agora mais fundamento.

Mas a droga e a aventura na Cruzada São Sebastião não permaneceram por mais do que poucos minutos em sua mente. Logo adormeceu, sonhando com a estreia de "A Causa dos Rebeldes".

Capítulo 14

Diferente do despertar angustiante e desmotivado dos tempos do bote-quim, nos dias que antecederam a estreia da peça Toninho se levantava da cama entusiasmado, vigoroso e pronto para encarar o dia como mais uma aventura repleta de satisfação. Sua imagem refletida no espelho do banheiro o agradava. Aurélia e Paula ficavam pouco em casa, e ele qua-se sempre tinha a sala liberada para um solo rápido e virtuoso na sua vassoura-guitarra antes de sair para a rua.

Agora, porém, sobrava-lhe pouco tempo para as performances pseudomusicais, e seus LPs até acumulavam alguma poeira. A priori-dade eram os ensaios diários e o convívio com o Terra, que cada vez mais se tornava unido e fechado. Muitos tentavam se aproximar e entrar para o grupo, mas o corporativismo de seus integrantes tornava a tarefa difícil. Apesar de pregarem a igualdade e rechaçarem veementemente o preconceito e a exclusão, fechavam-se a toda e qualquer investida de elementos estranhos ao seu convívio afetuoso e liberal. Passavam mais tempo juntos do que com suas próprias famílias e compartilhavam cada vez mais os seus sonhos. A união os tornava fortes, e acreditavam po-der mudar muita coisa... Até o mundo. A proposta utópica da peça se misturava a seus projetos pessoais, igualmente românticos e idealistas.

Toninho se correspondia raramente com Antonio em Portugal, e as respostas do pai vinham com a mesma raridade. Eram palavras econômicas e formais, um afeto tímido, mas que resumia o único laço que Antonio ainda mantinha vivo com sua família. Paula havia se po-sicionado claramente ao lado da mãe na questão da separação, levada principalmente pelo fato de ter presenciado várias desavenças violentas e ver a mãe derramar lágrimas sofridas. Esse posicionamento tendencioso criou o primeiro grande conflito de personalidades entre ela e o irmão, que, apesar de ter convivido com o jeito rude de Antonio e sofrido na pele seus efeitos, optava pela imparcialidade, embora reconhecesse como legítimas as razões de Aurélia.

Com a ebulição dos últimos acontecimentos na vida de Toninho essas eventuais e poucas letras se tornaram ainda mais escassas, e as notícias que recebia do pai vinham agora através das cartas de sua madrinha Libertária e de sua avó Maria, que há tempos haviam deixado o Brasil para restabelecer suas vidas definitivamente na terra-mãe. E não eram boas notícias. Davam conta de que Antonio estava bebendo muito e sua saúde não andava bem. Para completar, o restaurante aberto em sociedade com o tio Albino, também caminhava para uma situação financeira preocupante.

Enquanto isso, Aurélia continuava sua luta pelo sustento da casa vendendo roupas, cosméticos e trabalhos manuais. Mulher dinâmica e lutadora, vencia o estigma da separação com muita honestidade e coragem. Paula estudava e ocupava a função de escudeira fiel da mãe em todos os momentos, já que Toninho era presença mais rara em casa. Mas quando o trio se reunia, principalmente à noite, após um abençoado prato de macarrão com carne moída, o jeito brincalhão e debochado de Toninho divertia a família com paródias e pantomimas que varavam a madrugada. Não só em casa, mas em todo lugar por onde passava, Toninho provocava alegria com uma atitude gozadora e brincalhona que conseguia reverter qualquer mau humor, extrair um sorriso de qualquer má vontade.

Na véspera do grande dia, a ansiedade nata de Toninho o fez chegar muito cedo ao teatro para o último ensaio geral. Sentado na beirada do palco, diante da plateia completamente vazia e silenciosa, fez um retrospecto de sua curta caminhada pelo mundo. Sentiu-se inesperadamente inseguro, e um medo pujante envolveu seu coração. Imaginou aquelas cadeiras totalmente ocupadas e ele tendo que encarar um palco sob os olhares críticos do público.

Esse medo repentino o fez sentir falta dos amigos, que ainda não haviam chegado. Sentiu, em especial, falta de Sílvia. Nas últimas semanas andavam sempre pendurados um no outro, e qualquer espaço vago em suas atividades corriqueiras era pretexto para beijos e carícias. Sílvia era a filha caçula de um casal de migrantes nordestinos. Havia chegado na vida de Isabel e João meio de surpresa, após os dois já terem sob seu teto um casal de filhos.

João era um homem regrado, trabalhador e católico fervoroso. Era auxiliado em tudo por Isabel, que além de cuidar dos afazeres domésticos, ajudava nas despesas trabalhando como cabeleireira em um salão improvisado nos fundos de sua casa em São João de Meriti, Baixada Fluminense. Formavam um casal feliz e apaixonado. Sílvia logo se tornou o xodó da família, cercada dos mimos naturais de um rebento temporão. João e Isabel tinham muitos irmãos, alguns casados entre si, repetindo a parceria conjugal e ampliando os laços de parentesco em um grupo enorme, que envolvia muitos avôs, avós, tios, tias e primos que, quando reunidos para alguma ocasião festiva, lotavam os animados almoços dominicais. O auge dessa consagração familiar acontecia durante as férias em Sepetiba, onde a família de Sílvia alugava regularmente uma casa de veraneio. Sílvia cresceu como garota travessa e alegre; em companhia de suas primas e primos tirava o sossego de sua avó materna que, durante a semana, ficava com eles na casa alugada enquanto João e Isabel voltavam para o Rio, para cumprirem as obrigações profissionais.

A evolução das peraltices de Sílvia para os namoricos secretos foi um caminho natural. A vigilância severa de João e das irmãs do colégio de freiras onde estudava não podia alcançá-la na praia, que, nessa época, era ainda razoavelmente limpa e com uma lama escura a que muitos atribuíam poderes medicinais. A menina achava engraçado ver todas aquelas pessoas cobertas de lama, lagarteando ao sol. A puberdade e adolescência a empurraram suavemente para aventuras amorosas mais audaciosas, mas Toninho não se importava nem um pouco com o passado. Nem mesmo quando ela, ainda sem a responsabilidade de um compromisso mais firme, contava a ele alguns detalhes de seus flertes com antigos namorados e com um homem mais velho, casado e dono de um bar em Sepetiba. Antes de sofrer com algum ataque de ciúme, estava mais empenhado em manter segredo sobre sua inexperiência no sexo, condição difícil de ser imaginada diante da desenvoltura e da sensualidade em suas atitudes e relacionamentos.

Entre Sílvia e Toninho logo se estabeleceu um jogo de ataque e defesa, onde ela se mostrava cautelosa diante das investidas mais audazes do namorado e ele contrariado com os limites impostos pela menina. Na verdade, estava confortável com essa situação, que transferia para Sílvia a culpa pela não consumação do sexo, enquanto desfrutavam dos prazeres obtidos nas periferias da cópula. Essa situação agradável, associada ao astral sempre alto e criativo que ambos demonstravam no Grupo Terra, começava a fazer efeito na afetividade de Toninho, que já se pegava eventualmente pensando naquela menina com uma regularidade acima do que considerava normal.

Encontrou no bolso algumas fichas de telefone e saiu do teatro para ir a um desses "orelhões"[2] em frente à estação ferroviária do Engenho de Dentro. Ligou para a casa de Sílvia, que atendeu com voz melosa e cheia de carinho. Após um breve diálogo onde Toninho se incumbiu de apressá-la, sabendo que certamente chegaria atrasada ao ensaio, se despediram com duas frases que sugeriam um sentimento mais forte do que até então tinham manifestado.

— Estou com saudades — revelou Sílvia.

— Não se esquece de mim — Toninho pediu. Era praticamente uma declaração de amor, tênue esboço de um compromisso e de uma ligação que começava a transcender o carinho recíproco entre os integrantes do grupo, superar os afagos verbais e físicos que se dedicavam.

Toninho atravessou a rua de volta ao teatro tão distraído que quase foi abalroado por um ônibus. Sentia-se mais atraído por Sílvia do que esperava, e a possibilidade de um namoro sério com sua parceira de elenco já era uma hipótese bem aceita em seu coração. Sorrateiramente, os encontros furtivos no camarim do teatro e na casa de Sônia haviam assumido dimensões imprevisíveis.

O ensaio geral transcorreu sem maiores surpresas, mas em grau elevadíssimo de tensão emocional. Todos os preparativos foram finalizados, e figurino, cenário, adereços e texto estavam prontos para a grande noite. O Grupo Terra, no entanto, estava ansioso e nervoso. Discussões pipocavam com facilidade, e para desanuviar as mentes cansadas e aflitas, Dimas os convidou para conhecer a casa de sua paquera mais recente.

---

2 Nota da editora: Telefones públicos cobertos por um concha de fibra de vidro nas ruas do Rio de Janeiro, com as ligações franqueadas através de fichas metálicas compradas no comércio antes da existência de celulares.

Flávio era filho de família rica e morava na Barra da Tijuca em um luxuoso apartamento triplex. Seus pais passavam a maior parte do tempo na fazenda, no interior do Rio de Janeiro, onde podiam ficar mais perto das recordações da filha caçula que havia falecido ainda criança, de maneira trágica. Atormentados pelas lembranças, chegavam a culpar Flávio pela morte da irmã, que estava sob seus cuidados quando o acidente com um cavalo a levou embora deste mundo.

Flávio havia desenvolvido seus mecanismos de defesa. Para esquecer a tragédia e as acusações veladas mas constantes dos pais, promovia frequentemente grandes festas em seu espaçoso apartamento, sempre regadas a drogas, onde o ambiente era dividido entre artistas amadores, músicos, escritores, viciados, homossexuais e malucos das mais diferentes origens. Dimas o havia conhecido em uma dessas festas e pernoitava por lá sempre que era convidado.

Quando chegaram diante do prédio na Av. Sernambetiba, a opulência da recepção revestida de granito negro impressionou a todos que, em suas rotinas humildes, nunca haviam frequentado um lugar tão sofisticado. Após serem anunciados e autorizados a entrar no condomínio, subiram por um grande elevador privativo que os surpreendeu ao abrir suas portas diretamente em umas das salas do primeiro andar do apartamento. Saíram do elevador deslumbrados. Foram recebidos por uma anã que fazia parte de um grupo mambembe de teatro e era amiga de Flávio. Ela cumprimentou Dimas com um beijo no rosto e fez o mesmo com todos os outros recém chegados, obrigando-os a se curvarem para receber o ósculo, o que causou a Toninho certo incomodo e algum constrangimento: era a primeira vez que se aproximava de uma portadora de nanismo.

A pequena atriz era lésbica e se relacionava com outra amiga de Flávio, muito bonita e de estatura padrão. Foi um grande teste para a capacidade de aceitação liberal de Toninho. Para um garoto simples, criado no subúrbio, aquele casal incomum, trocando beijos e carinhos, parecia dantesco demais, por mais tolerante que ele fosse.

Flávio os recebeu com muita simpatia e iniciou uma peregrinação pelos amplos aposentos de sua casa, apresentando os diversos grupos que ocupavam aquele território livre e permissivo.

Subindo ao segundo andar, foram levados a uma ampla varanda

que descortinava a vista exuberante do mar da Barra, próxima como Toninho nunca tinha visto, parecendo prestes a mergulhar na escuridão profunda do oceano. O barulho dos tapas violentos das ondas na areia invadiam seus ouvidos, brigando com a voz suave de Gilberto Gil interpretando "Super Homem", vinda de uma moderníssima aparelhagem Technics pousada em uma estante da biblioteca.

Na varanda, quatro rapazes e um homem mais velho conversavam freneticamente. O senhor, que aparentava uns cinquenta anos, fumava sem parar, revelando uma indisfarçável homossexualidade. Após as breves apresentações de praxe, pareceu se interessar pelo contexto de "A Causa dos Rebeldes". Passou a fazer perguntas sobre a montagem da peça sem, no entanto, parar um só minuto para ouvir as respostas. Andava de um lado para o outro, enchia e esvaziava seu copo de uísque, fazia mais uma pergunta e deixava o interlocutor falando sozinho antes de a resposta chegar ao fim. Em poucos segundos voltava à mesma pessoa com outra pergunta, como se tivesse estado ali o tempo todo.

No canto da varanda, protegida do vento forte que soprava do mar, Toninho avistou uma mesa baixa com tampo de vidro fumê, e sobre ela o motivo de tanta excitação. Ao lado de um pequeno monte de um pó branco, alinhavam-se paralelamente cinco pequenas retas do mesmo pó com aproximadamente dez centímetros de comprimento cada. Ao lado, além de um cinzeiro abarrotado de guimbas de cigarro, estava um canudo de metal prateado.

Toninho deixou Cláudia tentando explicar ao velho cheirador as propostas da peça que estrearia no dia seguinte, pegou Sílvia pela mão e saiu da varanda a tempo de ver um dos rapazes que estavam sentados se aproximar da mesa, colocar o canudo no nariz e sorver uma das trilhas que desapareceu para dentro do seu crânio. Havia finalmente encontrado a tão falada cocaína.

Foi um encontro leve e transitório, quase um esbarrão casual que se dá em algum anônimo na pressa das ruas das grandes cidades, um olhar de relance. Não puderam ser apresentados, mas Toninho sabia o que era aquele pó branco, a droga cara que servia apenas aos ricos, o vício elegante. Mais uma transgressão, mas muito mais distante de sua realidade do que a maconha. *E certamente*, pensou, *bem menos interessante e inspiradora.*

Toninho a olhou com indiferença, quase desdém. Sua mente e seu espírito não estavam disponíveis para maiores intimidades com aquela "dama de branco". Tudo parecia mais importante e urgente do que tentar conhecer ou entender os descaminhos daquele tóxico arrogante. Estava imune aos encantos e à sedução daquele alcaloide nervoso.

De cima do tampo fumê da mesa, por detrás dos olhos arregalados daquelas pessoas e entre os rangidos dos dentes cerrados, a cocaína deve ter olhado para Toninho com o mesmo desdém e um sorriso confiante. Como em tantas outras histórias, o mal que emana daquele sal ruidoso tinha certeza de que seria apenas uma questão de tempo até o próximo encontro. Aí então talvez a história fosse diferente. Por enquanto, naquela varanda nababesca, o diabo moído estava satisfeito com as presas que possuía em sua teia.

Toninho prosseguiu em sua exploração dos demais cômodos do apartamento, deixando para trás a varanda enervada. Talvez, se tivesse prestado mais atenção e olhado com sensibilidade para aquele quadro, tivesse percebido as grossas correntes que atavam pesadas bolas de ferro aos pés daquele senhor e dos jovens que conversavam com ele, como na gravura de Dona Jaci. Mas a vida urgia em suas inúmeras possibilidades e ele não conseguia parar de pensar na estreia da peça.

Subindo ao terceiro andar, caminhou com Sílvia por um terraço que abrigava uma pequena piscina e um jardim suspenso, com seus ramos verdes se debruçando sobre um parapeito largo que sublinhava um céu deslumbrantemente estrelado. Lá estavam Dimas, Renato, Baiana e mais alguns desconhecidos. Pouco depois de terem se juntado a esse grupo, Toninho deixou Sílvia fumando um cigarro e atendeu a um chamado de Dimas.

— Vamos lá embaixo fumar um baseadinho.

Toninho fez que sim com um meneio de cabeça e retornou com o amigo até o primeiro andar, onde um grupo em outro salão se aglomerava em torno de uma grande televisão. Toninho ficou curioso sobre o programa que tanto atraía aquelas pessoas, prendendo sua atenção e as deixando vidradas no tubo de imagem. Ao se aproximar, viu os letreiros de abertura de um filme de terror que há pouco tempo havia corrido os cinemas com boa repercussão: "Halloween", de John Carpenter, que iria gerar uma série de continuações explorando o sucesso dos massacres promovidos pelo *serial killer* Michael Myers e sua coleção de mortes sanguinárias. Acomodou-se em uma almofada e ficou intrigado com a exibição na TV de um filme tão recente.

Naquela época, e principalmente naquele horário, as emissoras só apresentavam filmes antigos, em reprises intermináveis. Perguntou a Dimas o que estava acontecendo e foi apresentado pelo amigo a uma impressionante inovação tecnológica, da qual já ouvira falar sem nunca ter procurado se inteirar do que realmente era. Não se interessava muito por tecnologias de ponta e quase sempre as olhava com descrédito.

— É um videocassete. Os pais do Flávio trouxeram de fora. Você coloca a fita no aparelho e o filme passa na TV.

Toninho não pôde disfarçar sua admiração quando localizou o robusto aparelho de VHS na estante abaixo da TV. Refeito da surpresa, foi capturado pela trama de terror e deixou-se levar pelos sustos e perseguições. Para um amante da tela grande, aquilo era uma experiência provocante e totalmente diferente. Seu encantamento foi tal que nem se interessou pelo baseado que rodava de mão em mão ao seu redor, espalhando pela atmosfera seu cheiro forte. Recusou a erva quando um estranho lhe ofereceu o cigarro. Desdenhou-a. Seus olhos e sua atenção estavam tão comprometidos com a TV e com aquela invenção que a maconha perdera subitamente o seu apelo. Ao ler sobre o videocassete no passado, Toninho havia menosprezado a novidade, mas agora entendia melhor sua utilidade e o conforto que poderia proporcionar aos mais ricos que pudessem comprar um aparelho tão caro. Chegou a temer pelo fim das salas de cinema.

Quando o filme terminou, o sol já empurrava a noite para o outro lado do planeta e pincelava o mar da Barra com tons de dourado. Era hora de ir embora. Encontrou Sílvia, Cláudia e Renato dormindo em um grande sofá. Dimas e Marcos haviam desaparecido. Baiana conversava com Flávio. Acordou os amigos e começou a se despedir dos que haviam resistido àquela noite agitada. Naquela manhã de uma quinta-feira, 11 de outubro de 1979, Toninho tentava organizar em sua cabeça cansada as muitas sensações que havia experimentado no apartamento. Enquanto descia no elevador pensava na anã e sua namorada, na varanda e nas trilhas de cocaína, no videocassete e na máscara do assassino Michael Myers. Mas sua preocupação principal era descansar para estar inteiro à noite, na estreia da sua peça.

Saindo do elevador, atravessou com os amigos o amplo saguão negro, e olhando através das portas de vidro grosso e fumê que o separava da rua, viu o senhor da varanda saltando de um táxi e andando na direção da portaria do prédio. Todos se prepararam para um cumprimento e uma despedida, mas o homem, com o olhar baixo, passou sem esboçar nenhum sinal de reconhecê-los. Em passos largos e apressados, cruzou o saguão em sentido contrário, entrando no elevador. Toninho o acompanhou com o olhar e antes que as portas se fechassem, o homem levantou os olhos de soslaio e o fitou. Era um olhar, assustado, cansado, frio, envergonhado e carregado de sofrimento. Sua face estava imóvel como pedra. Certamente havia saído em busca de mais pó, comentou Renato. Para aquele homem, a longa noite ainda não havia acabado. Para Toninho, o dia estava apenas começando.

Capítulo 15

Toninho afastou suavemente as cortinas que se uniam no meio do palco ocultando o cenário, que compunha o apartamento de Tuco. Suas unhas já tinham sido devidamente destruídas pela ansiedade natural e os sovacos iniciaram a brotação dos seus também naturais suores nervosos, assim que ele pôde ver a plateia completamente tomada. As famílias de todos do Grupo Terra estavam presentes, e a audiência era engrossada por alguns amigos do GPI e professores, entre eles o diretor Joás na primeira fila e alguns poucos desconhecidos que deviam frequentar a casa regularmente. O Teatro do Sesc do Engenho de Dentro devia acomodar umas 80 pessoas sentadas, mas muitas estavam em pé nos corredores. Aurélia e Paula estavam lá. Oculto atrás das cortinas, Toninho podia vê-las. Na mesma fileira estavam sua Tia Alice, seu tio Diniz marido de Alice e seus primos Ricardo e Cristiane.

Mas o motivo de tanta apreensão não era tanto por conta da casa cheia, nem pela tensão natural de uma estreia. Faltando alguns minutos para o horário previsto para o início do espetáculo, Dimas ainda não havia aparecido. Todos conheciam o jeito largado do amigo e sua dificuldade com os horários, mas aquela demora era realmente muito preocupante, principalmente porque ninguém se lembrava de haver se despedido dele no apartamento de Flávio na noite anterior e não faziam a mínima ideia de para onde ele havia ido ao sair de lá.

As meninas haviam subjugado os longos e lisos cabelos de Sílvia em várias trancinhas, que ao serem desfeitas uma hora antes do espetáculo ouriçaram as madeixas da atriz iniciante lhe dando um aspecto hippie, selvagem, leonino e sensual. Os pais, o irmão, a irmã e o cunhado de Sílvia estavam na plateia também, assim como Zeca, um rapaz que ela havia conhecido e namorado em Sepetiba e que, ultimamente, estava sendo posto de lado pelos constantes ensaios do teatro e pelos encontros fugidios com Toninho, que percebeu a presença de seu concorrente nos cochichos entre Cláudia e sua amiga. Como sempre, optou pelo ataque para estruturar sua defesa.

— Aí, hein? O namoradinho veio te ver! — provocou.

Sílvia se sentia dividida, tentava disfarçar o conflito interno que a situação criava. Havia convidado Zeca, mas achava que ele não viria. Estavam afastados, e há algum tempo só se falavam por telefone. No entanto, se ele havia comparecido, era porque, certamente, esperava uma reaproximação. Sílvia se interessava cada vez mais por Toninho e tudo levava a crer que teria que fazer uma escolha naquela noite.

Às 20h00, horário marcado para o início da peça, Dimas ainda não havia dado sinal de vida. Ricardo já havia ligado para a casa dele e fora informado de que ele não havia retornado desde o dia anterior. O desespero começou a bater. Meses de ensaios, de trabalho duro e dedicado, estavam correndo perigo. Todos estavam prestes a explodir e Toninho tentava convencer o elenco a improvisar sem a presença do personagem Cosme interpretado por Dimas, embora em seu íntimo não acreditasse muito no sucesso dessa tentativa. Foi quando Dimas, tranquilamente, entrou pelo camarim. Sem nenhuma explicação ou pedido de desculpas, sentou-se diante do espelho e olhando para todos que o soterravam com perguntas e blasfêmias, os esbofeteou com sua ironia e deboche característicos:

— Que isso, gente? Tá tudo bem. Vamos pro palco.

Toninho teve vontade de estrangulá-lo, mas não havia tempo. Cláudia e Sílvia eram as mais religiosas do grupo. Tinham vivência familiar da igreja católica, com participação em grupos e encontros de jovens cristãos. Sempre que havia um espaço, puxavam um "Pai Nosso" nos ensaios e nas reuniões, além de andarem com pequenas Bíblias em suas bolsas, prontas para ofertarem um Salmo ou uma passagem do Novo Testamento. Toninho gostava disso, embora não manifestasse abertamente a sua fé.

É comum entre os jovens, quando mergulham num ambiente dito intelectual e expandem seus conhecimentos para níveis que consideram ser científicos e eruditos, se afastarem de uma espiritualidade mais confessa. Alguns até se envergonham de assumir alguma religião, como se isso fosse algum demérito em sua escalada racional, incompatível com o ambiente acadêmico. Quase todos irão retornar ao colo de Deus, pelo amor ou pela dor. Mesmo aquele que durante toda a existência persistir em se proclamar ateu, quando se deparar com a morte iminente irá, provavelmente, rever essa convicção. Se a hora fatal não chegar de surpresa, permitindo que esse indivíduo perceba que seus dias estão se esvaindo e que a partida se aproxima, ele provavelmente irá clamar pela misericórdia divina.

A partir do Iluminismo, o avanço da ciência, embasado nas leis da mecânica clássica de Isaac Newton, e, mais tarde na teoria da evolução das espécies do naturalista inglês Charles Darwin, limitaram o raciocínio humano ao campo dos fenômenos empiricamente comprovados. No entanto, a busca eterna por um sentido para sua existência, diante da incapacidade da razão para fornecer respostas para questões enigmáticas como a morte, a dor, o sofrimento, as injustiças e as crueldades, transporta sistematicamente o homem para o sagrado.

Toninho havia sido criado dentro de uma família católica, feito a Primeira Comunhão e sido crismado na Igreja de Vigário Geral. O Padre Cáuper bem que havia se esforçado para passar para aquele menino as bases da fé cristã e os sustentáculos da Igreja Católica, mas Toninho, na época, achava as missas extremamente maçantes; as aulas de catecismo não passavam de mais uma oportunidade para estar fora dos limites do balcão do botequim.

Suas conversas com Deus, no entanto, sempre foram para ele uma via de mão dupla, onde tinha a plena certeza de ouvir e se fazer ouvido pelo Pai onipresente. Suas preces invariavelmente eram atendidas, com maior ou menor rapidez. Além disso, a figura humana de Jesus Cristo e sua trajetória entre os homens de seu tempo o fascinavam, pela mensagem de paz, amor e acolhimento de pobres e marginalizados. Mesmo assim, sua admiração pelo Messias era mantida em segredo e muito dificilmente externada.

O discurso esquerdista, com fortes conotações comunistas ao qual havia aderido, colocava invariavelmente a fé em Deus em um patamar subalterno nas rodas de papos-cabeça. Naquele turbilhão de descobertas e conquistas, tudo parecia distraí-lo e desconectá-lo das coisas do céu, embora a existência e a proteção de Deus fossem incontestáveis para ele. Ricardo, Alberto, Baiana e Marcos também aceitavam bem esses momentos de oração do grupo. Já Dimas tinha um discurso mais laico, ecumênico às vezes, espírita em outras ocasiões; iria percorrer durante a vida algumas religiões na busca de si mesmo e de respostas para as indagações que o afligiam. Torcia o nariz para aquelas orações, mais por seu temperamento anarquista e contestador do que propriamente por falta de fé ou incompatibilidade com o Divino.

Naquela noite, no entanto, após o alívio de sua chegada, juntou-se a todos que de mãos dadas rezaram um "Pai Nosso" emocionado. Pediam a proteção e as bênçãos de Deus para aquela apresentação, que era o clímax de um período intenso e importante para todos. Enquanto rezava, Toninho agradecia a Deus por tudo que lhe havia acontecido até aquele momento e pedia que a mão do Salvador descesse sobre ele e fizesse suas pernas pararem de tremer, pois ele era o responsável por abrir os trabalhos cênicos com um pequeno monólogo. Após o Sinal da Cruz, abandonando o discurso santo, todos desejaram o tradicional "merda" uns aos outros.

Toninho iniciava o espetáculo no palco. Os outros personagens ocuparam lugares na plateia, de onde sairiam para entrar em cena através de uma porta imaginária, marcada apenas por uma moldura de madeira no canto esquerdo do palco. Ricardo assumiu sua posição no comando das luzes, que operava através de chaves antigas e desgastadas que lhe davam inúmeros choques aos quais já estava acostumado. Alberto se posicionou nos bastidores ao lado do equipamento de som emprestado pelo pai de Cláudia, de onde soltava as músicas e ruídos gravados em uma fita K-7.

Toninho estava no centro do palco. Renato puxou a corda que abria as cortinas e a mágica começou. As primeiras frases de Toninho pareciam sair como ouriços paridos por sua garganta apertada. Nos primeiros minutos, achou que não iria conseguir. A descarga de adrenalina foi tão forte que ele sentiu o gosto da substancia vasoconstritora em sua boca, encharcando as palavras que ele mesmo havia escrito.

Marcos foi o primeiro a deixar a plateia para dividir a cena com Toninho, encarnando seu personagem Caíco. Em seguida, vieram Cláudia, como Alice, Sílvia como Talita, Dimas como Cosme, e, finalmente, Baiana como Bebel. Todos chegavam ao apartamento de Tuco levados por um anúncio de jornal, que oferecia uma vaga de aluguel. Toninho foi se acalmando e o texto foi fluindo com desenvoltura. Algumas gargalhadas responderam bem aos trechos propositalmente engraçados, o que potencializou o talento embrionário daquele grupo teatral.

As críticas sociais e os questionamentos éticos e políticos contidos no texto foram aos poucos revelando ao público complacente qual era, afinal, "A Causa dos Rebeldes". Após uma passeata, onde os personagens se espalhavam pela plateia empunhado cartazes e gritando palavras de ordem, todos retornavam eufóricos para o palco e tentavam contaminar Tuco com seu entusiasmo. O dono do apartamento, no entanto, se mostrava cético e preocupado.

Assim a peça se encaminhava para seu desfecho trágico, enigmático e pessimista. Todos deixaram o palco novamente para se juntarem a uma revolução pacífica em curso, que propunha uma mudança radical no mundo. Tuco hesitou em segui-los por alguns instantes. Ouviram-se alguns tiros e os efeitos sonoros que simulavam aglomeração cessaram repentinamente, resultando em um profundo silêncio. Com a insinuação inequívoca de que aqueles jovens e seus sonhos utópicos haviam sido assassinados por alguém, fecharam-se os panos.

Explodiram os aplausos. Todo o elenco e equipe, de mãos dadas, curvaram-se diante do público para receber a maior recompensa do artista.

Após o reconhecimento e a aceitação de seu trabalho, os primeiros comprimentos foram dados a Toninho ainda no palco, pelos familiares e amigos mais entusiasmados. Enquanto recebia o abraço de Joás, ele acompanhou Sílvia com o olhar e viu a menina se dirigir até Zeca no corredor lateral da plateia. Não pôde evitar uma ponta de ciúme espetando seu peito. Certamente, havia perdido aquela disputa, e em questões do coração não estava acostumado a perder. Mas a euforia era tão contagiante, e as felicitações tão intensas, que não se demorou muito naquele pensamento. Foi para o camarim, onde iniciou por Dimas uma série de abraços emocionados em todos do grupo.

Toda aquela felicidade estava multiplicada no peito de Toninho quando ele recebeu o abraço de seu tio Diniz. Enquanto retribuía os cumprimentos daquele *bon vivant*, uma ideia ousada e imprevisível lhe tomou a cabeça: pedir emprestada a casa de praia em Araruama para um merecido descanso com seu grupo. Como seria bom compartilhar aquele Paraíso à beira da lagoa com seus amigos de teatro e escola! Era realmente uma ideia audaciosa, nem acreditava realmente que fosse possível. Dificilmente o tio iria emprestar a casa a um rapaz de dezessete anos, e juntar sua família com aqueles malucos não parecia ser uma química recomendável.

Era apenas um sonho. Mas aquele era um dia em que sonhos estavam se realizando. *Por que não?* — pensou. Ainda inebriado com o sucesso, e se valendo da coragem adquirida no palco, explicou ao tio que estavam todos muito cansados dos ensaios e que ainda teriam mais duas apresentações naquela semana. Humildemente, foi sinalizando como seria adorável se pudessem descansar um final de semana em sua casa de Araruama. A resposta afirmativa de Diniz só não fez Toninho sair pulando como um macaco selvagem porque não havia espaço para isso no camarim apertado e lotado.

— Pode pegar a chave com sua tia.

Aquele foi realmente um dia inesquecível. Aurélia perguntou se o filho dormiria em casa. A resposta era óbvia. Era imprescindível uma comemoração à altura daquela grande noite. Iriam todos para o La Fiorentina e, de lá, certamente dormiriam na casa de Sônia. Levou a família até a saída do teatro e após se despedir de todos viu Sílvia novamente. Ela voltava para o camarim, depois de também ter se despedido de seus pais. Zeca não a acompanhava.

Toninho achou que ele talvez estivesse lá fora esperando por ela, e resolveu se fazer de desentendido. Abraçou a menina, dando-lhe os parabéns por sua atuação na peça. Já ia se virando para retornar ao camarim, quando Sílvia o puxou pelo braço.

— Mandei ele embora.

Toninho entendeu bem, mas resolveu continuar na sua burrice fingida.

— Como assim? Do que você tá falando?

— O Zeca. Dispensei ele. Não tô mais a fim.

Mais uma vitória. Naquela noite, a felicidade ganhou de goleada.

O universo estava em perfeita harmonia. A alma de Toninho se elevava ao mais alto Paraíso. A perfeição das formas, das cores, dos sentimentos e das relações saltava aos seus olhos. Toninho era um ser pleno, vitorioso e absoluto. Toda a insegurança ou trauma havia se perdido em um lugar inacessível do passado, para deleite de seu espírito. Beijou Sílvia com especial sofreguidão, e apressou-se em dividir com ela a boa nova sobre a liberação da casa de seu tio. Correram para o camarim para informar ao restante do grupo os planos de viagem. Agora havia espaço para os pulos de alegria. Todos pularam e gritaram abraçados.

Capítulo 16

Logo de saída, Ricardo, por uma força maior chamada Vânia, e Alberto, por outro motivo qualquer, não confirmaram presença na viagem. Cláudia, Baiana e Sílvia dependiam de autorização dos pais. Sílvia era a que parecia mais preocupada com a obtenção desse salvo-conduto. Sondando Seu João e Dona Isabel havia recebido um retumbante "não". Cláudia e Baiana haviam conseguido dobrar os pais com muitas promessas e algumas mentiras, mas para Sílvia a coisa estava bem mais difícil. Seus pais não conheciam bem a índole do grupo e não queriam confiar a filha àquele bando insano, sem a presença de nenhum adulto que pudesse se responsabilizar por ela.

Na véspera da viagem, todos estavam liberados. Menos Sílvia. E a falta de uma única peça soava como uma partitura incompleta e desafinada naquele conserto apoteótico. Resolveram montar uma força tarefa para persuadir Dona Isabel. Diriam que a tia de Toninho estaria na casa e que Baiana — a que aparentava mais juízo — e Cláudia — que já frequentava a casa da amiga — garantiriam a integridade de sua filha caçula.

Toninho acompanhou as meninas em sua primeira visita a Dona Isabel. O bairro onde sua futura namorada morava, apesar de possuir o inspirador nome de Éden, lhe causou uma má impressão que se confirmaria nas visitas seguintes. Sílvia residia em local afastado do centro de São João de Meriti que, como a grande maioria das periferias brasileiras, sofria pelos anos de abandono e falta de investimento público. A Baixada Fluminense era especialmente castigada por esses fatores, aliados à atuação de prefeituras que alternavam comandos inescrupulosos e perpetuavam a descarada prática de clientelismo e corrupção, expondo a população às mais diversas e cruéis dificuldades.

A rua onde Sílvia morava, além de não ser asfaltada, era cortada por uma enorme vala onde o esgoto corria a céu aberto. Apesar disso, a localidade apresentava certo ar interiorano e pacífico, com casas grandes de muro baixo e pessoas de semblantes gentis e acolhedores. Finalmente, poucas horas antes do embarque na Rodoviária Novo Rio, a insistência torturante de Sílvia quebrou a resistência de Dona Isabel. O temperamento de sua filha não aceitava ser contrariado, Sílvia sabia utilizar todas as armas de chantagem emocional e rebeldia verbal para conseguir seus objetivos.

A festa começou já no ônibus da Viação 1001, antes mesmo de atravessar a Ponte Rio-Niterói e pegar a Alameda São Boaventura em direção a Araruama. Gritos, cantorias, gozações e muitas gargalhadas sinalizavam o que seriam aqueles três dias de diversão. Sentado ao lado de Sílvia, Toninho sentia-se o líder daquela fauna. Sua autoestima e confiança estavam em níveis estratosféricos. Conhecedor da planta da construção e da disposição dos quartos, começou a planejar em sua mente a maneira mais apropriada de alojar os componentes da caravana, calculando o número de pessoas que cada cômodo poderia abrigar.

Em todas as equações que fazia, reservava o quarto principal para ele e Sílvia. E sentia que aquela seria a ocasião perfeita para se livrar da última mácula de insegurança que persistia em atrapalhar sua atual e consagrada autossuficiência, o derradeiro obstáculo a ser vencido para seu total ingresso no mundo maduro e autônomo, o ritual final de passagem, o mais esperado de todos — a fronteira que separava definitivamente o menino do homem.

Teria a oportunidade de dormir a sós com Sílvia em um quarto privativo. Estava realmente envolvido com aquela garota a quem debochadamente havia menosprezado diante do amigo Renato quando o mesmo a mostrou no colégio pela primeira vez. E parecia que era correspondido. Sílvia estava sempre ao lado de Toninho, e já demonstrava alguns cuidados típicos das paixões, exigia e oferecia algumas promessas de fidelidade e juras de amor.

Enquanto o ônibus devorava o asfalto da Rodovia Amaral Peixoto, Toninho revelava a Sílvia seus planos para a primeira noite em Araruama. Sílvia relutava. Mostrava-se envergonhada com o julgamento dos amigos, jogando um jogo que ela sabia jogar muito bem e que deixava Toninho alucinado de desejo.

Ao chegarem à casa e após as explorações de praxe, Toninho se apressou em colocar suas bolsas e as de Sílvia no quarto que havia escolhido, levando a cabo seu plano. Em um dos dois quartos dos fundos ficaram Cláudia e Baiana. No outro, Dimas e Neto, um bailarino aluno do GPI que matreiramente havia conseguido furar o bloqueio do grupo para novos integrantes. Na sala, pelo sofá e no chão, ficaram Renato e Marcos.

O cansaço foi vencendo aos poucos e cada um se encaminhou para seus aposentos. Toninho se deitou na cama de casal lendo um jornal, enquanto esperava Sílvia. A menina, acanhada, entrou no quarto para trocar de roupa. Obrigou o namorado a prometer não olhar para seu corpo nu. Toninho concordou, mas disfarçadamente rasgou com os dedos um buraco no jornal e por ele passou a observar a menina que trocava o jeans e a blusa por uma camisola.

A visão daquele corpo jovem despido elevou o desejo de Toninho a um nível impossível de ser contido. Dessa vez, as ondas de volúpia não vieram acompanhadas do costumeiro nervoso ou da maldita insegurança que fazia sua barriga gelar. A convivência com Sílvia e a intimidade que haviam gradualmente conquistado davam-lhe uma disposição leve e solta, e o impeliam para o sexo sem maiores vergonhas ou receios. Além disso, gostava daquela garota e de tudo o que ela representava, principalmente do contexto de sonhos, conquistas, liberdade, amizade e arte através do qual ela havia sido inserida em sua vida pelo Grupo Terra e pelo teatro.

Quando o *strip-tease* terminou, Toninho revelou a Sílvia sua artimanha: fitá-la através do orifício forjado no jornal. Ela sorriu maliciosamente, jogando alguns travesseiros na direção do *voyeur* confesso; desligou a luz e se deitou ao lado do namorado. Os primeiros beijos e abraços fluíram naturalmente, evoluindo para as carícias ousadas às quais o casal já estava acostumado. No entanto, não estavam no camarim do teatro, ameaçados pela chegada repentina de algum estranho, nem tampouco havia aquelas calças jeans e seus irritantes zíperes e botões. O caminho estava livre, forrado apenas pelo tecido macio da *lingerie*.

Toninho se posicionou para entrar no paraíso, e antes mesmo que alguma objeção pudesse ser manifestada por Sílvia, deslizou desajeitadamente para o interior de sua parceira. O mundo parou para assistir Toninho. Toda a natureza ficou suspensa na imensidão daquele momento. Nada podia ser dito ou perguntado, pois não haveria resposta possível que pudesse acrescentar um único grão de racionalidade àquele acontecimento. Até tentou lamentar o tempo perdido na busca sofrida por algo tão simples e natural, mas as gargalhadas de sua alma não o deixavam se concentrar em nada que não fosse o seu coração explodindo de alegria na plenitude de seu peito, enquanto ele se derramava de prazer no corpo da namorada. Tudo estava consumado. Estava completo, cheio, absoluto. Adormeceu abraçado a Sílvia, num sono pesado e justo.

Aqueles dias de lazer corresponderam às expectativas. Foram realmente inesquecíveis. O astral alto e a alegria comandaram todos os momentos daquela viagem: durante o dia, os mergulhos na lagoa, os passeios de bicicleta ao centro de Araruama e até o preparo das refeições eram motivos para descontração e muita brincadeira. No ônibus de volta, a nostalgia típica de fim de festa aquietava os espíritos em uma suave melancolia, que previa o fim de um período fantástico, quase adivinhando os dias difíceis que estavam por vir. E assim, a década de 1970 ia chegando ao fim.

Duas marcas no futuro eram especialmente representativas para Toninho. A primeira era o tão comentado e longínquo ano 2000, que muitos alardeavam como o fim dos tempos. O mundo estava mesmo sobre a mira constante de um botão vermelho, que, acionado por um russo ou americano, detonaria uma guerra nuclear sem precedentes, levando a humanidade à extinção. A guerra fria era uma realidade, e o fim do mundo uma ameaça perene. Quando fazia as contas, Toninho constatava que estaria com 38 anos no ano 2000. Mais improváveis do que o fim do mundo identificado por muitos nas profecias de Nostradamus, seus 38 anos lhe pareciam distantes demais para serem considerados. Não conseguia se imaginar com essa idade. Era como se fosse uma espécie de Peter Pan, decidido a não crescer nem envelhecer. Havia alcançado o ápice de sua existência e pretendia ficar assim.

A outra data especial estava bem mais próxima. No ano seguinte, 1980, completaria seus 18 anos e atingiria a maioridade civil. A tão sonhada carteira de motorista poderia ser uma realidade, além de não ser mais necessária a falsificação de cadernetas escolares para a entrada em filmes impróprios para menores. Outros acontecimentos e decisões importantes estavam programados para o ano seguinte: sua entrada na faculdade, o desafio do vestibular e a escolha da carreira a ser seguida, tudo isso somado ao relacionamento com Sílvia, que caminhava a passos largos para um compromisso sério.

Mas junto ao bônus da maioridade estava prevista também uma carga maior de responsabilidades. A que mais urgia era a necessidade de uma atividade profissional que pudesse colocar alguns "cobres" em seus bolsos desvalidos. Estava cansado de andar sem dinheiro e sentia necessidade de ajudar no orçamento de sua casa, sustentada pelo esforço solitário de Aurélia. Nesse item residia o seu maior conflito. Sua ideologia sonhadora e seu projeto de mundo ideal colocavam o dinheiro na cadeira de réu em quase todos os julgamentos das mazelas humanas. Enxergava no vil metal a mola propulsora das injustiças, guerras, atrocidades e desigualdades que chagavam o mundo. Não queria se contaminar com aquilo, nem sujar as mãos na lama escondida debaixo do tapete da sociedade capitalista e selvagem.

Contraditoriamente, sabia que não conseguiria atingir seus objetivos sem ganhar seu próprio sustento, e vários dos seus sonhos acabavam envolvidos em objetos de consumo só possíveis para quem possuísse dinheiro. Até mesmo para se tirar a carteira de motorista era necessário algum. Não achava justo ficar nas costas de sua mãe após já se considerar um homem. Também não queria abrir mão de seus projetos e acreditava que seu destino estava irremediavelmente ligado às artes e à literatura. Mas como ganhar dinheiro com isso? As carreiras de ator ou escritor, além de extremamente difíceis de serem bem-sucedidas financeiramente, também não eram vistas com bons olhos no seio das famílias tradicionais, cujos cabelos se arrepiavam quando seus filhos demonstravam intenção de singrar esses caminhos lúdicos, marginais e deliciosamente criativos.

Precisava arrumar algum trabalho que não violentasse completamente seus sonhos alternativos. Mais uma vez o jornal o ajudaria. Lendo uma pequena nota de canto de página, inteirou-se da chegada ao Rio de Janeiro da Escola Superior de Propaganda e Marketing. Toninho gostou da proposta. O ambiente publicitário lhe parecia um excelente início para sua carreira profissional em gestação: estava diretamente ligado à criatividade e bem próximo de suas aspirações pessoais. Com o patrocínio de Aurélia, sentou-se no dia 29 de janeiro de 1980 na pequena sala da primeira turma do curso "Técnica e Prática de Propaganda" da ESPM, com o firme propósito de se preparar para ingressar em alguma agência.

Esperava encontrar lá um ambiente liberal, onde as pessoas trabalhavam de bermuda, ouvindo *rock'n'roll* e ainda ganhando bem para isso. O corpo docente era conceituado, doutores, mestres e profissionais experientes que dividiam seus conhecimentos com uma turma composta em sua grande maioria por jovens da Zona Sul. O único suburbano era Toninho.

A ida e a volta de ônibus eram cansativas, mas a recompensa era animadora. Toninho vislumbrou um novo mundo e uma prática fecunda e apaixonante. Entre as diversas matérias que foram apresentadas, se destacou em Criação e Artes Gráficas, esta última ministrada por um espanhol chamado Manolo Rodriguez.

Nascido na cidade de Valencia e formado pela Escola Superior de Belas Artes da Espanha, Manolo havia feito doutorado em Artes Gráficas na Universidade de Roma e passado pela Sorbonne antes de emigrar para o Brasil, onde dirigia a ESPM do Rio de Janeiro. Lançou um livro chamado *Dicionário de Artes Gráficas para Publicitários,* que presenteou a Toninho autografado.

A mais velha da turma era uma mulher que se aproximava dos 30 anos e se chamava Alice. Morava sozinha em Copacabana e Toninho logo formou com ela, Armando e Cláudio um grupo de estudos e trabalho onde era o mais jovem. Armando queria ser fotógrafo e morava em Botafogo. Cláudio tinha um irmão que ficara famoso no circuito de motovelocidade. Morava na Urca e também era um exímio motociclista. Possuía uma Yamaha RDZ 125 azul. Logo nas primeiras reuniões com os novos amigos, fora das paredes da ESPM, descobriu que mais uma coisa unia aqueles jovens, além de suas origens de classe média alta e do desejo de trabalhar com publicidade: todos fumavam maconha.

Certificou-se disso na casa de Alice quando ela apertou um baseado e o compartilhou com os amigos. Toninho foi bem aceito no grupo, a partir da socialização que a maconha promoveu e por suas ideias e posturas interessantes, que superavam em cultura e maturidade a aparência ainda adolescente do franzino rapaz. E descobriu na convivência com o pequeno grupo mais uma característica da maconha: o poder de nivelar os espíritos e desarmar os preconceitos ou eventuais dificuldades de relacionamento.

Com o baseado aceso e o THC correndo nas veias e chegando aos cérebros, suas percepções mútuas ficavam mais condescendentes. Um interesse franco pela natureza do outro e uma compreensão dócil da história de vida alheia ficavam artificialmente aumentados. Assim, Toninho pôde se sentir mais à vontade junto de indivíduos tão distantes de seu passado e tão próximos de sua momentânea realidade. Eram todos maconheiros veteranos. Haviam se iniciado nos prazeres enfumaçados da *cannabis* com doze ou treze anos. Toninho se lembrava de seus próprios doze anos e só conseguia ver uma criança ingênua e boba que, fora das obrigações do trabalho com o pai, só pensava em bola de gude, jogo de botão, futebol e *rock'n'roll*. Ouviu também de Alice um relato de sua relação com a droga diferente de todos com os quais já havia se deparado.

— Eu hoje já não fumo pela onda que a maconha me dá. Já não fico mais ligada. Eu curto mais é o gosto e o cheiro do bagulho.

Por mais estranha que pudesse soar essa afirmação, ela revelava a Toninho o estágio avançado de uma veterana no fumo, acostumada a queimar todos os dias. Fez as contas e verificou que aquela mulher devia fumar maconha há quase vinte anos. Por isso a droga havia perdido seu encanto e poder alucinógeno naquela cabeça calejada. Enquanto fumavam, e depois de vários tapas naquele baseado chique, apertado com uma seda importada e colorida com sabor *tutti-frutti*, começou a tentar quantificar o total de maconha que Alice já havia fumado durante a vida. Imaginou o tamanho do monte que se formaria se, por um passe de mágica, toda essa erva se materializasse no chão da sala do apartamento. Sob o efeito da maconha, qualquer meditação em cima do mais insignificante fenômeno ou cogitação despretensiosa pode alçar voos altíssimos e atingir interpretações desproporcionais. Assim, essa droga, em diversos períodos da história, pareceu, para muitos, perfeita para os exageros da mente e as audácias da percepção, tornando-se especialmente atraente para os que pretendiam desafiar os mistérios das artes, da produção intelectual, da criatividade artística.

Toninho passou então a imaginar a quantidade de maconha que havia sido fumada durante os três dias de Woodstock. Abandonou as conjecturas mentais sobre a maconha consumida na carreira maconheira de Alice a passou a imaginar toda a maconha fumada no festival se amontoando naquele apartamento de Copacabana onde estava em companhia dos novos amigos. Externou sua viagem e todos embarcaram em seu ônibus espacial. Armando falava em três toneladas. Cláudio achava que beiravam as dez. Começaram a cogitar que essa quantidade não caberia no apartamento e desenharam um quadro imaginário onde a maconha vazava pelas janelas do prédio, soterrando a todos e obstruindo as ruas para a alegria dos maconheiros de Copacabana. Riram até doer a barriga. Toninho ficou com a musculatura que sustenta o maxilar, próxima de uma cãibra.

Na volta para casa, a bordo de um ônibus que o levaria até a Central do Brasil, onde pegaria outro para o Jardim América, Toninho teve sua única *bad trip* provocada pela maconha. Sentado em um dos primeiros bancos do coletivo, ao virar-se para trás, observou e foi observado por um homem muito gordo, que quase não cabia no banco duplo que ocupava. Certamente devia beirar os 150 kg. Tinha uma cara demoníaca, e fitou Toninho com um olhar diabólico e um sorriso acusador. Toninho voltou-se para frente e passou a observar a paisagem pelas janelas de vidro.

Um pavor incompreensível tomou conta de sua alma. Achou que o próprio demônio o estava seguindo e que a maconha consumida no apartamento de Alice havia legitimado aquele contato visual entre os dois. Queria se virar novamente para se certificar de que estava enganado, mas não tinha coragem. As sobrancelhas grossas e arqueadas do homem gordo, emoldurando seus olhos satânicos e inquisidores, não saíam de sua mente apavorada, que continuava se esforçando para se distrair com os poucos transeuntes do Aterro do Flamengo naquela quase meia-noite.

Acreditando estar prestes a se encontrar com o maldito, apelou para o único capaz de vencê-lo, o responsável por sua expulsão do exército celestial. Rogou a Deus que o livrasse daquela presença indesejada, e já estava prestes a desembarcar do ônibus antes mesmo de chegar ao seu destino, quando, se valendo do último fio de coragem, se voltou novamente para o fundo do ônibus para encarar novamente a encarnação do mal. Inexplicavelmente, o gordo não estava mais lá, apenas os poucos cidadãos comuns que àquela hora, cansados, deviam retornar de seus empregos e escolas.

Não reparou se ele havia saltado em alguma parada, mas estava tomado de tanto medo e com sua atenção covardemente focada no exterior, que, se isso tivesse acontecido, provavelmente não teria percebido. A verdade é que nunca saberia se aquele gordo existiu mesmo ou se foi apenas sua imaginação culpada, exacerbada pela maconha, que produziu aquela espécie de alucinação. Talvez fosse simplesmente um homem muito acima do peso, que pelo efeito da *cannabis* havia assumido características assustadoras. Talvez um sinal de advertência, colocado por seu inconsciente na porta de entrada de um mundo atraente e desconhecido no qual ele estava lentamente se embrenhando.

Aliviado daquela presença nefasta, e já a bordo do segundo transporte que o levaria para casa, mal se lembrava do ocorrido, e a partir daquele dia nunca mais teria uma experiência ruim com a *cannabis*. Ao contrário, revelaria anos mais tarde, com certo orgulho irônico e indisfarçável, uma grande resistência aos efeitos da erva — a mesma resistência que Alice havia confessado.

Capítulo 17

O ano de 1980 veio repleto de novidades e novos desafios, para Toninho e para o Brasil. Inaugurando uma década que prometia ser decisiva para aquele jovem sonhador, o ano já começou diferente. Pela primeira vez, Toninho não havia passado as festas de Natal e ano novo em companhia de sua família. Optou por acompanhar Sílvia e os parentes da namorada; foi nos braços de Sílvia que recebeu o primeiro minuto dos anos oitenta e com ela dividiu seus planos e projetos para o futuro.

Estavam cada vez mais unidos, enquanto os outros amigos do Grupo Terra já não podiam se encontrar com tanta frequência. Como só havia turmas noturnas de terceira série no GPI de Madureira, Toninho foi estudar na unidade do bairro vizinho de Cascadura, no turno da manhã. Acordava bem cedo e pegava um ônibus para Madureira. De lá, ia a pé para Cascadura assistir as aulas e se preparar para o vestibular no fim do ano. Sílvia, que ainda estava na segunda série, continuou em Madureira. Toninho saía da escola e ia para lá encontrá-la. Às vezes ia para casa almoçar e voltava para buscar a namorada na saída da escola, antes de ir para a ESPM. Era uma rotina bem agitada, mas Toninho sempre dava um jeito de encontrar Sílvia, que se tornou sua prioridade.

Passou a frequentar a casa de Sílvia, e seus finais de semana, invariavelmente, eram divididos com a namorada. Numa dessas visitas, presenciou pela primeira vez uma manifestação da personalidade forte e descontrolada da garota, que em seus contatos amorosos ainda não tinha sido externada plenamente. Depois de uma discussão com o pai sobre a compra de um par de tênis, Sílvia esqueceu a presença de Toninho e, aos berros, passou a confrontar João, que parecia nervoso e acuado pela destemperança da filha. Conhecia o temperamento dela e o efeito que uma contrariedade podia detonar.

Aquele chilique causou muita estranheza e o assustou. No entanto, Toninho já estava apaixonado por ela e o sexo havia se tornado quase cotidiano. Bastava que Isabel se distraísse em algum alisamento ou corte de cabelo no salão dos fundos para que os dois amantes se engalfinhassem no quarto em uma transa tórrida e rápida. Espiando alternadamente o corredor que dava para os fundos, se precaviam de um possível flagrante de Isabel. Qualquer lugar privado ou espaço de tempo disponível era um convite para o sexo entre os dois. Toninho havia descoberto nesse relacionamento uma maneira de se afirmar como homem e, ao mesmo tempo, aliviar sua ansiedade crônica. Sem dinheiro, com seu círculo de amizades restrito ao grupo de teatro e ainda padecendo de alguma insegurança para novas experiências, Toninho tinha em Sílvia a única opção segura e disponível de prazer e afeto.

Começaram a se encontrar diariamente e a rotina rapidamente desencadeou efeitos desagradáveis. Passaram a brigar constantemente. Eram disputas de ego e personalidade que começavam com discussões pequenas e inocentes e rapidamente assumiam proporções descomunais. Os motivos eram os mais variados e insignificantes, quase sempre alimentados por ciúmes e imaturidade, mas impossíveis de serem lembrados após meia hora de embates ferrenhos. Após a longa batalha, o retorno à harmonia era invariavelmente comemorado com sexo pelo jovem casal, e a satisfação que o armistício lhes proporcionava superava em muito todas as mágoas e situações desagradáveis que as brigas poderiam ter causado, espantando para longe qualquer tipo permanente de infelicidade. Logo estavam rindo, brincando e jurando amor eterno em sussurros e cartas apaixonadas. Aquele estranho relacionamento padecia de um complexo de competição que não era forte o suficiente para separar o casal, mas consumia tempo e energia preciosos.

Em fevereiro daquele ano foi aprovado o manifesto de criação do PT (Partido dos Trabalhadores), uma vitória simbólica importante para a esquerda brasileira. A classe trabalhadora, tão violentamente reprimida pela ditadura militar e vítima de abusos cruéis por séculos de exploração sistemática, perpetrada pelas elites econômicas do Brasil, agora podia manifestar legalmente suas necessidades e lutas. A principal voz da classe vinha de um metalúrgico, migrante nordestino e sindicalista de São Paulo. Luis Inácio da Silva, ou simplesmente "Lula", como era mais conhecido, despontava no cenário político nacional como uma genuína força revolucionária do proletariado, legitimado por uma bem-sucedida trajetória no comando de greves.

A música brasileira também se agitava. Nas garagens do Rio de Janeiro ou de Brasília, nos quartos apertados de São Paulo ou Belo Horizonte, muitos jovens da geração de Toninho se reuniam com seus instrumentos eletrificados para gerarem os vários embriões das novas bandas de rock que iriam incendiar a cena musical dos anos 1980, impulsionando a indústria fonográfica com estrondoso sucesso de vendagem. Eram jovens com influências e realidades diversas, mas que tinham em sua grande maioria o *rock'n'roll* como proposta básica. Nesse mesmo ano o crítico e produtor musical Nelson Motta lançou o Noites Cariocas, projeto que aproveitou a beleza exuberante do Rio de Janeiro para levar para o alto do Morro da Urca uma programação que, durante nove anos, abriu espaço para inúmeras bandas de rock e pop nacional.

Toninho achava o Noites Cariocas o lugar mais apropriado e bonito do mundo para shows. Desprezava o pop e as influências do *punk rock* que por lá passavam, mas amava as bandas com propostas de rock básico, com visitas ao blues e ao progressivo. Sempre que podia, convencia os amigos a assistir a um show naquele lugar fantástico. A compra do ingresso já dava direito à viagem de bondinho que, por si só, era um privilégio. O palco central era a principal atração, mas o entorno oferecia aos frequentadores um bônus que em nenhum outro lugar Toninho havia encontrado: a possibilidade de se sentar em um banco naquele cartão postal famoso no mundo inteiro, e tranquilamente degustar a vista maravilhosa era uma experiência única. Visualizar do alto do morro a Enseada de Botafogo, com o Aterro do Flamengo se esticando até a pista do Aeroporto Santos Dumont e as luzes frenéticas do centro da cidade, era um aperitivo inigualável nos intervalos entre os shows. Além disso, naquela época, toda a mata que circundava o platô do morro e seus caminhos bucólicos e escuros era liberada para o trânsito do público. Lá as tribos se reuniam para o baseado amigo e para os namoros mais quentes, sem culpa ou preocupações: beleza natural, liberdade e *rock'n'roll* — esse conjunto fazia Toninho eleger o Noites Cariocas como sua principal opção de lazer, sempre que a grana lhe permitia. Normalmente descia no último bondinho, que deslizava pelos cabos de aço às 4h30, sempre acompanhado por algum músico e pela equipe técnica. Por lá passariam os ainda pouco conhecidos Paralamas do Sucesso, Titãs e Barão Vermelho, entre muitos outros.

Após um período de grande prosperidade nas décadas de 1950 e 60, com a sociedade de consumo impulsionada pela propaganda dos novos objetos de desejo que pareciam gerar todo o prazer necessário para o bem viver, a década de 1970 havia conseguido manter certa estabilidade econômica, apesar das crises mundiais causadas principalmente pela elevação nos preços do petróleo. Eletrodomésticos, automóveis, cigarros e bebidas alcoólicas, vendidos através de estratégias de marketing genialmente elaboradas, abasteciam o imaginário dos habitantes do bloco capitalista, transformando-se em valores absolutos para o reconhecimento de uma existência bem-sucedida. Os anos 1970, principalmente para os países sul-americanos em desenvolvimento, como o Brasil, foram tempos de afirmação das ditaduras e dos milagres econômicos. Os anos 1980 chegavam com odores de ruptura desse ciclo, e a diminuição dos níveis de emprego era um dos principais sintomas dessa nova crise do modelo liberal.

Nesse cenário desfavorável, Toninho continuava empenhado em conseguir uma fonte de renda. Uma colega da ESPM o convidou Toninho para fazer figuração em um comercial de TV. Toninho foi e ganhou uns trocados. Ficou animado. Começou a se informar sobre a carreira de modelo publicitário. Foi parar em uma agência chamada Bebel Modelos, que ficava na Rua Santa Clara, em Copacabana. Após uma entrevista com a dona da agência foi convidado para fazer parte do portfólio. Para isso, teria que fornecer algumas fotos profissionais. Arrumou o dinheiro com sua tia Alice e com a mãe para o seu primeiro ensaio fotográfico. Mesmo sem intimidade com a câmera e se sentindo pouco à vontade diante dela, após entregar o material na agência foi chamado para alguns trabalhos, pequenas participações em fotos publicitárias. O dinheiro dos cachês, embora curto e esporádico, era muito bem-vindo, e facilitava a compra de algumas roupas, algumas idas ao teatro, ao Noites Cariocas e ao cinema com Sílvia.

Depois de algum tempo, tendo participado principalmente de campanhas para revistas, foi chamado para uma seleção na Agência

MPM, que estava escolhendo modelos para o comercial de um refrigerante famoso. Ao chegar à recepção do prédio com seu envelope pardo amarrotado, contendo algumas de suas melhores fotos, foi orientado a se dirigir para uma sala no anexo, onde já estavam diversos outros candidatos. O que se seguiu naquela sala foi para Toninho um impressionante festival de futilidade, arrogância e vaidade: rapazes e moças, todos parecendo oriundos da mais nobre realeza, com os narizes estupidamente empinados, arrotavam seus feitos, viagens e experiência profissional, enquanto exibiam seus imensos books de couro, tentando impressionar uns aos outros com um exagero de empáfia.

Toninho ficou enjoado. Percebeu que seus valores estavam completamente fora de sintonia com aquele mundo de soberba e aparência, e sua realidade muito distante daquele universo de ficção. A gota d'água veio na figura de um produtor mal educado que, entrando na sala, anunciou sem rodeios que os testes sofreriam atraso e que todos deveriam aguardar indefinidamente pela boa vontade dos diretores da campanha.

Toninho saiu pela portaria sem olhar para trás, e nunca mais atendeu a nenhum chamado da agência. Não era aquilo que imaginava para si. Além do mais, achava que já havia progredido muito em sua autoafirmação para se sentir diminuído em meio a um bando de filhinhos de papai, só pelo fato de não estar trajando um tênis importado ou uma calça de grife. Considerava-se um ser livre e antenado. Queria trabalhar, mas não se submeteria a nada que não estivesse em harmonia com seus valores e ideais.

Naquele mesmo dia à noite, na aula da ESPM, o professor Manolo reavivou suas esperanças de conseguir um trabalho mais coerente com seus anseios. Uma gráfica localizada no bairro do Jacaré havia solicitado à escola alguns estagiários para um trabalho temporário de três meses. A função era de revisor e esse nome lhe pareceu pomposo. Além do mais, o expediente era de quatro horas e a remuneração interessante. O sonhador decepcionado, que estava temporariamente adormecido em sua mente, despertou imediatamente.

Começou a se imaginar revisando obras literárias de terceiros, com a possibilidade de sugerir alterações ou tecer opiniões sobre diversos conteúdos, interagindo intelectualmente com os autores. Isso parecia bom. No dia seguinte, seguiu para o endereço fornecido por Manolo.

A Gráfica Prisma ficava na Rua Cáceres, bem na entrada da favela do Jacarezinho. Especializada em offset, havia ganhado uma concorrência para impressão da revista do INPI (Instituto Nacional da Propriedade Industrial), onde eram publicadas semanalmente as centenas de patentes solicitadas, concedidas ou recusadas pelo órgão. Cláudio foi selecionado também, e os dois colegas logo perceberam o porquê de a jornada ser de apenas quatro horas diárias: o serviço era extremamente maçante. De posse dos originais cedidos pelo Instituto, os tais "revisores" deviam conferir algarismo por algarismo, letra por letra, as intermináveis siglas e os quilométricos códigos e justificativas de cada processo, antes de liberar os fotolitos para a impressão. Depois da terceira hora de trabalho, a visão se embaralhava e a concentração ficava muito prejudicada.

A semana de Toninho estava completamente ocupada. De manhã, no GPI, se preparava para o vestibular, sem saber ainda qual carreira escolher. Almoçava na rua e ia para a gráfica. Depois, nas segundas, quartas e sextas, pegava carona na Yamaha de Cláudio, que costurava o transito carioca com extrema destreza até a Praia de Botafogo para a aula do curso de propaganda. Os finais de semana eram sempre com Sílvia. Às vezes, antes de partirem para a ESPM, Cláudio e Toninho queimavam um baseado rápido em um beco perto da gráfica.

Numa dessas tardes de trabalho, durante um breve intervalo, Cláudio contou a Toninho que um amigo seu havia chegado do Peru com uma encomenda especial, duzentos gramas de maconha prensada da melhor qualidade. A propaganda que Cláudio fez do fumo deixou Toninho curioso. Nesse dia não haveria aula na ESPM e Toninho havia combinado com Sílvia de pegá-la na escola. Pediu um baseado ao amigo. Cláudio foi até o banheiro e separou um lasca de uma maconha verde escura, que depois de desfeita deveria dar para uns cinco baseados.

Surpreso com a generosidade do companheiro, escondeu a trouxa na meia do pé esquerdo e partiu para Madureira, onde encontrou Sílvia. Foram para a casa de Toninho e lá chegando, verificaram que Aurélia e Paula não estavam. Toninho havia passado toda a viagem de ônibus imaginando quando e onde iria fumar seu primeiro baseado solitário. Sempre havia fumado em companhia de outros. Teria problemas inclusive para apertar o baseado, pois ainda não possuía essa habilidade. Encontrar sua casa liberada foi um convite irrecusável para aquele delito sem vítima. No entanto, teria que ser rápido, pois sabia que sua mãe não tardaria, e certamente nem de longe imaginava o filho mexendo com drogas. *Um flagrante repentino poderia matá-la do coração*, pensou.

Disfarçando, tentou se desvencilhar de Sílvia para ir até o terraço, onde daria um jeito de queimar a maconha ofertada por Cláudio. Sílvia desconfiou daquele jeito escorregadio e começou a questionar o namorado, e Toninho abriu o jogo. Disse para a menina ficar na sala enquanto ele subiria para fumar a sua maconha. Sílvia, de início, desaprovou a intenção do namorado, mas diante da determinação de Toninho se prontificou a acompanhá-lo. Com uma folha de caderno, tentando imitar as técnicas que havia observado em outras ocasiões, desajeitadamente e com algum desperdício de fumo, Toninho acomodou uma pequena quantidade de maconha em um baseado frouxo, da grossura de um dedo. Subiram para o terraço, e antes mesmo de Toninho incendiar a ponta daquele artefato mal concebido, Sílvia manifestou o desejo de experimentar a droga. A curiosidade havia vencido o medo.

Toninho retrucou, tentando desencorajá-la. Mas Sílvia não estava acostumada a aceitar um não. Insistiu. Toninho acendeu o baseado e deu as primeiras tragadas, tentando deixar transparecer a experiência de um velho iniciado. Puxou a fumaça e a prendeu nos pulmões por alguns instantes, depois passou para Sílvia. A menina, que já fumava tabaco com certa regularidade, deu suas primeiras tragadas na maconha e devolveu o baseado a Toninho, acompanhado de observações de descrédito e desconfiança.

— Não estou sentindo nada.

— Calma. Demora um pouco pra bater a onda.

Toninho repassou o cigarro para Sílvia, que depois de mais algumas baforadas continuou a menosprezar o ritual tão valorizado por Toninho em suas conversas e trocas de experiências.

— Essa merda não dá nada. Vocês são uns babacas — disse Sílvia, que começava a ridicularizar Toninho e todos os maconheiros do mundo. Tripudiava em cima das ditas viagens que Toninho afirmava serem possíveis através da *cannabis*, debochava das sensações de leveza e paz que o namorado creditava à erva.

Isso começou a deixá-lo aborrecido. A insensibilidade de Sílvia interferia negativamente no astral da maconha e bloqueava seus efeitos no próprio Toninho. Pela terceira vez ele passou o baseado para Sílvia, decidido a provar que ela estava enganada.

— Tem que puxar bem forte e prender por um tempo.

Sílvia seguiu as instruções com ar de deboche. Devolveu o cigarro a Toninho. O baseado já estava na metade e carecia de alguns reparos. Toninho tentou consertá-lo, e enquanto passava desajeitadamente a língua pela dobra do papel, babando fumo e dedos, notou que Sílvia subitamente havia se calado. Olhou para a menina e percebeu que sua face havia se modificado. O ar de deboche havia desaparecido. Estava pálida, com os olhos fixos e assustados. A boca entreaberta parecia querer dizer algo que não saía.

Toninho sentiu uma energia estranha que parecia emanar em ondas, vindo de Sílvia. Instintivamente, tentou distrair a menina puxando assuntos variados e amenos enquanto reacendia o baseado, com uma naturalidade que pretendia ser tranquilizadora. Pressentia que algo errado estava para acontecer e tentava conduzir a namorada para um território mental suave, onde ela pudesse se aliviar e interromper a letargia na qual parecia estar entrando. Sílvia finalmente falou.

— Não estou sentindo nada.

— O quê?

— Não estou sentindo meu braço.

Sílvia esticava o braço como um robô enferrujado, e olhava na direção de seu membro com o semblante petrificado e tomado de terror.

— Não estou sentindo meu corpo. O que está acontecendo comigo?

— Não é nada. Fica calma. É a onda que está batendo. Não te falei?

A explicação de Toninho não poderia soar mais infeliz. Uma bolha de pânico envolveu Sílvia, que tentou se levantar, mas cambaleou em direção à escada. Toninho a segurou pelo braço e ela começou a dizer coisas sem nexo.

— Chama a minha mãe. Não estou me sentindo. Estou vendo Deus. Ai, meu paizinho... Me ajuda...

Aquele pavor contaminou Toninho, que se esforçava para manter a situação sob controle. Levou Sílvia para baixo e deu a ela um copo de água com açúcar, enquanto tentava desviar a atenção da namorada para outras coisas. Ligou a televisão, mas ela mandou desligar. Tentou convencê-la a ir para a rua, mas ela estava cada vez mais estranha e começou a levantar a voz. Girava a cabeça e dava gritos.

— Meu paizinho... Estou te vendo. Fica comigo.

Depois, se virando para Toninho:

— O que nós fizemos? Nós não podíamos ter feito isso. Jura que você não vai mais fazer isso.

Toninho jurava e abraçava a namorada, para que se sentisse amparada, mas a coisa toda estava fora de controle. Toninho sabia que Aurélia estava prestes a chegar e precisava contornar a situação o mais rápido possível. Entendia que Sílvia estava tendo uma *bad trip*, mas a intensidade com que a maconha havia atuado no cérebro dela era algo que ele não imaginava que pudesse acontecer. Resolveu dar um banho na namorada. Tirou sua roupa e colocou-a embaixo do chuveiro. Ela não parava de dizer coisas sem sentido e de se censurar pela maconha fumada. Ainda no banheiro, começou a berrar.

— Joga fora. Joga aquilo tudo fora. Agora.

Toninho nem de longe pensou em contrariá-la. Meteu a mão no bolso e retirou a trouxa daquele fumo potente, junto com a bagana que sobrara no terraço, e jogou tudo no vaso sanitário. Sentiu uma pontinha de arrependimento vendo aquele material "precioso" descendo em círculos para o esgoto, mas a situação não permitia apego a nada, muito menos ao motivo daquela urgência desesperadora. Enquanto vestia a namorada e a colocava na cama, rezava baixinho para que Deus o tirasse daquela enrascada.

Sílvia parecia se acalmar por alguns minutos, mas logo em seguida tudo desandava e ela voltava a balbuciar coisas sem nexo e a demonstrar uma agonia desesperada. Clamava pela mãe, por Deus, dizia-se sem controle dos sentidos. Toninho sentou-se ao lado da cama e Sílvia apertou sua mão com tanta força que as unhas deixaram em sua pele marcas que chegaram a sangrar. Foi quando Toninho ouviu o portão da rua bater: era Aurélia que chegava. Toninho estremeceu e seu sangue foi se refugiar nas solas de seus pés. Ao chegar à porta do quarto, Aurélia foi logo indagando ao filho o que estava acontecendo.

— Não sei, mãe. Sílvia não está passando bem.

Agora vai dar merda — pensou. Aurélia se aproximou de Sílvia, mas um diálogo normal foi impossível. A menina continuava desconectada da realidade. Aurélia ficou muito assustada. Toninho já havia comido todas as unhas da mão direita, enquanto a esquerda continuava fortemente presa nas garras de Sílvia. Disse à mãe que ela havia comido alguma coisa que havia lhe feito mal. Aurélia não engoliu bem a história, mas foi para a cozinha preparar um chá de boldo. Para piorar a situação, uma daquelas vizinhas que sempre chegam na hora errada chamou por ela no portão, uma senhora espírita que praticava rituais de umbanda. Sem saber o que fazer, Aurélia a colocou a par da situação. A mulher bisbilhoteira foi entrando pela casa, e ao ver Sílvia deitada, foi logo dando o diagnóstico.

— Isso é encosto. Tem algum espírito encostado nela. Vou rezar ela pra ver se isso sobe.

Foi mais uma tentativa infeliz de melhorar o estado da menina. Religiosa e criada dentro da igreja católica, ao ouvir aquilo e ver aquela desconhecida se debruçar sobre a cama, começou a gritar e espernear.

— Sai daqui. Sai daqui. Só minha mãe me reza.

Como se já não bastasse a semelhança física de Sílvia com a atriz Linda Blair, a cena em si parecia reproduzir uma sessão de exorcismo tirada do filme. Aurélia pediu desculpas à vizinha, que saiu com cara de espanto e insistindo que o mal era espiritual. Não dava mais para segurar. Toninho estava à beira de um colapso nervoso. Chamou Aurélia num canto e contou a verdade.

— Mãe, eu e Sílvia fumamos maconha.

Aurélia só não desmaiou porque a situação exigia pessoas sóbrias e despertas.

— Meu Deus. E você? Tá sentindo o quê?

— Eu não tô sentindo nada, mãe. Mas ela ficou assim. Não sei o que aconteceu.

— Como é que vocês foram fazer uma coisa dessas?

Toninho estava prestes a cair em prantos. Deu algumas explicações resumidas sobre como havia conseguido a droga e sobre o caráter experimental e impulsivo da "travessura", que, segundo ele, havia sido a primeira e única. Aurélia fez o filho prometer que seria também a última. Para Toninho, o pior de tudo era ter que assumir sua infração diante de Aurélia, mas a reação da portuguesa foi muito mais equilibrada e amiga do que ele poderia imaginar na melhor de suas conjecturas. Aurélia foi até o quarto, se aproximou de Sílvia, segurou a mão dela e com voz suave falou com a menina.

— Sílvia, eu já sei o que aconteceu. O Toninho me contou tudo. Fica calma. Ele vai ligar para o teu pai vir te buscar. Quando eles chegarem nós vamos dizer que você tomou um remédio para dor de cabeça na escola que estava com o prazo de validade vencido. Você confirma. Vai ficar tudo bem.

Aquelas palavras tiveram sobre Sílvia um efeito milagroso. A presença, a compreensão e a cumplicidade de uma pessoa mais velha, desengajada do terrível ato transgressor que a menina imaginava ter cometido, funcionaram como um antídoto àquele veneno que insistia em perturbar seu cérebro, deixando-a com uma aparência mortificada. A voz de Aurélia soou como a prece mágica de um curandeiro, um xamã, um sacerdote, e conduziu Sílvia de volta ao mundo. Lentamente, ela foi se acalmando.

Toninho correu para um telefone público e, repetindo o script idealizado por sua mãe, ligou para Isabel que, aflita, enviou a irmã e o cunhado de Sílvia para conduzi-la até sua casa. Ao chegarem, encontraram Sílvia completamente embotada, mas calma. Ela repetiu a história do analgésico vencido. Toninho os acompanhou, preocupado com o estado da namorada e também para se livrar dos sermões de Aurélia e de qualquer outra explicação constrangedora e detalhista que tivesse que fornecer.

Nunca mais Sílvia voltaria a utilizar a *cannabis*. Toninho havia vivenciado com ela uma reação pouco comum, mas que reafirma o pouco conhecimento que ainda se tem sobre os efeitos da droga no organismo humano. É certo que cada indivíduo pode reagir de maneira diferente ao contato com o THC, de acordo com sua estrutura psíquica, com seu estado de espírito, com o ambiente ao seu redor, com a quantidade administrada. Sílvia havia provado ter uma forte sensibilidade à maconha, enquanto Toninho apresentava uma grande tolerância ao mesmo psicotrópico.

Ao ser fumado, o THC vai para o pulmão, onde é rapidamente

absorvido pelo sangue e viaja pelas artérias que o levarão ao cérebro, em uma jornada que dura em torno de dez segundos. A partir daí, vai reagir com as substâncias presentes nas células receptoras cerebrais. Essa alteração no processo de comunicação entre os neurônios que o THC estimula ainda carece de estudos mais conclusivos. Mesmo os mais ferrenhos defensores da inocuidade da maconha admitem que ela pode agravar estados psicóticos e depressivos.

Sílvia acordou bem no dia seguinte, e os dois chegaram a rir das peripécias *cannábicas* do dia anterior. Quase um mês depois, quando estavam num ônibus a caminho da paia de Jaconé, onde iriam acampar, Sílvia daria sinais de um *flashback*. Sentada no último banco do veículo ao lado do namorado, acusaria uma volta repentina ao estado alterado que a maconha lhe provocara. Como descrito no clássico da literatura sobre drogas, *Flashback – Surfando o Caos*, de Timothy Leary, ela sentiria "uma descarga rápida, mas intensa de memória, uma reentrada nas salas de alta tensão do cérebro". Sem nenhum aviso prévio, virou-se para Toninho com o semblante transtornado.

— Tá voltando tudo de novo. Tô sentindo tudo outra vez.

Abrindo a janela para que o vento refrescasse a face da namorada, e conversando calmamente com ela, dessa vez Toninho conseguiu afastar o pânico de Sílvia e contornar o rebote sem que ela perdesse o controle da situação. Em poucos minutos, a sensação desagradável desapareceu para sempre. A partir daquela experiência Sílvia se tornou uma dedicada promotora de acusação de todas as drogas ilícitas.

Capítulo 18

O ano de 1980 chegava ao fim sem que Toninho tivesse conseguido repetir os momentos gloriosos do ano anterior. O Grupo Terra havia se transformado em um grupo reduzido de amigos que se viam eventualmente. As atividades teatrais haviam sido deixadas de lado em função de outros desafios em que os atores tinham se engajado.

Ricardo se preparava para se casar com Vânia. Alberto casou-se com Kátia, uma menina de seu bairro, e dessa união nasceu Carolina. Kátia era filha de um velho marujo reformado, com forte militância no Partido Comunista Brasileiro. O casal foi morar em uma comunidade às margens da Avenida Brasil, chamada Jardim Batan. Toninho e Sílvia costumavam frequentar e pernoitar na pequena casa alugada por Alberto naquele sub-bairro de Realengo que, quinze anos mais tarde, se transformaria em uma favela populosa e com altos índices de violência causados pelo tráfico de drogas e pela truculência das milícias que se alternariam no controle da localidade, ocupando o espaço deixado vazio pelo poder público. Toninho gostava de ficar recordando antigas canções com o amigo, enquanto as respectivas mulheres cuidavam da comida e dos cuidados com Carolina.

Toninho, no entanto, algumas vezes repreendia o amigo pelo sistemático e constante uso da maconha. Alberto tocava melhor quando estava ligado, e isso soava aos ouvidos de Toninho como uma dependência que seu espírito livre não podia aceitar. Alberto era um maconheiro experiente e calejado, utilizava a *cannabis* diariamente. Toninho, Sílvia e até mesmo Kátia achavam isso um exagero.

Toninho continuava fumando esporadicamente de maneira recreativa, geralmente nos finais de semana e em companhia dos amigos, e não conseguia se imaginar na mesma rotina de Alberto. A maconha para ele era apenas uma conhecida com quem se encontrava de vez em quando, sem hora marcada, sem aviso prévio ou qualquer preparativo — encontros sem relevância, que serviam para desmistificar a droga que lhe trazia leveza, distração e serenidade, sem, no entanto, ocupar nenhum lugar de destaque na caminhada decidida daquele jovem brasileiro.

Baiana prosseguiu com os estudos na Faculdade de Educação Física que, mais tarde, iria lhe possibilitar a participação na primeira turma de árbitras de futebol do Brasil. Dimas viajou para Nova York, financiado por outra de suas conquistas amorosas, e voltou de lá cheio de novidades, entre elas o deslumbramento com a psicanálise. Tentou em vão convencer Toninho dos benefícios da terapia e das sessões no divã que, segundo ele, possibilitavam ao paciente uma visão profunda e um entendimento absoluto do eu. Toninho se mostrava cético. Não admitia a possibilidade de dividir com um estranho seus segredos mais reservados, e debochava do fato de ainda ter que pagar por isso.

Renato também viajou. Seu pai, oficial da marinha mercante, ganhou como prêmio pelos bons serviços prestados uma viagem ao redor do mundo na qual poderia levar a família. Embarcaram no porto do Rio de Janeiro para conhecer Europa, Caribe, Ásia e Estados Unidos. Renato também voltou com novidades, e a que mais chamou a atenção dos amigos foi um brinco de ouro na orelha esquerda. O adorno, hoje tão comum entre os jovens, naquela época ainda era uma excentricidade suspeita e pouco comum fora do meio artístico. Toninho não poupou o amigo de suas gozações e provocações, mas Renato sabia revidar. E o brinco acabou se tornando apenas mais um motivo para risos e diversão. Pouco depois, recebeu de Dimas a notícia de que Renato também era gay e havia assumido sua homossexualidade. Dessa vez, Toninho relutou em acreditar. Renato, ao contrário de Dimas ou Marcos, nunca havia deixado transparecer nada que apontasse nessa direção. Além do mais, haviam estado juntos em muitas ocasiões onde ele havia se comportado como um heterossexual convicto.

Dimas ria muito diante da perplexidade de Toninho. Aproveitava para debochar da caretice do amigo.

— Não se assuste não. O próximo é você.

Toninho não caía na provocação, pois não tinha nenhuma dúvida sobre sua orientação sexual, que apontava única e exclusivamente para a gruta quente e úmida da mulher e repelia com sincero asco qualquer alusão fálica à aproximação carnal com o sexo masculino. Entre todas as suas dúvidas e inseguranças de criança pobre e reprimida, esse era o aspecto mais bem resolvido de sua personalidade, sobre o qual nunca havia pairado dúvida.

Não conseguia imaginar Renato como gay. Tinha que ouvir isso dos lábios do próprio amigo. Foi procurá-lo e o interrogou sobre o que havia ouvido e sobre sua real sexualidade. Renato ficou nervoso e começou a rir, deu aquela sua risada grave e envergonhada. Mas não se fez de rogado. Depois de alguns rodeios, explicou ao amigo que durante a viagem havia decidido colocar para fora aquilo que há muito tempo trazia reprimido dentro de si. Disse que nos Estados Unidos havia circulado pelo mundo gay de São Francisco e encontrado sua verdadeira vocação sexual, e ocultou do amigo que já no navio, durante a viagem, havia se enamorado de um marinheiro da tripulação. Esse fato só teria coragem de contar mais tarde, para Baiana e Sílvia.

Mais uma vez, a personalidade progressista de Toninho havia sido posta à prova. A amizade entre os dois jovens saiu fortalecida da revelação bombástica. Renato não cursou faculdade, mas conseguiu um emprego como subgerente do Banco Bamerindus da Rua dos Andradas, no centro do Rio de Janeiro. Trabalhava impecavelmente vestido, de terno, gravata, abotoaduras de ouro e camisa de linho branco. Chamava a atenção das incautas que viam nele um belo espécime do gênero masculino, sem saber que ele havia abdicado desse posto.

Toninho terminou o curso da ESPM e o estágio na Gráfica Prisma. A grana voltou a ficar curta. Estava balançando entre cursar Jornalismo, Publicidade ou História na tão almejada faculdade; e se inscreveu nessa ordem de preferência para o vestibular organizado pela Fundação Cesgranrio, que na época permitia múltiplas opções de carreira e instituições, habilitando o candidato àquelas para as quais seu desempenho nas provas o classificasse.

Seguir carreira de dramaturgo e ator era o grito de seu coração, mas também uma opção que, além de significar a continuação por um bom tempo de sua situação de penúria, era vastamente desencorajada e criticada por Aurélia, que sonhava para o filho uma atividade mais tradicional e bem remunerada. Toninho mergulhou no primeiro e mais forte dos dilemas profissionais que o acompanhariam por um bom tempo: optar por aquilo que realmente gostava de fazer ou buscar uma colocação no mercado que pudesse dar algum retorno financeiro? Embora ainda mantivesse vivo o seu desejo de uma vida alternativa, independente e idealista, os benefícios com os quais o dinheiro lhe acenava causavam algum impacto em sua consciência de jovem sonhador. Continuava tentando mesclar utopia e pragmatismo, buscando uma fórmula que lhe proporcionasse as benesses do capitalismo em comunhão com a criação intelectual e a realização pessoal.

Dezembro de 1980 estava em curso e a data das primeiras provas do vestibular se aproximava. O GPI promovia aulas especiais de revisão de matéria para os que se sentiam despreparados para o grande teste.

Naquela manhã quente, Toninho acordou atrasado e correu para o ponto de ônibus, sem passar pela banca de jornal onde, sempre que seu dinheiro permitia, comprava o *Jornal do Brasil* para ler durante a viagem até Madureira. Sentia-se estranhamente melancólico naquele dia. A dificuldade em conseguir um emprego, o dilema pessoal na escolha da carreira, as incertezas sobre seu futuro, o fim do Grupo Terra, a separação de seus pais e tantas outras preocupações, naturalmente digeridas e postas de lado por seu otimismo juvenil e sua rotina agitada, pareciam pesar absurdamente sobre seus ombros nas primeiras horas daquele dia.

Quando ficava assim, costumava ter pensamentos sobre a morte: a única certeza que o ser humano carrega desde o nascimento sempre se apresentava a ele com ardores espirituais recorrentes, quando sua perseverante alegria ficava combalida. Nunca havia estado perto dela, mas mesmo assim a temia e era torturado por pensamentos sobre sua própria partida ou sobre o desenlace de seus entes mais queridos. É certo que a mulher de negro com a foice na mão havia levado sua avó Margarida, mas ele não a conhecera e a distância entre os dois amenizara a perda.

Como sempre fazia, espantou para longe os pensamentos sombrios e desceu do ônibus, pondo-se a caminhar para o colégio em Cascadura. No meio do caminho, seu pensamento já se distraía com os afazeres do dia, principalmente o tradicional encontro com Sílvia. Quando se aproximou da entrada do GPI, seus olhos procuraram instintivamente as manchetes dos jornais pendurados na pequena banca que ocupava um espaço na calçada de seu colégio, em frente a um cartório. A manchete estava grifada, com letras muito grandes, e de longe a mensagem que continha pôde ser captada por seus olhos; em fração de segundos, foi processada em seu cérebro que ficou atônito e estarrecido: "MORREU JOHN LENNON".

O ritmo de seus passos foi diminuindo lentamente, enquanto ele se aproximava da banca. Parecia querer que aquele espaço de tempo que o separava de uma segunda e mais apurada leitura pudesse modificar o que estava escrito, alterando magicamente o curso do que já havia se consumado. Entretanto, o jornal permaneceu absoluto em sua verdade fria e cruel. Um breve comentário de primeira página dava conta de que Lennon havia sido assassinado por um maluco em frente ao prédio onde morava com Yoko Ono.

Toninho sentiu toda aquela melancolia que amanhecera com ele, e que havia sido expulsa por seu vigor espiritual, retornar com força redobrada. Não conseguia se mover e não encontrava uma explicação plausível que tornasse aquele fato menos absurdo e macabramente simbólico. Um eco persistente da voz de Lennon repercutia em sua mente, com sua frase apoteótica e visionária: *"The dream is over."* Seria verdade? O sonho realmente teria acabado ali? Pelas mãos de um imbecil chamado Mark David Chapman em frente ao Edifício Dakota?

Toninho sentiu no peito uma revolta doída e uma desesperança sufocante para com o mundo que o cercava. Possuía alguns compactos dos Beatles, mas sempre preferira os Rolling Stones. A partir dessa tragédia, iria olhar com olhos mais complacentes e desarmados para a obra imortal do quarteto de Liverpool e aprender a identificar, em tudo que se fez e se faria de supostamente novo na música moderna mundial, uma semente do legado de Lennon, Paul, George e Ringo. Nesse momento, o rádio do bar ao lado esparramou pela calçada a voz doce de Lennon interpretando *"Imagine"*. Toninho lembrou que aquela letra o havia inspirado na composição dos versos de "América Geral", em parceria com Alberto. Uma lágrima solitária escorreu pelo canto de seu olho e seu peito apertou como uma torquês.

O menino sonhador estava apavorado e desiludido: apavorado

com a possibilidade de seus sonhos estarem com os dias contados, derrotados pela realidade mais forte e ultrajante de um sistema violento e incompreensível; desiludido com o ser humano capaz de calar uma voz que gritava pela paz mundial e pela compreensão entre os povos. A morte havia chegado perto de Toninho, não na figura de um parente ou de um amigo próximo, mas através de um símbolo que resumia grande parte de sua ideologia pacifista e fraterna.

Não conseguia se mover, e ficou ali olhando para o jornal até que soaram os últimos acordes de "*Imagine*". Não entendia por que aquele acontecimento o havia impactado de maneira tão profunda, mas não tinha condições de assistir sua aula e continuar a vida como se nada houvesse acontecido. Comprou o jornal e decidiu voltar para casa. Enquanto caminhava de volta a Madureira, cantarolava em voz baixa a sua "América Geral", como um réquiem para o Beatle morto.

"Num dia tão lindo/ Incompleto de amor/ Alguém está na calçada/ Pedindo a quem for/ Com seus olhos tristes/ Vendo tudo desigual/ A distribuição da terra/ Está na América Geral

Pessoas desunidas/ Divididas em nações/ Separadas em idiomas/ Raças, religiões/ Fazendo sempre o mesmo/ Sem ter tempo pra pensar/ Esquecem que os corações/ Foram feitos para amar.

Chegou em casa e se trancou na sala. A vassoura-guitarra não saiu de seu lugar atrás da porta. Nenhum resquício de alegria o impulsionava para o seu palco imaginário. Deitou-se no chão e decidiu ouvir rock progressivo. Colocou na vitrola o álbum "Power And The Passion" do grupo alemão Eloy, formado em 1969 e liderado pelo guitarrista e cantor Frank Bornemann. Depois de seus três primeiros trabalhos tendendo para o *hard rock*, o Eloy tinha mergulhado no rock progressivo de maneira magistral, através desse disco de 1975. As melodias e alternâncias rítmicas desse trabalho caíram como uma luva no estado sofrido e confuso em que Toninho se encontrava. "Power And The Passion" é um disco conceitual no estilo ópera-rock, que conta em dez faixas a jornada de um jovem chamado Jamie, que é transportado ao passado após ingerir acidentalmente um comprimido fabricado pelo pai. Nos arredores de Paris conhece Jeanne, por quem se apaixona e com quem compartilha alguns baseados e experiências alucinógenas.

Toninho emendou seu lamento progressivo com "No Earthly Connection", do ex-tecladista do Yes, Rick Wakeman. Seu quinto trabalho solo não foi muito bem aceito pela crítica nem pelos fãs tradicionais. Entretanto, era um dos preferidos de Toninho. Foi ouvindo "The Maker" na incomparável interpretação do vocalista Ashley Holt que Toninho adormeceu, sentindo que a vida era profundamente triste naquele final de 1980.

Toninho não conseguiu pontuação suficiente para suas primeiras duas opções de carreira no vestibular. Seu desempenho lhe deu apenas o direito de cursar História em uma faculdade particular. Como não tinha dinheiro para as mensalidades, não fez a matrícula. Tentaria novamente no ano seguinte.

Capítulo 19

Aurélia recebeu uma carta de Libertária com péssimas notícias de Portugal sobre o estado de saúde de Antonio. O pai de Toninho não havia conseguido superar a dor da ausência da família nem o peso de um retorno inglório à sua terra natal, e o álcool havia se transformado, de muleta que o ajudava a suportar as saudades e a tristeza, em enfermidade devastadora. Estava internado em um hospital na cidade do Porto e desenganado pelos médicos. O relato da irmã mais velha de Aurélia dava conta de que o português lutador havia sido derrotado pelo vício. Detalhes da última visita ao hospital revelavam um Antonio amarrado à sua cama, sem reconhecer os parentes, fazendo suas necessidades fisiológicas nas próprias vestes. Um quadro duro de se imaginar, que causou um impacto fortíssimo em toda a família de Toninho, principalmente em Aurélia.

Sua mãe, que havia se acostumado à liberdade conquistada através da separação, retrocedeu e apressou-se em escrever uma resposta para a irmã. Nas poucas linhas emocionadas, pedia que dissesse ao marido que tivesse força e coragem. Dizia-se de braços abertos para recebê-lo de volta na casa que ele havia lhe dado, para cuidar de sua saúde e tentar novamente uma vida em comum. Todos achavam que aquela decisão havia sido tomada muito tarde, e que para Antonio não havia mais esperança. No entanto, após ler as palavras de Aurélia, durante um raro momento de lucidez, o lusitano, que sempre tivera uma saúde de ferro, surpreendeu médicos e familiares dando início a uma recuperação assombrosa. Em poucos dias teria alta do hospital diante de uma junta médica que se reuniu em volta de seu leito, tentando entender como aquele organismo havia superado o estágio de degeneração avançada que havia alcançado em consequência do alcoolismo.

Antonio voltou para casa e Aurélia rapidamente se arrependeria de ter permitido a reaproximação do marido. Com o retorno das brigas, ele se dedicaria novamente ao trabalho duro, ao álcool e ao cigarro, com a amargura de quem não conseguiu reconstituir o lar. Antonio, no entanto, nunca iria admitir a hipótese de recomeçar a vida com outra pessoa ou deixar novamente sua casa, mesmo que nela vivesse uma vida afetiva incompleta. Toninho e Paula tiveram que se adaptar àquele modo de vida estranho, e tentavam se dividir entre as duas forças concorrentes promovendo, à custa de muito planejamento e diplomacia, alguns bons momentos de trégua e diversão.

Nesse meio tempo, Toninho recebeu uma nova proposta de trabalho. Ferreira, cunhado de Sílvia, depois de trabalhar por alguns anos em uma multinacional fabricante de cigarros, partiu para o trabalho autônomo como representante comercial de uma empresa paulistana de embalagens. Manteve seus contatos, e, através deles, visualizou a possibilidade de abrir uma pequena indústria gráfica para produção de embalagens impressas para cigarros. Com o apoio de amigos dentro de sua antiga empresa, alugou em sociedade com seu irmão mais velho um galpão no bairro de Parada de Lucas, bem às margens da movimentada Avenida Brasil. Com uma impressora flexográfica e uma rebobinadeira, iniciou timidamente a fabricação de envoltórios de papel. Dividia-se entre a fábrica e o escritório de representação, onde continuava atuando como vendedor. Tinha olhos de águia para os negócios e oportunidades, e logo nos primeiros contatos com Toninho pôde perceber o potencial daquele rapaz de dezoito anos. Precisava de gente competente para ajudá-lo em sua empreitada. Toninho era bom datilógrafo, tinha carteira de motorista e algum conhecimento sobre processos gráficos. Além disso, devido à sua inexperiência, era mão de obra barata. O convite veio em um domingo, e na segunda-feira Toninho se apresentou aos novos patrões. Sua carteira de trabalho foi finalmente inaugurada na função de Assistente Administrativo, com um salário de Cr$8.000,00 por mês.

Finalmente estava empregado, mas nem de longe aquele trabalho correspondia aos seus anseios de realização pessoal. Toninho entendia que era apenas uma atividade passageira, necessária para que ele pudesse alcançar os objetivos amalgamados em sua consciência. Precisava se estruturar, planejar as bases para o seu crescimento e o desenvolvimento de seus projetos, que ainda o remetiam para uma vida alternativa, criativa, crítica e desassociada dos valores e conceitos caretas daquela sociedade injusta e desumana em que vivia. O trabalho na gráfica era apenas um abrigo temporário, onde iria esperar a verdadeira oportunidade que apareceria para tirá-lo daquela rotina sem graça e sem futuro.

Mas a convivência com Ferreira não era fácil. Embora se mostrasse uma pessoa brincalhona e amiga no convívio familiar e social, nas relações profissionais se transformava em uma pessoa arrogante, estúpida, confusa e por várias vezes descontrolada. Se, por um lado, tinha muita perspicácia para os negócios e disposição para o trabalho, por outro era incompetente em dobro ao lidar com o elemento humano. Não sabia chamar a atenção de ninguém sem humilhar e chegava aos berros com frequência. Embora pouco tempo depois agisse como se nada tivesse acontecido, com suas palavras agressivas, mal colocadas e muitas vezes infundadas deixava mágoas em seus colaboradores. Mordia e assoprava com grande naturalidade. Toninho sabia que não tinha necessidade de aturar aquele tipo de tratamento, mas não havia sido preparado para abandonar uma responsabilidade. Continuava sendo muito rigoroso consigo mesmo, e acreditava que sair daquele emprego sem ter outro em vista seria um passo mal calculado, um retrocesso em sua caminhada, uma espécie de derrota. A velha lógica do imigrante estava impressa com tintas fortes e irremovíveis em sua personalidade, pintada pelas mãos firmes de seu pai.

Ficou muito amigo de um operário chamado Jorge, e sempre que saíam juntos para alguma entrega ou serviços externos queimavam um baseado. Jorge conseguia a maconha na Favela de Parada de Lucas, e o trabalho se tornava mais leve e prazeroso quando estavam sob o efeito da droga.

A relação entre Toninho e Sílvia estava cada vez mais intensa. Os dois não se desgrudavam. Aos poucos, as individualidades de cada um foram sendo postas de lado em prol de uma caminhada comum que unia o casal sete dias por semana. Quando não podiam estar fisicamente juntos, sempre se falavam por telefone. Toninho já era íntimo da família de Sílvia e frequentemente cedia aos apelos dela para que passasse a noite em sua casa e pudessem ficar mais tempo juntos.

Toninho não gostava de dormir lá. Além dos mosquitos e do calor que atormentavam seu sono, sentia-se um intruso no recesso da família. Esse sentimento era sempre fortalecido pelo temperamento ranheta de João, que deixava bem claro que ele não era bem-vindo. Mas a rabugice de João não era páreo para a teimosia da filha caçula, que não se intimidava com nada e enfrentava o pai para defender o namorado no cumprimento de suas vontades. João posava de austero e autoritário, mas a palavra final em sua casa era sempre dada pelas mulheres, que com a insistência torturante de suas ladainhas, faniquitos e chantagens emocionais conseguiam dobrar aquele nordestino de bom coração.

Aos poucos, Toninho foi conquistando a amizade e o respeito dos parentes de Sílvia, que enxergavam nele um jovem trabalhador, inteligente, simpático e engraçado. Era figura constante nas festas e reuniões familiares. Sua vida orbitava do trabalho para casa e de casa para o encontro com Sílvia. No sábado, antes do almoço, já estava na casa da namorada, só voltando no domingo à noite. Perdeu o contato com a maioria dos amigos de seu bairro e fez questão de que Sílvia também se afastasse de suas amizades anteriores ao Grupo Terra. Proibiu-a de continuar visitando a amiga Cristina, companheira do GPI, pois tinha ciúmes dela e de seu irmão mais velho, com quem Sílvia havia tido um caso. A vida dos dois passou a girar em torno de um universo privativo e apaixonado.

Mas isso não foi suficiente para que as brigas terminassem, pelo contrário. Passaram a ser mais frequentes e violentas. A rotina de um convívio intenso e previsível, fazendo as vezes precocemente da vida a dois de um casamento formalizado, os sobrecarregava, com desentendimentos banais e sem propósito. Toninho gostava das tréguas festejadas com sexo, mas nem sempre conseguia suportar os bate-bocas e o temperamento atrevido de Sílvia. Quando atingia seu limite, sua tática era bater em retirada para que os ânimos pudessem se arrefecer. Mas isso deixava Sílvia mais furiosa e ela o perseguia, forçando-o a retornar ao combate daquele estranho amor, reconduzindo a discussão para níveis estratosféricos.

A atividade sexual intensa entre os dois, embora agradasse, também deixava Toninho preocupado e demandava alguns cuidados, normais para quem deseja evitar surpresas problemáticas, como uma gravidez inesperada. Naquela época o uso de camisinha era um hábito que praticamente não existia, principalmente entre os jovens. Ainda sem a ameaça fatal da AIDS e com pouco esclarecimento sobre as DSTs,[3] a geração de Toninho se limitava às pílulas anticoncepcionais como garantia de uma prática sexual segura e despreocupada. Toninho, por exemplo, nunca havia usado um preservativo. Quando conversou com Sílvia sobre seus temores, ouviu da menina palavras que transmitiam confiança quanto à impossibilidade de ficar grávida.

— A médica me disse uma vez que eu tenho o "útero virado". Não pego gravidez.

Toninho questionou, disse que aquele diagnóstico não era 100% seguro. Já havia ouvido várias histórias de meninas que acreditavam não serem férteis e que naquele mesmo momento estavam amamentando seus rebentos, enfrentando conflitos familiares e condições financeiras complicadas. Apesar de sua geração ter crescido sob uma ditadura militar que demonizou o sexo e desencorajou o debate sobre esse e outros assuntos considerados "imorais", a revolução sexual era uma realidade, e os contratempos de uma gravidez não planejada eram do conhecimento de todos.

Insistiu com os anticoncepcionais e comprou a primeira caixa para Sílvia, que acabou se convencendo de que um pouco de prudência naquele momento não faria mal. Ela, entretanto, não conseguia seguir a rigidez das doses diárias e frequentemente se esquecia de tomar o remédio. Toninho vez por outra lembrava o compromisso à namorada, mas sempre recebia a mesma resposta:

— Mês que vem eu tomo.

A irreverência do casal e o sarcasmo de Toninho acabariam apelidando a pílula de "mês que vem", com aquela alegria juvenil que transforma tudo em gozação e pilhéria:

— E aí? Já tomou o "mês que vem"?

Sílvia ria da zombaria do namorado e renovava a promessa de rigor na vigilância. Às vezes conseguia, outras não. E os quase quatro anos de relação intensa sem nenhuma fertilização pareciam corroborar o argumento de Sílvia sobre o tal "útero virado".

Os dois sabiam bem onde era a ferida um do outro, e não se fur-

---

3 Doenças Sexualmente Transmissíveis.

tavam em calcar o dedo nela para se defender. Nem por isso se poderia dizer que não se amavam. Nos períodos de armistício se ajudavam mutuamente a superar traumas e dificuldades, com conselhos, carinhos e palavras amigas. Toninho comprou uma barraca de camping para duas pessoas, um pequeno botijão de gás, lampião e fogareiro. Não passavam um mês sem inventar alguma história para Isabel e irem acampar em alguma praia distante, com ou sem companhia. Nem era necessária alguma data festiva ou feriado prolongado; um simples final de semana era suficiente para o casal errante colocar uma mochila nas costas e pegar a estrada rumo a Bambuí, Jaconé ou Angra dos Reis.

Passavam da calmaria à turbulência num passe de mágica, como um furacão, uma avalanche que descia o Himalaia levando tudo que encontrava pela frente — tempestade e bonança juntas no mesmo espaço, ao mesmo tempo, separadas apenas por uma película fina e transparente que se rompia ao menor movimento um pouco mais brusco. Fogo e água. Paixão e raiva. Como dois ouriços, se feriam mutuamente com seus espinhos justamente quando se aproximavam para se aquecerem. Eram dois polos iguais e diferentes, que se atraíam e se repeliam com cruel naturalidade e com a sutileza de uma manada de elefantes em fuga desgovernada, uma intensidade que sufocava Toninho e começava a deixá-lo confuso.

Caminhavam para quatro anos de namoro e Sílvia continuava sendo a primeira e única mulher de sua vida no sentido sexual da palavra, o que parecia pouco para aquele rapaz sonhador que, vez por outra, se pegava pensando nas antigas namoradas ou em outras que simplesmente idealizava, como um passaporte para a fuga daquela rotina confortável, mas incompleta. Embora várias oportunidades surgissem, não tinha coragem de trair Sílvia, que não se cansava de lhe cobrar juras de fidelidade e exigir sinceridade absoluta caso o amor acabasse ou ele se interessasse por outra pessoa. Esses pactos de lealdade traziam remorso e insegurança sempre que Toninho se aproximava de alguma outra menina que demonstrava interesse pelo rapaz de rosto bonito, magrelo e divertido. Lentamente, caminhavam para um impasse que acenava com o casamento como a consumação natural e solução socialmente mais utilizada para um namoro formal e longo como o deles.

Toninho havia prestado vestibular pela segunda vez, e dessa feita decidiu radicalizar. Não procurou um curso que pudesse corresponder às expectativas de uma carreira financeiramente promissora nem de um mercado de trabalho receptivo a novos profissionais. Esses eram desejos que não reconhecia como propriamente seus, e quando tentava procurar uma alternativa para aproveitamento imediato dos conhecimentos que iria adquirir na vida acadêmica, só enxergava mercados saturados e altos índices de desemprego. Resolveu optar por uma carreira que simplesmente lhe proporcionasse crescimento intelectual, acesso às disciplinas humanas coerentes com seus ideais e que o aparelhassem para a construção de seu futuro utópico. Pesquisando, se deparou com o currículo da carreira de Assistente Social. Gostou. As matérias que constavam na grade do curso de Serviço Social o atraíram: Antropologia, Sociologia, Psicologia, Direito, Lógica, História, e até a temida Estatística pareciam um desafio à altura daquele peito sonhador e sedento por desbravar novos horizontes. A Assistência Social também o habilitaria a desenvolver trabalhos e políticas focadas nos mais desvalidos socialmente, com destaque para as crianças abandonadas a quem prometeu direcionar seu trabalho após a formatura. A abertura política poderia ser também uma oportunidade de mercado para uma profissão que, em tese, deveria trabalhar no combate às desigualdades sociais.

Precisava desesperadamente de algum alento para o seu espírito, cansado de tanta mesmice. Havia até tentado voltar a escrever. O argumento de uma nova peça, que tratava de especulação imobiliária, manipulação pelos poderosos das populações de favelas e ingresso prematuro no mundo do crime recebeu o entusiástico incentivo de Dimas, que sempre o apoiava. Mas o tempo consumido pelo trabalho e pelo namoro com Sílvia não permitiu que o projeto saísse das primeiras linhas.

A motivação estava em baixa também. O mais próximo que chegava de alguma atividade artística era quando, nas rodas de samba com os operários da fábrica, empunhava um surdão e cantava os sambas-enredos antigos que aprendera no botequim. Comprou um par de tumbadoras e tentou montar um grupo musical com o amigo Alberto e com o baixista João, ambos remanescentes do Raízes. Mas não passaram dos primeiros ensaios. Alberto lutava para sustentar a família e seu emprego no comércio tinha um sistema de plantões que dificilmente deixava livres suas noites ou finais de semana.

Toninho se sentia consumido, carregado numa correnteza que o levava para longe de seus sonhos e estagnava sua mente. O hábito da leitura havia diminuído consideravelmente. Apenas seus discos continuavam como um refúgio fiel. Encontrava também algum otimismo no processo político em andamento no Brasil. Para novembro de 1982 estavam previstas eleições diretas para governadores, senadores, prefeitos, deputados federais e estaduais, as primeiras após o golpe de 1964. Toninho, finalmente, iria poder estrear com orgulho seu título de eleitor. Diversos exilados que haviam sido repatriados com a anistia se apresentavam como futuros candidatos, abrigados na legalidade de novos partidos que não paravam de surgir, sepultando o bipartidarismo de Arena e MDB que tinha vigorado no regime militar e que perpetuava uma conivente dualidade ideológica repleta de cartas marcadas, cargos biônicos e indicações governamentais à revelia da vontade popular.

Toninho comprou o jornal que trazia a lista de aprovados no vestibular, mas não quis abri-lo sozinho. Foi para a casa de Sílvia e conservou o jornal fechado e o coração aos pulos até chegar lá. Só não conseguiu conservar suas unhas, que foram estraçalhadas no caminho. Juntos percorreram com os indicadores a interminável lista de números de inscrição que ocupavam colunas em letras miúdas em diversas páginas da edição. Na coluna dedicada à carreira de Serviço Social ele procurou a UERJ, e não conteve a explosão de um grito gutural quando identificou o seu. Abraçado a Sílvia, pulou como uma criança que ganhou o brinquedo mais esperado.

A vida, o brilho, a esperança, retornaram em uma corrente elétrica que dava voltas meteóricas por todo seu corpo, fazendo-o socar o ar repetidamente, como Pelé na comemoração de um gol. Imediatamente, sua fábrica de sonhos foi reativada e ele passou o restante do dia refazendo planos e sorrindo súbita e gratuitamente. Fez uma festa particular e solitária em sua sala, com direito ao indefectível solo na vassoura-guitarra. Seus convidados foram nada mais nada menos do que o Grand Funk Railroad, com seu álbum duplo e ao vivo "Caught In The Act", Ted Nugent com "Free For All" e, encerrando o show comemorativo, a fantástica faixa "Rock&Roll Medley" do álbum "Together" dos irmãos Johnny e Edgar Winter. Registro de um show ao vivo dos dois músicos albinos, essa faixa recria clássicos dos pais do rock como "Tutti Frutti",

"Jenny Take a Ride", "Blue Suede Shoes" e "Jailhouse Rock", com uma interpretação entrosada, empolgante e virtuosa — nada mais propício para o momento de exultação que Toninho vivia. Antes de adormecer, agradeceu a Deus aquela dádiva maravilhosa.

Outro alento para sua alma viria pelas ondas FM do rádio, oriundas da cidade vizinha de Niterói pela frequência 94,9 Khz. Idealizada pelos jornalistas Luiz Antonio Mello e Samuel Wainer Filho e apadrinhada pelo Grupo Fluminense, que acabava de inaugurar um novo transmissor, entrava no ar a programação da Fluminense FM, ou "A Maldita", como ficou conhecida e famosa, chegando rapidamente ao terceiro lugar em audiência entre as FMs do Rio de Janeiro. Era uma rádio especializada em *rock'n'roll* que sacudiu o cenário musical carioca, abrindo espaço para bandas alternativas e iniciantes e desafiando o preconceito com o rock que havia sido fortalecido durante a ditadura militar. Diversas bandas tiveram oportunidade de divulgar seus trabalhos, sendo necessário para isso apenas o envio de uma Fita K-7 demo.

Na mesma época, um grupo de agitadores culturais ergueu uma tenda na Praia do Arpoador com a intenção de criar um espaço transitório para a apresentação de grupos de teatro e de medalhões da MPB, como Chico Buarque e Caetano Veloso, além de alguns novatos como Blitz e Barão Vermelho. O que era para durar apenas um verão teve continuidade em um espaço ao lado dos Arcos da Lapa, no centro da cidade, onde o Circo Voador continuou suas atividades. O casamento entre a Rádio Fluminense e o Circo Voador era uma união perfeita e previsível, e dessa união nasceu um filho chamado "Rock Voador", um projeto que levou para o palco da Lapa, sob a coordenação de Maria Juçá, as bandas que até então só tinham espaço na rádio de Niterói.

Nas noites de sextas e sábados, desfilavam pelo Circo nomes como Celso Blues Boy, Lobão, Paralamas do Sucesso, Legião Urbana, Kid Abelha e os Abóboras Selvagens, Água Brava, Sangue da Cidade, Gang 90 e As Absurdetes, Bacamarte e Dorsal Atlântica, entre outros que faziam parte da programação da "Maldita". Esse movimento plantou as bases propícias para a realização do primeiro Rock in Rio, em 1985. Toninho tornou-se ouvinte assíduo da rádio, correspondendo-se inclusive com o seu programa favorito, "Pelos Porões do Rock". Em suas cartas, entre alguns pedidos musicais, criticava as declarações do diretor da rádio,

Luiz Antonio Mello, que não perdia uma oportunidade de jogar confetes sobre o The Who, que considerava "a maior banda de rock de todos os tempos" e Pete Townshend, "o maior guitarrista do rock". Toninho achava isso uma blasfêmia contra o Led Zeppelin e o mago Jimmy Page.

Quando estava sozinho no escritório, sintonizava o pequeno rádio na Fluminense e ficava aguardando algum presente que vinha na forma dos acordes conhecidos de algum de seus discos. Ouvi-los na rádio, fora de seu habitat tradicional limitado pelas quatro paredes de sua sala, era um prazer especial. Tinha um significado mágico, e representava a possibilidade ainda viva da existência de um espaço real não só para suas preferências musicais, mas também para seus sonhos e opiniões. Correspondia à visão de um navio de resgate que se aproximava da ilha deserta e árida onde se encontrava naufragado, com suas quimeras e aspirações.

A gráfica ampliou seu catálogo de produtos para embalagens de papel próprias para o comércio e se fez necessária a atuação de um vendedor externo. Em função de sua boa aparência e desenvolvida fluência verbal, o cargo ficou com Toninho. O rapaz, que completava vinte anos, saiu-se bem na nova atividade e a renda extra conseguida através das comissões trouxe pela primeira vez empolgação à sua vida profissional. Embora ainda visse no dinheiro o dolo maior da humanidade, usufruir de suas benesses como resultado direto de uma tarefa bem desempenhada acrescentava à sua nova colocação uma motivação especial. Solteiro e sem maiores despesas, o dinheiro que ganhava dava bem para suas roupas, idas ao teatro, shows e acampamentos. Além disso, o dia de trabalho passava rápido e suave na rua, livre da vigilância constante dos patrões e possibilitando alguns minutos de distração nas lojas de discos, instrumentos musicais e fliperamas. Seu compromisso estava atrelado apenas ao resultado de seu trabalho, que se traduzia em vendas. A busca pelo melhor resultado já fazia parte de sua personalidade exigente e intolerante, que sempre cobrava de si o melhor desempenho e se punia mentalmente por qualquer fracasso. Sem saber, iniciava uma atividade que iria se acoplar perfeitamente ao seu caráter e seria seu meio de sobrevivência por longos anos. Era bom vendedor. Sua aparência jovem e humilde, combinada a seu discurso responsável e articulado, ganhava a simpatia dos clientes e compradores.

No primeiro dia de aula na tão sonhada universidade, Toninho chegou à UERJ um pouco atrasado, pois os afazeres na gráfica o haviam retido um pouco mais do que de costume. O gigantismo dos blocos de concreto, a beleza dos jardins e anfiteatros e a diversidade humana com que se deparou o deixaram aturdido e nervoso. Pegou o elevador, que o despejou em um nono andar retalhado em salas que atendiam os cursos de História, Sociologia e Serviço Social à esquerda do saguão principal e Educação Física à direita. Ao entrar na sala, a primeira surpresa: era o único homem em uma turma de quase quarenta alunas. Não esperava aquela predominância feminina e se sentiu um pouco desconfortável com os olhares curiosos depositados sobre ele.

Com o decorrer das aulas, o que parecia um incômodo se tornou uma vantagem, pois recebia atenção especial dos professores e a afeição das colegas, que não entendiam muito bem a histórica falta de interesse masculino pelo curso de Serviço Social. Aos poucos, algumas dessas afeições se transformaram em assédio, e Toninho voltou a sentir-se tentado a quebrar o pacto de lealdade firmado com Sílvia. Resistir não era uma empreitada fácil, e sua insegurança em relação ao sexo foi retornando lentamente, como uma oportuna auxiliar na manutenção de sua fidelidade. Naturalmente, formou um grupo mais próximo com algumas meninas de atitudes mais ousadas, que gostavam de um chope bem gelado e tinham alguma formação revolucionária. Costumavam ir depois das aulas ao Bar Barbas, em Botafogo, de propriedade de Nelson Rodrigues Filho, dono não só do bar como também da descendência do famoso dramaturgo que lhe deu o nome e de uma barba colossal que inspirou o nome do bar.

A UERJ era realmente um templo de novas ideias, que fervilhavam em seus corredores abastecidos pelo combustível da juventude, da experimentação acadêmica e da abertura política em curso. O Partido dos Trabalhadores encontrou lá um solo fértil para propagar suas ideias e arregimentar simpatizantes. A maioria dos Diretórios Estudantis militava nas bases do PT, e o pequeno broche com a estrela vermelha do partido figurava em grande parte dos peitos varonis daqueles estudantes marxistas, inclusive no de Toninho, que passou a frequentar as assembleias e reuniões que reivindicavam maiores liberdades dentro e fora do campus.

Com a proximidade das eleições, o Diretório Central de Estudantes (DCE) da UERJ convidou todos os candidatos a governador do Estado do Rio de Janeiro a debater seus planos de governo com os alunos, na Concha Acústica. Toninho assistiu aos discursos insossos de Moreira Franco, que liderava as pesquisas, de Miro Teixeira e Sandra Cavalcanti. Todos tiveram grande rejeição por parte da plateia que lotou as arquibancadas de concreto. O apoio maior veio no debate com Lysâneas Maciel, candidato do PT, mas que não chegou a empolgar Toninho, mesmo com as palavras de ordem e as diversas bandeiras do PT transformando o acontecimento em uma grande festa.

No dia destinado a Leonel Brizola, Toninho ocupou seu lugar na plateia sem muitas expectativas. Estava decidido a votar em Lysâneas, não por acreditar plenamente em sua competência, mas pela legenda que o abrigava. Foi quando Brizola tomou a palavra e tudo se transformou. O eloquente gaúcho, lançado na política por Getúlio Vargas e que havia sido uma das principais vozes da resistência ao golpe de 1964, surpreendeu a todos com sua oratória envolvente, sua inteligência admirável e, principalmente, com seu sarcasmo contundente que, logo nas primeiras frases, arrancou aplausos e gargalhadas. Algo realmente novo e irreverente acontecia naquele palco. Toninho e alguns membros do DCE que estavam ao seu lado deliraram de prazer com as críticas agudas de Brizola ao governo militar. Sua defesa da democracia era simplesmente arrebatadora. No final do discurso, a plateia explodiu em aplausos e Toninho retirou a estrela do PT de seu peito. Seu primeiro voto mudara de dono.

Iniciou uma conversa com alguns membros do DCE, que comentavam com respeito e admiração a trajetória daquele político que voltara ao Brasil depois de um longo exílio. Foi convidado a continuar o assunto no terceiro andar do pavilhão principal, em uma ala destinada aos estudantes onde não havia aulas nem interferência da direção. Era um território livre, composto de um corredor com diversas salas onde ficavam mimeógrafos e materiais de panfletagem, cenários e figurinos de peças teatrais e que também serviam de moradia clandestina para alguns. No final do corredor havia uma pequena varanda que dava de frente para o Morro da Mangueira. Essa varanda era o *maconhódromo* daquela tribo, coisa que Toninho logo percebeu pela quantidade de baganas, fósforos e restos de seda que jaziam no chão. Ali, livre da censura e da opressão do estado, fumou um baseado com aqueles malucos metidos a revolucionários.

Enquanto a fumaça da maconha dançava sensualmente rumo ao andar de cima, o projeto de um Brasil democrático e promissor era desenhado e debatido naquelas cabeças inspiradas pela *cannabis* e pelas palavras de Brizola.

Capítulo 20

Era um sábado do verão de 1983. Toninho e Sílvia estavam ocupados com mais uma de suas discussões. Desta vez, com a noite se aproximando, não parecia que um entendimento estava próximo, e Toninho resolveu simplesmente ir embora para sua casa deixando a continuação da peleja para o dia seguinte, quando a ação do tempo certamente ajudaria a arrefecer os ânimos. Iniciou sua caminhada de aproximadamente dois quilômetros em direção à Rodovia Presidente Dutra, onde pegaria o ônibus. No meio do caminho, percebeu que Sílvia o seguia. Novos rounds foram travados, até que o casal retornou à casa da moça e, exauridos pelo desgaste emocional daquelas picuinhas infantis, finalmente se abraçaram amorosamente num desfecho que liberou Toninho para retomar o caminho de volta ao Jardim América. A noite já estava avançada e os ônibus mais escassos. Ficou mais de uma hora esperando que um motorista piedoso se dignasse a parar naquele ponto escuro para recolhê-lo.

Chegou em casa cansado e deprimido com o rumo de seu namoro, quase quatro anos de um relacionamento que, para Toninho, deixara de ser prazeroso e se tornara uma obrigação rotineira e maçante. Durante todo esse tempo Toninho se mantivera fiel, e começava a sentir-se novamente virgem pelo fato de só haver conhecido uma única mulher na intimidade plena do sexo. Seu espírito jovem e desbravador clamava por novas experiências, novos desafios, e o cativeiro de sua existência ficava mais claro e dolorido quando constatava sua crescente falta de ânimo para as visitas habituais à namorada.

No domingo, um temporal inundou o entorno da casa de Sílvia, justamente na hora de Toninho se despedir. Andando com água pelos joelhos, em meio a ratos e dejetos, ele percebeu que sua história com Sílvia havia chegado ao fim. Precisava romper aquela inércia que o prendia a um relacionamento definhado, que atrofiava o desenvolvimento pessoal de ambos. Sílvia também estava parada no tempo, sem buscar novos horizontes em sua vida estudantil e profissional. Na semana seguinte os telefonemas de Toninho diminuíram e no final de semana, pela primeira vez, ele não compareceu à casa dela. Questionado, inventou uma desculpa e prometeu retomar a rotina no sábado seguinte.

A faculdade estava em férias e durante a semana Toninho chegava do trabalho, tomava um banho, e na falta de algo melhor para fazer ia dar uma volta pelo seu bairro. O Jardim América havia sido loteado no final dos anos 1950 e projetado para ser um moderno bairro de classe média. Inspirado no modelo arquitetônico de Brasília, foi um dos primeiros da região a abandonar as casas de cumeeira e adotar as construções de fachada. Além disso, suas ruas e quarteirões bem traçados já haviam nascido urbanizados. Ocupava a área da antiga Fazenda da Palha, que pertencia ao território de Vigário Geral mas ficara de fora do primeiro loteamento por se tratar de uma região de mangue, sujeita a alagamentos constantes. O surgimento do Jardim América só foi possível mediante um grande esforço de terraplanagem e aterramento, levado a cabo pela construtora que emprestou seu nome ao bairro. Essa terraplanagem, que promoveu o desmonte dos morros e partes altas do local, gerou uma vasta planície onde diversos campos de futebol foram criados.

Inicialmente, a população teve uma forte predominância de imigrantes portugueses, e nos anos 1970 e 80 um grande número de nordestinos também escolheu o bairro como destino, devido ao chamado dos parentes e à posição geográfica privilegiada do lugar. O Jardim América está localizado em um entroncamento às margens da Rodovia Presidente Dutra, que liga o Rio de Janeiro a São Paulo, e da Avenida Brasil, que liga o centro da cidade à Zona Oeste. Além disso, está próximo também da Rodovia Washington Luiz, que caminha para a região serrana e o interior do país através de Minas Gerais e da Linha Vermelha, via expressa para o centro da cidade e Zona Sul. Essa facilidade para o deslocamento de produtos, serviços e mão de obra ajudou o crescimento populacional desordenado que ocupou as áreas próximas ao Rio Meriti, gerando um cinturão de comunidades carentes que cercaram o bairro no final do século XX e repetindo um fenômeno de crescimento associado à pobreza e falta de investimentos governamentais que se reproduziu em diversas outras áreas do Rio de Janeiro. Naqueles primeiros anos da década de 1980, só existia a Favela do Dique, mas o bairro, embora pacato, já era desprovido de infraestrutura e opções de lazer para uma população com grande predominância de jovens.

Descendo sua rua, Toninho chegava a uma pequena praça ao lado da Escola Presidente Gronchi. Mal iluminada e escondida, contava com jardins e gramados onde se jogava futebol durante o dia, alguns brinquedos para as crianças e bancos e mesas de concreto. À noite, os filhos dos primeiros moradores do bairro, jovens que atingiam seus vinte e poucos anos de vida, reuniam-se para conversar e fumar maconha. Era o reduto dos maconheiros do bairro e os moradores das casas em frente à praça se acostumaram à presença daqueles malucos, que faziam sempre questão de serem gentis e educados com a vizinhança. Apenas uma Veraneio da Polícia Militar, com número de identificação 0164, passava em dias escassos. Aquele camburão velho e enferrujado fazia tanto barulho pelo escapamento arrebentado que os consumidores assíduos de *cannabis* percebiam de longe sua aproximação, e tomavam as devidas providências para evitar um flagrante que pudesse levá-los até a 39ª Delegacia de Polícia, na Pavuna. Mas nem sempre a manobra era suficientemente ágil, e o Jardim América era conhecido nessa delegacia como reduto de maconheiros.

Quando o sol se punha chegavam os primeiros. Aos poucos, iam formando pequenos grupos ou apenas um, bem maior. Eram na grande maioria homens, embora algumas mulheres também visitassem o lugar. Naqueles dias, o fato de uma jovem ser vista na companhia daquela galera era cruelmente fatal para a sua reputação. Para os rapazes, sob o ponto de vista da moral e dos bons costumes daquele microcosmo, que reproduzia o preconceito que a criminalização da maconha gerava na sociedade, também não era muito aconselhável parar ali.

A turma do skate, que descia algumas ladeiras íngremes e recentemente asfaltadas, estava sempre por lá. Havia também a turma dos "mais velhos", gente que já tinha passado dos 30 e gostava de se gabar de suas experiências com drogas, carros e mulheres. Muitos eram filhos de imigrantes, como Toninho. Outros, apenas jovens suburbanos entediados com a calmaria que imperava na vida noturna do bairro. Quase todos se conheciam desde a infância, e a rede corporativista da maconha se incumbia de apresentar os desconhecidos, enturmar os estranhos e estabelecer as parcerias.

Tinha também a galera do rock. Quase todos os notívagos daquela pracinha de subúrbio gostavam de rock, mas alguns carregavam um coração mais apaixonado e se digladiavam em debates onde até mesmo o maior conhecedor dos pormenores da carreira, da discografia e da vida pessoal das grandes estrelas do rock era posto à prova constantemente: fácil prever qual grupo Toninho escolheria para se enturmar, quando um caminhar descompromissado e pensativo o levou de volta àquela praça onde havia brincado quando criança.

Os diálogos eram fáceis. Quando se encontravam, o contato era feito com um simples e curto "E aí?" ou "Diga lá.", ou "Qualé?". E o indispensável "Aperta um!", senha que revelava a vontade intrínseca da galera. Alguns chegavam com um baseado e procuravam sua turma, tentando, sempre que possível, livrar-se dos "barreiras", os "serrotes", que nunca apresentavam nada e estavam sempre de carona no fumo dos outros. Assim, criava-se uma espécie de cooperativa entre esses malucos, que se revezavam na presença e se uniam nos rateios. Toninho logo passou a visitar a pracinha em todas as noites livres. Nos finais de semana, a galera se reunia no mesmo lugar para jogar futebol e frescobol na grama da praça. A *cannabis* parecia fazer o jogo se tornar mais interessante, e os atletas mais joviais. A maconha amenizava a competição e inspirava distração e divertimento nas mentes daqueles jovens cabeludos.

Ali Toninho encontrou uma nova turma. Dessa vez não havia nenhuma proposta existencial, discussão política ou projeto artístico movendo os encontros, apenas a ociosidade mental e o consumo de maconha, desengajado, distraído e vazio, filhos da revolução que adotavam o baseado diário como o evento mais emocionante e rebelde de suas pequenas rotinas.

A boca de fumo mais próxima ficava em Vigário Geral. Era uma boca de asfalto, e funcionava no alto de um morro urbanizado fora dos limites da favela. As bocas de fumo dessa época eram comandadas por traficantes maduros, na maioria crias da própria região onde exploravam o tráfico. Os moradores e as famílias não eram incomodados por esses marginais, mas faziam questão de manter distância dos negócios deles. Não havia muitas bocas, e as que existiam eram cobertas de mistério, disfarce e malandragem. Não se ostentava armas nem poder. Ao contrário, fazia-se de tudo para manter o anonimato e o segredo. Só eram servidos os conhecidos ou referendados.

A malandragem respeitava a polícia. A polícia era severa e quase nunca traiçoeira. Nessa boca de Vigário, dois vapores se revezavam no atendimento, um de dia outro à noite. O mais famoso era "O Velho", que ganhou esse nome pelo motivo mais óbvio: tinha mais de 60 anos e cabeleira grisalha, penteada para trás com um pouco de goma. Andava sempre com uma gaiola de passarinho em uma mão e uma pequena toalha branca na outra, como um inocente aposentado passeando com seu amigo de penas. O fumo sempre ficava escondido em lugar conhecido apenas pelo vapor. O viciado não se dirigia ao "Velho". "O Velho" é que vinha ao seu encontro. Bastava para isso que o freguês diminuísse o passo, o buscasse com o olhar e aguardasse em alguma birosca ou marquise. "O Velho" se aproximava com um sorriso nervoso, pegava o dinheiro e se afastava, sempre lenta e disfarçadamente, olhando para as duas esquinas da rua e desaparecendo por uns poucos minutos por detrás de um muro velho, que dava para o corredor longo e estreito de uma vila de casas pobres. Alguns minutos depois, aparecia novamente com gaiola e toalha. Uma aproximação lenta e estudada era feita até que, depois de se sentir seguro, chegava novamente ao freguês. A "dólar" de maconha aparecia no meio da toalha como truque de um mágico barato e canastrão.

A jogatina da época era a loteria esportiva, explorada pelo estado apesar de o jogo ser proibido no Brasil. Milhões de brasileiros apostavam seu dinheiro no resultado dos jogos do Campeonato Brasileiro de futebol, marcando seus palpites em pequenos volantes de papel que eram distribuídos e desperdiçados em grande escala. Esses pequenos papéis patrocinados pelo jogo constituíam uma embalagem funcional e grátis para a maconha, e muitas bocas adotavam esse invólucro. A boca do "Velho" não era diferente: a erva era embalada nesses formulários em formato cilíndrico, como um pequeno charuto, chamado de "dólar". Toninho chegou a ver malucos exibicionistas acendendo uma "dólar" inteira do "Velho" na própria embalagem, carregando para os pulmões, além do THC, todas as toxinas contidas no papel grosso e sua tinta. A boca não mantinha um padrão de qualidade, e a maconha vendida, em geral, era bastante ruim. Às vezes alguém aparecia com uma maconha de outras bocas mais afastadas e logo a notícia corria, alvoroçando os que esperavam uma oportunidade de experimentar um fumo mais forte. Mas na maioria das vezes era o "Velho" que atendia às demandas.

Não demorou muito para Toninho receber um convite para acompanhar alguém até a boca. Voltou lá sozinho no dia seguinte, e foi servido após um breve interrogatório comandado pelo vapor-assistente do "Velho". Tornava-se, assim, independente no consumo de maconha, capaz de ir direto à fonte sem necessidade de intermediários. Isso o deixou altivo e orgulhoso. Agora, vez por outra, era ele quem chegava com a "presença" na praça. Estava novamente inserido em um grupo.

Diferente do Grupo Terra, esse não tinha nome nem proposta: era um amontoado de devassos ociosos, sem maiores ambições. A maconha não era o coadjuvante eventual de reuniões criativas e motivadoras, mas a mola propulsora daqueles encontros diários e inúteis. Alguns trabalhavam, como Toninho, e passavam por lá depois da jornada de labuta; outros apenas estudavam, outros nada faziam. Alguns poucos já demonstravam maior vocação para a criminalidade, todos interligados pela droga através de um protocolo de gírias e atitudes que propagava uma malandragem inofensiva, mas necessária para a plena aceitação no grupo. Não tinham posições políticas engajadas nem projetos existenciais inovadores. Eram frutos de uma periferia desinformada, desprovida de opções sadias de distração, figurantes de uma lógica pérfida, crescida à sombra de uma sociedade consumista, que estimulava cada vez mais a busca do prazer pessoal a qualquer custo.

A frequência de Toninho nesses encontros foi aumentando lentamente. Tinha plena consciência das limitações de seus novos contatos, mas gostava de estar com aqueles malucos que somente na aparência lembravam os contestadores revolucionários que ele sempre admirou. A maconha estava agora presente em vários dias de sua semana, sem impedi-lo de desempenhar suas tarefas ou desfrutar do convívio social e familiar. O relaxamento e a distração que ela oferecia eram bem aceitos por Toninho na peleja diária para resistir ao esmagamento que a realidade tentava infligir aos seus sonhos. Depois de fumar seu baseado, ia com alguns companheiros até o botequim do Seu Vieira, para aplacar a larica com alguns doces de leite e disputar algumas partidas de totó ou sinuca.

Assim se passou o verão de 1983. As aulas começaram e Toninho ainda não havia reunido coragem suficiente para terminar o relacionamento com Sílvia. As ausências dos finais de semana se repetiam, mas uma conversa franca e definitiva ainda não havia acontecido. Com esse laço no pescoço, Toninho saiu do trabalho e caminhou até a estação ferroviária de Parada de Lucas naquele fim de tarde de sexta-feira, etapa final de mais uma semana de trabalho. Suas pernas doíam, pois havia andado vários quilômetros pelo centro da cidade à procura de pedidos para a fábrica.

Atravessou a passarela sobre a linha férrea e aguardou impaciente o Madureira-Jardim América. Nessa noite não tinha aula na UERJ e Toninho só pensava em chegar em casa, tomar um banho e dar uma passada na Praça da Gronchi. Quando entrou no ônibus, não conteve um palavrão diante da superlotação do coletivo. Já nas escadas da entrada várias pessoas se espremiam, dificultando o embarque de mais passageiros. Vencendo algumas etapas sufocantes, conseguiu passar pela roleta. Em Vigário Geral algumas pessoas desceram, e através dos pequenos espaços que surgiram no corredor Toninho pôde ver Fátima, se segurando nos tubos de metal que sustentavam os bancos. Era uma menina baixa, de um metro e sessenta aproximadamente, longos cabelos encaracolados, pernas grossas e uma bunda bem torneada que parecia querer escapar do jeans apertado e desbotado. Os cabelos escondiam um pouco suas feições e disputavam com seus olhos claros e redondos o pouco espaço de seu rosto miúdo. Aquela cabeleira remeteu Toninho à figura da esposa de Robert Plant em uma cena do filme do Led Zeppelin "The Song Remains The Same", que no Brasil estreou nos cinemas com o nome de "Rock é Rock Mesmo". Nessa época Toninho já havia visto três vezes aquele filme que registrou um show antológico do Zeppelin no Madison Square Garden, mas no futuro esse número passaria de uma dezena. Não se podia dizer que Fátima era uma linda mulher, mas seu visual hippie e a cabeleira zeppeliana despertaram o interesse de Toninho. Seus olhares se cruzaram algumas vezes, até que um banco ficasse vago para a menina se sentar. Toninho se aproximou e ficou em pé ao lado dela, e suas mãos se tocaram quando um solavanco mais forte os fez procurar apoio simultâneo no tubo metálico do banco. Ela sorriu com malícia, e ele retribuiu com a mesma moeda.

O ônibus já havia entrado no Jardim América e se aproximava do ponto onde Toninho deveria saltar. Fátima se levantou, puxou o cordão que acionava a campainha e desceu um ponto antes. Toninho ficou imóvel, e acompanhou com o olhar o percurso da menina até a calçada. Quando o ônibus se moveu novamente, ela ofertou mais um sorriso que ele não estava disposto a permitir que fosse o último. Saltou no ponto seguinte, distante uns 300 metros de onde ela havia desembarcado, e correu ao seu encontro. Interceptou-a caminhando para sua casa e se apresentou.

Fátima era filha de pais separados, a mais nova de três irmãs e única ainda solteira. Mudara-se recentemente para o Jardim América com a mãe. Cursava arquitetura e dançava jazz, mas o melhor só veio a ser revelado na porta da casa da menina, com os dois já devidamente apresentados e após horas de conversa e pequenas seduções. Quando o assunto passou para o campo da música, Toninho descobriu maravilhado que Fátima gostava de *rock'n'roll*. Embora não fosse doutora na cena rock mundial como Toninho, declarou gostar de bandas como Kiss, Iron Maiden e Rush.

As afinidades foram pipocando incansáveis durante todo aquele primeiro encontro. No terceiro chamado de sua mãe, Fátima resolveu se despedir e entrar. Toninho combinou voltar no dia seguinte. Já era tarde quando passou pela praça, onde alguns gatos pingados formavam uma pequena roda de fumaça. Resolveu não parar por lá naquela noite. Seguiu direto para casa com o coração acelerado, angustiado por saber que no dia seguinte precisaria ser franco com Sílvia. Não se sentia capaz de resistir à atração por Fátima nem de enganar a namorada protelando o fim daquela relação moribunda.

Na manhã seguinte acordou tarde e, após um breve café, seguiu para o telefone público mais próximo para informar Sílvia de que não a visitaria naquele sábado. Nem no domingo. Pediu um tempo. Sabia que a reação de Sílvia não seria boa, mas foi pior do que havia imaginado. A distância física entre os dois e a duração da ligação, limitada pelo número de fichas que Toninho tinha no bolso, tornaram as coisas menos sofridas para o rapaz. Com carinho e firmeza, esquivou-se dos questionamentos e reclamações da namorada, que buscava aos prantos um porquê para aquela atitude. Tentou amenizar o sofrimento dela com palavras otimistas de incentivo que, naquele momento, quase soavam como sarcasmo. Não queria ferir Sílvia, mas após desligar sentiu uma carga enorme sair de suas costas. Sentia-se novamente no comando de seu destino e pronto para iniciar uma nova etapa em sua vida. Mesmo assim, uma ponta de tristeza e uma inexplicável saudade ardiam num recanto oculto de seu peito.

Um misto de alívio e melancolia o acompanhou por todo aquele sábado, e só foi esquecido à noite, na casa de Fátima, onde foi convidado a entrar e conhecer a mãe da menina. Foram para o quarto dela, ouvir alguns LPs. A menina era boa desenhista e alguns de seus trabalhos decoravam as paredes do cômodo simples. Fátima tirou de dentro do guarda-roupa um pedaço de papel vegetal enrolado e deu a Toninho. Era um desenho da mascote "Eddie The Head", da banda inglesa de *heavy metal* Iron Maiden, que ela havia preparado para ele durante o dia. Eddie era uma besta fictícia criada por Derek Riggs, presente em quase todas as capas do Maiden. Toninho não gostava muito da radicalização sonora do rock pesado em trabalhos como o do Iron Maiden, embora o futuro ainda guardasse movimentos como o *trash metal* que iriam fazer o Maiden parecer uma banda de jardim-de-infância. Mesmo assim, o presente agradou.

Beijaram-se pela primeira vez, um beijo bom, cheio de perguntas silenciosas. Começava ali um relacionamento intenso e apaixonado, como a própria personalidade de Toninho. Marcaram de se ver novamente no dia seguinte. Perto da meia-noite, Toninho se despediu com vários outros beijos e partiu para vencer os poucos metros que o separavam de sua casa. Não precisava mais de ônibus, nem de esperas maçantes à beira da Rodovia Rio-São Paulo. Sob o ponto de vista logístico, aquele novo namoro era infinitamente mais confortável. Para ficar completo, faltava apenas o sexo. Um frio de ansiedade e insegurança percorreu seu umbigo enquanto tecia planos mirabolantes para o momento de possuir Fátima plenamente.

Chegou em casa se sentindo leve e animado. Apesar da hora

avançada, as luzes da sala ainda estavam acesas. Encontrou Sílvia sentada no sofá com o rosto inchado de chorar; tinha vindo à casa de Toninho em busca de mais explicações. Foi bem recebida por Aurélia, que teve compaixão do sofrimento sincero da menina. Todos dormiam, e Sílvia aguardava a chegada de Toninho para conversar. Foi um balde de água gelada na vivacidade do rapaz. Sílvia não estava habituada a ser contrariada. Não iria desistir do namorado sem muita luta.

Antes que o primeiro round começasse, Toninho foi até seu guarda-roupa e guardou o desenho que ganhara de Fátima. Temia que a relíquia pudesse ser alvo do famigerado destempero de Sílvia. Voltou para a sala querendo apenas encerrar o assunto e ir dormir. Pacientemente, tentou por todos os caminhos fazer Sílvia entender que as coisas haviam mudado, e que cada um poderia seguir seu caminho sem maltratar o outro ainda mais. Tomou cuidado para não ferir a ex-namorada e por isso mesmo negou a existência de outra mulher. Sentia-se tremendamente desconfortável diante do desespero de Sílvia e sob as contundentes acusações dela. Apesar de não amá-la mais, tinha grande carinho por ela e por tudo que haviam vividos juntos.

Diante da constatação da dor intensa que a separação dos dois estava causando, se aproximou e a abraçou com ternura. Algumas lágrimas rolaram também por seu rosto, e a forte emoção do momento se misturou ao desejo no contato daqueles dois corpos tão acostumados um ao outro, confundindo os sentimentos e as ações do jovem sonhador, sedento por liberdade. Em meio a tanta perturbação sentimental, o apelo do sexo surgiu como um bálsamo tranquilizador. Toninho, num ato egoísta e impensado, se entregou aos carinhos de Sílvia e transaram no sofá da sala, protelando para o dia seguinte o desfecho da conversa.

Na manhã de domingo, Toninho acompanhou Sílvia até o ponto de ônibus e dessa vez precisou ser um pouco mais duro. Deixou bem claro para ela que sua decisão era definitiva, e de nada adiantariam cenas de desespero e chantagem emocional. Argumentou que tinham 21 anos e uma vida inteira pela frente. Sílvia havia sido derrubada do alto do castelo que havia construído com Toninho, onde se sentia segura e confortável. Humilhou-se diante do namorado a quem suplicou uma reconsideração, uma nova chance para os dois. Derrotada, subiu no seu ônibus com lágrimas nos olhos.

O sofrimento intenso de Sílvia golpeou o coração de Toninho, que naquele momento elevou seu pensamento a Deus. Enquanto perdia de vista o ônibus que levava embora a primeira mulher de sua vida, pediu ao Pai que a confortasse e a ajudasse a ser feliz. Sílvia ainda era o elo perdido que o ligava a um passado alegre, que cada vez mais deixava saudades e já parecia meio desfocado pela lente da memória. Voltando para casa foi até seu quarto e retirou da parte interna da porta de seu guarda-roupa todos os ingressos de peças teatrais e shows musicais que havia assistido em companhia dela. Colou no lugar a figura de Eddie desenhada por Fátima. Estava aliviado e convencido de que havia feito o que era certo e inevitável, embora o sofrimento da ex-namorada o tivesse deixado calado e triste.

Enquanto aguardava o almoço que Aurélia preparava, deitou--se na sala e garimpou em seus discos baladas suaves e românticas que pudessem servir de trilha sonora para seu estado de espírito naquele momento. "You Got The Silver" e "I've Been Loving You Too Long", com os Stones; "If" e "Fat Old Sun" do álbum "Atom Heart Mother", do Pink Floyd. "Começar de Novo" do álbum "Pedaços", de Simone, fechou aquele capítulo da vida de Toninho chamado "Sílvia". Ou, pelo menos, era o que ele pensava.

Capítulo 21

No início do ano letivo na UERJ os alunos e funcionários ingressaram em uma greve por tempo indeterminado, que reivindicava, entre outras coisas, maiores investimentos na educação e eleições diretas para eleger o reitor da universidade — sinais dos novos tempos nos quais a sociedade brasileira ingressava. Toninho achava legítimo o movimento e até participou de algumas assembleias. Mas o jovem que chegava à noite na faculdade estava cansado de trabalhar o dia inteiro e ansiava por aulas e ensinamentos que pudessem descortinar novas possibilidades para o seu desenvolvimento intelectual e profissional. Além do mais, as reuniões e discursos lhe pareciam pouco objetivos, muitas vezes confusos e sem conteúdo. As constantes interrupções nas aulas o contrariavam e o desestimulavam. Nesses recessos forçados da faculdade, a pracinha da Gronchi voltava a ser o programa noturno mais disponível.

Numa dessas noites chegou lá e logo avistou um grupo acocorado em um dos bancos, fumando um baseado. Todos eram conhecidos, e entre eles estava Vítor Pequinês. Sentou-se junto deles. Pouco depois, chegou Lelo. Toninho já o conhecia de vista, também filho de imigrantes italianos, como Vítor. Seus pais haviam se separado quando ainda era criança e pouco tempo depois ele perderia sua mãe em um trágico acidente de carro na Avenida Brasil. Assim como Toninho, tinha uma única irmã mais nova. Fora criado pelos avós maternos e continuava vivendo com eles, a quem chamava de *Nono* e *Nona*, conforme a tradição italiana. Seu tio havia sido eleito deputado estadual pelo PDT,[4] no rastro do vendaval chamado Leonel Brizola, que derrotara os adversários com

---

4 Partido Democrata Trabalhista.

uma votação arrasadora nas eleições para governador do Rio de Janeiro no ano anterior.

Com o amparo desse tio, que o considerava como um filho, gozava de algumas regalias às quais a maioria dos jovens da praça não tinha acesso. Vez por outra aparecia com um carro, e havia estudado em bons colégios. Além do italiano, falava inglês com fluência e ministrava aulas desse idioma no colégio do mesmo tio. Já tinha viajado para a Itália e tinha um bom nível cultural. Vítor atendeu com presteza ao convite para um carteado na mesa ao lado e deixou Toninho e Lelo em uma conversa animada, que enveredou pelas preferências musicais dos dois. Lelo era um roqueiro inveterado, membro do fã-clube dos Beatles e "Ledmaníaco" — como se autodenominava ao tentar explicar sua paixão pelo Zeppelin. Enquanto Toninho enumerava os diversos itens de sua coleção de LPs, Lelo lhe falava do trabalho do AC/DC, banda australiana que Toninho ainda não havia escutado com atenção. As semelhanças entre os dois rapazes eram muitas e se tornavam mais evidentes a cada banda comentada, a cada experiência compartilhada. Esgotados os assuntos musicais, passaram para os comentários sobre a maconha. Era certo encontrar em cada banda enaltecida uma ou mais figuras que encarnassem o estereótipo do roqueiro doidão e irreverente, constatação que insuflava nos dois a apologia às drogas e a identificação com o espírito contestador e marginal de seus ídolos.

Trocaram informações sobre seus experimentos com a maconha e Lelo foi além, declarando já ter experimentado cocaína. Perguntou a Toninho se já havia consumido o pó branco e diante da negativa do novo amigo, passou a tecer um relato vibrante sobre suas incursões na droga e seus efeitos "maravilhosos". Detalhou com riqueza e energia os procedimentos para o preparo e aspiração do "brilho". Foi nessa época que as mentes maliciosas de usuários da droga, conhecida como "brilho" ou "brisa" nas bocas e rodas de viciados, tomaram de empréstimo o sobrenome do governador recém-eleito, aproveitando um duplo sentido do grudento e vitorioso slogan de campanha: "Brizola na cabeça". Lelo estava visivelmente empolgado com a cocaína e as sensações que havia experimentado sob seu efeito. Falou para um Toninho atento e curioso sobre a disposição incontestе e o nível excepcional de atividade que a droga proporcionava a seus adeptos. Toninho se mostrou inclinado a experimentar. Afinal, o contato mais assíduo com a maconha só havia servido para fortalecer em seu pensamento a convicção de que todos os argumentos que demonizavam a erva, e a colocavam como fator preponderante na deterioração do ser humano, eram infundados e injustos, gritos de preconceito e caretice.

O baseado eventual que fumava na praça junto daqueles jovens alienados era, para Toninho, apenas um resquício de uma época de descobertas e desafios que ele se esforçava para recuperar. Não percebia nenhum prejuízo físico ou mental nessa prática, pelo contrário, sentia-se estimulado e identificado com a sensação de rebeldia e transgressão que a *cannabis* parecia proporcionar. E foi fácil transferir essa avaliação para a *brizola*, mesmo sem conhecer a droga pessoalmente. A propaganda deslumbrada de Lelo surtiu efeito e combinou com as convicções de Toninho, adquiridas em sua breve história com a maconha.

A possibilidade de experimentar outra droga não despertou nenhum alarme em seu interior. Ao contrário, foi tranquilamente recebida como mais um passo em seu constante desafio frente ao desconhecido. Estava iniciando uma nova fase, livre das algemas do namoro com Sílvia, focado em seu novo relacionamento com Fátima e em sua vida acadêmica na UERJ. O momento era totalmente propício a novas aventuras, que talvez pudessem livrá-lo definitivamente de outras amarras que o prendiam a uma existência monótona e sem novidades.

Havia renunciado às suas vocações para obter recompensas financeiras e se arrependia disso. Qualquer apelo que significasse uma ruptura com os padrões ou um desvio das normas era recebido como um redespertar de suas propostas adormecidas. Lelo falou sobre um cinema em Copacabana que estava exibindo o documentário sobre o Festival de Woodstock. Combinaram assistir o filme na sexta-feira seguinte, e a cocaína foi convidada também. Despediram-se, e Toninho seguiu para a casa de Fátima, tomando o cuidado de chupar uma bala de hortelã para disfarçar o cheiro de maconha na boca.

Enquanto caminhava, Toninho pensava que finalmente havia encontrado um parceiro para assuntos de nível intelectual mais elevado. Os amigos do GPI estavam dispersos por suas novas rotinas e Toninho com pouco tempo para se deslocar até eles. Lelo poderia ser um substituto à altura, alimentando sua inclinação para atividades construtivas, artísticas e contestadoras. Sentia-se surfando a crista de uma grande onda de mudanças que o levaria a uma praia ensolarada, onde seria inaugurada uma nova era.

Chegou à casa de Fátima e encontrou a menina arrumada e pronta para sair. Sua mãe não estava e não dormiria em casa naquela noite. Antes que a notícia pudesse excitar em Toninho planos libertinos, Fátima o convidou para acompanhá-la até o bairro do Jabour, onde havia morado. Jabour era um sub-bairro de Senador Camará, residencial como o Jardim América e próximo de Bangu. Caminharam até a Avenida Brasil e pegaram um ônibus. Depois de passarem pelas casas de parentes e conhecidos de Fátima, sentaram-se em uma adega para tomar vinho.

No meio da conversa, Fátima levou a prosa para uma direção que inicialmente deixou Toninho surpreso e constrangido. Informou que havia sentido "um gosto estranho" ao beijar o novo namorado, e já não era a primeira vez. Toninho sentiu-se despido diante da constatação de que as balas de hortelã haviam sido ineficazes: era difícil tirar de um beijo o gosto da maconha. Diante do visível incômodo causado por suas observações, Fátima se apressou em amenizar a situação. Esclareceu que não tinha nada contra o uso de drogas. Com palavras escolhidas para não causar espanto, informou que ela mesma já havia experimentado maconha com um antigo namorado e tomado algumas bolinhas em bailes com as amigas, o que teria ocorrido apenas uma vez. A única coisa que ela queria era que Toninho fosse sincero já que nada havia no comportamento dele que devesse ser escondido.

Toninho ficou aliviado e feliz. Fátima havia encaixado a penúltima e mais rara peça no protótipo de mulher ideal que ele havia desenhado no painel ilusório de suas esperanças: uma parceira que não criticasse suas experiências com drogas e que eventualmente o acompanhasse no consumo era tudo que ele julgava precisar para decretar o fim de um ciclo trivial e improdutivo em sua vida. Sentiu que estava diante de um acervo de novidades e rebeldia excitantes. A curta experiência com drogas adquirida e declarada por Fátima excluía o risco de haver qualquer contratempo como a *bad trip* de Sílvia.

A última figurinha que completaria seu álbum de anseios era o sexo. Mas pressentia que o envelope contendo mais esse prêmio estava próximo de lhe ser entregue. Fátima falou de um amigo que morava próximo e que certamente teria alguma maconha para fumarem. Perguntou se Toninho gostaria de ir até lá. Pagaram a conta e foram à casa do rapaz, que os recebeu com gentileza e com um grande abraço na amiga — o que fez Toninho imaginar que os dois haviam sido bem mais do que "amigos" no passado. Após alguns poucos minutos de conversa, Fátima perguntou se o rapaz tinha um baseado. Ele sorriu e olhou desconfiado para Toninho, que se apressou em se declarar "limpeza". Foram para os fundos da casa e acenderam o bagulho, que já estava apertado. O cigarro rodou de mão em mão e Toninho se desligou daquele momento para admirar o visual underground de Fátima sorvendo a fumaça da *cannabis* para logo depois devolvê-la à atmosfera em nuvens sinuosas, que pareciam dançar com seus cabelos longos e embaraçados. Os olhos da menina logo ficaram espremidos e um pouco avermelhados, o que a tornou ainda mais encantadora para um Toninho seduzido. O vinho e a maconha passeavam em seus neurônios e ajudavam a adornar Fátima com nuances que nunca antes vivenciara tão de perto.

Com a noite avançada, se despediram e pegaram o ônibus que os levaria de volta ao Jardim América. Pouco antes de chegarem ao seu destino, uma chuva torrencial desabou sobre a Zona Norte do Rio de Janeiro. Ao saltarem na Avenida Brasil, os pingos grossos foram encharcando seus cabelos, suas roupas e as ruas por onde caminharam até chegarem à casa de Fátima. O convite para entrar veio em meio aos risos dos dois, que se divertiam com a situação em que se encontravam. Toninho ficou na sala enquanto Fátima foi pegar uma toalha. Ela voltou tentando melhorar o estado de seus cabelos e aconselhou Toninho a tirar a camisa molhada. Podia-se sentir as vibrações entre os dois se comunicando numa conversa inaudível, determinando que aquela era a hora de se conhecerem melhor.

Quando Fátima se aproximou para enxugar o seu dorso úmido, Toninho tomou a iniciativa de um longo beijo, que começou em pé e continuou com os dois deitados no sofá. A temperatura subiu rapidamente, a tal ponto que se os dois não tivessem se desvencilhado de suas roupas, elas secariam em seus próprios corpos em poucos minutos. Com carinho e arrebatamento, Toninho penetrou na intimidade de Fátima como quem entra em um vale encantado. O desejo explodiu como um solo de bateria de John Bonham. Depois de tanto tempo de relacionamento com Sílvia, Toninho sentia-se perdendo a virgindade pela segunda vez. Esparramou-se pelas entranhas de Fátima e sorriu, um sorriso que ficaria em seu rosto por vários dias.

Seu entusiasmo foi correspondido. A falta de variedade de parceiras em suas relações sexuais havia sido compensada pela quantidade e pela intensidade nas transas com Sílvia, capacitando-o de maneira especial na arte do amor. O afeto exclusivo e a grande afeição que haviam pautado aquele namoro recém encerrado moldaram em Toninho um amante carinhoso e atento aos prazeres escondidos da mulher. Sua iniciação com uma pessoa especial em um momento especial o havia diplomado na prática sexual generosa, competente e inspirada, tornando-o capaz de ser firme e delicado em rara medida e escapando ao egoísmo comum nos jovens de sua idade. Fátima percebeu isso. Ficaram abraçados por um longo tempo e repetiram a dose antes de Toninho se despedir e caminhar para sua casa.

Desde os áureos tempos do teatro que Toninho não se sentia tão entusiasmado com a vida. Sua autoestima alcançara o hiperespaço e ele encarou o futuro de frente com muita confiança e alegria. Na rua deserta daquela madrugada, correu e pulou como uma criança que ganha o brinquedo mais desejado. Deitou-se, mas nem chegou a dormir. Logo se levantou para ir trabalhar.

Não deixava transparecer o cansaço de uma noite insone. Em seus olhos só se via o entusiasmo de um jovem que tinha o mundo aos seus pés e o destino em suas mãos. Novas amizades, novo amor, novos horizontes, era esse o ambiente que o agradava e o fazia esquecer e superar sua insegurança, lançando-o novamente na lida de sonhos e planos a que havia se acostumado no passado, um estilo de vida que havia escolhido para escrever a sua história. A essa altura, já havia descoberto que mudar o mundo seria um pouco mais trabalhoso do que imaginara. Mas desistir não passava por sua cabeça.

Capítulo 22

Na sexta-feira em que havia marcado o encontro com Lelo, Toninho chegou apressado do trabalho. Beijou a mãe e entrou em seu quarto, jogando a pasta que utilizava para carregar os mostruários e tabelas de preços onde imaginava estar sua cama. A pequena pasta de couro caiu sobre uma estante baixa, derrubando alguns bibelôs e porta-retratos. Tudo em seu quarto estava modificado, e na estante que antes ficava no corredor notou a falta de sua coleção de revistas *MAD*, revista de humor norte-americana cujas edições brasileiras vinha acumulando desde o início dos anos 1970 e que satirizava de maneira irreverente, inovadora e inteligente os grandes sucessos de bilheteria do cinema e outros aspectos sociais e culturais da época. A revista chegara a ser proibida nos EUA e investigada pelo FBI por uma suposta incitação à delinquência juvenil.

Toninho gelou. Prevendo o pior, foi perguntar a Aurélia o que havia acontecido. Com a naturalidade de uma consciência tranquila, convencida de que o melhor para o filho era ter um quarto limpo, arrumado e livre de velharias, informou que havia jogado fora várias revistas velhas e inúteis que "ocupavam espaço", e ficou esperando por um "muito obrigado", ou outra expressão sincera de satisfação. Toninho correu para o lixo, mas a coleta já havia sido realizada pela Companhia de Limpeza Urbana. Esbravejou o mais que pode, mas de nada adiantou. Assim era Aurélia. O excesso de amor em seu coração era um salvo-conduto para as atitudes mais bizarras e impensadas. Sentiu-se ferido em sua individualidade e desejou com uma ira adolescente se libertar daquela casa e da superproteção desastrada da mãe. Resignado, mas dolorido, tomou seu banho e enquanto se vestia ligou seu rádio na Fluminense FM. Um refrão insistente na voz do cantor Leo Jaime se espalhou pelo quarto:

"AIDS, não tente colocar band-aids." Na letra da música "AIDS", que zombava dos modismos importados do exterior e copiados no Brasil, a sigla de uma nova doença era usada em tom de alerta.

Toninho já havia lido alguma coisa sobre essa moléstia desconhecida que vinha vitimando diversas pessoas, principalmente na África, mas as informações eram ainda incipientes e confusas. O que parecia certo é que o novo mal não tinha cura, era transmitido pelo ato sexual e levava o portador do vírus rapidamente à morte. Chegou à pracinha com aquele refrão martelando na mente. Lelo ainda não havia chegado e ele se aproximou de um grupo que acabara de fumar um baseado. Enquanto esperava pelo amigo entabulou uma conversa com os maconheiros seus conhecidos e perguntou se eles já tinham ouvido falar em AIDS.

— Essa doença é foda. Mas ainda não chegou por aqui, não.

— Chegou sim. Eu conheço um veado que tá com essa porra.

— Isso só pega em veado. Pode ver que todo mundo que tem essa porra é bicha.

— Mulher não tem isso.

Depois dessas elucidações embasadas no preconceito e na falta de informação que acompanharam o início da moléstia no Brasil, Toninho achou melhor mudar de assunto. Lelo apontou na esquina e Toninho se despediu, indo encontrá-lo. Repassaram o script daquela noite previamente combinado, que incluía o registro cinematográfico do Festival de Woodstock e cocaína. A "Boca do Velho" ainda não vendia pó com regularidade. Vez por outra uma quantidade de papelotes era colocada à disposição dos possíveis clientes, mas a procura era pouca se comparada à da maconha e o alto preço afugentava os viciados de classe média baixa moradores da região. Enquanto uma trouxa de maconha com dois ou três baseados custava em torno de Cr$500,00, um papelote com menos de um grama de cocaína saía entre Cr$1.000,00 e Cr$3,000,00. O lugar mais próximo onde provavelmente encontrariam brizola era a boca de fumo das "Três Bicas", que ficava na divisa entre as favelas de Vigário Geral e Parada de Lucas.

Nem Toninho nem Lelo nunca tinham entrado lá, mas Lelo sabia onde ficava o buraco no muro da linha férrea por onde deveriam atravessar para alcançar o movimento. Uma vez lá dentro, e identificados como moradores e viciados, seria fácil encontrar o vapor. Havia chovido o dia todo e a lama dominava a paisagem, ajudando a carregar nos tons de miséria daquela localidade depauperada. Já haviam caminhado uns 50 metros quando Toninho avistou ao longe uma mulher muito magra, em cima de uma pinguela, que os observava com um binóculo. Ao constatar que tinha sido vista, a mulher sinalizou para que os dois se aproximassem. Era uma lésbica de bermuda, chinelo e camiseta, e com uma atitude masculina e agressiva foi perguntando o que os dois jovens queriam, mesmo sabendo qual seria a resposta. O dinheiro estava com Lelo e ele pediu um "papel". Informado do preço, passou o dinheiro para a mulher que retirou de dentro das calças um saco plástico com alguns papelotes, passando um deles às mãos de Lelo.

Caminharam tranquilamente de volta até o mesmo buraco no muro que os devolveria ao asfalto. Era o ponto mais perigoso da expedição. Dois cabeludos bem arrumados saindo da favela àquela hora certamente seriam parados pela polícia, caso sua evasão coincidisse com a passagem de alguma viatura. Toninho foi na frente, e ao pisar na Rua Bulhões Marcial fez sinal para o amigo de que tudo estava "limpo". Apressaram-se em atravessar a rua e se misturar com algumas pessoas que aguardavam num ponto de ônibus. No caminho para Copacabana riram do esconderijo escolhido pela "vapor sapatão" para ocultar o fragrante.

— Essa deve estar "cheirosa".

O plano era cheirar a cocaína no cinema e assistir às performances de Jimi Hendrix, Ten Years After, Sly & The Family Stone e Richie Havens, entre outros. Toninho estava muito excitado com a ideia de ver o filme e finalmente conhecer pessoalmente a tão famigerada cocaína. Entretanto, a informação de Lelo estava furada. No letreiro do cinema indicado por ele na Avenida Nossa Senhora de Copacabana, não estava o nome do documentário dirigido por Michael Wadleigh e ganhador do Oscar de 1970. Ficaram decepcionados e desnorteados, sem saber o que fazer para consumir a cocaína que estava no bolso de Lelo.

Decidiram caminhar até a Av. Princesa Isabel para encontrar um lugar abrigado e propício para o consumo da brizola. Pensaram na praia, mas ventava muito. Na Rua Prado Junior, reduto de vários inferninhos e templo da prostituição carioca, passaram em frente a outro cinema que exibia o filme "Hair", dirigido por Milos Forman e adaptado de um espetáculo homônimo da Broadway, e que após ter ficado proibido desde seu lançamento em 1979, finalmente estreava nos cinemas brasileiros.

Não era "Woodstock", mas a história do jovem americano que conhece um grupo de hippies antes de se alistar para lutar no Vietnã era o que mais se aproximava de suas expectativas naquele momento. A sessão já havia começado e o cinema estava quase vazio. Foram direto para o banheiro pomposo, de louças e azulejos azul-marinho até a metade da parede, fechando o ambiente de maneira claustrofóbica como uma espécie de sarcófago esterilizado. Entraram juntos em um dos reservados e fecharam a porta. Nervoso e desajeitado, Lelo retirou sua identidade da carteira e o papelote do bolso. As embalagens da brizola daquele tempo eram quase peças de artesanato. Um pequeno pedaço de filme de polietileno transparente, medindo uns 3x2 cm, envolvia o pó, entrando em contato direto com a droga que tentava proteger de sua maior ameaça: a umidade. Um pedaço um pouco maior de papel vegetal agregava sua rigidez e encorpava a embalagem, abraçando o pó e o polietileno dobrado ao meio e unindo suas beiradas, que recebiam mais duas dobras estreitas no sentido horizontal. Depois, as extremidades laterais eram dobradas para a parte traseira, formando uma espécie de minúsculo envelope retangular, e por fim um grampo de metal dava a inviolabilidade necessária.

Lelo se livrou do grampo com a ponta da unha do polegar da mão direita e desfez as dobras do papel vegetal formando uma canaleta. O pó afrouxou-se na embalagem, enquanto Lelo espalmava seu documento plastificado na mão esquerda. Com a direita, entornou o conteúdo do papelote em cima da identidade. Seu rosto adolescente estampado na fotografia ficou semiencoberto pelo pó branco e cristalino. Pediu para Toninho segurar o documento com cuidado enquanto procurava no bolso a cédula de papel mais novo que, enrolada, se transformou num canudo. Toninho tomou em suas mãos aquele minúsculo monte nevado e encarou bem de perto a face do diabo moído, que ali descansando em sua mão não lhe pareceu nem um pouco assustador. Enfim a cocaína o havia encurralado naquele pequeno cubículo, mas ele se sentia no controle absoluto da situação.

Não havia tempo para formalidades naquela apresentação. O canudo passou para as mãos de Toninho e a carteira voltou para a mão esquerda de Lelo que, com outro documento também plastificado na destra, espalhou a brizola pela superfície de sua identidade em duas carreiras irregulares e mal alinhadas. Toninho media e registrava cada movimento do amigo. Lelo pegou o canudo de sua mão, cravou-o dentro de sua narina direita e aproximou a carteira de seu rosto. Com um movimento rápido como o bote de uma serpente, golpeou a pequena rapa com a ponta livre do canudo, fazendo a cocaína desaparecer por dentro dele. Em seguida estendeu a carteira e passou o canudo para Toninho, que imitou os movimentos do amigo.

Seu desempenho foi compatível com o iniciante que ele era: o poder de sucção de sua primeira investida não foi suficiente para sorver todo o conteúdo da trilha que lhe havia sido destinada. Algumas partículas não conseguiram se agarrar à mucosa de seu nariz e retornaram pelo canudo para se espalharem novamente pela fotografia de Lelo, que decidiu orientá-lo enquanto juntava o que estava espalhado para auxiliar o amigo e sair logo daquele banheiro deserto e tétrico.

— Tampa a esquerda.

Toninho tampou a narina esquerda com o polegar e concentrou sua força na direita para a segunda tentativa. Dessa vez a viagem do pó transcorreu sem imprevistos, e o restante da cocaína foi se acomodar no tecido irrigado por pequenos vasos que revestia a parte interna do nariz mouro daquele luso-descendente. A cocaína iniciava sua primeira turnê pela corrente sanguínea de Toninho, em busca de um cérebro ainda virgem de seus efeitos.

Toninho sentiu uma pequena ardência no nariz que não chegou a ser insuportável, pois durou poucos segundos. Depois, um gosto amargo de éter escorreu por sua garganta fazendo-a ficar mais apertada. Lelo passou os dedos sobre os restos aderidos na superfície plastificada de sua identidade e os esfregou nas gengivas superiores. Saíram do banheiro e foram se sentar na sala de exibição, onde o filme já chegava quase à metade. Toninho sentiu suas gengivas estranhamente dormentes, como costumavam ficar quando anestesiadas na cadeira do dentista. A cada nova sequência que se desenrolava na tela, teciam comentários diversos, que emendavam em outros assuntos desconexos. Em poucos minutos estavam falando sem parar, num ritmo frenético demais para possibilitar que qualquer atenção fosse destinada à película.

Um prazer de difícil descrição e uma euforia repentina tornaram impossível continuarem ali sentados. Uma vontade de iniciar alguma coisa, de se mover para algum lugar se antecipava a qualquer esboço de relaxamento ou concentração. Levantaram-se e tentaram assistir ao filme de pé, encostados em um pequeno parapeito que balizava a última fileira de poltronas, enquanto continuavam conversando. Embora com o cinema praticamente vazio, julgaram que seu falatório estava incomodando a meia dúzia de espectadores espalhada pela grande sala. Sentiram-se observados e censurados, embora a presença dos dois não pudesse ser percebida na penumbra da sala escura. Isso foi mais do que suficiente para decidirem ir embora antes do final da sessão.

Na Avenida Princesa Isabel pegaram o primeiro ônibus, que os deixou na Leopoldina para embarcarem em outro que os levaria para casa. Os assuntos tornavam-se subitamente interessantes e rapidamente eram substituídos por outros, em propostas e compromissos que projetavam, para os dois, várias realizações no futuro de curto e médio prazo. Sentiam-se prontos para aceitar qualquer desafio e particularmente integrados àquela energia essencialmente urbana que a metrópole trocava com eles. Lelo falou sobre uma novidade que iria revolucionar o mercado fonográfico: um pequeno disco plástico com apenas um lado tocável estaria em breve substituindo as pesadas bolachas de vinil, com uma qualidade de som infinitamente superior. Não haveria mais a necessidade da troca de agulhas nos aparelhos de reprodução sonora. O "*compact disc*", ou CD, chegaria para decretar a morte dos LPs.

Toninho duvidou. Debochou do amigo e disse que seria impossível trocar seus álbuns de capas grandes por uma engenhoca moderna qualquer. Com certeza, essa novidade não iria dar certo. Passaram a viagem nesse embate, onde um defendia a modernidade e o outro a tradição. Em um piscar de olhos estavam de volta ao Jardim América. Despediram-se e cada um foi para sua casa. Toninho encontrou seu jantar o aguardando em banho-maria, como sempre. Ainda não existia micro-ondas e uma panela de água bem quente sob o prato preservava a temperatura da saborosa comida até a chegada do filho, enquanto a mãe zelosa dormia. Comeu como um rei. Antes de se deitar, olhou para o espaço vazio onde deveria estar sua coleção de revistas *MAD*. Em seu coração e em seu estômago já havia perdoado Aurélia, mas ainda se sentia profundamente ultrajado por mais uma das costumeiras invasões insensíveis da mãe.

Os milhares de projetos discutidos com Lelo já caíam no esquecimento e a tempestade de ideias aos poucos se transformou em leve garoa. O ritmo mental foi baixando lentamente e permitiu que Toninho caísse em sono profundo. A primeira dose de cocaína a penetrar em seu corpo foi absorvida e metabolizada em seu fígado e no seu sangue pela reação enzimática chamada hidrólise, sem muita resistência e sem cobrar a contrapartida da falta de apetite ou sono. Era apenas o acanhado primeiro movimento de uma colonização química que iria se desenvolver muito mais rápido do que Toninho imaginava.

Capítulo 23

Toninho acordou no sábado apenas com a lembrança agradável da incrível disposição que experimentara na noite anterior em companhia de Lelo. Sentia-se também um pouco mais importante dentro da hierarquia das drogas: passara da comum maconha para uma droga mais glamorosa e elitizada. Pensou que seria bom repetir a dose qualquer dia desses, mas não fez nenhum plano a esse respeito. Passou a tarde ouvindo os clássicos de sua coleção enquanto esperava a hora de se encontrar com Fátima. Iriam ao Noites Cariocas para assistir um show do Maluco Beleza, Raul Seixas.

Um detalhe naquele programa noturno o excitava tanto quanto a oportunidade de ver ao vivo, pela primeira vez, o rei do rock brasileiro: a mãe de Fátima, que não sabia dirigir, possuía um Chevette 1978 que passava os dias parado em uma garagem alugada na mesma rua em que moravam. Atendendo aos pedidos da filha, e após certificar-se de que Toninho era habilitado, concordou em emprestar o carro ao casal na condição de retornarem até a meia-noite. Fátima se comprometeu com o horário estipulado, embora soubesse que não seria cumprido naquela noite nem nas muitas outras em que iriam ultrapassar sistematicamente os limites impostos. Toninho roía as unhas ansioso enquanto desejava que o tempo passasse rápido para poder pegar o volante e, com a nova namorada ao lado, partir para o show no Morro da Urca.

Naquela tarde, passaram pela vitrola "Machine Head" do Deep Purple, "The Allman Brothers Band at Fillmore East", "Black and Blue" dos Stones, "Johnny the Fox" do Thin Lizzy e "Yes", primeiro disco do Yes, ainda com Tony Kaye nos teclados e Peter Banks na guitarra. O braço com a agulha esbarrou ruidosamente no selo redondo central do "Curved Air Live" depois de tocar sua última faixa, e Toninho decidiu que estava na hora de ir até a Boca do Velho para pegar um fumo para aquela ocasião festiva. Ver um show de Raul Seixas sem maconha não era admissível no regulamento pirado que Toninho começava a escrever para si mesmo.

Como o momento era especial, resolveu comprar três *dólar* para não correrem o risco de ficarem desabastecidos. Voltou para casa com o sol se pondo e foi tomar seu banho. Arrumou-se com esmero: tênis limpo, jeans lavado e passado e camisa com a estampa do Led Zeppelin. Despediu-se de Aurélia e Paula e avisou que chegaria tarde. Mal abriu o portão de ferro que dava para a rua, bateu de frente com Sílvia. Ficou desconcertado. Cumprimentou a ex-namorada e apressou-se em se desvencilhar dela para poder seguir seu rumo.

Sílvia desconfiou da "elegância" de Toninho, e começou a perguntar aonde ele ia e quem o acompanharia. Ele disse que iria sair com uns amigos para ver um show. Sílvia quis ir junto. Toninho disse que não era possível. Sílvia insistiu e insinuou que havia uma mulher esperando por ele. Toninho negou e antes que a discussão esquentasse, deu as costas e desceu a rua. Não gostava da insistência da menina e se amargurava com a incapacidade de se conformar com a separação que ela demonstrava. Mas estava decidido a não deixar que nada atrapalhasse aquela grande noite.

Saiu tão determinado que nem olhou para trás. Chegando à residência de Fátima, foi recebido pela mãe da menina, que informou que a filha estava tomando banho. Já habituado à casa, Toninho falou que iria aguardá-la em seu quarto enquanto ouvia alguns discos. Passou pela porta do banheiro e gritou para Fátima que já havia chegado. Debruçou-se na janela e ajeitou os cartuchos de maconha que estavam escondidos em suas meias soquetes. Poucos minutos haviam passado quando a mãe de Fátima entrou no quarto, com uma notícia estranha e inverossímil.

— Sua prima está lá na sala e quer falar com você.

— Minha prima!?

Seu espanto foi visível, mas ele apressou-se a se recompor e acompanhou a mulher até a sala, onde encontrou Sílvia, que após tê-lo seguido sorrateiramente até a casa de Fátima estava confortavelmente instalada em um sofá, olhando-o com um sorriso sarcástico e olhos de labaredas. Antes que ela pudesse falar alguma coisa ou aceitar o café que a mãe de Fátima já oferecia, Toninho a cumprimentou com um dissimulado beijo no rosto e, apertando seu braço com força, a levou para conversarem fora da casa. Sílvia tentou resistir, mas a pressão em seu braço aumentou e ela aceitou acompanhar Toninho, não sem antes se despedir e agradecer a gentileza da mulher com uma ironia ferina, que não pareceu ser percebida pela mãe de Fátima.

Toninho só pensava em tirá-la dali antes que Fátima saísse do banho e cobrasse explicações. Um bate-boca naquele momento era tudo que ele queria evitar. O show de Raul, o carro, a maconha, o sexo com Fátima que ele planejara durante todo o dia, tudo estava em perigo diante da atitude tresloucada daquela menina apaixonada. Dessa vez, Toninho não foi brando nem gentil. Disse que Sílvia havia passado dos limites e ordenou que ela o deixasse em paz, que sumisse de sua vida para sempre. Sílvia cobrava coisas que não mais lhe pertenciam e, por isso mesmo, suas cobranças eram patéticas.

Toninho foi direto, disse que não a amava mais nem a queria por perto. Cansado da insistência da ex-namorada e nervoso com aquela situação, foi rude e cruelmente verdadeiro. Humilhou a menina com palavras que, mais do que expressar a verdade, serviram para forçá-la a desistir do confronto iminente com Fátima, palavras que doeram também no coração do rapaz.

Ferida e amargurada, Sílvia se resignou e foi embora. A partir daquele dia, suas aparições iriam diminuir e ela iria procurar consolo nos braços de antigos e novos namorados, tentando retomar sua vida sem Toninho, embora sempre dando um jeito de saber o que se passava com ele e aparecendo de vez em quando em sua casa. Toninho subiu e encontrou uma Fátima desconfiada, que quis saber quem havia estado lá.

— Era uma prima minha. Veio trazer um recado de minha tia.

Meses mais tarde, quando conheceu a única e verdadeira prima de Toninho, Fátima não se lembraria daquele acontecimento e não cruzaria as informações para desvendar a farsa. Enquanto caminhavam pela rua a caminho do Chevette 78, Toninho olhava para todos os lados, receando uma nova investida de Sílvia que não aconteceu. Só relaxou quando, após fechar o portão da garagem, embarcou no carro e o conduziu na direção da Rodovia Presidente Dutra, onde se encontrava o motel mais próximo. A hora do show ainda estava distante e havia tempo para um pouco de luxúria.

Com o pretexto de um lugar mais tranquilo para fumarem o baseado e com o desejo explodindo na pele, os dois entraram no quarto alugado. Toninho já havia adquirido mais habilidade na confecção de seus cigarros e um baseado com *shape* perfeito surgiu de suas mãos nervosas. Com o quarto tomado pela bruma canábica, se entregaram um ao outro numa transa de sensações e prazeres extremos, amplificados pelo THC. Enquanto esperava a conta, Toninho apertou mais um baseado, que foi queimado no carro pela Avenida Brasil, a caminho do Noites Cariocas.

O largo onde os frequentadores do Morro da Urca estacionavam seus carros era área militar, cercada de quartéis e guardada por soldados do exército. Quando Toninho saltou do velho Chevrolet naquele reduto de milicos, achou que estava novamente afrontando a ditadura, não mais com um texto teatral ou reivindicações libertárias como ferramentas, mas apenas a maconha oculta em sua mente e na sua meia como bandeira contestatória daquele minúsculo esquadrão revolucionário formado por ele e Fátima.

Fez questão de cumprimentar um sentinela com um sorriso de pirraça e a satisfação de quem debocha do autoritarismo e dá asas à rebeldia sufocada. Que ironia deliciosa deixar seu carro sob os cuidados da repressão, enquanto subiam de bondinho para fumar mais maconha e cantar os versos proibidos de Raul. Um cachorro-quente em uma carrocinha da Geneal aplacou um pouco a larica dos dois.

Lá em cima, tudo parecia resolvido, seguro e pleno. Depois de mais um baseado, ouviram as primeiras notas de afinação da banda de Raul e correram para tentar pegar um lugar próximo ao palco. Só conseguiram se aproximar pela lateral direita, encostando-se a um paredão de alto-falantes que açoitaram seus tímpanos durante toda a apresentação. A banda repetiu várias vezes a introdução de "Como Vovó Já Dizia" e Raul não aparecia no palco.

Os constantes olhares dos músicos em direção aos bastidores denunciavam que a demora não fazia parte do roteiro do show. Todos aguardavam aquele baiano fã de Elvis, que em sua formação musical havia misturado Luiz Gonzaga e Little Richards, passara por grupos de modesta repercussão regional como o "The Panters" e "Raulzito e

Os Panteras" até ser convidado por Jerry Adriani a acompanhá-lo em alguns shows no Rio de Janeiro. A partir daí, participou da produção de diversos discos da Jovem Guarda, como os de Leno e Lilian, Sérgio Sampaio e Diana. Com público e músicos impacientes, Raul Seixas finalmente entrou com um tropeção, e a guitarra pendurada nas costas.

Os olhos de Toninho brilharam com a imagem do ídolo, responsável por várias músicas que Toninho cantava exaustivamente nas boemias do GPI acompanhado pelo violão de Alberto, e que agora estava ali ao seu alcance, a dois passos de distância. As letras deliciosamente irônicas, ácidas, sarcásticas e contundentes, os ingredientes primários do rock presentes em suas melodias, misturados genialmente aos elementos do baião, e sua atitude devastadoramente rebelde faziam de Raul um mito no imaginário de todos os malucos daquela época. Por isso mesmo, o Noite Cariocas estava lotado, mas o ídolo já estava descendo a ladeira. Depois de álbuns antológicos, como "Krig-Há, Bandolo", "Gitã" e "Há Dez Mil Anos Atrás" — em parceria com Paulo Coelho, uma das mais bem-sucedidas da MPB —, de vários casamentos e do abuso do álcool e drogas, Raulzito alternava fluxos extremamente criativos com vários períodos de depressão associados a internações para desintoxicação e à perda de parte do pâncreas. Tentou iniciar a primeira música, mas a letra lhe fugia da mente constantemente. De repente, parou de tocar e ordenou à banda que começassem outro número que não havia sido ensaiado nem estava no programa do show. Os músicos, estarrecidos e confusos, obedeceram ao *band leader* debaixo de uma explosão de aplausos de uma plateia que considerava aquela mudança como mais um ato rebelde dos muitas promovidos por Raul, uma demonstração de sua personalidade contestatória e excêntrica que arrebatava a multidão e o transformara no maior nome do rock nacional.

Muitas outras interrupções foram feitas e Raul chegou a sair do palco por alguns longos minutos sem nenhuma explicação, para retornar mais cambaleante ainda. Musicalmente, o show foi um fracasso, mas isso não teve a menor importância. A presença de Raul no palco, os refrãos conhecidos cantados em coro com o público e seus longos e desarmônicos discursos faziam daquela que seria uma das últimas apresentações do cantor para uma grande plateia, um prêmio único para os fãs que ali estavam.

Raul já sofria os efeitos de uma vida extremamente criativa, mas com excessos de álcool e drogas, numa rotina traiçoeira. Pela proximidade do palco, Toninho pôde vislumbrar no semblante preocupado do guitarrista o futuro decadente que aguardava o grande Raul até ser encontrado morto em sua cama em 1989. Dessa vez, conseguiu enxergar também o motivo de tantos tropeços e da dificuldade de locomoção em cena daquela Metamorfose Ambulante: as pesadas bolas de ferro da gravura de Dona Jaci presas por grossas correntes aos pés daquele baiano. E mais uma vez, das palavras pintadas em cada bola só uma era perfeitamente legível para Toninho: "Vício".

Inusitadamente, no meio daquela profusão de sensações terrenas, ele elevou seu pensamento ao Pai do Céu e pediu por aquele artista que tanto admirava. Mesmo sem entender ainda a que grau chegara a destruição em andamento naquele ser humano, pediu a Deus que ajudasse Raul a terminar o show sem despencar do palco e sem aviltar mais profundamente ainda sua imagem de artista talentoso.

O barulho ensurdecedor dos alto-falantes ao seu lado não permitiu que ele se concentrasse ou se demorasse em sua frágil oração. Os acordes velozes de "Al Capone" que Raul se esforçou para executar fizeram Toninho esquecer completamente as correntes e bolas de ferro para pular e gritar freneticamente, interagindo com a música que era uma de suas favoritas e encerraria o show histórico. Quando procurou Fátima ao seu lado, encontrou a menina literalmente dormindo em pé, encostada na caixa de som. A grande quantidade de maconha que havia consumido funcionara como um potente sonífero que, aliado ao cansaço da maratona, derrotara a jovem que havia se desligado da cintura para cima, deixando apenas as pernas de prontidão para mantê-la em posição ereta. Toninho acordou-a e riram muito dentro do bondinho que os levou de volta ao chão, diante da paisagem deslumbrante do Rio de Janeiro.

Dentro do Chevette, antes de darem partida, ainda tiveram tempo para mais um deboche antimilitar. Fizeram amor dentro do carro com os vidros embaçados pelo vapor de seus corpos suados. Só pararam com a aproximação do sentinela, que, com um fuzil automático leve nas mãos e cara de poucos amigos, pediu que saíssem dali, pois não era permitido ficar dentro do carro naquela área.

Nos dias que se seguiram, Toninho mergulhou numa fase de exploração do rock nacional. Além de seus discos de Raul Seixas, não saíram da de sua vitrola o "Criaturas da Noite" do Terço, o "Fruto Proibido" de Rita Lee e Tutti Frutti.

Capítulo 24

A dupla com Lelo estava cada vez mais forte e se transformou em um trio com a inclusão de Joe, antigo parceiro de Lelo e um pouco mais jovem que os dois. Aliás, aparentava ter menos idade do que realmente tinha, e por isso mesmo não era incomodado pela polícia em suas frequentes idas às bocas de fumo. Era uma época em que a faixa etária da bandidagem beirava os trinta anos, e uma aparência próxima da adolescência dificilmente despertava suspeitas. Joe era um bom sujeito. Vivia com os avós e morava perto da casa de Toninho. Durante o dia ajudava o avô num depósito de embalagens metálicas descartáveis e à noite estudava. Entretanto, entre sua casa e a escola de ensino fundamental estava a Praça da Gronchi. Difícil era o dia em que conseguia vencer aquele obstáculo tentador e chegar à sala de aula; quase sempre parava nos bancos de concreto e nos baseados comunitários. Prestativo, pacato e engraçado, gostava de rock, como não poderia deixar de ser. Também era o cara mais apelidado na turma: acumulou diversos codinomes durante a vida, e sob o efeito da maconha as mentes de Toninho e Lelo não paravam de criar novas alcunhas para aquele rapaz que levava tudo na esportiva. Seu cabelo encaracolado aumentava o volume já avantajado de sua cabeça e esse fato, juntamente com um bigodinho ralo, eram as maiores inspirações para as gozações. De "Chico Bento", personagem dos quadrinhos de Maurício de Souza, ao "Menino Maluquinho" de Ziraldo, um desfile interminável de vulgos tornava o convívio com aquele camarada uma garantia de diversão e boas risadas. Uma calvície precoce que fazia sua testa crescer um pouco mais a cada dia o tornava parecido com o personagem Larry do seriado americano "Os Três Patetas",[5] que fez muito sucesso na TV brasileira nos anos 1960. O trio de patetas era composto por Moe, Larry e Curly, este último tendo sido substituído por seu irmão Shemp Howard e, depois de sua morte, por Joe Besser. Dessa forma, embora lembrasse a figura de Larry, Joe se transformou em Joe pela simplificação de Moe, Larry & Joe, coisas que só o THC consegue explicar. Ou não. O fato é que foi este o apelido que mais perdurou. Joe tinha um tio mais velho que já era viciado em cocaína, e através dele havia conhecido os caminhos que levavam ao movimento da Favela do Acari, nessa época a principal fornecedora da droga na região e também detentora do pó mais puro.

Criado para ser uma vila operária para os trabalhadores das diversas fábricas que foram abertas no seu entorno após a Segunda Grande Guerra, o Parque Proletário de Acari recebeu o mesmo nome do rio que passa nas proximidades da região. Com o passar do tempo, famílias pobres foram invadindo os sítios e áreas desocupadas em volta do primeiro loteamento e construindo barracões de zinco em ruas sem esgoto, água encanada ou calçamento. Naqueles primeiros anos da década de 1980, a favela então conhecida como Acari era composta, além do Parque Acari, pelo conjunto de prédios chamado Amarelinho, pela localidade do Coroado e pelas partes mais pobres chamadas de Vila Esperança e Beira Rio. Assim como em diversas outras favelas que cresciam desordenadamente no Rio de Janeiro, a ausência do poder público nessas comunidades abandonadas à própria sorte, o empobrecimento e a falta de uma política habitacional direcionada à população de baixa renda favoreceram o aparecimento da figura paternalista do traficante benfeitor, protetor da comunidade. Cresceu então a fama de vários personagens que ficaram célebres, no coração dos moradores das favelas e nas páginas policiais dos jornais.

No início dos anos 1980, ao lado de Escadinha do Juramento, o nome mais respeitado era Cy do Acari. Darcy da Silva, o Cy do Acari, era filho de migrantes nordestinos e até tentou a vida honesta trabalhando como auxiliar de eletricista na fábrica de Leite Mimo, que ficava ao lado da favela na Rua Maturá, onde seu pai também trabalhou. Atraído pelo lucro do tráfico, Cy logo se tornaria líder da comunidade, após en-

---

5 *The Three Stooges*

frentar e eliminar o traficante rival conhecido como Marreta que dominava o Coroado, numa época em que os traficantes tinham barba na cara, muitos eram chefes de família com filhos e raízes na comunidade e não admitiam a venda de drogas para crianças nem desordem ou covardia com trabalhadores, mulheres e idosos. Até o início dos anos 1980, quando a cocaína se tornou a principal atividade da favela, Cy tocava o seu negócio levando uma vida simples, e foi um dos primeiros moradores a conseguir comprar um modesto Fusca.

Com a entrada do dinheiro pesado do pó seu *status* aumentaria, e ele seria o alvo principal da imprensa sensacionalista e dos policiais corruptos que se deslocariam das mais remotas regiões da cidade para extorquir a quadrilha do Acari. Até sua prisão em setembro de 1989, Cy se tornaria o responsável por mais de 50% do comércio de cocaína de todo o Rio de Janeiro, com uma estrutura de processamento e distribuição extremamente organizada e abastecida por matutos influentes, que lhe garantiam material com alto grau de pureza. Adotou a política do não confronto com a polícia e, embora sua quadrilha possuísse forte armamento, seus soldados dificilmente ostentavam armas na comunidade nem atiravam contra os policiais que invadiam a favela, o que permitia certa tranquilidade aos viciados que lotavam as ruas da comunidade, impulsionando o comércio local e outros serviços prestados pelos moradores. Era comum vê-lo junto de Tunicão, comparsa responsável pelo movimento do Coroado, mandando as crianças para a escola, ajudando nos enterros, dando remédios aos mais necessitados e dissolvendo brigas de família causadas muitas vezes pelo abuso do álcool e das próprias drogas que vendia.

A boca de maior movimento ficava na Rua Piracambú, principal acesso e via mais larga da comunidade. A posição dos vapores variava de acordo com as investidas da polícia que, com o sucesso do Acari, passaram de quinzenais a diárias, mas eles normalmente ficavam em frente à casa da mãe de Cy, Dona Baiana, que lá já oferecia pensão antes mesmo da notabilidade do filho. Cy mandou erguer a sede da associação de moradores em frente à casa da mãe, com uma torre alta que no cume ostentava um altar iluminado com a imagem de São Jorge, santo de devoção do traficante, que o tinha tatuado no braço esquerdo. A política do "não confronto" com a polícia era viabilizada por propinas regulares ou esporádicas e avisos dos vários fogueteiros espalhados pelas principais entradas da favela: ao menor sinal de um policial, disparavam uma série de rojões conhecida como "doze por um", o que possibilitava aos vapores tempo suficiente para se esconderem em uma rede intrincada de esconderijos, muitos deles com paredes falsas e passagens subterrâneas.

Nessa mesma época já se ouvia falar na Falange Vermelha, que mais tarde viraria o Comando Vermelho — organização criminosa com códigos de conduta e estatutos rígidos que daria uma estrutura empresarial ao negócio ilegal da venda de drogas, formando redes de colaboração e proteção dentro e fora dos presídios. Nas décadas seguintes, as dissidências dentro dessa organização iriam originar diversas outras facções sob novas siglas, que lutariam entre si pelo domínio territorial das favelas, pelo direito ao lucro do pó e pelo domínio das cadeias. Cy denominava-se neutro. Gozava de prestígio e amizades em diversas esferas do crime, além de nunca ter puxado cadeia. Resistia à ideia de se filiar ao Comando. Além do mais, tamanho era o poder de sua boca que abastecia diversas favelas menores com sua droga de altíssima qualidade. Era autossuficiente. A Favela do Acari ficava relativamente próxima do Jardim América, acessível de bicicleta, pelos diversos ônibus que passavam pela Avenida Brasil ou até mesmo a pé, dependendo da fissura e da disposição do viciado.

O segundo encontro de Toninho com a cocaína foi agendado durante a semana para uma noite de sábado. Ele, Lelo e Joe marcaram o encontro na praça. O programa principal seria o Circo Voador. O complemento, um pouco de cocaína para "animar" a noite. Fátima estava envolvida em uma festa de família na casa de sua irmã e naquela noite Toninho estava livre para curtir o bom e velho *rock'n'roll* em companhia de seus amigos. Dessa vez a cocaína seria em maior quantidade e de melhor qualidade.

Joe se ofereceu para pegar a droga no Acari e o rateio foi feito ainda na parte da tarde, com cada um dos três entregando sua parte na "intera" e marcando o encontro para as 19h00 na indefectível Praça da Gronchi. Toninho se arrumou com uma ansiedade especialmente acentuada, que achava ser provocada pelas grandes atrações que estavam programadas para aquela noite: tênis Rainha Iate, calça Levi's, camisa com estampa do Led Zeppelin e um broche dos Rolling Stones. No palco, desfilariam Kid Abelha e Os Abóboras Selvagens, Água Brava, Papel de Mil e, fechando a noite, o mago da guitarra Celso Blues Boy.

Devidamente paramentado, partiu para o local do encontro com os amigos de onde seguiriam de ônibus para a Lapa, a lendária lona do Circo Voador ao lado dos famosos Arcos. Na praça encontrou Lelo; sem conseguirem disfarçar a aflição, aguardaram a chegada de Joe, que havia partido para o Acari e ainda não tinha voltado. O tempo foi passando e os olhares dos dois procuravam freneticamente a esquina por onde a cabeça volumosa deveria aparecer. Toninho falava do atraso e do show que poderiam perder; Lelo, da possibilidade de alguma coisa dar errado na missão de Joe. Depois de quase uma hora de espera, a figura despontou na esquina trazendo um alívio imediato, que só se concretizou plenamente quando o companheiro se aproximou e com um sorriso no canto da boca fez sinal afirmativo de que a investida havia sido bem--sucedida.

Uma agitação eufórica tomou conta dos três, e enquanto Toninho tentava apressar os amigos Joe explicava o motivo da demora: a polícia estava na saída da favela e ele teve que dar uma volta enorme para poder se livrar de um encontro desagradável e perigoso com os homens da lei, pegando um ônibus diferente que o deixou longe do Jardim América. Toninho sugeriu que fossem logo para o Circo, mas Lelo e Joe queriam dar um "teco" antes de partirem.

O depósito de latas do avô de Joe exalava um cheiro forte de essência de morango, pois lá eram armazenadas diversas embalagens usadas nesse produto, retiradas como sucata de uma empresa de fragrâncias. O cheiro forte incomodava os vizinhos e era sentido por quem passava na rua, e por isso o local foi apelidado por Lelo de "cheirosinho". Tinha uma entrada independente da casa dos avôs de Joe, que ficava no terreno ao lado, e um pequeno barraco nos fundos, perfeito para o consumo protegido e despreocupado de drogas. A sugestão veio de Lelo:

— Vamos no "cheirosinho" primeiro.

Toninho concordou. Caminharam até o terreno escuro, entrando sorrateiramente no barraco e acendendo uma vela para iluminar o ambiente sujo e repleto de ratos que faziam barulho ao se movimentarem assustados por cima das superfícies metálicas espalhadas. Enquanto Lelo esquentava o fundo de um prato de louça na chama da vela, Joe tirou do bolso cinco papelotes de cocaína do Acari. O incremento nas vendas do pó naquela favela e a velocidade com que a "endolação" precisava ser feita para atender à demanda cada vez maior já não permitia o antigo esmero nas embalagens.

O pó do Acari vinha agora envolto em pequenos pedaços de polietileno reciclado utilizado em sacos de lixo. Dobrado grosseiramente e fechado com um grampo metálico, permitia a visualização do conteúdo através da transparência parcial do plástico escuro, mas isso era o que menos importava. Com a superfície do prato já devidamente aquecida, Joe derramou sobre ela o conteúdo de um papelote. Com a ação do calor o pó se tornou solto e cristalino, refletindo o brilho da luz da vela. Joe retirou uma lamina de barbear de um esconderijo estratégico na parede do barraco e passou a quebrar com o artefato afiado os grãos maiores, que aos poucos iam se juntando aos menores transformando-se numa mistura homogênea. O silêncio do ambiente era necessário para que não fossem descobertos pelos avós de Joe, e o tilintar da lâmina batendo no prato era o único ruído que compunha com o patinhar dos ratos uma soturna sinfonia. Um frio intenso na barriga de Toninho o fez pensar em procurar um banheiro para aliviar seus intestinos, mas conseguiu se segurar enquanto três trilhas bem servidas eram construídas no prato. O canudo já estava pronto na mão de Lelo, que foi o primeiro a fazer a carreira mais gorda desaparecer. Depois foi a vez de Toninho, e por último Joe, que para terminar o ritual esfregou o indicador na superfície do prato e o lambeu como um menino lambe uma guloseima.

Sob o mesmo silêncio que entraram, saíram do esconderijo, e já estavam na calçada quando Lelo sugeriu que voltassem para um reforço na dose. Os argumentos eram de que a viagem seria longa, e só teriam condições de consumir o restante da droga depois de devidamente alojados dentro do Circo Voador. Fizeram as contas e acharam que os três papelotes que sobrariam eram suficientes para "curtir" o show até o fim. Toninho já não estava preocupado com o horário. Afinal de contas, a primeira banda a se apresentar era o Kid Abelha, com um som puxado para o New Wave que para ele não tinha muito valor.

Indecisos e perturbados, retornaram para o barraco. Repetiram todo o ritual consumindo o segundo papelote e finalmente partiram para o Circo, vigorosamente entusiasmados. A falação perdurou por toda viagem. Saltaram na Praça Tiradentes e caminharam pela Avenida República do Paraguai. Toninho sentia um frenesi embriagador e uma inquietação quase angustiante com a demora em alcançar o seu destino final. A poucos metros do Circo Voador, já recebendo em seus ouvidos os acordes do show do Kid Abelha, desceram a rampa final que os levaria até a portaria. Toninho sentiu que a extravagância de seu ritmo mental havia diminuído de repente e que a rapidez de suas concepções se aquietava de uma maneira desafinada com o momento que se aproximava, e que ele tanto aguardara. Parecia que o mesmo acontecia com Lelo e Joe, pois subitamente o volume verbal diminuiu na fila para comprar os ingressos, enquanto olhavam com seus olhos dilatados para a fauna que ocupava o entorno da casa de espetáculos.

O Circo Voador dessa época era uma estrutura rudimentar de madeira sustentada por tubos metálicos e coberta por uma lona. O palco era relativamente grande e bem posicionado. Duas arquibancadas laterais e uma frontal abrigavam os que queriam um pouco mais de conforto. Na pista em frente ao palco, aglomeravam-se malucos de todas as espécies, idades e origens, espremendo-se em danças tímidas ou alucinadas, em suas guitarras imaginárias e em seus muitos baseados, que criavam uma espessa cortina de fumaça por sobre suas cabeças alteradas quimicamente. Os banheiros eram poucos e pequenos, e muito antes da metade da programação de cada noite já se tornavam intransitáveis pela sujeira que se acumulava. Tanto homens como mulheres, na falta de um vaso sanitário desocupado, despejavam sua urina e vômito pelo chão e entupiam as pias com os mais diversos tipos de materiais. Mesmo assim, era esse o local escolhido por muitos para o consumo de cocaína inalada ou injetada. Por baixo das arquibancadas existiam corredores de tetos baixos e inclinados onde se reuniam os outros viciados, que não desejavam disputar o espaço fétido para suas aplicações.

O Circo era um espaço de liberdade, e cada um exercitava a sua da maneira que achava melhor. Fora da caixa de madeira que abrigava os shows havia um espaço aberto com frondosas palmeiras onde funcionava o bar, cercado por uma tela metálica muitas vezes escalada por malucos sem dinheiro para o ingresso que, para isso, tinham que despistar os seguranças que circulavam por lá. Através dessa tela alguns ambulantes que ficavam do lado de fora vendiam bebidas destiladas, como conhaque, cachaça e às vezes uísque de péssima qualidade. Maria Juçá era uma mulher franzina, que se agigantava no comando da produção do Rock Voador todos os sábados, em parceria com Perfeito Fortuna, que agitava também as outras programações do Circo.

Toninho se identificava com aquele espaço. Mas naquele dia, após entrar, não foi direto para perto do palco, procurar um local apropriado para a degustação do rock como normalmente fazia. A prioridade na cabeça dos três amigos era uma só: reforçar a dose de cocaína com mais um dos três papelotes que ainda restavam no bolso de Joe, fornecendo o combustível necessário para fazer o carro daquela montanha russa de prazer subir novamente os trilhos de sua excitação mental. Foram direto ao banheiro e aguardaram que um dos cubículos desocupasse para entrarem espremidos no espaço reduzido, sufocados pelo cheiro de fezes e urina que dominava o lugar.

Dessa vez os preparativos tiveram que ser mais improvisados, e os grãos maiores espalhados sobre a superfície da carteira de couro preto de Toninho não puderam ser desfeitos, apenas alinhados em mais três carreiras quase uniformes. Com o canudo feito com uma cédula enfiado na narina direita, acelerado pela situação e pela cocaína que já corria em suas veias, aspirou com força em um só golpe a primeira trilha. Um desses grãos graúdos bateu como um pequeno torpedo em sua garganta. Engasgou imediatamente. Quase vomitou. Só não o fez porque o efeito do choque na mucosa de sua garganta travou-a imediatamente, parecendo reduzir seu diâmetro a um raio suficiente apenas para a passagem de um pouco de ar. Eliminadas as outras carreiras, saíram apressadamente, tendo que pular por cima das pernas de um rapaz negro sentado na porta do banheiro que parecia estar passando mal, girando a cabeça e os olhos sem parar.

O Kid Abelha se despediu e o palco começou a ser preparado para o Água Brava. Toninho, Lelo e Joe foram para a parte de fora comprar algumas cervejas. Tudo estava incrivelmente intenso. Toninho se sentia poderoso ao se movimentar naquela tribo de roqueiros. Todas as contrariedades do cotidiano e a angústia contida nos projetos pessoais adiados haviam sido esquecidas. O exagero dos sentidos não deixava lugar para nada mais, a não ser aquele momento de êxtase. Embora o Água Brava já estivesse no palco, o pensamento dos três, apesar de não confessado verbalmente, podia ser sentido nos olhares mútuos: mais um "teco". As baquetas do virtuoso baterista Jacaré coçaram a caixa e os pratos nos ajustes finais do som, e os três se apressaram em alcançar o corredor embaixo da arquibancada para exterminar mais um papelote.

Muito antes do fim da noite, restava apenas um para ser consumido, contrariando toda a programação que havia sido feita ainda no Jardim América. Toninho descobria nesse dia a urgência inquieta da cocaína, que não permite o relaxamento ou a acomodação. Enquanto ela ainda é uma possibilidade viável, tudo tem que girar em torno dela. Ela dá as ordens, comanda os tempos e as prioridades. Mas não havia condições propícias nem energia mental disponível que pudesse ser dedicada a uma reflexão mais profunda sobre o que estava acontecendo naquela noite. Esgueirando-se entre a pequena multidão que já lotava a pista do Circo, se aproximaram do palco para assistir ao show do Power Trio carioca. Além do saudoso Jacaré, que tocava uma bateria enorme geralmente vestido com uma jaqueta coberta de broches de temática roqueira, Ivo Ricardo no baixo e Daniel Cheese na guitarra faziam um som que agradava Toninho e lembrava muito o grupo canadense Rush em alguns belos momentos, inclusive na postura e nas diversas pedaleiras bem utilizadas por Cheese. Cheese tinha um estilo estranho de tocar, com a correia curta posicionando a guitarra na altura do seu peitoral, muito acima do que o costumeiro entre outros guitarristas, que trabalhavam com o instrumento na linha da cintura.

A essa altura já estava difícil se locomover dentro do Circo. A pista e as arquibancadas estavam lotadas, e quando isso ocorria alguns malucos mais ousados escalavam as estruturas tubulares que sustentavam o teto para assistir aos shows acocorados como macacos primitivos. Nesse dia, muitos decidiram adotar essa estratégia perigosa, e uma queda daquela altura certamente machucaria gravemente não só o infrator, como os incautos que estivessem embaixo dele. Apesar dos insistentes pedidos de Juçá ao microfone e das tentativas frustradas dos seguranças, quando o show do Água Brava acabou muitos estavam agarrados nos tubos metálicos colocando todos em risco. A plateia em coro xingava aqueles doidos, mas enquanto isso fazia alguns desistirem da ousadia, outros se sentiam estimulados pela ovação e ensaiavam algumas manobras mais radicais, a mais de dez metros do chão.

Durante o show do Papel de Mil a coisa piorou. Um cara fortão, sem camisa, se movimentou até o centro do teto e começou a fazer acrobacias, se balançando e pulando de um tubo para outro como em um espetáculo circense. Ficava preso apenas por uma mão e ameaçava se jogar, mas com um balanço preciso pulava para outro tubo e nele se agarrava com as duas mãos, girando o corpo em seu próprio eixo e tornando a ficar de pé, escorado nas estruturas metálicas como um atleta olímpico. Aquilo não podia dar bom resultado. A galera embaixo ia à loucura a cada manobra do pirado. O show do Papel de Mil foi por água abaixo. A atenção de todos já não estava no palco, e um clarão na pista se abriu enquanto todos gritavam em coro para que o maluco se jogasse no chão. Juçá interrompeu a apresentação e tentou no microfone por alguns minutos dissuadir o acrobata doidão a descer, enquanto o povo tentava adivinhar o que aquele cara havia tomado, cheirado ou fumado. Onde ele estava era impossível alcançá-lo, e só mesmo com toda a psicologia de quem trabalhava na noite há muito tempo Juçá conseguiu acalmá-lo, alegando que o show não continuaria sem que ele descesse. Finalmente, ele desceu, debaixo de uma explosão de apupos, aplausos e xingamentos.

O show recomeçou, mas aquela interrupção desconcentrou os músicos do Papel de Mil e deu a Toninho, Lelo e Joe a oportunidade de liquidar o último papelote da noite. Enquanto estavam no banheiro cheirando, ouviram uma nova balbúrdia incomum vinda da plateia. Ao saírem e voltarem para a pista, lá estava o maluco novamente pendurado, agora em manobras ainda mais ousadas e radicais. Pulava de um ferro para o outro impulsionando pelo balanço do próprio corpanzil, e fazia gestos obscenos para a plateia e para o palco. O resultado era previsível. Antes que Juçá tivesse tempo de interromper novamente o show, a mão do equilibrista demente escorregou em uma de suas peripécias e ele despencou, tendo a sorte de amortecer sua queda batendo de raspão no corpo de alguns que demoraram a correr para escapar daquela louca bomba humana.

Toninho ficou apavorado. Sua pressão arterial, já alterada pela cocaína quase pura do Acari, subiu mais ainda com a possibilidade de aquele cara ter morrido ali, bem perto dele. Juçá passou por Toninho correndo, acompanhada de alguns seguranças, e Toninho instintivamente foi atrás. Incrivelmente, o cara não estava morto, nem desacordado. Sentia muitas dores e um corte fundo na testa vertia muito sangue, mas estava sentado no chão e consciente. Ou quase. Juçá se agachou e conversou com ele. Já tinham chamado a ambulância, e um carro da polícia que sempre ficava do lado de fora do Circo se posicionou no portão lateral. Levantaram o cara e o levaram para fora, apoiado nos seguranças. No caminho, ele chamou Juçá e cochichou no ouvido dela um pedido que pode ser ouvido por Toninho, que estava bem atrás dos dois:

— Juçá, pega meu flagrante que está no meu bolso de trás, por favor. Se não vai sujar pra mim.

Nervosa e empenhada em resolver a situação da melhor maneira possível, a mulher, rapidamente e sem estardalhaço, enfiou a mão no bolso daquele doido retirando alguma coisa que passou para o bolso de sua própria calça jeans. Os policiais receberam o cara no portão e o colocaram na ambulância, que chegou rapidamente. Um amigo do biruta o acompanhou e o carro branco, de sirene ligada, deixou o local.

Toninho estava paralisado, e foi encontrado por Lelo e Joe que o estavam procurando. Contou aos amigos o que havia visto e lembrou-se de que não havia mais pó. Um leve sentimento de perda e impotência rondou sua cabeça, mas o show principal estava para começar. A banda de Celso Blues Boy se preparava no palco.

Lelo comprou uma dose de cachaça pela grade e foram para a arquibancada, onde o tumulto havia aberto alguns espaços. Joe apertou um baseado e com os primeiros acordes do blues "Brilho da Noite" começaram a fumar a *cannabis* que, lentamente, foi fazendo prevalecer seu torpor benevolente sobre a angústia ansiosa da ausência da cocaína, preenchendo o espaço na mente dos três que, vazio, só permitiria a entrada de sentimentos depressivos e incômodos. Tendo sua carreira solo projetada pela Rádio Fluminense, Celso já havia tocado com Raul Seixas e Sá & Guarabira antes de montar a Legião Estrangeira, que se apresentou com algum sucesso na noite carioca. Em 1984 gravaria seu primeiro álbum, "Som na Guitarra" com seu hit de maior sucesso "Aumenta Que Isso Aí É *Rock'n'roll*", que fechou aquela noite. Show do Celso era garantia de Circo cheio e blues-rock de qualidade no palco.

Toninho, Lelo e Joe não tiveram pressa de deixar o Circo, pois sabiam que teriam que esperar na Praça Tiradentes o primeiro ônibus rodar, por volta das 4h30. Aguardaram que a primeira turba de retirantes deixasse o espaço livre para lentamente se encaminharem para a saída, enquanto viam as diversas baixas que a noite de doideira e *rock'n'roll* havia provocado naquele exército de malucos. Alguns permaneciam caídos, vencidos pelo cansaço e pelas diversas substâncias ingeridas; outros eram convencidos pelos seguranças a irem embora; outros ainda continuavam gritando os refrãos das músicas de Blues Boy como se se recusassem a aceitar que o show havia terminado. Quando chegaram do lado de fora, Toninho viu Juçá junto de um grupo de funcionários do Circo conversando tranquilamente. Pareciam comentar os resultados da noite agitada e inesquecível. De repente, os olhares do grupo se voltaram para a rampa que descia da Avenida República do Paraguai. Caminhando em cima da mureta, acompanhado por um amigo solidário, voltava o malabarista suicida. Perna, braço e cabeça enfaixados e andando com dificuldade, se dirigiu até Juçá. Toninho ficou curioso e se aproximou a tempo de ouvir o segundo pedido que aquele cara faria à produtora do Rock Voador naquela noite.

— Aí, Juçá. Devolve meu bagulho aí.

Só então Juçá se lembrou do conteúdo de seu bolso e rindo bastante da situação enfiou a mão, tirou uma trouxa de papel que parecia ser maconha e devolveu para o alucinado, que agradeceu e foi embora satisfeito. O assunto rendeu boas risadas durante a longa viagem de volta ao Jardim América. Como poderia um cara após um acidente tão perigoso, depois de medicado e, praticamente, ter nascido novamente, ainda se lembrar de recuperar a droga que havia deixado com Juçá para se livrar de uma possível autuação no hospital? A lógica do vício e os valores do viciado ainda eram novidade para Toninho e seus amigos, que conseguiam enxergar humor naquela degradação humana. Debochavam do cara, se sentindo infinitamente superiores por não se sujeitarem a atitudes ridículas como aquela e por terem assistido a um grande show de rock — coisa que o acidentado não tinha conseguido fazer, embora tivesse pagado por seu ingresso como eles.

O corpo cansado de Toninho só aceitou dormir pela ação tranquilizante do THC, que neutralizou em suas veias os resquícios do alcaloide. No entanto, nessa madrugada não conseguiu comer o prato que Aurélia havia deixado em banho-maria. Deu algumas garfadas, mas o paladar estava alterado e a garganta resistente, apesar do estômago estar desconfortavelmente vazio. E assim como não viu as pesadas bolas de ferro presas aos pés daquele maluco trapezista, também não percebeu que um grilhão se ajustava em sua própria canela, preparando o terreno para que uma grossa corrente sustentasse mais tarde a grande bola de ferro que iria ter que arrastar por vários anos.

Capítulo 25

Aurélia queria novamente a separação e planejava dividir o aluguel de um apartamento na Abolição com uma amiga. Antonio fingia que não entendia. O clima na casa de Toninho estava pesado, mas ele tentava participar o menos possível, embora a desarmonia no lar o incomodasse principalmente nas discussões intermináveis que eventualmente tinha que presenciar. Sua rotina era sair de casa bem cedo para o trabalho na gráfica e depois ir para a faculdade, chegando de volta perto da meia--noite, horário em que Antonio estava trabalhando. Nos fins de semana via o pai às vezes aos sábados pela manhã antes de Antonio ir trabalhar, e aos domingos, dia da folga do português. Mas mesmo nos finais de semana ficava pouco em casa, e sua vassoura-guitarra acabou aposentada. Não lhe parecia aceitável um jovem de 21 anos pulando em macaquices enquanto fingia tirar solos mágicos de um cabo de vassoura. Mas seus discos continuaram sendo sua companhia constante enquanto estava em casa, tocados agora em uma pequena vitrola Grundig comprada por Aurélia, que já tinha duas pequenas caixas de som separadas, o que melhorou muito a qualidade da reprodução sonora.

A Fluminense FM tornava sua jornada de trabalho mais suportável, e sempre que podia procurava saber notícias dos amigos do extinto Grupo Terra, por telefone ou em encontros eventuais. Sílvia também aparecia de vez enquanto, e com notícias de algum novo namorado esperava, em vão, despertar algum resquício de ciúme no ex. A menina tinha tirado carteira de motorista e estagiava como professora primária em uma escola de Belford Roxo, progressos inimagináveis na época de letargia em que namorou Toninho. O Grupo Terra permanecia como uma página que seus jovens membros resistiam a virar. Era o canteiro fértil onde haviam plantado seus principais sonhos, que custavam a germinar.

Toninho foi levar uma engrenagem de uma impressora da gráfica para ser retificada em um torneiro mecânico na Rua Gomes Freire, no centro da cidade. Precisava esperar enquanto o serviço não ficava pronto, pois a máquina aguardava parada pelo retorno da peça. Uma sessão de cinema pareceu ser o passatempo ideal e ele caminhou até a Cinelândia. Por ocasião das comemorações da Semana Santa, o Cine Palácio exibia "Jesus de Nazareth", do diretor italiano Franco Zeffirelli. Toninho tinha lido diversas críticas favoráveis ao longo filme de 1977, com Robert Powell no papel de Jesus e Olivia Hussey no de Maria. O próprio Papa Paulo VI fizera questão de receber o diretor em audiência privada para agradecer-lhe pelo trabalho emocionante e cinematograficamente excelente, e foi com um interesse de cinéfilo que Toninho resolveu encarar aquela maratona de mais de três horas.

Aos poucos, a história do Galileu o arrebatou e ele encontrou no personagem Jesus a síntese de todos os seus desejos e ideias revolucionárias, humanísticas e fraternas. Embora sem o embasamento teológico e espiritual necessários para um entendimento profundo da divindade do Cristo enquanto filho de Deus, e de seu poder enquanto luz do mundo na unidade com o Pai e o Espírito Santo, Toninho renovou na sala de cinema sua paixão por aquele que reconheceu ser o mesmo com quem mantinha conversas sinceras e apaixonadas na infância, e a quem clamava por socorro em todos os momentos de aflição e perigo, sempre recebendo o consolo necessário. Apesar de ser o filho amado de Deus, o Messias, e observar a vontade do Pai em primeiro lugar, Jesus mantinha sua liberdade e seu bom senso. E não hesitava em apresentar Deus como um Pai misericordioso e cheio de perdão, evitando a imagem do Deus vingativo e irado que causava medo no povo. No meio da opressão infligida pelo Império Romano, Jesus anuncia a boa nova a seu povo e incomoda muita gente, tal qual nos dias de hoje incomodam as classes dominantes aqueles que levantam sua voz contra as injustiças e a exploração. Renovada a esperança pela ressurreição do Cristo e sua ascensão aos céus, Toninho saiu do cinema com uma ideia formada na mente: "Jesus é o cara!"

Mas apesar de reconhecer no Jesus histórico o maior revolucionário da história da humanidade e os conceitos mais ardentes de um mundo novo, não tinha ainda a dimensão exata de como essa admiração e esse reconhecimento poderiam se converter em uma fé manifestada e uma espiritualidade libertadora, que pudesse transformá-lo internamente e livrá-lo dos sofrimentos e armadilhas que estavam por vir, sem que ele percebesse.

No caminho de volta para a gráfica, com a pesada engrenagem embaixo do braço, voltou a sonhar acordado: se imaginou vivendo nos tempos de Cristo e o seguindo pelas terras da Palestina em suas pregações e milagres. Ferreira não ficou satisfeito com a demora de Toninho e o repreendeu com seu jeito estúpido e agressivo. Toninho pensou em mandá-lo à merda, mas a paz estava em seu coração, e a imagem de Jesus subindo aos céus ainda povoava sua mente. Além disso, considerava importante manter aquele emprego, pelo menos enquanto não arrumasse uma maneira de ganhar dinheiro mais saudável e mais condizente com suas ambições pessoais. Engoliu em seco e foi para casa, decidido a tomar um banho e encontrar os amigos na Praça da Gronchi, pois mais uma greve estava em curso na UERJ.

A cocaína espalhava lentamente seus tentáculos por todo o Rio de Janeiro e já era bem mais fácil encontrá-la em diversos pontos de venda espalhados por todas as regiões da cidade. O lucro alto e o grande volume de dinheiro que circulava no comércio de pó atraíram diversos traficantes e pulverizaram a venda da droga. Muitas dessas pequenas bocas eram abastecidas pelo pó do Acari, que tinha qualidade e quantidade suficientes para viabilizar pequenos e médios negócios dentro e fora das favelas. A Boca do Velho foi uma das que aderiu a esse modelo. Compravam a droga de Cy em "rapas soltas" de 20 ou 30 gramas e as transformavam em 60 ou 80 gramas adicionando misturas diversas, como maisena, talco ou bicarbonato. A cocaína foi ficando mais acessível para os consumidores, e a entrada do pó no negócio das bocas, que antes vendiam apenas maconha, mudou radicalmente seu funcionamento, assim como o clima e as relações entre traficantes e viciados. A malandragem e o ritmo lento e disfarçado da venda de maconha deram lugar a uma rotina frenética e explícita de relações nervosas e violentas.

O Velho não se adaptou bem ao novo sistema e viu a procura pelo pó crescer absurdamente, enquanto suas cargas de maconha demoravam a se esgotar. Não tardou para que se aposentasse, e a boca passou a ser conhecida como "Rua Seis", número da rua onde se localizava e como era popular entre os antigos fregueses. Isso tornou o pó disponível para Toninho sem a necessidade de intermediários, pois ele conhecia o funcionamento da Rua Seis e também era conhecido pelos vapores da localidade. Embora soubessem que no Acari encontrariam uma droga de melhor qualidade e em quantidades mais atraentes, a comodidade de não precisar sair do bairro e a probabilidade bem menor de uma abordagem policial faziam da boca da Rua Seis a opção de grande parte dos viciados da região interessados em consumir pó, mesmo de baixa pureza. O Acari ficava para ocasiões especiais, dependente da disponibilidade dos "aviões", conhecedores dos esquemas da grande favela plana.

Toninho se sentia um ser livre e inteligente. Havia conquistado sua liberdade e independência através de uma postura crítica e intelectual, saltara para fora do balcão do botequim com maestria extrema e não admitiria outra prisão em sua vida. Conquistara o sexo, o respeito e aceitação de seu grupo, estudava em uma faculdade pública e famosa, tinha seu trabalho, era dono de seu nariz. Nada parecia capaz de alterar essa realidade, muito menos um vício. Nem mesmo o da cocaína, que o seduzia lentamente. Estava pronto e capacitado para consumi-la sem ser consumido, como outros que considerava fracos e com outra história de vida, diferente da sua. Adormeceu pensando que na próxima vez iria pedir para Joe pegar o pó diretamente no Acari.

No dia seguinte, enquanto fazia suas visitas aos clientes do centro da cidade, passou na agência do Banco Bamerindus na Rua dos Andradas, onde Renato trabalhava como subgerente. Da calçada fez sinal para o amigo através da vidraça. Com um sorriso largo, Renato pediu que ele aguardasse e poucos minutos depois saiu, impecavelmente vestido em um terno de linho cinza, e convidou Toninho para um café no bar ao lado. Enquanto tomavam o café, conversavam sobre as novidades. Toninho revelou a Renato suas recentes experiências com a cocaína e relatou com o entusiasmo de uma campanha publicitária os efeitos "maravilhosos" e os "benefícios" que havia experimentado com a droga. Perto dela, a maconha tornara-se uma desinteressante brincadeira de criança. Renato percebeu a animação de Toninho e seu semblante se tornou sério e preocupado.

— Toma cuidado com isso, Toninho. Essa merda é foda. Quando você percebe, já era. A coisa não é assim como você está pensando. Você pode se viciar. Tem nêgo que vende a mãe por causa disso.

Em sua viagem internacional e suas conexões com o mundo gay da abastada Zona Sul carioca, Renato havia tido vários contatos com o pó e adquirido um conhecimento mais profundo e crítico da ação de longo prazo da cocaína. Confessou que também a consumia esporadicamente, e tentou alertar o amigo para os perigos de degradação e escravidão que o abuso da brizola haviam trazido para diversos conhecidos seus. Sua tentativa foi em vão. Toninho tinha uma grande munição de argumentos, que lhe pareciam todos inquestionáveis.

— Eu sei disso tudo, Renato. Comigo não é assim, não. Essa gente tem cabeça fraca. Quando eu quiser, eu paro. Eu só uso mesmo nos fins de semana, e mesmo assim não é em todos. Só quando tem algum show ou alguma festa pra gente ir. É muito bom, cara.

Começou a falar da qualidade do pó do Acari e de seus novos amigos que tinham acesso a ele. Renato precisava voltar ao trabalho e se despediu com o mesmo semblante preocupado, deixando um último aviso:

— Cuidado, cara. Essa merda não é como você está pensando.

Toninho se despediu incrédulo, certo de que tudo estava sob o seu controle. As preocupações de Renato apenas demonstravam a grande amizade que existia entre os dois, mas eram infundadas e desnecessárias, segundo a sua avaliação.

O fim de semana seguinte trazia na programação do Rock Voador a banda preferida de Toninho. O "Sangue da Cidade" fecharia uma noite de shows onde estariam também no palco "Maurício Mello & Cia. Mágica" e "Serguei & Banda Cerebelo". O som do "Sangue da Cidade" era um rock pautado nos vocais potentes de Vid — que em alguns de seus agudos lembrava o Ian Gillan do Deep Purple —, e nos solos de guitarra criativos e marcantes de Dicastro. Músicas como "Feito Louco" e "Hora do Rush" eram o que mais se aproximava do conceito de rock de primeira linha que Toninho defendia. Ele não estava disposto a perder essa oportunidade, mas dessa vez a decisão de assistir ao show veio agregada à necessidade de levar alguma cocaína para ser consumida no evento.

Nos planos que arquitetava em seus pensamentos, os preparativos e estratégias para conseguir algum pó do Acari para aquela noite vinham na frente até da escolha das roupas que usaria, e eram o principal combustível de sua inesgotável fogueira de ansiedades. Nem na maconha ele pensou. Convidou Lelo e Joe e novamente foi Joe o encarregado de providenciar o pó. Nesse sábado Toninho levaria Fátima com ele. Ela já conhecia seus amigos, mas Toninho ainda não havia aberto para a namorada os seus primeiros flertes com a cocaína. A menina já andava desconfiada de que algo além da maconha normalmente consumida com o namorado estava por trás da união daqueles três, que já se tornavam um trio clássico no bairro. No horário marcado, Toninho chegou ao prédio onde Lelo morava e tocou o interfone. Subiu, cumprimentou a avó e o avô enquanto o amigo terminava de se arrumar. Desceram para aguardar Joe, que novamente demorou mais do que o esperado. Fátima estava em sua casa esperando e certamente já estranhando a demora. Lelo não se mostrava muito animado para o show no Circo Voador alegando falta de dinheiro, mas estava extremamente inquieto para ver a figura de Joe retornando com o pó. Toninho compartilhava a ansiedade e suas unhas roídas, os dedos constantemente na boca, testemunhavam isso.

Joe chegou e os três foram direto para a garagem do prédio de Lelo. Lá, Joe explicou a decisão que havia tomado dentro da favela: devido ao grande movimento de viciados em busca de grandes quantidades de cocaína, Cy resolvera vender embalagens com cinco gramas. Vinham em um "tubinho" formado por um saco plástico livremente oferecido no comércio para utilização em sorvetes caseiros que, acondicionados nessas embalagens de polietileno e levados ao congelador, eram vendidos com o singelo nome de "sacolé", uma combinação das palavras "saco" e "picolé". A criançada rasgava com os próprios dentes a ponta do plástico e chupava por esse orifício o saboroso conteúdo. Mais tarde o termo "sacolé" acabaria sendo utilizado também para denominar as doses de cocaína vendidas na boca, na medida em que o tal "sacolé", fechado com um simples nó, foi substituindo as embalagens feitas com pedaços de sacos de lixo grampeados.

No Acari, as cinco gramas de cocaína eram colocadas nesse saco e ocupavam seu fundo. A sobra do plástico era enrolada em formato tubular e depois revestida com fita adesiva para selar. Formavam-se assim uns tubinhos de Cr$30,00, suficientes para "animar" muita gente. Havia a possibilidade de se comprar 2,5 gramas por Cr$15,00, e para isso o vapor se servia do balcão de madeira de uma tendinha para, com uma lamina de barbear, cortar o "tubinho" no meio, deixando à mostra pela parte cortada o recheio maciço de pó. Esse processo sempre gerava algum resíduo, que se desprendia sobre o balcão e era devidamente consumido pelo freguês ali mesmo, sob o olhar e a autorização do vapor. Joe surpreendeu os amigos chegando com o meio tubo de 2,5 gramas e já bastante excitado com a cocaína que havia cheirado no balcão, dentro da favela.

Quando desfizeram a embalagem cuidadosamente, retirando a fita adesiva e desenrolando o saco de polietileno, ficaram espantados com a grande quantidade de cocaína que estava diante de seus olhos. Toninho nunca havia visto tanto pó junto de uma só vez. Joe manifestou cansaço e juntou ao de Lelo seu desânimo para ir ao Circo Voador. Toninho ainda tentou insistir. Resolveram dar um teco ali mesmo, na garagem, enquanto decidiam o que fazer. Aquela cocaína estava realmente muito pura. Enquanto as carreiras eram preparadas por Joe sobre a carteira de Toninho, podia-se sentir um cheiro forte, que parecia acetona.

Depois de ter dado um teco, Toninho já não parecia tão disposto a convencer os amigos a irem ao show, e as músicas do Sangue da Cidade de repente se tornaram prazeres facilmente adiáveis. Só queria sair dali, pois precisava encontrar Fátima, que o esperava. Abortaram a ida ao circo, dividiram o pó em três partes iguais e Toninho deixou os amigos levando sua parte no bolso.

Enquanto andava para a casa de Fátima, sentia-se jovial e encantador, embora seus batimentos cardíacos estivessem acelerados assim como seus passos, que pareciam fugir de alguma coisa. Chegando à casa da namorada, informou a mudança nos planos. A mãe de Fátima não estava em casa e a menina sugeriu que fossem até o mercado comprar alguma coisa para ela preparar um lanche. Toninho estava agitado. Queria dar mais um teco e foi ao banheiro para isso. Trancou a porta, e como estavam sozinhos em casa, essa atitude despertou a curiosidade de Fátima.

Na saída do banheiro encontrou a menina em pé, com olhar inquisidor: queria saber o que o namorado estava escondendo. Sem condições de inventar desculpas convincentes, Toninho abriu o jogo, e a namorada curiosa quis imediatamente experimentar um pouco. Toninho não questionou. Esquentou um prato no fogão e esticou duas carreiras bem finas e compridas, revelando para si mesmo uma extrema habilidade na preparação da cocaína. A menina seguiu suas instruções e cheirou a primeira rapa. Toninho liquidou a segunda.

Partiram para o mercado e já no caminho pareceu que a onda havia batido em Fátima, que começou a falar descontroladamente, não dando a Toninho a oportunidade de qualquer réplica. Animada e pulsante, caminhava pelos corredores do mercado pegando diversos enlatados e algumas cervejas. Voltaram para casa e fizeram amor aproveitando a ausência da mãe. Foi Fátima que pediu mais um teco. E a noite se passou com os dois andando pela casa, escutando *rock'n'roll*, fazendo petiscos que não comeram e bebendo toda a cerveja disponível. No último teco o nariz de Toninho sangrou um pouco e ele ficou assustado. Tudo estava muito acelerado, e ele estancou o sangue com um pouco de papel higiênico.

O fim da cocaína gerou uma leve frustração no seu íntimo e ele chegou a pensar na possibilidade de ir até a Rua Seis buscar mais um pouco. Foi convencido do contrário por Fátima, que alegando que sua mãe estava para chegar, sugeriu que havia coisas melhores para fazerem. Fizeram sexo novamente, e isso ajudou Toninho a relaxar um pouco e esquecer a disforia que o acometera com o término do pó. Foi um sexo diferente do que normalmente faziam, com menos sensibilidade nas peles e mais furor no prazer. A partir daquele dia, a cocaína passou a fazer parte da rotina do casal, e os acompanhava nos programas de fim de semana, nos shows, nos motéis e nas festas. O diabo moído ia cercando Toninho aos poucos, naquilo que lhe dava prazer, associando sua presença aos divertimentos do rapaz e acenando-lhe com todo o excesso de sensações que parecia ser a verdadeira afirmação de um poder absoluto sobre todas as situações, sobre todas as tribulações de sua alma.

Capítulo 26

O primeiro semestre de 1983 foi marcado pela intensificação do relacionamento entre Fátima e Toninho e pela crescente adesão dos dois ao consumo recreativo de cocaína, uma rotina que se estabeleceu de forma lenta e imperceptível. Na sexta, Toninho saía do trabalho e antes de chegar em casa passava na Rua Seis, onde comprava alguns papelotes de pó e umas trouxinhas de maconha, não importava a programação da noite. Mesmo em encontros familiares o casal dava um jeito de se aplicar no banheiro. Quando tinham o Chevette à disposição, a primeira parada era certamente em um motel. Lá, normalmente, exterminavam todo o pó, e após algumas rodadas de sexo, fumavam maconha e saíam para algum show ou evento que por ventura estivesse programado. A frequência com que Toninho consumia cocaína foi aumentando gradualmente, e ele já buscava a Praça da Gronchi, não para o baseado relaxado e divertido, mas para conseguir um parceiro frenético interessado em rachar algum pó da Rua Seis ou alguém disposto a invadir o Acari. Seus parceiros nessas opções eram quase sempre Lelo e Joe, que aos poucos também mergulhavam em uma periodicidade acentuada de contatos com a cocaína.

Toninho passou a levar cocaína para a faculdade algumas vezes, e cheirava nos banheiros no intervalo entre as aulas. No entanto, quando isso acontecia, dificilmente conseguia ficar por muito tempo em sala, devido à inquietação que a droga produzia em sua mente. As amigas do curso perceberam a mudança de comportamento do único homem da turma e passaram a questioná-lo. Toninho, no entanto, aproveitava o ambiente democrático da universidade para defender o uso de drogas como um direito do ser humano, e a cocaína como uma acentuação do estado mental, legítima e prazerosa. No trabalho, Jorge também havia aderido ao novo hábito do amigo, e não era incomum saírem para fazer entregas animados pelo pó, ou consumi-lo nos churrascos e rodas de samba que os operários e a direção da fábrica promoviam em datas festivas. Fátima parecia apaixonada, e não tardaram as sugestões para que um compromisso mais sério entre os dois fosse oficializado. Mas Toninho, embora gostasse da menina e se realizasse naquele relacionamento intenso e aceso pela cumplicidade no rock, no sexo e nas drogas, continuava sem a menor intenção de partir para uma união mais duradoura e responsável, dentro dos padrões tradicionais de um casamento.

Em seu consumo rotineiro, Toninho começou a vivenciar as contrapartidas que a cocaína exige de seus adeptos. O apetite foi o primeiro que se negou a dividir as ocasiões com ela. Era um tanto constrangedor, nos jantares em família ou nos churrascos na fábrica, recusar sistematicamente as ofertas de comida, impedido pela boca seca, pela garganta apertada e pela total falta de paladar que a brizola lhe causava. O sono passou a ser também resistente ao convívio com o pó, e só chegava depois de se certificar de que o alcaloide não estava mais presente na corrente sanguínea e no cérebro de Toninho. A dor de barriga, causada pela ansiedade que precedia o primeiro teco da noite, não era mais suportável sem que os intestinos fossem esvaziados. Dessa forma, várias das primeiras "rapas" da noite eram consumidas com Toninho sentado em um vaso sanitário. O *crash* depressivo causado pela ausência repentina da euforia da droga também começou a ser percebido e temido por Toninho. No entanto, nos primeiros meses de consumo, a cocaína se mostra generosa, e esses efeitos desagradáveis e surtos depressivos são leves e facilmente superados pela dedicação a outras atividades prazerosas ou por uma simples conversa que possa desviar o pensamento do desejo latente de repetir a dose. Entre os artifícios preferidos por Toninho para descurtir essas sensações *down* estavam o sexo, um bom show de rock e até mesmo o auxílio químico do álcool e da maconha.

Mas nem sempre o impulso de ir buscar mais pó para prolongar o estado possante da mente podia ser controlado. Toninho vivenciou isso pela primeira vez numa noite em que, voltando mais cedo da faculdade, passou pela Praça da Gronchi a tempo de encontrar Lelo com uma quantidade de brizola em seu poder. Toninho pediu um teco ao amigo e os dois foram para a garagem do prédio dele onde cheiraram a pequena quantidade, que só serviu para instigar mais ainda a dupla. Voltaram para a praça e tentaram engrenar algum assunto interessante, mas o pensamento dos dois girava e retornava ao mesmo desejo de conseguir mais pó. Apesar de a praça deserta indicar o avançado da hora, e os bolsos vazios aconselhassem os dois a desistirem da ideia fixa, Toninho não se conformou em encerrar a noite sem completar de maneira satisfatória seu desejo de prazer forjado na cocaína. A Rua Seis era a única possibilidade concreta, e Lelo ofereceu sua bicicleta para que Toninho se deslocasse até lá mais rapidamente.

Mas faltava o dinheiro. Toninho se lembrou de um pote de louça onde Aurélia costumava guardar alguns trocados provenientes das vendas de seus trabalhos manuais. A ética que sempre pautara suas atitudes parecia estar entorpecida junto ao anjo bom, que nem se pronunciou para tentar demovê-lo daquela atitude censurável. Lelo, em sua fissura, o incentivou. Toninho alegou que no dia seguinte faria um vale na fábrica e reporia o dinheiro da mãe, justificando-se para o amigo e tentando acomodar um pouco melhor a consciência pesada.

Enquanto Lelo esperava na praça deserta, Toninho foi até em casa e entrou na ponta dos pés, preocupado em não fazer nenhum barulho. Abriu a porta do quarto da mãe e se certificou de que ela estava dormindo. Esgueirou-se até a penteadeira e com movimentos lentos retirou a tampa do pote de louça, descobrindo algumas notas. Pegou o que achava suficiente para dois papelotes. Saiu com os mesmo passos felinos com que havia entrado e enquanto caminhava de volta para a praça percebeu que o clima mudara, e uma forte ventania prenunciava um temporal. Pegou a bicicleta de Lelo e partiu pela Estrada de Vigário Geral, com o vento jogando em seu rosto todo tipo de folhas, poeira e detritos que pareciam querer demovê-lo de sua atitude insana, na qual ele jamais poderia se imaginar poucos meses antes.

Na subida da íngreme ladeira que levava ao movimento teve que saltar da bicicleta e, esbaforido, empurrá-la com as mãos. O temporal iminente, que já despejava alguns pingos grossos no rosto de Toninho, parecia ter afugentado da rua todos os habitantes. Rodou por vários minutos, recusando-se a se dar por vencido e sentindo um desejo incontrolável de encontrar um vapor que pudesse saciar aquela vontade de se drogar com o pó branco, que havia conhecido mais intimamente há somente uns três meses. Tudo em vão. Debaixo de uma chuva torrencial, retornou completamente encharcado à praça, onde encontrou Lelo abrigado sob uma marquise.

Sentindo-se derrotado e com uma sensação aguda de frustração, se despediu do amigo e voltou para casa, tomando os mesmos cuidados para repor o dinheiro de Aurélia no pote de louça. Ficou um tanto aliviado por não ter lançado mão das economias da mãe para um objetivo nada nobre.

Deitado em sua cama, ouvia a chuva açoitando a janela e os clarões intermitentes dos raios iluminavam seu rosto, enquanto fazia uma revisão de sua vida recente. Buscou as grandes conquistas que perseguira e as batalhas ideológicas que decidira travar em sua adolescência e não encontrou nada, nem a alegria genuína das lutas por um mundo melhor, muito menos as atividades artísticas com as quais havia decidido expressar todo o seu estranhamento e inconformidade para com um mundo incompreensivelmente díspar e errado. Tudo parecia ter ficado congelado no passado, no tempo do teatro, dos primeiros acampamentos e descobertas.

Olhou para as roupas encharcadas jogadas em um canto do quarto e não se reconheceu na atitude impulsiva que havia tomado poucos minutos atrás. Pensou que alguma coisa podia estar saindo do controle e pela primeira vez identificou na cocaína a causa provável de sua destemperança, e da inutilidade de seus últimos atos. Seria possível que os alertas de Renato e as histórias de escravidão e vício eram mais reais e estavam mais próximas do que ele imaginara? Resolveu que iria retomar as rédeas da situação. Não iria mais cheirar durante a semana, guardando os prazeres do pó apenas para as ocasiões especiais, em alguns finais de semana. Virou-se para tentar dormir com a certeza de que a decisão estava tomada e era irrevogável. No entanto, sem que ele percebesse, do grilhão preso à sua perna já pendia uma grossa corrente com uma pequena bola de ferro, que parecia crescer e pesar na mesma proporção em que ele se convencia de que poderia reverter a situação, frear o consumo desmedido de pó.

Na semana seguinte realmente se manteve longe da cocaína e se dedicou às provas de fim de período da faculdade. Até mesmo os baseados foram poucos. Depois de dez dias sem cheirar e cumprindo exemplarmente com suas obrigações, a sexta-feira chegou acenando com o merecimento de uma recompensa por seu bom comportamento, que viria em forma de alguns papelotes da Rua Seis. Conseguiu sair cedo do trabalho, com o dia ainda claro, e foi direto para a boca, com o dinheiro do vale que normalmente os patrões liberavam nas sextas. Chegando ao alto do morro foi informado de que a boca de fumo estava "seca" de pó. Só havia maconha para a venda. Toninho desceu a ladeira asfaltada decepcionado. O volume das vendas estava mais rápido do que a capacidade de reposição da pequena boca, e esses períodos de secura iriam se repetir de tempos em tempos. Embora o fato fosse definitivo e o desabastecimento repentino não tivesse nenhuma previsão para terminar, seu espírito de luta não se deu por vencido e aquela primeira dificuldade pareceu instigá-lo ainda mais.

O plano B envolvia Joe e a Favela do Acari. Embora tivesse que esperar mais para que o amigo se deslocasse até a favela comandada por *Cy* e, naturalmente, dividir com ele um pouco da brizola comprada, era uma opção melhor do que renunciar aos planos que seu inconsciente arquitetara, silenciosamente, ao longo de toda a semana. O cunhado de Fátima possuía uma Yamaha DT 180, mas às vezes preferia o conforto do Chevette da sogra. Nessas ocasiões, deixava a motocicleta à disposição de Toninho, que rodava com Fátima na garupa em passeios que o faziam se sentir o próprio Peter Fonda no *road movie* americano "Easy Rider", de 1969, montado em sua Harley Davidson Chopper que ficou famosa como o modelo do "Capitão América", devido à estilização da bandeira americana em seu tanque.

Naquele final de semana ele estaria com a Yamaha e a cocaína parecia ser o combustível ideal, imprescindível para o piloto aproveitar tudo que a ocasião poderia proporcionar. Encontrou Joe descarregando um caminhão de latas no terreno do avô. Fez sinal de longe; o amigo desceu da carroceria e foi até a calçada saber o que Toninho queria. Toninho falou do fracasso de sua incursão na Rua Seis e pediu ajuda. Joe negou. Disse que não havia a mínima condição de abandonar o avô no meio do trabalho de descarga e que só à noite poderia ir até o Acari. A urgência injustificável e perene que a cocaína já incutia na cabeça de Toninho o fez considerar que aguardar até a noite era desperdiçar tempo.

Tentou seduzir o amigo com uma oferta mais generosa na divisão do pó, mas Joe, embora quisesse aceitar a proposta, sabia que teria problemas com o avô se o fizesse.

Cansado da insistência de Toninho e sob os olhares de desagrado do avô, que já o chamara de volta ao serviço, disse a Toninho que era fácil localizar o movimento na favela e passou as coordenadas necessárias para que ele chegasse sozinho ao movimento do Coroado, que entendia ser de mais fácil acesso para um forasteiro que não conhecesse bem os segredos da favela. Toninho teria que saltar na Avenida Brasil, depois do Conjunto do Amarelinho, descer por uma rua lateral que margeava a avenida no sentido Avenida Automóvel Clube e entrar à direita em uma viela em baixo do Viaduto de Coelho Neto. A partir daí teria que seguir em linha reta se embrenhando na favela e perguntando aos moradores de aparência comprometida com o tráfico onde poderia conseguir o pó.

Toninho não pensou duas vezes. Em poucos minutos estava entrando na Favela do Acari pela primeira vez, de acordo com as orientações de Joe. Seu coração batia acelerado na medida em que ia penetrando naquele território desconhecido e sabidamente perigoso. A chuva que havia caído durante toda a manhã havia deixado as ruas intransitáveis para carros, e ele se desviava das grandes poças de água e lama enquanto tentava encontrar no rosto de algum desconhecido um olhar acolhedor que encorajasse uma abordagem. A rua foi ficando mais estreita e num determinado local se dividiu em três — uma encruzilhada tríplice que obrigava a uma escolha. Aproximou-se de um rapaz perto de uma tendinha e tomou coragem para perguntar onde poderia encontrar o movimento. Sua aparência e sua educação exagerada não pareceram despertar a desconfiança do morador, nem tampouco sua simpatia. Ele respondeu de maneira seca e rude, apontando para a viela mais larga que seguia para o interior da favela.

— Tá mais lá pra frente.

Toninho agradeceu e continuou a caminhar. Decidiu retirar o dinheiro do bolso e mantê-lo na mão, para que ficasse mais óbvia a sua intenção. Andou mais alguns passos e já estava pensando em retornar quando avistou a uns dez metros um pedaço de espelho quebrado preso em um toco de madeira que sustentava uma varanda de telhas furadas, no que parecia um dia ter sido uma tendinha. Servindo como uma espécie de retrovisor, o espelho permitia que um jovem negro e magro com um gorro de lã na cabeça visualizasse todo o movimento de entrada da rua enquanto permanecia oculto, na varanda da tendinha desativada. Toninho teve certeza de que tinha chegado ao seu objetivo. Tomado de uma imensa ansiedade, caminhou com cautela na direção do espelho, e antes mesmo de ele chegar o rapaz saiu do esconderijo, mostrando-se com uma bolsa de lona atravessada no peito.

— Preto ou branco?

Toninho raciocinou rápido.

— Branco.

— Quantos?

— Quanto tá?

— Tem de três e de cinco.

— Me dá dois de cinco.

Toninho esticou o dinheiro e o rapaz conferiu, abriu a bolsa e passou a escolher no meio da carga os dois papelotes. Parecia procurar os mais bem servidos e Toninho se sentiu prestigiado. Só então relaxou e pôde verificar ao seu redor diversos outros sujeitos que o observavam, certamente a serviço de Tonicão. Não viu nenhuma arma.

Agradeceu e saiu se sentindo mais importante do que quando entrara. Com o flagrante entocado na cueca, deu os primeiros passos fora da favela com a atenção voltada para todos os lados, tentando se precaver contra a polícia. Quando estava parado à beira da Avenida Brasil, esperando uma oportunidade de atravessar as pistas movimentadas para pegar o ônibus de volta ao Jardim América, um carro da Polícia Militar passou por ele em velocidade baixa e ameaçadora, mas seus ocupantes nem se incomodaram com a presença do jovem de boa aparência que fingiu esperar a condução, projetando seu olhar por cima do teto da viatura e simulando estar com a atenção no movimento dos carros. Passaram direto, e Toninho se sentiu ainda mais esperto por ter ludibriado a vigilância da polícia, que era constante nos arredores do Acari, mas que nem de longe dava conta de conter os viciados que deixavam o interior da favela portando o fruto de suas compras.

Sentado no ônibus a caminho de casa sentia o gosto da vitória, e seu inconsciente tentava colocar essa sensação nos espaços agora vagos que antes haviam sido ocupados por acontecimentos como a entrevista com Chico Buarque, a estreia triunfal de sua peça e a descoberta prazerosa do sexo. A partir daquele dia, não dependeria mais de ninguém para conseguir o pó mais puro do Rio de Janeiro.

A investida bem-sucedida estabeleceria uma relação entre Toninho e a Favela do Acari mais forte do que ele poderia imaginar. O prazer com o consumo da cocaína seria acrescido do prazer da autoafirmação no seu trânsito desinibido pela favela famosa, no contato cada vez mais íntimo com os vapores e soldados de Cy, nas eventuais conversas respeitosas com os moradores da comunidade e no crescente conhecimento da intrincada geografia da favela, retalhada em becos que se conectavam, com inúmeras possibilidades de deslocamento. Toninho passaria então a desenvolver uma estranha satisfação em entrar e sair de lá, usufruindo de toda a adrenalina que o ato jogava em suas veias, como se preparasse os seus neurônios para a cocaína que viria logo depois a exacerbar ainda mais suas sensações.

A partir do Coroado aprendeu o caminho para a boca principal da Piracambú, e também para a do Amarelinho, embora nessa época a brizola dessa última fosse quase sempre de qualidade inferior à das duas primeiras. Tornou-se conhecido por alguns moradores dos becos e vielas por onde passava costumeiramente, e fazia questão de cumprimentá-los e pedir licença sempre que era obrigado a passar entre dois ou três que conversavam no espaço apertado dos becos. Os vapores também passaram a reconhecê-lo e o serviam sem maiores interrogatórios ou desconfiança. Algumas vezes os alertava para a presença da polícia nas entradas da favela, criando certa cumplicidade através dessa informação útil pela qual, algumas vezes, até recebia agradecimento. Da mesma forma era advertido várias vezes pelos vapores e por outros fregueses que chegavam sobre o posicionamento de algumas patrulhas nas saídas. Criava-se uma rede de informações e cooperação mútua que visava a proteção de traficantes e viciados.

Passou a conhecer as diversas saídas que, andando mais ou andando menos, poderiam levá-lo à Avenida Brasil ou para a Rua Guaiúba do outro lado da favela. A saída principal, pela Avenida Automóvel Clube, era a mais visada, mas devido ao grande movimento de transeuntes muitas vezes era também a mais segura, dependendo do horário. Se tudo estivesse tampado, restava andar bastante por dentro da favela chegando à Rua Embaú, que levava ao Parque Colúmbia. O Acari foi uma das primeiras favelas a se valer dos fogos de artifício para anunciar a entrada da polícia. Como era uma favela plana, não tinha a vantagem do ponto de observação elevado que as favelas em morros possuíam. Assim, os vapores poderiam ser facilmente surpreendidos se não fossem avisados a tempo pelos fogos, disparados por fogueteiros estrategicamente posicionados nas entradas da favela. Os morteiros "doze por um" eram muito mais eficientes do que as pipas de cores específicas que antes eram empinadas para alertar a quadrilha e, além de lentas, dependiam de vento. A artimanha pirotécnica dos fogos se espalhou por diversas outras favelas da cidade, se tornando um empecilho para a atuação da polícia no que diz respeito ao fator surpresa.

Toninho passou a visitar a favela com grande frequência. Muitas vezes saía com a intenção de comprar apenas maconha, mas no caminho mudava de ideia e dificilmente saía de lá sem alguma cocaína. A boca da Piracambú era a mais movimentada e animada. Vários vapores e gerentes se revezavam vinte e quatro horas por dia, e tinham orgulho disso. Era comum ouvi-los gritando:

— Aqui é dia e noite. Pode chegar.

Às vezes algum tempo se passava entre o término de uma carga, sua respectiva prestação de contas por parte do vapor e a abertura da carga seguinte. Dependendo do horário, do dia da semana e do tamanho dessa demora, filas imensas se formavam à espera do reinício da venda da droga.

Bidão era uma espécie de homem de confiança de Cy. Negro forte e alto, tinha umas cicatrizes profundas no peito musculoso, provocadas, segundo a lenda, por alguns tiros de escopeta que havia levado em uma favela em Manguinhos. Fingindo-se de morto sobre a linha do trem, conseguiu escapar com vida. Utilizava um enorme porrete para organizar as filas quando essas ameaçavam sair do controle e alterar a tranquilidade e a rotina dos moradores. Porretadas nas costas e nas canelas eram dadas nos que não sabiam se comportar. Toninho não vacilava, e nunca foi agraciado com uma cacetada do negão, embora tenha presenciado vários atos de violência de Bidão como quando, por exemplo, espancou um viciado bêbado que insistiu em urinar num beco da favela, ou outro que, desesperado e sem dinheiro, ficava cercando os fregueses na saída da favela implorando por um teco.

Às vezes, com a fila formada por mais de cem viciados, os fogos pipocavam e os vapores se escondiam. Somente os fregueses mais medrosos e menos fissurados abandonavam a favela. A maioria se dispersava pelos bares e tendinhas, que assim elevavam seu lucro enquanto a freguesia esperava ansiosamente pela saída da polícia. As incursões policiais, que antes eram semanais, passaram de diárias a três vezes por dia, dependendo do plantão. Por uma pequena ruela que ligava a Piracambú à Guaiúba eram enviados os mensageiros com as propinas (arregos) que Cy mandava a alguns policiais corruptos para que os mesmos não o incomodassem mais naquele dia ou semana, dependendo do acerto. Quando isso acontecia, a favela se transformava num imenso supermercado de drogas, com os vapores pregoando tranquilamente seus produtos em altos brados e consumindo a própria mercadoria, apesar de Cy punir até com a morte quem desse um prejuízo à boca por estar cheirado demais.

Toninho dificilmente entrava na favela à noite. Preferia o final da tarde, horário em que vários trabalhadores estavam retornando aos seus lares e diversos estudantes saíam das escolas. Assim, se mimetizava entre a população e se sentia mais seguro para deixar a favela com seus flagrantes. Em alguns locais específicos era eventualmente permitido a alguns viciados o consumo da droga ali mesmo, logo após a compra. Passou a adotar o hábito de dar o primeiro teco ainda dentro da favela, após o consentimento dos vapores que lhe indicavam onde era a faixa de tolerância do dia para isso. Com a cocaína percorrendo suas veias em busca de seu cérebro, caminhava para pegar seu ônibus de volta e normalmente a adrenalina do perigo chegava às suas sinapses neurais junto com a brizola, num coquetel que o tornava subitamente determinado e disposto a ultrapassar qualquer barreira policial, e verbalmente aditivado para argumentar com qualquer policial que por ventura o abordasse.

Foi nesse período que começou a dar mais trabalho a seu anjo da guarda: era apenas o início de uma longa estrada em que o anjo enviado por Deus para protegê-lo teria que ser acionado diversas vezes, sempre livrando Toninho de resultados mais violentos em sua rotina nas drogas.

Três datas eram especiais na Favela do Acari: Dia de São Jorge, Dia de São Cosme & Damião e Dia das Crianças. Nessas ocasiões, Cy e

Tunicão promoviam festas fantásticas que duravam vinte e quatro horas, com farta distribuição de brinquedos e dinheiro para as crianças, churrascos abundantes para os moradores, bebida grátis à vontade e drogas liberadas para alguns fregueses mais tradicionais. Toninho chegou a ganhar uma "rapa solta" de um vapor chamado Batata num desses dias festivos, em que viu as crianças descalças e malnutridas desfilando com seus carrinhos, bolas e bonecas e um sorriso de felicidade que ele interpretou como sinais de um enfrentamento heroico da situação de miséria e de abandono com que a comunidade convivia no dia-a-dia.

O dinheiro era jogado para o ar e somente os pequenos podiam se lançar ao chão, uns sobre os outros, para tentar pegar as notas de maior valor. Aquilo fascinava Toninho. Era o que lhe parecia a expressão mais viva e próxima do socialismo utópico pelo qual ele havia se apaixonado ainda na adolescência e que agora podia presenciar de tão perto. Assim como a maioria da população da favela, reconhecia com simpatia por trás daquela atitude os personagens magnânimos que comandavam o tráfico, e que, em sua avaliação prematura, ingênua e tendenciosa nada faziam de errado, pois não obrigavam ninguém a comprar suas drogas. Eram uma espécie de Robin Hoods modernos, benfeitores de uma população flagelada pela sociedade egoísta.

O Acari e a cocaína foram tomando lugar na rotina de lazer de Toninho, que já não ia com frequência ao cinema nem buscava ler nem escrever. O único contato intelectual que ainda permanecia vivo era o convívio acadêmico da faculdade. Mesmo assim, a duras penas, com muitas faltas e pouca dedicação às pesquisas e trabalhos.

Seu fascínio pela cocaína crescia na mesma proporção de seu desinteresse pela maconha. Já não procurava a companhia tranquila e divertida dos maconheiros da Praça da Gronchi, mas estava sempre com Lelo e Joe para um tirinho. Em suas andanças pelo Acari começou a se deparar com diversas situações que pintavam com cores fortes a dura realidade do vício, e já era comum visualizar diversos viciados arrastando suas pesadas bolas de ferro pelas vielas da favela. Eram moças jovens e bonitas que ali amanheciam para prestar favores sexuais aos traficantes em troca do último teco da noitada, senhores e senhoras de idade que com seus cabelos brancos pareciam zumbis, pedindo alguns trocados para inteirar suas doses, pais e mães com filhos chorando no colo esperando na fila, sem se incomodar com o desconforto de suas crianças, jovens trocando objetos nitidamente desviados de casa por míseros papelotes que não valiam nem dez por cento do real valor da mercadoria, que dirá o valor sentimental da família usurpada. Essas cenas chocantes acendiam um alerta em Toninho, mas ele ainda não acreditava que pudesse atingir aquele ponto. Embora acreditasse que com ele tudo se passava de maneira diferente, começava a ficar preocupado e insatisfeito com o uso habitual de cocaína que estabelecera. Reconhecia o incômodo causado por sua necessidade de ter o pó como companhia nas mais diversas ocasiões, e não era incomum deixar de comparecer a programas agradáveis e sadios pela impossibilidade ou demora em conseguir a droga.

Tentava se agarrar aos prazeres do passado, mas até estes pareciam distorcidos. Foi com Fátima num final de semana para a casa dos tios em Araruama, numa tentativa vã de ressuscitar emoções perdidas. A cocaína que levaram só foi suficiente para o primeiro dia. Toninho reconhecia que o astral na casa nos dias sem o pó era mais nobre e alegre, mas não parava de pensar no momento de retornar ao Rio de Janeiro e ir ao Acari pegar um pouco mais. Eram pensamentos contraditórios, que começavam a dominar sua mente durante boa parcela de seus períodos de lucidez. Foi reaberto o tribunal de debates de sua consciência, entre o anjo mau e o anjo bom. Passou a ter sessões longas e diárias: um mantinha o discurso de liberdade, experimentação e loucura que justificava a utilização do pó; outro alertava para os exemplos e perigos de uma escravidão e descrevia a perda de qualidade de vida.

Com pouco mais de seis meses de consumo, o orgulho de Toninho foi sendo minado e ele já admitia em seu inconsciente a possibilidade de estar viciado. Mas essa aceitação não durava muito tempo, e ele logo cedia aos argumentos do anjo mau: apenas mais um teco não faria diferença, e a partir do dia seguinte iria mudar de conduta. Sob o efeito da cocaína se sentia superior a qualquer complexo ou sentimento de derrota. Mas esse efeito alterador da mente ficava cada vez mais breve e fugaz, dando lugar rapidamente à necessidade desenfreada de reativação através de uma nova cheirada.

Suas manhãs se tornaram um doloroso e indefinido reinício, e o que ele via refletido no espelho do banheiro enquanto escovava os dentes já não lhe agradava. Sentia que lhe faltava coragem para virar o rumo de sua vida e buscar aquilo que sempre sonhara. Mas, equivocadamente, acabava convencido de que essa coragem estava disponível e embalada nos papelotes do Acarí ou da Rua Seis. Sentia-se mergulhado em uma espiral de insatisfação que somente era aliviada, momentaneamente, com a cocaína, com os carinhos de Fátima e nos shows que assistia com os amigos no Circo Voador.

Um dia, uma discussão mais violenta com Ferreira quase chegou à agressão física. O patrão pegou um grampeador e ameaçou arremessá-lo contra Toninho, que não se intimidou. Encarou Ferreira com uma coleção de palavrões represados por três anos de opressão, afirmando que o capital que o chefe ignorante possuía não lhe dava o direito de tratar ninguém daquela maneira. Toninho explodiu, vomitando um discurso marxista carregado de ódio e ofensas, uma solitária revolução do proletariado. O desfecho foi sua demissão, e Toninho caminhou para casa com um misto de alívio e derrota difícil de entender. Finalmente, havia se alforriado de um trabalho frustrante que aprisionava seus sonhos, mas, ao mesmo tempo, previa os tempos difíceis que a falta de dinheiro iria inevitavelmente acarretar. Agora estava livre para buscar sua realização profissional, mas em seu íntimo temia o que faria com o tempo ocioso que lhe sobraria com abundância. Somente as verdades que havia conseguido dizer a Ferreira elevavam seu moral. Essa noite se consolou nos braços de Fátima e adormeceu ouvindo na Fluminense FM a melancólica "Ashes Are Burning" da banda inglesa Renaissance.

Capítulo 27

O dinheiro da indenização trabalhista de Toninho foi rapidamente consumido em noitadas, nos motéis com Fátima e, principalmente, no Acari e na Rua Seis. Algumas comissões sobre vendas que ele havia efetuado ainda eram honradas mensalmente pelo antigo empregador, mas também estavam com os dias contados. Em uma tarde entediante, Toninho foi até Madureira para trocar um LP de David Bowie que ele havia odiado pelo álbum "'Live' Full House" do grupo americano J. Geils Band, que o deixou muito mais satisfeito. Estava no ponto à espera do ônibus quando avistou Rita, vindo em sua direção. A antiga namorada do GPI continuava naturalmente linda, com seus grandes olhos azuis e o cabelo liso e louro um pouco mais comprido do que nos tempos de colégio. Seus olhares se cruzaram e a química do passado pareceu continuar inalterada. Beijaram-se, e Toninho sentiu um gosto bom de nostalgia naquele beijo.

Naquela semana se viram mais uma vez, e tudo parecia se encaminhar para a reconstrução de um relacionamento e de uma paixão interrompidos por uma avalanche de acontecimentos e descobertas na vida de Toninho, que acabaram deixando pouco espaço para a namorada. A menina estava convencida de que daquela vez tudo seria diferente; com a arquirrival Sílvia fora do caminho, planejava um futuro ao lado de sua paixão adolescente. No entanto, desconhecia o momento delicado por que passava o rapaz em sua relação com a cocaína e com Fátima — ligadas intrinsecamente uma à outra em sua mente. No meio de tantas dúvidas girando em turbilhão na cabeça, Toninho tinha somente uma certeza em todos os encontros com Rita: queria levá-la para a cama. Assim resgataria uma dívida antiga, e constataria a existência ou não de uma química definitiva que pudesse finalmente materializar em plenitude aquela paixão meio platônica.

Toninho arquitetou um plano que lhe parecia perfeito: convidou Rita para ir à sua casa no sábado à tarde. Nesse horário, Fátima fazia aula de dança em Cascadura, e Toninho lhe disse que iria jogar futebol com os amigos do trabalho. Marcou com Rita em Madureira e no caminho iria convencer a garota a mudar de itinerário, indo para o motel à beira da Rodovia Presidente Dutra que estava habituado a frequentar e era perto de sua casa. Poderia entrar com Rita a pé, sem maiores constrangimentos. Tinha certeza de que Rita aceitaria. Uma mensagem subliminar estava implícita no entendimento entre os dois e ela já tinha entendido a real intenção de Toninho para aquele sábado. Também ansiava por ser possuída completamente por sua paixão adolescente.

No dia e hora marcados, Rita e Toninho estavam abraçados no ponto da Rua Carolina Machado aguardando o ônibus para o Jardim América. No entanto, o destino iria aprontar novamente: a aula de dança de Fátima foi cancelada e ela foi para Madureira, onde pegou exatamente o mesmo ônibus que Toninho e Rita aguardavam. Sentou-se no banco ao lado da janela próxima à porta traseira por onde os passageiros embarcavam. Toninho viu o ônibus se aproximando e várias outras pessoas fizeram sinal para que ele parasse. Sorridentes, ainda abraçados, Rita e Toninho deram uns poucos passos tentando como os demais prever o local exato em que as grandes rodas do ônibus parariam de girar para permitir o embarque.

Com a precisão milimétrica de um *sniper* experiente, o motorista colocou a janela de Fátima exatamente diante de Toninho, que, da calçada, viu estarrecido as lágrimas da menina descendo pelo canto de seus grandes olhos. Foram segundos eternos, daqueles em que não há o que se fazer ou falar. Toninho estancou, e Rita estranhou a atitude do rapaz. Disse que era melhor esperar um ônibus mais vazio e recuou, sob o olhar ferido e faiscante de Fátima. Teve vontade de estrangular o motorista, que parecia não ter a menor pressa de tirar o ônibus do lugar para aliviá-lo daquela situação constrangedora. Quando, finalmente, o coletivo se movimentou, Toninho ainda teve coragem de elevar um último olhar para Fátima. A dor e a decepção estampadas no rosto da namorada cortaram sua carne como uma faca amolada, desnorteando-o completamente. Seus planos para aquela tarde estavam abalados, e seu entusiasmo arrefecido.

Rita percebeu a repentina mudez de Toninho, e mais uma vez perguntou se havia acontecido alguma coisa. Ele se esforçou em mostrar naturalidade e embarcaram no ônibus seguinte. Já que tudo estava perdido com Fátima, decidiu não abortar a missão com Rita. Tentava se concentrar na loura e nos planos que deveria levar a cabo, mas seu pensamento fugia constantemente e embrulhava em um mesmo pacote flácido e confuso todas as dúvidas, preocupações e insegurança até então entorpecidas em seu peito. Quando entrou no quarto de motel com Rita, o medo de falhar com ela se juntou aos torturantes rostos chorosos de Sílvia e Fátima, que vagavam como fantasmas por sua cabeça. Sentia-se culpado, frágil, errado, perdido.

A briga com Ferreira, seu desemprego recente, o crescente consumo de cocaína, tudo parecia ter entrado junto com ele naquele quarto com cheiro de desinfetante barato, formando uma grande torcida por seu fracasso sexual. Apegou-se ao belo corpo finalmente despido de Rita para atingir uma concentração mínima, e, literalmente, à custa de muito suor, conseguiu consumar a penetração, ficando muito aquém de seus melhores desempenhos e sem conseguir consolidar o ato com uma sincera e relaxante ejaculação. O jeito foi fingir uma para encerrar o martírio, despachar Rita e partir para buscar na solidão as respostas para aquele momento penoso.

O simbolismo irônico da situação parecia uma nítida manifestação de humor negro: seu namoro com Fátima havia começado e parecia ter chegado ao fim da mesma maneira, num ônibus da mesma linha, nascimento e morte no transporte coletivo da metrópole. Despediu-se de Rita e um novo encontro foi marcado, mas Toninho não iria comparecer, abrindo um novo hiato de mais alguns longos anos até que ela ressurgisse de novo em sua vida. Mais uma vez, não se sentia preparado para corresponder todo o amor que a menina queria lhe dar, e temia magoá-la também.

Não foi possível dormir naquela noite. Buscava sem sucesso o fio da meada que lhe permitisse desembaraçar o novelo de sua vida, retomar as rédeas de seu destino e se concentrar nos projetos que eram realmente importantes para sua felicidade. Uma nuvem negra ainda pairava sobre sua cabeça quando, no dia seguinte, chegou à casa de Fátima, com a falsa intenção de justificar o injustificável.

A namorada estava com os olhos inchados e cara de velório. Toninho escutou resignado o desfilar de mágoas e ressentimentos que sua atitude havia causado, sem dar uma palavra. De cabeça baixa e o pensamento longe, olhava para Fátima sem conseguir encontrar motivação para buscar uma reconciliação. Percebeu que a menina, depois do desabafo, aceitaria um recomeço e um pedido de desculpas. Mas só veio o pedido de desculpas. Toninho alegou que não estava bem e que era melhor darem um tempo para que ele pudesse colocar seus vagões novamente nos trilhos.

Haviam se passado oito meses de um relacionamento intenso e marcante. Tinham mergulhado fundo, de mãos dadas, nas mais loucas experiências que o sexo, as drogas e o rock podiam oferecer. Mas alguma coisa havia saído do controle. Toninho ainda resistia em admitir e identificar na brizola a causa maior de sua insatisfação pessoal. O jovem corajoso, dono da sua verdade, não aceitava dever obediência a nada, muito menos a uma vã substância alteradora da mente. E Fátima parecia ser o ponto final necessário para encerrar aquele capítulo e começar outro: justamente a busca pela liberdade absoluta que havia pautado seu relacionamento com ela parecia agora formar as grades da jaula que o aprisionava.

Beijou carinhosamente o rosto da namorada e deu-lhe as costas, antes que ela percebesse as lágrimas que teimavam no canto de seus olhos. Voltariam a se ver várias vezes, até ela se mudar do bairro alguns anos depois. Mas a química entre os dois foi sendo desfeita por Toninho, lenta e propositalmente.

Fátima teria problemas com o uso continuado da cocaína. Mergulharia em algumas aventuras insanas e num casamento meio forçado, que ela aceitou para esquecer Toninho. Mas naquele dia, quando ele dobrou a esquina de sua rua pela última vez, deixando para trás uma história curta, mas marcante, de cumplicidade e parceria, nem Fátima nem Toninho podiam adivinhar o que o futuro lhes reservava. Restou apenas uma angústia amarga no peito dos dois.

Toninho não teve dúvidas de como iria anestesiar a sua. No dia seguinte iria iniciar uma nova vida, procurar um novo emprego e dar um tempo no pó, mas naquele momento decidiu passar na Rua Seis, e tendo alguns papelotes como companhia rodou pelo bairro a esmo até voltar para casa com uma angústia ainda maior. Já sentia o peso da bola de ferro presa à sua canela, o impedindo de alçar os voos necessários para sua realização; mas achava que seria fácil afrouxar o grilhão e se livrar dela. A chave do cadeado que o prendia ao vício, no entanto, estava mais escondida do que ele acreditava, e nem o desenlace com Fátima iria ajudá-lo a encontrá-la.

Antes de se deitar, abriu a porta do seu guarda-roupa e olhou para o desenho da mascote "Eddie", do Iron Maiden. Abaixo do papel vegetal já meio amarelado, estava o ingresso do show do Kiss no Maracanã a que os dois haviam ido juntos. Sentiu vontade de correr até a casa dela e voltar atrás no tempo, mas a hora já avançava na madrugada e o tempo não volta.

Capítulo 28

De volta a 1984

Sua quase overdose no apartamento da Abolição não foi suficiente para que Toninho decidisse definitivamente abandonar a cocaína. Após aquelas vinte e quatro horas de consumo ininterrupto de pó com Dimas, passou os dois primeiros meses de 1984 em filas intermináveis de agências de emprego e preenchendo fichas de inscrição para as mais diversas vagas.

De manhã, sua determinação em não cheirar parecia irredutível, mas, instintivamente, reservava algum dinheiro do que a mãe e o pai lhe davam para as passagens e lanche, e o destino dessa reserva era sempre o mesmo no final de cada tarde: os trocados economizados acabavam nas mãos dos traficantes do Acari em troca de um ou dois papelotes. Na escolha aleatória do vapor, às vezes calhavam para ele as embalagens mais "malhadas", o que antecipava a grande frustração que normalmente sobrevinha ao final de cada dia, destruindo suas unhas e sua paz.

Depois de algumas partidas de Pacman e *pinball* chegava de volta ao apartamento para tentar dormir. Numa dessas noites encontrou todos deitados e foi aninhar-se ao lado de Aurélia. Com o coração em frangalhos, sentindo-se perdido, lançou uma pergunta enigmática para a mãe.

— Mãe, se algum dia eu te decepcionar você me perdoa?

— Claro que sim. Por que você está assim? O que aconteceu?

— Nada, mãe. Nada.

Abraçou-se a Aurélia e chorou, um choro baixinho e doído. A

mãe aconchegou o filho e o consolou, achando que estava diante de uma daquelas melancolias normais que nos acometem de repente, fazendo a alma doer sem motivo aparente — como a dor de quem canta o fado, dor de quem sofre de amor, de saudade, dor de imigrante, dor de quem sente seu fardo pesar.

Do alto de seus 44 anos e diante do silêncio do filho, Aurélia não conseguia enxergar na juventude de Toninho um motivo razoável ou um infortúnio plausível para uma dor verdadeira. Certa de que as cargas realmente pesadas da vida do filho ainda estavam por vir, junto com a maturidade e as responsabilidades que ele por enquanto não carregava, cuidou do seu coração atormentado como quem cuida de uma febre passageira, longe de imaginar o drama oculto que se desenrolava em sua mente angustiada. Naquela noite Toninho adormeceu nos braços da mãe, como na infância distante, como quem quer voltar para o útero materno e desembarcar do mundo. Sabia que estava perdendo a batalha para a cocaína, mas lutava para acreditar que a vitória final era ainda possível.

O reinício das aulas na faculdade se aproximava, assim como o seu aniversário, mas ele não encontrava motivação para comemorar seus iminentes 22 anos. Desde o fim do namoro com Fátima havia começado a sair novamente com Sílvia em ocasiões esporádicas, e o sexo entre os dois ressurgiu de maneira eventual e descompromissada. Dessa vez Toninho tentava manter o relacionamento mais leve, deixando claro que não tinham compromissos maiores e que ambos preservariam livremente suas relações e atividades particulares. Era véspera de carnaval, e numa conversa com Lelo surgiu a ideia de acamparem. Toninho levaria Sílvia, que convidaria a amiga Cristina para formarem dois casais. Cristina parecia estar superando um câncer, e embora totalmente careca devido aos efeitos da quimioterapia, gozava de boa disposição e aparência razoável. A careca a tornava uma figura exótica e, de certa forma, atraente, na medida em que não alimentava nenhum complexo por causa dela. Seu médico havia recomendado em sigilo o uso de cigarros de maconha para aliviar os efeitos nauseantes do tratamento, e tudo isso deixou Lelo animado a conhecê-la.

Os avós de Lelo haviam viajado para a Itália e ele estava hospedando em seu apartamento um antigo amigo de infância, chamado Blau-Blau. Era um sujeito alto, magro e narigudo que realmente lembrava o fiel ajudante do xerife mais rápido do oeste, o Coelho Ricochete do clássico desenho animado de Hanna-Barbera de onde vinha o apelido. Havia retornado de uma temporada numa região de garimpo próxima da fronteira com a Bolívia onde ganhara muito dinheiro para um jovem rapaz solteiro, e gastara tudo no vício da cocaína, que por lá corria solta, pura e barata. Além do hábito de aspirar a droga, Blau também costumava injetá-la nas veias.

Blau queria passar o carnaval em Mauá, na casa de praia dos pais de Russo, outro amigo de infância de Lelo. Russo também era filho de imigrantes portugueses, e embora não tivesse muita intimidade com Toninho, eram os únicos daquele grupo de malucos que se dedicavam aos estudos e cursavam uma faculdade. Enquanto Blau tentava convencer Lelo a acompanhá-lo até Mauá, Toninho fazia o possível para ter a companhia do amigo em seu acampamento, que já estava acertado com Sílvia e Cristina.

Toninho falou ao amigo sobre o bigodudo que comprava ouro em Madureira e Lelo se animou em negociar um anel com a inicial de seu nome para poder comprar uma boa quantidade de pó para o acampamento. Foram até Madureira com essa intenção, Lelo com o anel e Toninho com um grosso cordão, última peça das joias que Aurélia lhe confiara. Feita a negociação, partiram para a boca de fumo que podia ser avistada da varanda de Toninho. Toninho tinha travado algum conhecimento com os traficantes do pequeno movimento, onde, surpreendentemente, rolava nessa época uma cocaína de boa qualidade. Consultado anteriormente, o gerente da boca havia informado que seria possível vender uma "rapa solta" de cinco gramas.

Inseguros em assumir o risco de, com aquela grande quantidade de cocaína, acabarem "rodando" nas mãos da polícia que sufocava o Acari com operações diárias, Toninho e Lelo decidiram se abastecer na Abolição. Chegando lá, foram recebidos pelo gerente, que os deixou acomodados em uma tendinha no interior da favelinha enquanto foi pesar e embalar a droga. Era provavelmente a primeira vez que aquele movimento vendia uma quantidade tão grande de pó de uma só vez, e a demora do gerente denunciou o amadorismo com que tocava seu negócio. Toninho e Lelo ficaram esperando, cercados de assaltantes, assassinos e marginais de toda espécie, que se vangloriavam de seus crimes e relatavam seus confrontos com a polícia e sua crueldade com as vítimas.

Não era lugar para os dois rapazes. Sentindo-se ameaçados e desconfortáveis, tinham em mente apenas o desejo de ir embora com a droga em seu poder. Depois de mais de uma hora, quando já achavam que haviam sido enganados e seriam mortos e desovados em algum lugar ermo, o cara finalmente voltou com um pequeno pacote que, pelo volume, certamente continha mais de cinco gramas.

— Aí, sangue bom, caprichei pra vocês voltarem. Tá servidinha. Boa sorte.

Toninho enfiou na cueca aquela espécie de envelope de papel vegetal fechado com grampos e desceu as escadas rapidamente. A viagem estava marcada para o dia seguinte, e antes de chegarem ao apartamento de Toninho, Lelo revelou seu desejo de seguir com os amigos para a casa de Russo em Mauá. Toninho ficou decepcionado, mas aceitou a decisão. Como o valor do anel de Lelo era menor do que o obtido com o cordão de Toninho, a divisão do pó foi feita nas escadas do prédio em partes proporcionais. Toninho ficou com aproximadamente cinco gramas, mas Lelo também levou uma quantidade bem razoável, devido à generosa pesagem do traficante novato.

Lelo foi embora e Toninho entrou em seu quarto para arrumar sua mochila. Pegou no armário uma caixa de isopor que compunha um dos kits da coleção "Os Cientistas", produzida pela extinta FUNBEC[6] em parceria com a Editora Abril, que ele guardava com carinho. A coleção dos anos 1970 fez grande sucesso entre a garotada, trazendo quinzenalmente um encarte com a história de um cientista mundialmente famoso e um kit com artefatos, que possibilitava reproduzir os experimentos desenvolvidos para comprovação das mais diversas teorias. Certamente, quando corria do botequim para a banca de jornal do velho Pasquale, Toninho jamais poderia ter imaginado que alguns anos mais tarde daria àquele material incrível uma serventia tão escusa. Abrindo a caixa, pegou um pequeno tubo de ensaio, fechado por uma tampa de borracha laranja. Derramou o conteúdo do envelope dentro do vidro, que ficou cheio até a metade. Pôde então ter uma ideia precisa da grande quanti-

---

6 Fundação Brasileira para o Desenvolvimento de Ensino de Ciências.

dade de pó que havia negociado e que iria acompanhá-lo no acampamento de carnaval.

Ligou para Sílvia para acertar os últimos detalhes. Quando soube que Lelo não iria, Cristina também desistiu da viagem. Infelizmente morreria pouco tempo depois, perdendo a batalha contra o câncer. Sílvia e Toninho marcaram de se encontrar pela manhã na Praça Mauá, onde pegariam um ônibus para Maricá. De lá seguiriam para a praia de Bambuí, onde iriam fincar suas estacas e levantar a pequena barraca de Toninho, que há muito tempo não era usada.

Toninho lutou muito para resistir à tentação de dar o primeiro teco naquela noite mesmo, mas conseguiu dormir sem tocar no tubo de vidro. Acordou várias vezes durante a noite, consultando o relógio para ver se já era hora de se levantar e seguir viagem. Em sua mente, a imagem do tubo cheio de brizola o espetava em *flashes* recorrentes e inquietantes. Diferente dos outros acampamentos de que havia participado, não era a praia, as amizades, as aventuras, a natureza ou a liberdade que estimulavam sua natural ansiedade. Somente aquele pó branco e cristalino oculto no interior de sua mochila parecia justificar o mundo ao seu redor.

Na sexta-feira antes do carnaval, de manhã bem cedo, já estava ao lado de Sílvia na extensa fila para embarcar no ônibus. Novamente tentava se iludir afirmando para si mesmo que aquela seria a sua despedida da cocaína: seus pensamentos afirmavam isso com tanta certeza e confiança que era impossível não acreditar. Além do mais, a grande quantidade de pó oculta em sua mochila certamente cumpriria seu propósito de enjoar definitivamente da droga. Dessa vez iria adotar outra estratégia para evitar possíveis apagões, como o que o acometera no apartamento da Abolição. Não iria cheirar tudo de uma vez, mas dosar a quantidade em administrações diárias durante os quatro dias de acampamento para que, ao final, estivesse completamente satisfeito e preparado para abandonar de vez aquela curtição que já o preocupava. Planejava uma espécie de cerimônia de despedida de uma compulsão que, ao mesmo tempo em que o extasiava, sugava suas energias e o desviava cada vez mais de seus verdadeiros desafios.

Naquele exato momento, não admitia utilizar a palavra "vício". O astral estava ótimo. O dia, lindo. A mochila nas costas e os longos cabelos de Sílvia balançando ao vento traziam de volta a esperança, os sonhos e as sensações perdidas no tempo do teatro, tempo de suas mais nobres descobertas. O percurso do ônibus lotado seguiu desconfortável, mas alegre, com todos cantando, sorrindo e interagindo uns com os outros sem se importarem com o engarrafamento na Ponte Costa e Silva.

O autocontrole de Toninho só resistiu até a chegada em Maricá. Enquanto esperava o outro coletivo que os levaria até Bambuí, foi até o banheiro de um bar e deu o primeiro teco do dia. Eram 10h00 da manhã. Voltou animado e falante, e Sílvia percebeu a alteração do quase novamente namorado. Interrogado, Toninho revelou o conteúdo de seu bolso e mostrou com certo orgulho a embalagem especial que continha a cocaína.

Chegaram à praia de Bambuí e arranjaram um espaço para armarem a barraca. A extensa faixa de areia já estava bem povoada, mas até o dia seguinte ficaria completamente lotada. Como nos primeiros acampamentos, a brisa marinha estava lá soprando suavemente, o sol aquecendo com seus raios. Era a mesma natureza, a mesma liberdade, a mesma legião de jovens malucos e suas barracas coloridas que remetiam a Woodstock, mas algo estava diferente — Toninho podia sentir na agonia perturbadora que inquietava seu espírito, e não permitia que interagisse plenamente com o ambiente que sempre apreciara.

Começava a entender, sob a lógica cruel do pó, que natureza e cocaína não se combinam. Sem conseguir relaxar na areia ou dar um mergulho no mar, percebeu que tinha sido um erro levar para a praia o tubo cheio de brizola, mas o contrato com a cocaína já estava assinado e não podia ser rescindido. Não por quem já carregava uma bola de ferro presa à canela, mesmo não querendo admitir esse fato.

Entrou na barraca sob o sol de quase meio-dia para dar mais um teco, pois parecia ser a única atitude a tomar, diante de tantas outras possíveis e muito mais saudáveis. Sílvia entrou atrás, dessa vez mais decidida a experimentar a droga, e Toninho muito menos equilibrado para lhe dizer "não". Orientou a menina na iniciação ao pó assim como haviam feito com ele na sua primeira vez, e ela se saiu muito melhor. Nenhum grão da farinha maldita foi desperdiçado e Toninho se sentiu reconfortado por ter alguém para dividir com ele sua paranoia.

Sílvia começou a falar descomedidamente. Parecia querer colocar em dia tudo o que havia se passado entre os dois e remendar o que estava rasgado na grande colcha de retalhos de sua convivência com Toninho. Desenterraram fantasmas, jogaram o jogo da verdade, abriram as comportas das mágoas e dos erros mais do que seria razoável, levados pelo estado modificado de seus cérebros. Depois de mais de uma hora fechados naquela barraca minúscula e de umas seis carreiras bem servidas, saíram para caminhar um pouco e beber uma cerveja.

Andavam e retornavam à barraca, onde Sílvia trocava os pequenos objetos de lugar compulsivamente e expulsava com um pano a mais ínfima quantidade de areia que por ventura entrasse. Toninho, embora admitindo que Sílvia havia entrado para o clã dos desesperados, sabia que seu grau de fissura era inferior. Detectava nela os prazeres de iniciante que o haviam seduzido um ano atrás.

Embora cheirando com ele, Sílvia conseguiu comer alguma coisa. Na garganta de Toninho só passava líquido. Mais experiente, ele administrava as doses dela, deixando-lhe sempre as menores rapas e a excluindo de algumas rodadas, um pouco para preservar a menina, mas também por seu olho grande no tubo de vidro, que lá pelas 18h00 já estava na metade. Várias vezes escondeu o tubo de ensaio na barraca com a intenção de só voltar a ele no dia seguinte, mas pouco tempo depois retornava em busca de "somente mais um pouco" para reavivar sua jovialidade artificial.

Decidiu mudar os planos. Inconformado com seu estado de espírito e incomodado com a excitação torturante, totalmente desnecessária à ocasião, achou melhor terminar com aquilo logo de uma vez. A curiosidade de Sílvia fora finalmente saciada, e satisfeito o seu desejo de participar com Toninho daquilo que julgava ter sido um dos motivos que o levaram para os braços de Fátima. Seu exagero nas palavras acabou surtindo efeito, restabelecendo entre os dois a parceria interrompida. Se não estivessem tão alucinados, poderiam até ter reatado formalmente o namoro.

Toninho sentia que isso não era uma boa ideia. Não estava de acordo com sua vontade. No máximo, queria um relacionamento descompromissado e leve para evitar o retorno à rotina enfadonha de brigas e desconforto que o tinha afastado de Sílvia. No entanto, não estava em condições de racionalizar absolutamente nada. Vagaram como zumbis pelos bares e areias até as 5 da manhã do dia seguinte. Enquanto a maioria dos acampados dormia em suas barracas, o casal caminhava pela beira d'água com as ondas frias lambendo seus pés descalços.

O sol vermelho surgiu por detrás da montanha e seus reflexos nos grãos de areia molhada criavam pequenos pontos de luz, que entravam como alfinetes nos olhos fundos de Toninho. Sílvia havia desistido de acompanhá-lo na cheiração desde as 22h00 do dia anterior. Com o dia amanhecendo, ele enfiou a mão no bolso da bermuda e olhou o tubo de vidro, vendo apenas as paredes internas sujas daquilo que havia sido cinco gramas de cocaína. Enfiou o dedo mínimo no cilindro, lambeu os restos mortais de sua droga como uma criança gulosa e com força arremessou o tubo vazio, que caiu no mar depois da arrebentação — um gesto simbólico que, para ele, significava libertação.

Estava mal, deprimido, paranoico, assustado com todos que passavam por ele. Mas sentia um sabor de liberdade, pois sabia que pelo menos nos quatro dias seguintes não seria possível conseguir mais cocaína. Estava finalmente liberado para curtir seu passeio. Um pouco de maconha faria bem, mas lembrou que nos seus preparativos nem havia se lembrado disso.

Entrou com Sílvia em um bar que abria as portas e a menina fez um belo desjejum, enquanto ele, que odiava café com leite, botava para dentro um copo dessa mistura. Foram para a barraca para tentar dormir. Toninho quis fazer amor para aliviar a tensão, mas Sílvia estava estranha. Disse que sentia seu corpo diferente e o sexo foi esquisito. Parecia que algo se interpunha entre aqueles dois corpos tão íntimos

Fazia tempo que Sílvia não ficava menstruada, mas isso era normal para ela, que sempre fora desregulada, chegando a acumular mais de dois meses de atraso. E quando isso acontecia, costumava ficar irritadiça. É certo que o sol já transformava a pequena barraca em uma sauna em miniatura, e a algazarra lá fora quebrava um pouco o clima. Mas a verdade é que Sílvia se queixou durante todo o carnaval de alguma coisa que não sabia explicar, e o toque de Toninho, mesmo depois de recuperados da noite em claro, era recebido com incômodo e impaciência.

Novata no consumo de brizola, Sílvia não sentiu a rebordosa a que Toninho já estava acostumado, e depois de ceder aos desejos do companheiro virou-se de lado e caiu no sono. Toninho ensopou de suor o pequeno lençol, sem conseguir se mexer direito naquele espaço reduzido. Não conseguiu pregar o olho. Com as mãos atrás da nuca olhava para a mancha branca que o sol acendia no teto azul da barraca e pensava sobre o que estava acontecendo. Tentava achar o botão que desligasse aquele emaranhado de enganos e o levasse ao momento exato onde havia perdido totalmente as coordenadas de sua essência.

O restante do carnaval transcorreu tranquilamente, como nos acampamentos do passado. O corpo seminu em contato com a natureza, o mar, o sol, a sociabilidade com a vizinhança de jovens extrovertidos e a ausência de discussões com Sílvia fizeram Toninho até se esquecer por alguns bons momentos da existência de cocaína no mundo. Entretanto, enquanto desarmava a barraca e se preparava para retornar à realidade, àquela melancolia normal dos retornos de viagens somava-se uma inquietação nervosa e uma ansiedade latente. Seu inconsciente sabia o motivo, embora o consciente não quisesse admitir: pensava em chegar ao Rio de Janeiro e conseguir algum pó imediatamente. Lutou contra esse pensamento durante toda a viagem de volta, mesmo porque seu dinheiro havia acabado e já não havia mais joias para serem vendidas.

Assim que chegou, despachou Sílvia e resolveu ir até o Jardim América procurar por Lelo e rever os outros amigos que haviam viajado para a casa de Russo em Mauá. A tribo gostava de se juntar para contar suas estripulias loucas e narrar com certo orgulho os excessos cometidos nas drogas e no sexo. Tocou o interfone, e a voz afônica de Lelo pediu que subisse enquanto a porta eletrônica se abria.

Lelo narrou as diversas insanidades que seu grupo de malucos havia cometido durante o carnaval e Toninho relatou sua maratona cocaínica nas primeiras vinte e quatro horas do acampamento. A brizola que Lelo tinha levado para Mauá também terminara rapidamente, e tinham feito duas viagens ao Acari a fim de conseguir mais combustível para o bando de alucinados, superando pela fissura os muitos quilômetros que separavam a casa de Russo do reduto de Cy. Blau estava vivendo o ápice da dependência e passava os dias "trincado". Os fretes foram feitos por ele e por Coelho, um sujeito engraçado e pervertido que sonhava ser baterista de uma banda de rock. Seu ídolo era John Bonham, do Zeppelin, e seu amor pela banda inglesa era tão grande que tinha tatuada nas costas uma reprodução grotesca da capa do "Álbum IV" do grupo inglês.

Filho de um nordestino severo, aposentado pela marinha mercante, Coelho nascera em território americano durante uma viagem aos EUA que a família ganhou como prêmio pelos bons serviços prestados por seu pai. Costumava brincar com esse fato dizendo-se americano legítimo e, dessa forma, mais íntimo do *rock'n'roll*. Sua empatia com o comportamento marginal o levou a aventuras fugazes no mundo do crime, acompanhando alguns amigos em roubos de automóveis, mas sua boa índole e seu temperamento pacato não permitiram que progredisse nessa carreira. Fazia essas coisas por simples amor ao perigo e ao desconhecido, e também sob o efeito das drogas nas quais era calejado. Usava de tudo: chá de cogumelo, loló, maconha, anfetaminas, barbitúricos, tabaco e, a favorita, cocaína, aspirada e injetada. Tudo isso combinado com muito álcool. Certa vez estava tão louco que se picou misturando o pó com água suja retirada de uma poça da rua.

Apesar de tudo, era um bom sujeito e amigo leal. Embora nunca tivesse estudado música e não possuísse instrumento para praticar em casa, era um baterista intuitivo e vigoroso, e participava de uma banda do bairro que tinha o nome demoníaco de "Filhos de Moloch". Era muito querido em seu grupo de amigos, cuja prioridade era se endoidar constantemente.

Meses depois, Lelo contou a Toninho que durante uma das vindas ao Rio naquele carnaval, tomado pela influência da droga, Blau avaliara que o rateio feito entre os amigos não arrecadara dinheiro suficiente para uma quantidade de coca que pudesse saciar sua instigação. Como tinha a chave do seu apartamento, despistou Coelho e surrupiou várias joias de família que pertenciam à sua avó. Essa traição desesperada de Blau só viria à tona quando os avós de Lelo voltaram da viagem à Itália. A senhora italiana quase teve um infarto, precisando receber cuidados médicos. Depois de pedir desculpas em lágrimas, Blau sumiria envergonhado, e Lelo ficaria profundamente deprimido com o acontecido. Só perdoaria o amigo muitos anos depois, mais conhecedor do drama que envolve a dependência de cocaína.

Lelo e Toninho ainda estavam conversando quando Blau chegou. Estava agitado e trazia consigo dois papelotes. Toninho não tinha muita intimidade com ele, mas o cumprimentou ávido por uma presença que pudesse aliviar seu desejo após quatro dias de abstinência. Lelo ainda não tinha se recuperado das noites maldormidas durante o carnaval e recusou a oferta de Blau, que o chamou da cozinha onde preparava a droga para o consumo. Indicou Toninho para seu lugar e Blau concordou.

Quando chegou à cozinha, Toninho não conseguiu disfarçar o susto. Blau estava sentado junto a uma pequena mesa quadrada, e sobre ela estava uma seringa de vidro. Em suas mãos, uma colher de sopa com um pouco de água filtrada onde ele despejou o conteúdo de um papelote. Pegando a seringa, misturou o pó na água com a ponta da agulha e deslizando o êmbolo sugou para dentro a mistura de água e cocaína. Toninho congelou. Era a primeira vez que iria ver alguém se picar. A fobia de agulhas que o acompanhava desde a infância fez os cabelos de seus braços se arrepiarem. Com o olhar aceso, Blau virou-se para Toninho:

— Dá um garrote aqui pra mim.

Toninho entendeu o pedido. Blau esticou seu braço esquerdo e Toninho o segurou acima do cotovelo, apertando com força como um torniquete e fazendo a veia do membro magro estufar. Não conseguiu olhar enquanto Blau se furava e empurrava para a sua circulação aquela mistura mórbida. Discretamente desviou os olhos, até sentir o braço de Blau relaxar um pouco denunciando o fim da operação. Largou o insano, e ainda com alguma quantidade na seringa, Blau se ofereceu para aplicá-lo. A fobia de agulhas o salvou. Recusou aquele que, com certeza, seria um passo definitivo que aceleraria o seu mergulho no mais profundo dos poços. Disse que preferia que Blau deixasse um pouco do outro papelote para ele cheirar, e Blau concordou sem argumentar.

Com a mão de Toninho novamente garroteando seu braço, retornou com a agulha para a veia. Dessa vez, movido pela curiosidade, Toninho conseguiu vê-lo retirando um pouco de sangue para dentro do cilindro de vidro antes de se injetar completamente, para se certificar de que não havia nenhum ar no caminho da droga. Imediatamente Blau ficou muito agitado, e sua língua não sossegava quieta dentro da boca. Lambia os cantos dos lábios mecanicamente enquanto lavava e guardava a seringa. Já se preparava para ir para a rua quando Toninho o lembrou do teco prometido. Com as mãos trêmulas e suando muito, Blau derrubou uma pequena quantidade de pó em um prato de porcelana e saiu.

Toninho se sentiu muito mal, quase vomitou. Mesmo assim, cheirou a pequena rapa que só fez instigá-lo ainda mais. Tentou convencer Lelo a pegar mais um pouco de pó, mas nem ele nem o amigo tinham dinheiro. O carnaval havia arruinado as finanças e a alma dos dois. Despediu-se e vagou pelo bairro à procura de alguém que pudesse lhe fazer uma presença. Na Praça da Gronchi alguém ofereceu maconha, mas não era isso que ele procurava. No auge de sua instigação, chegou a pensar que talvez devesse ter aceitado a picada de Blau. Graças a Deus não topou com o sujeito novamente naquele dia. Só voltaria a vê-lo muitos anos depois, recuperado após alguns tratamentos e outras tantas recaídas.

Chegou em casa à noite com o espírito em frangalhos, e a imagem de Blau se picando atormentando seus pensamentos. Só queria terminar aquele dia para recomeçar uma nova vida no dia seguinte. Pretendia acordar cedo e ir para o centro da cidade rodar algumas agências de emprego. Quando estava em seu quarto se preparando para dormir, Aurélia o chamou para atender a um telefonema. Era Sílvia.

— Tenho uma coisa pra te falar. Fui ao médico. Estou grávida.

Capítulo 29

Perceber que estava escravizado por uma substância foi algo muito doído para Toninho. Doeu no seu orgulho, na sua autoestima, no seu coração. Sentia-se decadente, incompetente, iludido e fraco. Encurralado pelo vício, buscava soluções e se confundia, tinha uma percepção distorcida de qual era a real fonte de sua angústia e como aquela brincadeira inicialmente tão prazerosa havia saído de seu controle.

Pensava em como mudar o rumo de sua história. Talvez devesse mudar de cidade, de faculdade, de trabalho, de namorada, de droga. Olhando para o passado, percebia que havia cometido um grande erro ao buscar nas drogas uma maneira de afastar de si o desconforto emocional de uma fase de sua vida, e a principal consequência disso tudo era não saber mais o que realmente estava acontecendo. Jogava a responsabilidade por seus fracassos pessoais no seu relacionamento com Sílvia, no trabalho na gráfica, na sua família — que não soubera apoiá-lo em seus sonhos —, mas acabava se deparando com sua própria acomodação e falta de energia transformadora para lidar com suas frustrações e dificuldades.

Sua ansiedade latente havia exigido respostas rápidas e resultados imediatos, criando enormes expectativas, mas ele não soubera como perseverar na busca de seus objetivos. Depois de oscilar entre a euforia das descobertas da adolescência e as angústias do amadurecimento, distanciado de seus sonhos, achou que tinha encontrado na cocaína uma maneira de resolver sua amargura existencial, anestesiando paulatinamente suas emoções e usando a droga como uma defesa psicológica natural — um bálsamo mágico.

Ponderando assim, tudo parecia claro e simples. No entanto, o trem agora estava desgovernado e ele não conseguia encontrar o freio. Tentava inutilmente racionalizar e entender todo o processo pelo qual passava. Era uma pessoa intensa e exagerada, tudo para ele tinha que ser muito. Tudo era paixão, e precisava ir até as últimas consequências. Ainda não tinha condições de entender o quanto era complexo o problema da dependência química, nem dominava os mecanismos para identificar as diversas variáveis que o haviam levado àquela situação, mas tentava desesperadamente encontrar uma explicação. Via-se como um caçador do desconhecido, do novo, do transgressor que ele sempre havia cortejado em sua recusa de aceitar limites.

Agora, contraditoriamente, procurava estabelecer limites, mas não sabia como encontrar em si bases ideológicas que sustentassem essa mudança. Não aceitava ter vendido suas joias para comprar pó e se sentia um bosta por não utilizar sua energia mental para nada mais a não ser a obtenção e o consumo de brizola. A culpa o atormentava. E a batalha silenciosa representada pelo duelo entre o anjo bom e o anjo mau em sua consciência o torturava dia e noite.

Com todas essas informações e reflexões rodando na cabeça, mas sem condições de empilhá-las organizadamente de modo a construir um muro que o separasse definitivamente do vício, caminhava para a casa de Sílvia para ter uma conversa séria com a menina. Seu pai não lhe havia ensinado a fugir das responsabilidades, e ele estava certo de que não deveria se omitir diante daquela situação, embora tivesse ciência da complexidade de uma gravidez inesperada. Principalmente na situação em que se encontrava. Sem emprego, e viciado, não fazia a mínima ideia de como iria resolver a enrascada. Chegando à casa de Sílvia foi fuzilado pelo olhar de João, e por um "Muito bonito, né, Seu Toninho!?" de Isabel.

Não respondeu. Apenas baixou a cabeça enquanto Sílvia exigia que os pais os deixassem a sós. Toninho quis saber como aquilo havia acontecido. As palavras foram poucas e inúteis. Finalmente, o rotineiro descuido de Sílvia com os anticoncepcionais havia trazido consequências, contradizendo os argumentos da menina, que sempre apontara para uma desprezível probabilidade de gravidez, e jogando por terra o seu passado de estatísticas. Toninho disse que não a abandonaria, mas que não tinha nenhuma condição de assumir um casamento como os pais da menina desejavam. Isabel, principalmente, que temia a vergonha de ter uma mãe solteira na família e já tinha pressionado Sílvia para que a união se concretizasse. João, que havia reprovado o namoro desde o início, agora também entendia que essa era a melhor solução. Era também o que Sílvia queria. Tentando se justificar, lembrou certa vez em que o rapaz lhe revelou um desejo de ser pai e um grande amor por crianças. Toninho não negou essa declaração, mas deixou bem claro o que lhe parecia mais do que óbvio: definitivamente, aquele não era o momento nem a situação em que imaginou realizar esse desejo.

Acreditava que qualquer um, com o mínimo de sobriedade, poderia constatar que sua reflexão havia sido uma projeção para um futuro não definido. Diante da estratégia de Sílvia, tentando usar aquilo como atenuante para o fato consumado, ficou furioso. Com essa desconexão de interpretações, uma discussão se iniciou entre os dois. Toninho ficou acuado. Precisava ganhar tempo. Não passava por sua cabeça rejeitar seu filho, mas acreditava que casar com Sílvia seria um erro.

Na saída, os pais de Sílvia lhe deram a lição de moral costumeira nesses casos e acenaram com a possibilidade de o jovem casal morar em uma pequena casa de quarto e sala que João estava construindo nos fundos de seu terreno. A ideia de morar naquele lugar apavorou Toninho, mas ele conseguiu se manter sereno e disse que, antes de qualquer coisa, precisava de um emprego. Depois iria decidir o que fazer.

O clima estava muito tenso e ele resolver ir embora. Sílvia o acompanhou até o portão e foi lá que a bomba final caiu sobre a cabeça de Toninho. Sincera, e percebendo as boas intenções de Toninho, ela admitiu que tinha dúvidas sobre a real paternidade do feto que já vivia em seu ventre. A médica que a examinara havia diagnosticado um tempo gestacional longo, que aproximava a época de concepção do bebê da viagem que havia feito com seu antigo namorado a Valença.

Toninho sentiu novamente um gosto amargo na boca e um vazio no estômago enquanto ouvia Sílvia, em lágrimas, revelar sua preocupação. Sentiu compaixão da menina enquanto o chão parecia derreter debaixo de seus pés. Aquilo poderia ser entendido como a senha para que se esquivasse definitivamente daquela situação constrangedora, eximindo-se de qualquer responsabilidade desde que se apoiasse nos pilares machistas da sociedade brasileira, que não admite esse tipo de dúvida. No entanto, embora completamente desnorteado, abraçou Sílvia e pediu que ela se certificasse de sua real situação através de uma segunda avaliação médica. Sílvia disse que já havia providenciado isso. A amiga Cristina tinha marcado para aquela mesma semana uma consulta com sua médica, Dra. Vera, que através de exames mais criteriosos iria fornecer um veredito mais embasado e definitivo.

Saiu de São João de Meriti certo de que uma união com Sílvia naquelas condições seria uma tragédia anunciada. Automaticamente passou no Acari e pegou dois papelotes dos mais baratos e com pequenas quantidades, que foram consumidos na solidão do apartamento da Abolição e que só serviram para detonar a costumeira depressão pós--cheiração que se somou de maneira terrível à sua consternação com os últimos acontecimentos envolvendo sua vida, a de Sílvia e a de seu filho que estava por chegar.

No meio dessa angústia sufocante, a união com Sílvia já não parecia tão desastrosa. A confusão que o pó causava em sua mente, aliada à culpa que sentia por ter se viciado, começavam a pintar o quadro de uma família estável com cores que pareciam remeter a uma solução definitiva e nobre para a sua situação de dependência química e inutilidade existencial. A dúvida de Sílvia em relação à paternidade se enredava com múltiplas outras dúvidas que Toninho carregava consigo e fazia ecoar em sua mente a mesma frase repetitiva e trágica:
— Tô ferrado!

A sociedade civil brasileira lutava bravamente contra os resquícios da ditadura militar, que havia banido os direitos individuais dos cidadãos, a liberdade de expressão e as manifestações políticas. As eleições para governadores e demais cargos representativos em 1982 havia saciado parte da sede de democracia dos movimentos estudantis e sindicalistas e das diversas correntes ideológicas de esquerda, mas não eram suficientes para que um estado plenamente democrático se estabelecesse no Brasil. Em 1984, o símbolo principal dessa luta, mais do que nunca, passava a ser a possibilidade de o povo brasileiro escolher por voto direto o seu maior representante, o líder da nação. O movimento, que ficou conhecido como "Diretas Já" e movimentava milhões de pessoas em comícios e passeatas por todo o país, ainda receberia um duro golpe com a rejeição pelo congresso nacional da emenda constitucional Dante de Oliveira, que previa imediatas eleições diretas para presidente. O movimento, no entanto, não parava de crescer e pressionar o governo do General Figueiredo por mudanças nas regras eleitorais.

Naquela tarde de abril, Toninho iria sentir na própria pele o arrepio, a vibração que procede da força de uma sociedade mobilizada em torno de suas reivindicações. Seu ônibus não conseguiu passar da Central do Brasil, preso em um grande engarrafamento. Decidiu desembarcar ali mesmo e caminhar até a Candelária, onde se realizaria no Rio de Janeiro o comício pelas "Diretas Já". Antes, iria encontrar o amigo Renato na esquina da Avenida Presidente Vargas com Uruguaiana, conforme haviam combinado.

A população tinha sido convocada para apoiar a manifestação, e enquanto andava pelas ruas do Centro do Rio, Toninho percebia que a adesão seria muito maior do que ele ou a própria junta militar pudesse ter imaginado. Um mar de gente se estendia até o palco montado em frente à secular Igreja da Candelária, invadindo as ruas e vielas laterais, com suas faixas, palavras de ordem e entoando hinos de apoio ao movimento, enquanto aguardavam o início dos discursos. A esperança flutuava pelo ar como uma pluma desprendida da cauda da ave da liberdade. Na face das pessoas, jovens de todas as idades, negros e brancos, pobres e ricos, havia um brilho mágico, uma promessa de dias melhores.

Grupos de teatro encenavam nas ruas pequenos esquetes representando as críticas e anseios de uma população oprimida por vinte anos de ditadura. Algumas pessoas ostentavam alegorias e fantasias que satirizavam o governo militar. Era como se os problemas de cada um estivessem esquecidos e amenizados em prol do bem comum, da luta maior, da conquista definitiva, da vitória final. E Toninho, por alguns momentos, também esqueceu os seus.

Pretendia se abrir e se aconselhar com Renato sobre o dilema que vivia, mas caminhando no meio daquela multidão não pôde deixar de ser tomado por um otimismo animador, que o fez olhar para o futuro com olhos mais confiantes. Tudo podia melhorar. E se o Brasil se tornasse um lugar melhor, ele também poderia resolver seus problemas. Avistou Renato no lugar marcado e percebeu que o amigo não estava sozinho. Tinha ao seu lado um sujeito gordo, com cara de bonachão, grandes papadas escondendo o pescoço. Nem precisou ser formalmente apresentado para entender que se tratava de um gay.

Era um sujeito muito simpático e engraçado. Renato, gozador como sempre, apressou-se em apresentá-lo com o singelo nome de guerra: Odaleia. Toninho não segurou o riso e partiram os três, lado a lado, para mais perto do palco onde as estrelas da tarde começariam a se apresentar. Odaleia estava inspirado nos trejeitos homossexuais, e Toninho e Renato não conseguiam parar de rir com as palhaçadas do gordinho. Toninho percebeu que naquela situação não iria conseguir conversar com Renato, dividir com ele a seriedade de sua angústia em relação aos últimos acontecimentos em sua vida.

Conseguiram chegar à altura da Avenida Rio Branco, onde a massa humana compactada impossibilitou um avanço maior. Ficaram ali espremidos. Enquanto Odaleia comprava uma cerveja de um vendedor ambulante, Toninho subiu na base de um poste e olhou por sobre a aglomeração no sentido contrário ao palco, tentando estimar o número de pessoas que estavam ali reunidas. Mais tarde os organizadores do evento iriam declarar que mais de um milhão de pessoas estiveram presentes naquele comício. Toninho não conseguiu ver o fim da multidão, que silenciou para ouvir um homem de terno negro e cabelos brancos, de pequena estatura, encarquilhada pelos noventa anos de vida e de lutas. Na sua voz trêmula, abriu os trabalhos através do microfone, que multiplicou seu apelo pelas diversas caixas de som espalhadas nos postes. Era o advogado Sobral Pinto, símbolo da resistência democrática brasileira, que iniciou os seus cinco minutos de discurso pedindo silêncio para poder falar à nação brasileira.

"Este movimento não é contra ninguém. Este movimento é a favor do povo", disse o velho advogado, arrancando aplausos da plateia, que, emocionada, ouviu-o repetir o Artigo 1º da Constituição brasileira: "Todo poder emana do povo e em seu nome é exercido". Começava assim a maior manifestação política da história do Brasil.

Sobral Pinto foi advogado de Luiz Carlos Prestes nos anos 1930, e mesmo preso pelos militares em 1968, não se calou diante das inúmeras arbitrariedades, tanto da esquerda quanto da direita, execradas por ele através de inúmeras cartas que se tornariam importantes documentos da história brasileira. A partir das 16h10, e até as 22h00, um desfile de políticos e artistas passou por aquele palco, diante de uma plateia eufórica e agitada. A cada alternância na posse do microfone o Brasil parecia dar mais um passo em direção ao futuro e à liberdade. Tancredo Neves, Franco Montoro, Fernando Henrique Cardoso, Mário Covas, Luís Inácio "Lula" da Silva e Leonel Brizola, entre outros, fizeram suas defesas veementes do sufrágio universal e da garantia da volta dos brasileiros às urnas. A cada citação de nomes, como os do então Ministro do Interior, Mário Andreazza, e do deputado Paulo Maluf, candidatos à sucessão de Figueiredo, a multidão explodia em vaias que faziam tremer as estruturas dos grandes prédios ao redor, assim como as bases que sustentavam o autoritário governo militar.

Toninho vibrava com tudo aquilo, e durante aquelas horas esqueceu seus problemas com o vício e com Sílvia. Vez por outra se abraçava a algum estranho, sem poder conter uma euforia que não era provocada por nenhuma substancia química, mas sim pela plena convicção de estar fazendo a história de seu país. Era como estar em um Woodstock político nacionalista. Só faltou o *rock'n'roll*, mas não faltou música. Quando a cantora Fafá de Belém deu as mãos aos presentes no palco e entoou o Hino Nacional, magnificamente acompanhada pela multidão, muitos choraram.

Após o comício, que foi observado atentamente do quarto andar do Hotel Guanabara por uma equipe da Polícia Federal, munida de um telefone vermelho ligado diretamente ao gabinete do Ministro da Justiça, a multidão se espalhou pelos bares do Centro afogando a emoção em alguns copos de cerveja, numa celebração pacífica que atravessaria a madrugada. Toninho, Renato e Odaleia foram para a Cinelândia e se sentaram no Bar Amarelinho, para tomar um chope e comer um frango à passarinho. Só então Toninho pôde revelar ao amigo as novidades. Além do problema do vício, sobre o qual Renato o havia alertado no início de seu deslumbramento com a cocaína, Toninho também contou sobre a gravidez de Sílvia. O negão ficou sério. Manteve silêncio por alguns segundos, para depois soltar uma frase que nem de longe serviu de conforto para Toninho:

— É... Tu tá fodido.

Renato achava que Sílvia tinha engravidado de propósito e, mais tarde, seria acompanhando nessa opinião por Dimas e Baiana, que conheciam bem o caráter competitivo da amiga e sua obsessão por Toninho desde que o namoro dos dois havia sido interrompido. Toninho não estava certo disso, pois havia visto o dilema em que Sílvia se encontrava, principalmente em função de sua dúvida sobre a paternidade do filho. Esse detalhe, no entanto, ele nunca revelaria a ninguém. Depois de desabafar com o amigo, e de rir novamente com as palhaçadas de Odaleia, se despediram. Toninho voltou para casa.

As semanas seguintes se arrastaram pesadamente sobre os ombros do rapaz. Não conseguia se concentrar nas aulas da faculdade e suas notas despencavam vertiginosamente. Sempre dava um jeito de conseguir algum pó no Acari ou de comparecer às rodas onde a cocaína corria solta. Os shows diminuíram de frequência, e já não tinha forças para acordar cedo para procurar emprego. O diagnóstico da Dra. Vera havia sido bem mais preciso em relação ao tempo de gravidez de Sílvia, e a concepção agora era estimada em dezembro de 1983, o que, segundo Sílvia, reduzia a zero as chances de a criança não ser filha de Toninho.

Essa afirmação foi suficiente para afastar definitivamente da mente de Toninho qualquer desconfiança que pudesse ter existido em relação à sua paternidade. Na verdade, nunca tinha tido dúvidas quanto a isso. Logo ele, que era um poço transbordante de dúvidas e insegurança. Nem antes, nem depois do nascimento do bebê lhe passou pela cabeça a ideia de que o filho poderia não ser seu. Não entendia bem o que lhe dava tanta certeza, já que a própria mãe em algum momento tivera dúvidas. Começava a conviver com certas sensações que só a força de uma relação entre pai e filho que transcende a lógica ou o mensurável, e antecede o próprio nascimento, podiam explicar.

Toninho estava trincado às 16h00 de uma tarde quente de outono, sem coragem de voltar para casa, sem condições de ir para a faculdade e sem saber onde encontrar sossego. Pegou uns três ônibus a esmo e caminhou alguns quilômetros até se ver automaticamente dentro de um coletivo que o levaria para a casa de Sílvia. Não conseguia pensar em outra opção. Com Sílvia poderia se abrir e desafogar sua depressão em palavras chorosas e promessas de mudança que a menina já estava acostumada a ouvir, e que ajudavam Toninho a se recuperar temporariamente. Um pouco de sexo também ajudaria a aliviar sua ansiedade mórbida. Com a musculatura retesada, segurava com força o balaústre do ônibus, enquanto seguia em pé para São João de Meriti.

Para piorar a situação, o ônibus enchia mais e mais a cada parada. Sentiu um líquido quente escorrer por seu nariz, molhando seus lábios. Devia ser a secreção que frequentemente insistia em reagir com as misturas desconhecidas adicionadas à cocaína que consumia, lágrimas de um nariz castigado. Passou o dorso da mão pelo nariz e se surpreendeu com a cor vermelha do sangue que rabiscou sua pele branca. Ficou assustado. Achou que todos estavam olhando, e muitos realmente estavam. Tentou estancá-lo com a manga curta de sua camisa e a partir daí a viagem se tornou insuportavelmente demorada.

Próximo da casa de Sílvia, por coincidência a própria embarcou e o encontrou com os olhos arregalados e suando muito. Imediatamente percebeu que o ex-namorado estava completamente drogado. Aprendera a reconhecer esse estado alterado de Toninho através de uma simples olhada. O ônibus já havia esvaziado e alguns lugares nos bancos estavam disponíveis, mas Toninho sequer se apercebera disso. Sílvia o convidou para se sentarem e só então ele pode aliviar a pressão do braço dolorido, enganchado no balaústre desde o início daquela viagem alucinada.

Naquela noite dormiu na casa de Sílvia, no quarto da menina, que se deslocou para a sala para deixar o namorado mais confortável. Mas Toninho estava longe de estar confortável. Os mosquitos, suas incertezas e amarguras, e João, que sempre levantava de madrugada para desligar o único ventilador que aliviava um pouco o calor insuportável que fazia no pequeno quarto, tornaram aquela noite interminável e sufocante.

Uma solução ia pouco a pouco se desenhando na mente de Toninho como a mais lógica, e a única capaz de reverter o quadro em que se encontrava. Uma família tradicional com mulher e filho talvez fosse o freio para aquela desabalada descida rumo ao fundo do poço escuro e desconhecido em que se metera. Em nenhum momento passara por sua cabeça abandonar aquela criança, que já se agitava no ventre de Sílvia. Só não estava seguro de ser aquele o momento e Sílvia a pessoa certa para se casar e constituir um lar. No entanto, a dura constatação de que havia perdido o controle e já não era mais dono de sua vontade tornava aquela opção um possível e viável escape de uma rotina que certamente não iria acabar bem. Na manhã seguinte, levantou-se tarde, sob os olhares de censura dos pais de Sílvia, que já havia saído para a escola onde estagiava como professora primária.

O ônibus que o levou para o apartamento da Abolição passou em frente à favela do Acari, e novamente a vontade de se encontrar com a cocaína pareceu renovar as forças vitais de seu corpo magro, debilitado pela jornada do dia anterior. Só não desceu porque não tinha nenhum dinheiro no bolso.

Durante a semana procurou emprego todos os dias pelo centro da cidade, seguindo anúncios colocados no jornal. A recessão econômica e a inflação alta tornavam sua tarefa mais difícil. Os altos juros que tentavam acompanhar a ciranda inflacionária criavam mecanismos como o Open Market e o Overnight, que atraíam o capital para um investimento improdutivo que não gerava empregos. Os capitalistas tinham ganhos significativos e menos riscos nas aplicações financeiras do que abrindo indústrias ou criando postos de trabalho, e os jovens com pouca experiência, como Toninho, eram as principais vítimas dessa economia estagnada.

Com salários quase congelados e os preços subindo constantemente, o poder de compra da população diminuía, e quem tinha seu emprego tentava mantê-lo a qualquer custo. Curiosamente, o produto que menos aumentava era o papelote de cocaína, que dificilmente sofria um reajuste nas bocas de fumo. Os cartéis colombianos, mais estruturados, substituíram os bolivianos na hegemonia da comercialização de coca, liderados pelo meganarcotraficante Pablo Escobar, que iria fazer fortuna e fama internacional. Chefe do Cartel de Medellín, uma organização violenta e economicamente robusta, despejaria toneladas da droga nos EUA e Europa na década de 1980, época em que controlou 80% da cocaína consumida no mundo. A revista *Forbes* chegou a considerá-lo o sétimo homem mais rico do mundo. Em uma ação conjunta entre o governo norte-americano e o colombiano, seria morto em sua mansão após intenso tiroteio em dezembro de 1993.

Desse pó, grande parte passaria pelo Brasil antes de chegar ao seu destino final, enquanto outro tanto seria consumido aqui mesmo pelos narizes e veias brasileiras. Com a produção aumentada e as rotas de distribuição funcionando a pleno vapor, a cocaína caminhava a passos largos para se tornar um fenômeno de consumo mundial. No Acari, o sucesso dessa mercadoria não parava de crescer. Com o movimento se desenvolvendo de vento em popa não faltavam fornecedores, que através de seus matutos ofereciam a Cy partidas cada vez maiores de brizola que, pelo volume, eram negociadas a preços mais baixos.

Toninho sempre reservava algum dinheiro do que ganhava da mãe, do pai ou das tias para, no fim do dia, após sua peregrinação em busca de trabalho, passar pelo Acari para sua dose diária, mesmo que para isso tivesse que abrir mão de seu almoço ou faltar à aula na faculdade. A pressão velada da família de Sílvia em favor do casamento se tornava cada vez mais explícita, e a menina também começava a insistir com Toninho para que optassem por uma vida em comum na pequena casa nos fundos do quintal de seus pais. O desespero e a indecisão de Toninho cresciam na mesma proporção da barriga de Sílvia, já visível até para aqueles vizinhos e parentes que ainda não sabiam da situação da menina.

Depois de enfrentar uma fila gigantesca para preencher uma ficha se candidatando a uma vaga na companhia aérea Varig, Toninho caminhava pela Rua Uruguaiana e decidiu entrar na Igreja Nossa Senhora do Rosário e São Benedito. No templo quase vazio, repleto de paz e de um silêncio incomum no formigueiro humano que era o centro da cidade do Rio de Janeiro, seu coração e seu olhar se voltaram para o altar e ele desabou em lágrimas que lhe pareceram infinitas. Chorou como uma criança, pedindo perdão e ajuda àquele que nunca o deixara na mão, mas do qual ele andava afastado e distante. Clamou a Deus por um sinal, uma luz que o tirasse daquela vida e o reconduzisse ao bom caminho. Pediu a Jesus uma certeza que o extraísse daquela situação de desorientação e sentiu-se realmente como um filho rebelde que retorna à casa do Pai e, sofrido, recebe o conforto e o perdão esperados.

Seu choro aliviou sua angústia e suas lágrimas lavaram sua alma doída. Ali, dentro daquela igreja, decidiu que a responsabilidade de um lar, o amor de um filho e a rotina de um chefe de família seriam as únicas possibilidades de libertá-lo do vício, embora representassem algo que ele havia questionado e menosprezado por toda a sua breve existência. Mais uma vez, tentava criar um marco em sua caminhada que servisse de apoio para uma radical mudança de rota. Pela primeira vez declarou-se a si mesmo viciado: diante de Deus não era possível ocultar a verdade nem disfarçar sua dependência.

Embora em silêncio, sem testemunhas e protegido pelo segredo que guarda nossas conversas com Deus, aceitou sua condição frágil em relação à droga. Aquela brincadeira, aquela curtição que ele um dia havia acreditado que nunca seria problema, sempre poderia ser interrompida diante de um simples "não", era agora um fantasma que o afastava de tudo que ele mais sonhava, o levava para uma vida que não o agradava, numa sequência rotineira de consumo, euforia, arrependimento e depressão que se repetia diariamente. Certo de que a gravidez de Sílvia era a intervenção divina que tanto pedia, saiu da igreja decidido a estabelecer com ela uma união que estabelecesse um ambiente propício para a superação de sua dependência e para a criação da criança. Afinal, Sílvia era uma boa pessoa, apesar de seu temperamento difícil. E já havia provado seu amor por ele.

Antes de voltar para casa passou na Rua dos Beneditinos para preencher mais uma ficha de emprego. Dessa vez, no Banco Bamerindus. Um rapaz com quem havia conversado na fila da Varig tinha indicado o endereço, informando que o banco aceitava inscrições todos os dias, mesmo sem ter vagas abertas. Chegou a fazer um pequeno teste de datilografia e a responder um questionário com algumas perguntas básicas. Trabalhar em banco naquela época dava certo *status*, e eram justamente as agências bancárias que absorviam grande parte da mão de obra jovem que desejava ingressar no mercado de trabalho formal. Era um bom emprego, mais até do que Toninho esperava, pois já estava pensando em se humilhar e pedir de volta sua vaga na gráfica.

Mas a pessoa que o entrevistou não lhe deu nenhuma esperança. Atendeu-o burocraticamente, sem ser rude nem amável, como um robô programado para servir ao sistema, provavelmente cansado de entrevistar dezenas de jovens como Toninho que todos os dias subiam aquelas escadas com esperança de iniciar uma carreira no famoso banco com sede no Paraná.

Era uma manhã de quinta-feira quando um telegrama chegou ao apartamento da Abolição. Toninho abriu, leu e num pulo correu para dar a Aurélia a boa nova: a mensagem vinha do Banco Bamerindus e o convocava para estar na sede da Rua dos Beneditinos no dia seguinte bem cedo. Se ainda restava alguma dúvida se ele estava ou não fazendo a coisa certa, ela se dissipou totalmente diante da alegria que aquele telegrama trouxe ao seu coração. No dia seguinte, com sua melhor roupa, partiu para a entrevista, certo de que tudo iria mudar. Depois de uma breve conversa com um gerente de recursos humanos, saiu andando pela Avenida Rio Branco sem conseguir disfarçar o sorriso que forçava o canto de sua pequena boca, com passos largos e decididos, em busca de seu futuro. Tinha nas mãos um envelope contendo uma carta para apresentar na segunda-feira seguinte ao gerente da agência da Rua Barão de Ipanema, em Copacabana. Sua função: caixa em meio período. Começaria trabalhando por um expediente de quatro horas com salário reduzido e, dependendo do seu desempenho, passaria para caixa em horário integral.

Caixa de banco. Em Copacabana — pensou. Era finalmente uma mudança. Trabalhar em uma grande empresa e na Zona Sul. Nem se incomodou com a necessidade do uso da gravata, aquela gravata que no passado havia abominado e declarado que nunca poria em seu pescoço. Nem se lembrava mais disso. Iria trabalhar, terminar a faculdade, criar seu filho, ser um bom pai e um bom marido, progredir e, principalmente, deixar de vez a cocaína.

Os malefícios e a inutilidade daquele consumo frequente pareciam tão óbvios e claros que ele achou estranho ter sido tão difícil até aquele dia a interrupção do hábito que adquirira por pura distração. Quando deu a notícia a Aurélia, sua alegria contagiou a portuguesa. No entanto, a consequência imediata daquela conquista cortou o coração da mãe. Com um emprego garantido, Toninho entendeu que chegara a hora de se mudar definitivamente para São João de Meriti. Aquele lugar ermo da Baixada Fluminense que o angustiava, carente de saneamento, água, luz e transporte e do qual ele havia tentado se libertar no passado, agora aparecia em seus planos como seu único e possível destino diário, após a jornada de trabalho e estudo. Chegara a hora de deixar a casa de sua mãe, onde havia crescido e se tornado homem.

Toninho arrumou suas roupas em algumas sacolas e recebeu de Aurélia várias miudezas que ajudariam o dia-a-dia do jovem casal: um pouco de dinheiro, alguns mantimentos, um relógio de cabeceira, panelas, copos. Tudo ia se amontoando na sala do apartamento enquanto Toninho aguardava a chegada do Fusca de João, que viria apanhá-lo. Seu coração e o de Aurélia e de Paula estavam apertados. Mas no de Toninho havia também uma grande ansiedade.

Por ultimo, foi até seu pequeno quarto e cuidadosamente colocou seus LPs em uma caixa de papelão. Aquele era o sinal claro e contundente de que a mudança seria definitiva. Nunca havia se separado de seus discos. Sua decisão estava tomada. Arrumando-os como quem aninha bebês no berço, olhava lentamente para cada capa que, uma por uma, lhe traziam histórias e lembranças de um passado recente, mas que naquele momento parecia estranhamente distante. Da varanda do apartamento viu o Fusca vermelho se aproximar e parar na calçada da rua íngreme. Dele saltaram João e Sílvia, que já empurrava uma bela barriga de gestante.

Com algum constrangimento e muita tristeza, Toninho se despediu da mãe e da irmã em longos abraços de quem não quer desatracar. Pela janela do Fusca, o último aceno foi para Aurélia, que da varanda enxugava suas lágrimas e pedia a Deus que abençoasse o filho em sua nova vida e o fizesse feliz.

O sábado e o domingo foram só arrumações e preparativos. Um pequeno moisés de palha já ocupava um canto do quarto do jovem casal, marcando o espaço daquele que em breve chegaria para reinar na casa. Os almoços foram regados a planos e previsões sobre o sexo do rebento e seus possíveis nomes. Um acordo entre o casal decidiu que caso nascesse um menino, o nome seria escolhido por Toninho, que gostava de Gabriel. Se fosse uma menina a escolha caberia a Sílvia, que sempre havia falado em Priscila, mesmo nome de uma boneca de pano que Toninho havia dado a ela no início do namoro. Os pais de Sílvia, que só tinham uma neta, torciam por um neto. Toninho não deixava clara sua preferência, queria apenas que a criança viesse com saúde, pois sabia que Sílvia havia consumido cocaína no início da gravidez no acampamento em Bambuí e isso o preocupava. Não era sua única preocupação, mas não havia tempo para maiores pessimismos.

A segunda-feira chegou com ele completando três dias sem cheirar. Pulando da cama bem cedo, vestiu sua melhor roupa e partiu para se apresentar na agência bancária de Copacabana. A longa viagem levou mais de duas horas, mas ele chegou no horário marcado, com a agência já aberta. Suas unhas foram massacradas na longa espera pelos poucos ônibus que rodavam de Éden para a Praça Mauá e na segunda condução que o deixou na Zona Sul. Nervoso, ansioso, confuso e feliz, se apresentou ao subgerente que em uma rápida turnê pelo banco o apresentou a todos. Por último, foi apresentado a Afonso, um sujeito gordinho e louro, ao lado de quem deveria ficar durante uma ou duas semanas, observando o trabalho, para depois assumir seu próprio caixa.

Era um serviço de grande responsabilidade. O simpático subgerente se chamava Wilson, e era um bonachão. Em meio a piadas e brincadeiras deixou Toninho mais relaxado, sem, entretanto, deixar de alertá-lo para os perigos das temidas diferenças de caixa que, caso existissem, seriam descontadas do salário de quem fosse o responsável. Ao perceber a gravata de crochê feita por Aurélia que Toninho tirou do bolso, soltou uma grande gargalhada. E antes que o novo funcionário explicasse que iria comprar uma mais apropriada no dia seguinte, levou-o até uma gaveta no balcão de atendimento que após ser aberta revelou uma quantidade imensa de gravatas, de todos os tipos, tamanhos e cores, todas já com os nós feitos, prontas apenas para serem enlaçadas nos pescoços e paramentarem devidamente os funcionários do banco.

— Não vai gastar dinheiro com isso agora não, rapaz. Gravata aqui é o que não falta.

Toninho se esforçava para não deixar que um único movimento de Afonso escapasse a seus olhos. Sua concentração no novo trabalho era total, e durante todo o expediente nem pensou em cocaína. Parecia mesmo que seu plano estava dando certo. O anjo mau de sua mente, com seus conselhos funestos, estava derrotado.

O banco fechou e os caixas se apressaram em suas contagens de cheques, cédulas e autenticações. Afonso preparava os documentos de seu caixa para passá-los para a tesouraria, sob o olhar atento de Toninho. De repente, Toninho sentiu uma mão em seu ombro. Virou-se e com grande surpresa reconheceu o rosto de Danilo, um conhecido dos tempos do GPI. Danilo era morador do Méier e havia tentado ser surfista sem muito sucesso. Tinha várias tatuagens pelos braços e dorso, mas seu tronco musculoso destoava das pernas finas. Era um bom goleiro, e, no GPI tinha jogado algumas vezes no time de Toninho, quando o goleiro titular não podia comparecer. De vez em quando andava com os Doidões e fumava maconha.

— E aí Toninho?! Tá fazendo o quê aqui, cara?

Toninho cumprimentou o amigo, estranhando não tê-lo visto durante todo o dia.

— Eu tô começando hoje aqui. E você, Danilo? Tu trabalha aqui?

— Trabalho. Faço a compensação bancária. Fico no subsolo, escondido na tesouraria. Só saio do buraco nesse horário, para pegar os movimentos dos caixas. É para adiantar meu serviço e eu poder ir logo para casa. E aí, como que você tá? Onde você está morando?

A conversa com Danilo foi rápida, mas muito agradável. Toninho contou sua situação de recém-casado e futuro pai. Lembraram os velhos tempos e trocaram informações sobre amigos comuns que andavam sumidos. Toninho se sentiu mais confortado por ter alguém conhecido naquele ambiente, totalmente novo para ele. Danilo perguntou se Toninho ainda jogava futebol. Toninho respondeu que fazia tempo que não corria atrás de uma bola, mas estava mesmo querendo voltar a praticar.

— Às quartas-feiras tem a pelada aqui da agência. É lá num campo de areia no Jardim Botânico. A galera sai daqui e vai direto para lá. Traz um tênis ou chuteira depois de amanhã. Vou te apresentar à rapaziada.

Toninho sorriu satisfeito. A cocaína o havia afastado de qualquer prática esportiva, e isso era uma coisa de que ele sentia falta.

— Legal! Vou trazer sim.

Danilo ameaçou se virar para continuar seu trabalho, mas antes disso se aproximou de Toninho e sussurrou ao seu ouvido.

— Traz algum pro rateio também. A galera aqui gosta de dar uma cheirada. Depois da pelada a gente vai tomar umas cervejas. Tem sempre coisa boa. Tu gosta?

Toninho só pôde sorrir amarelo e acenar com a cabeça positivamente, sem ter tempo para pensar numa resposta melhor que pudesse convencer o amigo e a si mesmo de que havia parado com a brizola. Danilo, que costumava vê-lo em companhia dos maconheiros do GPI, pensava que Toninho também era um maconheiro assíduo e que certamente já estaria envolvido naquela grande onda de cocaína que varria o Rio de Janeiro. Não imaginava o que seu colega havia passado após a saída do colégio e a luta que travava naquele momento para se livrar do pó.

Toninho não esperava aquele convite. A cocaína o havia seguido até seu novo trabalho, não iria abandoná-lo facilmente. Enquanto via Danilo desaparecer no subsolo da agência, imaginou uma pesada bola de ferro presa por uma grossa corrente ao pé do antigo conhecido dos tempos do segundo grau, a mesma bola de ferro da gravura de Dona Jaci, os mesmos grilhões que aprisionam o dependente e dificultam seu caminhar, símbolo de uma prisão da qual Toninho acreditava estar se libertando. Imediatamente, o velho dilema que confrontava o anjo bom e o anjo mau em sua consciência retomou a hegemonia de seu pensamento e ele já não conseguiu mais se concentrar nos ensinamentos de Afonso. *Cacete! Até aqui!*

Capítulo 30

As horas que se seguiram ao convite de Danilo foram de intensa atividade cerebral para Toninho, uma verdadeira guerra interna sendo travada no inconsciente do jovem futuro pai. Dúvidas, justificativas, autoconvencimentos, enganos, retrocessos, orações, convicções e fraquezas eram arremessadas pelas vozes conflitantes de sua consciência, contra seus neurônios já quase limpos da cocaína. Na fatídica quarta-feira, antes de sair para o banco, a primeira briga da nova fase com Sílvia pipocou tímida em rápidas ofensas e palavras amargas, já velhas conhecidas do prematuro casal, fazendo Toninho sentir a primeira ponta de arrependimento pela decisão tomada de viver com a antiga namorada.

Sua incapacidade de tomar uma decisão firme, simplesmente dizer não ao convite que o colocaria novamente frente a frente com o alcaloide que ele considerava o motivo de seus maiores problemas e frustrações, o deixava nervoso. Angustiado, seguiu para Copacabana e antes de chegar ao seu destino já estava totalmente convencido de que apenas um tirinho não faria mal. Pelo contrário, iria enturmá-lo melhor com seus novos companheiros de trabalho e aliviá-lo da mediocridade que ele mesmo havia escolhido para sua vida. O anjo bom se calou e seu adversário subiu à tribuna daquela mente torturada para, em um discurso eloquente, desfilar diversas ponderações que pareciam mais do que razoáveis e legitimavam o reencontro de Toninho com o pó, que agora parecia completamente inevitável.

Seria somente uma cheirada. Isso não queria dizer que voltaria ao consumo rotineiro de antes. Pelo contrário, iria cheirar apenas nas quartas-feiras, dia do tal futebol do banco. Mais do que essa argumentação, era a ausência de cocaína em seu organismo que falava mais alto, e sua barriga doía de vez em quando em calafrios de ansiedade. Fazia quatro dias que não cheirava. Já nem se lembrava de ter ficado tanto tempo longe do pó desde que começara nessa estrada longa e acidentada. Tudo isso parecia habilitá-lo a uma recompensa. Uma pequena transgressão. Um reencontro com o proibido que ele sempre amara.

Na hora do almoço, passou sua parte do rateio para as mãos de Danilo, que com um sorriso maquiavélico guardou o dinheiro disfarçadamente. Aquela agência bancária era um encontro surreal de malucos. Aos poucos, Toninho foi conhecendo cada um com seu vício e sua loucura. Quem não cheirava, fumava maconha ou bebia com frequência, quando não fazia as três coisas concomitantemente. Mesmo as meninas mais jovens e frágeis da recepção tinham crises existenciais severas, motivadas por desencontros amorosos ou traumas de infância, e abusavam dos calmantes e antidepressivos.

Zé Garoto era morador do Bairro Peixoto e traficava maconha. Mestiço alto, pele curtida pelo sol da praia de Copa, trabalhava no banco há bastante tempo e gozava de certo prestígio junto à gerência, pois sabia disfarçar bem suas atividades ilegais. Comprava regularmente quilos de maconha prensada, que eram repartidos em pequenos tijolinhos de cem gramas para abastecer diversos fregueses tradicionais da Zona Sul; muitos deles, também clientes do banco, pegavam suas encomendas diretamente na agência, no balcão da poupança onde Zé Garoto atendia a clientela interessada em proteger suas economias do furor da inflação.

O insuspeito cliente chegava, se sentava diante da mesa de Zé Garoto como quem precisava pedir um extrato ou fazer um depósito. Depois de uma breve conversa, Zé tirava da gaveta um envelope com o timbre do Bamerindus e entregava ao cliente, que passava a suas mãos uma quantidade de dinheiro ou um cheque. No envelope estavam cem ou duzentos gramas de maconha da boa, como se fossem documentos solicitados para alguma conferência. Zé pegava o dinheiro e levava até um caixa amigo onde mandava depositar em uma das várias contas que possuía com diferentes nomes, que lhe serviam para movimentar o resultado de seu comércio ilícito. O caixa, ciente do esquema, devolvia para ele o recibo do depósito e mais um papel qualquer semelhante ao recibo. No caminho de volta à sua mesa, Zé dava um jeito de malocar o recibo verdadeiro e dava o papel sem valor para o suposto cliente, tudo com muitos sorrisos e gentilezas, como manda o treinamento bancário e a presteza profissional.

Lá se ia o cliente, satisfeito com o atendimento e com um tijolo de erva embaixo do braço, sem levantar nenhuma suspeita. Em pouco tempo, Zé e Toninho se tornaram amigos, e esses depósitos passaram invariavelmente a ser creditados no seu caixa. Em troca dessa parceria, Zé vez por outra ofertava um generoso baseado a Toninho.

Muito do que Zé Garoto ganhava com a maconha era gasto com cocaína, que era extremamente fácil de ser conseguida na Copacabana dos anos 1980. Zé Garoto era bastante conhecido em Copacabana e também no Leblon e Ipanema.

Bambam ganhara esse apelido por ser um louro forte de olhos claros, com jeito de meninão, que lembrava o filho de Fred Flinstone. Vendia cocaína, mas somente para conhecidos. Sempre desconfiado e arredio, nunca deixou que ninguém do banco presenciasse uma de suas transações. Evitava inclusive vender para os colegas de trabalho, que também não faziam muita questão, pois seu pó não costumava ser de boa qualidade. Tinha uma clientela razoável que frequentava seu apartamento da Rua Constante Ramos. Esse movimento de entra-e-sai no prédio iria acabar por comprometê-lo, e mais tarde acabaria sendo preso com uma boa quantidade de cocaína, o que levou sua família a se desfazer de alguns bens para molhar a mão da polícia e livrá-lo da cadeia.

Pedrinho, que viria a se tornar o melhor amigo de Toninho naquele emprego, morava em um prédio antigo na Rua Leopoldo Miguez e era um maconheiro contumaz. No banco todos sabiam de seu hábito, e ele não fazia nenhuma questão de esconder. Pelo contrário, falava abertamente com colegas e superiores sobre seu vício e voltava do almoço sempre com os olhos chinesinhos. Era um típico garotão da Zona Sul, filho de pais separados. Morava com a mãe que era cantora lírica, e fumava maconha em seu quarto sob os protestos da mãe e dos vizinhos. Mantinha seu emprego no banco porque sua mãe era cliente antiga e ele um excelente caixa — competente, rápido e amigo de todos, embora completamente escancarado no que dizia respeito à maconha. Não cheirava. Logo Toninho e Pedrinho formariam uma dupla inseparável, o que ajudaria a macular a reputação do novo funcionário que, em pouco tempo, ficou reconhecido como mais um maconheiro no meio daqueles malucos. Muitas vezes sem dinheiro para o almoço, era na casa de Pedrinho que Toninho matava sua fome, convidado pelo amigo. Depois do almoço, um baseado no quarto e de volta para o banco.

Logo que o carro levando Toninho e seus novos companheiros para o futebol passou pelo Corte do Cantagalo, um baseado gigante foi aceso e passou de mão em mão. Toninho estranhava um pouco a tranquilidade com que os ocupantes daquele "fumacê" transitavam pela Zona Sul do Rio de Janeiro, abarrotados de drogas e exalando o cheiro forte de maconha. Pensou: *se fosse na Zona Norte, já teríamos sido parados pela polícia.*

Aos poucos, foi relaxando. Mais à frente, quando o carro contornava a beleza monumental da Lagoa Rodrigo de Freitas, Zé Garoto, que estava ao lado do motorista, tirou do porta-luvas um retrovisor de carro com o suporte quebrado e em cima do espelho derramou uma boa quantidade de pó. Com agilidade e a ajuda de uma lâmina de barbear, desenhou quatro trilhas simétricas e bem servidas, já que Pedrinho não cheirava. O retrovisor e o canudo também foram passando de mão em mão. Toninho recebeu a cocaína ainda com o baseado na mão. Deu uma tragada forte e rolou o fumo para Pedrinho. Com o canudo posicionado em sua narina, olhou o reflexo do seu rosto no espelho automotivo. Em sua face, como uma cicatriz maldita, estava a rapa que lhe cabia.

Cheirou com vontade e precisão, sem desperdiçar um único grão. O gosto de éter misturou-se ao da maconha e ele se sentiu extremamente bem. Até a chegada ao campo do Jardim Botânico foram mais duas rodadas de cocaína, enquanto o resto do baseado foi exterminado por Pedrinho. Toninho saltou do carro muito louco. Todos estavam extremamente aplicados, e a cocaína era de qualidade razoável. A maconha também.

Partiram para o vestiário para trocarem de roupa. Já dentro de campo, esperando a divisão dos times, Toninho sentiu bater uma onda estranha, mas agradável, a mistura do efeito relaxante da maconha com a excitação da cocaína. Essa mistura não é recomendada pela maioria dos viciados e Toninho nunca havia experimentado as duas drogas ao mesmo tempo. Fora das peladas das quartas-feiras no banco, não voltaria a fazê-lo, mas entre aqueles cinco esse ritual passou a ser uma tradição. Difícil explicar como nenhum deles sofreu um enfarte ou uma parada cardiorrespiratória dentro de campo, com a associação da cocaína em altas doses ao esforço físico que o futebol exige.

Depois do jogo, o gerente do banco que morava perto da Abolição ofereceu carona a Toninho, que a essa altura começava a sentir o *crash* depressivo natural do pós-cheiração. Não estava nem um pouco disposto a encarar a longa viagem até Éden. Resolveu aceitar a carona e dormir na casa de sua mãe, e o gerente o deixou na porta do prédio de Aurélia. Toninho ligou para a casa da sogra para avisar Sílvia que, devido ao horário avançado, iria dormir na casa de sua mãe. Os protestos de Sílvia começaram no mesmo momento, ao telefone, e se perpetuaram por uma semana em brigas e discussões diárias que fizeram Toninho, a partir daquele dia, evitar dormir lá novamente. Começava ali uma luta de egos entre Sílvia e Aurélia pela posse da maior influência sobre o rapaz.

Mais uma vez Toninho estava em seu quarto de solteiro, quase certo de ter tomado a decisão errada ao partir para uma vida em comum com Sílvia. Só não tinha absoluta certeza porque seu reencontro com a cocaína o havia deixado completamente confuso, desorientado e inseguro. Sentiu seus planos e projetos ruírem enquanto avaliava as reais possibilidades de se livrar do vício, ou de conviver com ele de maneira controlada. Cansado, foi vencido pelo sono enquanto pensava como ele e seus companheiros haviam conseguido se movimentar em campo com aquelas pesadas bolas de ferro presas em suas canelas.

Aurélia retornaria para sua casa em Jardim América pouco tempo depois. A convivência com a amiga não havia dado certo e as despesas com aluguel e condomínio ficaram pesadas demais. Passaria a dividir novamente o mesmo teto com Antonio, embora dormindo em quartos separados.

Em um dia de grande movimento no banco, Toninho não percebeu quando Pedrinho saiu para almoçar. Assim, ficou sem seu baseado diário que o inspirava no turno da tarde. Naquela altura, seu contrato de experiência já tinha vencido e ele havia sido imediatamente promovido a caixa em tempo integral. Abria e fechava a agência. Sua eficiência, responsabilidade e inteligência chamaram a atenção de seus superiores, que não titubearam em promovê-lo tão logo puderam, a despeito de sua fama de maconheiro e cheirador, que já havia chegado aos ouvidos da gerência. Se o banco resolvesse tirar todos os usuários de droga de sua folha de pagamento, aquela agência em Copacabana teria que fechar as portas por falta de mão de obra.

Quando Pedrinho voltou, Toninho o abordou reclamando por não ter sido chamado para o baseado rotineiro da hora do almoço. Para piorar as coisas, não tinha nenhuma maconha em seu poder. Pedrinho aliviou a situação passando para as mãos de Toninho uma bagana fedida, enrolada em um pedaço de papel. Sem o abrigo do quarto de Pedrinho, Toninho teria que dar um jeito de fumar aquela ponta em algum lugar. Foi até o tesoureiro e pediu quinze minutos para um lanche na rua. Foi autorizado, com a recomendação de não demorar. Toninho então cometeu um erro primário, que os maconheiros mais veteranos e escaldados evitam. Como norma de segurança, no artigo número um do Manual dos Consumidores Urbanos de *Cannabis*, está o alerta para que nunca fumem em lugares cujos arredores não conheçam bem.

Onde a área é conhecida, um movimento suspeito ou uma presença estranha vai com certeza ser percebida, e servirá de alerta para o perigo iminente de um flagrante, dando tempo para engolir o baseado ou se livrar da maconha de alguma maneira — isso, lembrando que estamos falando de uma época em que a posse de drogas para consumo próprio era crime previsto no artigo 16 da lei 6368/76, o que possibilitava ao juiz aplicar a detenção de seis meses a dois anos ao usuário de drogas flagrado em delito.

Toninho achou que a areia da praia era o local mais limpeza para exterminar a bagana e satisfazer sua vontade. O sol estava escaldante, mas por ser um dia de semana, a frequência não estava muito alta, restringindo-se a uma pequena faixa de guarda-sóis coloridos próximos à água. Seus amigos de Copacabana sempre fumavam na praia e ele achou que também poderia se dar bem. Esqueceu-se de que as praias do Rio de Janeiro são formadas por pequenos feudos, em que todos se conhecem, pelo menos de vista, e onde um baseado pode morrer tranquilamente em uma roda com todos atentos e misturados à paisagem humana e, naturalmente, com trajes apropriados ao banho de mar. Essa situação só se altera nos finais de semana, com a invasão maciça dos suburbanos.

Instigado para fumar maconha, Toninho pisou nas areias de Copacabana de sapato, trajando calça comprida, camisa de mangas compridas e a indefectível gravata. Só isso já seria suficiente para chamar a atenção. Agachou-se perto de uma trave de rede de vôlei e com um isqueiro acendeu a ponta, enquanto olhava o movimento dos banhistas ao longe. Quem está fumando maconha não consegue sentir o cheiro da erva, mas com certeza a brisa marinha estava levando seu odor forte e característico para muito longe. Toninho já havia dado uns três tapinhas e nem desconfiou dos dois mulatos fortes, que, de sunga de praia e com o que parecia ser uma carteira nas mãos, corriam no trote cadenciado de quem está fazendo um descompromissado *cooper* pela praia. Os dois até conversavam entre si, aos sorrisos. Seu coração só disparou quando, inesperadamente, viraram sua rota em noventa graus no momento em que passaram em frente à trave de vôlei e, acelerando a corrida, partiram para cima de Toninho, que só teve tempo de, por instinto, enterrar a pequena ponta na areia. Ainda a alguns metros do rapaz já foram se apresentando:

— Polícia. Cadê o flagrante?

Toninho se levantou, branco como neve. Tentou balbuciar algumas palavras, mas foi interrompido pelo mais troncudo, que segurou suas mãos e cheirou seus dedos.

— Não adianta, meu irmão. Nós te manjamos de longe. O cheiro ainda está forte.

Policial à paisana ele já tinha visto muitos. No Acari já havia sido abordado por alguns, sem que nunca tivessem encontrado nada com ele. Mas polícia de sunga de praia, era a primeira vez. Toninho tentou se acalmar e partir para os entendimentos.

— Gente boa, você me desculpe... Eu não quero prejudicar o trabalho de vocês...

— Você tá prejudicando é a sua saúde. Cadê o flagrante?

O mais baixo escavava a areia onde Toninho estivera agachado, mas sua primeira mãozada havia jogado a ponta junto de um monte de areia para longe, sem que percebesse.

— Ele enterrou aqui. Eu vi — dizia o *cana* baixinho, enquanto, intrigado, revirava a areia.

Toninho via a bagana descoberta bem ao lado e tentava resolver a situação, antes que algum cliente do banco o visse ali.

— Não tem flagrante nenhum, meu amigo. Eu já fumei tudo. Sou trabalhador.

— Você trabalha onde?

Toninho tinha que mentir. Não podia entregar de cara onde trabalhava. Gaguejou, enquanto pensava em alguma resposta evasiva.

— Eu trabalho na Nossa Senhora de Copacabana.

— Teu patrão sabe que você fuma maconha?

E agora? Falar a verdade, que quase todo mundo no banco fumava, não lhe pareceu a resposta mais inteligente.

— Não, senhor.

— Então você quer que a gente vá com você até lá pra contar pra ele? Cadê o flagrante, meu chapa?

O debate não devia se prolongar. Algumas pessoas ao longe já paravam para observar. Toninho resolveu mudar de estratégia para sair logo dali e continuar a conversa em um lugar mais discreto. Se abaixou, pegou a bagana que estava bem ali ao lado dos policiais e entregou pro mais forte.

— Tá aqui.

Os dois se entreolharam e sorriram. O grandão cheirou a bagana e deu para o mais baixo.

— Olha só. Ainda está quente!

— Meu amigo — Toninho insistia em chamar os caras de amigos, para tentar sensibilizá-los de alguma maneira — eu sou trabalhador, meu filho está pra nascer, o senhor vai me prejudicar se isso chegar ao meu trabalho. Não dá pra gente resolver isso de outra maneira?

— Você devia pensar nisso antes de fumar essas merdas. Mas resolve com esse que tá chegando aí.

Toninho se virou e viu que a situação, que já estava ruim, iria ficar bem pior. Um PM uniformizado, com roupa de ronda praiana, havia desembarcado de um Bugre da Polícia Militar que aguardava na Avenida Atlântica, com outro PM ao volante. Caminhava na direção de Toninho de quepe, camisa e bermuda da corporação e um calibre 38 no coldre. O PM uniformizado, muito magro e alto, foi logo cumprimentando os outros dois.

— O que temos aí?

— Maconha. Tava fumando um baseado. Tá aqui o flagrante.

— Me acompanha por favor, cidadão.

O mulato baixo de sunga passou a bagana para a mão do comprido uniformizado e Toninho percebeu que era uma operação casada. Enquanto os paisanos corriam pela praia, o Bugre acompanhava pelo asfalto, pronto para recolher o resultado da caça. E naquele dia a caça era Toninho. Os dois paisanos continuaram seu *cooper* falsificado e Toninho caminhou ao lado do comprido em direção ao Bugre, que os aguardava com o motor ligado. No caminho, tentou apelar para o coração do PM.

— Meu irmãozinho — de "amigo" resolveu passar para um parentesco mais próximo — me alivia aí, por favor. Vou ser pai. Estou trabalhando. Sou viciado. Foi só uma pontinha.

Aquele era o primeiro bote certeiro da polícia que Toninho levava. Já havia sido abordado em outras circunstâncias, mas em nenhuma o flagrante havia se configurado daquele jeito: sempre sem nada em cima ou com a droga bem entocada na roupa, valia-se de sua boa oratória e aparência para sair ileso. Mas naquele dia, derrotado por sua própria imprudência, iria pela primeira vez participar da encenação mais corriqueira da prática policial corrupta — o jogo de cena do *bonzinho* e do *malvado*. Sempre em duplas ou em grupos maiores, diante de suas "vítimas" flagradas em alguma infração, um dos policiais assumia o papel do bondoso, cooperativo e sensibilizado, enquanto o outro representava o truculento, sádico e severo. Assim levavam o pânico ao extorquido, em um teatro bem montado que sempre tinha como intenção aterrorizar ao máximo o indivíduo, manipulando-o para conseguir uma propina bem polpuda.

— Aí, magrinho, por mim, eu até te liberava. Mas hoje você deu azar. Esse cabo que tá lá na viatura é carne de pescoço. Com ele não tem nem papo. Vai te levar direto para a delegacia. Chegando lá, tu já sabe. Não tem mais jeito.

Toninho quase cagou nas calças.

— Pelo amor de Deus, moço — nessa altura já era "moço", mesmo. — Não faz isso comigo, não.

— Tenta lá com ele. O que ele resolver, tá resolvido.

Toninho se encheu de esperança, e chegando perto do Bugre fez que ia contornar o carro para se aproximar do motorista. Mas o cabo negro de bigode nem o deixou dar o segundo passo.

— Sobe aí, maconheiro.

— O senhor me dá licença de eu trocar uma ideia com o senhor?

— Não tem ideia nenhuma, meu irmão. Tá com o flagrante aí, Noronha? — era esse o nome do comprido.

— Tá na mão.

— Sobe aí, meu irmão. Vamos para a 13ª DP.

Toninho gelou. Sentou-se na parte de trás do Bugre sob os olhares de alguns curiosos. Sua mente girava como um liquidificador atômico: as pessoas olhando, a demora em voltar ao banco, a delegacia, a cadeia, o escândalo na família, talvez até algumas porradas — tudo por causa de uma simples bagana. Toninho se sentia o cara mais injustiçado e azarado do mundo.

O carro se movimentou lentamente pela Avenida Atlântica e Toninho, por umas três vezes, tentou entabular alguma argumentação que amolecesse o coração do cabo, mas era rechaçado com veemência e alguns insultos. Seu desespero era tão grande que nem percebeu que a viatura não tomou a direção da 13ª DP. Ao invés disso, seguiu pela Atlântica até o Copacabana Palace. Toninho sentiu que tudo estava perdido. Perderia o emprego, seu filho e Sílvia perderiam o plano de saúde, ele perderia a liberdade. Pensou em pular do carro e sair correndo, mas não teve coragem. Resignado, encolheu-se em sua insignificância na traseira do Bugre e se calou, aguardando a chegada à delegacia onde outro algoz selaria sua sorte. Quando perceberam o silêncio de Toninho e sua aparente apatia diante da situação, os PMs intuíram que o pato estava no ponto de ser depenado, e deram a deixa para que a conversa se reiniciasse. Mudando o tom severo e com um pouco de ironia, até amistosa, o cabo puxou conversa.

— Um baseadinho na praia até que é legal, né, magrinho? Dá o maior astral!

Imediatamente, Toninho captou a mensagem e entendeu o roteiro dos dois. Ainda havia uma esperança. Lembrou-se da prática do suborno enraizada na cultura brasileira, desde a época da colônia. Lembrou-se dos representantes da corte portuguesa facilitando as coisas ou oferecendo títulos de nobreza, em troca de algumas peças de ouro ou de um belo lote de escravos africanos. A mesma prática contra a qual ele havia se manifestado tantas e tantas vezes, e condenado veementemente no texto de sua peça teatral, era agora a sua única esperança.

— Pois é... O senhor sabe como é... A gente adquire esse hábito na juventude, depois fica difícil largar. Mas nunca prejudiquei ninguém, nem quero prejudicar. Pelo contrário. Se eu puder fazer alguma coisa para ajudar vocês a me ajudarem, eu faço com o maior prazer. Só não posso ir para a delegacia. Não sou bandido.

Falava isso ao mesmo tempo em que fazia as contas de quanto tinha no bolso, algumas moedas que estavam guardadas para a passagem de volta para casa. Se oferecesse aquilo aos samangos, eles poderiam tomar como ofensa e tudo poderia desandar novamente. O motorista pegou o retorno, indo na direção onde Toninho havia sido preso.

— Veja bem, nós não estamos te pedindo nada. O que você pode fazer pela gente?

— Olha, no momento aqui eu tô desprevenido, mas se o senhor deixar eu vou até meu trabalho e posso arrumar uns trinta cruzeiros pra vocês. Tá bom? — a ingenuidade de Toninho era tanta que ele ainda perguntou se estava bom.

— Tá maluco! Pra te liberar tu tem que arrumar pelo menos uns cem cruzeiros.

Seu desespero era tão grande que Toninho nem quis negociar. Concordou, sem saber como iria conseguir a grana. Só pensava em se livrar daquela situação. O Bugre parou na esquina da Rua Constante Ramos e os PMs insistiram com Toninho para que revelasse onde trabalhava. Toninho resistiu. Sabia que poderia ser novamente extorquido se os safados soubessem que ele trabalhava no banco. Como garantia de que voltaria, deixou sua carteira de identidade com os dois e foi orientado para na volta passar o dinheiro disfarçadamente para aquelas mãos que representavam a lei. Toninho saltou do Bugre e correu como um foguete para o Bamerindus. Na porta da agência estava Laranja, o tesoureiro, que ameaçou uma bronca, mas desistiu diante da cara de pavor do colega.

— Aguenta aí, Laranja. Tô com um problema. Depois te explico.

Foi direto para o caixa de Pedrinho.

— Pedro, rodei pros homens. Me dá cem cruzeiros aí do teu caixa que a gente acerta até o fim do dia.

Pedrinho quis mais detalhes e Toninho contou resumidamente o que acontecera.

— Tu deu mole. Leva cinquenta pra esses safados e tá muito bom.

Pedrinho conhecia a tabela informal das propinas para liberar os maconheiros de Copacabana.

Na saída, Toninho passou novamente por Laranja sem dar uma palavra e pensou: *Quando eu voltar, estou demitido.* Uma grande revolta foi crescendo em seu peito enquanto caminhava para reencontrar os dois pilantras uniformizados. Agora se sentia injustiçado e roubado. Afinal, que crime ele estava cometendo para ser vilipendiado daquela maneira? Todos os seus conceitos de rebeldia e contestação voltaram a fervilhar em seu peito, despertados do sono profundo em que sua rotina insossa os havia mergulhado.

Os argumentos que até hoje sustentam as manifestações pela legalização da maconha jorravam de sua mente inconformada. Por que aqueles caras não estavam ocupados em prender ladrões e assassinos? Se queriam combater as drogas, por que não invadiam a Rocinha, o Vidigal ou o Pavãozinho? *Certamente por covardia*, pensava Toninho, enquanto caminhava para entregar sua fiança ilegítima. *Que prejuízo podia causar aquela erva inofensiva, que só fazia melhorar o astral das pessoas e sintonizá-las com o bem?* Enquanto remoía essas questões, viu ao longe os dois PMs olhando disfarçadamente o movimento das ruas. Pensou num protesto silencioso. Contrariando as recomendações dos policiais, partiu com o dinheiro na mão esticada, bem à vista de todos que estavam por perto, e fez questão de entregá-lo sem nenhuma dissimulação. O cabo, que até então estava tão arrogante, virou um cordeiro. Cheio de medo de ser observado pela população, recolheu o dinheiro sem nem mesmo conferir, e devolveu o documento retido.

Feita a transação, Toninho voltou para a agência bancária se sentindo um bobalhão. Aliviado, com certeza, mas inconformado com a situação pela qual uma simples pontinha de um baseado o fizera passar. Pensava também em como repor as cinquenta pratas no caixa do amigo Pedrinho. Laranja o surpreendeu, não falando nada quando ele retornou à agência e reabriu seu caixa já próximo da hora do fechamento do banco. Toninho achou que sua demissão seria oficializada após o encerramento do expediente, mas isso também, surpreendentemente, não aconteceu.

Toninho foi até a mesa de Zé Garoto, explicou rapidamente o acontecido e pediu os cinquenta cruzeiros para cobrir o rombo no caixa de Pedrinho. Zé sacou o dinheiro de uma de suas contas polpudas mediante o compromisso de Toninho ressarci-lo no dia do pagamento. Tudo parecia acomodado e resolvido, e só então o estresse de Toninho pôde se traduzir em tremores nas pernas e mãos e em suores frios.

Os momentos de tensão haviam detonado o equilíbrio de Toninho, que agora só pensava em uma coisa: dar um teco. Perdendo definitivamente a compostura, saiu pedindo dinheiro emprestado a todos da agência. Conseguiu alguns trocados com o subgerente Wilson. Naquele único dia, havia comprometido metade do parco salário que estava para receber.

Saiu do trabalho e pegou um ônibus direto para a Praça XV, onde embarcou no 376 que seguia para a Pavuna pela faixa seletiva da Avenida Brasil e o deixava mais rapidamente na Favela do Acari. Entrou pelo Coroado e foi até a Piracambú comprar o tão esperado pó, que parecia ser a compensação por tudo que havia passado. Ainda dentro da favela exterminou o primeiro papel, e guardou o outro para cheirar em casa. Ao chegar a Éden, sentiu-se aliviado quando percebeu que não havia ninguém em sua pequena casa e poderia livremente curtir a onda da cocaína sem a interferência de caretas e dos olhares de reprovação de Sílvia, que tinha ido com os pais visitar a irmã.

Esquentou um prato na boca do fogão, ligou a televisão e preparou duas rapas finas e um canudo. Os prazeres de Toninho estavam agora resumidos às duas trilhas de pó branco que, diante dele, no prato quente, prometiam alguns minutos de euforia e muitas horas de depressão e insônia. O incidente com a polícia não saía da sua cabeça, e o torturava em marteladas intermitentes de arrependimento. Desligou a TV e resolveu ligar a vitrola semiportátil Grundig, com duas pequenas caixas de som, emprestada por Isabel. Enquanto tentava fazer render a pequena quantidade de brizola, protelando ao máximo a chegada da sensação de vazio que o término da droga sempre lhe provocava, pinçou de sua coleção com o polegar e o indicador o LP com a trilha sonora do filme "Gimme Shelter", dos Stones.

Lançado em 1972, esse disco tinha um lado muito mal gravado ao vivo, onde se podia ouvir a histeria ruidosa com que as meninas se comportavam nos shows da primeira fase dos Rolling Stones, e outro com músicas de estúdio. Além de "Jumpin' Jack Flash" (faixa que ele também possuía no álbum "Let it Bleed"), havia também a sua preferida, "Honky Tonk Woman", entre outras. Quando a agulha singrava pela faixa "Fortune Teller", ouviu o barulho do portão anunciando a chegada de Sílvia e seus pais. Cheirou rapidamente o pequeno resto que sujava o prato, desfez toda a cena do crime e se enfiou na cama fingindo dormir, para não ter que encarar a esposa naquela situação. Ficou ali com os músculos retesados e as pálpebras tremendo até as quatro da madrugada, quando finalmente conseguiu alguma coisa próxima de um adormecer.

Capítulo 31

A cocaína havia se tornado a mola propulsora de tudo o que Toninho pensava e fazia. Ao acordar, seu primeiro pensamento era direcionado ao pó — ou para rejeitá-lo e renovar promessas de eliminá-lo de sua vida, ou para premeditar o momento do dia em que iria reencontrá-lo. Quando acordava decidido a não mais cheirar, era sempre em função da noite anterior que havia passado em claro, remoendo arrependimentos pelo dinheiro gasto e lamentando mais uma etapa inútil e vazia em sua escalada no consumo da droga. Essa determinação nobre e inteligente, no entanto, só se sustentava, no máximo, até a hora do almoço. Depois que o corpo debilitado recebia a energia do alimento, seu cérebro já trabalhava no sentido de desconstruir todos os argumentos que poderiam impedi-lo de buscar mais cocaína.

Como perdia muito tempo se deslocando para o trabalho e voltando para Éden, optou por trancar a matrícula na faculdade, apesar de estar bem próximo de concluir o curso. Iria parar apenas por um ano, tempo necessário para seu filho nascer, ele se separar de Sílvia e retomar o leme de sua vida. Mas o que queria ser leme se tornava âncora a cada novo teco que ele dava. E eram muitos. Tornaram-se quase diários. Fora do trabalho, às vezes até durante a jornada no banco, a cocaína corria em suas veias estimulando o exagero das sensações em picos de euforia que duravam cada vez menos.

Por essa época ele retomou aquela modalidade de *doping* extremamente perniciosa, o consumo solitário. Como sua presença em casa era cobrada ferozmente por Sílvia, e seus horários controlados pela esposa, não tinha tempo nem oportunidade de frequentar o Jardim América para se drogar com a antiga turma. Sentia-se na obrigação de sair do trabalho e ir direto para casa, para evitar mais discussões que já eram muitas no dia-a-dia daquele casal despreparado para a vida a dois. Entretanto, sempre dava um jeito de passar antes no Acari, nem que fosse para pegar um único papelote. Dentro da casa minúscula, com os sentidos agitados pelo pó, ficava irrequieto, sem condições de se sentar para assistir TV ou ler um livro. Para desgastar sua onda, imprópria para a situação familiar, começava a arrumar gavetas, varrer a casa ou lavar louça, em movimentos mecânicos e superficiais, quase nunca chegando ao fim de uma atividade, mas pulando de uma ocupação para outra enquanto esperava o tempo passar e o alcaloide se dissolver em sua corrente sanguínea, deixando seus neurônios voltarem a se comunicar normalmente.

Sílvia chegava a gostar desses momentos em que sentia o marido mais participativo, embora ignorasse a agonia latente por que Toninho estava passando naquela busca esquizofrênica por alguma ação. Tirando o futebol dos domingos nos diversos campos de Éden e o das quartas com o pessoal do banco, não tinha mais nenhum tipo de lazer.

A cocaína do Acari se tornou famosa em toda a cidade, e quando Zé Garoto e Bambam souberam do acesso de Toninho à favela, começaram a lhe fazer encomendas regulares. Ele sempre passava na favela antes de ir para o banco, para providenciar o pedido dos amigos e garantir sua comissão em pó pelo serviço. As quantidades eram cada vez maiores, e Toninho já era conhecido pelos vapores e olheiros. Quando não havia cocaína, era o baseado na casa de Pedrinho que fazia o dia parecer menos medíocre, mais suportável. Foi num desses dias, caminhando com Pedrinho pelas ruas de Copacabana em sua hora de almoço, que os dois se encontraram com Garrafa, um amigo muito maluco de Pedrinho que Toninho já conhecia. Garrafa os convidou para irem até a praia, pois tinha "uma coisa especial para aquele dia".

Pedrinho concordou de imediato. Toninho, escaldado com o bote dos homens que havia levado nas areias de Copacabana, até quis resistir. Mas a insistência dos companheiros e a vontade de fumar maconha falaram mais alto. Além do mais, fumar em companhia daqueles "locais" era mais seguro. Mesmo assim, sentar na areia da praia de sapato, calça e camisa social não era o que se pode chamar de uma situação confortável. Toninho queria dar um três ou quatro *arrancos* e voltar logo para o banco. Com o baseado aceso rodando de mão em mão, Garrafa revelou o que realmente de especial ele tinha, e que Toninho pensava que fosse apenas uma maconha de boa qualidade. De dentro de sua carteira, tirou uma pequena cartela com alguns adesivos minúsculos com o desenho de um barril. Toninho se lembrou dos decalques que comprava nas papelarias para decorar seus cadernos do ensino primário e colocar os escudos do seu Flamengo no jogo de botões.

— Aí, Pedrinho, vai um acidinho aí?

— Tá com um ácido aí, Garrafa?

— Da melhor qualidade. Chegou hoje pra mim. Meu camarada trouxe de fora.

Toninho sentiu aquele frio na barriga, seu velho conhecido dos encontros com o inesperado e dos momentos de extrema ansiedade. Estava diante do famoso LSD, a dietilamida do ácido lisérgico, um dos mais potentes alucinógenos que existem. Foi sintetizado pela primeira vez em 1938, através de experiências com um fungo que atacava o centeio, mas apenas em 1943 o químico suíço Albert Hofmann descobriu seus efeitos perturbadores naquele que ficou conhecido como "O Dia da Bicicleta". Após absorver acidentalmente uma pequena quantidade, provavelmente pela pele, mergulhou em vertigens e alucinações coloridas, e experimentou terríveis delírios psicodélicos enquanto voltava para casa em sua bicicleta.

O mais perto que Toninho havia chegado das potentes alterações sensoriais que o LSD proporciona havia sido através de seus discos de Emerson, Lake & Palmer, Pink Floyd, King Crimson e Jethro Tull, além das músicas da fase lisérgica dos Beatles. Essa não era uma droga presente em sua realidade suburbana, mas já havia ouvido relatos de alguns conhecidos, principalmente Coelho, que experimentara os devastadores efeitos psicológicos do ácido tomando chás de cogumelos colhidos em pastos de gado bovino — alucinações inesgotáveis e imprevisíveis. Foi justamente essa imprevisibilidade que assustou Toninho naquele momento. O nascimento de seu filho se aproximava, e ele não podia correr mais riscos no trabalho.

No entanto, uma forte curiosidade não deixava seus olhos se desgrudarem das mãos de Garrafa. O amigo de Pedrinho destacou um

Antonio Ernesto Martins

minúsculo adesivo da pequena cartela e o depositou sob sua própria língua. Toninho pensou em como uma coisa tão pequena poderia fazer algum efeito. Depois foi a vez de Pedrinho fazer o mesmo, sob o sol escaldante de Copacabana.

— E aí, Toninho? Vai?

Nesse momento, como em milhares de outros em sua vida, o "sim" e o "não" entraram em conflito na mente de Toninho, numa batalha de curta duração mas de grande intensidade.

— Não, Garrafa. Hoje não. Tenho que voltar logo pro banco. Laranja tá de olho em mim — dessa vez Toninho conseguiu renunciar a uma loucura.

Levantou-se antes mesmo de o baseado terminar e foi em direção à agência bancária, lidando com certo arrependimento por não ter experimentado a droga que havia fascinado seus grandes ídolos do *rock'n'roll*. Pensou em fazê-lo em outra ocasião.

Pouco mais de meia hora após ter retornado ao trabalho, Laranja o chamou e perguntou por Pedrinho, que já devia ter reaberto seu caixa. O amigo estava atrasado e Toninho disse que não sabia onde ele estava. Pedrinho não voltaria para a agência naquele dia, ganhando por isso uma carta de advertência no dia seguinte. Laranja então pediu a Toninho que fosse até uma drogaria cliente do banco pegar um malote com documentos e faturas que deveriam ser pagas naquele dia. Toninho saiu, e quando andava pela Avenida Nossa Senhora de Copacabana, avistou Garrafa do outro lado da rua. Parou para observar o rapaz, que estava com uma atitude muito estranha.

Garrafa se agarrava a um poste próximo a uma faixa de pedestres e parecia aguardar o sinal vermelho para que pudesse atravessar. Quando isso acontecia, ameaçava caminhar até o outro lado da rua, mas logo voltava e se agarrava com mais força ainda ao poste, tentando escalá-lo, envolvendo-o com as pernas com uma cara de extremo pavor diante dos olhares atônitos dos passantes. Com seus sistemas neurotransmissores tremendamente abalados pelo barrilzinho que havia colocado sob a língua, toda vez que tentava atravessar a rua via os carros que paravam diante da faixa de pedestres se derreterem, transformando-se numa lava incandescente e intensamente vermelha que escorria na direção de seus pés e o fazia se abrigar novamente no poste, tentando afastar-se do chão o máximo possível.

Esse movimento se repetiu diversas vezes sob o olhar de Toninho, que, de longe, não sabia o que fazer para ajudar Garrafa sem se expor. Ainda não sabia o que se passava na mente deformada do rapaz, e só no dia seguinte Pedrinho iria lhe contar o enredo da *bad trip* do amigo. A viagem de Pedrinho não tinha sido tão apavorante, apesar de não menos psicótica. Apenas ao chegar em casa "viu" sua mãe vestida de palhaço, com nariz de bola e maquiagem circense quando ela lhe abriu a porta. Rindo descontroladamente, foi para seu quarto e conversou por horas com um duende verde de trinta centímetros de altura. Toninho riu muito quando Pedrinho lhe contou essas aventuras lisérgicas e deu graças a Deus por não ter experimentado o tal barrilzinho. Naquele momento, decidiu que a droga não era para ele. Teve medo, e nunca em sua vida iria experimentar o LSD. Decididamente, aquela não era a sua onda. Só a cocaína o interessava de fato, com suas breves euforias de difícil descrição.

No final de setembro o irmão de Sílvia se casou em uma capela da Vila Militar, próxima ao quartel onde servia como tenente de infantaria. O que João tinha de restrições e críticas aos militares, seu filho tinha de fanatismo pela caserna, vibrava intensamente com a hierarquia e com os rígidos treinamentos militares. Impunha aos soldados sob suas ordens tarefas e castigos desnecessários, que julgava, sob o pensamento militar, servirem para tornar a tropa mais aguerrida e obediente. Mas era inconsequente em suas estripulias, que consistiam, entre outras coisas, em detonar explosivos na rua onde morava, assustando os vizinhos. Toninho acompanhou Sílvia à cerimônia religiosa e participou da festa na casa de João até o início da madrugada, quando, depois de uma série de brincadeiras idiotas, os companheiros de farda do noivo liberaram o casal para a lua de mel.

Finda a comemoração, Toninho se recolheu para seu quarto e deitou-se ao lado de Sílvia, que reclamou de pequenas dores na base da barriga, que agora já estava enorme. Naquela noite foi Sílvia que não dormiu bem, e acordou no dia seguinte com algumas contrações que anunciavam a chegada da criança. Após ligarem para a médica, a irmã de Sílvia a levou para a maternidade em Duque de Caxias. A jovem mãe foi examinada e o diagnóstico foi que o bebê estava pronto para vir ao mundo — esse mundo cada vez mais injusto e violento que seus pais um dia haviam sonhado mudar.

Toninho partiu em seguida na motocicleta Honda CB 400 do irmão de Sílvia para a pequena maternidade chamada Santa Branca. Antes, por telefone, avisou Aurélia e a turma do GPI. Não ficou muito tempo na sala de espera. Logo uma enfermeira, com um sorriso largo no rosto, veio em sua direção perguntando se era o pai. Após a resposta afirmativa de Toninho, a mulher deu a boa nova:

— É um menino.

— Como eles estão?

— Está tudo bem.

Toninho sorriu sem deixar transparecer toda a emoção que explodia no seu íntimo, em cascatas de sensações misturadas e confusas. Paula, que havia corrido para a maternidade e acompanhado o parto, saiu do berçário pouco depois com o pequeno Gabriel no colo, enrolado como um pacote em uma manta amarela. Toninho encarou pela primeira vez aquele pequeno rosto avermelhado, de olhos ainda fechados, e a rotação da terra se alterou. O centro do sistema solar deixou de ser o sol e tudo que existia até então deixou de ter importância. Não conseguiu chorar. Estranho, pois sempre chorava com facilidade diante da menor emoção, e até então nenhuma emoção que havia vivido em seus 22 anos de idade chegara perto do que estava acontecendo naquela sala de espera da maternidade Santa Branca.

Tomou Gabriel em seus braços e pode mensurar nos pouco mais de três quilogramas toda a fragilidade do pequeno ser que, naquele momento mágico, imputava ao jovem pai uma responsabilidade que Toninho nunca imaginou ser capaz de assumir. Nascia também ali um amor que Toninho não conhecia, uma força inacreditável que nos anos seguintes iria crescer proporcionalmente ao desenvolvimento da criança. Depois de devolver Gabriel para os braços de sua irmã, que levou o menino de volta para o berçário, Toninho foi ver Sílvia. Beijou a jovem mãe com ternura no rosto. Sílvia pediu que Toninho fosse em casa pegar uma bolsa com roupas para o recém-nascido que, na pressa, havia sido esquecida.

Na volta, Toninho passou pelo Jardim América e encontrou Lelo jogando futebol na Praça da Gronchi. Sem descer da moto, chamou o amigo para lhe dar a notícia de que era pai. Lelo sorriu e o cumprimentou rapidamente, pois os companheiros de pelada o chamavam para voltar ao jogo. Toninho queria conversar com alguém sobre o turbilhão de sensações que sacudiam seu peito. Entre os diversos planos que fazia para o futuro, a maior das convicções era de que chegara a hora de parar de cheirar cocaína. Nenhum motivo poderia ser mais forte do que Gabriel.

Uma despedida, no entanto, seria necessária. Antes de ir pegar as roupas que Sílvia havia pedido, passou no Acari e comprou três papelotes. Deixou-os em casa e retornou à maternidade, agora em companhia de Aurélia e Antonio. Toda a família já estava por lá, além de Baiana e Renato. Risos, abraços e felicitações. Mas Toninho só pensava na cocaína, que o esperava em casa. Recusou o convite de Aurélia para dormir na sua casa e voltou sozinho para São João de Meriti, onde, trancado na pequena casa de fundos, consumiu o pó, atenuando a agonia que ele causava com a alegria pela chegada de Gabriel, e a certeza de que seria a última vez que aquele pó maldito corria em suas veias. Deitado na cama sem conseguir dormir, olhava para o teto e tentava projetar um futuro melhor, ignorando a pesada bola de ferro atada à sua perna pela grossa corrente do vício.

Capítulo 32

Até meados dos anos 1980 os grandes nomes do rock internacional não costumavam incluir a América do Sul em suas turnês. Um empresário brasileiro chamado Roberto Medina iria mudar isso. Levou algum tempo até Toninho acreditar que o Rock in Rio era uma realidade e que o festival traria ao Brasil várias bandas de ponta do rock mundial. Foi construída a Cidade do Rock, área de 250 mil metros quadrados na Zona Oeste carioca, que recebeu 1,5 milhão de pessoas entre os dias 11 e 20 de janeiro de 1985.

No ano anterior Toninho e seus amigos haviam feito planos para os shows que aos poucos iam se confirmando na imprensa. A cada nome anunciado que se encaixava em seu gosto musical, a expectativa aumentava. Queen, Whitesnake, Rod Stewart, Yes, e principalmente o AC/DC, faziam Toninho e sua galera contarem os dias e planejarem a quantidade e o tipo de drogas que iriam consumir no que parecia ser um sonho impossível, que se realizava. Era, finalmente, o Woodstock brasileiro.

Em seus grandes planos, Toninho se esqueceu de considerar que em janeiro do ano seguinte estaria casado e teria um filho. Sílvia começou sua campanha para impedir a ida do marido ao festival. O filho de quatro meses era um argumento forte. Mas não participar daquele acontecimento seria a morte para Toninho. Pela primeira vez, na condição de casado, se viu imprensado entre seus desejos e aquilo que se espera de um chefe de família. Aurélia dizia que agora ele tinha uma responsabilidade maior e esse negócio de rock pertencia ao passado. A sentença doía no coração do rapaz. Estava novamente dividido, inseguro e perdido. Pelo menos a um dia do festival teria que comparecer, mais do que isso também pesaria no orçamento apertado de sua família recém-formada. Sílvia não aceitava. Se ele fosse, ela teria que ir também.

Toninho comprou dois ingressos para o dia que achou ser o melhor, o 19 de janeiro, quando subiriam ao palco da Cidade do Rock frente a uma plateia de 380 mil pessoas o Whitesnake, Ozzy Osbourne, Scorpions e AC/DC. Desde o nascimento de Gabriel, Sílvia o patrulhava diariamente para que não cheirasse cocaína, e Toninho lutava para atender à esposa. Mas ainda não havia conseguido se livrar definitivamente do pó. Os rateios com os amigos do banco e as passadas pelo Acari na volta para casa eram tentações difíceis de serem vencidas.

Toninho decidiu não levar cocaína para o Rock in Rio. Achou que esse poderia ser o tal marco em sua história que assinalaria para sempre a sua despedida da vida de cheirador. Levou na carteira apenas um baseado generoso, já apertado. As brigas com Sílvia começaram em casa, causadas pelo nervosismo de Toninho e pelas reclamações de Isabel, que a contragosto ficaria com o neto recém-nascido para que a filha e seu genro maluco pudessem ir àquilo que ela considerava um antro de perdição. Sílvia não gostava de rock. Acompanhou o marido apenas por obrigação, e para não deixá-lo ir sozinho. Não aceitava que ele tivesse nenhuma distração que o aproximasse da vida que vivia antes de se unirem sob o mesmo teto. Já o havia perdido uma vez, e temia passar por isso novamente, agora com um filho nos braços.

As queixas de Sílvia pioraram quando chegaram à Cidade do Rock e uma forte chuva desabou. Toninho não se importava com a chuva, aceitaria até se jogar na lama para se aproximar do palco naquele que, para ele, era o maior concerto de rock de todos os tempos. Sílvia insistiu para que procurassem um abrigo. Toninho cedeu, e foram se proteger bem longe do palco enquanto Pepeu Gomes — com grande virtuosismo — e Baby Consuelo, com uma barriga de sete meses de gravidez, esquentavam a plateia. Solos de guitarra e baiões eletrificados: tudo para Toninho era mágico; tudo para Sílvia era incômodo. Depois de algum tempo, a chuva deu uma trégua e o mau humor de Sílvia, também. Circularam pela plateia enquanto David Coverdale liderava o Whitesnake em sua performance. A "Cobra Branca" havia sido convidada às pressas uma semana antes do festival, quando o Def Leppard cancelou sua participação em virtude de um acidente de carro que amputou o braço do baterista Rick Allen.

A lama vermelha estava em todo lugar, e a chuva ameaçou retornar. Toninho estava feliz por estar ali, mas incomodado com a presença de Sílvia e sua evidente insatisfação. Até tinha tentado, na última hora, enfrentar o gênio da mulher e deixá-la em casa, mas quando foi convidar Lelo a acompanhá-lo soube que o amigo estava de cama se recuperando de uma repentina operação de hérnia. Lelo venderia seu ingresso e iria assistir o festival pela TV. Após a mudança para Éden, Toninho tinha se afastado de sua turma do Jardim América, e não conseguiu encontrar outra parceria a tempo, pois as caravanas de loucos já estavam formadas.

A indiferença de Sílvia aos shows de Ozzy e do Scorpions o chateou ainda mais. Sílvia estava ali apenas para marcar seu lugar. Retribuía o egoísmo de Toninho, que a havia proibido de continuar se relacionando com suas antigas amigas, e também não admitia que ele continuasse circulando com a turma do Jardim América. A esposa tinha um motivo mais forte e nobre: sabia que na companhia dos amigos de seu antigo bairro o consumo de cocaína era uma certeza, e queria que o marido abandonasse esse hábito. Também não esquecia que naquele bairro Toninho havia conhecido Fátima, que ainda morava por lá. Independentemente de seus motivos, o casal inexperiente e inseguro cometia o grande erro de anular a individualidade de cada um, deixando-se sufocar por uma rotina de obrigações recíprocas e convivência forçada.

Ozzy terminou seu show cumprindo a cláusula de seu contrato, que o proibia de sacrificar qualquer animal no palco. Vestia uma camisa do Flamengo que levou o público à loucura. Os alemães do Scorpions se divertiram e provocaram a plateia com seu som pesado e algumas baladas açucaradas como "Still Loving You", que fez parte da trilha sonora de uma novela da TV Globo. Mas o grande acontecimento da noite seria o AC/DC. A banda australiana imperava nas gravuras impressas das T--shirts pretas do público, e Toninho vestia a sua.

A banda tinha exigido que o sino de meia tonelada que descia no palco durante a execução de "Hell Bells" fosse trazido de navio para o Brasil. Quando o primeiro acorde da Gibson de Angus Young se espalhou, Toninho não resistiu. Antes de qualquer protesto mais descompensado de Sílvia, deixou-a sentada em um lugar seguro com a promessa de voltar ao final da última apresentação da noite e foi caminhando em direção ao palco. Sozinho, pôde se mover com mais agilidade. Venceu a barreira humana que se acotovelava cada vez mais, na medida em que se aproximava da banda. Conseguiu ficar a uns cem metros do palco. Se alguém desmaiasse, só cairia no chão depois do show, pois espremidos do jeito que estavam não havia espaço para nada.

"Let There Be Rock" sacudiu todo mundo, mas até pular era difícil. A lama pisoteada havia se transformado em um creme espesso, dentro do qual Toninho viu seu tênis desaparecer. O calor dos corpos grudados fazia a umidade da lama evaporar, e uma neblina opaca com cheiro de barro subia do chão para cima das cabeças sacolejantes, se juntando ao cheiro de maconha e tornando o ar quase irrespirável. Com muito custo, Toninho conseguiu se mover para tirar o baseado de sua carteira e o acendeu. Pensou nesse momento que se tivesse trazido cocaína para o show não estaria ali, vendo uma de suas bandas preferidas e curtindo "The Jack" e "Back in Black". Dificilmente sob o efeito do pó aturaria aquele aperto e certamente estaria vagando de um canto para outro, inquieto e agoniado. Sentiu-se orgulhoso de sua atitude e decidiu, pela centésima vez, parar de cheirar.

Não estava com nenhuma turma, mas ao mesmo tempo se sentia livre e inserido no maior grupo do qual já havia participado. Os olhares se encontravam familiarmente a cada clássico que o AC/DC disparava. Com seu baseado no final, Toninho viu o sino gigante descer lentamente ao centro do palco e Brian Johnson marretá-lo com violência. Êxtase total.

A última música ainda reservava uma surpresa. Enquanto rolava "For Those About Rock", dois canhões gigantes nas laterais do palco dispararam tiros estrondosos que ecoaram nas montanhas do Recreio dos Bandeirantes, fazendo o corpo de Toninho e toda a plateia vibrar.

Toninho nem tomou conhecimento da cara amarrada de Sílvia quando voltou para pegá-la no local marcado. A história do rock tinha mais um capítulo, e Toninho tinha feito parte dele. Na medida em que se afastava da Cidade do Rock, era como se sua vida também mergulhasse gradativamente na escuridão dos enganos que havia cometido. Seu casamento era um erro. Seu trabalho era frustrante, somava muito pouco à sua sobrevivência e menos ainda à sua existência. O que ganhava mal dava para as passagens, e se não fosse a ajuda de Aurélia, Antonio e Isabel, nem poderia alimentar sua família. Sílvia continuava lecionando em turmas de alfabetização, mas seus vencimentos refletiam bem a covardia dos salários dos professores no Brasil. Logo abandonaria o magistério para se dedicar exclusivamente às atividades do lar.

Toninho detestava o lugar onde morava. Além de não se sentir à vontade nos fundos da casa dos sogros, não conseguia se acostumar à vida em Éden. Bastaram poucos meses de vida em comum com Sílvia para confirmar que tinha tomado uma decisão precipitada aceitando aquele casamento. Não lamentava ter assumido seu filho, mas aos poucos sua visão ia se desanuviando e já podia enxergar outras dezenas de soluções possíveis para a gravidez inesperada. Poderia criar Gabriel, dando-lhe todo o amor de pai, sem precisar se submeter a um casamento que não tinha futuro — uma união precipitada, que não estava alicerçada em bases sólidas.

Na verdade, entendia que procurava no matrimônio tradicional uma fuga para o vício que estava fora de seu controle, mas a família não o tinha tirado das garras da cocaína como ele planejara. Toninho continuava cheirando, e cada vez mais. Depois de uma cansativa jornada de trabalho, a brizola era para ele a única recompensa capaz de tornar mais suportável o dia seguinte, que, no entanto, depois de terminado o efeito da droga, ficava terrivelmente intolerável.

Como os encontros com o pessoal do Jardim América eram escassos, não tinha companhia para cheirar. Sentia a obrigação de retornar ao lar e vontade de rever o pequeno Gabriel, mas a cocaína também exigia dedicação. Trazia o pó para casa, e quando a droga acabava, a depressão o envolvia. Tudo parecia absurdamente sem sentido. Nessas horas, queria cheirar mais, mas as queixas de Sílvia, a distância de ônibus até o Acari e o pouco ou nenhum dinheiro no bolso o desencorajavam, e o forçavam a se resignar à sua fissura.

Assim os dias iam se passando. Quando não estava trincado, Toninho fortalecia a certeza de que devia se separar de Sílvia, mas ainda não tinha coragem suficiente. De madrugada, se aproximava do berço do filho que dormia e chorava, prometendo não repetir aquela autoflagelação. Mas no dia seguinte, depois do almoço e de algumas horas de trabalho, a cocaína já não lhe parecia tão daninha. Aos poucos, os shows, os livros e até os discos foram saindo de sua vida, eliminando as últimas chances de diversão. Apenas a rotina de trabalho e a droga pareciam ter restado.

Ferreira enxergava as dificuldades do jovem pai no sustento da família. Aproximou-se de Toninho com uma proposta de reconciliação e um convite para que voltasse a trabalhar na gráfica. Foi um alento para Toninho. O salário um pouco melhor e a distância menor de sua casa para o trabalho fizeram o rapaz aceitar a proposta de imediato. Além disso, gostava de Ferreira, e entendia que ele também lutava contra seu próprio temperamento. Fora do trabalho, era um bom sujeito. Voltaria a ser vendedor e o dinheiro extra das comissões iria ajudá-lo no sustento de Gabriel. Também seria bom deixar o banco e aquele ambiente que não o ajudava em nada no seu propósito de parar de cheirar. Começaria vida nova, sem cocaína. Apenas um baseadinho com o amigo Jorge vez por outra. Até seu casamento lhe pareceu mais viável. Foi com muito prazer que comunicou a Laranja que queria sua demissão. Na segunda-feira seguinte começaria novamente na gráfica de Ferreira. Longe da cocaína, tentaria investir em seu casamento, que talvez carecesse de maior compreensão e boa vontade de sua parte. Mesmo percebendo que dificilmente seria feliz ao lado de Sílvia, sentia-se disposto a abrir mão de sua felicidade para poder estar ao lado do pequeno Gabriel e participar de perto de sua criação. Talvez com o tempo, as coisas se acertassem entre o casal.

A empresa havia crescido mais um pouco, tinha novos equipamentos e funcionários. Ferreira e seu irmão planejavam comprar uma máquina moderna de rotogravura para expandir os negócios e melhorar a qualidade da impressão de suas embalagens. Toninho chegava na fábrica às 7h00, mas o expediente do escritório só começava às 8h00. Então tinha uma hora disponível para tomar um café num bar próximo e queimar o primeiro baseado do dia, circulando pelas ruas no entorno da gráfica.

A maconha inspirava seu trabalho e ele se dedicava com esmero às suas atividades. No entanto, a cocaína já havia tomado posse de um território importante em sua mente, e não estava disposta a deixar seu posto sem luta. Jorge, que também havia começado a cheirar, às vezes conseguia algum pó na favela de Parada de Lucas, mas isso era raro e a qualidade da droga era muito ruim. Toninho sempre dava um jeito de separar algum dinheiro da ajuda que recebia do pai e da mãe e de algumas horas extras para comprar brizola. Com a obrigação de voltar para casa de carona com o sogro após o expediente, só sobrava a hora do almoço para conseguir alguma cocaína.

Era uma maratona insana. Ao soar o apito do meio-dia, deixava sua marmita aquecendo em banho-maria e enquanto os outros empregados iam se alimentar, atravessava a Avenida Brasil correndo pela passarela para pegar o primeiro ônibus que o deixasse próximo do Acari. Entrava correndo na favela, pois tinha apenas uma hora de almoço, torcendo para que o movimento estivesse limpo — sem a presença da polícia — e ele pudesse comprar o pó rapidamente, retornando ao trabalho a tempo de não ser repreendido. Quando percebia que a polícia estava lá e teria que esperar que saísse, sua decepção era angustiante. Às vezes se atrasava na volta ao trabalho e quase nunca tinha tempo de comer sua marmita, que acabava dando para algum operário que aceitava de bom grado o reforço na alimentação. Mesmo quando conseguia bater seus recordes de velocidade nesses deslocamentos não conseguia comer, pois a adrenalina liberada pela missão arriscada e a ansiedade de cheirar o pó que trazia escondido na meia ou na cueca eliminavam todo o apetite. Cheirava sozinho no banheiro do escritório e passava o resto do expediente tentando controlar o frenesi exagerado de sua mente, lidando em seguida com o mal-estar e a depressão que o envolviam quando a cocaína acabava.

Nos finais de semana conseguia visitar Aurélia e se dedicar a Gabriel. Mas algumas vezes, também nesses dias de folga as brigas com Sílvia e o apelo da cocaína acabavam direcionando sua vontade para o Acari.

Toninho chegou em casa com aquele mal-estar que já era seu companheiro de todos os dias quando consumia cocaína, sabedor de que tudo isso estava apagando o brilho de sua alma. Lembrava-se dos sonhos e projetos que haviam ficado perdidos no tempo, soterrados pelas obrigações, responsabilidades, por seus erros e pelo vício. Beijou o pequeno Gabriel, tomou seu banho e tentou comer alguma coisa.

Ligou a TV e só então, assistindo o telejornal, tomou conhecimento da notícia que havia sido repetida incansavelmente pelos meios de comunicação naquele dia: a morte de Tancredo Neves. Nos ouvidos de Toninho e da nação enlutada ainda ecoariam por muito tempo as palavras do então porta-voz oficial da Presidência da República, Antônio Britto, pronunciadas em cadeia nacional: "Lamento informar que o Excelentíssimo Senhor Presidente da República, Tancredo de Almeida Neves, faleceu esta noite no Instituto do Coração, às 10 horas e 23 minutos".

O sonho de uma nação democrática, governada por um civil com capacidade de consolidar o final da ditadura militar, havia recebido um duro golpe com a morte do Doutor Tancredo. *Talvez o de misericórdia* — pensava Toninho, perdido e desiludido com o seu futuro e o de seu país. Largou o prato de comida na mesinha ao lado do sofá e sentiu como se uma nuvem negra o envolvesse. Sílvia se aproximou e sentou-se ao seu lado, com o semblante preocupado. Toninho achou que a esposa também estivesse temendo pelo futuro do Brasil, ou preocupada com seu estado visivelmente depressivo. Desejou que ela o abraçasse. Mas ela logo revelou o motivo de estar aflita:

— Estou grávida.

Capítulo 33

Mais uma vez, sem aviso prévio ou planejamento, Toninho se via diante da paternidade. As precauções deixadas a cargo de Sílvia novamente haviam sido negligenciadas, e ele se sentia culpado, afundado em dúvidas e ressentimentos. Sua preocupação maior era com o sustento desse novo rebento, que chegaria para alegrar e aumentar a família. Sabia que entre os obstáculos que iria enfrentar, o vício, já admitido como companheiro diário, era o que precisava vencer com maior urgência.

Havia experimentado com Gabriel um amor que ia além de si mesmo, e sentia uma imperativa necessidade de superar esse seu defeito para dar bom exemplo aos filhos. Sua paixão pelo novo ser que crescia na barriga de Sílvia não seria diferente. Enquanto a gestação se desenvolvia, tentava sem sucesso manter-se afastado da cocaína.

Vez por outra se encontrava com a turma do Jardim América para assistir algum show no Circo Voador ou para acompanhar os ensaios do Dizebú, banda formada pelos amigos do bairro. Nessas ocasiões, a cocaína se tornava um pouco mais suportável, mas o consumo rotineiro e solitário durante a semana fazia sua alma sangrar. A depressão e a culpa eram ampliadas pela proximidade da chegada de Daniel, nome escolhido para o bebê que deveria nascer em breve.

Seu dia era dividido em três partes distintas. Na primeira, acordava decidido a modificar o rumo de sua vida e a cocaína lhe parecia a pior de suas escolhas. Relembrava as diversas jornadas inúteis sob o efeito da droga, além das perdas financeiras e afetivas. Depois do almoço, com o organismo fortalecido pelo alimento, ia se sentindo mais capaz de administrar um consumo sem exageros, e o pó já não lhe parecia tão nefasto. Entendia que devia evitar o abuso, mas somente um "tequinho" não lhe faria mal nem o deixaria nas condições do dia anterior. Conforme a noite ia se aproximando, a cocaína passava a ser uma escolha necessária para tornar aquele dia completo. A memória da euforia e do vigor juvenil que ela causava por alguns instantes apagava as lembranças dos efeitos terríveis que se prolongavam após o consumo, se acumulando em sua vida como ervas daninhas, sufocando a flor de sua existência. A terceira parte de seu dia ele passava em casa, fumando baseados enormes enquanto todos dormiam, na tentativa de acalmar com o THC aquela urgência de movimento, aquela angústia no peito, o arrependimento, e, principalmente, a culpa que sentia por ter conduzido seus passos para um caminho tão obscuro, infinitamente distante de seus sonhos e ambições. Terminava chorando ao lado do berço do filho, pedindo perdão em silêncio e prometendo mudar no dia seguinte, quando tudo iria se repetir.

Na noite do nascimento de Daniel, Sílvia começou a reclamar de dores por volta das 20h00. Toninho tinha contratado um plano de saúde e o parto estava programado para acontecer em uma clínica particular no bairro de Vaz Lobo. Aflito, informou a Isabel que havia chegado a hora e precisava levar Sílvia para a maternidade. João se negou a emprestar o Fusca, mesmo sob os protestos de Sílvia e Isabel. Nem ao menos se prontificou a levar a filha em seu carro. Sua decisão nunca iria ser entendida, nem por Toninho nem por ele mesmo: embora nessa época estivesse sempre à beira de um ataque de nervos, um turrão em suas esquisitices, era um homem de bom coração, temente a Deus e apaixonado pela família, principalmente pelos netos, dentre os quais o pequeno Daniel — que se preparava para vir ao mundo e seria seu grande companheiro.

Teimoso, contaminado pela mágoa das diversas brigas entre a filha e o genro que era obrigado a presenciar em sua própria casa, João foi irredutível, deduzindo que o que Sílvia sentia não era nada demais. Toninho, também cheio de ressentimento e maldizendo o sogro, caminhou furioso até a Avenida Presidente Dutra, embarcou em um ônibus para o Jardim América e lá pegou emprestado o fusca de Antonio. Retornou a Éden com Paula para pegar Sílvia e deixou Gabriel com Isabel. A primeira médica a examinar Sílvia informou que ainda não estava na hora e a mandou de volta, mas ao chegarem à casa de Aurélia ela começou a sentir fortes contrações e Toninho voltou para a clínica com Paula e Aurélia.

Outra médica que havia entrado no plantão deu um diagnóstico diferente. O menino estava pronto para nascer e Sílvia precisava subir para a sala de parto, aonde ninguém poderia acompanhá-la. Paula insistiu, e conseguiu que lhe permitissem ficar ao lado da cunhada. Toninho ficou num sofá na sala de espera e adormeceu.

Foi acordado por uma enfermeira que o aconselhou a ir para casa, pois o parto poderia demorar e de nada adiantaria ficar ali. Voltou para a casa de sua mãe e tentou dormir, mas sua mente estava inquieta, ansiosa pela chegada do novo filho. Esperou o dia amanhecer enquanto ouvia os trovões da forte tempestade que desabou sobre a Zona Norte do Rio de Janeiro naquela madrugada. Pela manhã, levantou-se cedo, e já havia um recado de Paula passado pelo telefone da vizinha informando que tudo havia corrido bem e que Daniel era um belo menino, com saúde perfeita. Como no nascimento de Gabriel, Paula havia assistido ao parto. Toninho comprou um buque de flores e foi com Aurélia para a maternidade, onde já estavam João, Isabel com Gabriel no colo e Ferreira com a irmã de Sílvia em volta da cama da jovem mãe, que amamentava o recém-nascido. Dessa vez não foi possível conter o choro. Pegou seu filho nos braços e as lágrimas lavaram seu rosto, emocionando todos os presentes.

Ferreira o chamou para uma conversa fora da enfermaria e comunicou a Toninho que iria encerrar a sociedade com seu irmão Barbosa. Ficaria com o escritório de representações e o irmão com a gráfica. Precisava de alguém para ajudá-lo no atendimento externo aos clientes e convidou Toninho a acompanhá-lo. Além de continuar a trabalhar na rua ganhando comissão, a proposta incluía uma Brasília branca que ficaria com Toninho também nos finais de semana, para levar a família para passear. Toninho não pensou duas vezes. Aceitou de imediato. Adorava dirigir e sabia como era difícil depender dos raros ônibus para sair de Éden, ainda mais com duas crianças de colo. Agradeceu a confiança do concunhado, que se tornaria uma pessoa extremamente compreensiva e amiga nos meses seguintes, embora não deixasse de lado seu jeito confuso e ignorante de gerenciar os funcionários.

Ferreira tinha um casal de filhos pequenos e ainda estava pagando as prestações do apartamento que havia comprado na Vila da Penha, bairro para onde tinha levado também o escritório, uma sala alugada próxima ao Largo do Bicão. Aquela mudança nos negócios lhe trouxe insegurança, pois temia perder as representações e interromper seu crescimento profissional e financeiro, que ia de vento em popa. Resolveu vender o apartamento e voltou a morar em Éden para fugir das prestações.

Enquanto se entupia de Lexotan, café e cigarros, se dedicava compulsivamente ao trabalho. Toninho se tornou uma peça-chave em seus planos: iria substituir Barbosa e precisava ser bem aceito pelos clientes. Formaram uma dupla inseparável. Ferreira não tinha segredos para o funcionário, que o acompanhava a todos os lugares. Sabia que Toninho fumava maconha e não se importava com isso. Revelou até um desejo de experimentar a erva, e contou suas aventuras na juventude com lança-perfume, o aromatizante em *spray* produzido pela Rhodia que, inalado, tinha efeitos inebriantes, ficou famoso nos bailes de carnaval carioca e acabou proibido após a morte de alguns usuários. Toninho iria ser apresentado ao lança-perfume por Ferreira, que numa viagem dos dois à Argentina comprou algumas ampolas de vidro da marca "Universitário". Esse líquido, à base de cloreto de etila, eleva violentamente os batimentos cardíacos e produz o efeito "tuim" nos ouvidos, podendo levar o usuário a quedas e até desmaios.

Diante de tanta cumplicidade, Toninho baixou a guarda e abriu suas experiências com as drogas, embora, instintivamente, não revelasse que também consumia cocaína regularmente. Comentou apenas que já havia experimentado uma ou duas vezes. Ferreira chegou a levar Toninho à agência do Bamerindus onde o rapaz havia trabalhado, para que ele pegasse cem gramas de maconha com Zé Garoto. Ficou no carro esperando enquanto Toninho entrou e saiu da agência bancária com o envelope contendo um pequeno tijolo da droga.

O tempo iria provar que Toninho nunca deveria ter confiado essas particularidades a Ferreira. O carro prometido só ficaria disponível para o cumprimento do roteiro diário de visitas, tendo que ser devolvido à garagem ao final do expediente e de lá nunca saindo nos fins de semana como fora combinado. Assim que Ferreira começou a se sentir mais seguro profissionalmente, voltou a ser intolerante com as transgressões de seu funcionário. Alegou ter medo de que Toninho fosse preso com seu carro em posse de alguma droga e passou a discriminá-lo pelo uso de maconha, enquanto se entupia de drogas lícitas como tabaco, cafeína e benzodiazepínicos.

Suas vidas se misturaram nos âmbitos profissional e familiar. Toninho e Sílvia frequentavam a casa de Ferreira e seus filhos cresciam juntos, enquanto os dois trabalhavam duro. Faziam longas viagens de carro para atender à clientela de Minas Gerais e do interior do Rio de Janeiro, além de constantes idas a São Paulo para visitar a matriz da fábrica de embalagens que representavam. Ferreira afirmou que as roupas de Toninho não eram adequadas aos contatos de alto nível que agora fazia: já não atendia comerciantes simplórios e rudes encastelados atrás de seus balcões; visitava executivos de multinacionais, gerentes e compradores treinados, com formação superior e bom nível cultural, em ambientes formais e sofisticados. Suas calças jeans e camisas de malha não eram vistas com bons olhos, e Ferreira sugeriu a Toninho comprar roupas sociais. Ofereceu-se para financiá-las, descontando das comissões mensais o valor gasto. Foram até a Tavares de Madureira e lá Toninho experimentou pela primeira vez na vida uma calça de linho e camisa social, acompanhadas de blazer e da tão temida gravata. Sentiu-se importante diante do espelho, mas vazio por dentro.

No dia seguinte pela manhã, beijou mulher e filhos e caminhou os 500 metros que separavam sua casa da que Ferreira havia construído nos seus terrenos. Sentia a gravata enforcando seus sonhos e suas esperanças. Surfava uma onda que não havia planejado, mas que parecia ser necessária para o sustento de sua família. Estava confuso, mas não podia negar que havia algum progresso no trabalho. Sua aparência demonstrava isso, embora não combinasse em nada com o que havia esperado na adolescência. Nada daquilo fazia parte dos seus sonhos.

Caminhava para os vinte e seis anos. Um quarto de século já se passara e ele estava com mulher, dois filhos e um patrão temperamental, que alternava momentos de extrema solidariedade com rompantes explosivos de aviltamento gratuito. Não conseguia imaginar como mudaria o mundo daquela maneira, e sentia que o sistema o estava coop-tando para uma guerra na qual não acreditava. Estava sufocado. Parou próximo da casa de Ferreira e afrouxou um pouco o nó da gravata para poder respirar melhor. Pensou em desistir. Teve vontade de jogar para o alto a pasta executiva que carregava na mão direita, voltar para casa, pegar seus discos e partir para a casa de Aurélia para recomeçar a vida por outra estrada.

Entretanto, sabia que para qualquer plano dar certo teria que eliminar a cocaína de sua rotina. Pensou em Gabriel e Daniel e sen-tiu uma responsabilidade esmagadora em relação aos dois pequenos, que tanto dependiam dele. Antes de chegar a qualquer conclusão, viu Ferreira saindo do portão de sua casa e acenando para que ele se apres-sasse. Ajustou a gravata novamente e seguiu seu destino, tentando se convencer de que tudo aquilo seria temporário. Mais uma vez adiou a difícil decisão que o torturaria por muitos anos: optaria por correr ao encontro de sua vocação artística ou ganharia dinheiro para sustentar a família? Sentiu-se um covarde ao entrar no carro de Ferreira, mas logo as novidades e o aprendizado de sua nova fase profissional iriam distraí--lo. Distraído, se distanciava cada vez mais de sua essência.

Toninho aprendeu rápido. Na divisão de clientes lhe couberam os que compravam menos, mas alguns deles, em resposta à dedicação do jovem vendedor, passaram a ter um bom volume de compra. Isso o estimulou, através das comissões que começaram a aumentar, embo-ra ainda não fizessem frente à despesa familiar que havia aumentado muito com duas crianças. Sua simplicidade, educação e bom papo iam cativando os compradores, que se solidarizavam quando sabiam que o rapaz de aparência frágil já era chefe de família.

Ferreira contratou um homossexual chamado Ronaldo para fazer a parte burocrática do escritório e atender os telefones enquanto ele e Toninho estavam no serviço externo. Apesar de assumir sua pederastia no trabalho, Ronaldo era casado e pai de um filho, e na família preser-vava sua identidade, tinha outro comportamento. Era um sujeito muito engraçado e competente, e Toninho logo ficou seu amigo, principal-mente quando soube que Ronaldo gostava de cocaína.

A Brasília foi substituída por um Fiat 147. O que mais revoltava Toninho era o fato de ter que ir e voltar de ônibus para o batente, ficando o carro parado na garagem de Ferreira. Além do desgaste que as conduções lotadas lhe causavam, a dificuldade de locomoção deixava menos tempo disponível para que ele fosse ao Acari para comprar pó.

Enquanto sonhava com um carro, tentava arranjar tempo para conseguir a droga. A primeira estratégia adotada foi passar na favela pela manhã, antes de ir para o trabalho. Quando sobrava algum dinheiro e decidia cheirar, saía cedo de casa e saltava no Acari para comprar pó. O plano era garantir a dose e guardá-la consigo para o final do expediente, mas essa tática apresentou diversos problemas. O primeiro deles era que muitas vezes chegava à favela e tinha que esperar alguma troca de turno dos vapores ou a saída da polícia, que aguardava algum arrego. As incursões policiais de madrugada já eram constantes no Acari e normalmente se estendiam até o nascer do sol. Toninho ficava roendo as unhas e olhando para o relógio, imprensado entre a necessidade da brizola e o horário do trabalho. Enquanto imaginava a cara feia de Ferreira e as broncas que levaria pelo atraso, pensava que talvez fosse o caso de somente mais uns cinco minutinhos e o vapor apareceria para servi-lo. E se saísse justamente na hora em que o movimento fosse reaberto?

Muitas foram as manhãs que começaram terrivelmente tensas com esse dilema. Em uma delas chegou à favela com a intenção de comprar um pouco de maconha. Enganava-se, dizendo a si mesmo que não iria cheirar naquele dia. O Rio de Janeiro passava por um período de desabastecimento da erva, a "entressafra" ou "seca", como os viciados chamavam. Isso acontecia muito nos anos 1980 e ficava difícil conseguir a droga. Quando chegou à Rua Piracambú viu apenas dois homens conversando tranquilamente onde normalmente os vapores serviam os fregueses. Um deles era um mulato forte, com cabelos encaracolados pela força de algum creme e várias tatuagens, cordões pesados de ouro com uma medalha enorme de São Jorge. Aproximou-se, cumprimentou-os e perguntou pela "rapaziada". O mulato disse que ele teria que aguardar um pouco. *Puta que pariu! Vou chegar atrasado de novo!* Pensou em ir embora, mas sair da favela de mãos vazias lhe dava uma sensação de fracasso. Decidiu aguardar, enquanto tentava conversar com o mulato desconhecido que, embora atencioso, não era de muitas palavras:

— Sabe se tem maconha na boca, responsa?

— Acho que não. Pó eu sei que tem. Brizola da boa.

— É... Tá a maior seca de preto, né?

— É. Mas aguarda aí que de repente pinta alguma coisa.

Já sem assunto, e vendo os ponteiros de seu relógio se aproximando do horário em que já deveria estar no escritório, percebeu que dois meninos de seus oito anos de idade se aproximaram e dirigindo-se ao mulato, perguntaram:

— Aí, tio, arruma um trocado pra gente comprar uma bala.

— Pô, menor... tô sem nada aqui comigo.

Os meninos já iam se virando quando Toninho os chamou e deu a eles algumas moedas que tirou do bolso. Eles sorriram e agradeceram. Toninho, que gostava muito de crianças, viu através dos olhos inocentes daqueles meninos descalços seus destinos ameaçados pela proximidade com o tráfico, conjugada à pobreza extrema em que viviam. Passou a mão carinhosamente na cabeça dos dois, não sem antes perguntar por que não estavam na escola. Eles responderam que estudavam à tarde, sem convencer muito, tudo sob o olhar atento do mulato cheio de ouro, que após a saída dos meninos pareceu mais amistoso com Toninho. Começaram a conversar como se fossem velhos conhecidos, falando sobre a infância de cada um, as brincadeiras de criança e a importância da escola na vida dos pequenos. De repente, Bidão e mais dois homens saíram de um beco. Toninho achou que finalmente a movimento iria abrir, mas os traficantes estavam agitados. Bidão se dirigiu para o mulato:

— Aí, Sabichão, os homens tão entrando lá por trás.

Logo um "doze por um" pipocou e o coração de Toninho se acelerou. Temendo ser abordado pela polícia e frustrado por não ter conseguido o que queria, se virou para sair rapidamente do local, como era praxe sempre que soltavam os fogos. O mulato o chamou calmamente:

— Aí, "Social"! Chega aí. Vamos fumar um baseado.

Sem saber, naquele momento Toninho estava recebendo um apelido pelo qual passaria a ser conhecido pelos traficantes do Acari. Suas roupas pouco comuns naquele habitat de bandidos e viciados tinham chamado a atenção do mulato e inspirado o codinome. Pensou em recusar, mas retornou e acompanhou os que atravessaram a rua e entraram numa casa de muro alto. Um negro jovem e muito magro ficou espreitando por um buraco no portão e os outros se sentaram calmamente na varanda da casa, enquanto Bidão apertava um baseado gigante. Uma senhora magra com um lenço na cabeça se aproximou, cumprimentou a todos e se dirigiu ao mulato que havia sido chamado de "Sabichão" por Bidão. A mulher, que parecia irritada, iniciou sua cobrança com um nome que fez Toninho entender quem era o cara com quem havia conversado e que agia com tanta tranquilidade diante da aproximação da polícia.

— Ô, Cy, não quero mais saber da Jorgina trabalhando aqui na pensão. Tá cheirando todo dia. Vê se você dá um corretivo nela.

— Tá, mãe, vou ver isso depois.

Toninho pensou que tinha ouvido mal, mas nos assuntos sobre a boca e nas diversas interlocuções que se seguiram o mulato foi várias outras vezes chamado de Cy. Não havia dúvidas. Toninho estava na casa de Dona Baiana, mãe de Cy, o mais famoso e procurado traficante do Rio de Janeiro, fumando um baseado em companhia do próprio. Também era chamado de "Sabichão" pelos mais íntimos da favela.

Dona Baiana era uma mulher muito falante, que adorava um jogo do bicho. Moradora antiga da comunidade, antes mesmo de o filho ficar famoso já vendia comida na pensão montada em sua casa. Sentou-se ao lado de Toninho e começou a conversar sobre o sonho que havia tido naquela noite, pedindo opiniões ao rapaz sobre a interpretação do mesmo e em qual bicho deveria jogar. O outro homem que estava com Cy quando Toninho chegou era Seu Rubens. Passava dos quarenta e era o braço direito de Cy na contabilidade e no controle do movimento.

Bidão parecia desconfiado de Toninho e enciumado com a atenção que o chefe dava àquele freguês. Toninho conhecia a violência do negão, e não quis afrontá-lo. Queria ir embora, pois sabia que estava muito atrasado para o trabalho, mas sair abruptamente poderia ser mal interpretado pela quadrilha. Não pôde deixar de se sentir importante, e já se imaginava contando a Lelo e Joe aquela sua aventura e sua recente "amizade" com Cy. O magrelo que espiava a rua alertou:

— Tão vindo aí.

Toninho gelou. E se a polícia invadisse a casa? Seria preso junto com o maior distribuidor de cocaína da cidade. Embora não visse nenhuma arma, elas certamente estavam escondidas. E se houvesse um tiroteio? Morreria e ainda apareceria no jornal como integrante do bando. Pensou nos filhos. Todos fizeram silêncio enquanto o camburão da

PM se aproximou e passou lentamente pela frente da casa. Toninho nem piscava. O camburão foi embora e o vigia deu a senha para relaxarem:

— Já foram. Tá limpo.

A conversa voltou no mesmo tom, demonstrando que aquilo era mais do que rotineiro para todos que estavam ali. Menos para Toninho, que não via a hora de o baseado acabar e ele poder ir embora. O primeiro a se levantar foi Bidão, que disse que ia abrir os trabalhos da boca de fumo. Despediu-se de todos, menos de Toninho, confirmando a suspeita de que a presença do desconhecido na intimidade da bandidagem não o havia agradado. Alguns minutos depois, Toninho tomou coragem para agradecer a Cy e dizer que ia embora. Cy apertou sua mão, tirou do bolso uma "peteca" de maconha e a entregou a Toninho.

— Essa é da que a gente fuma. É da melhor. Você pode chegar na favela quando quiser. Tá tranquilo. Qualquer parada errada vem falar comigo, valeu, Social?

Quando Toninho saiu pelo portão da casa de Dona Baiana o movimento já corria solto, com muitos viciados fazendo suas compras. Bidão o observou de longe. Como tinha ganhado a maconha, sobrava dinheiro em seu bolso. Comprou cocaína. Se o Acari já o seduzia com sua cocaína de alta pureza, depois daquele encontro com Cy e do salvo-conduto recebido do chefão do tráfico, aquela favela passou a ser seu território. Nunca comprou fiado. Sabia que era uma transação muito perigosa, pois dever na boca poderia significar a morte. Mas não foram poucas as vezes que, com pouco dinheiro, pegava algum emprestado com Cy ou com Seu Rubens, fazendo questão de pagar no dia combinado. Essa retidão em seus compromissos elevou sua reputação entre a bandidagem.

Chegou ao escritório com mais de uma hora de atraso e foi recebido pela cara amarrada de Ferreira. Mas o pior problema era a sua fissura, tão forte que não conseguiria aguardar o final do expediente para cheirar, livre dos compromissos e do ambiente de trabalho. A brizola entocada na meia gritava para ser consumida, e ele não conseguia se concentrar em nada. Inevitavelmente, acabaria cheirando durante o expediente, o que tornaria o trabalho uma tortura absurda. A iminência de consumir o pó ou sua simples presença por perto lhe davam uma tremenda dor de barriga, soltando seus intestinos em um reação somática à sua ansiedade extrema. Nesse dia, que começara com tantas emoções fortes, ouviu as reclamações de Ferreira e entrou no banheiro para defecar. Sentado no vaso sanitário deu o primeiro teco do dia por volta das 9h30. Daí em diante tudo se tornou insuportável. Saiu do banheiro desejando que a noite chegasse logo, para que pudesse recomeçar sua vida no dia seguinte de outra maneira. Visitou os clientes sob o efeito da droga e percebeu que sua impaciência tornava os contatos vazios e improdutivos.

Depois dessa vez não voltou a comprar a droga pela manhã, pois sabia que se o fizesse estaria condenando um dia inteiro de trabalho e de vida, além de comprometer terrivelmente o resultado de seus relacionamentos comerciais. Passou então a ir ao Acari às escondidas durante algumas de suas jornadas de trabalho, no Fiat 147 de Ferreira. Saía de manhã para cumprir o roteiro de visitas previamente estabelecido pelo patrão, que anotava a quilometragem do carro para controlar o funcionário. Esforçava-se para acelerar as visitas, e antes de retornar ao escritório no fim da tarde, pegava algum pó no Acari, deixando o carro fora da favela em lugar seguro. Ferreira atendia a fábrica do Leite Mimo, e por algumas vezes viu seu carro estacionado na entrada da favela tentando adivinhar o que seu vendedor estaria fazendo ali. Quando não era Ferreira que o via com seus próprios olhos, eram os funcionários da empresa de laticínios que o denunciavam, revelando tê-lo visto no local que não fazia parte de seu roteiro.

Toninho foi advertido por Ferreira que se voltasse a ser visto perto do Acari seria despedido. Não pretendia fazer isso, pois Toninho era seu braço direito e um excelente funcionário, além de ser seu amigo e estar engordando o faturamento do escritório com suas vendas, que cresciam dia após dia. Mas precisava advertir o rapaz, que passou a ter mais cuidado ao esconder o carro. O roteiro de visitas de Toninho era cumprido rigorosamente, mas na medida em que o final da tarde se aproximava, sua ansiedade se tornava cada vez mais incontrolável, e ele mecanicamente apressava seus passos para chegar logo ao Acari e pegar um pouco de pó antes de devolver o carro no escritório. Se chegasse antes de Ferreira, cheirava com Ronaldo e tentava se distrair o ajudando nos serviços burocráticos. Quando Ferreira chegava, sentia-se mal com a presença do chefe e amigo, achando que ele perceberia a mudança em seu comportamento. Vivia em estado constante de tensão e estresse provocado pela cocaína. Sua dependência química foi aos poucos passando de psicológica para física, sem que ele percebesse.

Numa dessas tardes, o último cliente o fez esperar mais do que ele podia suportar. Roía as unhas e andava de um lado para outro na recepção da empresa, pensando em ir embora e voltar outro dia. No entanto, precisava pegar um pedido importante e sabia que seria cobrado por Ferreira se chegasse ao escritório sem ele. A dor de barriga se antecipou em fortes cólicas, mas não queria perder tempo indo ao banheiro. Finalmente foi atendido, e saiu do cliente rumo ao Acari. Precisava ser rápido, pois já estava na hora de devolver o carro. Pegou a Avenida Brasil e se deparou com um enorme engarrafamento. A única saída era seguir pela faixa seletiva destinada aos ônibus e veículos oficiais, fiscalizada por policiais que de cima das passarelas anotavam as placas dos infratores. As cólicas se transformaram em fortes contrações. A musculatura de seu abdômen se contorcia em possantes cãibras, que o faziam empurrar cada vez mais seu pé no acelerador do pequeno Fiat 147. O carro voava para chegar logo ao Acari. Próximo ao fim da faixa seletiva, na altura de Parada de Lucas olhou pelo retrovisor e percebeu que um policial militar se esforçava para se aproximar dele em sua moto.

— Fodeu!

As contrações aumentaram quando o policial ligou a sirene e fez sinal para que ele encostasse. Toninho parou num acostamento no Trevo das Margaridas e aguardou que o policial se aproximasse. Ele desceu da moto e caminhou na direção do Fiat com uma tremenda lentidão.

— Documentos do carro e sua habilitação, por favor.

Toninho entregou. O policial conferiu os documentos e viu que estava tudo certo e que não era por ali que iria se dar bem.

— O Fiatzinho tá andando bem, hein? Tô desde Bonsucesso tentando te alcançar. Você estava a mais de 120 km/h.

Toninho rapidamente reativou sua veia criativa e inventou uma história que lhe pareceu ser a melhor para aquele momento.

— Sabe o que é, meu irmãozinho, é que marquei com uma mulherzinha e estou superatrasado. É um "avião" e não posso perder esse contato. Pessoa da melhor qualidade.

O policial malandro riu, e começou a fazer perguntas cretinas sobre como era essa mulher, em que Toninho trabalhava, de quem era o carro e outras arguições vazias que só preparavam o terreno para receber a oferta de propina. Enquanto as contrações de sua barriga aumentavam, Toninho conversava com o sujeito calculando o tempo que estava perdendo e o dinheiro que tinha no bolso, que além de pouco, estava reunido em uma única cédula. As chances de o guarda aceitar aquele valor eram grandes, mas se ele desse a única nota para o safado, como iria comprar o pó pelo qual aguardara o dia inteiro? Com a habilidade de um negociador treinado, começou a rodear a proposta, tentando fazer o policial compreender sua situação. Disse que gostaria de ajudá-lo para que ele pudesse liberá-lo, mas que precisava ficar com algum para pelo menos pagar uma bebida para a tal mulher.

— Você quer troco? É isso mesmo?

Toninho gelou com aquela pergunta. Parecia que o cara havia se ofendido. Mas, acanhadamente, confirmou com um monte de lamúrias o pouco dinheiro que carregava consigo. O guarda sorriu, pegou a nota das mãos de Toninho sem a menor cerimônia ou cuidado em estar sendo observado. Enfiou a mão em um pequeno bolso na parte da frente da calça de seu uniforme e dele retirou um monte de outras notas, todas muito dobradas e amassadas, frutos de outras extorsões que devia ter feito durante o dia. Devolveu uma nota de valor menor para Toninho e sorriu novamente.

— Pedir troco!! Essa eu nunca tinha visto.

Montou na moto, recomendou a Toninho dirigir mais devagar e foi embora. Toninho entrou no carro. Sua ansiedade atingia limites que ele nunca antes havia experimentado. As contrações estavam fortíssimas. Parecia que um alienígena se contorcia dentro de seu ventre pronto para sair rasgando sua pele, como no filme "Alien, o 8º Passageiro" de Ridley Scott. Os espasmos subiam por seu esôfago em dores insuportáveis. Ficou apavorado, sem saber o que estava acontecendo. Sentiu que ia vomitar. Uma contração mais forte empurrou em um grande jato tudo que havia no seu estômago. Colocou a cabeça para fora do carro e vomitou um líquido viscoso, que acalmou um pouco as contrações. Salivava absurdamente. Estava com seu abdômen dolorido, mas só uma coisa era importante naquele momento: cocaína. Não havia tempo para entender o que estava se passando com ele. Entrou na favela ainda com algumas contrações e lá dentro deu o primeiro teco. Exagerou na quantidade. Cheirou um papel inteiro de uma só vez, e no carro, mais um. Imediatamente as contrações pararam e as dores foram sumindo, lentamente. Quando entrou no escritório, sua paranoia fez parecer que o olhar de Ferreira o estava fulminando. Tentava se acalmar, mas a cocaína em grande quantidade não permitia que se aquietasse na mesa ao lado da do patrão. Quando tentava falar, sua boca travada amassava as palavras, que escapavam como grunhidos. Ferreira disse alguma coisa engraçada. Ele tentou sorrir, mas o queixo enrijecido não permitiu. Ferreira notou o estado alterado de seu vendedor.

— Ô Ronaldo, o Toninho tá gozado!!! Olha só como ele tá rindo. Tá estranho!

Ronaldo, que sabia o que estava acontecendo com o companheiro, sorriu amarelo e tentou desconversar. Toninho foi para o banheiro e se trancou lá. Não aguentou muito tempo. Aproveitou que Ferreira falava ao telefone e saiu da sala, descendo para a rua. Deve ter dado umas quinze voltas no Largo do Bicão, andando sem rumo, tentando recuperar o controle para poder voltar ao escritório, enquanto esperava a cocaína abandonar seu cérebro e se diluir em seu organismo. Quando retornou, Ferreira estava sozinho e Toninho achou que já conseguiria falar. Estava assustado com as contrações que havia sentido. Achou que precisava de ajuda. Ferreira era seu amigo e não podia mais esconder dele o que estava passando. Debilitado e com muita vergonha, contou para o patrão que estava tendo problemas com a cocaína e que esse era o real motivo de suas idas ao Acari e de seus atrasos.

Ferreira ouviu assustado. Totalmente despreparado para enfrentar um problema daquele tipo, limitou-se a dizer que Toninho precisava procurar ajuda. Em pé no ônibus lotado, voltando para casa, Toninho pensava onde encontrar. Já havia ouvido falar em clínicas e tratamentos para dependentes, mas se negava a aceitar essa solução, que lhe parecia a derrota final, o fundo do poço. Além do mais, quem sustentaria sua família enquanto estivesse lá? O que diria a seus pais? O que seria de seus filhos? Não. Isso não era para ele. Teria que vencer aquilo tudo sozinho. Depois de seu desabafo, a vigilância de Ferreira se tornou mais rigorosa e Toninho diminuiu seu ritmo no Acari.

Toninho conseguiu comprar seu primeiro carro. Dirigindo seu Fusca 1969 a caminho de casa, achou que seu trabalho não era tão ruim assim. O futuro poderia reservar boas surpresas. Elevou seu coração aos céus e agradeceu a Deus por aquela conquista. A ascensão social que o carro representava surtia efeitos em sua motivação e o fazia esquecer de que aquele emprego deveria ser temporário, até que pudesse ir ao encontro de sua verdadeira vocação. De repente, se tornou um vitorioso. Agora poderia ir e voltar para o trabalho sem ser amassado no transporte público, e passear com sua família com mais conforto e segurança. Passar no Acari e comprar cocaína nem passou por sua cabeça. Fez uma promessa a si mesmo. Aquele pó enervado e maldito nunca entraria em seu carro. A partir daquele dia não iria mais cheirar.

Estava feliz como uma criança com seu brinquedo novo. Passou a ver o mundo com a lente do otimismo e acendeu um baseado para comemorar, enquanto guiava seu fusca pela Rodovia Presidente Dutra distraído com os muitos sonhos que repentinamente retornavam na mesma intensidade do passado. Estava muito grato a Ferreira e decidido a se dedicar mais ainda ao trabalho para ajudar o amigo. Sílvia e as crianças o esperavam na porta de casa. A jovem mulher havia preparado umas enormes faixas de papel com dizeres do tipo "Você conseguiu!" e "Parabéns", penduradas na fachada da casa dos pais. Aquilo emocionou Toninho, que era pura alegria e benevolência, alargadas pela maconha. Fazia tempo que não recebia uma palavra de estímulo e incentivo, e aquela surpresa preparada por Sílvia tocou seu coração.

Abraçou a esposa, decidido a modificar seu relacionamento com ela. Tentaria não brigar mais, aceitar melhor o jeito encrenqueiro da mulher e investir em um ambiente sadio para que seus filhos crescessem dentro de um lar harmonioso. Colocou a família no carro para dar uma volta pelo bairro e depois guardou aquela preciosidade na garagem. João se aproximou e ficaram durante horas explorando os detalhes do automóvel e elogiando o excelente estado de conservação da lataria e da mecânica.

Nos dias seguintes foi para o trabalho animado, pensando até em retomar a faculdade. De carro seria possível o deslocamento de volta para casa ao final das aulas. Na primeira semana, conseguiu controlar o desejo de cheirar que o fustigava todos os dias, e manteve-se longe do

Acari. Entretanto, seu caminho para casa, agora que estava motorizado, passava pelo Jardim América. A primeira intenção era sempre visitar Aurélia, mas sempre dava um jeito de passar pelo Bar do Aluísio, onde encontrava a velha turma. A esquina desse bar era ponto obrigatório de Lelo, Joe, Coelho e outros malucos. Sentia-se bem com aquela rapaziada, e satisfeito por ter alguns amigos com quem conversar sobre outras coisas que não tivessem relação com seu trabalho enfadonho. Lelo se casara também, com uma menina que morava em seu prédio, e foi trabalhar em uma empresa estatal distribuidora de gás. Joe prestara concurso para a empresa de limpeza urbana da prefeitura e agora era lixeiro, trabalhando nos caminhões que coletavam os resíduos das casas. Coelho continuava sem fazer nada, embarreirando os baseados, cervejas, cocaína e cigarros dos amigos.

Não demorou muito a se ver dentro do seu fusca cheirando cocaína, separada em rapas bem batidas sobre a tampa aberta do porta-luvas. A falta de dinheiro, que aumentou com os descontos do adiantamento utilizado na compra do carro, foi o primeiro motivo para reinstalar o nervosismo e a discórdia em sua casa. As brigas com Sílvia retornaram. Mais uma vez suas promessas foram por água abaixo, e ele voltou à rotina da droga. Outros caras foram se agregando à turma de *cheiradores*. Alguns eram colegas de trabalho de Lelo, que o acompanhavam até o Jardim América interessados na qualidade da cocaína do Acari.

Doutor morava em cima do Bar do Aluísio e tocava contrabaixo na banda de Lelo. Estava se formando em advocacia, mas, inexplicavelmente, nunca iria exercer a profissão. Trabalhava como recepcionista em um hotel de Botafogo. Havia morado um tempo na Cruzada São Sebastião, onde viu um amigo morrer ao seu lado, vítima de overdose de cocaína. A partir desse dia, nunca mais cheirou. Era o único da turma que não usava o alcaloide. Era em sua casa, quando sua mãe saía para a igreja, que a galera fumava vários baseados para tentar acalmar o *crash*, depois que o pó e o dinheiro acabavam.

No verão de 1988, um navio com bandeira do Panamá chamado "Solana Star", para escapar da perseguição da marinha brasileira, já alertada pelo departamento americano de repressão às drogas, despejou no mar próximo a Angra do Reis vinte e duas toneladas de maconha.

A erva, que havia sido embarcada em Singapura, estava embalada em várias latas de metal hermeticamente fechadas com pouco mais de um quilo de maconha cada uma. Com as correntes marinhas, as latas se espalharam pelo litoral do Rio de Janeiro até Santa Catarina, naquele que ficou conhecido como o "Verão da Lata". Não foi apenas a inovação das embalagens que protegeu a maconha da ação das águas, mas principalmente a qualidade da erva, que fez a alegria de surfistas, pescadores e outros frequentadores do litoral que recolheram várias delas.

A "maconha da lata" tinha um cheiro extremamente forte e meio adocicado. Suas "berlotas" eram mais fibrosas do que as que costumavam rolar nas bocas de fumo, e não se esfarelavam. Possuía uma espécie de resina que colava nos dedos. A onda era potente e suave ao mesmo tempo. Toninho nunca havia experimentado um fumo daquele tipo e entre os maconheiros do Brasil não se falava em outra coisa.

Toninho conseguiu os primeiros cem gramas com um amigo de Copacabana, mas pouco depois a polícia prendeu esse fornecedor com quinze latas estocadas no apartamento. Doutor tinha um colega de faculdade que havia "pescado" nove latas em Cabo Frio, e só vendia para conhecidos. Enquanto durou o estoque desse sujeito, pelo menos uma vez por mês Toninho e Doutor iam até a porta da Universidade Suam em Bonsucesso pegar encomendas, que eram rateadas e divididas entre os amigos do Jardim América. A maconha era tão famosa e valorizada que às vezes Toninho trocava um baseado por pó com os vapores do Acari. Voltavam para o Jardim América com cem ou duzentos gramas de "maconha da lata" e na casa de Doutor fumavam um baseado e faziam a partilha do bagulho. Aos poucos, iam chegando Lelo, Joe e Coelho. Assim que a tranquilidade da maconha se dissipava, a vontade de cheirar retornava. Russo estava trabalhando em uma multinacional de cosméticos, e às vezes também passava por lá em sua moto antes de ir para a faculdade, onde se formaria em desenho industrial. Às vezes dava um teco também, mas criticava os amigos pela frequência no pó.

— Porra, vocês cheiram todo dia!! Não sei como vocês conseguem!

Na verdade a galera não cheirava todo dia, mas quase. Um domingo, uma segunda ou terça às vezes escapavam. Mas de quarta a sexta era certo aquele encontro por volta das 17h00 que às vezes se prolongava madrugada adentro e dificilmente acabava antes das 22h00. Aos sábados os horários e os locais eram outros, mas quase sempre davam um jeito de se encontrar também nesse dia, mesmo que para isso tivessem que levar as respectivas esposas, que acabaram se tornando amigas também.

Quando chegavam ao Bar do Aluísio, o rateio era feito e Joe ou Coelho partiam para o Acari. Entretanto, esse horário de fim de tarde era muito visado pela polícia e várias vezes o retorno dos "aviões" demorava uma eternidade. Para evitar esse contratempo passaram a antecipar as incursões, deixando o dinheiro das encomendas previamente com Joe, que largava o batente mais cedo. Deixar com Coelho era um risco, pois as chances de ele gastar com cachaça ou cheirar antes de os amigos chegarem era grande. Mesmo assim, assumiam esse risco esporadicamente, quando não havia opção melhor.

Toninho era o que deixava o trabalho mais tarde, muitas vezes chegando depois da decolagem do voo diário, e então tinha que convencer um deles a voltar à boca ou levá-los em seu próprio carro. Isso significava mais alguns minutos de espera até o primeiro teco do dia, e sua mente aprisionada pelo vício interpretava a demora como uma perda lastimável de tempo precioso. A situação deixava Toninho nervoso, na medida em que a tarde ia chegando ao fim; então ele voltou a passar algumas vezes no Acari com o Fiat 147 antes de devolvê-lo, mesmo sabendo o risco que isso significava. Com o pó em seu poder, encerrava o expediente com mais tranquilidade e já dava o primeiro teco no carro, antes de encontrar os amigos.

Em uma dessas tardes resolveu fazer isso sabendo que precisava ser rápido, pois já eram quase 17h00 e Ferreira o aguardava no escritório. Havia cumprido seu roteiro com eficiência, fechado alguns bons pedidos e entendia que isso lhe dava o direito de receber a recompensa, que o estava aguardando nas mãos de um traficante do Acari. Quando parou o carro perto da fábrica da Formiplac e caminhou pela Rua Piracambú, notou que o céu escurecia rapidamente, tomado de pesadas nuvens cor de chumbo enquanto trovoadas rugiam em meio à ventania, anunciando a tempestade. Comprou um papel único que não justificava aquele risco, nem mesmo sob a lógica deformada de um viciado. Não tinha dinheiro para uma quantidade maior, mas uma obrigação incompreensível o havia levado até lá.

Na saída sentiu grossos pingos de chuva estalarem em suas costas, e teve que acelerar para chegar ao carro antes de ficar completamente ensopado. A chuva diminuía muito a probabilidade de que os homens estivessem achacando alguém, e ele correu despreocupado. Na volta para o escritório, escolheu um itinerário que nunca usava. Também nunca entendeu o que o levou a fazer aquela escolha. Decidiu seguir pela Avenida Automóvel Clube, entrando na Rua Embaú, que o levaria para a Rodovia Presidente Dutra através do Parque Colúmbia.

O aguaceiro que caiu naquele dia foi de fazer cavalo beber água sem precisar curvar o pescoço. Quando dobrou na Rua Embaú Toninho já não conseguia enxergar nada através do para-brisa e precisou andar em baixíssima velocidade. Mais à frente, em um declive que passava por baixo de uma ponte já havia se formado um grande alagamento. O bom senso recomendava que ele manobrasse o carro e retornasse, como outros estavam fazendo. Mas o diabo moído em sua meia tornava tudo irracionalmente urgente, e ele não queria perder tempo.

Subestimou a altura da água e decidiu encará-la. Sentiu o motor fraquejar quando a água começou a passar por cima do capô. Quando uma onda formada por um ônibus passando no sentido contrário sacudiu o pequeno carro, o motor deu seu último suspiro e Toninho entendeu a tremenda besteira que havia feito. Desesperado, tentou fazer o carro pegar, sem sucesso. Com água na altura do joelho, caminhou pela redondeza buscando ajuda de algum mecânico ou reboque que pelo menos o tirasse daquele lugar, que, além de não estar no roteiro deixado com Ferreira pela manhã, era próximo demais do Acari.

Com a noite escura, e derrotado por sua imprudência e fissura, ligou de um telefone público para o escritório. Ferreira atendeu. Toninho disse que estava enguiçado. Ferreira perguntou onde. Toninho deu sua posição. Silêncio total. Ferreira imediatamente deduziu o que Toninho tinha ido fazer naquelas bandas. Pediu que o rapaz aguardasse que ele iria providenciar ajuda, e chegou horas depois com o mesmo mecânico que havia vendido o fusca para Toninho. Não foi possível consertar o carro naquele dia, e o deixaram numa garagem de uma loja de material de construção para pegá-lo no dia seguinte.

Eram quase 22h00 quando Ferreira, sentado no escritório diante de Toninho, tentou iniciar um sermão que pretendia resultar num pedido de desculpas e um apelo por mais uma chance. Mas o rapaz estava destruído e cansado daquilo tudo. Ao invés de reconciliação, propôs o fim da parceria. Pegou suas coisas e entrou em seu fusca, desempregado, perdido e abatido. Buscou na meia o papelote encharcado. Abriu-o e olhou para aquela pequena massa branca em que o conteúdo do plástico havia se transformado no contato com a água. Fez um canudo com uma nota e tentou em vão cheirar aquela geleia, que grudou no canudo. Havia perdido o emprego por aquilo?

Pensou nas inúmeras vezes em que voltava para casa pedindo a Deus que lhe conseguisse um trabalho melhor, onde se sentisse mais valorizado e útil. Lembrou-se das várias humilhações que sofrera por parte de Ferreira e da total falta de realização com a função que exercia. Pensava em tudo isso para tentar diminuir seu remorso, mas nunca desejara deixar seu emprego daquela maneira, não sem ter outra coisa em vista e principalmente sem falhar daquela maneira. Só pensava em seus filhos, e em como iria sustentá-los.

Chegou em casa com o espírito demolido. Tentava projetar um recomeço promissor e otimista, mas em tudo que imaginava a cocaína aparecia como um fantasma que ele já não acreditava poder exorcizar. Ao lado da mulher e dos filhos que dormiam, chorou como uma criança que se perdeu numa selva hostil onde um monstro o devorava, lentamente, enquanto a década de 1980 ia chegando ao fim.

Capítulo 34

O que diferenciava Toninho dos demais viciados que ele conhecia era o fato de não se conformar com sua condição de dependente, e reconhecer em suas atitudes a fragilidade e a lenta degradação implícitas em sua situação. Seus companheiros de cheiração não admitiam ser chamados de viciados, e se esforçavam para apresentar justificativas para o consumo rotineiro de cocaína criando alegorias que travestiam o hábito perigoso, encarado como um evento inócuo e até engraçado. Não se torturavam demais com isso, e nos dias seguintes às noitadas perdidas no pó se juntavam para comentar, tirar sarro das transformações sofridas sob o efeito da droga e os limites ultrapassados.

Toninho conservava seu espírito brincalhão e também participava dessas bravatas, que pareciam querer enaltecer a conduta tresloucada imposta pela cocaína, nada acrescentando de positivo à vida de nenhum deles. Mas o fazia apenas para tentar cobrir com um curativo temporário a ferida aberta em seu espírito, que voltava a sangrar e a verter pus logo que a fugaz euforia da cheirada seguinte passava. Culpava-se. Torturava-se com questionamentos severos. Travava batalhas internas terríveis.

Havia outra coisa que o distinguia do modelo estereotipado e mais frequente de viciado: apesar da sua crescente perda de controle sobre a própria vontade, conseguia a duras penas manter suas responsabilidades básicas com a família e o trabalho. Enquanto via vários exemplos de indivíduos que ao mergulharem no vício perdiam totalmente o contato com a realidade e se rendiam ao inimigo, sem forças para lutar, cada dia cedido aos desejos do anjo mau custava caro a Toninho. Intolerante com seus próprios erros, fazia de sua mente um campo de batalha onde dificilmente havia um cessar fogo. As raras tréguas só aconteciam nos contatos com seus filhos e nas brincadeiras que compartilhava com eles.

Como a maioria dos pais, tentava dar a eles o que imaginava ter lhe faltado na infância e na convivência com seu próprio pai. Soterrava-os com beijos, carinhos, abraços; fazia questão de participar de suas estripulias, estimulando a criatividade e a independência de Gabriel e Daniel. Sempre que podia juntava um grupo de outras crianças da rua para incluí-los nos jogos e reuni-los aos filhos, que teriam desde cedo sua própria turma. Não queria que buscassem aceitação no grupo errado, sob influências duvidosas. Era amigo dos amigos deles e mantinha esses relacionamentos de amizade sob sua vigilância enquanto eles cresciam. Criava os filhos numa relação de liberdade, confiança, muita alegria e controle velado, porém constante.

Mas até isso a cocaína lhe furtava. Quando estava trincado não tinha coragem de se aproximar dos filhos nem inspiração para brincadeiras. Ficava impaciente, e se sentia impuro para conviver com eles. Protelava ao máximo sua ida para casa quando estava sob o efeito do pó, para não ter que encarar os meninos naquele estado. Lá chegando, dava um jeito de despistá-los e de se esquivar dos seus convites para os jogos e travessuras que estavam acostumados a compartilhar, e se sentia terrivelmente culpado por isso.

Se Toninho havia se frustrado com o casamento, por outro lado sabia que estava muito distante daquilo que Sílvia almejava como um marido ideal. Na maior parte da semana chegava tarde em casa, com cheiro de bebida. O álcool foi se tornando aos poucos um aliado em sua luta para rebater a excitação da cocaína e retornar a um estado menos distante do normal, podendo voltar para casa em condições mais aceitáveis. Na alquimia que promovia em seu organismo, o álcool era um atenuante, que em quantidades muito acima do que em situações normais ele consumiria, entorpecia seus sentidos exacerbados. Possibilitava, ao menos, que dirigisse o carro de volta para casa sem achar que estava sendo perseguido pela polícia. Mesmo assim seguia pela Rodovia Presidente Dutra com o olhar paranoico, procurando insistentemente o retrovisor na expectativa de uma sempre iminente abordagem. Desconfiava de tudo e de todos. Sob o efeito da cocaína, todo prazer era impossível. Até o de dirigir. Ou o de comer.

Sílvia tentou algumas vezes esperá-lo com o jantar pronto, mas o apetite era eliminado pelo pó e ela aos poucos foi desistindo do fogão, que nunca foi sua vocação. Bastava colocar os olhos sobre o marido para saber o que havia acontecido:

— Fez besteira de novo, né?

Toninho nem respondia. Baixava a cabeça e mergulhava de vez na sua visível tristeza por estar naquela casa e naquela situação. Nada podia argumentar. Quando recebia seu salário, se apressava em cumprir com as obrigações básicas: as contas da casa, os alimentos e a escola das crianças, que seria para sempre a sua principal prioridade e preocupação, eram garantidas antes que seu juízo fosse afetado pela fissura. Mas não era suficiente. As dificuldades normais de um trabalhador assalariado até poderiam ser toleradas por Sílvia, mas o dinheiro que era gasto pelo marido com a cocaína pesava muito mais na balança de seu julgamento do que o que ele usava para cumprir com seus deveres. Assim, uma necessidade não atendida que seria compreensível em uma família pobre se tornava uma falha injustificável.

Embora Toninho fizesse muito esforço, era estritamente o essencial que conseguia prover, enquanto Sílvia esperava muito mais. E a mulher tinha razão nesse ponto. Nas batalhas em sua consciência, o dinheiro mal gasto com drogas era a artilharia que causava mais baixas em seu amor-próprio, e motivo de boa parte das brigas do casal. O nascimento dos filhos esfriara o sexo entre os dois. Sílvia estava sempre indisposta e sem criatividade. Passavam semanas sem se falar, o que também afetava sua intimidade.

Toninho já não evitava buscar satisfação com outras mulheres na rua, garantindo apenas que isso nunca chegasse ao conhecimento da mulher. Em suas eventuais aventuras, nunca revelava a real situação de seu casamento. Dizia que era feliz em casa para que a parceira não alimentasse esperanças vãs de prorrogar a relação por mais de algumas semanas. Mas buscava nesses encontros amorosos alguns momentos fugidios de carinho e prazer que já não encontrava em casa. Por outro lado, também no sexo a cocaína interferia, e não conseguia se relacionar com nenhuma mulher se estivesse sob o efeito do pó. Sua sensibilidade desaparecia completamente, e a única coisa que se enrijecia era seu sistema nervoso central e a musculatura que sustentava seu queixo.

Quando marcava encontro com alguma mulher tinha que abdicar da brizola, e quase sempre, ainda no motel, depois de estar saciado, ouvia o chamado da maldita e se apressava em despachar sua acompanhante para poder passar no Acari.

Tudo que poderia trazer prazer ou progresso para sua vida se esfarelava quando era impregnado pela cocaína. Por onde ela entrava, a alegria e a produtividade saíam. Os planos, os sonhos, os estudos, o trabalho, a vida em família, tudo era sugado para um buraco negro no mesmo ritmo em que aquele pó branco era sugado pelas narinas de Toninho.

Desempregado em Éden, sem ter o que fazer durante o dia inteiro, Toninho tinha tempo de sobra para avaliar tudo isso. Mesmo assim não encontrava uma saída. Abrir sua situação para Aurélia e buscar tratamento em uma clínica de dependentes era algo que não cogitava. Quando olhava para seus filhos, essa possibilidade era imediatamente eliminada, e também a coragem para se separar de Sílvia. Sabia que só reuniria condições para isso se abandonasse o vício, e temia que a distância dos filhos tirasse dele os únicos momentos em que conseguia vencer a compulsão e experimentar um pouco de afeto e alegria verdadeira. Teria que suportar isso tudo sozinho, até que estivessem criados. Mas já não conseguia se enganar com promessas de abandonar o pó que nunca eram cumpridas. Achava mesmo que iria cheirar até morrer, mas iria fazer de tudo para que isso só acontecesse depois que os garotos estivessem crescidos e bem encaminhados na vida.

A felicidade deles era agora a sua. O casamento com Sílvia também deveria ser prorrogado até o momento em que a separação não afetasse mais as crianças. Sua prioridade imediata era arrumar outro emprego. Sem trabalho, tudo parecia impossível.

Todo domingo comprava o jornal para procurar alguma oportunidade. E ela veio em um anúncio que, sem revelar o nome da empresa, oferecia uma vaga para vendedor técnico de embalagens em uma multinacional. O perfil solicitado batia exatamente com sua experiência. Já estava há três meses sem trabalho e os resíduos das comissões pagas por Ferreira haviam se esgotado. Aquela era a oportunidade que tantas vezes havia pedido a Deus. Imensamente ansioso e inseguro, procurou Ferreira, que por eliminação deduziu qual era a empresa do anúncio. Só havia uma multinacional atuando nesse mercado na época, e ouviu de seu ex-patrão que era plenamente capaz de se candidatar àquela vaga ou a qualquer outra, pois era um excelente profissional.

Toninho ficou impressionado com as palavras de incentivo, que reataram a velha amizade. Durante toda sua vida Toninho seria grato a Ferreira, a quem ajudaria sempre que fosse possível. Seu concunhado se transformaria num industrial de sucesso sem nunca ter superado a total inabilidade em lidar com o elemento humano.

Toninho não quis mandar seu currículo pelo correio. Tentando amenizar sua ansiedade, foi pessoalmente entregá-lo na portaria da filial do Rio de Janeiro, que ficava no bairro de Bonsucesso. Na volta, passou na casa de Renato para visitá-lo. O *negão* se recuperava de um grave acidente de automóvel. Havia comprado um fusca e depois de sair de uma festa em São Conrado, se acabou num poste. Conversaram muito. Renato desabafou com o amigo e revelou sua decisão de mudar o rumo de sua vida. Trabalhava agora na recepção do Hotel Nacional, onde era constantemente assediado por turistas homossexuais e ricos, que frequentemente o convidavam para orgias regadas a cocaína. O amigo que havia tentando alertar Toninho sobre os perigos da dependência agora também estava em perigo.

Toninho se abriu sobre sua rotina de cheiração e ambos se comprometeram a redirecionar suas energias. Ficaram de se rever em breve, de se reaproximarem. Com a amizade revigorada, se ajudariam mutuamente na direção da vitória sobre o que consideravam maus hábitos.

Um mês de testes e reuniões se passou até a derradeira entrevista de Toninho com o gerente nacional de vendas da multinacional, na matriz em São Paulo. A viagem de avião paga pela empresa já sinalizava a radical mudança de condição e de valorização do funcionário que o emprego oferecia em relação à sua antiga ocupação. Com os sovacos encharcados pelo suor nervoso, sentou-se diante de um homem com um grande bigode, que lembrava o comprador de ouro de Madureira, e finalmente Toninho foi admitido: tinha agora um emprego digno, num ambiente de alto nível empresarial, uma carreira que duraria sete anos.

Receberia treinamento e desenvolveria sua capacitação na área comercial e nas técnicas de negociação e planejamento estratégico. Viagens de avião para São Paulo seriam mensais, e além de inúmeros benefícios teria direito a um belo plano de saúde para sua família e ao financiamento de um carro zero quilometro de três em três anos. A alegria retornou, e reacendeu-se a esperança na pequena casa de fundos onde Toninho ainda morava, mas não por muito tempo.

A casa de uma tia de Sílvia, na mesma rua, ficou vaga, e o casal se mudou para lá. Era muito mais espaçosa do que a quitinete em que moravam, e na garagem agora, no lugar do Fusca 1969, havia um Fiat Uno CS zero quilometro, e muita vontade de trabalhar e progredir.

Ferreira comprou uma casa de campo em Ipiabas, lugarejo bucólico perto de Barra do Piraí. Era um lugar selvagem, com vegetação exuberante, cachoeiras e fazendas, recanto ideal para soltar as crianças sem preocupações. Toninho passou muitos finais de semana naquele paraíso, junto da família. Nunca levava cocaína, e por isso mesmo conseguia relaxar e desfrutar do convívio familiar, embora não ficasse livre das brigas com Sílvia que acompanhavam o casal em todas as ocasiões. Sem o vínculo profissional, Ferreira e Toninho tornaram-se grandes amigos e Toninho tratava os sobrinhos como filhos, sempre preocupado em protegê-los e alegrá-los com suas palhaçadas.

Num desses fins de semana juntos, Toninho recebeu um recado de Baiana. Renato havia falecido e o enterro seria no dia seguinte, no cemitério do Irajá. Sua recuperação havia regredido e ele foi internado às pressas, com o sistema imunológico enfraquecido. Falou-se em infecção generalizada, mas os amigos desconfiavam de AIDS. As informações eram desencontradas, e a perda do amigo bateu como um tiro no peito de Toninho. Reprisou em sua mente todos os planos que haviam feito em sua última visita e os muitos momentos de alegria que passaram juntos. Era um pesadelo. A morte finalmente havia chegado bem perto de Toninho.

No dia seguinte, ele e Sílvia retornaram apressadamente para o Rio de Janeiro, mas não conseguiram chegar a tempo de ver o amigo ser sepultado. Ao se aproximarem do portão do cemitério, encontraram Baiana e Dimas, que já se preparavam para irem embora. Abraçaram-se e não conseguiram dizer nada. Ficaram alguns minutos tentando encontrar alguma palavra, alguma poção mágica que fizesse o tempo andar para trás e trazer Renato de volta, mas nada aconteceu. Despediram-se, e cada um seguiu seu caminho. Toninho se sentiu muito estranho. Em sua imaginação, o Grupo Terra era imortal. Guardava os velhos amigos no lugar mais especial da estante de sua memória e pretendia voltar com eles aos tempos de alegria, assim que conseguisse resolver as situações e encrencas em que havia se metido. Agora, Renato não estaria mais lá, e isso parecia inaceitável demais enquanto o Brasil e o mundo se transformavam rapidamente naquele final de década.

As primeiras eleições diretas para presidente após a ditadura militar finalmente se tornaram uma realidade, trazendo de volta o sonho de uma nação democrática e de uma sociedade mais justa e igualitária. O pluripartidarismo apresentou vinte dois candidatos, entre eles Fernando Collor de Mello, Leonel Brizola, Ulysses Guimarães, Fernando Gabeira, Roberto Freire e Lula. Toninho já havia se desiludido com Brizola, que em sua opinião deixara muito a desejar com seu populismo demagógico e sua falta de comprometimento com as promessas de campanha. Ainda não entendia bem a ética da responsabilidade do político — sugerida já no século XVII por Nicolau Maquiavel em *O Príncipe* —, nem o jogo sujo do poder onde os fins justificam os meios. E os fins na política são quase sempre a manutenção do poder nas mãos dos governantes e a preservação dos interesses dos grupos aliados.

Decepcionado com Brizola, passou a defender entusiasticamente a eleição de Lula, que representava muito mais do que uma simples liderança de esquerda: era um representante legítimo da classe operária. E foi um Toninho estarrecido que tomou conhecimento da contagem final dos votos, que no segundo turno levou Fernando Collor de Mello ao Palácio do Planalto. Depois de lutar tanto pelo direito de votar, pressentia que o Brasil não tinha estreado muito bem na democracia plena, com a eleição de um político que parecia ter saído da banda do cantor de *glam rock*, Gary Glitter.

O mundo à sua volta se desmanchava no ar e embora Toninho o sentisse, continuava decidido a se dedicar ao novo emprego e a controlar seu consumo de cocaína. Passou a responder diretamente à gerência comercial em São Paulo, e trabalhava com extrema liberdade e autonomia. Salvo nos dias em que recebia alguma visita dos técnicos ou de seus superiores da matriz, organizava seu horário e seu roteiro livremente. Procurava programar as últimas visitas para os clientes próximos do Jardim América. Empenhava-se, dessa forma, em manter as responsabilidades profissionais em dia, ciente e conformado de que não seria capaz de abolir definitivamente o pó de sua rotina. Teria que administrá-lo, para que lhe causasse o menor prejuízo possível e à sua família.

Mas a cocaína não aceita acordos nem negocia seu domínio. Apesar de desenvolver um bom trabalho na nova empresa, sendo elogiado por todos e um pouco mais tarde promovido, o percentual de tempo e energia dedicado ao emprego ia gradativamente diminuindo, na mesma proporção que o consumo da brizola aumentava. Desdobrava-se, tentava superar-se em produtividade durante o expediente, sabedor de que o encontro improdutivo com a cocaína era inevitável.

Em uma quarta-feira de setembro de 1989, Toninho fez boas visitas na parte da manhã e após o almoço partiu para o Acari. Quando dobrou na Avenida Automóvel Clube, deu de cara com uma caravana de carros da Polícia Militar que deixava o local com as sirenes ligadas, enquanto muitos outros continuavam estacionados em todas as entradas da favela. Era mais uma das grandes operações policiais na região, que havia se tornado o principal alvo da polícia carioca.

Parou na padaria para beber um refrigerante, sondar o terreno e descobrir há quanto tempo os homens estavam ali, para poder avaliar se seria possível esperar que saíssem. A notícia chegou rápida. Cy havia sido preso pelos policiais do 9º BPM. Desarmado e sem flagrante, estava em um barraco modesto passando-se por um simples morador, enquanto a polícia fazia a operação "pente fino" na favela. O primeiro a entrar no humilde recinto foi um sargento antigo, acostumado a pegar seus arregos com o chefão do Acari. Olharam-se, e o sargento saiu do barraco dizendo que lá não havia nada que interessasse. Mas um jovem oficial recém-saído da academia desconfiou e entrou para conferir, reconhecendo imediatamente o traficante mais procurado do Brasil pelas fotos que havia visto no batalhão. Deu voz de prisão a Cy e o conduziu rapidamente para o comandante da operação sob os olhares furiosos da maioria da tropa, que via ali sua galinha dos ovos de ouro caminhando para a panela.

Cy não reagiu. No dia seguinte, todos os jornais estampavam sua prisão nas primeiras páginas. Na cadeia, Cy, que até então tinha se mantido neutro em relação às facções do crime organizado que já dominavam todas as favelas do Rio, foi obrigado a se engajar em uma delas para se manter vivo. O Comando Vermelho passava por uma crise, com a chegada de traficantes mais jovens na cúpula da organização. Essa nova geração tinha um perfil pautado pela violência e consumo desmedido de drogas, o que desagradava os fundadores do grupo criminoso e a maioria dos moradores das comunidades dominadas pelo tráfico. Cy fazia parte de uma geração de bandidos mais velhos, e por sugestão de Robertinho de Lucas e Miltinho do Dendê, mandou ordens para que o Acari filiar-se ao Terceiro Comando, rival do Comando Vermelho.

Seu Rubens ficou responsável pela boca principal da Piracambú enquanto o chefe estava atrás das grades, e acatou a determinação de Cy. Mas isso desagradou muita gente, principalmente uma turma de jovens traficantes, que Seu Rubens teve que eliminar. A qualidade da cocaína do Acari começaria a variar depois da prisão de Cy e já não seria reconhecida como a melhor do Rio de Janeiro. Naquele dia, Toninho retornou de mãos vazias para o Jardim América e teve que se contentar com a cocaína misturada da Rua Seis, de onde se tornaria um dos principais fregueses nos anos seguintes.

Capítulo 35

O baixo astral parecia perseguir Toninho. Com um de seus maiores amigos morto, seu grupo de teatro estava irremediavelmente desfeito; a utopia socialista que tanto o seduzira na juventude mais tenra parecia nocauteada, enquanto a fúria capitalista abria contagem para estender seu modelo consumista aos países anteriormente apadrinhados por Moscou. O sonho das "Diretas Já" se traduzira na eleição de Collor, que logo no dia seguinte à sua posse confiscou os ativos das cadernetas de poupanças dos brasileiros. Cy estava preso e o Acari já não parecia um espaço seguro e familiar. Seu casamento afundava em brigas e desentendimentos.

Nem num simples domingo na praia ou numa ida ao supermercado ficava livre dos bate-bocas e das ofensas infundadas de Sílvia. Estava cada vez mais sufocado naquele relacionamento. Tentara inúmeras vezes considerar suas próprias falhas, e reacender as esperanças de se entender com Sílvia, mas o temperamento da mulher não dava tréguas. Quando a discussão esquentava, Toninho tentava bater em retirada para que os filhos não assistissem. Mas Sílvia não se calava, e o seguia aos gritos, puxando-o pelos braços, o que em diversas ocasiões levava a pendenga até bem próximo da agressão física e muitas vezes deixava as unhas da mulher marcadas no corpo do marido. Era autoritária e intransigente, e quando Toninho pedia que falasse baixo para não acordar as crianças, aí é que ela aumentava o volume dos seus disparates. Toninho já a empurrara com violência algumas vezes, e em outras teve que chamar Isabel para acalmar a filha que se descontrolava constantemente. O casamento havia começado errado, e desde então caminhava fora dos trilhos para um destino ignorado, mas previsível.

Foram várias as vezes em que saiu de casa decidido a não voltar. Com algumas poucas roupas em uma sacola, chegava à casa de Aurélia, mas a saudade dos filhos apertava seu coração. Acabava voltando com a desculpa de pegar seus discos e se sentindo fraco e impotente. Depois, faziam as pazes e voltavam a tentar viver como marido e mulher, trocando bilhetes e cartões com pedidos de desculpas e juras de amor, mas as cicatrizes dessas pelejas iam se acumulando no coração de cada um. Muitas vezes ele acordava realmente disposto e convencido a mudar de rumo, mas depois de se arrumar para o trabalho já saía batendo a porta, xingando e sendo xingado pelos motivos mais fúteis, como a constante falta de cuecas limpas na gaveta. Nessas ocasiões, qualquer resquício de uma decisão de se manter longe do pó desaparecia imediatamente. Toninho só pensava em chegar logo ao final do dia de trabalho e dar uns *tecos* com os amigos.

Aurélia via a infelicidade do casal e tentava intervir com alguns conselhos e opiniões, mas o fazia com sua tradicional falta de sutileza e era rechaçada violentamente. Sílvia não tolerava a menor interferência da sogra e retribuía as observações da avó sobre seus filhos com arrogância e agressividade. Ficavam longos períodos sem se falar e Toninho tinha que se desdobrar para conciliar os folclóricos litígios entre nora e sogra. Conhecendo muito bem os excessos de ambas as partes, tentava equacionar a incompatibilidade para que o convívio entre sua mulher e sua mãe fosse o menos traumático possível para ele e para seus filhos. Muitas vezes tinha que deixar Sílvia na casa de Lelo para poder levar rapidamente os meninos para verem a avó.

Nesse ínterim, sempre dava um jeito de escapulir para dar uma passada na Rua Seis ou na Vila Esperança, que agora também já tinha uma boca regular devidamente estabelecida próxima à quadra de esportes do conjunto habitacional. A década de 1990, aliás, chegava com a cocaína sendo encontrada em quase todas as esquinas e favelas do Rio de Janeiro, e no Jardim América não era diferente.

Os anos noventa prometiam ser um tempo de grandes e rápidas revoluções tecnológicas, principalmente ligadas à informação. A informática se desenvolveu, tornando o computador uma realidade incontestável e a internet uma novidade sedutora. O CD, tão temido e desdenhado por Toninho, já era comum e o espaço destinado aos vinis nas lojas de discos foi diminuindo, até desaparecer por completo. O DVD surgiu substituindo o VHS que havia encantado Toninho no final dos anos 1970 naquela festa na casa do antigo namorado de Dimas. Embora distante ainda das classes mais pobres, já se ouvia falar no telefone celular. O vírus da AIDS contaminava a população em uma velocidade alarmante, causando baixas no meio artístico como as mortes de Cazuza e Renato Russo. A cocaína parecia ser a droga preferida para compor esse cenário de rapidez de informação, sensações e sentimentos. O pó se popularizou em todas as camadas sociais, e o dinheiro de seu comércio aparelhou as quadrilhas com armamentos modernos de alto poder de destruição.

Toninho foi apresentado ao novo gerente de vendas, que assumiu o comando da região do Rio de Janeiro. Era Domingos, um sujeito muito inteligente e dedicado ao trabalho, que havia entrado na empresa aos 16 anos como aprendiz. Acumulava vários anos de bons serviços e gozava de certo prestígio junto à diretoria. No entanto, era conhecido por sua franqueza exagerada e sua língua solta ao lidar com a incompetência de seus colegas. Era eficiente, mas pouco político. Tinha um casamento frio e um filho único, que demandava cuidados especiais por causa de um atraso em seu desenvolvimento intelectual. Embora o casal convivesse sem paixões, pelo menos não brigavam como Toninho e Sílvia. Eram dois bons amigos que moravam juntos. Domingos namorava uma funcionária do departamento de compras da matriz, menina muito simpática e paciente. Incentivava seus estudos, e ela se formaria e subiria na hierarquia da empresa.

Domingos e Toninho se tornaram grandes amigos. Sempre que Toninho ia a São Paulo, o gerente fazia questão de levá-lo à noite aos bons restaurantes, quando acompanhado da namorada, e aos puteiros e boates, quando estavam sozinhos. Sentia-se na obrigação de retribuir o que Toninho fazia por ele no Rio. O que Domingos não imaginava é que no Rio de Janeiro, enquanto estava com ele em alguma esbórnia após o expediente, Toninho não via a hora de deixá-lo no hotel ou no aeroporto para correr para a cocaína. Em São Paulo, contava os dias para retornar à sua cidade, pelo mesmo motivo. Nunca levou cocaína para São Paulo, pois sabia que isso poria em risco o seu emprego. Não conseguiria conter-se, nem se relacionar da maneira esperada com seus companheiros. Se era obrigado a passar muitos dias lá, a fissura se tornava enorme e ele algumas vezes sentia aquelas contrações revirando seu abdômen quando a ponte aérea sofria atrasos, ou quando pegava seu carro no Aeroporto Santos Dumont e ficava preso nos gigantescos engarrafamentos que retardavam sua chegada à Rua Seis, à Vila ou ao Acari.

Adotou a estratégia preventiva de deixar o pó no carro que ficava no estacionamento do aeroporto, aguardando seu retorno. Assim, descia do avião e só precisava caminhar alguns metros para dar o primeiro teco. Usava sua criatividade apenas para inventar meios de não deixar que o vício implodisse seu emprego, nada mais de shows, cinema, projetos ou sonhos. Seu único sonho agora era ver os filhos trilhando um bom caminho, sabendo se defender das armadilhas da vida como aquelas em que ele havia caído. Sua compleição, cada vez mais debilitada, refletia os efeitos do pó. Sua magreza tornou-se cadavérica. Mesmo assim, fazia sucesso entre as mulheres e tinha várias namoradas, muitas delas trabalhando nos clientes que atendia. Mas dividido entre as responsabilidades do trabalho e da família, e a obrigação mórbida da brizola, restava muito pouco para as incautas que, descuidadamente, se apaixonavam por ele.

Não sobrava tempo para mais nada. Diariamente, a partir das 17h00, estava drogado, sozinho ou em companhia da turma, onde a cocaína era o distintivo que os credenciava a uma convivência improdutiva. O pó estava entranhado na rotina do grupo de amigos; juntos, só pensavam em se endoidar.

Toninho saiu do último cliente decidido a passar na Rua Seis e comprar dois papelotes antes de ir para o ponto de encontro com os amigos, que nessa época havia sido transferido para o Bar do Sílvio, próximo à casa de Coelho. Mudavam de ponto quando começavam a ficar muito manjados pelos moradores. Toninho ficava cada vez mais paranoico quando cheirava. Projetava sua atenção em atos e fatos que lhe pareciam iminentes, mas que nem sempre iriam se concretizar. Sua situação depois do segundo ou terceiro teco poderia ser definida como um desconfortável e constante estado de alerta máximo.

Já tinha se conformado com a qualidade quase sempre baixa do pó da Rua Seis. Mesmo nas vezes em que ia ao Acari, chegava a entrar na favela torcendo para que a mercadoria não estivesse tão boa como nos tempos de Cy. Assim, poderia se recuperar mais rápido e chegar em casa em estado menos alterado. A proximidade e a facilidade das compras na Rua Seis, no entanto, fazia com que compensasse a baixa qualidade comprando uma maior quantidade, o que o deixava muito pancado também. Como era conhecido pelos vapores da Rua Seis, na maioria das vezes nem precisava sair do carro para ser servido: era o *drive-thru* da droga.

Desceu o morro e parou em uma rua deserta de Vigário Geral, sem desligar o motor. Derramou o conteúdo de um papelote sobre a capa de couro preto de sua agenda e deu o primeiro teco do dia, sob o sol escaldante do verão carioca. Sentindo-se aliviado, mas sabendo que a sensação duraria pouco, dirigiu-se para o Jardim América. Ao passar em frente à casa de Coelho viu o amigo atravessar a rua em companhia de mais dois sujeitos. Um deles era Paulinho Escopeta, que morava em frente e também fazia parte da galera do pó. O outro, Toninho só conhecia de vista, mas sabia que também era vizinho de Coelho. Paulinho fez sinal para Toninho enquanto os três se preparavam para entrar na casa de Coelho. Toninho estacionou o carro, os cumprimentou e foi apresentado ao terceiro cara, Toninho também, filho de um marceneiro português.

O sujeito suava bicas. Paulinho tinha um sorriso maquiavélico no rosto e um velho amplificador doméstico Gradiente embaixo do braço. Coelho estava agitado e apressou os amigos a entrarem em sua casa. Passando por sua mãe, que fumava sem parar diante da televisão, foram para o quarto do rapaz, que trancou a porta. Enquanto tirava os parafusos para abrir a caixa metálica do amplificador, Paulinho explicava o que estava acontecendo e o motivo de tanta agitação.

O tio do xará de Toninho era fogueteiro no Acari, e morava em um barraco onde a quadrilha costumava deixar o estoque de cocaína enterrado em galões de aço. A prisão de um vapor e alguns choques elétricos em seus testículos tinham feito o bandido abrir o bico e entregar a localização do paiol do pó para a polícia; mais de trinta quilos de cocaína pura, acondicionada em sacos de um quilo cada, foram apreendidos, e no dia seguinte seriam "revendidos" de volta à quadrilha. O tio do vizinho de Coelho conseguira se esconder, mas, ao voltar em casa para pegar algumas roupas antes de desaparecer da favela, encontrou um desses sacos esquecido pela polícia no fundo do buraco aberto no quintal. Deixou a droga com o sobrinho enquanto sumia por um tempo, temendo por sua vida.

Quando Paulinho retirou a tampa do gabinete do amplificador, revelou-se o que parecia ser um saco de açúcar prensado. Toninho nunca tinha visto tanta cocaína junta. Paulinho rasgou a ponta do saco de polietileno, enquanto Coelho foi até a cozinha pegar um prato e uma colher de sopa. O cheiro forte daquele pó com 100% de pureza encheu o quarto com algo que lembrava acetona e assustou Toninho, que imediatamente ficou com uma tremenda dor de barriga. O dono do quilo, sorrindo, enfiou a colher de sopa no saco e jogou atrapalhadamente uns vinte gramas de cocaína no prato, derrubando uns cinco no chão.

— Pode pegar aí, galera! Isso é pra gente brincar hoje!

Coelho se preparou para fazer um canudo, mas sua mãe bateu na porta do quarto perguntando o que estava acontecendo.

— Nada não, mãe. Nós estamos só conversando.

Paulinho sugeriu:

— Vamos lá pra casa. Lá tá limpeza — lacrou o saco e colocou-o novamente dentro do amplificador, enquanto o xará de Toninho tentava aparafusar o aparelho com as mãos trêmulas.

Coelho rasgou um pedaço de uma revista erótica das muitas que guardava no quarto e embrulhou a cocaína que estava no prato. Toninho pegou uma nota no bolso e recolheu para ela o que havia sido desperdiçado no chão, dobrando as pontas da cédula e guardando-a na carteira. Saíram cumprimentando a mãe de Coelho, que advertiu o filho como sempre fazia.

— Olha bem o que vocês estão fazendo! Deus tá vendo!

Coelho pediu um cigarro à mãe e saíram. Esperaram o filho do marceneiro guardar o amplificador em casa e foram para a casa de Paulinho. Ficaram na varanda em frente à pequena casa. Seus pais, aposentados, estavam na sala assistindo televisão. Paulinho pegou um caderno e Coelho derramou uma quantidade estúpida de brizola sobre a capa plastificada. Bateu quatro rapas da grossura e do comprimento de um dedo médio. O dono do pó foi primeiro, não conseguindo chegar nem na quarta parte de sua rapa. Todos se serviram, sem conseguir eliminar de uma só vez as trilhas que lhes cabiam.

Toninho foi o último, e o mais cauteloso. Tinha medo de pó desconhecido. Se aquela cocaína misturada com outras substâncias comprada nas mãos dos traficantes do Acari já o deixava monstruosamente transformado, imaginava o que poderia fazer se fosse totalmente pura, como a que se encontrava em cima daquele caderno. Cheirou apenas uma pontinha da rapa e imediatamente viu que tinha razão. O gosto, o cheiro e a dormência imediata de sua gengiva comprovaram o grau de pureza da droga.

Fizeram um rateio para comprar cerveja no bar em frente enquanto conversavam alucinadamente. De vez em quando tiravam o caderno do esconderijo e reforçavam a trincação com mais um puxão, aos poucos diminuindo o tamanho das trilhas. Toninho sentiu a droga correr no seu sangue e se espalhar em seu cérebro, que passou a disparar alertas potentes. Começou a se sentir acuado na varanda minúscula, receoso de que os pais de Paulinho os surpreendessem. Já falava com dificuldade devido ao seu queixo travado. Disse aos amigos que iria para o Bar do Sílvio, onde seu carro estava estacionado, e os aguardaria lá para mais uma cerveja.

Coelho era um "olho-grande". Diante daquela fartura de cocaína, não se conteve. Depois de eliminar toda a sua trilha ainda perguntou a Toninho, com os olhos esbugalhados:

— Aí, Toninho, não vai querer esse restinho da tua rapa?

— Não, Coelho. Tô legal.

O "restinho" era mais da metade, e antes de sair pelo portão da casa, Toninho viu Coelho exterminando de uma só vez o restante da trilha que ele havia recusado. Caminhou menos de vinte passos pela calçada quando escutou seu xará, que ele acabava de conhecer, chamando-o de volta.

— Ô Toninho, volta aqui, cara. O Coelho tá passando mal.

Com seus batimentos cardíacos acelerados, Toninho retornou com passos largos, já prevendo o pior. Ao chegar próximo ao portão, viu o amigo deitado no chão tendo uma overdose, enquanto Paulinho segurava sua cabeça e dava pequenas tapas em seu rosto. Seus punhos cerrados estavam cruzados na altura do púbis e seu corpo quicava no chão, como se recebesse descargas elétricas intermitentes. Seus olhos virados e semiabertos não mostravam as pupilas. Paulinho correu para dentro de casa para pegar água, mas antes gritou para Toninho:

— O cara caiu. Temos que levar ele pro hospital. Pega o carro lá, Toninho! Temos que socorrer ele!

Toninho saiu correndo em direção ao seu carro, já prevendo no caminho que aquilo tudo iria dar merda. A polícia seria chamada e todos seriam presos. Só pensava em fugir daquele lugar e daquela situação. A uns cinquenta metros do carro, seu coração parecia estar batendo no pescoço e ele teve que parar, pois achou que também teria uma overdose. Diminuiu o passo tentando normalizar a respiração e entrou no carro, decidido a escapar dali. Jogou fora o outro papelote, comprado mais cedo na Rua Seis, jurando a Deus e a si mesmo que nunca mais iria cheirar.

Esqueceu-se das quase cinco gramas da pura que estavam embrulhadas na nota em sua carteira. Manobrou o carro se preparando para a fuga, mas a imagem de Coelho no chão foi mais forte. Raciocinou que naquele momento só ele estava de carro, e poderia prestar socorro imediato ao amigo. *E se Coelho morresse por falta de socorro? E se morresse em seu carro? E no hospital, o que iriam dizer? E se chamassem a polícia?* Enquanto não encontrava respostas, voltou à casa de Paulinho. Subiu a calçada em alta velocidade, saltou do carro e entrou no quintal. Encontrou Coelho já sentado em uma cadeira, completamente grogue e com os olhos ainda virados. A mãe e o pai de Paulinho esfregavam vinagre em seus pulsos e em seu nariz, tentando reanimá-lo, enquanto Paulinho tentava explicar aos pais o que havia acontecido.

— É que ele não almoçou hoje, pai. Coelho é teimoso. Fica só bebendo e não come.

A mãe de Paulinho, com a ingenuidade das mães, reforçava:

— Esse menino tem que se alimentar. Não pode ficar assim. Tem que levar ele pro médico.

Toninho colocou Coelho no banco de trás, tentando decidir para onde o levaria. Paulinho sentou-se na frente e sugeriu uma pequena clínica que havia no bairro. A todo momento perguntavam ao amigo se estava se sentindo melhor, e Coelho se limitava a acenar positivamente com a cabeça, sem conseguir falar uma palavra. Chegaram à clínica. Toninho, que parecia estar em melhores condições para falar, se dirigiu à recepcionista.

Ao ver Coelho entrando apoiado em Paulinho, a mulher chamou o médico de plantão. Coelho foi colocado em uma maca e levado para um quarto. Enquanto Paulinho preenchia a ficha de internação, Toninho resolveu ser sincero com o médico, que era boliviano e queria saber o que havia acontecido.

— Ele cheirou cocaína, doutor. Acho que passou dos limites.

— Ele faz isso há muito tempo?

— Não.

— Vocês têm que conversar com ele. Isso mata.

— Ele vai ficar bom, doutor?

— Vamos ver.

Toninho não conseguia ficar parado na sala de espera. Andava de um lado para o outro vigiando a recepcionista, achava que qualquer movimento ou olhar da mulher era prenúncio de que iria chamar a polícia. Paulinho estava com mais de dez gramas de cocaína pura no bolso, e convidou Toninho para cheirar no banheiro da clínica. Toninho sentia que a brizola continuava em seu sangue e dispensou o convite. Entrou no carro, dizendo que voltava logo. Deu mais de vinte voltas no quarteirão, desesperado, sem sentir a excitação do pó diminuir. A cada volta, se aproximava do estacionamento da clínica com a intenção de parar, mas arremetia novamente para a pista, sentindo-se incapaz de enfrentar aquela situação.

Numa dessas voltas, Paulinho veio até a janela do carro e informou que a clínica estava pedindo dinheiro ou um cheque de garantia para o atendimento a Coelho. *Cacete! Agora é que eles chamam a polícia mesmo* — pensou Toninho. Achava que o número da placa de seu carro já havia sido anotado pela clínica, que o repassaria para a polícia. Disse que ia tentar resolver a questão e saiu novamente, acelerando o carro. Mais algumas voltas e passou por Russo com sua moto em um cruzamento. Russo, que antes criticava os amigos pelo consumo cotidiano de cocaína, também já havia caído nas garras do vício e frequentava o Jardim América quase diariamente.

— O que aconteceu, Toninho? Você tá com o maior olhão! De

onde é essa boa? Me deixa assim também.

Toninho explicou rapidamente o que havia acontecido e falou da potência da droga consumida por ele e por Coelho. Perguntou se o amigo tinha um cheque para deixar como garantia na clínica, mas ele disse que não. Russo foi para a clínica enquanto Toninho deu mais algumas voltas até conseguir parar o carro e entrar na clínica. O médico boliviano estava sentado na recepção, e ao ser perguntado sobre o estado de Coelho respondeu em seu idioma natal:

— *Muy bien! Muy bien!*

Toninho foi até o quarto e encontrou Coelho deitado, com soro na veia e uma enfermeira ao seu lado. A mulher dava conselhos para ele abandonar a droga e falava de um antigo namorado, que havia morrido de overdose. Coelho já estava falando normalmente, e prometia à mulher que depois do que havia passado naquele dia nunca mais iria cheirar.

Paulinho e Russo saíram do banheiro onde estavam cheirando. Toninho percebeu que Russo também já estava com aquela cocaína forte em sua corrente sanguínea. Depois de algumas horas, Coelho teve alta. Paulinho assinou um termo se responsabilizando pelas despesas e Toninho levou o amigo para casa. No carro, perguntou a Coelho o que havia sentido.

— Não me lembro de nada, Toninho. Só sei que depois do último teco minha vista escureceu e meus ouvidos começaram a zunir. Depois disso só me lembro de estar deitado na clínica. Nunca mais eu quero cheirar essa merda. Quase morri, cara! Quase morri!

Aquela descrição fez Toninho lembrar o que havia sentido na Abolição. Suas suspeitas se confirmaram. Teve então certeza absoluta de que naquele dia, em seu passado não muito distante, sozinho na cozinha do apartamento de sua mãe, também havia estado realmente perto de uma overdose. Juntou suas promessas de não voltar a cheirar às de Coelho, embora só pensasse no resto de cocaína em sua carteira e muito mais no amplificador de seu xará.

Nem ele nem Coelho iriam cumprir suas promessas. Deixou o amigo em casa e foi procurar Lelo e Joe, para apresentá-los àquele pó. Era nitroglicerina pura. No primeiro teco, quando chegava ao cérebro, era como se um grito desesperado ecoasse pelos neurônios e uma tempestade de êxtase desabasse sobre todos os nervos do corpo. Toninho se lembrou do álbum do Deep Purple chamado "Made in Europe". Gravado ao vivo em 1975, durante as últimas apresentações do guitarrista Ritchie Blackmore com o grupo, o disco já apresentava a formação original da banda parcialmente alterada, com David Coverdale nos vocais e Glenn Hughes no baixo. Na faixa "Stormbringer", antes do início da música, Coverdale anunciava o próximo número do show com um grito igualmente desesperado:

— *This song is called... Stormbriiinnnggeeer!!!*

Era assim que aquela cocaína batia na cabeça. *Stormbringer!* Como o grito de Coverdale. E não saía fácil do sangue, a onda ficava por muito mais tempo do que no caso das outras brizolas misturadas vendidas nas bocas. Por causa dessa analogia elaborada pela sátira afiada de Toninho, aquele quilo de cocaína pura ficou conhecido na roda de cheiradores do bairro como "Stormbringer", e o xará de Toninho para sempre se transformou em "Toninho Stormbringer".

Precisava encontrar logo alguém para compartilhar o pó, que o assustava e atraía na mesma proporção. Encontrou primeiro Lelo no Bar do Aluísio, e bateu um teco para o amigo. Os dois cheiraram e precisaram dar uma volta inteira no quarteirão, andando, sem pronunciar uma única palavra, até conseguirem falar alguma coisa.

— Caralho! Que foda, hein? Tem mais?

— Tem mais um pouco comigo, Lelo. O cara tá com um quilo. Vai devagar. Foi essa que derrubou o Coelho.

Às duas da manhã estavam todos no Bar do Nelson, um reduto de cheiradores que abria às 19h00 e fechava às 7h00. Paulinho, Russo, Lelo, Joe e Toninho, completamente alterados pela *Stormbringer,* não se cansavam de comentar a overdose de Coelho, apostando que dessa vez o amigo iria dar um tempo. Cada conhecido que chegava era servido com um teco e se juntava a eles, mordendo a língua pelos cantos do bar e em volta das mesas de sinuca, impressionado com a potência do pó. Toninho sabia que tinha que ir embora, pois Sílvia já devia estar preocupada. Fazia umas duas horas que havia parado de cheirar tentando se reequilibrar para voltar para casa, mas ainda tinha algum pó na carteira. Ninguém acreditou quando Coelho apareceu com um cigarro na mão:

— Bate um teco aí, Paulinho.

Os amigos negaram naquele dia, mas no dia seguinte Coelho já estaria cheirando novamente aquele pó amaldiçoadamente puro, que quase o tinha matado.

Toninho chegou em casa e Sílvia se levantou da cama. Estava chorando agarrada a uma Bíblia, com maus pressentimentos sobre o marido. Antes de começar a briga, Toninho contou à mulher o que havia acontecido com Coelho e o que tinha passado para salvar a vida do amigo, justificando o seu atraso. Sílvia ficou assustada e foi dormir, desistindo de maiores cobranças. Toninho decidiu dar o último teco de sua vida e jogar fora o resto do pó, que naquela madrugada parecia não querer acabar. O que sobrou despejou dentro de um vaso de plantas aquáticas que ficava em cima da mesa da cozinha. Viu a *Stormbringer* mergulhar lentamente na água, se desfazer e sumir.

Deitado, não conseguiu dormir, e com o dia quase amanhecendo foi tentar resgatar das folhas da planta alguns vestígios da droga que havia jogado fora. Engatinhou pelo chão como um porco na sarjeta, tentando recolher um pouco do pó que havia caído por lá também. Conseguiu juntar uma quantidade irrisória, misturada à poeira e impurezas que sujavam o assoalho da cozinha. Cheirou aquilo e se jogou no sofá da sala, esperando a hora de tomar banho e ir trabalhar.

Aquele ficou conhecido como o verão da *Stormbringer*. Enquanto a cocaína durou, as maiores loucuras foram praticadas. Toninho *Stormbringer* recebeu vários objetos de valor em troca de um pouco de pó, e uma horda de malucos rondava sua casa diariamente, esperando que aparecesse na janela para lhe pedir um pouco daquela brizola que ficou famosa no bairro. Mais três pessoas caíram com overdose. Não morreram, mas uma delas morava na favela da Furquim Mendes e os bandidos de lá acabaram sabendo da existência do "quilo". Mandaram um recado ameaçador para o dono do pó, que teve que ceder uns cem gramas para a quadrilha em troca de sua vida.

O tio fugitivo voltou, e depois de dois dias cheirando sem parar teve um surto psicótico. Dizia-se perseguido por alguém e com uma faca na mão ameaçou a todos na casa do velho marceneiro português. Foi amarrado, e uma ambulância o levou para interná-lo num manicômio.

Russo bateu o recorde da turma, ficando três dias seguidos na rua sem dormir e sem voltar para casa. Só não ultrapassou essa marca porque seu pai foi buscá-lo no Jardim América. Toninho deu graças a Deus quando a *Stormbringer* acabou. Milagrosamente, todos sobreviveram.

Capítulo 36

Gabriel e Daniel cresciam e se revelavam crianças inteligentes, sensíveis e de bom coração. Gabriel era mais competitivo e desinibido. Puxara o lado ansioso do pai e vibrava com jogos e esportes, principalmente o futebol. Toninho sempre o levava para a beira dos campos de Éden e se juntava aos meninos da idade dele para promover peladas animadas, onde procurava equilibrar os resultados tornando a brincadeira mais divertida e evitando grandes rivalidades e frustrações para o filho, que tinha dificuldades em lidar com a derrota. Aos poucos, ia ensinando a Gabriel o espírito esportivo, como aceitar de cabeça em pé os percalços e as contrariedades.

Daniel era mais tímido e introspectivo. Inventava seus próprios jogos de maneira simples, mostrava afinidade pelas partes lúdicas das brincadeiras e interesse especial pelas fantasias. Tinha um claro perfil propenso às artes, e isso ficou óbvio para Toninho quando o garoto, com seus quatro anos de idade, largava tudo que estava fazendo para ouvir os discos de rock do pai tocando na vitrola. Chegava mais perto e começava a fazer perguntas sobre as figuras nas capas, os nomes dos músicos e bandas. Quando fez cinco anos, Toninho lhe deu uma pequena bateria de brinquedo que se transformou no passatempo preferido do menino. Toninho percebeu que Daniel não espancava aleatoriamente a bateria com suas pequenas baquetas, mas buscava o andamento correto da música e tentava acompanhar, parando sempre que saía do ritmo.

Quando Daniel completou sete anos, Toninho o colocou em uma escola de música em Nilópolis. Era uma escola limitada, dirigida por um velho maestro que introduzia as crianças na teoria musical. Depois de alguns meses de aula, o maestro chamou Toninho à escola para dizer que Daniel tinha grande potencial para a música, uma aptidão nata que precisaria ser incentivada e desenvolvida em outro lugar, pois ali já havia feito o que podia.

Toninho sempre incentivaria nos filhos suas vocações, sabedor da dor que é viver longe dos seus sonhos e da tortura de ter que abrir mão dos seus dons. Gabriel percorreria várias escolinhas de futebol, tentando passar pelo funil apertado que dá a alguns poucos uma oportunidade na carreira profissional; e Daniel acabaria se confirmando um músico excelente. Pai e filhos eram amigos inseparáveis, e Toninho se esforçava para mantê-los apartados do drama que vivia com as drogas e poupá-los sempre que possível de presenciar suas brigas com Sílvia.

Raramente, Toninho conseguia programar uma ida a um show, e quando isso acontecia, sempre dava um jeito de levar Joe consigo para garantir uma companhia para o pó da noite. Mas Sílvia não se conformava em ficar de fora desses programas. Numa dessas noites, Toninho convidou Joe para um show no Circo Voador, e no carro, antes de entrarem na casa de espetáculos, decidiu dar um teco. O clima entre o casal estava amistoso naquele dia, e ainda não tinham discutido nenhuma vez. Toninho queria manter as coisas do jeito que estavam e pediu que Sílvia não o atormentasse por causa da inevitável cocaína, que como ela sabia estava com Joe e seria consumida pelos dois amigos.

Sílvia surpreendeu o marido. Disse que também queria cheirar. Toninho negou e tentou desconversar, envergonhado pela presença de Joe. O amigo achava que Sílvia era totalmente "careta" e nunca havia experimentado drogas. Toninho queria preservar a mulher dos comentários de sua turma, mas sabia que contrariá-la era impossível. Três rapas foram esticadas por Joe, e Sílvia, depois de muitos anos, voltou a dar um teco. A noite transcorreu animada, com Toninho indo várias vezes ao banheiro para mais e mais tirinhos. Recomendou a Joe não comentar com ninguém que Sílvia havia cheirado também.

Na volta para casa, já de madrugada, Toninho quis passar com Joe na Rua Seis para pegar mais pó, mas achou que Sílvia iria fazer um escândalo. Mais uma surpresa. Sílvia não fez a menor objeção e aguardou tranquilamente no carro, junto de Toninho, enquanto Joe foi comprar a cocaína. Uma parte ficou com ele no Jardim América e outra seguiu com Toninho e Sílvia para Éden. Sozinhos em casa, com as crianças dormindo na casa de Isabel, compraram algumas cervejas e Sílvia surpreendeu mais uma vez, pedindo ao marido para comprar um maço de cigarros. Não fumava desde a gravidez de Gabriel, mas o pó chamava a cerveja e o cigarro.

Conversaram como há muito não faziam. Sílvia falava com a empolgação costumeira dos novatos na cocaína, e Toninho emudecia, calejado pelo vício. O silêncio de Toninho, provocado pela agonia do pó, foi interpretado por sua mulher como a atenção e aceitação que ela tanto esperava do marido. Toninho nem se dava conta do que ela estava falando, limitando-se a concordar com um aceno de cabeça e alguns monossílabos. Só pensava em sexo, um elixir poderoso para atenuar a excitação torturante das longas noites dedicadas à brizola. Mas o sexo entre o casal já havia esfriado na geladeira dos problemas, desentendimentos e ofensas, Sílvia quase sempre arredia e indisponível e Toninho sem motivação para procurá-la.

Mais uma surpresa. Naquele dia, com seu espírito ardendo na rapidez das concepções entusiasmadas pela cocaína, Sílvia se entregou de maneira voluptuosa e desinibida. Fizeram amor como há muito tempo não faziam. Valendo-se da grande e antiga intimidade que tinha com sua mulher, fruto de tantos anos de convivência, Toninho superou o desconforto do efeito da droga, que sempre o impedia de consumar o ato, e conseguiu se satisfazer. Sílvia adormeceu e ele ficou olhando para o teto, deitado ao seu lado, tentando entender o que havia acontecido. Sua mente danificada não entendia por completo o perigo daquele passo repentino que o casal havia dado, mas ali se iniciava um costume lascivo que, lentamente, foi contaminando um relacionamento que já agonizava há tempos.

A partir dali, Sílvia já não condenaria com tanta veemência o vício do marido. Ao contrário, passaria a ser sua parceira no hábito frenético e perigoso. Consumiu cocaína com ele muitas outras vezes, e Toninho, quando chegava em casa tarde da noite, já não encontrava em seu olhar a censura de antes: via nos olhos de Sílvia uma ansiedade mal disfarçada, um desejo evidente de que alguma cocaína tivesse sido trazida para casa. Quando Toninho se trancava no quarto para mais um teco, Sílvia batia imediatamente na porta:

— Deixa um pouquinho pra mim. Tá ouvindo?

Toninho tentava desconversar. Mas sabia que sob o efeito do pó a mulher estaria mais receptiva aos seus prazeres no final da noite. Aceso pela cocaína, o que Toninho menos desejava era uma briga ou discussão que tornasse seu estado ainda mais desconfortável. E com Sílvia cheirando também, sabia que ela não o perturbaria com as costumeiras acusações e cobranças. Calava-se a tudo que ela dizia desenfreadamente e ia comprar cerveja e cigarros quantas vezes ela pedisse, pensando na recompensa que ganharia na cama após os meninos dormirem.

Percebia que Sílvia também estava se viciando e tentava interromper esse processo. Evitava chegar em casa com cocaína, mas para isso teria que ficar na rua com os amigos até o raiar do dia e não poderia trabalhar no dia seguinte. Outra opção seria ele mesmo parar de cheirar, mas essa hipótese parecia cada vez mais impossível. Até mesmo quando pegavam emprestada a casa de Ferreira em Ipiabas para um final de semana de descanso com os filhos, levavam o "demônio em pó". Na primeira noite já descarregavam o carro e arrumavam os mantimentos sob o efeito da droga, agitados, em um estado de alma que em nada se afinava com aquele lugar tranquilo, que oferecia uma interação única com a natureza. Somente nos dias seguintes Toninho tinha oportunidade de se dedicar às brincadeiras com os filhos, retornando também às brigas com a mulher.

Ela ainda não estava num estágio do vício suficientemente avançado para perceber o grande poço em que se afundava junto com o marido. Toninho, ao contrário, entendia cada mudança, cada alteração nas convicções da mulher. E se apavorava. Temia pela sorte dos filhos, que caminhavam para ter pai e mãe dependentes. Não desejava esse mal a ninguém, muito menos a Sílvia. Pensava em como libertá-la dessa teia que lentamente a envolvia, como havia acontecido com ele.

Passaram a só fazer sexo sob o efeito do pó, e isso acabou associando duas dependências e dois prazeres perigosos, sob uma lógica que sempre tentava Toninho a trazer algum pó para casa. A separação, além de parecer a solução mais lógica para aquele casamento infeliz e mal estruturado, agora se transformava também na decisão mais razoável para impedir que Sílvia se afundasse no vício. Mas ela ainda estava na fase da negação, não aceitava a ideia de estar viciada e nem mesmo admitia que o marido estivesse. Em momentos de lucidez, ou quando Toninho cheirava sem estar em sua companhia, voltava a criticá-lo, dizendo que bastava querer para parar com aquilo tudo.

Mesmo desesperado com o rumo de sua vida, Toninho não conseguia evitar o teco diário. Na maioria das vezes conseguia se esquivar das grandes quantidades e das longas noites de cheiração, mas em doses homeopáticas cumpria a obrigação inevitável do pó cotidiano. Quando isso não acontecia, parecia que o dia não havia se completado. Tudo ficava meio sem sentido. Em uma dessas tardes entrou no Acari, que fervilhava de fregueses indo e vindo em sua caravana de infelicidade. Mal se aproximou do movimento, foi chamado por Batata, um vapor boa-praça que estava sempre de bom humor.

— Fala aí, Social! Tudo beleza?

— Beleza, Batata.

— Vai pegar o quê?

— Vou pegar duas de cinco.

— Aí. Vou te dar uma ideia. A boa tá comigo. Dá uma olhada. É da amarela.

Batata entregou um sacolé na mão de Toninho, que pôde constatar através da transparência do polietileno a cor levemente amarelada do pó, o que normalmente significava alta pureza. Aproximou a embalagem das narinas e pôde sentir o cheiro forte da cocaína, que lembrou a *Stormbringer*.

— Essa é de quanto, Batata?

— De trinta.

— Pô, responsa... Acho que vou pegar só duas de cinco mesmo.

— De cinco não tem. Só de dez. Mas tá uma merda. Vai por mim. O veneno tá comigo. Você não vai se arrepender.

Depois da overdose de Coelho, Toninho tinha ficado com medo de brizolas muito puras, mas Batata era um excelente vendedor. Enfiou a mão na carteira e pegou mais dinheiro. Era dia de pagamento, e tinha uma quantia reservada para o supermercado. Comprou aquele saco bem servido de cocaína e no carro deu o primeiro teco. Realmente, a mercadoria estava especialmente forte. Lelo veio ao seu encontro assim que ele entrou no Bar do Aluísio, e bastou observar o amigo por poucos segundos para perceber o que estava rolando.

— Porra! Essa é da boa, hein? Tu tá trincadão.

— Peguei uma da amarela lá no Acari. Tô pancado.

— Bate um teco aí.

Toninho bateu um teco para Lelo e se sentaram na esquina próxima ao bar com algumas garrafas de cerveja, enquanto os outros componentes da turma iam chegando aos poucos. Algumas meninas com quem Toninho se relacionava esporadicamente e outras que diariamente lhe jogavam olhares maliciosos passaram naquele dia, mas ele não tinha a menor condição de se aproximar de ninguém para entabular qualquer tipo de diálogo. Se o fizesse, certamente assustaria a mulher.

Sua musculatura se retraiu e ele permaneceu sentado em uma pedra, como uma gárgula grotesca e corcunda. Os dentes cerrados só se afastavam para que um pouco de cerveja descesse goela abaixo. Ficou naquele estado deplorável até que o pó amarelo terminou. E só pensava em pegar mais. Como já conseguia falar, tentou encontrar uma daquelas mulheres que mais cedo haviam se oferecido. Pensava em convencê-la a acompanhá-lo até um motel, esfriar com sexo aquela louca obsessão para voltar ao Acari e pegar mais daquele pó amarelado.

Rodou de carro pelo bairro, mas não encontrou nenhuma. Não queria voltar para casa e encarar os filhos na situação em que estava. Ligou para Sílvia e a convidou para irem a um motel. Antes, passaria no Acari para pegar mais uma com Batata. Sílvia concordou de imediato e ele se dirigiu para a favela. Estava muito paranoico, não teve coragem de entrar na boca novamente.

Ao lado da favela, na Rua Ipuêra, perto do Bar do Neca, funcionava um "aeroporto" comandado por um sujeito chamado Da Lata e por um magrinho metido a malandro, de nome Jorge. Quem não tinha conhecimento nem disposição para invadir a favela e disputar o flagrante com a polícia na saída, parava o carro nas proximidades do Bar do Neca e contratava os serviços dos vários "aviões" que ficavam por ali, à espera das encomendas e das taxas de "frete" que cobravam.

Era um negócio bastante lucrativo. Quando estava muito trincado, Toninho utilizava os serviços daqueles sujeitos. Alguns eram apenas meninos, outros, como Lubumba, eram mais velhos. Lubumba era um negro magro e alto que havia ficado maluco depois de uma sessão de tortura nas mãos da polícia. Não falava coisa com coisa, mas nunca voltava de mãos vazias. Era em quem Toninho mais confiava no meio daqueles ratos desonestos, capazes de enganar a própria mãe. Todos, no entanto, deviam seguir um mínimo código de ética, evitando enganar descaradamente os fregueses para que seu trabalho fosse permitido e tolerado pelos traficantes do Acari.

Toninho chegou bastante alterado pela cocaína forte que havia consumido e se dirigiu a Jorge, que convocou um moleque baixinho chamado Pretinho, pois Lubumba estava desaparecido. Toninho entregou o dinheiro na mão do moleque e repetiu por duas vezes a mesma recomendação:

— Pega na mão do Batata. De trinta. Só serve a que está com o Batata, valeu, sangue bom?

O moleque saiu e demorou uma eternidade, que ficou mais insuportável ainda por causa dos vários "doze por um" que pipocavam intermitentemente, denunciando a presença da polícia no interior da favela. Toninho, em um estado de ansiedade absurdo, dilacerava suas unhas. Depois de quase duas horas, o moleque apareceu na esquina e entregou a encomenda, enrolada em um pequeno pedaço de jornal. Toninho escondeu o flagrante na cueca sem abrir, e disparou para Éden, onde pegou Sílvia.

Ao chegarem ao motel, Toninho abriu o pequeno embrulho e estranhou que a embalagem e a cor do pó não estivessem de acordo com o que ele havia encomendado. No primeiro teco teve a certeza de que Pretinho não havia seguido suas recomendações: o pó mais parecia um comprimido de analgésico amassado. Sílvia ficou satisfeita, mas Toninho ficou furioso. Não conseguia tirar da cabeça o que havia acontecido e desejou castigar o moleque. Em casa, rolando na cama mais uma vez enquanto Sílvia dormia, refletia sobre o que acontecera. Além de ter convidado Sílvia para cheirar, tinha gasto quase todo o dinheiro das compras do supermercado com cocaína, cerveja e motel. Alguma coisa precisava ser feita, mas ele não encontrava em si forças para nada. Somente a misericórdia e um milagre de Deus poderiam resolver. Tentou rezar, mas sua oração não fazia efeito. Não tinha ressonância. Sentia que não chegava a Deus nem retornava graça nem força. Eram palavras vazias, entorpecidas pela energia negativa da cocaína. A comunicação com seu velho Amigo dos Céus estava interrompida por aquela barreira de más vibrações que a cocaína havia erguido em seu coração.

Cochilou um pouco. Levantou-se da cama extremamente transtornado e nervoso: o pensamento de vingança dominava sua cabeça enquanto engolia uma xícara de café. A imagem do moleque lhe dando aquele pó batizado estava fixava em sua mente, e lhe soava como um grande desrespeito, uma ofensa que ele não poderia tolerar. Antes de seguir para o trabalho voltou à Rua Ipuêra e logo avistou Pretinho. Saltou do carro e foi na direção do moleque, tomado de uma fúria irracional

— Seu filho da puta. Você me deu uma volta ontem.

Antes que o moleque pudesse responder, partiu pra cima do marginalzinho e deu-lhe uma pernada, que derrubou o garoto. Pretinho se levantou rápido, a tempo de se esquivar de um soco e correr para o outro lado da rua. Toninho tentou alcançá-lo, mas o moleque foi mais rápido. De longe, antes de desaparecer, ameaçou Toninho:

— Tu vai morrer, Social. Meu irmão é do movimento. Vou falar com ele e ele vai te matar.

Toninho estava cego de fúria. Seu sistema nervoso, bombardeado diariamente pelo pó, estava no limite, dava sinais repentinos de destemperança. Decidiu que aquilo ainda não estava terminado. Não poderia aceitar aquela ameaça. *Como poderia continuar frequentando o Acari jurado de morte? E se o irmão de Pretinho fosse realmente um bandido perigoso e matador?* Diante dos olhares incrédulos dos frequentadores do Bar do Neca, acostumados à sua educação e seu temperamento pacato, entrou no carro e saiu cantando pneu em direção à entrada principal da favela. No meio da Rua Piracambú, depois de ultrapassar os quebra-molas gigantescos que arranhavam o fundo do carro, foi parado por alguns olheiros da boca que perguntaram o que ele pretendia, entrando na favela com aquela velocidade.

— Quero falar com Seu Rubens.

Um dos olheiros perguntou do que se tratava, mas ele foi grosseiro e abusado:

— O meu papo é só com ele, mermão. Me leva aonde ele está.

— Tá legal, mas deixa o carro aí.

Toninho abandonou o carro com as portas abertas e sua pasta de couro no banco traseiro. Não era ele que estava ali. Parecia que uma fúria indomável havia tomado conta do seu corpo e se apoderado de sua mente, que só pensava em vingança. Seguiu o bandido até uma tendinha, onde Seu Rubens estava atrás do balcão, sem camisa, tomando uma dose de genebra.

— Aí, Seu Rubens, o Social quer falar com você.

— Qualé a parada, Social?

Toninho contou todo o ocorrido para o chefe da boca, que ouviu atentamente. No final, perguntou a Seu Rubens o que deveria fazer, pois era freguês antigo, sempre havia respeitado todo mundo na favela, era considerado por todos, inclusive por Cy. E queria saber se poderia continuar vindo à boca, pois também era chefe de família e não podia ser morto por um merdinha qualquer. Seu Rubens deu o último gole na genebra e decretou:

— Eu já tô cheio de reclamação desses moleques. Isso não vai ficar assim, não.

Toninho sentiu certo alívio, pois imaginou que Seu Rubens iria dar um belo corretivo em Pretinho, o que aumentaria ainda mais sua reputação na favela. Já pensava em ir embora quando Seu Rubens pegou uma pistola Taurus preta, imprensou-a debaixo da axila esquerda e jogou um blusão por cima de suas costas nuas.

— Vamos lá fora comigo, Social. Vamos falar com esse moleque. Quero ver se ele tem disposição pra te matar.

Só então Toninho se deu conta daquilo em que estava se metendo. Não imaginava que a punição aplicada por Seu Rubens seria imediata, muito menos que iria participar. Enquanto caminhava ao lado do braço direito de Cy, cercado de seguranças, começou a perceber o que havia feito. Estava prestes a presenciar e ser responsável pelo assassinato de um menino, apenas mais uma vítima daquele sistema violento e injusto que ele mesmo ajudava a financiar com o seu dinheiro suado, deixado diariamente na favela.

Como em uma operação de guerra, um batedor foi na frente, verificando se o caminho estava livre e fazendo sinal para que os outros prosseguissem. Quando chegaram à esquina da Rua Guaiúba com a Tapuiara, avistaram Pretinho sentado no meio-fio. Quando viu Toninho ao lado de Seu Rubens, o moleque tremeu. Seu Rubens perguntou a Toninho quem o havia ameaçado e Toninho apontou para o garoto, sem poder voltar atrás no que afirmara. Seu Rubens empunhou a pistola e gritou:

— Chega aí, menor!

Pretinho se aproximou.

— Fala aí, Seu Rubens.

— Tu falou que ia matar o Social?

— Eu não falei nada, não, Seu Rubens.

O moleque gaguejava e tremia, mas Toninho sabia que se fosse desmentido a coisa toda poderia mudar de lado, e ele é que acabaria sendo o defunto daquele dia.

— Como é que não falou, mermão? Tá me chamando de mentiroso? Seja sujeito homem, porra. Você falou que teu irmão era do "bicho" e que ia falar para ele me matar.

Toninho olhava fixamente para os olhos assustados de Pretinho, que continuava negando e se justificando, alegando que tinha sido agredido por Toninho. O estampido do primeiro tiro quase perfurou os tímpanos de Toninho, que ficou com o ouvido apitando até o dia seguinte. A primeira bala atravessou o pé descalço do moleque e se estilhaçou contra o concreto da calçada, jogando algumas pequenas pedras contra a canela de Toninho, protegida apenas pelo fino tecido de sua calça social. O coração de Toninho parou por um instante eterno, aguardando que Seu Rubens completasse o serviço. Mas o bandido experiente não pretendia matar o garoto, apenas lhe dar um grande susto.

— Corre, filho da puta! Corre!

O pé sangrando de Pretinho batia na sua bunda quando ele disparou em uma desabalada correria. Seu Rubens deu mais dois tiros na direção do garoto, mas claramente sem intenção de acertá-lo. Mirou no chão, e as balas ricochetearam perto de suas pernas velozes, fazendo-o quase levantar voo. Caminhando de volta para dentro da favela, Seu Rubens orientava Toninho:

— Se esses putos te perturbarem é só falar comigo. A favela tá tranquila pra você, Social. O cara quando diz que vai matar o outro tem saber o que tá falando.

Toninho agradeceu, pegou seu carro, e não satisfeito, voltou à Rua Ipuêra, onde Da Lata tentava socorrer Pretinho, que sangrava muito no pé.

— Aí, Social! Tá vendo o que você arrumou? Agora tu tem que levar o moleque prum hospital.

— Hospital? Esse safado me deu uma volta, disse que ia me matar e agora você quer que eu leve ele prum hospital? Tá de sacanagem, né, Da Lata? O mal do urubu é pensar que o boi tá morto. Isso é pra ele aprender a não dar volta nos outros.

Toninho tripudiava em cima de uma tragédia que poderia ter sido muito maior, enquanto o moleque o olhava com o olhar embebido em lágrimas e ódio. Durante todo o restante do dia, tentou entender o que o havia levado a fazer aquilo. Talvez tivesse sido uma tentativa irracional de chamar a atenção, provocando e se envolvendo em um fato trágico e violento. Era um pedido inconsciente e desesperado por socorro de alguém que não encontrava em si forças para superar o vício, modificar sua vida que havia mergulhado em trevas que agora também sugavam a mãe de seus filhos. Sua índole não combinava com o acontecido. Era radicalmente contra a violência e a injustiça, e aquela não havia sido a primeira vez que fora enganado por um avião, nem seria a última. Teria sido apenas a maior das muitas explosões de um sistema nervoso dilacerado, que voltariam a se repetir no trânsito ou em casa, refletindo os danos psíquicos que os muitos anos de uso abusivo de cocaína haviam acarretado? Naquele dia havia tentado o suicídio, mas quase tinha conseguido tirar a vida de um pobre coitado.

Seu Rubens ficou no comando da boca por pouco tempo. Alguns meses depois, em um Dia dos Pais, foi assassinado por um grupo de jovens traficantes que queriam mudar o comando do Acari e migrar para outra facção. Depois da morte dele Toninho já não frequentava muito o Acari, embora ainda conhecesse muita gente por lá. Abastecia-se na Rua Seis, na Vila Esperança ou em alguma outra favela que Joe ou algum conhecido indicava.

Em uma tarde de fissura, sem conseguir pó em nenhuma dessas opções, foi com Joe até o Acari para comprar cocaína e deixou o carro na Rua Bolonha, uma paralela à Piracambú, bem próxima à saída da favela. Entraram a pé. Toninho estava de cabeça baixa enquanto contava o dinheiro. Entregou as cédulas na mão de Joe e disse que o aguardaria a poucos metros dos vapores. Joe caminhou na direção do vapor que estava com a carga de cocaína e Toninho instintivamente o seguiu com o olhar. Quando Joe entregou o dinheiro, Toninho reconheceu o rosto familiar do traficante. Era Pretinho.

A molecada que assumira o controle da favela o havia promovido a vapor, e seu irmão era agora um dos gerentes da boca. Pretinho olhou fundo nos olhos de Toninho e se limitou a fazer com a cabeça um leve aceno ameaçador, que poderia ser uma sentença. Toninho se manteve sério. Tentou não demonstrar medo e retribuiu o gesto. *Estou morto* — pensou. Não sairia vivo daquela favela. Joe, que sabia o que havia acontecido entre Toninho e Pretinho, retornou mais branco do que a cocaína que carregava nas mãos. Viraram-se e iniciaram a caminhada em direção ao carro, que naquele momento pareceu estar a quilômetros de distância.

— Aí, Joe, tu viu que...

— Não fala nada. Eu vi. Vamos sair daqui, Toninho.

Toninho pressentiu que finalmente seu sofrimento iria terminar. Se ele realmente queria se matar, iria conseguir seu objetivo naquela tarde. Entretanto, sob aquela explosão de adrenalina, percebeu que amava demais a vida para perdê-la tão cedo. Pensou nos filhos e na sua mãe. Pensou em Deus e começou a rezar.

Em cada beco e viela que cruzavam esperava a emboscada armada por Pretinho e seus comparsas, e imaginava as torturas que sofreria antes de morrer nas mãos daqueles jovens e sanguinários traficantes. Seus pés queriam correr, mas Joe achou melhor não fazê-lo para não chamar mais ainda a atenção. Os passos acelerados dos dois só se transformaram em correria quando faltavam uns cinquenta metros para chegarem ao carro. Naquele dia, os anjos da guarda dos dois amigos realmente trabalharam pra valer, e eles, milagrosamente, conseguiram deixar a favela do Acari com vida.

Toninho nunca soube o que impediu Pretinho de matá-lo, mas com certeza a mão de Deus estava lá. Pensou que nunca mais deveria voltar ao Acari. O bom senso indicava isso. Mas bom senso e cocaína não combinam, e o vício tem argumentos que a razão desconhece.

Capítulo 37

Quando a turma do Jardim América conseguia se reunir sem cocaína, o convívio era interessante e alegre. As gozações eram divertidas, e até mesmo as bravatas que relatavam os excessos cometidos sob o efeito do pó pareciam engraçadas. Um pouco de maconha ajudava a tornar tudo mais espirituoso, mas isso era muito raro. Toninho agora só curtia a maconha no primeiro baseado do dia, para inspirar a jornada de trabalho e trazer certa embriaguez de candura às circunstâncias banais da rotina profissional. A oportunidade mais comum de se encontrarem para fumar um baseado e relaxarem, livres da brizola, era na praia. Um amigo do Jardim América chamado Dudu fora contratado para ser vigia de uma casa à beira da Avenida Sernambetiba, próxima à reserva biológica da Barra da Tijuca, e também explorava o comércio no trailer que ficava bem em frente, na beira da praia.

A casa era a antiga sede de uma empresa que teve suas atividades embargadas pela justiça por agredir o meio ambiente. Lá, aos sábados e domingos de sol, aqueles malucos com suas famílias se reuniam para um banho de mar, jogar frescobol, fumar maconha e jogar conversa fora. Lelo já tinha um casal de filhos, e Toninho era padrinho da menina. Coelho e Joe pegavam sempre uma carona. Sílvia gostava de praia e não se incomodava com a maconha do marido. Mesmo assim, as brigas na volta para casa eram constantes, e o descontrole dos dois estava cada vez maior. Numa dessas discussões, os gritos dentro do carro fizeram o pequeno Gabriel chorar e pedir que os pais parassem com aquilo, enquanto Daniel assistia a tudo calado, como era seu feitio.

Toda vez que isso acontecia, Toninho tinha certeza de que devia se separar, mas achava que devia esperar as crianças crescerem mais para poder explicar os seus motivos. Assim se iludia, achando que a maturidade dos filhos iria diminuir o sofrimento deles e o trauma da separação dos pais. Também pensava que só conseguiria enfrentar uma separação, e o consequente afastamento dos filhos, se estivesse livre da cocaína ou, se por acaso, se apaixonasse de verdade por alguém — duas opções cada vez mais improváveis. Sem gostar de si mesmo, não conseguia encontrar em suas aventuras extraconjugais, nem nas meninas que conhecia, motivações para uma paixão, que dirá um amor sinceramente recíproco e consistente.

A relação entre Sílvia e Aurélia era péssima. Ambas se toleravam por curtos períodos, até que as próximas brigas as afastassem por mais um tempo. Aurélia percebia que o filho era infeliz no casamento, e vez por outra chegavam aos seus ouvidos comentários de vizinhos e conhecidos dando conta de que Toninho estava em más companhias e envolvido com drogas. Mas Toninho reagia com violência e estupidez toda vez que esse assunto era abordado pela mãe. Negava furioso, odiando os alcaguetes do bairro e impedindo qualquer intervenção de Aurélia.

As incursões diárias às bocas de fumo aumentavam a probabilidade de Toninho ser flagrado pela polícia, que ia se tornando cada vez mais violenta, covarde e inescrupulosa em sua relação com o tráfico e com os dependentes — um sistema promíscuo que se retroalimentava. O viés exclusivamente repressivo adotado pelas autoridades, imposto por décadas de criminalização da droga, havia mergulhado a sociedade em um paradoxo: por um lado, a extrema violência por parte de traficantes e policiais; por outro, um consumo generalizado e abusivo.

Toninho sempre tivera uma boa oratória para negociar com os policiais que o abordavam, e a sorte de nunca ter levado um tapa. Mas passou por momentos muito difíceis. Em um sábado, após o almoço, estava deitado no sofá de sua sala assistindo serenamente à televisão enquanto os garotos brincavam na rua e Sílvia estava na casa de Isabel. Tudo tranquilo e sossegado, mas dentro de sua mente uma vontade incontrolável crescia lentamente. Cocaína. Pensava em uma incursão rápida ao morro do Jorge Turco, perto do Acari, que naqueles últimos meses vinha oferecendo uma cocaína de boa qualidade. Paulinho Escopeta havia lhe apresentado o morro e Joe se incumbira de lhe ensinar os acessos mais discretos, pois já havia coletado lixo na região.

Brigou contra sua vontade durante umas duas horas, sabendo ser impossível vencer aquela compulsão que chegava em momentos impróprios, como aquele em que estava acomodado na placidez de seu lar. Disse a Sílvia que ia abastecer o carro no posto próximo de casa só para cumprir o protocolo, pois sabia que a mulher não acreditava. Não tinha dúvidas quanto à real intenção de Toninho, mas agora, ao invés das censuras e protestos, ficava calada.

Toninho estacionou fora da favela e entrou por uma viela estreita, saindo em um largo onde normalmente ficavam os vapores. Embora não conhecesse bem o local, estranhou o clima naquele dia. As ruas estavam quase desertas, e um cheiro de perigo se espalhava pelo ar. Mas Toninho só pensava em cheirar. Decidiu se embrenhar mais e finalmente passou por um homem, que descia com andar apressado.

— Tá limpeza, parceiro?

O homem fez que sim com a cabeça e seguiu seu caminho. Tudo estava muito esquisito. Nenhum morador na rua. Janelas e portas fechadas. Nem o som de um rádio se ouvia, nem um cachorro vadio vagando. Era por volta de 15h00, e o sol estava escaldante. Seguiu mais um pouco, e ao dobrar em um beco deu de cara com dois PMs armados de fuzis que revistavam dois rapazes. Seu sangue congelou, mas ele percebeu que não poderia recuar, pois já tinha sido visto pelos policiais. Decidiu agir naturalmente e seguir seu caminho como um morador da comunidade. Isso já havia funcionado várias vezes. Passou pelos homens, mas não chegou a dar cinco passos quando ouviu um deles gritar:

— Você aí, playboy!

Toninho se virou.

— Eu?

— Tem mais alguém aí? É você mesmo, seu otário. Chega pra cá.

Sob a mira do fuzil, Toninho se aproximou de um dos PMs, que estava nervoso e não parava de coçar o nariz, enquanto o outro continuava a revista nos dois rapazes.

— Tá fazendo o quê aqui?

— Vim visitar uma amiga.

— Amiga? Eu sei qual amiga você veio visitar. O que você tem aí nos bolsos?

— Não tenho nada, não, senhor.

— Se eu te der uma geral e achar alguma coisa, vou te enfiar a porrada.

— Não tenho nada. Tô falando a verdade pro senhor.

Nesse momento mais cinco PMs apareceram. Era uma operação da Polícia Militar que tinha ocupado todo o morro do Jorge Turco. Os cinco que chegaram levaram os dois rapazes e Toninho ficou sozinho com os dois PMs que tinha visto primeiro. Toninho tentou conversar com a diplomacia que sempre o livrava das duras, mas os caras estavam visivelmente cheirados. Um deles, que parecia o mais violento, nem conseguia falar, e mantinha o cano do fuzil a um palmo do peito de Toninho.

— Vamos andando, playboy. Vai na minha frente.

Os PMs subiram o restante do morro usando Toninho como escudo humano. Em cada beco ou viela suspeito, mandavam Toninho seguir na frente e vinham protegidos atrás dele, apontando os fuzis para todos os lados. Do jeito que estavam trincados, foi um milagre não terem disparado as armas contra as próprias sombras. Em cada viela que entrava, Toninho esperava a reação dos bandidos, o início de um tiroteio ou um tiro acidental dos malucos de farda. Pensava que há poucos minutos estava tranquilamente deitado em sua casa, e agora corria risco de vida. Tudo por causa do maldito pó. *Tenho que parar com isso. Tenho que parar com isso.*

O percurso até o topo do morro foi tenso e demorado. Chegaram a uma clareira usada como depósito de detritos, onde havia algumas carcaças de automóveis e grandes caçambas de lixo. Alguns urubus ajudavam a dar o tom macabro ao lugar. Encostados a um paredão, que parecia ser de fuzilamento, estavam mais de trinta rapazes e algumas moças presos durante a operação. Todos pareciam ser fregueses, alguns pegos com flagrante. Outros, como Toninho, estavam detidos pelo simples fato de estarem no lugar errado na hora errada.

Toninho foi levado para o paredão e ficou ao lado dos dois rapazes que havia encontrado ao pé do morro. Um deles estava com o olho inchado por causa de uma coronhada. Enquanto vários PMs conversavam animados encostados em suas viaturas, outros dois começaram a fazer os interrogatórios e o levantamento do que haviam conseguido no dia de caça. Toninho era o último da fila. A cada um que era abordado, algumas perguntas, ameaças, às vezes um tapa na cara para depois pegarem todo o dinheiro, relógios ou joias que os viciados tivessem em seu poder. Depois eram liberados.

Toninho rezava em silêncio. Se antecipou, pegando o dinheiro que trazia no bolso e o segurando na mão direita para diminuir o trabalho dos "representantes da lei". Quando chegaram aos rapazes do seu lado descobriram uma chave de carro no bolso de um deles. Os olhos dos policiais brilharam, e chamaram outros dois para acompanhá-los até onde os infelizes disseram que o carro estava estacionado. Toninho gelou. A chave de seu carro também estava no bolso, e se os homens soubessem que estava motorizado, o preço de sua liberdade ou da sua vida iria subir com certeza. De vez em quando, um sargento negro passava gritando:

— Vamu matar todo mundo!

Quando chegou a vez dele, o PM viu o dinheiro e olhou para Toninho por alguns segundos. Puxou com força as notas da sua mão.

— Vai embora, playboy. Some daqui. Se eu te encontrar de novo aqui tu vai pra vala.

Toninho se conteve para não correr, e antes de dobrar no primeiro beco ainda viu os dois PMs que o haviam rendido na subida do morro cheirando cocaína atrás de um poste. Baixou a cabeça e andou na direção que seu nariz apontava. Perdeu-se no morro e acabou saindo em Rocha Miranda, distante mais de cinco quilômetros de onde havia deixado o carro. Abatido, humilhado e derrotado, com as pernas doendo, chegou a seu carro, e seu pensamento era um só: *E agora? Onde vou conseguir um pouco de pó?* Recalcado, foi para o Jardim América e convenceu o Aluísio do bar a lhe emprestar algum. Seguiu para a Rua Seis e comprou uma ínfima quantidade de um pó da pior qualidade, que parecia misturado com talco, pois tinha cheiro de alfazema. Voltou para casa deprimido, se sentindo a escória da humanidade.

Aos sábados, sob os protestos de Sílvia, era dia de visitar Aurélia. Era a única oportunidade de Gabriel e Daniel verem os avós e a tia, e Toninho enfrentava a esposa para cumprir esse programa. Também era uma oportunidade para Toninho deixar Sílvia e as crianças na casa de sua mãe e dar uma fugida rápida até a Vila Esperança para comprar brizola. A boca da vila era muito perto da casa de Aurélia, e os vapores em sua maioria conhecidos de Toninho. Assim, com a desculpa de ir encher um pneu ou colocar alguma gasolina, conseguia rapidamente comprar um pouco de cocaína para levar para casa.

No Jardim América funcionava um DPO,[7] uma das muitas tentativas fracassadas das autoridades para melhorar a segurança pública no Rio de Janeiro, que se tornara um caos. Os DPOs funcionavam como uma espécie de extensão do batalhão responsável pela área; pretendiam estar mais presentes no dia-a-dia da população e próximos das ocorrências. Efetivamente, salvo alguns poucos bons policiais, acabavam criando vínculos promíscuos com a bandidagem local. No caso do Jardim América, quem respondia pelo comando do DPO era o 9º BPM.

Em 1993, uma turma de policiais extremamente violentos e corruptos começou a tirar serviço nesse DPO. Os mais temidos eram os conhecidos como Alemão e Souza. Quando capturavam os vapores com armas ou grandes cargas de drogas, exigiam altos resgates ao chefe da favela para libertar o bandido e devolver o material apreendido. Muitas vezes, no entanto, depois de receberem a propina não cumpriam sua parte do acordo, ficando com as drogas e assassinando o prisioneiro. As bocas do Jardim América pertenciam à favela de Vigário Geral, na época comandada por Flávio Negão, que já estava cansado dos prejuízos causados por esses policiais. Toninho chegou a ver Alemão agredir um paraplégico na Rua Seis com chutes e tapas na cara. Todos os viciados da região temiam aqueles policiais.

Num desses sábados deixou mulher e filhos na casa da mãe e correu para pegar pó na Vila. Estacionou o carro em uma rua atrás da quadra de esportes, onde funcionava o movimento. A Vila Esperança era a boca onde se sentia mais à vontade e tranquilo, era como o quintal de sua casa. Não era uma favela, mas um conjunto habitacional formado por casas humildes de alvenaria e ruas estreitas. Tinha brincado por lá quando criança e conhecia os moradores e os bandidos. Não era um visitante. Fazia parte da paisagem humana do lugar. Isso lhe dava confiança e, por consequência, se descuidava quando a visitava para comprar cocaína.

Ao lado da quadra de esportes havia uma elevação no terreno,

---

7 Destacamento de Policiamento Ostensivo.

onde funcionava um campinho de terra batida usado para as "peladas" da rapaziada. Os vapores da Vila normalmente se abrigavam atrás dessa elevação em um beco sem saída. Toninho saltou apressado do carro e caminhou pelas ruas estreitas. De longe já avistou o vapor, que servia alguns fregueses. Aproximou-se e seu campo de visão se abriu, revelando a quadra onde algumas crianças brincavam e a rua asfaltada que margeava a praça. Por essa rua viu uma joaninha da PM passando. Nem ele nem os traficantes deram muita importância. Primeiro, porque naquele tempo as joaninhas já estavam em desuso e só eram utilizadas para serviços burocráticos ou coisas leves, nunca para batidas onde a mobilidade e a rapidez total dos policiais fossem necessárias. Segundo, porque o carro passou rápido e direto, sem a costumeira lentidão dos que campanam, à espera da hora do bote. Toninho continuou andando na direção do vapor, que devia ter uns quinze anos no máximo, já com o dinheiro na mão. Pouco antes de alcançar o garoto, quatro policiais armados desceram pelo barranco do campinho e renderam todo mundo. Tinham deixado o fusca escondido e vindo a pé, surpreendendo a todos. Toninho se virou e tentou ir embora, mas o grito de um PM o fez voltar.

— Pode voltar, magrinho.

Era o temido Alemão que o chamava, enquanto Souza cobria de pancadas o menino-vapor, que estava com alguns papelotes. Toninho ainda tentou argumentar que era morador e estava de passagem, mas Alemão mandou que ele se calasse enquanto reunia todos que estavam nas proximidades e os encostava no barranco. O moleque apanhava sem parar. Os PMs se revezavam na tortura, pois queriam saber onde estava o resto da carga. Alemão andava de um lado para o outro, e cismou com Toninho. Aproximou-se e o revistou, sem encontrar nada.

— Você mora onde?

— Na Rua Três.

— Tá fazendo o que aqui?

— Eu moro aqui. Vim na casa de um amigo e estava passando...

— Passando é o caralho! Tu veio é comprar pó.

— Vim não senhor. Não mexo com essas coisas.

A sessão de espancamento continuava no canto do barranco, sob os olhos assustados dos moradores, que assistiam de longe.

— Tu sabe que isso aqui é um lugar suspeito? Tu sabe que tu tá numa boca de fumo?

— Isso aqui também é um lugar de gente honesta e trabalhadora. Aqui não mora só bandido — respondeu Toninho. Sua veia revolucionária socialista não podia ter escolhido uma hora pior para aflorar.

Os olhos de Alemão fumegaram. Ele se aproximou rapidamente, quase colando seu nariz no de Toninho, que sentia o bafo quente do policial covarde em sua cara.

— O que que tu tá falando aí, ô palhaço? Tu já foi esculachado? Já?

A mão de Alemão apertou a pistola e Toninho sentiu seu corpo se crispar. *Agora vou tomar uma porrada.* Mas em tom menos desafiador, encarou Alemão.

— Eu nunca fui esculachado, não, senhor. Sou chefe de família e trabalhador. Não tem por que eu ser esculachado.

Foram alguns segundos eternos naquela proximidade desconfortável até que Alemão atendeu um chamado de Souza. Saiu olhando Toninho de rabo de olho. Todos ficaram muito tempo ali aguardando que o menino sucumbisse às torturas e entregasse o esconderijo da carga. Mas o moleque apanhou sem falar nada. Só gritava de dor e pedia pelo amor de Deus para não o matarem. Começou a juntar mais gente, e os policiais ficavam cada vez mais nervosos. Toninho se aproximou de Souza e pediu sem sucesso por sua liberdade. Um morador que havia estudado com Toninho no ginasial intercedeu a seu favor junto a Alemão, alegando que o rapaz era um trabalhador honesto.

— Não te perguntei nada, mermão. Você tá atrapalhando nosso trabalho.

Alemão rechaçou o pedido do amigo de Toninho com estupidez, mas sentiu que havia muitas testemunhas e que era melhor abandonar o local. Olhou Toninho com raiva e mandou que ele fosse embora, não sem antes ameaçá-lo, dizendo que se voltasse a vê-lo ali a coisa seria diferente. Liberou quem não tinha flagrante e levou o pobre coitado do vapor, que nunca mais apareceu. Depois de quase duas horas de tensão, Toninho retornou à casa de Aurélia onde foi recebido pelas reclamações de Sílvia, que se transformaram numa briga que durou o resto do dia.

Algumas semanas depois, quatro policiais do DPO do Jardim

América marcaram com Flávio Negão para pegar um arrego na Praça Catolé do Rocha em Vigário Geral, a mesma onde Toninho havia morado em sua infância. Negão posicionou seus bandidos em locais estratégicos da praça, armados de fuzis AR-15 — que haviam se tornado a arma favorita e o maior luxo das quadrilhas cariocas. O chefe do tráfico aguardou que os policiais recebessem o dinheiro, mas quando o Volkswagen Gol se preparava para deixar o local, o fogo cerrado não deu tempo aos policiais de reagirem. Um deles ainda conseguiu correr alguns metros, mas foi alcançado e morto. Os corpos foram colocados na viatura oficial e deixados em frente à Igreja de Santa Bárbara e Santa Cecília, onde Toninho havia feito sua primeira comunhão.

A ação violenta de Negão teria um desdobramento macabro. Na madrugada seguinte, um grupo de cinquenta policiais encapuzados invadiu a Favela de Vigário Geral à procura dos bandidos, que já tinham deixado a comunidade. Na impossibilidade de vingar a morte dos companheiros, resolveram assassinar aleatória e covardemente vinte e um moradores inocentes que não tinham envolvimento com o tráfico, no que ficou conhecido mundialmente como a Chacina de Vigário Geral. Investigações posteriores indicaram que esses policiais faziam parte de um grupo de extermínio chamado "Cavalos Corredores". Treze deles chegaram a ser expulsos da corporação, mas a maioria nunca foi formalmente identificada e poucos chegaram a cumprir pena.

Capítulo 38

Em uma crônica de 1894, intitulada "Haxixe", Olavo Bilac cita Balzac através do personagem Jacques: "Demais, sabem quem tem razão? É Balzac, que, apesar de fazer parte de um clube de bebedores de haxixe, nunca bebeu a droga, porque (dizia ele) o homem que voluntariamente se despoja do mais belo atributo humano — a vontade — deve ser, na escala animal, colocado abaixo do caramujo e da lesma..."

Embora separado de Bilac por cem anos e sem entrar no mérito do julgamento de Balzac, Toninho e seus amigos viviam rotinas de caramujos e lesmas, apesar de não ser o haxixe e sim a cocaína a provocadora dessa transmutação. Desperdiçavam tempo precioso de uma fase valiosíssima de suas vidas se reunindo, todas as tardes, em volta de uma mesa de bar para se entupirem de pó até altas horas, com idas e vindas aos banheiros fétidos para mais uma cheirada e incursões repetidas e perigosas às favelas quando o estoque acabava. O século que os separava de Bilac também os afastava de uma época em que o gosto pelo "vício elegante" e pelos excessos importados de Paris predominava na sociedade do Rio de Janeiro. Épocas distantes, ligadas pela mesma escravidão que se adapta e se transforma, substituindo os antigos vidrinhos Merck de cocaína consumidos nos *bas-fonds* da Glória ou da Lapa pelos sacolés e papelotes vendidos nas favelas cariocas do século XX.

Renato estava morto. A Fluminense FM estava prestes a encerrar suas atividades e o Circo Voador seria fechado um pouco depois, extinguindo o habitat carioca do bom e velho *rock'n'roll*. Houve uma segunda edição do Rock in Rio, dessa vez no estádio do Maracanã, mas Toninho não foi. Alberto se separou de Kátia e Ricardo de Vânia. Dimas se formou em jornalismo e foi trabalhar em Brasília em uma estatal de telecomunicações, emprego conseguido graças à influência de seu novo companheiro, que era filho de diplomata. Cláudia e Marcos desapareceram. Baiana era a única que vez por outra ainda visitava Sílvia e Toninho, mas mostrava-se entediada com as brigas constantes do casal e preocupada com o mergulho de Toninho no vício, agora acompanhado por Sílvia.

Toninho conseguia manter-se no emprego e sua competência era reconhecida, mas nem seus superiores nem seus companheiros faziam ideia do esforço sobre-humano e da luta interna que travava para cumprir seus compromissos profissionais. Estava pesando cinquenta e nove quilos, distribuídos escassamente em seus um metro e setenta e cinco centímetros de altura.

Nas reuniões e almoços de negócios tinha que estar sempre com um frasco de algum vaso dilatador para ser pingado no nariz e livrá-lo da congestão nasal crônica, provocada pela judiação que as misturas da cocaína provocavam em suas narinas. Para dormir também precisava desse alívio, que se transformou em outro vício paralelo e oportunista. Sob o efeito do pó, ficava cada vez mais psicótico. Em companhia dos amigos estava sempre calado e roendo as unhas. Quando estava em casa, olhava milhares de vezes por cima do muro ou pela janela do quarto, acreditando que alguma presença desagradável estava prestes a se revelar.

Curtia essa miséria existencial até que o efeito de dois ou três baseados pudesse acalmá-lo e conduzi-lo a um estado de torpor que ele confundia com sono. A única coisa que parecia ir bem eram seus filhos, que mantinha como prioridade absoluta dentro de suas limitações de viciado, procurando dedicar-lhes o seu melhor. O álcool e até o tabaco eram companheiros inevitáveis em seus momentos de trincação. Foi claro com Sílvia e disse à mulher que só estava com ela por causa das crianças, e que assim que crescessem iria embora de casa. Sílvia não acreditou, pois Toninho saía e voltava várias vezes, sem nunca conseguir manter-se longe dos filhos por muito tempo. Já nem se preocupava em ir atrás dele, pois sabia que o marido acabava voltando ainda mais fracassado e perdido. Um pouco de pó, e já estavam na cama transando. No dia seguinte Toninho se arrependia, se sentia confiante para terminar o relacionamento, mas depois de alguns tecos já não estava tão seguro. Pensava que talvez fosse ele o errado em tudo e seu vício o responsável por nada dar certo, inclusive seu casamento. Massacrado pela culpa, tentava se reaproximar de Sílvia, mas já não havia retorno naquela longa estrada de tantos enganos e mágoas. Sílvia avançava no vício a passos largos. Nas noites em que Toninho trazia algum pó para casa, se enchia de cerveja e cigarros e falava desmedidamente.

Numa dessas noites estava muito alterada, e entrou em um assunto estranho que dizia respeito ao relacionamento de seu marido com sua sogra. Estarrecido, Toninho ouviu Sílvia, com a língua solta pela cocaína, afirmar que Toninho tinha uma relação carnal com sua própria mãe e gostava de Aurélia como um homem gosta de uma mulher. Insinuou que os dois mantinham relações sexuais. Toninho sentiu todo seu emperrado organismo vibrar dolorosamente e teve vontade de vomitar. Com o raciocínio obliterado, não estava em condições de rebater aquele absurdo, que o ofendeu no mais profundo de sua alma. O ciúme que Sílvia sentia do grande amor entre Toninho e Aurélia havia alcançado níveis alarmantes, manifestando-se naquela acusação grotesca, mesquinha e doentia. Toninho não acreditava que a mulher pudesse chegar a tanto. Com a fala travada pelo ódio e pela cocaína, limitou-se a pedir-lhe que nunca mais repetisse aquilo. Entretanto, algum tempo depois, descobriria que o assunto já havia sido divulgado entre os familiares dela e que essa ideia bizarra não se devia a um efeito momentâneo do pó em sua mente alterada.

Esse foi o golpe final, a gota d'água, o fim de qualquer dúvida que Toninho pudesse ter a respeito daquele casamento. O pouco de carinho e respeito por Sílvia que ainda restava em seu peito foi ferido de morte naquela noite. O pó acabou e ele não queria ir para a cama. As palavras de Sílvia ecoavam em sua mente, e ele só pensava em cheirar mais. Não tinha dinheiro e já eram duas da madrugada. Tinha no pulso uma pulseira de ouro que Aurélia havia lhe dado recentemente. Completamente obcecado, sentiu suas entranhas gritarem por mais cocaína e nem pensou no perigo que correria voltando ao Acari, principalmente naquele horário avançado.

Sílvia pediu que ele não demorasse e abriu o portão da garagem enquanto Gabriel e Daniel dormiam o sono dos inocentes. Afundado num abismo de infelicidade, Toninho parou o carro na entrada da favela e foi tentar trocar a pulseira por um pouco de brizola. O vapor desdenhou a joia e se negou a fazer o negócio. Toninho quase implorou. Ganhou um mísero papelote e na saída foi avisado por um viciado que a polícia estava lá fora, perto de onde havia deixado seu carro.

Andou em círculos como um cachorro louco atrás do próprio rabo, sem saber o que fazer. Possuído por todas as energias negativas acumuladas naquela noite, saiu correndo da favela e viu ao longe a viatura da polícia frear e dar ré para tentar alcançá-lo. Não parou. Entrou no carro e pisou fundo, esperando os tiros da polícia, que não vieram por milagre. Fora também um milagre não ter dado de cara com Pretinho novamente na favela. Voltou pelas ruas escuras de São João de Meriti sentindo sua cabeça querendo explodir de tanta ansiedade e medo. Cheirou novamente com Sílvia, que queria que ele fosse comprar mais cerveja, mas todo o comércio já estava fechado. Fizeram sexo em busca de alívio, mas Toninho sentia nojo da mulher toda vez que se lembrava do que ela havia dito sobre sua mãe. Mesmo assim, foi até o fim.

No dia seguinte tiveram uma furiosa discussão e Toninho tentou sair do quarto, mas Sílvia o segurou. O contato da mão da mulher em seu braço revirou seu estômago, e ele empurrou Sílvia com violência sobre a cama. Com as mãos no pescoço da mulher, apertou com força, sacudindo violentamente sua cabeça várias vezes contra o colchão, gritando que ela o deixasse em paz. Sílvia começou a ficar vermelha e sem ar. O anjo bom, que há anos não se manifestava na consciência de Toninho, percebeu que era uma emergência e gritou desesperado para ele parar, pois poderia ferir seriamente a mãe de seus filhos. Toninho largou a mulher, que ficou chorando copiosamente na cama enquanto ele foi para o quarto dos meninos, que estavam na casa de Isabel.

Desesperado, sentou-se no chão, começou a chorar com sofreguidão e rasgou a roupa, que ficou reduzida a vários trapos. Queria também arrancar sua pele para poder libertar-se daquela angústia, daquele sofrimento que soterrava o seu âmago. Depois de horas jogado no chão, se levantou e saiu de carro sem destino.

Algumas semanas foram necessárias para que aquilo tudo esfriasse e o casal voltasse a se falar. Toninho tentava encontrar um meio de modificar o rumo de sua história, mas não conseguia. Já nem conseguia mais enxergar as lembranças distantes de seus sonhos e projetos. Uma nuvem negra o envolvia sempre que a noite se aproximava ou quando não estava brincando com os filhos. Já não costumava ouvir seus discos com a mesma frequência de antes, mas naquele sábado estava revirando os antigos LPs, à procura de algum consolo para o espírito, quando Sílvia se aproximou com mais uma novidade, se é que se podia chamar o que ela iria dizer de novidade.

— Estou grávida.

Toninho estava perdendo de goleada sua luta contra o vício, regredindo no pouco que havia conseguido se preservar para uma vida feliz e saudável. A notícia da nova e mais uma vez inesperada gravidez de Sílvia jogou-o no olho de um furacão de impressões e sentimentos indefinidos. Tinha que interromper aquele processo suicida, mas não encontrava a chave do cadeado da grossa corrente que atava uma bola de ferro gigante à sua perna. Outra bola já estava presa à perna de Sílvia, que agora carregava mais um ser inocente em seu ventre. Mais uma responsabilidade nas costas de Toninho, que sentia os joelhos se dobrarem ao peso de sua existência.

Pensou na morte ou em outro tipo de fuga drástica e definitiva, mas agora havia mais um motivo para resistir: dentro de alguns meses, mais uma vida estaria dependendo dele, e esse dever iminente, combinado ao fracasso de sua relação doentia com Sílvia, o empurrava mais e mais para a brizola diária e devastadora. Pensou que dessa vez precisava reunir forças para cumprir o que havia planejado na gestação de Gabriel. Aguardaria a criança completar um ano e seguiria seu caminho, pois abandonar a mulher grávida lhe parecia cruel demais.

O Bar do Aluísio ficava num extremo do acanhado centro comercial do Jardim América, onde se encontravam a maioria dos estabelecimentos do bairro. Era o local de maior movimento da região. No início da noite a circulação de passantes aumentava muito, com os moradores voltando do trabalho e indo para as escolas. Aquilo incomodava um pouco Toninho e sua turma. Eram observados diariamente em seu costumeiro estado mental alterado, sendo fácil deduzir o verdadeiro motivo escuso que os reunia. Essa exposição, entretanto, também tinha suas vantagens. Em meio aos transeuntes passavam algumas meninas que deitavam os olhos sobre Toninho, mostrando-se disponíveis para uma abordagem sedutora. Na maioria das vezes ele não estava em condições de conversar, muito menos de ser sedutor, e se limitava a olhá-las, gravando suas fisionomias para em oportunidade futura, livre dos efeitos da cocaína, poder realizar a conquista. Muitas foram as que naquela esquina iniciaram, com um olhar ou um sorriso, uma série de encontros amorosos com o magrelo cheirador.

Uma delas trabalhava numa butique próxima e passava diariamente depois de fechar a loja. Era uma morena de corpo escultural e cabelos muito negros, cacheados e compridos que fazia questão de balançar hipnoticamente quando se aproximava de onde Toninho estava. Às vezes vinha em companhia de uma amiga mulata de cara achatada e ficavam cochichando e rindo, enquanto lançavam seus olhares maliciosos para o rapaz, agora um homem que passara dos trinta. Lelo percebia o clima de sedução diário entre seu amigo e aquela morena e o incentivava a tomar uma atitude. O interesse de Toninho aumentava dia após dia, mas ele sabia que devia esperar o momento certo para ter sucesso e conseguir levar para a cama aquela bela mulher.

Um dia ela passou sozinha, e a cocaína que Toninho havia cheirado durante toda a tarde parecia ter se aquietado. Achou que conseguiria falar com normalidade. A morena olhou para trás e ele fez um sinal de que queria falar com ela. Foi em sua direção, se apresentou e conversaram alguns minutos sobre as banalidades próprias de quem se prepara para entrar no assunto óbvio e principal. Depois de rodear a presa por alguns minutos, convidou-a para tomar um chope. Ela disse que não bebia, sabendo que o chope não era a real intenção. Toninho então substituiu seu convite por um suco, e ficaram de combinar o dia. Alguns dias depois Toninho passou em frente à loja da menina, que estava prestes a completar vinte anos. Encontrou-a na porta. Estava sóbrio e conversaram animadamente, até que a entrada de um cliente exigiu o atendimento da vendedora. Despediram-se, mas antes marcaram local e horário para se encontrarem para o suco.

No dia do encontro, Toninho começou a cheirar cedo. Por volta das 16h00 passou a recusar o pó, planejando estar mais tarde em condições de encontrar a morena, que se chamava Diná. Sentado impaciente sobre o capô de seu carro no local marcado, já torcia para que Diná não aparecesse e ele pudesse ir pegar um pouco mais de pó, mas mudou de ideia quando viu aquele corpo generosamente distribuído em seios firmes, bunda e cochas fartas apontar na esquina e caminhar malemolente em sua direção.

Diná entrou no carro e Toninho esqueceu a cocaína. Seguiu pela Rodovia Presidente Dutra e parou no estacionamento da Casa do Alemão, uma lanchonete de beira de estrada, pretendendo beber alguma coisa com ela para ter tempo de convencê-la a acompanhá-lo a um dos muitos motéis da redondeza. Ainda no carro, o primeiro beijo foi tão sedento que Toninho entendeu que não seriam necessários esses rituais preliminares. Diná tinha hora para chegar em casa e também não estava disposta a perder tempo.

Seguiram para o motel mais próximo e fizeram amor. O pó consumido mais cedo, embora não tenha impedido o sexo, fez com que o desempenho de Toninho fosse apenas satisfatório; Diná também não surpreendeu, pareceu até um tanto travada em alguns momentos — nada que decepcionasse nem superasse as expectativas de ambos. Mas o que veio depois foi mais especial do que Toninho podia esperar: conversaram divertidamente, como se fossem velhos conhecidos. Diná abriu um pouco da história de sua família pobre de migrantes nordestinos e Toninho, inesperadamente, se sentiu muito bem ao lado daquela menina que acabara de conhecer.

Transaram novamente antes de ir embora e a segunda vez foi melhor. A menina pediu para deixá-la em uma rua distante de sua casa, e escondeu de Toninho que morava na Favela do Dique, embora ele já soubesse disso, pois havia pedido informações sobre ela aos fofoqueiros do bairro. Ficaram de sair novamente, e quando isso aconteceu Toninho já conseguiu ficar o dia todo sem cheirar, aguardando a hora de encontrar Diná. Queria se entregar um pouco mais, e sabia que a cocaína não aceitava dividi-lo com ninguém.

Os encontros seguintes foram cada vez melhores, tanto no sexo como na sintonia entre aqueles dois seres tão diferentes, mas que pareciam se completar de uma forma mágica e totalmente improvável. Toninho decidiu tentar enxergar através das aparências e começou a decifrar aquela jovem alegre, de riso espalhafatoso e contagiante. Diná havia nascido no interior do Ceará. Era a segunda filha de quatro irmãos, um apenas tendo nascido homem. O pai era inimigo do trabalho na roça.

Veio tentar a vida no Rio de Janeiro e deixou a esposa com Diná e sua irmã no Ceará. Em uma de suas visitas à terra natal fez mais um filho e retornou para a capital. Como demorou a reaparecer nem dava notícias, a mulher subiu com os filhos pequenos num pau-de-arara e veio para a cidade grande atrás do marido.

Passaram fome e sofreram com as bebedeiras e a violência do pai, que se tornara amigo da cachaça e da jogatina. Com os mesmos doze anos de idade com os quais Toninho começou a trabalhar no botequim de Antônio, Diná foi trabalhar como doméstica em casas de famílias que nem sempre a tratavam com respeito e humanidade. Abandonou os estudos sem completar o segundo grau. Seu nível intelectual era baixíssimo, o que era compensado por sua simpatia e perspicácia. Cresceu magrinha, complexada. Os dentes desproporcionais e acavalados se projetavam para fora de sua boca, o que provocava gozações e apelidos por parte dos colegas de escola. Quando completou dezessete anos, botou corpo de mulher e começou a chamar a atenção dos homens. Sua autoestima e seu esclarecimento eram muito baixos, e isso a tornou presa fácil para qualquer um que se aproximasse com uma lábia mais afiada. Na porta da loja em que trabalhava ficava exposta junto das roupas à venda, e era o alvo favorito dos conquistadores do bairro, que a expunham como um troféu quando contavam vantagem nas mesas dos botequins.

A vigilância dos pais era terrível, mas não o suficiente para impedi-la de se aventurar em encontros secretos, que a faziam sentir-se mais valorizada por alguns momentos, mas "popular demais" segundo as más línguas do bairro. Um olhar distraído enxergaria nela apenas mais uma menina fútil e limitada, fruto de uma geração que banalizava o sexo e o transformava em sua principal forma de expressão. Mas quem tivesse mais tempo e boa vontade veria nela uma pessoa rara devido à sua honestidade, seu amor à família e fé em Deus. Possuía um coração bondoso e nunca havia tido ninguém que a orientasse para seu progresso pessoal e independência, de maneira qualificada, desinteressada e sincera. Sem saber por que, Toninho resolveu assumir esse papel, e nos poucos encontros que se seguiram tentou levar Diná a se valorizar e buscar atividades que acrescentassem valores positivos à sua vida.

Encontravam-se vez por outra, nos dias em que conseguiam se

desvencilhar da vigilância e proibições exageradas dos pais da garota. Sem grandes compromissos, os dois mantinham suas rotinas individuais, Diná em suas festas, namoricos e paqueras e Toninho na cocaína. Mas nos dias em que estava com ela Toninho já conseguia recusar a brizola com uma convicção inequívoca. Se abriu com Diná como nunca havia feito com nenhuma outra mulher. Contou sua luta contra a cocaína e como era desgastada sua relação com a mulher.

Diná já sabia do vício de Toninho, que era conhecido no bairro, mas achou que a história de sua infelicidade conjugal era a mesma mentira utilizada por todos os maridos infiéis, que ela já havia escutado outras vezes. Aproveitavam os momentos agradáveis que passavam juntos tomando os devidos cuidados para não criar muita expectativa em relação ao outro, pois acreditavam que aquele romance tinha os dias contados, como outros que haviam vivido. No entanto, pegavam-se pensando um no outro durante o dia, e Toninho, sempre que podia, passava pela loja de Diná pela manhã antes de iniciar suas visitas, apenas para saber como a menina estava e conversar um pouco.

A amiga de cara achatada que Lelo e Toninho apelidaram de "Cara de Kombi" estava interessada em Toninho, e se oferecia a ele constantemente. Por várias vezes tentou denegrir a imagem de Diná, revelando segredos escabrosos em conversas particulares, mas vendo que isso não surtia efeito, resolveu contar para a irmã de Diná que ela estava saindo com um homem casado e viciado. A pressão sobre Diná aumentou e ela resolveu terminar aquele romance sem futuro. Toninho lamentou, mas aceitou a decisão da menina.

Enquanto a barriga de Sílvia crescia, Toninho entrou em um período de consumo desmedido e estúpido de pó. Nem mais os domingos ficavam livres. Pouco depois do almoço já estava na Rua Seis, e quase sempre era quem abria o movimento. Batia palmas na casa do vapor para acordá-lo e aguardava que ele preguiçosamente desentocasse a carga para iniciar os trabalhos do dia. Voltava várias vezes à boca e seu dinheiro começava a faltar para as coisas básicas. Não comprava uma roupa nova fazia anos. As únicas novidades em seu guarda-roupa eram dadas por Aurélia e Paula. Ficava com mais frequência no Bar do Nelson até muito tarde. Na madrugada quase sempre aparecia uma ou outra maluca que por um pouco de pó o acompanhava até um motel ou até a Praça da Gronchi, para lhe prestar alguns favores sexuais. No dia seguinte, não tinha dinheiro nem para a gasolina, e pegava emprestado com Isabel. Quando recebia o salário pagava a sogra, mas poucos dias depois voltava a lhe pedir algum, tomando sempre o cuidado de reservar uns trocados para o pó do final da jornada. Sem saber, Isabel financiava o combustível diário do carro, e do motorista também.

A copa do mundo de 1994 foi realizada nos EUA e chegou à final com Brasil e Itália disputando o título, em uma partida que terminou empatada em zero a zero no tempo normal e na prorrogação. Toninho, Sílvia, Gabriel, Daniel e Joe, assistiram às cobranças de pênaltis ao vivo, em uma TV de um bar próximo à casa de Aurélia, que estava em Portugal nessa época, visitando a família. Quando Roberto Baggio chutou para fora a última cobrança dando o título ao Brasil, uma explosão de alegria cobriu o país. O pequeno Gabriel, na época com nove anos, chorou emocionado e abraçado ao pai e ao irmão. Enquanto os fogos ainda pipocavam e os carros passavam em algazarra de buzinações e com bandeiras verde e amarelas imensas, Toninho e Joe saíram sorrateiramente para o que eles consideravam a maneira mais coerente de comemorar. Subiram a Rua Seis e encontraram bandidos e moradores na rua, em uma grande confraternização: tiros de pistola para o alto e cocaína de graça para todos que quisessem. Toninho estacionou o carro e Babo se aproximou. Guardou a pistola na cintura e tirou do bolso um saco com uns cinquenta gramas de cocaína. Com a ponta da blusa de malha limpou a poeira de uma parte do capô do carro de Toninho e derramou um monte de pó sobre a chapa de aço aquecida pelo motor. Começou a repartir a droga em trilhas imensas.

— Pode chegar, galera! É Brasil campeão, porra!! Vamu comemorar! Hoje tá arregado. É por conta da casa.

O canudo rodava de mão em mão, de nariz em nariz, num compartilhamento insalubre. Os viciados cheiravam sobre o carro de Toninho e saíam gritando e pulando: "Brasil! Brasil!" Embora a probabilidade de a polícia chegar ali naquele momento de catarse nacional fosse muito pequena, Toninho estava incomodado, não queria permanecer na boca por muito tempo, mas o monte de pó custou a terminar. Depois de uma longa espera, finalmente Toninho pôde partir com dois sacolés comprados e uma rapa solta de aproximadamente dois gramas oferecida por Babo como brinde. Deu alguns tecos com Joe e foi para casa com Sílvia, as crianças e um pouco de pó no bolso.

Em casa, a despeito de sua condição de gestante, Sílvia quis cheirar. Toninho negou. Ela disse que seria só um pouco e insistiu. Toninho se trancou no quarto e esticou duas linhas sobre a capa de um livro. Cheirou a primeira e guardou o livro com a segunda dentro da gaveta da cômoda. Saiu do quarto e foi para a sala, sem sossego e sem ter o que fazer. Os garotos estavam na rua participando da animada comemoração do título brasileiro, festejado pela vizinhança até tarde da noite. Viu quando Sílvia entrou no quarto e tentou segui-la, mas deu de cara com a porta trancada. Bateu e pediu que Sílvia abrisse, adivinhando o que estava acontecendo lá dentro. A mulher não respondeu e depois de alguns minutos saiu e entrou no banheiro. Toninho foi pegar o livro na gaveta e viu que a segunda trilha não estava mais lá. Sílvia havia ultrapassado o limite máximo de seu equilíbrio. Seu instinto materno e seus escrúpulos tinham sido vencidos pela fissura do pó. Toninho sentiu a angústia crônica com a qual convivia dentro daquela casa ser multiplicada por mil.

Sílvia chamou-o do banheiro. Pela porta entreaberta viu aquela menina bonita de cabelos longos com quem havia compartilhado tantos sonhos na adolescência. Estava nua, sentada no vaso sanitário, com uma barriga enorme, fumando um cigarro, com os olhos arregalados. Pediu a ele que fosse comprar uma cerveja. Pareceu-lhe velha, sofrida e terrivelmente feia, desgastada como a vida que Toninho levava ao seu lado. Aquela imagem nunca mais sairia de sua memória. Sabia o perigo que estavam correndo. Calejado no vício, podia prever aonde o caminho que Sílvia escolhera iria levá-la. Seus filhos estavam em perigo. Até mesmo a pequena menina que estava no ventre da mãe já estava ameaçada. Precisava tomar uma atitude. Agora, a separação de Sílvia não representava apenas uma possibilidade de se livrar de um casamento infeliz que tantos desgostos lhe trazia. Era também uma decisão urgente, que preservaria a mulher e seus filhos. Na semana seguinte, Baiana visitou o casal e Toninho, com o coração massacrado, chorou no colo da amiga, revelando os últimos acontecimentos e todo o seu desespero.

Enquanto o dia do nascimento da menina se aproximava, Toninho tentava reunir forças para levar a cabo o seu plano de continuar em casa pelo menos até que se completasse o primeiro ano de vida do bebê. Em suas noitadas de cocainômano se pegava pensando em Diná e desejava estar com ela, livre de tudo aquilo. Passava em frente à loja da menina sempre que podia, e de longe a via em companhia da falsa amiga ou conversando com algum rapaz. Tomou coragem e foi até ela, pedindo para que se encontrassem novamente. Diná estava sob vigilância cerrada, mas devido à insistência de Toninho acabou concordando em conversar com ele após o expediente. Marcaram em uma rua deserta atrás do posto de saúde do bairro.

Toninho queria estar com ela mais algumas vezes. Sentia-se bem ao seu lado, sabia que nos dias em que precisasse optar entre ela e a cocaína seria capaz de preferir a companhia daquela morena que regava lentamente um lugar ressequido em seu peito, despertando sentimentos confusos e indecifráveis. Diná resistiu. Toninho disse então que estava para se separar, pois não tinha mais condições de viver com Sílvia. Diná foi franca e direta. Disse que o fato de ele ser casado ou separado nem era o maior impedimento para que o envolvimento dos dois se aprofundasse. Era o vício das drogas que ela não aceitava, e que impossibilitava uma reaproximação. Aconselhou Toninho a cuidar de sua família e da criança que viria ao mundo, e que tanto iria precisar dele. Desejou-lhe sorte e foi embora.

Toninho ficou com as palavras que acabara de ouvir martelando em sua mente durante os dias que se seguiram. No balanço que fazia, contabilizava as diversas perdas que acumulava devido ao maldito pó, e sentia que não devia deixar que Diná se somasse aos muitos prazeres que o vício lhe havia roubado. Também se sentia ferido em seu orgulho de macho dominante. Nunca uma mulher o havia dispensado, sempre era ele quem tomava a iniciativa ou conduzia habilmente o relacionamento para um fim consensual. A verdade é que a cocaína estava entre ele e Diná, e Toninho estava cansado de perder todas as batalhas para o pó. Dúvidas e incertezas torturantes em relação à menina e ao que estava acontecendo entre eles povoavam sua cabeça e dividiam o espaço antes ocupado predominantemente por pensamentos em cocaína, bocas, tecos e favelas. Diná gostava de Toninho, mas era constantemente aconselhada pela irmã e pelas amigas a não se ligar a ele; não se sentia capaz de assumir uma relação tão intensa e complicada e preferia o conforto e o descompromisso de suas aventuras banais, às quais já estava acostumada. Enquanto isso, esperava um grande amor que viria na figura de um príncipe encantado livre e desimpedido.

Toninho não aguentava mais olhar para Sílvia, mas se esforçava para manter as aparências de um casal normal que se preparava para receber mais uma bênção de Deus, que finalmente chegou na forma de uma bela e saudável menina chamada Beatriz. Pelo vidro do berçário da maternidade no Rio Comprido, viu pela primeira vez sua primeira e única filha sem conseguir evitar as lágrimas, e o mesmo amor incondicional que dedicava aos meninos explodiu automaticamente. Beatriz estava na incubadora, levemente inclinada de ponta-cabeça e de sua boca saía um liquido espesso e esverdeado. Toninho ficou assustado e lembrou-se da cocaína consumida por Sílvia durante a gravidez. Procurou a médica, que o tranquilizou dizendo que era um procedimento normal, pois Beatriz havia engolido um pouco de líquido amniótico durante o parto, mas estava bem e logo teria alta. O pai, agora na maturidade de seus trinta e dois anos, sabia que ali se iniciava mais uma relação de paixão e responsabilidade, que traria também mais dor e sofrimento, e, principalmente, exigia uma mudança radical em sua vida. Mantendo a tradição, Paula assistiu também ao parto de sua sobrinha e acompanhou a família aumentada de seu irmão na volta à casa de Éden.

Toninho tentava desesperadamente permanecer junto da família até o aniversário de Beatriz, mas se sentia afogado em culpa e dúvidas todas as vezes em que estava em casa. Tentava se concentrar na TV, mas os programas se sucediam diante de seus olhos sem que ele tomasse conhecimento. Seu pensamento estava sempre longe, buscando forças para virar o leme daquele navio que fazia água e caminhava para o inevitável naufrágio. As brigas continuaram no resguardo de Sílvia, agora mais ainda alimentadas pelo nervosismo e impaciência de Toninho, que não conseguia ouvir a voz da mulher sem perder o controle. Mesmo sem desejar, era grosseiro com ela. Acordava todas as noites e chorava na porta do quarto dos filhos enquanto os via dormindo, prevendo o sofrimento que seria viver longe dos dois. Depois cheirava no berço a cabeça cabeluda de Beatriz, tentando guardar nos pulmões e na sua memória olfativa a lembrança dos primeiros dias de vida daquela menina que já amava com uma força inexplicável. Depois se deitava novamente, pedindo a Deus que lhe indicasse uma saída que ferisse o mínimo possível todos que estavam sob aquele teto, Sílvia incluída. Nos momentos em que ficava junto dos filhos, sufocava-os com carinhos e declarações de amor insistentes, prevendo o momento difícil que todos passariam em breve e já tentando compensar o tempo que ficaria longe deles. Assim, a todo o momento, perguntava a Beatriz e aos meninos: "Sabe que eu te amo? Sabe que eu te amo?" Um dia, aquilo incomodou o perspicaz Gabriel.

— Pô, pai, você fala isso a toda hora! Não sabe falar outra coisa, não?

Surpreendido pela observação crítica e engraçada do filho, Toninho não se deu por vencido. Apelou para o bom humor criativo sempre presente na sua relação com os filhos, e que servia de combustível para as muitas brincadeiras de "monstros" e "lutinhas".

— Tá legal. Você tá certo. A partir de hoje então vou falar de trás pra frente pra ficar diferente. Amo te que sabe?

Gabriel riu, mas naquele momento nascia uma saudação inusitada e privada que seria usada entre pai e filhos pelo resto da vida.

Na noite de oito de novembro de 1994, dezoito dias após o nascimento de Beatriz, Toninho teve uma discussão terrível com Sílvia. Ofenderam-se mutuamente e Toninho disse que ia embora. Como já havia feito várias outras vezes, pegou algumas peças de roupa e objetos pessoais, colocou no carro, beijou Beatriz e desceu a rua. Passou por Gabriel e Daniel, que subiam vindo da casa da avó. Parou o carro e eles se aproximaram da janela.

— Papai vai ter que sair e passar uns dias fora. Eu venho logo, tá? Amo te que sabe?

Os garotos, com olhares desconfiados, concordaram. Toninho beijou os dois e com um esforço sobre-humano evitou chorar na frente deles. Olhando-os pelo retrovisor do carro desabou em um pranto convulsivo, que o acompanhou por todo o percurso até a casa de Aurélia. Parou na frente da casa de sua mãe e estancou o choro antes de entrar. Enxugou os olhos vermelhos e respirou fundo. Na garagem da casa onde havia crescido encontrou Paula e Aurélia que também choravam, abraçadas. *Puta que pariu! Já ligaram para cá pra encher a cabeça de minha mãe* — pensou. Mas o motivo do choro das duas não tinha nada a ver com a mais recente separação de Toninho. Aurélia tinha estado no médico naquele dia para pegar os resultados de alguns exames. Um tumor maligno no seio havia sido detectado e uma operação urgente deveria ser realizada. Sem dinheiro e sem plano de saúde, dependiam da agenda e das precárias condições dos hospitais públicos. Os três se abraçaram e choraram, juntando suas lágrimas, seu desespero e seus problemas que naquele momento pareceram infinitamente insuportáveis e sem solução. Deitado no sofá da sala de sua mãe, Toninho chorava enquanto o sono não vinha, preocupado com a mãe e com saudade dos filhos. Em seu quarto, Aurélia pensava que o filho, como das outras vezes, não aguentaria muito tempo longe das crianças. Toninho, no entanto, sabia que dessa vez seria diferente. Ele havia trazido seus discos.

Capítulo 39

Toninho lamentava que a parte mais produtiva de sua juventude tivesse sido desperdiçada com a cocaína. Tentava compreender como tudo aquilo começara, quando e onde exatamente havia perdido o controle de sua vontade. Durante esse tempo não havia feito nada de verdadeiramente útil para si, se limitando a manter-se empregado e dedicar-se aos filhos. Incapaz de caminhar com coragem ao encontro da sua felicidade e realização verdadeiras, acabara por fazer Sílvia também infeliz. Completava onze anos de consumo ininterrupto de pó, sendo que nos últimos cinco anos tinha sido diário. Em sua turma de cheiradores, era o único a ter consciência de que era viciado, e assumia isso sem maiores pudores. Aliás, um ano após o primeiro teco já desconfiava daquilo que logo se tornou convicção. E justamente essa certeza, motivo do grande drama psicológico que viveu por tanto tempo, era agora sua principal aliada na maior e derradeira batalha que estava decidido a travar contra o pó.

A saudade que sentia dos filhos e sua decisão inabalável de não continuar vivendo com Sílvia lhe causavam um torturante conflito pessoal. Seus momentos de solidão eram extremamente tristes e angustiantes. Sabia que se combinasse a isso a depressão intrínseca à brizola estaria a um passo do suicídio ou da loucura. Acreditava plenamente que havia tomado a resolução certa, principalmente quando lembrava que, longe dele, Sílvia dificilmente voltaria a cheirar, poderia amamentar Beatriz e cuidar dos filhos em condições saudáveis. Ela ainda estava em um estágio do vício em que poderia reverter a situação com mais facilidade, se libertar de sua bola de ferro que ainda não era tão pesada e pendia de sua canela presa apenas por uma fina corrente. Com ele a coisa seria bem diferente, e a guerra em que estava prestes a entrar requereria muito esforço e força de vontade. Mas sentia que era aquele o momento de escolher entre a vida ou a morte. Não haveria volta nem segunda chance.

Sílvia aguardou que Toninho voltasse para casa, mas como isso estava demorando demais, iniciou suas cobranças e chantagens emocionais. Toninho não passava um final de semana sem visitar os filhos e levá-los para passear, e Sílvia nunca o impediu. Mas quando voltava para devolver as crianças e ficar um pouco com a pequena Beatriz, a mulher o entupia de acusações e ofensas, e se surpreendia ao ver que o ex-marido não se abalava tanto como das outras vezes, mantinha-se firme no propósito de levar sua vida longe da mãe de seus filhos. Com carinho e firmeza, tentava fazê-la compreender que a história dos dois tinha chegado ao fim, e que o mais importante agora era que se tornassem amigos para poderem criar os filhos. Sua racionalidade complacente irritava Sílvia, que foi bem clara:

— Não me interessa sua amizade. Não quero ser sua amiga — dizia, em tom de desespero e muita mágoa, como quem tem o coração sangrando.

Toninho achava que tudo cicatrizaria com o tempo. Sílvia percebeu que daquela vez teria que jogar mais duro. À família e aos vizinhos dizia-se abandonada com uma filha recém-nascida por um marido ingrato, que havia optado por viver aventuras inconsequentes. Não tinha coragem de revelar a coleção de enganos mútuos que ambos haviam cometido em dez anos de casamento, dez anos de tentativas e fracassos, de alguns momentos felizes e brigas infinitas. Colocava-se na condição de vítima das circunstâncias, papel facilmente aceito por todos diante da visão comovente da pequena Beatriz em seus braços. Quando subia a rua de sua antiga casa para ver seus filhos, Toninho esperava a hora de ser linchado em praça pública pelos olhares de condenação dos vizinhos, que o classificavam como um covarde irresponsável que havia desamparado os filhos pequenos.

Toninho tentava entender tudo aquilo como se Sílvia estivesse momentaneamente desequilibrada pela separação, mas naquele tempo não podia imaginar até onde a ex-mulher poderia chegar com sua sede de vingança. Sabia que não podia deixar de sustentar os filhos — além de não ser sua intenção, iria deixá-lo mais intranquilo e ajudaria Sílvia a pregá-lo na cruz. Ansioso por começar a fazer o que considerava certo, não procurou orientação jurídica, e já no mesmo mês em que saiu de casa passou a depositar na conta de Isabel metade de seu salário a título de pensão. Achava que assim estaria calando a boca da ex-mulher. Inexperiente em separações, não fazia ideia do tamanho do furor monetário insaciável que normalmente se apodera de uma ex-mulher ferida.

Toninho temia que Sílvia mergulhasse em uma depressão pós-parto, pois mais uma vez se sentira rejeitada e com uma filha pequena para ser amamentada. Não estava preparada para viver sozinha, e as lembranças da primeira separação e da humilhação que passara com Toninho na época do namoro a atormentavam. Não era mulher de ser contrariada, e não admitia perder. Mesmo ciente da relação nefasta que alimentara por anos ao lado do ex-marido, a decisão da separação a pegou de surpresa e lhe tirou o chão. Mais ainda quando Marcelo, seu irmão de criação, lhe falou sobre Diná. Toninho havia comentado com o negrinho mais uma de suas conquistas, e de passagem pelo Jardim América, para se gabar, mostrou ao cunhado a morena na porta da loja. Comovido pelo drama armado por Sílvia e acuado por um interrogatório, Marcelo decidira entregar à irmã o pouco que sabia do relacionamento entre Diná e Toninho, o mais recente dos muitos que ele já havia acobertado para seu cunhado e parceiro de pó.

Não foi preciso muito mais. A imaginação e o ódio de Sílvia se encarregariam de fantasiar o restante da história. Incapaz de assumir os diversos erros cometidos por ambas as partes em seu casamento fracassado, resolveu colocar sobre Diná toda a culpa da separação, escolhendo assim o alvo mais cômodo e trivial. Toninho negou. Disse que mulher nenhuma tinha a ver com a separação dos dois, e tentou relembrar os muitos fatos deprimentes que haviam desgastado seu relacionamento, problemas que haviam sido esquecidos pela memória seletiva de Sílvia enquanto focava sua raiva na figura da "outra". Contou aos pais e aos filhos que Toninho a tinha deixado por causa de outra mulher e convenceu João a levá-la com Beatriz até a loja onde Diná trabalhava. Entrou com a menina nos braços e perguntou a Diná se ela conhecia uma pessoa chamada Toninho. Diná, que há algum tempo não o via, disse que sim. Sílvia se calou e saiu sem maiores escândalos, confiante de que sua atitude iria incutir remorsos na mente da jovem e fazê-la terminar com Toninho um relacionamento que, naquele momento, só existia na imaginação de Sílvia.

A luta de Toninho estava apenas começando. Aurélia se esforçava para que o filho se sentisse bem em sua casa e o cobria de mimos e cuidados. Toninho imaginava um futuro sem cocaína e continuava pensando em Diná. Em seus sonhos, se via morando sozinho em um apartamento modesto, onde pudesse levar seus filhos e também Diná. Lá, teria liberdade para fumar sem culpa seu baseadinho no fim da tarde, que o relaxaria e o conectaria a coisas boas e positivas. Mas o que sobrava de seu salário não era suficiente para pagar um aluguel.

Encontraram-se no bairro e Toninho disse que estava separado e morando com a mãe, mas Diná não acreditou. Levou-a até a casa de Aurélia e mostrou suas roupas no guarda-roupa, sua cama improvisada na sala e seus LPs. Diná estava insegura, e só depois de algumas semanas aceitou sair com Toninho novamente. Foram ao cinema, um prazer que Toninho não experimentava há muito tempo, depois um jantar e motel. Os dois se entregaram ao prazer de uma maneira especial e intensa. O sexo entre eles crescia lentamente, em gozo e plenitude, a cada toque ou carinho que precedia as longas conversas, recheadas de risos e lágrimas de ambas as partes. Diná o consolava da saudade que sentia dos filhos; ele amenizava os traumas de infância dela e a incentivava a buscar novos desafios e seu progresso pessoal. Passaram a se encontrar regularmente, ainda em segredo, pois Diná temia a reação de sua família, principalmente a de seu pai.

Aurélia foi levada por uma amiga da comunidade portuguesa a um médico que se sensibilizou com o seu caso, e se ofereceu para operá-la gratuitamente no Hospital da Beneficência Portuguesa. O doutor seria sempre lembrado por uma grata Aurélia como "um anjo vestido de branco". Ela perdeu uma parte do seio e iniciou o difícil tratamento de quimioterapia. Foi um período de muitos sacrifícios na família, e Diná se manteve ao lado de Toninho, que então começou pra valer sua luta contra o vício. Já não cheirava todos os dias, pois quando saía com Diná se preservava para o encontro com a namorada, sabendo que ela não aceitava o pó. Aos poucos, negociou com ela a tolerância da maconha. Na convivência com o namorado, Diná acabou desmistificando a erva, comprovando que não trazia alterações nem danos maiores para ele nem para o relacionamento dos dois. Chegou a experimentar a *cannabis*, mas não gostou. Também nos finais de semana o compromisso com os filhos o mantinha longe da brizola. Na casa de Aurélia não era possível chegar trincado, como chegava a Éden. As circunstâncias de sua separação, por si sós, já surtiram um efeito positivo, interrompendo a assiduidade de suas idas às bocas e direcionando suas energias para outras coisas às quais ele não podia nem queria dizer não. No entanto, durante os dias livres dessas obrigações e em horários alternativos, Toninho acabava cheirando sozinho ou com os amigos. Quando isso acontecia, sentia-se absurdamente deprimido. Entendeu que para diminuir as oportunidades da cocaína deveria preencher seu tempo o máximo possível.

Com a diminuição do consumo de brizola seu desempenho no trabalho melhorou muito, e sua atividade profissional passou a lhe dar mais prazer. Fumava um baseado no carro a caminho do trabalho e passava o dia focado em suas atividades. Ao contrário do que acontece com muitos usuários de maconha, nele o efeito da erva aumentava a concentração nas tarefas do dia-a-dia e sua criatividade nas soluções dos diversos problemas que se apresentavam. No fim do dia tentava manter-se longe do pó fumando mais um antes de ir para casa, mas nem sempre tinha sucesso. O escritório de sua empresa havia se mudado para o centro da cidade, e ele se matriculou na Associação Cristã de Moços para fazer ginástica, um antigo desejo adiado por muitos anos. Três vezes por semana saía do trabalho e seguia para a sede da ACM na Rua da Lapa para uma hora de exercício, outro prazer que tinha sido sugado pelo vício.

Mesmo assim, na volta para o Jardim América, às vezes tropeçava. O grito da cocaína ainda era forte em sua mente, e o máximo que conseguia ficar sem se render a ela eram três ou quatro dias. Guardava sua maconha engenhosamente escondida no forro de um paletó, mas as qualidades de cão perdigueiro de Aurélia não tardaram a descobrir o esconderijo, causando uma grande baixa em seu estoque e fazendo crescer em Toninho o desejo de morar sozinho. Uma noite, depois de deixar Diná próxima de sua casa, passou pelo Bar do Nelson e encontrou sua turma. Foi impossível resistir ao convite de Russo para colocar algum dinheiro em uma "intera". Mas com o canudo na mão, diante da rapa esticada, seu pensamento voou rebelde em direção aos filhos e ele se sentiu muito mal, antes mesmo de cheirar. Nem por isso conseguiu interromper o ato. Cheirou um pouco, mas não conseguiu permanecer na companhia dos amigos, embora tampouco estivesse em condições de encarar sua mãe. Nenhum lugar parecia ser o seu.

Chegou à casa de Aurélia sentindo o coração sufocado de culpa e desespero. Encontrou-a acordada, e deitou-se ao seu lado extremamente agitado. A mãe percebeu o estado do filho e lhe perguntou o que havia acontecido. Toninho precisava tirar de seu peito aquela dor, e revelou à mãe todo o seu drama com a cocaína, desvendando os detalhes e algumas situações degradantes acumuladas desde o início de seu vício, inclusive os dramas vividos em companhia de Sílvia. Sua confissão varou a madrugada. Toninho apenas admitia e oficializava o que Aurélia já sabia em seu coração de mãe. A parceria dos dois saiu fortalecida, e o amor de mãe e filho selou naquele momento um pacto de ajuda para a libertação definitiva de Toninho.

— Você vai sair dessa, meu filho. Você tem que ter fé em Deus. Nós vamos te ajudar e você vai sair dessa. Vou rezar todos os dias para Nossa Senhora e para Jesus Cristo te livrarem desse sofrimento e você vai conseguir. Eu tenho certeza. Você é uma pessoa boa. Não merece viver assim.

Aurélia cumpriu sua promessa. Suas orações se avivaram e se tornaram diárias e vigorosas, na súplica pelo resgate de seu filho. E oração de mãe é poderosa. Toninho juntava em torno de si aliados importantes na peleja por sua independência do vício, mas sabia que somente dele poderia partir a decisão final, o esforço derradeiro para a vitória definitiva. Se o trabalho, a atividade física, Diná e Aurélia ajudavam, a distância dos filhos e a postura de Sílvia muitas vezes o faziam fraquejar. A ex-mulher tentou trazer Toninho de volta de todas as maneiras. Foi atrás dele com promessas de mudança, mostrou-lhe os cartões e bilhetes com juras de amor escritos por ele nas várias tentativas passadas de reconciliação, ameaçou mudar-se para Brasília e levar os filhos, disse que Beatriz não era filha dele e que não o deixaria vê-la. Pedia mais dinheiro e exigia coisas incompatíveis com o salário do pai de seus filhos. Tentou seduzi-lo pelo sexo, achando que na cama poderia recuperar o casamento terminado. Chamava Diná de prostituta e profetizava que em breve ela também estaria com um filho dele na barriga, pois ela só queria se aproveitar. Repetiu todos os padrões comportamentais das mulheres que se julgam rejeitadas, tentando prejudicá-lo em tudo que lhe era possível.

Toninho entendia a mágoa de Sílvia e quando se encontravam, tentava com carinho explicar à ex-mulher que não havia culpados no que tinham vivido. Procurava elevar a moral dela deixando claro como era importante que a amizade dos dois progredisse, para que a separação fosse o menos dolorosa possível para os filhos. Alegava que ambos tinham o direito de serem felizes, mas ratificava sua decisão irrevogável de viver longe dela. Sílvia ficava furiosa e descontrolada quando percebia a complacência nas palavras de Toninho, que ela interpretava como uma esmola que se dá a um mendigo. Ela, que fora dona absoluta do destino de Toninho por tantos anos, não conseguia se conformar com uma amizade sincera, que era tudo o que ele agora podia oferecer e que lhe parecia nada mais que uma migalha humilhante. Inevitavelmente, no fim das conversas, ele perdia a paciência e a razão e acabava por ofendê-la também.

Ver Sílvia naquela destemperança rancorosa o entristecia, mas nada o afetava mais do que quando ela nem aos filhos poupava dessas mesquinharias, e os utilizava como armas na guerra particular que decidira declarar ao ex-marido. Sílvia percebeu que somente através dos filhos poderia atingi-lo realmente, fazê-lo sentir dor, a mesma dor que ela estava sentindo. E sem perceber o dano que poderia causar aos meninos, passou a utilizar essa tática sistematicamente. Depois de um período de várias aventuras amorosas e noitadas em boates e festas, converteu-se a uma igreja evangélica de linha pentecostal e passou a apoiar na palavra de Deus e no fanatismo fundamentalista suas atitudes, que, paradoxalmente, cada vez mais se afastavam da essência da mensagem de Cristo, que nos conclama a todo o momento ao amor e ao perdão.

Diná frequentava a missa de domingo à tarde na Paróquia de Santa Rosa de Lima no Jardim América. O pároco se chamava Pe. Luiz Antonio e havia ajudado muito a família dela na parte espiritual e material durante os tempos difíceis que passaram com as bebedeiras do pai e a pobreza absoluta em que viviam. Foi através dos trabalhos sociais e na prática da caridade promovidos pela igreja de Pe. Luiz que muitas vezes a mãe de Diná conseguiu o que colocar nos pratos dos filhos. Como ainda namoravam às escondidas e ela não tinha telefone, era na igreja aos domingos que Toninho tinha a certeza de encontrar a menina em quem ficava mais ligado a cada dia, e com essa intenção começou a aparecer nas missas. Depois, cansado de se esconder, procurou a irmã de Diná para esclarecer suas intenções e insistiu em conhecer seus pais, que acabaram tolerando sua presença ao lado da filha. Continuou frequentando a igreja na intenção primeira de estar em companhia de Diná, para em seguida dar uma escapulida com ela para um namoro rápido. Em alguns desses domingos, depois de deixá-la em casa, encontrava Joe no Bar do Aluísio para cheirar.

Gostou de estar de volta a uma igreja. As missas lhe traziam lembranças de sua infância de formação católica, mas foi a homilia de Pe. Luiz Antônio que chamou sua atenção. Era uma homilia que procurava colocar na prática do dia-a-dia as questões levantadas por Jesus em seus três anos de pregação na Terra. A opção pelos pobres e marginalizados, a ação social aliada à oração, a conotação política e as mensagens de conscientização em relação às injustiças presentes na fala do sacerdote agradaram Toninho e despertaram os valores e convicções que tinham movido sua juventude e estavam inertes, entorpecidos pelo longo vício da cocaína. Mas a palavra de Deus é viva e age de diferentes maneiras em momentos distintos de nossas vidas, de acordo com os planos do Senhor.

A última semana havia sido especialmente difícil para Toninho: lutas contra si mesmo, culpa e amargura, dúvidas e sofrimento, saudade e momentos de solidão. Sentindo-se fraco, perdido e desolado, estava em pé ao lado de Diná na igreja lotada quando Pe. Luiz leu o evangelho do dia, "Os discípulos de Emaús" (Lucas, 24, 13-35). A atenção de Toninho foi totalmente capturada e seu olhar triste e cansado se fixou no altar, de onde o pároco falava sobre os dois discípulos que caminhavam desorientados e abatidos após a crucificação e morte de Jesus que, ressuscitado, aparece ao lado deles. Os olhos dos discípulos estão "como que vendados" e eles não reconhecem quem é aquele que passa a caminhar ao seu lado. Jesus lhes pergunta por que estão tão entristecidos, e eles, espantados com a desinformação do repentino companheiro de viagem, começam a lhe contar o que havia acontecido em Jerusalém: Jesus de Nazaré "um profeta poderoso em obras e palavras diante de Deus" havia sido entregue aos romanos pelos sumos sacerdotes para ser condenado à morte. E acrescentam: "Nós esperávamos que fosse ele quem iria libertar Israel". Jesus, "(...) começando por Moisés e por todos os Profetas, foi explicando tudo que a ele se referia em todas as Escrituras". Quando chegaram ao seu destino, Jesus fez menção de seguir adiante, mas eles, encantados com as palavras de sabedoria que tinham acabado de ouvir, o convenceram a entrar e pernoitar, pois já era tarde e o dia terminava. Somente quando foram cear e "... Jesus tomou o pão, rezou a bênção, partiu-o e lhes deu" é que seus olhos se abriram e eles reconheceram quem era aquele que tinha estado ao lado deles durante toda a estrada. Mas ele desapareceu. "Disseram então um para o outro: não nos ardia o coração quando ele pelo caminho nos falava e explicava as Escrituras?" Na mesma hora se levantaram e voltaram a Jerusalém para contar aos amigos o que sucedera.

O coração de Toninho também ardeu de uma maneira especial e única enquanto ele ouvia aquela passagem do Evangelho. Seus olhos se encheram de lágrimas e ele teve uma certeza irrefutável de que, naquele momento, Jesus falava com ele. Um arrepio profundo e uma sensação inefável varreram seu corpo, e ele sentiu que seus olhos também se abriam para entender que, durante toda a sua caminhada, Jesus havia estado ao seu lado sem que ele o reconhecesse, assim como havia acontecido com os dois discípulos de Emaús.

Subitamente, ficou muito claro que todos os perigos e tribulações passados na luta contra o vício e na busca de sua essência haviam sido acompanhados de perto por Deus, e Toninho, que há muito não conseguia se conectar plenamente ao transcendente, sentiu-se amparado pelo Pai como nos tempos de criança. O bom e fiel amigo que o salvara do quarto escuro de Dona Jaci, e que durante toda a sua infância sempre o atendia e o amparava nos momentos difíceis, nunca havia desistido dele, mesmo quando Toninho andava por caminhos escuros e pedregosos, atendendo aos chamados do mundo e virando as costas para os sinais dos céus. E o Bom Pastor estava ali naquele momento, pronto para ajudar sua ovelha a se livrar do espinheiro em que estava aprisionada há longos e pesados anos, e reconduzi-la para o seu rebanho.

Toninho estar vivo já era um milagre, mas o que se manifestou em seu espírito naquele momento foi algo peculiar e inesquecível. Jesus estava presente e pronto para habitar novamente no coração daquele servo infiel que havia se perdido, aquele filho que batia à porta do Pai querendo retornar e ser acolhido. As dimensões básicas de sua frágil condição humana receberam uma recarga imediata naquele momento difícil, em que ele precisava ter muita força de vontade para se libertar de todo tipo de escravidão que a vida pudesse ter lhe imposto. Toninho enxergou com mais clareza as múltiplas finalidades de sua existência, capazes de restaurar sua dignidade e realizar sua comunhão com o próximo. Saiu de si mesmo, e abriu-se para receber toda a luz presente na palavra de Deus e na mensagem de Jesus Cristo. Tudo estava ali diante dele. Tudo havia estado ali durante todo o tempo, e naquele momento o poder de Deus retirou a venda de seus olhos.

Iniciava-se ali, na Paróquia de Santa Rosa de Lima, sob a luz de Lucas, 24, 13-35, a renovação da experiência religiosa de Toninho, que seria fundamental para os dias de luta feroz contra o vício que estavam por vir. Com profunda emoção, provou um grande sentimento de fé diante da magnitude do mundo e dos mistérios que o envolvem. Incapaz de encontrar em sua natureza humana, finita e limitada, a energia necessária para vencer o mal que o havia envolvido, decidiu segurar a mão de Deus com força, para nunca mais largar. Lembrou-se da retórica agnóstica de grandes pensadores da humanidade, que profetizaram o desaparecimento das religiões, como Marx, Freud e Nietzsche e entendeu em seu íntimo que a experiência com Deus não pode ser explicada pelo materialismo racional ou pelos intelectuais, somente sentida no coração de cada um.

Saiu da igreja com o último e poderoso reforço para sua batalha contra o vício. Ao amor que sentia por seus filhos e ao apoio de Diná e Aurélia, somava-se agora a presença inquestionável de Deus e a verdade das palavras de Jesus. Naquela noite, antes de dormir, dobrou os joelhos no chão e em lágrimas sentiu que sua oração finalmente chegava aos céus e retornava em graça. Agradeceu ao Pai por mais um dia sem cheirar. Iria repetir esse agradecimento em todos os dias seguintes nos quais resistiria ao pó.

Quando tropeçava e caía, não se abatia diante da oração. Mesmo terrivelmente deprimido e angustiado, sentia alívio quando pedia o perdão de Deus e invocava a renovação de sua proteção para que não voltasse a repetir o erro no dia seguinte. A interlocução com Deus foi restabelecida, e Toninho se debruçou sobre o grande desafio de viver um dia de cada vez, colocando sob a misericórdia divina suas vitórias e derrotas, seus erros e acertos. Sem se dar conta, inspirado pelo Espírito Santo, programava-se intuitivamente para a metodologia do "um passo de cada vez" e do "só por hoje", usada amplamente nos grupos de apoio aos narcóticos e alcoólicos anônimos.

Toninho resolveu que era hora de conversar francamente com os filhos e dar-lhes uma oportunidade de colocar para fora o que sentiam com aquela situação difícil para todos, agravada ainda mais pelas diversas vezes em que viam a mãe chorando e pelo clima de hostilidade de continuava entre ela e Toninho. Em um final de semana pegou a bicicleta e colocou Gabriel em uma cadeirinha presa ao guidão. Saiu pedalando com ele pelo bairro e começou a explicar ao filho mais velho as dificuldades envolvidas em um relacionamento a dois e os motivos que o haviam levado a tentar uma vida diferente, longe de Sílvia, sem citar os problemas com o pó. Ainda não se sentia totalmente vencedor em seu propósito de abandonar o vício, pois o fantasma de uma temida recaída o assombrava vez por outra, principalmente quando eventualmente sua determinação sucumbia diante da fissura. Decidiu que só falaria com os filhos sobre isso quando estivesse absolutamente seguro de que havia alcançado a vitória definitiva, e que aquela pesada bola de ferro não estava mais presa à sua canela.

Foram quase duas horas de conversa durante as quais Toninho tentou com habilidade e cuidado encontrar palavras que aliviassem o pequeno coração de Gabriel e o ajudassem se conformar com aquela situação. Em alguns momentos chorou e foi acompanhado nas lágrimas pelo filho. Explicou que uma vida de brigas não era boa para ninguém e relembrou ao menino alguns casos desagradáveis que ele mesmo havia presenciado, tentando montar uma argumentação lógica que o ajudasse a compreender a atitude do pai. Depois de muita conversa, achou que já era hora de voltar para a casa de Aurélia, onde tinha deixado Daniel. Planejava ter essa mesma conversa com o filho mais novo em outra ocasião. Achou que havia conseguido atingir seu objetivo, pois Gabriel concordou com muitos de seus argumentos. Ao chegar em frente à casa de Aurélia, beijou e abraçou o filho com ternura.

— Então Bi... Entendeu porque o papai saiu de casa?

A resposta veio rápida, articulada, inocente e verdadeira. E derrubou Toninho do alto de suas esperanças vãs:

— Entendi Pai. Mas a última coisa que eu quero na vida é que você e minha mãe se separem.

Como quem leva um soco na ponta do queixo, Toninho se deu conta da dura e imutável realidade. Seu plano de esperar que as crianças crescessem para poderem entender os motivos que levam um casal a se separar era totalmente impraticável. Nenhuma idade seria suficiente para que os filhos entendessem e aceitassem sem sofrimento uma situação tão complicada, ainda mais com o pai tentando acomodar as coisas e a mãe os contaminando com sua incompreensão. Em momento nenhum Sílvia teve condições de admitir junto aos filhos a difícil convivência com o marido e assumir suas próprias falhas. Ao invés disso, julgava-se injustiçada e colocava sobre as costas de Toninho o pesado fardo de todos os erros cometidos. A mágoa a cegava, e ela não escolhia as armas para se defender. Algumas vezes Daniel chegava para o pai com uma passagem bíblica que, orientado pela mãe, afirmava ser uma condenação à atitude de Toninho e um chamado de Deus para que ele voltasse para casa. Toninho viveria para sempre com essa espada sobre sua cabeça, sabendo que embora fizesse de tudo pela felicidade dos filhos, paradoxalmente não tinha condições de realizar o que talvez fosse a maior vontade dos dois. Não se sentia capaz de promover a restauração da união daquela família que eles, em sua inocência, sempre acreditaram que continuava a existir. Expressa na frase lúcida e sincera de Gabriel ao fim da longa conversa, se evidenciava uma realidade que incomodaria Toninho para sempre, e o faria por várias vezes tentar buscar uma relação de amizade com Sílvia, sem nunca obter sucesso.

Toninho conversou com Aurélia e explicou à sua mãe que gostaria de morar sozinho, em um espaço só seu. Ela inicialmente se preocupou, resistiu, mas pouco depois já estava ajudando o filho a encontrar um lugar no Jardim América. Toninho alugou o apartamento de uma amiga de Aurélia e ficou feliz. Os cômodos vazios por falta de móveis e utensílios não atrapalhavam sua alegria pela realização daquele sonho, algo que ele sempre havia planejado na juventude. No quarto havia apenas alguns colchonetes, uma pequena televisão e os cabides de suas roupas pendurados em um cabo de vassoura atravessado sobre duas cadeiras. O único luxo era um ar condicionado para suportar as noites quentes do Rio de Janeiro. Na cozinha um fogão, uma geladeira e uma pequena mesa de fórmica.

O apartamento simbolizava um recomeço e o animou. Aurélia aos poucos ia acrescentando alguma coisa à casa do filho, e Gabriel e Daniel passavam quase todos os finais de semana com ele. Deitado ao lado dos filhos enquanto eles dormiam, beijava-os e em oração agradecia a Deus a oportunidade que estava tendo de ser um pai melhor. Pedia que o Espírito Santo confortasse o coração da mãe deles e a encaminhasse para o bem, o perdão e a felicidade. Sílvia, no entanto, estava longe de se conformar ou de colaborar para que a paz pudesse reinar entre o casal separado. Procurava Toninho para lhe falar do trauma que a separação estava causando aos meninos e os orientava a pedirem dinheiro ao pai, independente dos depósitos que ele continuava a fazer mensalmente em sua conta.

A obstinação de Toninho em continuar amparando os filhos após a separação e permanecer presente na vida dos três frustrava Sílvia, que havia apostado todas as fichas em outro comportamento do ex-marido. Como consequência dessa frustração, nada que Toninho fazia era suficiente para acalmar sua ira; em sua cegueira causada pelo ódio, Sílvia gritava por seus direitos com tanta veemência que se esquecia dos seus deveres. As dificuldades financeiras naturais de um grupo familiar numeroso, onde apenas um trabalhava e provia o sustento, eram recebidas com intolerância, ofensas e ameaças, principalmente depois que Sílvia soube que Diná e Toninho estavam agora de fato namorando.

Cansado de cobranças e vendo seus filhos expostos a necessidades que ele julgava incompatíveis com o valor que depositava na conta da ex-mulher, decidiu agir de outra maneira. Passou a fazer pessoalmente as compras mensais para a casa deles e custear diretamente as despesas com sua educação, interrompendo os depósitos mensais. Isso enfureceu Sílvia ainda mais, e ela ameaçou levá-lo aos tribunais. Suas garras se afiaram, e ela se apressou em cumprir a ameaça quando soube que Toninho havia ficado desempregado, entrando em uma das muitas fases profissionais difíceis que ainda iria enfrentar.

Finalmente o Brasil tinha conseguido domar o monstro da hiperinflação através do Plano Real, que além de lançar uma nova moeda, elaborou uma série de reformas econômicas eficientes que estancaram uma sangria inflacionária que havia atingido cruéis 47% ao mês. Liderado por Fernando Henrique Cardoso, inicialmente no posto de Ministro da Fazenda do Governo Itamar Franco e logo em seguida eleito Presidente da República, esse projeto se revelou em longo prazo o plano de estabilização econômica mais eficaz entre os muitos que tinham sido tentados nos governos anteriores. Além de ampliar o poder de compra da população e propiciar o crescimento econômico do país, impôs também uma urgente reformulação nas políticas administrativas e financeiras das grandes empresas. Diante dessa obrigatoriedade, muitas não sobreviveram. Acostumadas à ciranda financeira e aos reajustes mensais nos preços, os prejuízos e a ineficiência desses grandes conglomerados eram muitas vezes mascarados e absorvidos por uma rotina de aumentos sistemáticos das tarifas e das margens de lucro. Com a estabilização econômica, muitas empresas tiveram que rever seus custos, otimizar sua produção e até reduzir sua atuação visando a maior competitividade.

Com a empresa onde Toninho trabalhava não foi diferente, e uma das primeiras decisões foi reduzir o número de filiais espalhadas pelo Brasil, centralizando em São Paulo a maioria das operações. Consultado se gostaria de se mudar para São Paulo e continuar empregado, Toninho não conseguiu se imaginar longe dos filhos e dos outros apoios com que contava na difícil fase de superação por que passava, e disse que não. Domingos não gostou da maneira como a demissão de Toninho foi anunciada, e além de julgá-la injusta, reclamou por não ter sido consultado. Desgastou-se com a diretoria e seus superiores diretos e pediu demissão. Foi trabalhar em uma concorrente, também fabricante de embalagens, com a promessa de ocupar cargo de diretor comercial. Mas o dono da indústria escondeu dele o rombo gigantesco que havia na empresa. Toninho foi trabalhar com ele e por lá ficou por um ano, tentando ampliar as vendas no Rio de Janeiro, investindo seu tempo e o dinheiro de sua indenização. Mas quando estavam próximos de colher os frutos do desenvolvimento dos novos clientes, a empresa faliu irremediavelmente, deixando os dois desempregados novamente.

Toninho perseverava na luta contra a cocaína e conseguia ficar até duas semanas sem cheirar. Aos poucos, foi ampliando esse tempo, suportando a irritação e a ansiedade que a abstinência provocava e amenizando os sintomas com um ou dois baseados que ele já podia fumar tranquilamente em seu apartamento, quando estava sozinho. Entrou para uma academia do bairro onde praticava aeróbica e musculação. Voltou a jogar futebol, talvez o maior dos muitos pequenos prazeres totalmente absorvidos e eliminados pela cocaína. Conseguiu ficar um mês sem cheirar. Menos de um ano após a separação já havia engordado dez quilos. A musculação torneou seu corpo e ele se sentia extremamente bem consigo mesmo, apesar do conflito permanente com Sílvia e da saudade dos filhos que batia forte em seu coração nas horas mais inesperadas.

Uma manhã, depois de quarenta dias sem cheirar, acordou de uma maneira extravagante. Estava bem disposto e sentia-se saudável como nunca. Analisando o que aquela manhã trazia de diferente, percebeu que pela primeira vez em muitos anos havia dormido de verdade. *Caramba! Isso é que é dormir. Eu achava que dormia, mas isso sim é dormir.* Na sua oração matinal chorou novamente, mas dessa vez de alegria. Estava vencendo a batalha. Seis meses se passaram sem que ele chegasse perto do pó e em todas as noites suas orações eram de agradecimento por mais um dia sem cheirar.

O novo desemprego, depois da falência da firma para a qual Domingos o havia convidado, veio num momento difícil. O dinheiro de sua indenização, milimetricamente controlado durante um ano para que as necessidades básicas de seus filhos e as do seu próprio sustento não fossem prejudicadas, já estava chegando ao fim. Mas sentindo que superava o vício, qualquer outro problema, por maior que fosse, parecia infinitamente insignificante, e ele persistia na alegria e na fé.

Os companheiros da velha turma foram se afastando aos poucos. Primeiro, porque ele já não tinha tempo livre para encontrá-los, e segundo, porque havia se tornado um "chato" que a todo o momento apontava para a cocaína como a causa de todas as dificuldades e insucessos dos amigos, conclamando-os a pararem também com aquele hábito haviam compartilhado por tanto tempo. Joe era o único que aparecia com mais frequência, e às vezes dormia no apartamento de Toninho. Em algumas noites chegava com pó, mas podia cheirar ao lado de Toninho, que já era capaz de recusar a brizola com segurança e sem se abalar com a proximidade. Ao contrário, encarava a cocaína de frente com um retumbante "não" que parecia definitivo em seus lábios e em sua mente.

Capítulo 40

Toninho recebeu um telefonema de um antigo colega que também havia sido demitido da multinacional canadense, e estava trabalhando em uma empresa de embalagens em São Bernardo do Campo. Seu atual patrão estava procurando um representante no Rio de Janeiro e ele havia indicado Toninho, que agradeceu a lembrança e ligou no mesmo dia para o dono da empresa. Marcaram um encontro para a semana seguinte, quando o empresário viria ao Rio de Janeiro. Toninho roía as unhas enquanto esperava no saguão do Aeroporto Santos Dumont, rezando para que pudesse voltar rapidamente a trabalhar. O sujeito se chamava Otávio e era um bonachão, de jeito franco e direto.

Toninho o colocou em seu carro e se ofereceu para levá-lo até Niterói, onde Otávio ia visitar um cliente. Pela grande ponte que liga o Rio à Niterói foram conversando, e na altura do vão central, Otávio fez a sua proposta. Ofereceu uma ajuda mensal fixa de R$ 2 mil a Toninho por três meses para que ele pudesse ter condições de desenvolver seu trabalho. No final desse período, reavaliariam os resultados, e quando o valor de suas comissões atingisse essa quantia a ajuda seria eliminada e Toninho ficaria apenas com os percentuais de suas vendas. Toninho teve vontade de parar o carro e beijar aquele senhor que ele acabava de conhecer, e que havia confiado nele de maneira surpreendente. A oferta era muito mais do que ele esperava, depois de um ano sem ganhar nada e com uma audiência marcada na justiça para se defender das acusações de Sílvia, que alegava na petição apresentada por seu advogado que ele estava "colocando a vida de seus filhos em risco pela sua ausência no cumprimento de suas responsabilidades de pai".

Otávio não iria se arrepender. Começava ali uma parceria de sucesso para ambos os lados. Toninho se dedicou com empenho ao trabalho, e já no terceiro mês não foi mais necessária a ajuda de custo. Uma fase de grande prosperidade se iniciou com a distância da cocaína e com todo o seu potencial disponível para se dedicar ao trabalho. Diná também deixou a loja, que não lhe oferecia nenhum futuro. Recomendada por Paula, foi trabalhar com promoção de vendas em uma empresa maior, enquanto Toninho tentava convencê-la de que era capaz de muito mais e que deveria voltar a estudar.

Toninho começou a sentir umas faltas de ar estranhas, geralmente após as refeições. Por várias vezes sentiu que ia desmaiar. Puxava o ar, e parecia que os pulmões estavam fechados. Uma sensação de morte o envolvia e ele se sentava diante do ventilador, com a tez branca e os lábios roxos, enquanto Diná e Aurélia, assustadas, o abanavam e lhe davam água. Foi a um médico charlatão em uma pequena clínica do bairro. Depois de muitos exames e evidentemente sem encontrar nada de fisicamente errado, o sujeito começou a falar em um possível "problema na medula". Toninho nunca mais voltou ao consultório. Era o primeiro aviso de uma bomba-relógio armada pela situação de constante tensão em que Toninho vivia nos últimos tempos, e que tinha se agravado com a separação. No entanto, naquele momento, ninguém pôde decifrar o que os sintomas representavam e eles sumiram assim que Toninho começou a ter mais condições de se distrair e aproveitar um pouco a vida.

Com o sucesso nas vendas, sua remuneração aumentava a cada mês, e ele começou a mobiliar o apartamento. Alugou um telefone, que ainda era um luxo naquela época, anterior à expansão da telefonia no Brasil. Montou seu escritório no segundo quarto do apartamento, onde colocou também uma cama beliche para que os garotos sentissem que tinham um espaço somente deles na casa do pai. Trocou de carro. Passou a pagar mensalmente um plano de saúde para os filhos e para Sílvia. Colocou uma empregada doméstica na casa da ex-mulher para que os filhos tivessem comida na hora certa e roupa lavada e passada, pois ela tinha voltado a trabalhar e "não conseguia dar conta de tudo". Comprou uma bateria profissional para Daniel e uma chuteira de travas cambiáveis para Gabriel, bicicletas e um guarda-roupa para os dois — pequenos luxos, antes tão distantes de sua realidade que faziam Toninho se sentir melhor e mais confiante a cada dia.

Mais do que os presentes e garantias que podia dar aos filhos, o que o tornavam mais feliz eram as inúmeras possibilidades de passeios e diversões que seu salário agora podia financiar e que o motivavam cada vez mais a se manter longe do pó e a se dedicar inteiramente ao trabalho. Dividiam momentos de alegria em parques, cinemas, praias, clubes, hotéis e pousadas onde por algumas horas se esqueciam dos problemas. Tinha hora para os filhos, hora para Diná, e às vezes tentava juntar todos para que aos poucos as crianças fossem aceitando a presença da namorada do pai, que normalmente era ignorada ou apenas tolerada.

A única que convivia sem problemas com Diná era a pequena Beatriz, que, a partir dos três anos, passou a sair sozinha com o pai e ficar com ele durante alguns finais de semana. Beatriz ainda não tinha idade para compartilhar as mágoas de ninguém, e havia crescido acostumada com a realidade dos pais separados. Por isso, não resistia aos agrados de Diná, que desenvolveu grande carinho e amizade pela filha de Toninho. Os meninos assistiam o progresso do pai e desfrutavam dos benefícios que o dinheiro oferecia, e acreditavam que se isso tivesse acontecido enquanto estivesse com Sílvia o resultado do casamento dos pais teria sido outro. Por isso execravam Diná, que para os dois estava ocupando o lugar de sua mãe no melhor momento da vida de Toninho. Muitas vezes Toninho também se sentia contaminado por esse pensamento torto. Ficava dividido, e de repente se sentia culpado por estar feliz ao lado de Diná, curtindo a vida em alguns momentos de alegria e descontração. Nessas ocasiões, sentia-se obrigado a repetir um programa equivalente com os filhos na semana seguinte, e só depois de fazer isso sua consciência acusadora relaxava.

Mas o grande acontecimento por trás de tudo o que ocorria de positivo na vida de Toninho era a vitória sobre o vício da cocaína que lentamente se consolidava, e que por tantos anos lhe parecera impossível. Aos poucos ele foi substituindo o pó pela maconha, e essa troca lhe pareceu extremamente lucrativa. Avaliava a maconha como inócua, um hábito que não o impedia de realizar seu trabalho nem de se relacionar com aqueles a quem mais amava. Não causava impacto em seu apetite, nem no sono nem em suas finanças, pois a erva era barata se comparada com a cocaína e o dinheiro gasto com ela, insignificante. Quando sentia algum resquício da fissura pela brizola, um baseado levava para longe qualquer desejo agourento de consumir pó e aliviava sua ansiedade, conectando-o imediatamente aos seus novos projetos de vida e ao seu trabalho.

Cumpria aquilo que sempre havia idealizado. Nunca desejara se tornar um total "careta" e a maconha simbolizava para ele um reencontro diário com a rebeldia e a liberdade de sua juventude e uma maneira de alterar sua consciência de maneira leve e "positiva". Fumava todos os dias e não se sentia mal com isso. Diante da escravidão vivida com a cocaína, a frequência nos baseados estava, para ele, longe de ser um exagero. Antes, soava como a comemoração da maior vitória de sua história e a sedimentação de um novo estilo de vida, liberto da tortura das drogas pesadas.

A saudade dos filhos não diminuía. Mesmo depois dos animados finais de semana que passavam juntos, voltava para casa sempre chorando no carro, depois de deixá-los na casa de Sílvia. Havia se aconselhado com alguns conhecidos que já tinham passado por separações e todos lhe diziam que somente o tempo amenizaria a sua dor. Mas o tempo passava e ele não sentia nenhuma melhora. Falava com eles todos os dias ao telefone, mas nada parecia suficiente.

Finalmente rendeu-se à realidade inquestionável do sucesso do *compact disc*. Comprou um CD Player e o CD duplo do Pink Floyd chamado "P.U.L.S.E.", que foi gravado ao vivo durante uma excursão do grupo na Europa e nos EUA. Não poderia ter escolhido maneira melhor de ingressar na era do CD. O repertório desse trabalho do Floyd , sem Roger Waters, entre outros clássicos do grupo trazia uma versão completa do "The Dark Side Of The Moon", o primeiro vinil que Toninho havia comprado na sua infância. A sonoridade melancólica de algumas músicas como "Shine On You Crazy Diamond", "Hey You", "The Great Gig In The Sky" e "Comfortably Numb" se transformou na trilha sonora oficial das noites em que Toninho misturava a nostalgia do passado distante à ausência recente de seus filhos. Ouvindo os solos de Dave Gilmour, Toninho adormecia pedindo a Deus que enviasse através de um de seus anjos um beijo seu de boa-noite para as faces de Gabriel, Daniel e Beatriz. Com a força que a música tem de nos fazer viajar no tempo e reavivar emoções, para sempre o "P.U.L.S.E." lhe remeteria a esse período.

Diná era extremamente carinhosa e dedicada. Muitas vezes, no passado, Toninho havia cruzado no transito com um casal que seguia em outro carro, e via a mulher acariciando a nuca do companheiro enquanto ele dirigia. Aquele gesto simples e banal lhe causava uma grande inveja, e um desejo secreto de trocar as brigas constantes com Sílvia por alguma coisa parecida com aquilo. Diná não só acariciava sua nuca enquanto ele dirigia como o cobria de cuidados e mimos. Ao menor sinal de tristeza ou preocupação expresso no semblante transparente de Toninho, esforçava-se para confortar e alegrar o namorado. Quando estavam juntos, as mãos estavam sempre unidas e o carinho entre os dois chamava a atenção de quem os conhecia.

Toninho deu uma cópia da chave de seu apartamento para ela e na volta do trabalho a menina passava por lá para arrumar as coisas, preparar alguma comida ou para esperá-lo nua na cama. As brigas eram poucas, geralmente causadas pelo ciúme de Toninho. Tudo era muito novo e intenso, e ele nem sempre conseguia manter o equilíbrio no meio daquele turbilhão de emoções, dúvidas e desafios. A maior e maravilhosa diferença era que agora ele superava esses momentos sem pensar em cocaína. Sentia falta de Diná e a simples possibilidade de estar com outra mulher lhe trazia um remorso e uma culpa que ele também desconhecia, e o levavam a dispensar muitas dessas tentações da carne. Negava-se a admitir, mas estava se apaixonando por ela. Entretanto, tomava os devidos cuidados de homem maduro. Não queria mergulhar cegamente em uma aventura e estudava meticulosamente cada atitude da namorada para não ter as decepções tão comuns em relacionamentos como o deles.

Homem mais velho e recém separado, carente de carinho e amor, com uma menina nova e fogosa é uma reação química que produz uma fumaça que muitas vezes ofusca a visão de ambos. A cautela aconselhava Toninho a não iniciar nenhum relacionamento sério tendo-se passado tão pouco tempo de sua separação, mas os dois estavam cada vez mais unidos. Uma noite saíram para dançar em um bar com música ao vivo chamado Samburá, que ficava na Estrada do Catonho, atrás do Rancho das Morangas. Estavam abraçados no meio do salão quando a banda começou a tocar a balada "I'll Never Love This Way Again" que ficou famosa na voz de Dionne Warwick. Toninho apertou com força Diná em seus braços e se beijaram com paixão. Diná sussurrou no ouvido do namorado:

— Eu te amo.

Toninho ficou na dúvida se tinha ouvido bem.

— O que você disse?

— Eu te amo.

— Eu também te amo.

Naquele momento, se oficializou pela primeira vez nas palavras de cada um aquilo que vinha sendo construído lentamente em seus corações. Aquele encontro casual na esquina do Jardim América, aquela relação improvável entre duas pessoas tão diferentes, em idade, situação e interesses, aquele namoro bombardeado por inveja, dificuldades e problemas dos mais diversos, havia desembocado em um sentimento verdadeiro e profundo que acabava de ser expresso verbalmente naquele diálogo curto e completo ao som da música de Dionne Warwick. A partir daquele dia, essa declaração de amor mútuo seria repetida sistematicamente em diversas ocasiões, principalmente depois do sexo, quase sempre guardando a ordem em que foi criada espontaneamente: Diná declarava primeiro e era seguida por Toninho, em uma convenção que regava e adubava diariamente o apego entre os dois e os ajudava a vencerem juntos as muitas barreiras do seu relacionamento, uma prática que parecia ser para sempre.

Toninho começou então a sentir o que ele chamou de "Síndrome do Fantástico". Durante a semana se ocupava com o trabalho, as viagens a São Bernardo do Campo e os exercícios na academia. Os finais de semana eram agitados, com o futebol, os programas com as crianças e Diná. A casa ficava cheia e sua mente ocupada. Mas no domingo a noite, após deixar os filhos e a namorada em suas casas, voltava para seu apartamento e sentia-se estranhamente sozinho quando tocava a música de encerramento do programa "Fantástico", da Rede Globo. Aquela trilha sonora de um dos programas mais antigos da TV brasileira o incomodava.

A solidão de sua casa já não lhe parecia mais uma conquista nem uma novidade, e ele começou a ter dificuldades em lidar com ela, principalmente nas noites de domingo. Queria ter os filhos com ele, mas sabia que Sílvia nunca abriria mão da guarda das crianças. Também não gostava das condições em que Diná vivia, na casa pobre e desconfortável de seus pais, dividindo o quarto com o irmão em um beliche apertado. Apesar de passar muito tempo no apartamento de Toninho, ela não podia dormir lá, pois isso causaria escândalo em sua família. Aos poucos, a ideia de chamá-la para viver com ele foi crescendo em seu pensamento.

Indeciso e inseguro, pedia a Deus em suas orações e nas missas de domingo que o iluminasse para a melhor decisão. Tomou coragem e propôs a Diná que viesse morar com ele. Diná aceitou, com a condição de que se casassem na igreja. Toninho relutou um pouco, mas acabou concordando, entendendo que mais do que um ritual e uma formalidade social, a cerimônia na igreja seria uma maneira de reconhecer a importância de Deus na vida do casal. Dessa vez, Toninho estava disposto a começar tudo do jeito certo. Se seu primeiro casamento tinha sido consequência de várias contingências imponderáveis, dessa vez era uma opção consciente e uma decisão pessoal. Faria tudo para não cometer os erros de sua juventude e de seu prematuro casamento com Sílvia, e a bênção de Deus era o primeiro e mais importante passo para isso.

Aurélia encontrou Pe. Cáuper em uma igreja no bairro de Olinda, e o velho sacerdote aceitou casar Toninho mesmo com os papéis de seu divórcio ainda em andamento. Foi uma cerimônia simples, com poucos convidados, mas repleta de emoção. Lelo operou o equipamento de som, que soltou "I'll Never Love This Way Again" quando a noiva nervosa entrou na igreja e "My Love", de Paul McCartney, quando o casal saiu. Coelho, cheio de cachaça, começou a gritar e aplaudir a trilha sonora da cerimônia, mas foi travado pelo olhar fuzilante do noivo, e o sacramento se consumou sem maiores incidentes. A festa foi no quintal do prédio de Toninho, onde o casal passou a morar provisoriamente, iniciando uma longa vida em comum.

Chegaram a procurar apartamento para alugar fora do bairro, mas foi no Jardim América que Toninho encontrou uma casa ampla que lhe agradou. Acertou o aluguel e se mudaram para lá. O quintal era grande e independente. Os negócios estavam indo cada vez melhor. Toninho havia conseguido desenvolver os envoltórios utilizados por alguns fabricantes de cigarros do Rio de Janeiro e fornecia essas embalagens para eles regularmente, o que garantia uma boa comissão mensal e especializava o seu trabalho e o de sua representada no atendimento a esses produtores de droga legalizada. Intuiu que era a hora de investir em seu negócio e diversificar sua atuação, pois sabia que venda comissionada é uma atividade que não tem nenhuma segurança, e está sempre sujeita a imprevistos e surpresas desagradáveis.

Transferiu o escritório de sua casa para uma sala comercial bem aparelhada, próxima de sua nova residência. Contratou uma secretária e um vendedor e fechou contrato com outra empresa para representá-la no segmento de embalagens semirrígidas. O computador já era um item obrigatório na maioria dos escritórios, e a velha máquina de escrever se transformava rapidamente em peça de museu. Comprou um que só era utilizado por sua secretária, pois ele continuava avesso às novas tecnologias.

Estava rascunhando uma carta para ser posteriormente digitada por sua funcionária quando o telefone tocou. Era Baiana, com más notícias. Dimas estava de volta ao Rio de Janeiro. Estava com AIDS e internado em um hospital na Tijuca, onde fazia uma série de exames. Seu companheiro havia viajado para a Europa e contraído lá um tipo de vírus HIV muito agressivo, pouco conhecido no Brasil. Além do contágio inesperado, Dimas sofria com a traição do namorado a quem amava e havia sido fiel durante todo o tempo em que estiveram juntos. Baiana o estava acompanhando no hospital e Toninho ficou de ir visitá-lo no dia seguinte. Os muitos compromissos profissionais que agora acumulava o impediram de cumprir a promessa, e ele só conseguiu ir ver o amigo na semana seguinte.

Foi com Diná e encontrou Dimas deitado em seu leito, mais magro, mas bem disposto. Toninho apresentou Diná a Dimas e Baiana. Conversaram e riram muito, relembrando o passado e fazendo planos para o futuro. Dimas reparou no aspecto saudável do amigo e aprovou Diná, percebendo que a nova mulher estava fazendo bem ao seu amigo. Despediram-se e ficaram de se reencontrar assim que ele recebesse alta. Dimas saiu e voltou ao hospital diversas vezes em sua luta contra a AIDS. Não escondia de ninguém seu problema, e nos momentos em que se enchia de bom humor e otimismo para enfrentar a doença dizia a Baiana que "estava muito mais para Cazuza do que para Renato Russo", e que fazia questão de assumir sua luta contra o mal que o afligia e que se alastrava pelo mundo. Às vezes caía em depressão e era consolado pela amiga inseparável, que não o abandonou um só minuto. Toninho, absorvido por muitos afazeres, monitorava o estado do amigo por telefone. Em uma dessas ligações, Dimas atendeu o telefone do quarto do hospital, aos prantos.

— Ô meu irmão, eu já não aguento mais! Hoje pegaram um pedaço do meu fígado para fazerem exames... Eu tô sofrendo muito... Tô inchado... Acho que não vou aguentar, meu amigo.

Toninho tentou animá-lo como pôde, procurando disfarçar seu próprio desespero ao sentir-se completamente impotente diante daquela situação de sofrimento intenso. Antes de desligar o telefone, prometeu ir vê-lo em breve. Na semana seguinte Dimas teve alta e voltou para a casa de sua mãe no Grajaú. Não queria que Baiana saísse de perto dele para nada. Tomava uma quantidade enorme de remédios, mas sua situação não era nada animadora. Toninho ligou para ele e combinou de ir visitá-lo no mesmo dia, após o almoço.

— Vem preparado pra você não se assustar comigo.

Toninho levou na brincadeira a advertência de Dimas, acreditando na irreverência exagerada do amigo. Mas quando entrou no quarto onde ele estava deitado, entendeu o motivo do aviso. Dimas estava com uma cor meio "esverdeada" e com os olhos amarelos. Seu rosto e tronco estavam muito inchados. Já seus braços e pernas pendiam esqueléticos, como gravetos espetados em um boneco de neve. Esforçou-se para manter a naturalidade e abraçou o amigo. Baiana havia saído para pegar algumas roupas. Começaram a conversar e Dimas revelou que há muito tempo não saía de casa.

Estava um dia lindo. No céu azul não havia uma única nuvem. Toninho perguntou se Dimas gostaria de dar uma volta de carro com ele, para fumarem um baseado. Os olhos amarelados de Dimas brilharam. Sua mãe ainda tentou impedir, mas ele se vestiu enquanto Toninho a tranquilizava, prometendo cuidar do amigo e voltar antes do horário da próxima medicação. Colocou Dimas no carro e subiu a estrada Grajaú-Jacarepaguá. Parou no estacionamento do restaurante Cabana da Serra, que naquele horário de meio de tarde estava completamente deserto. Posicionou o carro de frente para uma mureta de onde podiam monitorar a pista e ao mesmo tempo visualizar a exuberância da mata que circundava o local. Fumaram um baseado e conversaram por mais de duas horas. Risos, choros, confissões, recordações, muita emoção e uma amizade longa e sincera permearam o diálogo, que fez bem ao enfermo e deixou Toninho mais esperançoso. Dimas fez planos para depois da sua recuperação, que deu como certa. As presenças indeléveis dos dias de alegria e dos sonhos mais puros de sua juventude permaneceram todo o tempo entre os dois irmãos de alma, unindo-os mais uma vez naquele momento tão difícil e tão especial. Dimas convidou o amigo para participar de alguns de seus muitos projetos que envolviam arte e empreendedorismo, possibilidades naquele momento bastante distantes da realidade conservadora e pragmática do mundo dos negócios em que Toninho estava mergulhado. Dimas voltou a enaltecer o talento "adormecido" e "desperdiçado" de Toninho e o instigou a ir mais além, no resgate do seu verdadeiro "eu". Quis que ele escrevesse outra peça para que pudessem produzi-la juntos. Retornaram animados para a casa de Dimas, rindo muito. Toninho se despediu do amigo com um abraço e um beijo, e na volta para casa pediu a Deus que o curasse e lhe desse mais uma chance.

Dimas faleceu uma semana depois. Toninho recebeu a notícia por Baiana. No dia do enterro não teve coragem de comparecer ao cemitério. Guardou consigo como última lembrança daquele maluco o baseado fumado no alto da Serra dos Pretos-Forros e seu sorriso sincero e confiante. O mundo ficou mais quieto e previsível sem Dimas, mas a roda-viva dos negócios que movem o capitalismo precisava continuar girando, e Toninho estava surfando uma onda de prosperidade que nunca antes vivenciara.

Capítulo 41

A recuperação de Aurélia foi excelente. Seu otimismo diante da vida, sua alegria e o fato de ter ingressado em um rancho folclórico português, onde passou a cantar em festas e a viajar quase todo ano para se apresentar em Portugal, ajudaram muito na superação total do câncer. Toninho também conheceu a terra de seus pais e descobriu suas raízes na pequena Cristelo, comendo sardinhas assadas com batatas cozidas, pão e vinho junto de sua mãe, avó, tias e de sua esposa, que o acompanhou na viagem. Diná trabalhava agora em uma multinacional de cosméticos e havia retomado os estudos. Também iniciara um tratamento para consertar os dentes. Sílvia continuava magoada e inquieta. Baiana dizia que era prova de que ainda amava Toninho, mas ele não conseguia entender as atitudes da ex-mulher como expressão de amor. Parecia-lhe mais uma obsessão recheada de rancor, e por mais que admitisse o quanto havia sido difícil para ela a separação, sabia que para ele também não tinha sido nada fácil. Acreditava que quem mais sairia ganhando com um bom relacionamento entre o casal separado seriam seus próprios filhos.

Diante dessa constatação, encarava como uma obrigação buscar o entendimento com Sílvia. Tentou por diversas vezes convencê-la disso através de palavras e atos concretos. Aceitou ajudá-la em seus projetos particulares, e chegou a pensar que teria sucesso quando deu a ela dinheiro para iniciar seu próprio negócio, mas nada a demovia de seu pedestal de inquiridora intransigente. Foram muitas as deprimentes batalhas judiciais em que ela esbanjava seu descontrole, tentando incriminar Toninho com acusações e mentiras facilmente desmontadas pela comprovação de tudo o que Toninho fazia pelos filhos. Cinco anos já haviam se passado desde que ele havia saído de casa, e nada parecia ser capaz de colocar o perdão, a tolerância e a conciliação naquele peito dilacerado pela dor e pela mágoa, nem mesmo a Bíblia que ela carregava embaixo do braço e fazia questão de interpretar ao pé da letra.

Toninho achava que o fato de ela não ter conseguido, até então, algum compromisso ou relacionamento com outra pessoa era um dos maiores empecilhos para que o esquecesse e arrefecesse sua sede de vingança. Por isso, ficou esperançoso quando soube que estava namorando sério um vizinho que, por ironia do destino, também era separado e havia deixado mulher e filha pequena. Toninho se certificou de que o sujeito que estava frequentando a casa de seus filhos era bom, trabalhador e honesto, deixando claro para ele e para todos os interessados que a vaga desocupada era a de marido de Sílvia, não a de pai das crianças. Tentou até se aproximar dele, que evitou o diálogo visivelmente constrangido, por medo de Sílvia e por ciúme, pois também achava que aquela fixação por Toninho era uma prova de que ela ainda gostava do ex-marido.

Gabriel repetiu a sétima série e terminou o primeiro grau aos trancos e barrancos. A escolha de uma nova escola para o menino foi mais um motivo de brigas e discórdias entre os pais. No Jardim América, ao lado da casa onde Toninho morava, funcionava uma escola técnica federal que gozava de fama e prestígio por preparar de maneira consistente seus alunos para o mercado de trabalho e para o exercício de profissões bem remuneradas. Além de entender que era uma oportunidade de oferecer uma formação que propiciasse um bom emprego ao filho, Toninho percebeu que seria também uma maneira de tê-lo mais perto. Gabriel começou a estudar na Escola Técnica Juscelino Kubitschek e passava a semana com o pai, indo para Éden apenas em alguns finais de semana. Nesses dias que passava com Sílvia junto de Daniel, os dois torciam o nariz e faziam cara feia para a presença do namorado da mãe, que já frequentava a casa regularmente. Sílvia não sabia lidar com aquilo, e pensou que deveria dividir seu mal-estar com Toninho. Afinal, achava que tudo era muito fácil para o ex-marido, que progredia no trabalho e no casamento.

Chamou Toninho para uma conversa. Contou as dificuldades do relacionamento entre os meninos e seu namorado, alegando que também tinha direito de refazer sua vida, que precisava ser feliz e que Daniel andava triste por ficar separado do irmão durante a semana. Pasmado, Toninho ouviu a mãe de seus filhos dizer que achava melhor que eles fossem morar com o pai. Um tornado de pensamentos e emoções varreu seu cérebro enquanto ouvia as justificativas de Sílvia. Já havia consultado os filhos em outra ocasião sobre a possibilidade de virem morar no Jardim América, mas ambos haviam rejeitado a ideia, pois estavam acostumados a Éden, aos amigos e à liberdade que tinham naquela rua pacata onde haviam sido criados. Também não cogitavam deixar a mãe, pois entendiam que isso seria uma deslealdade com aquela que já tinha sofrido tantas "injustiças".

Teria que convencê-los com muito tato, para que não se sentissem rejeitados pela mãe nem chegassem à sua casa revoltados por terem sido forçados à mudança. Também teria que conversar com Diná, com quem tinha iniciado uma vida em comum há pouco tempo; no "contrato" que haviam firmado não constava a presença definitiva e diária dos meninos. Muitas coisas estavam implícitas naquela atitude surpreendente de Sílvia, entre elas sua intenção de transferir para Toninho o desconforto e os problemas de relacionamento com os filhos, que normalmente acontecem quando pais separados encontram novos companheiros. Gabriel e Daniel não estavam preparados para facilitar nada para ninguém, nem para admitir estranhos nos lugares que acreditavam ser única e exclusivamente de seu pai e de sua mãe. Por mais uma ironia, Sílvia estava sendo vítima da própria intransigência, que havia transmitido aos filhos. Sua atitude ocultava também o desejo inconfessável de destruir o casamento de Toninho.

Tudo isso ficou muito claro para Toninho, principalmente quando percebeu que Sílvia não tinha sido franca ao conversar sobre as reais causas que motivaram sua decisão. Disse para os garotos que não tinha condições financeiras de sustentá-los, ignorando o dinheiro que voltara a ser depositado em sua conta e o apoio financeiro paralelo que Toninho dava diretamente às crianças. Alertou-os para tomarem cuidado com Diná, pois Toninho agora estava "com muito dinheiro" e dava à atual mulher o que era deles por direito. Em nenhum momento orientou as crianças para que fossem morar com o pai respeitando e colaborando com ele e com sua esposa, que, a partir de então, seria responsável pelos cuidados básicos de seus filhos, como comida e roupa lavada.

Sílvia achou que Toninho iria reclamar e se preparou para exigir que o pai aceitasse os filhos em sua casa, sem perceber estava dando ao ex-marido o maior de todos os presentes. Naquele momento, Toninho viu a possibilidade de sua felicidade ser completa com os filhos ao seu lado, tendo oportunidade de acompanhá-los de perto, cuidar de sua educação e desenvolvimento e beijá-los à noite antes de dormir. Seu advogado o orientou no sentido de que ele também poderia pedir uma pensão à mãe dos meninos, já que a situação havia se invertido, ou pelo menos entrar com uma ação para modificar o valor da pensão estabelecida judicialmente mediante a permanência dos três na casa da mãe. Toninho não quis. Estava tão contente e preocupado em conseguir acomodar tudo de maneira que todos ficassem felizes que continuou depositando o valor integral da pensão na conta de Sílvia, pensando que assim a ajudaria e a manteria quieta. Com os filhos ao seu lado, ele passaria a ter o maior dos estímulos para trabalhar duro e continuar progredindo.

Depois de preparar os meninos para a nova fase, chamou Diná para comunicar a ela a decisão de Sílvia. Estava inseguro, ansioso e preocupado com o impacto da mudança nos filhos e no seu casamento. Diná ouviu tudo e percebeu a angústia do marido. Com uma generosidade surpreendente, mais uma vez enxugou as lágrimas de Toninho.

— Não fica assim. Eu sei que eles não gostam de mim, mas é pelas coisas que a mãe deles fala. Essa situação também é nada fácil para eles. Eles vão ser muito bem recebidos aqui em nossa casa e aos poucos vou conquistando eles. Eles vão ver que estamos aqui para acolhê-los. Vou te ajudar a criar eles em tudo que eu puder e vai dar tudo certo. Essa casa é deles também.

Toninho não podia esperar nada melhor. Abraçou a mulher e declarou mais uma vez seu amor por ela. Achou que poucas mulheres seriam capazes de assumir uma parceria como aquela. Toninho continuaria fazendo tudo por Diná, a quem incentivava naquilo que fosse para o seu bem e progresso. Fez apenas um pedido, aceito de imediato, que se transformou em um acordo tácito naquela casa: a despeito do que Sílvia pudesse dizer aos meninos, Toninho nunca iria contestar as histórias tendenciosas da ex-mulher nem criticá-la na presença dos filhos, para que não ficassem sob fogo cruzado e ainda mais divididos. Fizeram um pacto de silêncio em relação às muitas versões inverídicas de Sílvia no que se relacionava ao passado e se concentraram no futuro e no bem-estar de Gabriel, Daniel e da pequena Beatriz, que a cada dia era mais presente na casa do pai e da madrasta, onde agora viviam também seus irmãos.

Essa atitude, num primeiro momento, evitou expor as crianças a conflitos desnecessários, mas em longo prazo iria cobrar seu preço. Toninho, entretanto, nunca se arrependeria de tê-la adotado, pois o que ele desejava naquele momento, e lutaria por isso nos anos seguintes, era conseguir construir sob seu teto algo que se aproximasse de uma família, reunindo com harmonia e respeito mútuo todos aqueles que ele tanto amava.

O pó finalmente deixou livre a mente de Toninho, aquela mente que nunca se conformou com a derrota, mesmo nos piores momentos da batalha selvagem travada por onze longos anos. O vício da cocaína estava humilhado diante do poder da prática e da fé nas palavras de Jesus, da capacidade de superação que Toninho não imaginava possuir, do apoio de sua família, do amor a seus filhos e do carinho de Diná. Os planos de Deus se concretizaram, resgatando da escravidão aquele filho pródigo que havia caminhado na escuridão da dependência química, mas que agora retornava à casa do Pai. Toninho abriu o velho e enferrujado cadeado que atava a pesada bola de ferro à sua perna e se livrou daquele grilhão para sempre.

Finalmente livre daquele peso, sentia-se capaz de ter com os filhos a conversa tão esperada, difícil e necessária sobre sua relação com as drogas. Sempre tinha adotado a sinceridade na criação dos meninos, e também cobrava deles o compromisso com a verdade. Chamou-os, ciente de que sentiam o cheiro da maconha que ele fumava diariamente em casa, e que impregnava seu hálito e suas roupas, embora Toninho nunca tivesse usado drogas ilegais na presença dos dois, no máximo bebido um copo de cerveja em alguma reunião familiar. Perguntou-lhes se não tinham curiosidade de saber a verdadeira história de sua experiência com as drogas. Os dois ficaram mudos, sem saber o que responder, e Toninho, vencendo o constrangimento inicial, contou-lhes tudo por que passara até aquele momento, resguardando apenas as experiências compartilhadas com Sílvia, pois achava que somente dela deveria partir a iniciativa de se abrir com os filhos sobre um assunto tão delicado e particular.

Em uma conversa franca e sem meias palavras, revelou como havia se dado o seu processo de descoberta e dependência de cocaína, o sofrimento do vício e a luta até a vitória. Falou com propriedade dos prazeres ilusórios das drogas, do preço alto cobrado por cada uma delas, explicando os mecanismos de ação e destruição de todas que havia conhecido e experimentado. Disse-lhes que não desejava que nenhum deles passasse pelo que ele passou, e que caso algum dia se sentissem atraídos por algum tipo de entorpecente que não ficassem acanhados em se abrir com o pai, dividir com ele suas dúvidas e experiências. Assegurou-lhes de que nada que eles pudessem fazer ou revelar iria diminuir o amor que sentia por eles, ou deixá-lo chocado. Que assim como ele, mesmo com dificuldade e alguma vergonha, havia aberto seu coração e seu passado, gostaria que eles também fossem sempre sinceros com o pai em relação às drogas ou a qualquer outro assunto. Por fim, como se eles não soubessem, confirmou que o cheiro que eles sentiam de vez em quando era de maconha, e que esse era um hábito que ele ainda não tinha deixado, mas que isso aconteceria na hora certa, mais cedo ou mais tarde.

Toninho cumpriu o que havia prometido a si mesmo e sentiu que havia desempenhado sua obrigação de pai e educador. Não queria que os filhos fossem procurar na rua as respostas para as dúvidas que pudessem ter sobre as armadilhas das drogas. Em suas preces, implorava a Deus para que nunca caíssem nos mesmos enganos que ele havia caído, e achou que aquela conversa franca podia ter ajudado a livrá-los desse sofrimento, embora soubesse que uma simples conversa não era garantia de nada e que sua presença constante, seu amor e seus exemplos seriam para sempre necessários.

Como todo trabalhador, Toninho sonhava com a casa própria. Juntou o dinheiro para a entrada e passou a procurar pelo bairro uma moradia que estivesse à venda e de acordo com suas possibilidades. Encontrou perto da casa de Aurélia. Deu seu carro e mais algum dinheiro como entrada e dividiu o restante em seis prestações de valor alto, pois não gostava de ficar com dívidas longas. A casa era espaçosa e precisava de reformas, mas tinha uma coisa especial que fez Toninho fechar negócio com maior entusiasmo: no andar de cima havia um terraço onde Toninho percebeu que era possível construir dois quartos completamente independentes para os meninos. Gabriel já havia lhe pedido um quarto privado, e Daniel tinha se encantado com um piso de lajotas pretas e brancas que havia visto no quarto de um amigo e que parecia um grande tabuleiro de xadrez.

Comprou a casa e na mesma semana se iniciaram as obras. Ajeitaram a sala e o quarto do casal e se mudaram enquanto preparavam o quarto dos meninos. Diná ajudava com as ideias, procurava os melhores preços dos materiais e cuidava dos pedreiros, enquanto Toninho se esforçava no trabalho para dar conta das dívidas e das despesas, que haviam aumentado consideravelmente.

Surgiu uma oportunidade para Toninho, de prestar um serviço de etiquetagem para uma grande multinacional, e Toninho topou o desafio. Alugou um galpão e contratou vinte e cinco funcionárias, todas de carteira assinada e uniformizadas. As encomendas aumentavam, e ele passou a se dividir entre o trabalho nas vendas, que era sua principal fonte de renda, e a administração da pequena indústria. Aos poucos, foi adquirindo alguns pequenos maquinários, mas o empreendimento ainda demandaria investimentos regulares por algum tempo até que pudesse se tornar rentável. Antonio se aposentou e foi trabalhar com o filho, transformando-se em seu homem de confiança. Abria a fábrica pela manhã bem cedo, cuidava das anotações da produção e do caixa das despesas diárias, além de manter a ordem com seu jeito brincalhão, mas severo com as obrigações dos funcionários. Continuava bebendo, e isso aos poucos minava sua saúde novamente. Recusava-se a ir ao médico, e só o fazia em situações de emergência, mesmo assim levado quase à força por Paula ou Toninho. Estava diabético e hipertenso, e misturava os remédios com as muitas cervejas que tomava fora do horário de trabalho e durante os finais de semana.

Uma noite, depois de todos terem ido embora, Toninho se sentou no mezanino do galpão, acendeu um baseado e ficou olhando para aquela pequena fábrica, lotada de mercadoria que deveria ser despachada no dia seguinte. Pensou como a vida o havia surpreendido e ao mesmo tempo sido tão generosa com ele. Na juventude, tinha pensado que nunca usaria nem ao menos uma gravata, e que seu destino estava irremediavelmente ligado às artes e à literatura. Agora era um pequeno empresário, responsável pelo sustento das famílias de seus funcionários e estava construindo o quarto de seus filhos em sua casa própria. O sucesso de seu trabalho e o bem-estar que podia oferecer à sua família através do dinheiro que ganhava era mais do que suficiente para que esquecesse as antigas vocações. Mais do que um sobrevivente da cocaína, era um vencedor em vários sentidos. Entretanto, Deus nos dá os dons para serem usados. As aptidões de Toninho, que estavam em coma induzido há tantos anos, mais cedo ou mais tarde iriam reclamar atenção.

Os quartos dos garotos ficaram prontos, o de Daniel com o piso preto e branco. Mas nem tudo eram flores naquela casa e Toninho sofria, ao perceber que não conseguia fazer com que os meninos aceitassem Diná. O clima era de uma tensão constante suspensa no ar. Diná tentou algumas aproximações, mas não foi bem- sucedida. Toninho tentava promover alguns passeios e programas com a nova família, mas sentia que seus filhos ficavam incomodados e não se comportavam com naturalidade quando todos estavam juntos. Rolaram algumas discussões entre Gabriel, Daniel e Diná e isso deixava Toninho arrasado. Tentava conciliar tudo e todos, procurando defender os direitos de cada um e fazer com que todos compreendessem as falhas alheias. Reconhecia que Diná enfrentava uma situação difícil com a rejeição diária e explícita no olhar de seus enteados, mas sabia que para seus filhos tudo também era muito difícil, e ficava pior com a postura de Sílvia, que continuava sendo de intransigência, mágoa e afastamento. Longe de ser um modelo de família pelo menos próximo do que ele sonhava, seus filhos e sua mulher formavam com ele apenas um grupo de pessoas que moravam sobre o mesmo teto. Toninho ficava constantemente dividido e se punia por isso.

Os meninos passavam alguns finais de semana com Sílvia, mas essas ocasiões foram ficando cada vez menos frequentes na medida em que avançavam na adolescência, formavam novos laços de amizades e tinham compromissos vinculados à escola e ao bairro onde moravam com o pai. Diná continuava firme, amorosa e carinhosa com Toninho, mas se ressentia de ter alguns momentos livres apenas com o marido. Em alguns finais de semana, sugeria a Toninho que mandasse os filhos para a casa da mãe para descansar um pouco das obrigações da cozinha, mas Toninho lhe dizia que essa iniciativa deveria partir deles. Sabia que estava sobrecarregando seu casamento, mas depois de tudo que tinha passado para ter os filhos ao seu lado, achava que nunca seria capaz de aconselhá-los a irem para a casa de Sílvia, nem mesmo por um final de semana, se isso não fosse uma decisão tomada por eles de livre e espontânea vontade. Temia que se sentissem jogados de um lado para o outro como uma bola de pingue-pongue. Na verdade, sentia falta deles sempre que saíam de baixo de suas asas. Tentava por outros meios compensar a mulher, que na impossibilidade de ter a amizade dos enteados mais velhos, se dedicava à pequena Beatriz com muitos mimos de menina e com as festas de aniversário que preparava para ela.

O amor de Diná e Toninho parecia forte o suficiente para resistir a tudo isso, e até mesmo às interferências atabalhoadas de Aurélia na vida do casal e na criação de Gabriel e Daniel. Aquela avó amorosa nunca havia tido oportunidade de conviver com seus netos e agora, diante de uma situação totalmente nova para todos, muitas vezes metia os pés pelas mãos, se confundia e ajudava Toninho a se confundir também. Uma hora cobrava mais severidade com os meninos, para, em seguida, passar a mão na cabeça deles questionando as regras estabelecidas pelo pai. Toninho se sentia constantemente pisando em ovos, tentando ser justo com aqueles a quem mais amava. Aquela "Faixa de Gaza" em que vivia, sob a constante ameaça de um iminente conflito envolvendo seus filhos, sua mulher e sua mãe, o consumia e o deixava estressado. Caminhava constantemente sobre o fio da navalha.

Na verdade, todos naquela casa eram vítimas de convenções sociais que privilegiam e discutem até a exaustão o papel da maternidade, mas produzem pouco conhecimento e quase nenhuma resposta para as questões de um novo modelo de paternidade, como a paternidade participativa que Toninho sentia a obrigação de exercer, muito diferente do papel padrão de um pai de cinquenta anos atrás. Toninho não aceitava ser somente o provedor financeiro, exigido até as últimas consequências por Sílvia, e embora não se furtasse a exercer sua autoridade e estabelecer limites quando achava necessário, buscava maior intimidade e afeto com os filhos. Não conseguia romper de todo com os padrões tradicionais e no futuro até acabaria se relacionando com eles na transmissão de seu ofício, mas lutava para abandonar o estereótipo do pai autoritário e dominador.

A separação de Sílvia e o sofrimento que achava ter causado aos filhos gerava sentimentos ambivalentes em relação a eles, e uma necessidade de compensação permeava sua estrutura emocional. Buscava proporcionar demonstrações de aceitação plena da presença deles em sua vida. E como em tudo que se faz com paixão, às vezes levava essa necessidade a extremos que se chocavam com a avaliação e as necessidades de Diná. Desejava ser um pai perfeito, como se isso pudesse realmente existir. E dessa forma lidava com os conflitos internos na medida em que se sentia inseguro em relação à sua capacidade de ser apenas um bom pai.

Sua insegurança acabava suscitando uma carência emocional que ansiava por uma demonstração de gratidão ou afeto que Gabriel e Daniel não haviam sido ensinados a manifestar. Por mais que recebesse o estímulo de Diná, Aurélia e Paula, de Antonio e de alguns amigos, ficava sempre à espera de uma palavra de incentivo, um gesto de gratidão ou uma participação mais direta dos filhos em sua vida familiar que nunca chegavam. Para os meninos, incentivar a vida do pai com sua nova mulher ou demonstrar reconhecimento por sua luta para criá-los sozinho era como negar o sofrimento e as injustiças que a mãe havia sofrido, e soaria como uma espécie de traição. Chorou escondido quando, checando os cadernos de Daniel, viu que em uma redação da escola ele declarava que morava com o pai e com a mãe, embora isso estivesse longe da verdade e fosse apenas um reflexo das dificuldades que seus filhos passavam para aceitar a nova realidade decorrente da decisão de Sílvia.

Mesmo assim, Toninho continuava fazendo tudo o que achava ser certo para os filhos, e aproveitava ao máximo as oportunidades de brincar e se alegrar ao lado deles. Começou a fumar mais e sozinho. Os baseados diários passaram a ser companheiros dos momentos em que refletia sobre tudo isso. Já não tinha tempo para aquele baseado relaxado em companhia dos amigos ou em ocasiões recreativas especiais. Fumava em casa ou na rua, sempre com milhões de coisas na cabeça.

Duas prestações da casa ainda estavam pendentes e as obras ainda não tinham terminado quando Toninho estranhou que, pela primeira vez em dois anos de trabalho, sua representada de São Bernardo do

Campo estivesse atrasada com o pagamento de suas comissões. Ligou para Otávio e ouviu explicações sobre uma dificuldade momentânea e passageira. Depois de quase um mês de demora, finalmente seu pagamento foi feito mas apenas parcialmente, e as comissões dos meses seguintes também atrasaram, aumentando progressivamente a dívida da empresa com seu representante. Do dia para a noite, além de parar de receber seu salário, as entregas das vendas já realizadas nos clientes também começaram a falhar, e seus concorrentes se aproveitaram disso para abocanhar uma grande parcela de sua participação no mercado.

Os investimentos em sua pequena fábrica cessaram imediatamente. Ao invés de aplicar, passou a ter que tirar dinheiro daquele negócio que ainda não estava sólido o suficiente para sustentar seu padrão de vida. Só assim poderia arcar com as despesas já assumidas. Tentava tornar as atividades de seu galpão mais lucrativas e apertava o cinto, enquanto esperava confiante que as dificuldades da empresa de *Otávio* fossem superadas.

Aurélia foi a Portugal chamada pelas irmãs, pois a saúde de sua mãe não andava bem. Telefonou para Toninho, e aos prantos informou que sua avó Maria acabara de falecer, vítima de um câncer no seio que escondera de todos por quase um ano, período suficiente para que a doença se espalhasse de maneira irreversível. Enquanto sua mãe falava, Toninho escutava os gritos desesperados de suas tias ao fundo e chorou junto com Aurélia, sentindo a dor da partida daquela valente portuguesa, morta aos oitenta e nove anos. Depois do enterro, Paula ligou para a mãe e pediu que ela não se demorasse, pois a saúde de Antonio também estava muito debilitada. Sua glicose subira descontroladamente e já começava a prejudicar o movimento dos membros inferiores. Ele andava com dificuldade, mas Toninho sabia que o trabalho no galpão era uma maneira de se sentir útil e valorizado, e o impedia de ficar deprimido e se entregar à doença. Levava o pai de carro pela manhã para o trabalho, deixando uma funcionária encarregada de lhe dar os remédios nas horas certas, enquanto tentava solucionar os diversos problemas financeiros em que tinha mergulhado depois que a falência da sua representada de São Bernardo do Campo fora definitivamente decretada.

Perdeu o contato com Otávio e a esperança de receber o dinheiro que este ficara lhe devendo. Agora só tinha o galpão e o serviço que prestava a uma multinacional do ramo de higiene e limpeza. Conseguiu a duras penas pagar as últimas prestações da casa, mas começava a ficar difícil pagar a escola dos garotos e precisou suspender a pensão integral dos filhos, que ainda depositava na conta de Sílvia. Ela ficou uma fera, ameaçou levá-lo à justiça novamente, e só não o fez porque foi informada de que sua decisão de ter aberto mão da posse dos filhos poderia ajudar a defesa do ex-marido diante do juiz.

Toninho andava muito nervoso e preocupado, e ficou mais ainda quando um auditor da multinacional marcou uma inspeção em sua fábrica. Correu para pintar o galpão e arrumar tudo da melhor maneira possível, mas os investimentos suspensos haviam interrompido a informatização do sistema de controle de qualidade e ele sabia que aquele era um ponto fraco, que o deixaria vulnerável na avaliação. A seu favor havia o fato de que, em um ano de serviços prestados, nunca tinha recebido nenhuma devolução ou reclamação de seus serviços. A inspeção, no entanto, já tinha seu laudo definido antes mesmo da visita do auditor: uma mudança na gerência de compras e uma propina alta na mão do novo gerente levou todo o serviço que Toninho fazia em seu humilde galpão para uma fábrica maior e mais estruturada, deixando o pequeno empresário sem ter o que fazer e com vinte e cinco funcionárias para pagar.

Para completar o cenário desolador, Diná também foi vítima de uma política de redução de funcionários na empresa de cosméticos em que trabalhava e ficou desempregada. Toninho continuava firme nas missas de domingo e nas suas orações, tentando ser fiel a Deus naquela hora difícil, assim como tinha sido durante a fase boa. Foi buscar novas representações e contratou uma vendedora experiente, que poderia trazer novos clientes para o galpão, pois precisava de resultados imediatos para conseguir pagar as dívidas que cresciam como uma bola de neve.

A situação ficava cada vez mais difícil, e as únicas coisas que pareciam dar um pouco de alívio a Toninho eram os muitos baseados que fumava durante o dia e os afagos de Diná à noite. Antonio estava piorando, já quase não conseguia andar. Mesmo assim, seu filho o levava todos os dias para o galpão, onde o português ficava sentado observando o trabalho das funcionárias. Enquanto isso, Toninho tentava arranjar um jeito de pagar a indenização de todas para poder dispensá-las. Um dia, à tarde, voltava para o galpão depois de fazer algumas visitas a clientes quando, ao passar pelo outro lado da rua, estranhou quando viu Antonio arrastando as pernas e andando com muita dificuldade em direção a um botequim que ficava nas proximidades. Fez o retono mais à frente e estacionou o carro. Foi a pé atrás do pai, e entrou no botequim a tempo de ver Antonio engolir uma dose de cachaça. O português colocou o copo vazio no balcão e percebeu que tinha sido flagrado. Ficou um pouco desconcertado, mas não era homem de se abaixar por nada. Pagou a bebida enquanto Toninho esperava na porta, estarrecido e decepcionado com o que acabara de presenciar.

— Pai, você tá bebendo?

— Estou. E daí?

— Aquilo era cachaça?

Antonio não respondeu. Toninho pensou em alguma coisa para dizer, mas nada lhe veio à cabeça, nada que pudesse expressar o que sentia naquele momento. Não esperava que o pai na situação em que estava tivesse forças para se levantar da cadeira, que dirá andar até o botequim para beber. E menos ainda que bebesse uma dose de cachaça, bebida forte e destilada que Toninho acreditava que ele havia abandonado desde que tinha ressuscitado em Portugal e voltado ao Brasil. Antonio não deu o braço a torcer, mas se sentiu muito mal e envergonhado enquanto andava ao lado do filho de volta ao galpão.

Caminharam em silêncio, e Toninho finalmente pôde perceber o que fazia com que o andar de seu pai fosse tão lento e difícil. Presa à perna de Antonio estava uma bola de ferro pesada, que o português valente e trabalhador já não tinha forças para arrastar. Toninho entendeu perfeitamente a dependência do pai, sua tristeza diante do fracasso de seu casamento com Aurélia e tantas outras amarguras que faziam Antonio, com seus sessenta e seis anos de idade, desistir de lutar pela vida e ser incapaz de atender os apelos da mulher e dos filhos para que parasse de beber.

Antonio piorou e precisou ser internado. Toninho estava quebrado, não tinha como pagar um atendimento particular para o pai, que já gastava muito mais do que sua aposentadoria com consultas e remédios. Aurélia conseguiu a internação num hospital conveniado da Previdência Social que ficava ao lado do GPI de Cascadura, onde Toninho havia estudado. Na memória de Toninho ficaria para sempre registrado o olhar de seu pai quando foi colocado em uma cadeira de rodas e levado para a enfermaria de onde só sairia morto, duas semanas depois.

Paula o vestiu, enquanto Toninho providenciava o atestado de óbito e a papelada para o enterro. No cemitério, ao lado do caixão, Toninho se lembrou de que meses antes, quando Antonio ainda estava ativo, sentiu necessidade de agradecer tudo o que o pai havia feito por ele. O gosto pelo trabalho e a honestidade eram alguns dos muitos valores que Antonio havia transmitido ao filho, e que agora ajudavam Toninho a se defender na vida e a se destacar em tudo que fazia. Embora de um jeito rude e muitas vezes difícil de ser compreendido, aquele português que havia deixado pai e mãe aos dezesseis anos para ganhar a vida no Brasil o havia ensinado a ser um homem de bem.

Assim como aguardava um reconhecimento de seus filhos, Toninho também queria dizer a Antonio que, apesar de todas as dificuldades, o pai o havia preparado para a vida. No entanto, aquele era um diálogo difícil entre um pai e um filho que não se haviam habituado a conversas emotivas e fraternas. O amor entre os dois estava sempre nos subtextos, nas entrelinhas. Em um final de tarde, encheu-se de coragem quando levava Antonio para casa. Com palavras tímidas e simples iniciou seu discurso de agradecimento ao pai. Antonio, emocionado, percebeu a dificuldade que Toninho estava tendo para expressar seus sentimentos, e com seu jeito peculiar, agradeceu e deu por encerrada a conversa, deixando bem claro que havia captado a mensagem do filho. Ao lado do caixão de seu pai, abraçado a Aurélia e Paula, agradecia a Deus por ter tido a coragem e a oportunidade, mesmo que por uma única vez, de demonstrar com palavras sua gratidão.

Várias pessoas chegavam para o velório, parentes, amigos e todas as funcionárias do galpão. A morte passara ainda mais perto de Toninho, trazendo toda a sua dor e incompreensão. Ele tampouco compreendia por que a todo o momento olhava para os recém-chegados aguardando a presença de Sílvia. Curiosamente, em meio a tantas pessoas amigas e sinceramente consternadas, esperava receber naquele momento de tristeza profunda o abraço solidário da mãe de seus filhos. Achava que naquela ocasião tão difícil para a família que criava os meninos, ela não seria capaz de continuar alimentando ressentimentos. Sempre havia demonstrado que gostava do ex-sogro, que sempre a tratou muito bem. Toninho tinha esperanças de que a perda de seu pai pudesse marcar um breve momento de trégua entre ele e a mulher com quem tinha vivido por longos dez anos, quem sabe até iniciar uma nova fase de cooperação e respeito mútuo que certamente iria alegrar seus filhos. Ficou aguardando aquele abraço que não veio. Sua expectativa terminou e ele se conformou com a realidade quando viu João chegar ao cemitério sozinho, visivelmente constrangido pela ausência de sua filha, que não quisera acompanhá-lo.

Depois da morte de Antonio, Toninho se desinteressou de vez pelo galpão. Vendeu algumas máquinas para pagar os direitos dos empregados, negociou algumas dívidas e guardou um pouco de dinheiro, suficiente para sobreviver por dois meses, tempo que teria para recomeçar sua vida mais uma vez. Agora, aos quarenta anos, diante da morte do pai e da falência de seus negócios, achava que já havia alcançado a metade de sua caminhada pelo mundo, e seus sonhos adormecidos começavam a gritar.

Capítulo 42

Todas as campanhas e argumentos que defendem a legalização da maconha se apoiam na inocuidade de seu uso, principalmente se comparado aos efeitos e prejuízos causados por drogas mais pesadas. Toninho conhecia bem essa diferença, e tinha convicção de que a maconha, se bem administrada e usada com moderação, era incapaz de causar danos ou atrapalhar a vida de seus usuários. A despeito dos preconceitos e dos argumentos de que é a porta de entrada para as drogas mais pesadas, caminho que ele próprio havia percorrido, conhecia inúmeros viciados que não tinham passado pela erva para chegar às dependências mais danosas. Muitos entravam nos "paraísos artificiais" e nos ditos "estados alterados da mente" através do álcool, consumido cada vez mais cedo pelos jovens e apregoado livremente em todos os meios de comunicação. A política proibicionista insuflada pelos EUA no início do século XX, e adotada em praticamente todo o mundo, já havia se mostrado ineficiente no combate ao tráfico e na redução do consumo. Além disso, a hipocrisia contida em sua prática gerava uma desinformação que, segundo avaliava Toninho, havia sido a maior das causas de sua captura pela cocaína.

Toninho se "orgulhava" de sua resistência aos efeitos da maconha, e de ser capaz de fazer absolutamente tudo sob o efeito da erva — efeito que já nem sentia mais com clareza e prazer, devido à grande quantidade de baseados que fumava durante o dia. Essa quantidade aumentou sensivelmente no período em que ficou desempregado depois que fechou o galpão. Com Diná também desempregada, as dificuldades da casa começaram a provocar algumas brigas de casal, sempre superadas por um abraço afetuoso e pelo amor entre eles que desaguava no sexo, do qual Diná já se esquivava com alguma frequência, dizendo-se cansada da constante procura do marido. Toninho fumava um atrás do outro enquanto mandava currículos, fazia contatos por telefone e pensava de que maneira iria recomeçar sua vida profissional. Conseguiu algumas representações com outras empresas de embalagens; mas ofereciam apenas um mostruário, uma tabela de preços e comissões sobre o que fosse vendido, sem nenhuma ajuda de custo, o que demandava investir suas reservas e se arriscar, com a esperança de conseguir um resultado incerto que ele precisava que se concretizasse em curto prazo. Entretanto, uma necessidade orgânica de fazer alguma coisa que lhe proporcionasse prazer e realização pessoal chacoalhava seu peito. Estava novamente inseguro quanto ao seu futuro e o de sua família, e às vezes se sentia ridículo quando pensava em procurar alguma atividade ligada às artes, onde pudesse exercer sua criatividade. Voltar a subir num palco de teatro parecia inverossímil demais. *O que eu gostava mesmo de fazer?* — se perguntava.

Lembrou que era escrevendo que se realizava, mas escrever para teatro não lhe parecia mais viável. Longe de seus dezesseis anos, e com a experiência e a responsabilidade que havia adquirido, sentia-se na obrigação de buscar um ramo da economia criativa que pudesse lhe dar algum retorno financeiro. O cinema brasileiro estava em plena retomada, depois de se recuperar da trágica "Era Collor" e do fechamento da Embrafilme, que reduzira a produção brasileira a praticamente zero e entregara sem resistência o mercado nacional nas mãos de Hollywood.

As bilheterias de filmes produzidos no Brasil voltaram a bater a marca de um milhão de espectadores, que nos anos 1970 e 80 era superada com frequência. Esse processo teve seu início simbolizado pelo filme "Carlota Joaquina – Princesa do Brasil", de Carla Camurati, e parecia o embrião de uma promissora indústria de audiovisual alavancada também pela revolução digital, que barateou a produção e a tornou mais acessível aos novos talentos. Além disso, a recuperação do poder de consumo da população trazia o público de volta às salas de cinema. Toninho se lembrou de como o cinema tinha sido importante em sua formação, e lendo o jornal encontrou uma nota que chamava interessados para a matrícula no curso de roteiro cinematográfico que seria ministrado pelo escritor e jornalista José Louzeiro. Louzeiro era responsável por alguns roteiros de filmes que Toninho havia visto nos cinemas de Madureira, como "Pixote – A Lei do Mais Fraco" e "O Homem da Capa Preta". Baseados em alguns de seus livros foram feitos outros filmes, como "Lúcio Flávio – O Passageiro da Agonia".

Parecia uma opção bastante razoável. Juntaria duas paixões em uma única habilidade; o amor pelo cinema e pela escrita estaria a serviço da construção de roteiros cinematográficos, que levariam suas histórias para o público. O preço da mensalidade não era absurdo, e ele separou de suas reservas o valor necessário para aprender as técnicas de "escrever com imagens". Tímido e inseguro, foi até a casa de Louzeiro na Usina, próxima da entrada do Morro do Borel, onde ele havia comprado cocaína no passado. Dona Ednalva, esposa do escritor, recebeu-o na porta e o levou até a sala revestida de estantes onde alguns milhares de livros descansavam calados, cada qual com sua história. Louzeiro, um maranhense baixinho com óculos de lentes grossas e barba longa e grisalha, estava no alto de uma pequena escada arrumando alguns livros e desceu para cumprimentar Toninho, que transpirava acanhamento e insegurança. Quis desistir, achando-se patético por estar, naquela idade, dando-se ao luxo de correr atrás de um sonho. Pensou em conversar um pouco com Louzeiro apenas para não parecer deseducado, mas em seguida se despediria para nunca mais voltar.

Mas a conversa do escritor era envolvente, e Dona Ednalva trouxe logo duas xícaras de chá. O bom papo, intelectualmente refinado, encantou Toninho, que há tantos anos só falava de pedidos, notas fiscais, faturas e prazos de entrega. Sentiu-se mais à vontade e revelou a Louzeiro toda a sua história, sua luta contra o vício, o tempo perdido na cocaína, seus problemas familiares e profissionais e sua indecisão quanto a realmente ser capaz de começar uma carreira de roteirista de cinema. Louzeiro o animou, um pouco porque queria ter a turma cheia, e um pouco porque gostou da sinceridade humilde de Toninho. O nordestino estava lançando mais um de seus muitos livros. Chamava-se *Ana Nery – A Brasileira que Venceu a Guerra*, um romance que contava a história da enfermeira brasileira que participou da Guerra do Paraguai para poder ficar perto dos filhos, que eram oficiais do exército. Mais tarde esse livro seria transformado em um especial exibido pela TV Globo, com Marília Pera no papel principal.

Louzeiro pegou um exemplar e fez uma dedicatória carinhosa: "Ao caro amigo Antonio Ernesto, essa lembrança e homenagem." Deu o livro a Toninho e disse que o esperava na primeira aula do curso, que aconteceria sempre aos sábados naquela mesma sala. Toninho voltou envaidecido para casa, e sempre seria grato a Louzeiro por aquele incentivo, responsável por ele não ter desistido e acreditado que era capaz de desenvolver uma atividade paralela prazerosa.

Enquanto estudava com Louzeiro, tentava pagar as contas com seu trabalho nas vendas, ofício que não suportava mais e no qual prosseguia apenas por ser seu único meio de sobreviver. Fazia mais de dez anos que Toninho não lia um livro. Leu *Ana Nery* em dois dias, e não parou mais. Passou a devorar os livros com um apetite que parecia querer recuperar o tempo desperdiçado.

A família estranhou aquela mudança, mas acabaram aceitando quando perceberam a determinação de Toninho e a luta que travava para poder dar conta das duas frentes de batalha que tinha aberto: durante os dias da semana, correndo atrás de minguados pedidos e parcas comissões; durante as noites, debruçado sobre os livros de Syd Field, Doc Comparato, Christopher Vogler e outros teóricos do roteiro de cinema e TV. Transformou-se numa esponja, disposta a sugar conhecimento de todas as fontes possíveis, e tornou-se autodidata. Aos sábados, passava as manhãs na sala de Louzeiro ouvindo suas histórias pessoais, infinitamente mais interessantes e valiosas do que as técnicas de formatação de um roteiro que ele também passava aos alunos.

Toninho achou tudo incrivelmente maravilhoso e aprendeu rápido a utilizar o recurso da imagem na construção de uma narrativa. Aprimorou-se na elaboração dos diálogos bebendo da fonte de Nelson Rodrigues, que havia sido colega de Louzeiro na redação do jornal *Última Hora*. Compreendeu a importância do conflito e dos perfis dos personagens bem definidos. Estava certo de que bastava escrever um bom roteiro e entregá-lo nas mãos de um grande diretor e o sujeito iria ler, e imediatamente se render ao talento de Toninho: "Que roteiro maravilhoso, meu rapaz! Vamos filmá-lo imediatamente. Quanto você quer por ele?"

Antes de o curso terminar, percebeu que isso não aconteceria, e que o mercado tinha outra lógica de funcionamento que em muito ultrapassava sua ingenuidade. Milhares de roteiros eram escritos todos os anos, e centenas deles colocados nas mãos de diretores e produtores sem que nem ao menos fossem lidos. As grandes figuras do cinema nacional, na maioria das vezes, preferiam realizar seus próprios projetos, com suas equipes de confiança. Entendeu que se quisesse ver um roteiro seu ser realizado, teria que ele mesmo botar a mão na massa.

Decidiu então estudar direção e aprender os segredos da linguagem cinematográfica. Matriculou-se em um curso com Fábio Barreto, na casa de Dora Pellegrino. O curso era de direção de atores para cinema, e, no final, prometia a realização de um curta-metragem com a participação dos alunos. Também estudou direção, fotografia e operação de câmera na AICTv[8] e continuou se aprimorando em roteiro com Luiz Carlos Maciel, na Casa da Gávea. Ficava atento a cada dica de livro ou filme e não deixava de se aprofundar em nenhuma delas.

Estava sedento de saber e louco para experimentar os conhecimentos adquiridos. Ficou decepcionado quando o curso de Fábio e Dora chegou ao fim sem que o prometido filme fosse realizado. Não se conformou, e se juntou a um colega de turma, decidido a filmar um curta-metragem. Em uma de suas aulas, Louzeiro tinha contado uma história muito interessante sobre uma colega de redação do *Correio da Manhã*, que secretamente mandava flores para ela mesma, fazendo com que todos no jornal acreditassem que eram presentes de um namorado misterioso, mas que só existia em sua imaginação. Esse enredo causou *frisson* entre os alunos e alunas, despertando reações diversas e fazendo Toninho acreditar que aquela era uma bela ideia para um filme. Baseado nesse mote, escreveu seu primeiro roteiro chamado "Quando Chega a Primavera", com quinze minutos de duração e apenas três personagens em uma única locação — características que propositalmente diminuíam o custo e as dificuldades de produção do curta, que deveria ser realizado sem recursos e com uma equipe de voluntários que Toninho não fazia ideia de onde iria conseguir. O colega de turma possuía uma câmera que, somada ao roteiro de Toninho, eram os únicos itens que estavam garantidos no filme.

Toninho levou o roteio para Jorge Monclar, diretor da AICTv. O experiente diretor de fotografia, com muitos anos de cinema no Brasil

---

8 Academia Internacional de Cinema e TV.

e no exterior, gostou. Gláucia, esposa de Monclar, apostou no talento de Toninho e se encarregou da produção, conseguindo reunir vários apoios e uma equipe de alunos e professores. No primeiro dia de filmagem, Toninho estava muito nervoso e inseguro com sua primeira experiência em direção de cinema, ainda mais por estar diante de um elenco altamente gabaritado: Tessy Callado tinha em seu currículo vários trabalhos no teatro e no cinema, assim como Stella Freitas, que havia sido dirigida por Walter Sales, ao lado de Fernanda Montenegro, no filme brasileiro que concorreu ao Oscar, "Central do Brasil". Irene Black, diretora de arte experiente com vários prêmios internacionais, percebeu que Toninho estava "tremendo" e chamou-o para uma conversa. Toninho se abriu com ela e disse que achava que talvez aquilo tudo fosse uma loucura, que ele estava muito velho e ultrapassado para se aventurar em uma nova carreira e que temia não conseguir corresponder às expectativas da equipe. Irene lhe disse que o que lhe faltava de experiência no set de filmagem ele tinha de sobra em experiência de vida, e que dirigir um filme não era muito diferente de comandar uma família ou administrar uma empresa. Toninho entendeu a mensagem, que também ficaria para sempre guardada em seu peito na gaveta da gratidão.

O filme, como seria de se esperar, não foi uma obra-prima, mas Toninho desempenhou bem sua função, sendo atendido e respeitado em tudo que solicitou ao elenco e à equipe. As cenas noturnas estavam programadas para o último dia de filmagem, e Toninho chegou à locação no Cosme Velho antes das 7h00. Às 22h00 dirigia seu carro pela Avenida Brasil de volta para casa. Estava exausto. Suas pernas latejavam, mas ele cantava a plenos pulmões, acompanhando as músicas que o rádio tocava e sentindo-se inusitadamente leve, feliz e realizado. Definitivamente, era aquilo que ele queria, e teria que dar um jeito de continuar. Pouco depois de pronto, o "Quando Chega a Primavera" foi selecionado para um festival de cinema no Rio Grande do Sul e Toninho viajou para lá, com todas as despesas pagas. O filme participou de vários festivais pelo país e foi exibido na TV pelo Canal Brasil.

Gabriel não passou no vestibular, e Toninho o convocou para trabalhar com ele no pequeno escritório montado em casa. Achava que o trabalho nas vendas poderia ser uma boa opção para que seu filho mais velho começasse a ganhar algum dinheiro e responsabilidade, enquanto procurava seu próprio caminho. Financiou sua carteira de motorista e passou a levá-lo a seus clientes, transmitindo-lhe os segredos para se defender no trânsito, as habilidades do relacionamento comercial e tudo que sabia sobre o mundo dos negócios. Tentava motivá-lo e gostava de ter o filho por perto, agora como parceiro de labuta. Gabriel era um rapaz inteligente, mas como todo jovem, um pouco disperso. Toninho sentia que precisava ser um "chefe" severo e cobrava dedicação do filho, muitas vezes aos berros, procurando reproduzir dentro de sua casa o nível de exigência que Gabriel teria que enfrentar em sua vida profissional. Repetia com ele exatamente o que Antonio havia feito no botequim, guardadas as devidas proporções.

Daniel já tocava algumas vezes na noite e ganhava alguns trocados, mas ainda era muito novo para se dedicar integralmente à vida boêmia dos músicos e o pai exigia que ele se esforçasse nos estudos. Tampouco passaria no vestibular, e Toninho até tentaria trazê-lo para as vendas, mas a personalidade de seu filho mais novo era claramente incompatível com aquele mundo corporativo e formal.

Aos poucos, na medida em que a comunicação entre as empresas foi agilizada pelo advento tecnológico da internet, a importância do representante de vendas dentro de uma organização empresarial foi diminuindo. Muitas coisas que antes eram totalmente intermediadas por esse agente agora podiam ser resolvidas pelos interessados diretos com um simples "*enter*" no computador. Além disso, o poder de decisão de compra dos grandes volumes não estava mais centralizado nas mãos dos gerentes de suprimentos e seus compradores. No modelo de gestão moderno, a habilitação de um fornecedor passa agora pelo crivo de diversos setores da administração e por aprovações de departamentos distintos, como o financeiro e o de qualidade, que negociam diretamente com seus equivalentes nas empresas fornecedoras.

Toninho sentia que dificilmente conseguiria readquirir o padrão de vida que tinha alcançado durante o tempo em que trabalhara para Otávio. Mesmo assim, perseverava naquele trabalho cada vez mais enfadonho para ele, tomando cuidado para não contaminar Gabriel com seu desânimo. Todos os dias, em suas orações matinais, pedia a Deus força e sabedoria para incentivar em seu filho o que fosse bom e que outras portas fossem abertas, de preferência no mercado de cinema, pelo qual tinha se apaixonado.

Um curso de Produção Executiva em Cinema & TV foi lançado na conceituada FGV,[9] com quase um ano de duração e profissionais atuantes nos mais altos níveis do mercado audiovisual. Seriam ensinamentos valiosos, que iam desde índices econômicos ao ambiente regulatório, à cadeia produtiva, coproduções internacionais, últimas tendências tecnológicas, distribuição, finalização e muitos outros que prometiam preparar o aluno para entrar no mercado pela porta principal. A parte ruim era o preço das mensalidades, distante até mesmo dos cálculos mais otimistas que Toninho pudesse fazer. Aurélia ligou para Libertária em Portugal e explicou a situação. A madrinha de Toninho mandou o dinheiro para que o afilhado fizesse aquela especialização avançada que, como prova final, submeteria os alunos a um *pitch* onde teriam sete minutos para apresentar seus projetos para uma bancada de professores.

Daniel estava tendo aulas de bateria na escola de percussão "Maracatu Brasil", dirigida pelo baterista do Barão Vermelho, Guto Goffi. Toninho foi um dia buscar o filho e chegou a tempo de assistir a parte final da explanação de Plínio Araújo, baterista mais antigo do Brasil que, a despeito de ter ultrapassado os oitenta anos de idade, ainda estava em plena atividade, tocando na Orquestra Tabajara — a mesma orquestra que era elogiada por Vadinho no balcão do botequim de Antonio e que Toninho tinha visto nas Domingueiras Voadoras dos anos 1980, no Circo Voador. A formação de vinte e dois músicos ainda era regida pelo irmão mais velho de Plínio, o maestro Severino Araújo, e continuava se apresentando em bailes por todo o Brasil, em uma demonstração única de longevidade e amor à música.

Toninho viu por trás daquela história a possibilidade de realizar um documentário sobre a *big band* mais antiga do mundo. Ficou animado quando, conversando com Plínio, soube que isso ainda não havia sido feito. Com a autorização do maestro Severino, começou a pesquisa e a elaboração do projeto, que foi apresentado para a bancada de professores ao final do seu curso na FGV. O trabalho recebeu nota máxima e teve grande repercussão. Toninho foi convidado pela diretora do curso a trabalhar para ela em uma espécie de incubadora, que iria

---

9 Fundação Getúlio Vargas.

acolher e ajudar no desenvolvimento dos projetos dos alunos. Como na juventude, mais uma vez enfrentava o dilema entre ganhar dinheiro ou fazer o que gostava. O convite era a oportunidade que estava pedindo a Deus, mas iria reduzir a zero o tempo disponível para as vendas. Passou dias em estado de dúvida, travando uma luta mental feroz em busca da decisão certa, enquanto fumava vários baseados. Aceitou o convite e abandonou as vendas, mediante um salário razoável oferecido pela diretora do curso.

Devido a problemas financeiros decorrentes das brigas entre as sócias da empresa que administrava o curso para a FGV, esse salário só foi pago durante quatro meses. Depois de mais três sem receber, Toninho regressou ao seu escritório novamente desempregado. Enquanto buscava patrocínio para o filme sobre a Orquestra Tabajara, produziu e dirigiu um documentário sobre um campeonato de futebol de várzea que há mais de vinte anos reunia apaixonados jogadores veteranos em torno de um campo de terra batida do Jardim América: "Sacolão – Loucos por Futebol" foi classificado para um festival internacional na Europa, mas ele não teve condições de viajar para acompanhar seu trabalho.

Aventurou-se pela propaganda e dirigiu alguns comerciais para supermercados. Ganhou algum dinheiro na publicidade, mas os trabalhos não tinham continuidade e muito do que ganhava gastava pagando o aluguel dos equipamentos que não possuía. Resignado, começou a procurar uma oportunidade de retornar às vendas.

Encontrou um ex-aluno do curso da FGV que era um sujeito rico, e estava interessado em ingressar no mercado de cinema. Nunca havia participado de nenhuma produção, mas tinha capacidade administrativa e um belo escritório na Barra da Tijuca onde se distraía elaborando projetos de telecomunicações. Cansado dos três anos que passara lutando sozinho em busca de recursos para realizar o "Orquestra Tabajara", Toninho o convidou para ser produtor executivo de seu filme, com o propósito de incorporá-lo ao projeto para ajudá-lo na *via crucis* de editais, concursos, leis de incentivo e captação de patrocinadores. Antes mesmo de assinar o contrato que o produtor estreante se apressou em redigir, e que dividia em partes iguais os direitos autorais do futuro filme, Toninho recebeu a notícia de que havia sido selecionado pela Comissão de Cultura da Prefeitura do Rio de Janeiro para ser apoiado com verbas do ISS. De joelhos, agradeceu a Deus e entrou em contato imediatamente com o novo parceiro para lhe dar a boa notícia. Finalmente teria condições de realizar um trabalho com recursos e um orçamento aceitável, com equipe contratada e uma estrutura profissional a seu dispor.

Entregou inteiramente a administração financeira do filme ao coprodutor, confiando o resultado de três anos de dedicação e quase R$200 mil a uma pessoa que acabara de conhecer. Planejava plantar confiança para colher amizade, além de poder ficar despreocupado para se dedicar integralmente aos aspectos estéticos e artísticos do filme. O sujeito cumpriu sua função com empenho, competência e com algumas deficiências normais para sua pouca experiência. Mas ocupando cargos de liderança há muito tempo e tendo sempre grandes equipes à mercê de suas determinações, teve dificuldades para entender a responsabilidade do diretor e sua autonomia nas decisões: Toninho ouvia tudo, acatava algumas sugestões, mas sempre dava a última palavra nas questões relacionadas à forma e ao conteúdo do filme.

Seu sócio não saberia retribuir a confiança e a oportunidade que Toninho tinha lhe dado. A partir do "Orquestra Tabajara", prosperou e desenvolveu sua própria produtora, onde realizou outros trabalhos sem nunca tê-lo convidado para participar de nenhum. Nessa mesma época, Toninho descobriu que Otávio estava morando no Rio de Janeiro e havia montado uma gráfica no bairro da Penha, especializada em embalagens para cigarros. Para isso, utilizava uma impressora e uma rebobinadeira que tinha conseguido retirar da antiga fábrica antes que fosse lacrada pela justiça. Foi ao encontro do ex-patrão e amigo, determinado a cobrar o dinheiro que ele lhe devia. Otávio foi sincero e direto como sempre:

— Não tenho como te pagar agora. Estou começando tudo de novo e tentando recuperar os clientes que nós tínhamos. Mas posso te fazer uma proposta: você tem muitos amigos nesse mercado, e eu não consigo entrar em alguns clientes. Se você quiser voltar a trabalhar comigo, vou te pagando aos poucos o que te devo junto com as comissões do que você for vendendo.

Apertaram as mãos. Toninho começou a visitar seus antigos clientes e o resultado começou a aparecer. A vantagem logística de um fornecedor situado no Rio de Janeiro e as amizades que Toninho havia conquistado no passado o ajudaram nesse recomeço. Toninho começou novamente a ganhar dinheiro com vendas, e paralelamente realizava o seu sonho de registrar para sempre em vídeo a história da fantástica Orquestra Tabajara. O filme ficou pronto e foi lançado pela Indie Records em um caprichado DVD. A crítica recebeu bem o trabalho, que teve eventos de lançamento no Rio de Janeiro e em São Paulo, todos com casa cheia. Toninho era solicitado para dar entrevistas para jornais, rádios e TVs. Parecia que os bons ventos estavam de volta, e que sua corajosa ousadia de buscar novos rumos para sua vida estava sendo recompensada.

As primeiras vendas do DVD deram um bom retorno e Toninho resolveu reinvestir tudo em seu sonho. Comprou equipamentos, montou uma ilha de edição e aprendeu a editar. Pensava em aparelhar sua produtora para que se tornasse mais competitiva e economicamente sustentável. Acreditava também que o trabalho com cinema, TV e publicidade iria atrair o interesse dos filhos e que, com eles ao seu lado, teria uma equipe invencível.

O aumento de suas comissões mensais era devido, principalmente, ao fornecimento de embalagens para uma fábrica de cigarros em Duque de Caxias, que prosperava a passos largos. Essa indústria, com unidades no Rio de Janeiro e no Pará, aumentava sua participação nos pulmões brasileiros e já começava a incomodar a gigante do tabaco, Souza Cruz.

Toninho fez aniversário e Diná preparou-lhe uma surpresa. Quando amigos e parentes estavam reunidos no quintal de sua casa em torno de um bolo singelo, um carro de som chegou ao portão soltando fogos de artifício e tocando a trilha sonora do seu primeiro curta-metragem. Com o microfone nas mãos, Diná declarou novamente seu amor ao marido e testemunhou sua luta, sua honestidade, seu talento e sua vitória na nova profissão, ali representada pela música do "Quando Chega a Primavera". Toninho, emocionado, renovou seu amor pela companheira que o havia ajudado em tantas coisas, e que agora parecia finalmente entender a necessidade que o marido tinha de enfrentar novos desafios.

Sempre que lhes perguntavam quando teriam um filho, Toninho ficava arrepiado, sabendo da responsabilidade e das renúncias que essa decisão implicava. Para ele, que já tinha três, parecia fácil mudar de assunto, mas sentia que aquela situação era injusta com Diná. Sabia que, mais cedo ou mais tarde, se continuassem a se dar bem, teriam que considerar a possibilidade de aumentar a família. Lembrava que aquela mulher, que o havia ajudado na criação de seus filhos, não tinha o seu próprio rebento. Ela nunca havia reclamado, e não descuidava dos anti-concepcionais, mesmo achando que não era fértil devido a uma história contada por sua mãe, uma das muitas lendas do sertão nordestino.

Quando a mãe de Diná estava com ela no ventre, foi picada por uma cobra. A cobra morreu e, segundo o mito, quando isso acontecia, a criança depois de crescida não poderia ter filhos. Já estavam casados há nove anos, e com sua recuperação financeira em curso, Toninho achou que talvez tivesse chegado o momento de selar aquela união abençoa-da com a maior de todas as bênçãos. Foram mais algumas semanas de indecisão e dilemas internos até que ele começou a sugerir, em tom de brincadeira, que Diná parasse de tomar os contraceptivos "para ver o que acontecia". A mulher respondeu que o marido estava maluco e que "três já estava de bom tamanho". Continuou evitando a gravidez, mas no seu íntimo o desejo de ser mãe estava sendo sufocado. Operou o maxilar para corrigir definitivamente os dentes e seu queixo retraído, e no pós--operatório parou de tomar a pílula.

O casal passou a utilizar outros métodos de contracepção, mas sem o rigor de antes. Deixaram nas mãos de Deus aquilo que queriam, mas que ainda não tinham reunido coragem suficiente para assumir. E alguns meses se passaram até que Diná chegou em casa e chamou Toni-nho no quarto. Com os olhos marejados, revelou que estava grávida. To-ninho abraçou a futura mãe de seu quarto filho cheio de dúvidas, medo e insegurança, mas com muita emoção e alegria pela chegada daquele novo ser que viria completar a felicidade do casal apaixonado e lutador.

A barriga de Diná crescia e as vendas de Toninho se mantinham em bom nível, suficiente para que ele voltasse a assumir as despesas da casa. Entretanto, agora representava apenas a empresa de Otávio, em dois clientes que eram os únicos disponíveis no limitado mercado de fabricantes de cigarro no Rio de Janeiro. Otávio não desejava nem tinha condições de expandir sua linha de produtos para outros mercados, e o principal cliente de Toninho respondia por 90% de seus vencimentos — situação frágil e perigosa que Toninho tentava alterar investindo tempo na sua produtora, para que se transformasse em outra fonte de renda. Gabriel abriu suas asas e foi aprimorar o que tinha aprendido com o pai em outras empresas, para poder pagar sua faculdade. Mas não conseguia um trabalho que lhe proporcionasse crescimento e boas perspectivas de futuro, e Toninho sofria ao ver o filho se desmotivando facilmente diante das barreiras comuns de todo início de carreira.

No dia 5 de maio de 2005 Toninho levou Diná para a maternidade e nasceu Antonio, que, como manda a tradição, tinha o mesmo nome do pai, o mesmo nome do avô e o mesmo nome do bisavô... Paula também acompanhou o parto de seu quarto sobrinho e Toninho novamente chorou com seu novo companheiro e amigo nos braços.

CAPÍTULO 43

O nascimento de Antonio encheu a família de alegria. Toninho receava a maneira como os irmãos receberiam o bebê, mas eles se tornariam grandes amigos e o pequeno Antonio conseguiria, inclusive, aproximar mais Beatriz, Gabriel e Daniel de sua mãe, que reconheceu o carinho com que os irmãos de seu filho o tratavam. Em volta da criança, todos se revestiam de mais tolerância e bom humor. Diná, como era de se esperar, estava radiante por finalmente realizar o seu sonho de ser mãe, mas também como é fácil prever, ficou irritadiça e indisponível para Toninho durante todo o primeiro ano do menino. A chegada do filho teve um impacto emocional muito grande para aquela mãe novata de trinta anos, gerando fantasias, expectativas e grandes mudanças na sua maneira de ser.

Toninho entendia que agora não teria a atenção exclusiva de Diná e tentava evitar qualquer tipo de rivalidade, mesmo inconsciente, com aquele pequeno ser a quem doava todo o seu amor de pai de forma incondicional. Embora afetivamente carente, procurava entender as diversas reações emocionais que a gravidez e a maternidade acarretavam, e esperava pacientemente que ela pudesse reequilibrar seus sentimentos embaralhados. Também tentava suportar da melhor maneira possível a escassez de sexo, que passou a ser evitado por Diná de todas as maneiras, sob as mais variadas desculpas, privando Toninho daquele elixir mágico que o acalmava e diminuía sua tensão. Toninho também ficara mexido com a chegada de Antonio, e todo o patrimônio afetivo que estava determinado a oferecer ao filho mais novo começou a passar por uma severa autoavaliação.

Apesar de gostar muito de maconha e da paz relaxante que ela lhe proporcionava, andava incomodado com seu exagero no consumo.

Quando Diná reclamava que estava passando dos limites, debochava, como se tudo estivesse sob controle, mas no mais fundo de sua consciência começava a sentir como se estivesse novamente dominado. O próprio Gabriel, quando trabalhava com ele no escritório de casa, chamou a atenção do pai para suas constantes escapadas para o quarto da frente, alegando que estava prejudicando sua saúde fumando tanto assim. Aquela reprimenda de seu filho nunca mais saiu de sua cabeça, mas ao invés de diminuir o consumo como resposta, passou a fumar seus baseados acoplados a cigarros industrializados. Iludia-se com a possibilidade de o filtro reter as diversas substancias tóxicas que acompanham o THC da *cannabis*, e, com isso, preservar melhor sua saúde. Ficava sem graça e decepcionado consigo mesmo quando se aproximava para beijar Beatriz e ela reclamava.

— Hum, pai! Você tá com cheiro de cigarro. Que horror!

Aurélia também sentia o odor da erva e ficava arrasada. Às vezes tentava chamá-lo para conversas onde pedia para que parasse com aquilo. Havia sofrido tanto com o vício da cocaína do filho que em sua incompreensão e preconceito arraigado colocava todas as drogas no mesmo saco, tratando a maconha com intolerância total. Toninho ficava constrangido ao ter que se explicar para a mãe, mas lhe dizia que não estava fazendo mal a ninguém e que a maconha não o atrapalhava em nada. Não dava o braço a torcer diante de ninguém, mas em seu íntimo queria diminuir o ritmo e se culpava nas manhãs em que estava com um baseado na boca antes mesmo de tomar café.

A preparação para tudo que fazia incluía a indispensável *marijuana*, fosse um passeio com os filhos, ou a redação de um e-mail importante, ou até comprar pão na padaria. Mesmo convicto de que a maconha não alterava o seu comportamento nem interferia nos resultados de suas atividades, estava começando a se achar mais uma vez domado por uma substância, e isso ele não iria admitir nunca mais em sua vida.

A violência urbana no Rio de Janeiro atingiu níveis altíssimos, e Toninho ficava preocupado quando seus filhos estavam na rua em festas e noitadas com os amigos. Só conseguia dormir quando escutava o barulho do portão anunciando que tinham chegado, ou quando conseguia falar com eles pelo celular e se certificava de que estavam bem. Sabia que essa violência era alimentada, entre muitas outras coisas, pelo dinheiro que usuários como ele levavam para as mãos dos traficantes. Tudo isso girava em sua cabeça, e ele sempre planejava passar sem fumar pelo menos um domingo, dia dedicado ao Senhor. Mas não conseguia.

Gabriel foi trabalhar com Ferreira como vendedor, repetindo a trajetória do pai. Recebeu muitas promessas de boas comissões, fizeram muitos planos, e o rapaz se animou. Saía cedo de casa com sua pasta de executivo à procura de pedidos para a fábrica do tio, mas surpreendentemente foi demitido alguns meses depois, sem nenhuma explicação ou motivo plausível. Toninho ficou revoltado, e percebeu que aquele último golpe havia deixado seu filho triste e desanimado com sua sorte no trabalho. Lembrou-se de quando tinha a idade dele e sonhava com um bom emprego onde pudesse progredir e ser valorizado. Decidiu intervir.

Alugou uma sala comercial e transferiu o escritório de sua casa para lá. Caprichou na decoração do lugar, que serviria de sede para sua produtora. Com as comissões pagas por Otávio poderia manter aquela despesa extra. Enquanto isso, Gabriel iria tocar a parte de produção de vídeos institucionais, que tinha tudo a ver com o curso de publicidade que ele estava fazendo na faculdade. Assim se sentiria motivado, trabalhando no que era seu, e acabaria contaminando Daniel com seu entusiasmo, trazendo-o também para junto deles. Tudo parecia perfeito, nos planos do pai preocupado e sonhador.

Mas no mundo real, Gabriel olhava para aquele escritório como Toninho havia olhado para o botequim de Antonio. Não acreditou nos projetos do pai nem se interessou em buscar novos negócios para a produtora. Cumpria o horário estipulado como uma obrigação enfadonha, achando-se injustiçado porque seu irmão não tinha as mesmas cobranças. Toninho sentiu uma frustração enorme quando, depois de uma discussão com o filho, mandou-o para casa dizendo que não precisava mais voltar. Sua psique há muito tempo mostrava-se abalada por tantas dificuldades e conflitos que havia enfrentado durante a vida, e gritou mais uma vez, usando palavras duras. Depois que Gabriel saiu, chorou como uma criança arrependida, perdido em seu amor pelos filhos, diante das dificuldades de ser um pai justo e amoroso ao mesmo tempo.

Mas tudo ainda iria piorar. Estava sentado na recepção de seu principal cliente, aguardando ser atendido pelo comprador para negociar os pedidos do mês seguinte, que lhe garantiriam o sustento de sua família pelos próximos trinta dias. Sem aviso prévio, vários agentes da Polícia Federal entraram no recinto. Alguns foram diretos para a sala da diretoria, enquanto a maioria seguiu para a produção, mandando parar todas as máquinas. Não era a primeira vez que aquilo acontecia. Todos os pequenos fabricantes de cigarro do Brasil estavam envolvidos em ações judiciais e funcionando através de liminares que os defendiam de acusações de contrabando, falsificação e sonegação de impostos, entre outros crimes. Toninho nunca tinha presenciado uma *blitz* daquelas, e saiu preocupado. Ligou para um amigo do jurídico da empresa que o tranquilizou, dizendo que já estavam entrando com nova liminar suspendendo o fechamento da fábrica e que no máximo em duas semanas tudo voltaria ao normal, o que realmente aconteceu.

Mas uma semana mais tarde, os *federais* voltaram a lacrar a fábrica, no que se transformou em uma guerra nos tribunais que se arrastaria por longos oito meses até chegar ao STF.[10] Mais uma vez o carrinho da montanha russa profissional de Toninho despencou, e ele ficou sem ter como pagar suas contas, pois suas comissões cessaram abruptamente mediante a inadimplência do cliente interditado. Devolveu a sala que havia alugado e retornou com o escritório para casa, onde passava os dias fumando maconha e grudado na TV Justiça, que transmitia ao vivo as sessões do STF, aguardando que a ação de seu cliente entrasse na pauta do dia e fosse julgada pelos ministros do Supremo. Vendeu seu carro para poder sobreviver até a divulgação da sentença, que todos afirmavam que seria favorável à reabertura da fábrica. Enquanto isso, a caixa de correio se entupia de contas e Aurélia ajudava com a escola de Beatriz e com a comida. Diná voltou a trabalhar e também colaborava como podia.

No passado, em outros momentos difíceis como esse, o abraço de Diná era um consolo para Toninho, mas agora a mulher por quem ele havia se apaixonado não estava mais lá. Parecia ter sido abduzida por extraterrestres, que em seu lugar haviam deixado um clone frio, insensível, desagradável e rude. Aquela mulher guerreira e amiga, que ao menor sinal de preocupação ou tristeza do marido estava sempre pronta para um afago e uma palavra de incentivo, havia se cansado de lutar por seu casamento e não estava mais disposta a renúncias e sacrifícios.

---

10 Supremo Tribunal Federal.

Agora tinha seu filho como prioridade, e se achava incapacitada para se dedicar a qualquer outra pessoa. A generosidade e as concessões do passado que assumira em nome da parceria com Toninho pareciam incomodá-la, e se tornado motivo para que permanecesse constantemente de cara amarrada, justamente no momento em que o pequeno Antonio chegava e que grande parte desses problemas já tinha sido amenizada.

O amor que a tornava forte e a transformava no esteio daquele lar murchou sob o sol escaldante de tantos problemas, sob o impacto da rotina de uma longa convivência e abalado por fatores externos. Toninho percebeu a mudança e ficou desorientado. O soerguimento de sua alma, todo o projeto de sua nova vida desde que se separara de Sílvia, incluindo a vitória sobre a cocaína, havia sido apoiado em fortes colunas, e entre as mais robustas estavam seu trabalho e seu casamento com Diná. A disciplina e a dedicação para que esse dois pilares permanecessem sólidos diante das tempestades haviam sido suas maiores motivações e virtudes. Agora, via tudo desmoronar diante de seus olhos.

Tentou reagir, mas quando cobrava mais carinho de Diná e questionava o seu mau humor constante, suas atitudes desagradáveis na convivência familiar, ela primeiro se justificava dizendo que estava desempregada e sentia-se inútil dentro de casa. Depois, quando arranjou um emprego, alegava estar cansada e estressada com o trabalho e as obrigações de mãe e dona de casa. Quando isso também deixou de ser uma desculpa aceitável, alegou que estava gorda ou que Gabriel e Daniel não colaboravam com nada dentro de casa. Até em *Beatriz* passou a enxergar muitos defeitos. Tudo era discutido em tom de acusação e servia de pretexto para que tratasse Toninho com indiferença e desamor.

Novamente sem dinheiro e sem trabalho, ele não tinha recursos para reeditar as antigas viagens ou mesmo um simples passeio, um cinema ou restaurante para tentar arejar o relacionamento que ficava cada vez mais pesado e nebuloso, gerando uma infelicidade que aos poucos parecia se entranhar nas paredes daquela casa tão sonhada, e também no coração de Toninho. Um dia, em um ataque de fúria, Diná arrancou com violência o pequeno Antonio dos braços do pai, esbravejando por um motivo fútil e insignificante. Aquele gesto adquiriu para Toninho um simbolismo tétrico, e o fez se lembrar de tudo que havia passado no convívio e na separação de Sílvia. Precisou olhar para Diná com muita atenção para se certificar de que não era o fantasma da ex-mulher que havia se materializado na sua frente.

Sentiu-se apavorado diante da possibilidade de ter que passar por tudo aquilo novamente. A separação despontava como o desfecho mais provável do trajeto que o casal estava iniciando. Toninho a chamava para conversar e a alertava de que sabia onde iria dar aquele caminho de incompreensão que os dois estavam trilhando, mas Diná se sentia sufocada e reagia mal. Quando se aproximava da mulher para um beijo ou um abraço curativo, ela respondia imediatamente com algum assunto desagradável ou se esquivava, demonstrando com clareza sua apatia em relação ao marido. Uma dor de cabeça crônica, que perduraria por anos, passou a se manifestar à menor aproximação de Toninho e era infalível nas ocasiões em que ele a procurava na cama, gerando nele uma sensação desesperadora de rejeição e fracasso. O sexo passou a ser uma burocracia que ela cumpria como uma obrigação, com a animação de um funcionário público que carimba uma certidão.

Toninho esperava que seu cliente voltasse a funcionar, fumava maconha e tentava trazer sua mulher de volta. Mas as mãos já não se procuravam e o "Eu te amo" foi desaparecendo aos poucos dos lábios, até ser banido definitivamente da relação. Antonio ficava sob os cuidados de Aurélia enquanto Diná trabalhava, e quando a mulher voltava para casa encontrava Toninho deprimido e arrasado pela falta de perspectivas profissionais. Os poucos equipamentos de sua produtora rapidamente se tornaram obsoletos e ele já não tinha ânimo para novos projetos. Passava as noites acordado, sozinho, fumando maconha e esperando um afago dos filhos ou um abraço de Diná, que roncava no quarto. Quando seu desespero se tornava incontrolável, acordava a mulher com mais cobranças de carinho e amor, mas ela se irritava dizendo que precisava dormir para trabalhar no dia seguinte.

Toninho começou a perder o controle e acabou por ofendê-la com palavras duras e injustas, um grito mal disfarçado de socorro. Estava certo de que a separação era iminente, mas quando olhava para Antonio e pensava nessa possibilidade, sentia-se como se estivesse próximo da arrebentação em Waimea com uma pequena prancha de isopor nas mãos e uma onda gigante de doze metros vindo em sua direção. Não estava preparado para passar por tudo aquilo novamente.

Numa noite de aflição, depois de uma discussão terrível com Diná, rasgou novamente suas roupas e bateu a cabeça contra a parede, reproduzindo a cena deprimente da casa de Sílvia em Éden. Aquela comparação inevitável tornava a situação ainda mais dolorosa. Diná não tinha mais forças para apoiar o marido. Desistira de frustrar os planos de Sílvia e, inconscientemente, passou a ser sua maior colaboradora no propósito de fazer Toninho infeliz. Aquele amor, que parecia eterno, havia secado, fazendo Toninho desacreditar definitivamente do modelo convencional de casamento e da rotina massacrante imposta por ele.

Um dia ele acordou passando muito mal, com uma forte sensação de desmaio, enjoo, tontura, falta de ar e uma dor forte na nuca, justamente onde ele havia batido contra a parede dias antes. Pediu que Diná o levasse ao médico e ela partiu com ele no carro para uma emergência em Duque de Caxias. No caminho, Toninho colocou a cabeça para fora tentando pegar um pouco de ar e rezou, pedindo a Deus que salvasse sua vida, pois sentia que se desmaiasse nunca mais voltaria. Achava que estava com um tumor na cabeça causado pela pancada. Pensava nos filhos e não queria morrer. O médico o examinou e viu que sua pressão estava um pouco alta. Fez-lhe algumas perguntas.

— Você tem dormido bem?

— Não, doutor. Ultimamente não consigo dormir.

— Você tem passado por aborrecimentos em casa ou no trabalho?

— Muitos, doutor, muitos. Mas isso nunca foi diferente.

O médico começou a rabiscar um receituário e diagnosticou.

— Você está com estresse. Vou te receitar um remédio que você vai mandar fazer na farmácia de manipulação e tomar por um mês uma cápsula antes de dormir. Faz isso que você vai melhorar.

Toninho duvidou. *Esse cara tá maluco. Estresse é negócio de rico e de veado.* Questionou o médico, dizendo que não era nada disso, que ele havia batido com a cabeça "brincando com os filhos" e que tinha certeza de que havia alguma coisa errada em seu cérebro.

— Eu atendo mais de dez casos como o seu por dia aqui. Isso é só estresse, devido a essa vida que você está levando. Mas se for pra você ficar mais tranquilo, eu vou pedir pra fazer uma tomografia de sua cabeça. Você vai ver que não tem nada.

Horas depois voltou com o resultado do exame na mão e um sorriso de vitória nos lábios:

— Não te falei? Você não tem nada na cabeça. Faz o que eu mandei e você vai ver como tudo vai melhorar.

Toninho nunca gostou de tomar remédio, mas mandou fazer aquele que lhe havia sido receitado. Conversando com a irmã de Diná, que era farmacêutica, descobriu que a fórmula prescrita era de um calmante. Tentando assustá-lo para que ele parasse de fumar maconha, a cunhada disse que aquele remédio não devia ser usado junto com "aquelas outras coisas" que ele consumia, pois "poderia ser perigoso". Diante desse risco, Toninho percebeu que teria que escolher. O vidro de remédio foi para o lixo e ele acendeu um baseado, frustrando os planos da irmã de Diná.

Continuou usando a *cannabis* como uma válvula que retardava a explosão daquela panela de pressão em que seu corpo havia se transformado, e que dava avisos de saturação que ele não conseguia decifrar. Recebeu uma intimação para comparecer diante do juiz e responder a mais uma ação de Sílvia, que agora queria receber os últimos meses da pensão, que Toninho não havia conseguido pagar. Os meninos, testemunhas da luta e das dificuldades do pai, se posicionaram contra, e ela recuou.

Finalmente, o caso do cliente de Toninho chegou às mãos dos ministros do STF para ser julgado. Com a maioria esmagadora dos votos, a empresa foi definitivamente fechada. Toninho perdeu as esperanças de receber o que lhe deviam e ficou oficialmente desempregado. Passou a fumar aproximadamente trinta gramas de maconha por semana, sozinho e mergulhado em problemas, angústia e preocupação. Mesmo assim se sentia melhor depois de fumar um baseado, mas quando seu estoque diminuía, ficava agitado. Saber que havia maconha suficiente guardada em sua latinha o tranquilizava. Há muito que não ia mais pessoalmente às bocas de fumo e dependia do serviço de aviões para se abastecer. O custo do frete aumentava a despesa com a droga.

Diante da penúria em que ficou, o dinheiro gasto com a maconha, que até então era desprezível, começou a fazer falta para outras coisas, e isso o incomodava. Começou novamente a procurar emprego e a pedir a Deus que o ajudasse. Durante uma missa na Paróquia Santa Rosa de

Lima, após receber a comunhão, voltou para o seu banco, ajoelhou-se com os olhos fechados e elevou seu espírito até Jesus Cristo, suplicando por forças para modificar aquela situação, forças que ele achava que já não tinha. Uma frase surgiu em seu pensamento e cresceu em suas preces: *Senhor, tira de mim o que não é teu. Senhor, tira de mim o que não é teu.* Repetiu várias vezes aquela súplica e passou a reproduzi-la em todas as suas orações.

Acreditava que a maconha em si não era maligna. Seus efeitos, no máximo, realçavam aquilo que a erva encontrava dentro de cada indivíduo. Assim, se o usuário estivesse alegre e completo de paz, essa sensação seria multiplicada, mas se estivesse envolvido em problemas as chances de mergulhar na depressão seriam muito grandes. Nos últimos anos, além de aumentar desmedidamente o consumo, Toninho estava constantemente afundado em conflitos e angústias. Inseguro, solitário e fraco, já não sabia o que era o melhor, qual a escolha certa, o que pedir, como lutar. Apenas a mesma oração permanecia em seu pensamento, entregando o seu destino nas mãos daquele que tudo pode e tudo sabe. *Senhor tira de mim o que não é teu. Senhor tira de mim o que não é teu.*

Respondeu a vários anúncios de jornal e enviou inúmeros currículos. Um dia recebeu um telefonema de uma grande gráfica que ele já conhecia de nome e que ficava no Rio Grande do Sul. A mulher informou que seu currículo havia sido selecionado e perguntava se ele estaria disposto a participar de uma entrevista na semana seguinte. O gerente comercial estaria em um hotel em Copacabana recebendo todos os escolhidos para uma primeira conversa. Toninho disse que sim.

Os sete dias que o separavam da entrevista foram vividos em estado de extrema ansiedade. Sentia seus ombros formigando enquanto ficava diante do computador, onde continuava a buscar oportunidades, preencher fichas e enviar mais currículos. Sua região cervical ficava dura como pedra. Pensava em pedir a Diná uma massagem para aliviar, mas o semblante da mulher o desencorajava imediatamente. Depois de uma hora de natação se sentia melhor e fumava mais um baseado. No dia da entrevista, vestiu seu único terno e se apresentou impecável diante do gerente e de sua assistente. A conversa foi boa, e ele pôde demonstrar toda a sua experiência no mercado. Além disso, descobriu que a vaga oferecida na fábrica de embalagens impressas em offset era para vendedor com carteira assinada, com um bom salário fixo, prêmio sobre as vendas e alguns outros benefícios, muito mais do que Toninho poderia esperar com seus quarenta e seis anos de idade.

Despediu-se e o gerente lhe pediu que aguardasse uma semana para finalizarem a avaliação de todos os candidatos e definir a contratação. Mais uma semana de muita ansiedade, noites sem dormir, orações fervorosas e muitos baseados. Finalmente, seu telefone tocou. A assistente de vendas ligou perguntando se ele estaria disponível para viajar até Porto Alegre na semana seguinte para participar de um treinamento, pois havia sido escolhido para ocupar a vaga. Toninho disse que sim e ainda brincou, afirmando que estaria "disponível até para ir a pé se fosse preciso". A mulher riu e disse que isso não seria necessário, pois enviariam a passagem aérea e reservariam o hotel para sua estadia. Toninho sentiu as mãos de Jesus segurando seu braço e o reerguendo mais uma vez. As orações de agradecimento foram muitas, mas aquela frase crescia e se impunha sobre todas elas. *Senhor tira de mim o que não é teu.*

Mais uma semana de ansiedade extraordinária e unhas dizimadas. Arrumou a mala, e como sempre, entocou um pouco de maconha no meio de suas meias. Mas dessa vez resolveu levar uma quantidade muito pequena, menos de dois baseados. Sabia que aquela chance que havia aparecido era uma bênção de Deus e uma ótima oportunidade para ele começar a diminuir o seu ritmo na maconha.

Passou cinco dias conhecendo o funcionamento da fábrica, que estava se recuperando de uma concordata e por isso mesmo necessitava ampliar suas vendas. Durante o tempo que ficou em Porto Alegre racionou o pouco de maconha que havia levado, e que acabou no terceiro dia. Arrependeu-se de não ter levado mais. O carro da gráfica o pegava no hotel às 6h00 e ele precisava se levantar às 5h00 para tomar banho e café. O quarto minúsculo do hotel no município de Cachoeirinha era meio deprimente, com uma decoração velha e cores cinzentas. Não conseguia dormir, preocupado com o desfecho do treinamento, com a impressão que estaria causando em seus novos companheiros e superiores e se seria realmente efetivado no novo emprego. Seu intestino parou de funcionar, e ele tomou um laxante que acabou com qualquer chance de um sono tranquilo. Passou as três últimas noites da viagem no banheiro, com cólicas terríveis.

Na sexta-feira, antes de voltar para o Rio, foi até a sala do gerente comercial que apertou sua mão e lhe pediu que deixasse sua carteira profissional no departamento de recursos humanos. Estava oficialmente admitido e começaria o novo e desafiante trabalho na segunda-feira seguinte.

Toninho desceu no Aeroporto do Galeão no Rio de Janeiro renovado, alegre e esperançoso, mas esgotado física e mentalmente. Quando chegou em casa abraçou Diná e o pequeno Antonio, e antes mesmo de tomar um banho correu para sua latinha para aliviar a ansiedade crônica, que tinha se multiplicado nos dois dias que, finalmente, havia passado sem fumar maconha. Enquanto terminava o primeiro já preparava o segundo baseado, que foi fumado na sequência com a sofreguidão de um náufrago que encontra um pouco de água potável depois de semanas à deriva. Sua alegria e excitação com o novo emprego eram tão grandes que ele nem se deu conta da outra bola de ferro presa à sua perna.

Na manhã seguinte, levantou sentindo seu corpo meio estranho, mas não deu muita atenção. Só pensava em começar a trabalhar na segunda-feira e, explodindo de ansiedade, foi para o escritório levantar os endereços dos clientes que deveria visitar. Arrumou os mostruários e elaborou os roteiros de visitas. Gabriel e Daniel não estavam em casa e Diná tinha ido com Antonio para a casa de Aurélia. No fim da tarde, Toninho tomou um banho, fumou um baseado e antes de ir pegar a mulher e o filho resolveu passar em um bar do Jardim América, onde encontrou Lelo e Doutor. Queria conversar um pouco, dividir sua alegria com os amigos que não via há muito tempo. Logo que chegou, Toninho recebeu a notícia da morte de Coelho. O amigo havia chegado à padaria perto de sua casa em uma manhã qualquer e pedido uma cachaça como sempre fazia. Depois de bebê-la, sentou-se em uma cadeira e debruçou-se sobre a mesa com o rosto escondido entre os braços cruzados. Como demorou a sair daquela posição o balconista foi acordá-lo, mas ele já estava morto. Levou para o caixão as pesadas bolas de ferro que carregara por muito tempo, e que foram debilitando lentamente seu organismo castigado. Uma última dose de cachaça venceu aquele maluco que, no passado, havia sobrevivido até a uma overdose da *Stormbringer*. Sua família não avisou nenhum dos amigos, que só souberam de sua morte depois que ele estava sepultado.

Toninho ficou triste, mas acabou relembrando várias passagens engraçadas do falecido e riu muito com Lelo e Doutor em homenagem à alma daquele que talvez tenha sido o mais sincero, engraçado, inconsequente e irreverente de todos da antiga turma de cheiradores e doidões. Imaginaram-no chegando ao céu e filando um cigarro de seu ídolo John Bonham ou pedindo uns trocados a Bon Scott para inteirar uma pinga. Toninho se despediu com saudades de Coelho e seguiu para a casa de Aurélia.

Quando abriu o portão, começou a se sentir mal. A mãe veio recebê-lo e notou que o filho estava muito branco e com os lábios roxos.

— Estou me sentindo mal, mãe.

Toninho se sentou enquanto a mãe chamava Diná e Paula. Puxava o ar, mas ele não enchia seus pulmões. Sentia como se milhões de agulhas estivessem espetando todo o seu corpo. Sua pele ardia e formigava. Uma angústia incompreensível e arrasadora imprensava seu peito. Pressentiu que ia desmaiar. Achou que ia morrer. Em sua mente só passavam pensamentos negativos, e o pior deles era que ficaria doente e não poderia iniciar seu trabalho na segunda-feira. Paula mediu sua pressão: oito por quatro. A chama estava quase se apagando. Sal debaixo da língua. *Vou morrer.*

Foi levado para uma clínica perto de casa. A angústia e a sensação de morte iminente aumentavam. *Não posso ficar doente. Como é que eu vou explicar que estou doente em meu primeiro dia de trabalho?* Foi colocado no soro. A médica de plantão achou que era algum problema gástrico e mandou aplicar drogas para esse tipo de mal, enquanto Diná lhe dizia em segredo que Toninho fumava maconha, tentando prevenir alguma incompatibilidade fatal com o que estava sendo injetado nas veias do marido.

As ondas de angústias ficavam cada vez mais fortes. Chegavam como tsunamis, e Toninho tinha certeza de que não sobreviveria àquilo que estava sentindo e que não fazia ideia do que era. De repente, toda a sua musculatura se contraiu e o subjugou, o forçando à posição fetal. Um frio polar se abateu sobre ele, que quicava em cima da maca. Jogaram-lhe três cobertores de lã por cima. *Doutora, eu estou morrendo. Me salva, por favor. Eu tenho que trabalhar na segunda.*

Foram duas horas de desespero, três litros de soro e muita medicação inútil até que ele se acalmou um pouco. Três horas depois, voltou para casa um pouco zonzo, sem entender o que havia acontecido. Achou que o esgotamento físico de sua estadia em Porto Alegre junto com alguma coisa que havia comido seriam as causas mais prováveis daquele mal súbito e apavorante, que ele imaginou já estar superado. Passou o domingo sem se sentir muito bem, e quando tentou fumar um baseado, ficou pior. Resolveu não fumar mais naquele dia e deitou-se cedo, para se preparar para o primeiro dia de trabalho em seu novo emprego. Estava ansioso para demonstrar competência e gerar bons resultados.

Acordou bem cedo, ainda se sentindo fora de seu normal. Foi para a escola de natação que frequentava e depois de uma hora dentro d'água saiu da piscina se sentindo novo e revigorado. A dopamina liberada em seu cérebro pelo exercício físico teve um efeito imediato, e ele agradeceu a Deus pela melhora, certo de que o que havia sentido no sábado fazia parte do passado. Foi para casa, arrumou-se, e antes de sair para sua primeira jornada de trabalho no novo emprego tão esperado, fechou-se em seu quarto para mais uma oração de agradecimento. Invocou o Espírito Santo para que ele repousasse em seu coração, o abençoasse e protegesse nessa nova etapa que se iniciava. Aquela mesma frase surgiu com força novamente: *Senhor tira de mim o que não é teu.*

Chegou bem cedo ao primeiro cliente. Estava certo de que seria recebido, pois havia agendado a visita por telefone quando estava em Porto Alegre. Mas o comprador pediu para a recepcionista informá-lo de que, infelizmente, não poderia atendê-lo, e imediatamente Toninho começou a se sentir mal novamente diante daquela pequena contrariedade. Um medo aterrorizante de que pudesse voltar a passar por tudo que tinha vivido no sábado se apoderou dele. Entrou em seu carro e rezou com fervor pedindo que Deus não permitisse que ele ficasse doente. Partiu para o segundo cliente, mas se sentiu mal na Rodovia Presidente Dutra, achando que seu carro iria enguiçar a qualquer momento. *E se esse carro enguiçar aqui no meio da pista? Quem vai me socorrer? Vou chegar atrasado ao cliente. O pessoal da gráfica vai saber e vão me demitir. Vou ficar desempregado novamente. E se eu começar a sentir tudo aquilo que eu senti no sábado? Meu Deus, o que eu tenho? Eu não posso falhar.*

Uma onda de pensamentos negativos o envolveu, e ele teve que parar no acostamento para mais orações. À noite, em casa, parecia que estava melhor. Acendeu um baseado, mas não conseguia relaxar, e o gosto da maconha lhe embrulhou o estômago. Naquela semana lutou com todas as forças para cumprir suas obrigações profissionais, mas sentiu-se mal diversas vezes e não conseguiu atingir cem por cento de sua capacidade de trabalho. Com isso, ficava cada vez mais angustiado. Sempre que fumava maconha os sintomas pareciam piorar. Na sexta não aguentou mais e foi com Aurélia até uma cardiologista, convencido de que estava com alguma coisa no coração. A médica o examinou dos pés a cabeça, e depois de ouvir seu relato sobre os últimos acontecimentos, deu o seu parecer.

— Você deve procurar um psiquiatra. Pelo que você está me falando, tudo leva a crer que você teve um pico fortíssimo de estresse e desenvolveu uma síndrome do pânico.

As expressões "psiquiatra" e "síndrome de pânico" fizeram o corpo de Toninho se sacudir por dentro. Imediatamente os milhões de agulhas voltaram a espetar seu corpo e ele entrou realmente em pânico. Psiquiatra "era coisa de maluco". Síndrome de pânico não sabia exatamente o que era, mas já tinha ouvido falar que "também era coisa de maluco". Teve vontade de se levantar e ir embora, mas estava frágil, consumido e com a alma massacrada pelo sofrimento da última semana. Tentou questionar a doutora, mas ela foi categórica. Disse que isso era muito mais comum do que se imaginava e que teria que fazer um tratamento longo, que incluiria psicoterapia e medicações. Toninho se lembrou de quando debochava de quem vinha lhe falar em "analistas" e "terapias" dizendo que fazia terapia há mais de trinta anos com a Dra. Mari... Marijuana.

Medicação? Essa doutora tá maluca se acha que eu vou tomar calmantes. Esse negócio de "sossega leão" é para maluco. Eu não sou maluco. Voltou para casa convencido de que mais uma vez teria que se superar e vencer tudo sozinho, sem essa história de psiquiatra e síndrome do pânico. Mas relembrando os diversos avisos que seu corpo havia lhe dado no passado, pensou que talvez a doutora tivesse razão. Lembrou que uma vez, levando Antonio no banco traseiro de seu carro para brincar em um parquinho, sentiu um pavor súbito de que alguém o assaltasse e levasse o carro com seu filho dentro, mas fora reflexo da tragédia que havia acontecido há pouco tempo no Rio de Janeiro com o menino João

Hélio, de sete anos, que ficou preso no cinto de segurança do lado de fora do carro de sua mãe e foi arrastado por quilômetros pelos bandidos que roubaram o automóvel — cenas bizarras cada vez mais comuns na selvageria urbana em que a cidade tinha mergulhado e que eram exploradas até a exaustão pelos meios de comunicação. Passou muito mal no sábado, com uma angústia inexplicável que se manifestava a uma simples elevação de voz de Diná ou com a aproximação de seus filhos.

Passou em claro a madrugada de sábado para domingo. Tentava rezar em meio a um turbilhão de pensamentos obscuros e sensações de morte, e a frase aparecia como um sino ecoando no alto da torre de seu martírio. *Senhor tira de mim o que não é teu.* No domingo, se rendeu. Em um site de buscas procurou um psiquiatra que estivesse de plantão e pudesse atendê-lo. Achou um numa clínica na Barra da Tijuca. Diná foi ao volante com Aurélia ao seu lado, pois Toninho não tinha condições de dirigir. Estava em frangalhos.

Ao chegarem à clínica, seu desespero era tão grande que ele não pôde perceber a providência de Deus agindo em tudo que acontecia. A clínica, a única em que Toninho achou um psiquiatra atendendo em um domingo, era uma clínica de tratamento de dependentes químicos. Suas internações e terapias tinham preços altíssimos, e seus pacientes, na grande maioria, eram elementos de classe média alta e artistas com problemas com as drogas. Toninho foi recebido pelo Dr. Bernardo Mesquita, um jovem psiquiatra especializado nesse tipo de tratamento. Depois de relatar resumidamente toda a sua história, o diagnóstico de síndrome do pânico foi propositalmente amenizado pelo doutor e substituído por um "episódio agudo de pânico derivado de um pico altíssimo de estresse". Ao fim da consulta Toninho, fez a pergunta que não saía de sua cabeça e aumentava sua aflição:

— Doutor, eu preciso saber de uma coisa. Eu preciso trabalhar amanhã. Eu vou conseguir trabalhar? Eu vou ficar bom?

— Eu te garanto que você vai trabalhar. É só você tomar os remédios que vou te receitar e você vai ver como tudo vai melhorar. Você vai ficar bom. Eu quero te ver uma vez por semana.

Somente aquela afirmação convicta do jovem médico já teve um efeito tranquilizador, e Toninho quis saber quanto tempo duraria o tratamento, mas Bernardo não quis fazer previsões. Disse somente que seria um tratamento longo, mas necessário. Antes de voltar para casa, Toninho passou na farmácia e comprou o antidepressivo Cloridrato de Paroxetina e o ansiolítico Clonazepam. Ao entrar na casa da mãe começou a sentir que ia ter outra crise. Aurélia ligou para Bernardo, que pediu que ele tomasse dois comprimidos de Clonazepam. Toninho apagou, vencido pelo cansaço e pelo efeito sedativo do ansiolítico.

Iniciava-se a fase mais difícil da vida daquele guerreiro. As medicações trouxeram vários efeitos colaterais, indo de constipação à perda da libido. Toninho lutava contra os remédios, pois não aceitava depender deles. Não queria depender de mais nada na vida. Nas diversas sessões de terapia que se seguiram, Bernardo foi enfático ao afirmar que não havia sido a *cannabis* a causa de sua doença, mas um conjunto de fatores e um acúmulo de tensões, culpas e preocupações que foram se empilhando e que em determinado momento não encontraram mais espaço para ficarem retidos, transbordando em reações físicas e psicológicas. Mesmo assim, Toninho se sentia mal todas as vezes que fumava, e já nos dois primeiros tragos parecia que os sintomas da primeira crise iriam voltar. Tomava a Paroxetina pela manhã e o Clonazepam antes de dormir, e com três meses se sentiu bem melhor, achando que estava curado e que aquela história de tratamento longo não era para ele.

Suspendeu a medicação por conta própria, ignorando os avisos do médico, e teve uma recaída terrível. Mais duas semanas de tratamento intensivo foram necessárias até se reequilibrar novamente e poder continuar trabalhando. Mas era uma pessoa diferente. Lembrou-se do personagem Alex interpretado por Malcolm McDowell no filme "Laranja Mecânica", de Stanley Kubrick. Como Alex, que no filme foi submetido ao "Tratamento Ludovico", não conseguia assistir a mais nenhuma cena de violência, mesmo na televisão, sem se sentir mal. As discussões e os conflitos caseiros, com os quais tinha convivido e que tinha tentado apaziguar por tantos anos, agora lhe causavam um impacto imediato. Um olhar de desagrado de Diná, um desentendimento iminente entre seus familiares, uma palavra mal colocada por Aurélia, a voz de Sílvia ou simplesmente a referência ao seu nome o faziam passar mal e enchiam seu peito de uma angústia claustrofóbica. Qualquer contratempo agredia a fina casca que ainda se formava em torno da ferida aberta em sua psique.

Não conseguia mais fumar maconha com tranquilidade, pois já dava os primeiros arrancos se automonitorando e aguardando as sensações ruins que, inevitavelmente, acabavam chegando. Suspendeu o uso da *cannabis* e depois que fez isso seu sono se alterou completamente. Mesmo sob o efeito do Clonazepam acordava diversas vezes durante a noite, e passou a ter sonhos volumosos, intermináveis e extremamente reais, que impactavam o seu dia seguinte de acordo com seu conteúdo. Diná não estava preparada para entender a gravidade do problema que o marido estava enfrentando, nem interessada em entrar com ele naquela nova batalha. Toninho aprendeu a controlar e superar sozinho seus constantes mal-estares sem revelá-los aos familiares, para que eles não se preocupassem demasiadamente e para que ele próprio não se sentisse derrotado diante da doença.

Senhor, tira de mim o que não é teu. O Pai atendeu ao pedido do filho e mesmo permitindo que fosse por uma via dolorosa, interrompeu aquele excesso injustificável com que Toninho se relacionava com a maconha. Diante de tantas lutas e dificuldades, ele havia permanecido firme na fé e fiel à mensagem de Jesus, com a qual se identificou plenamente e que lhe serviu de sustento nos momentos de maior tribulação. Há muito tempo já andava incomodado com sua incapacidade de controlar o consumo da *cannabis,* de reservá-la apenas para momentos especiais como sempre havia planejado. Assim, mais uma vez, vencido por sua ansiedade e pelo exagero de sua vontade, tinha entrado em uma nova escravidão que, embora não tivesse o mesmo poder de destruição da cocaína, condicionava suas atividades, seu lazer e sua paz a uma substância alteradora da mente. Uma bola de ferro havia novamente se fixado à sua perna. Mais leve, mas ao mesmo tempo mais difícil de ser desatada.

Ao contrário da cocaína, com a qual tinha uma relação de dependência e ódio, Toninho gostava da maconha e de seus efeitos relaxantes e inspiradores. Mais do que isso, ela o remetia a uma época única de sua juventude, repleta de sonhos, desafios e descobertas das quais a própria marijuana foi uma das mais representativas. Diferente das balinhas de ecstasy e das pedras de crack fumadas pelas novas gerações, os primeiros baseados de Toninho tinham uma aura de contestação, rebeldia e liberdade que tornava difícil para ele a aceitação plena de que aquilo agora deveria ser evitado.

Mas a maneira como abusava da maconha não era de Deus. A quantidade transformou o "remédio" em veneno, e seu compromisso com Jesus falou mais alto. *Senhor, tira de mim o que não é teu.* Assim foi feito, e Toninho jogou sua latinha fora, para alegria de Aurélia e de toda a sua família. Foi difícil se redescobrir e se entender sem a maconha fazendo parte de sua vida. Mergulhou no lago escuro e profundo de sua psique à procura de sua verdadeira identidade, enquanto continuava o tratamento até receber alta, três anos depois do primeiro episódio de pânico. Em uma consulta com Bernardo, depois de o médico se tornar seu amigo e conhecedor de toda a relação de Toninho com as drogas, o psiquiatra sugeriu que ele escrevesse um livro contando sua história, pois entendia que a trajetória de Toninho era especial.

Toninho não considerou a sugestão no primeiro momento, achando que aquele elogio fazia parte da terapia e visava apenas incentivá-lo. Cometeu o erro corriqueiro de achar que histórias de pessoas comuns como a dele são menos interessantes do que as de grandes personalidades ou de heróis famosos. Com o tempo, amadureceu a ideia e resolveu escrever o livro para registrar sua experiência com as drogas, com a esperança de que mesmo se apenas uma única pessoa pudesse se inspirar através dele para a superação de um problema semelhante, já estaria justificado o trabalho. Se sua obra fosse capaz simplesmente de criar um novo olhar e um ambiente favorável para a discussão do drama psicológico travado na mente de um viciado, já teria cumprido seu dever de cristão e de cidadão. Sem ter a pretensão de apresentar soluções e receitas mágicas, desejou que através de sua história, parecida com tantas outras, pudesse ser constatado de que maneira a droga entrou lentamente na sua vida e o preço que pagou por isso até conseguir a libertação, que é sempre possível para todos que têm fé em Deus, o apoio da família e que não se conformam em perder sua liberdade.

Epílogo

Quando termino de escrever este livro, Toninho continua buscando aumentar sua fé e frequentando as missas de domingo na Paróquia Santa Rosa de Lima. Coloca todos os dias nas mãos de Deus sua vida, sua família e seu casamento, tentando se preparar e se fortalecer para enfrentar mais uma separação, se ela for inevitável. *Mas que seja feita a tua vontade, Senhor, e não a minha.* Completam-se dezessete anos sem que ele cheire cocaína e quatro desde que interrompeu também o consumo de maconha. Não toma mais os antidepressivos, mas às vezes ainda precisa do Clonazepam para conseguir dormir.

Continua fazendo seus filmes. Passou por outras crises e desempregos, entristecendo-se um pouco, mas sem se desesperar. O joelho o tirou dos campos de pelada, mas continua nadando. Gabriel se formou em publicidade e se casou. Daniel é um dos melhores bateristas de rock do Brasil e trabalha como técnico de som para cinema e TV. Beatriz vai prestar vestibular e está namorando. Sílvia não se casou novamente e nunca mais usou drogas. Diná tem seu carro, completou o ensino médio, pensa em faculdade e trabalha como representante comercial. Antonio é uma criança inteligente e abençoada. Enquanto os pais estão trabalhando e ele não está na escola, fica sob a superproteção da avó Aurélia, que é o apoio de toda a família com seus folclóricos excessos e muito amor. Paula se casou algumas vezes, mas agora está solteira e morando com a mãe, de quem continua companheira inseparável. Toninho está tentando juntar dinheiro para comprar uma vitrola moderna, onde vai poder voltar a ouvir sua coleção de vinis. Tudo está nas mãos de Deus e por essas mesmas mãos chegou até aqui.

Esta obra foi composta em Minion 11/14.
Impressa com miolo em offset 90g e capa em cartão 250g, por
Createspace/ Amazon.